オルハン・パムク

# 黒い本

*Orhan Pamuk, Kara Kitap*

鈴木麻矢 訳

藤原書店

Orhan Pamuk

**KARA KİTAP**



This book is published in Japan by arrangement
through The Wylie Agency.

# 黒い本　目次

## 第I部

## 第Ⅱ部

# 黒い本

アイリンへ

イブン・アラビーが実話として語ったところによると、霊魂たちにより天上世界に引き上げられた知己の高僧が、一度世界を囲むカフ山まで到達し、その山も一匹の蛇が囲んでいるのを見たそうである。今日では、世界を取り囲むそのような山もなければ、山の周りにそのような蛇も居ないことが明らかになっている。

イスラム大百科

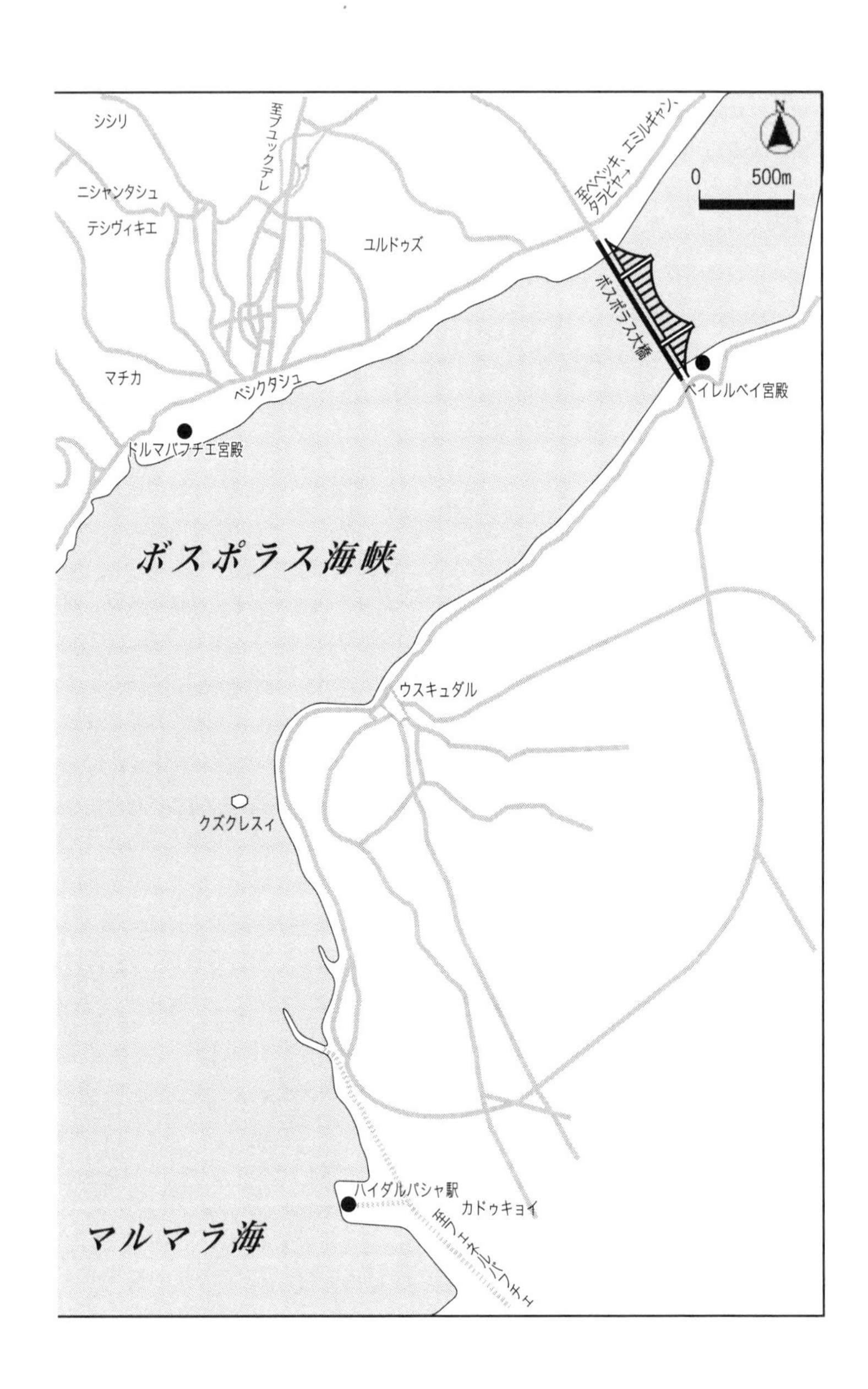
シシリ
至ブユックデレ
至ベベッキ、エミルギャン、タラビヤ→
0 500m
N
ニシャンタシュ
テシヴィキエ
ユルドゥズ
ボスポラス大橋
マチカ
ベシクタシュ
ベイレルベイ宮殿
ドルマバフチエ宮殿
ボスポラス海峡
ウスキュダル
クズクレスィ
ハイダルパシャ駅
カドゥキョイ
至フェネルバフチェ
マルマラ海

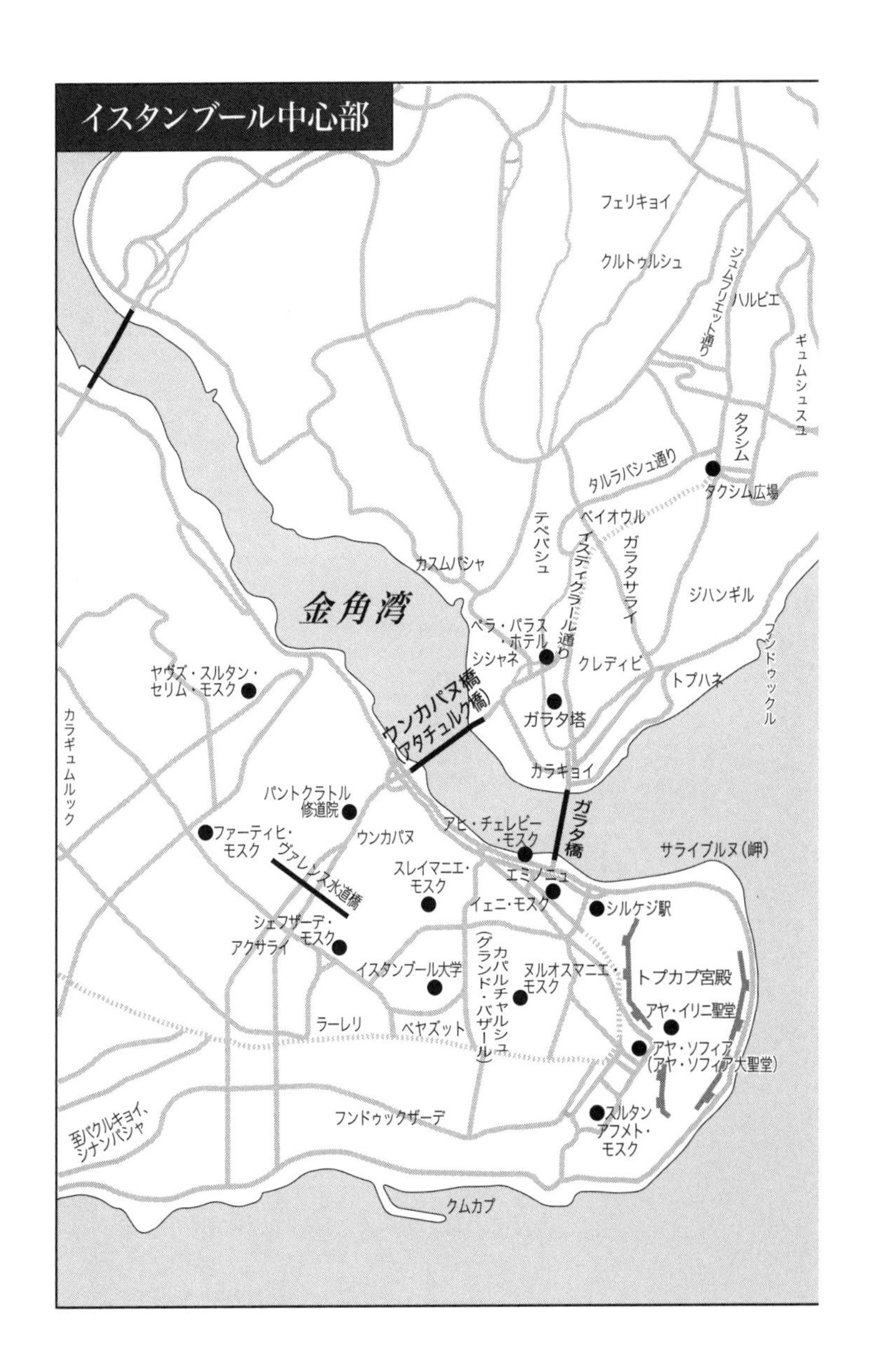

イスタンブール中心部
フェリキョイ
クルトゥルシュ
ジュムフリエット通り
ハルビエ
ギュムシュスユ
タクシム
タルラバシュ通り
タクシム広場
ベイオウル
テペバシュ
イスティクラール通り
ガラタサライ
カスムパシャ
ジハンギル
金角湾
ペラ・パラス・ホテル
シシャネ
クレディビ
フンドゥックル
トプハネ
ヤヴズ・スルタン・セリム・モスク
ウンカパヌ橋（アタチュルク橋）
ガラタ塔
カラギュムルック
カラキョイ
パントクラトル修道院
ガラタ橋
ファーティヒ・モスク
ウンカパヌ
アヒ・チェレビー・モスク
サライブルヌ（岬）
ヴァレンス水道橋
スレイマニエ・モスク
エミノニュ
イェニ・モスク
シルケジ駅
シェフザーデ・モスク
アクサライ
カパルチャルシュ（グランド・バザール）
ヌルオスマニエ・モスク
トプカプ宮殿
イスタンブール大学
アヤ・イリニ聖堂
ラーレリ
ベヤズット
アヤ・ソフィア（アヤ・ソフィア大聖堂）
至バクルキョイ、シナンパシャ
フンドゥックザーデ
スルタン・アフメト・モスク
クムカプ

# 第I部

# 第1章　ガーリップがリュヤーを初めて見た頃のこと

エピグラフを用いるな。文章に宿る神秘を殺してしまうから。
——アドリ

それで死ぬのなら、いっそ君も殺せ、神秘を。神秘を売りさばく偽の預言者を殺せ。
——バフティ

甘く温かな暗闇に伏臥してリュヤーが眠っていた。ベッド全体を覆うブルーのチェックの布団が作り出す地形、影深き谷間、青い柔らかな丘に包まれた暗がりで。戸外から冬の朝一番の物音が響く。疎らに通り過ぎる車と古ぼけたバス、菓子パン屋と組んで営業中の牛乳葛湯屋の銅製やかんが歩道で上げ下げされる音、乗合自動車停留所の整理係が鳴らす警笛。室内には、藍色のカーテンを透過して色褪せた鉛色の冬の光が満ちる。夢うつつに、ガーリップは青い布団から覗く妻の頭を見た。顎は枕の羽毛に埋もれている。額の傾斜には、その瞬間彼女の脳裏で繰り広げられる驚異に畏怖交じりの興味をそそる、現実離れした風情があった。「記憶とは」と、ジェラールはコラムに綴ったことがある。「それは庭園である。」それを読んだ時「リュヤーの園……リュヤーの園……」と考えたものだった。「駄目だ、考えちゃいけない、嫉妬するだけだ。」それでも妻の額を見つめて空想した。

太陽の下、安らかな眠りに沈むリュヤーの園を散策したい。柳やアカシヤ、つる薔薇が頭上に茂る、閉ざされたその庭園を。そこで遭遇する面々には気まずく怯えることだろう。やあ、君もここに居たのか？　予想される不愉快な記憶もさることながら、予想外の男たちの影を、苦々しい関心をもって眺めることになる。恐れ入りますが、家内とどこで会ったのですか？　どこで知り合ったのですか？　三年前に、お宅で。アラジンの店で買った外国のファッション雑誌の誌面で。おふたりが一緒に通った中学校の構内で。御両人が手をつないだ映画館の入口で……いや、おそらくリュヤーの記憶に男の影はかくも多くは存在しないし、かくも残酷でもなかっただろう。もしかしたら今、鬱蒼とした思い出の庭園内の唯一の陽だまりで、リュヤーとガーリップは舟遊びに出かけたところかもしれないのだ。リュヤー一家がイスタンブールに引っ越してきてから半年後、ふたりはおたふくかぜにかかった。ガーリップとリュヤーは母親に手をひかれ、石畳に弾むバスに乗って、ベベッキやタラビヤに舟遊びに出かけた。二人を連れだすのは、ガーリップの母のこともあれば、リュヤーの母である麗しのスザン伯母のこともあり、両方一緒のこともあった。当時は治療薬ではなく病原菌だけが知られ、子供のおたふくかぜは海峡の澄んだ空気が治すと信じられていた。朝方の海は穏やかで、船は白く、馴染みの船頭はいつも親切。母親や伯母は船の後方に座り、ガーリップとリュヤーは上下する船頭の背中に隠れるようにして腰を掛けた。船首に、隣り合って。船から海面に突き出した、瓜二つのふたりの足と、細い足首の下から、緩やかに海は湧き流れる。海藻、虹色の油膜、透きとおるさざれ石、ジェラールの記事はないかな、とふたりで眺める判読可能な新聞の切れはし。

　おたふくかぜになる半年前に初めて会った時、リュヤーは食卓上に設置した丸椅子に座り、床屋に髪を切られていた。あの頃は、週に五日、ダグラス髭〔俳優ダグラス・フェアバンクス風の髭〕をたくわえた長身の床屋が家に来て、祖父の髭を剃っていたのだ。これは、アラブ系の店やアラジンの店先にコーヒー目当ての行列が出来ていた頃のことであり、ナイロン・ストッキングには闇市場が存在し、イスタンブールでシボレーの五六年モデルが次第に増え、ガーリップが小学校に入学し、目を皿のようにしてジェラールの記事を読んでいた、そんな時代のことである。ジェラールは『ミリエット』紙の第二面に週五日、セリム・カチマズなる筆名(ペンネーム)で連載していた。読み書きに関しては、この頃覚えたてというわけではない。すでに二年前、父方の祖母に習ったからだ。食卓の隅に座ると、祖母は至高の魔術、すなわち文字がくっつき単語になるということをしわがれ声で説き、同時に口の端から片時も離さない〈バフラ〉〔煙草の銘柄〕の煙を吐き出す。煙が孫の目に沁みると、アルファベット絵本のなかの異様に大きな馬は青く変化し、命を吹き込まれた。下に「ウマ」という文字が書かれた巨大な馬は、足の悪い水売りや、泥棒骨董商の馬車を曳く痩せこけた馬などより、ずっと立派だった。当時は絵に垂らすと対象に命を吹き込むという魔法の薬を、この頑健な文字馬にかけてみたいと思っていた。その後、飛び級が許されず、一年生として小学校に入学し、同じアルファベット絵本で再び読み書きを習うと、これを馬鹿げた願望だと思うようになったのだが。

　もし魔法の薬が入った石榴(ざくろ)色のガラス瓶を、祖父が約束通り買ってきてくれたならば、液体をさらに色々なものにふりかけてみたかった。第一次世界大戦のツェッペリン、夥しい大砲と泥まみれの死体が掲載された埃まみれの古い『イリュストラシオン』誌、メリヒ伯父がパリやモロッコから送ってきた絵葉書、ヴァスフが『デュンヤー』新聞から切り抜いた授乳中のオランウータンの写真、ジェラールが各紙から切り抜いた奇妙な人々の顔の上などに。だが、すでに当時、祖父は床屋にも行かず一日中家に居り、街に出ることはなかった。それでも祖父は外出しては店を巡り歩いていた往時同様の服装だった。休日の不精髭のような灰色の、襟の大きな古風な英国風ジャケット、折り目正しいズボン、カフスボタン、官吏風紐ネクタイ。父はネクタイのことを「ネグダイ」と呼んでいた。母は、普通に「ネクタイ」と言った。母の実家のほうが昔は裕福だったからだ。両親は祖父のことを、日々どこかが故障する、ペンキも剝げた古い木造家屋のことを話すように話した。しばらくすると祖父のことなど忘れ、双方が声を張り上げる。するとガーリップが標的となった。「あなたは上に行って遊んでいなさい、さあ!」「エレベーターで行っていい?」「ひとりでエレベーターなんか乗らせるな!」「ひとりでエレベーターに乗っては、だめ」「ヴァスフと遊んでもいい?」「だめ、怒っちゃうから。」

　怒ったりなんかするもんか。ヴァスフは耳が聞こえず、口もきけないが、なんでもわかっていた。僕が床を這うときには、「秘密の通路」遊びをしていたんだってことも。幾つものベッドの下をくぐりぬけ、僕が洞窟の端に到達したことも。隣のアパルトマンとの隙間にある真っ暗な空間の底に出るみたいに。敵の塹壕へと掘ったトンネルのなかを猫並の忍び足で進む兵士みたいに。それに僕がヴァスフのことをからかったりしていないことだって知っていた。あとからやってきたリュヤー以外、誰もこんなことは知らなかったけど。ときどき、僕はヴァスフと一緒に長いこと窓から路面電車の通りを眺めていた。コンクリート製アパルトマンの、やはりコンクリート製の張り出し窓のうち、片方はモスクに面していた。そのモスクが僕らの世界の端っこということだった。もう一つの窓はもう片方の端、女学校に面していた。その間に交番、二本の栗の木、曲がり角、大盛況のアラジンの店があった。店に出入りする客を眺めたり、通行する車を指さしたりしていると、突然、ヴァスフが興奮し、奇声を発することがあった。夢の中で悪魔ととっくみあっているような、しわがれた声だ。僕はわけがわからなくて、それを恐れた。祖父は僕たちのちょっと後ろで、一本だけ脚が短くなった椅子に腰かけ、ラジオを聴きつつ、つがいの煙突のように祖母ともどもに煙を吐き出していたが、そういう時「ヴァスフがまたガーリップをおどかしとるわい」と聞いてもいない祖母に言い、たいして答えに興味もないのに習慣で僕らに質問した。「何台車を数えたかね？」だが、僕がダッジ、パッカード、デソート、新型シボレーの台数を答えるのなんか聞いちゃいなかった。

祖母と祖父のラジオは朝から晩までつけっぱなしで、ラジオの上にはトルコ犬らしからぬ毛むくじゃらでのんきな犬の人形が寝そべっていた。ふたりはトルコ音楽、洋楽、ニュース、銀行や香水や宝くじの宣伝などを聞きながら、ずっと語りあっていた。ほとんどいつも、慢性化して慣れっこになった歯痛のことでも話すかのように、手にした煙草の悪口を言っており、禁煙の失敗を互いのせいにしたり、ひとりが窒息せんばかりに咳込むと、もう一人がはじめは意気揚々と勝ち誇りつつ、それから次第に相手を気遣って腹を立てつつ、自分が正しかったじゃないか、と宣言したりするのだ。だけどしばらくするとどちらかが相手に苛立ちを爆発させた。「煙草しか楽しみがないんだから、ほっといてくれないか！」そして新聞情報を付け加える。「イライラには効くんだとよ、煙草は。」そうなってやっとしばらく大人しくなり、廊下の壁時計のチクタク音だけが響く。だが、沈黙は長くは続かず、再び手にした新聞が擦れる音を響かせつつ、あるいは昼下がりにベズィック〔トランプ・ゲーム〕に興じつつ、いつのまにかまたおしゃべりしていた。祖父は新聞のジェラールのコラムに目を走らせると、「あいつも署名入りで記事が書けたらなあ」とよく言った。アパルトマンの住人が夕食を共にするか、一緒にラジオを聴こうとして訪ねてきたときにも。「そうすれば、まともにおつむが回ったもんだろうが。」「もうあの子も一人前なのよ」と祖母は溜息をついた。そして、まるで初めて質問するかのように、本気で心配そうな顔つきでいつもと同じことを尋ねた。「記事の末尾に署名できないからこんなに下手な記事を書くのかしら。それともこんな下手な記事だから署名記事が許されないのかしら？」「少なくとも署名できないおかげで、わしらに恥をかかせているってことがあまり世間様には知られんですむわけだ。」「誰にもわかっりこないわ」と祖母は言ったが、本心ではないことが滲み出ていた。「あの記事がうちのことだなんて誰が言ってるのよ。」のちにジェラールは毎週読者から何百通もの手紙を受け取るほどになると、この一連の記事に補筆訂正し、今度は赫々（かくかく）たる自分の署名付きで改めて世に送り出した。それは一説には想像力が枯渇したため、または女性問題や政治問題で時間がとれないため、もしくは単なる怠惰のためだとされた。祖父はこの類の記事に対し、もう何百回も繰り返している一言を放った。うんざりした調子で、嘘くささを漂わせながら芝居を繰り返す二流俳優のように。「アパルトマンの記事が、この館のことだと知らない奴なんかいるもんか、まったく！」祖父も祖母もこれで黙った。

当時祖父は、ある夢のことを口にするようになり、その後はより頻繁にその夢を見るようになった。終日続く祖母との繰り言の合間に、時々眼を輝かせて夢の話をしてくれた祖父によれば、夢は青いそうだ。夢のなかでしきりに降りこめる濃い青の雨のせいで祖父の髪も髭も伸びきってしまう。祖母は夢語りをじっと聞き終えると「すこししたら床屋が来るわよ」と言った。祖父は床屋と関連付けられるのを好まなかった。「なんでも口をつっこみよるわ！」青の夢と床屋の話の後、祖父は何度かため息交じりにこうも呟いた。「違う場所に建てるんだった。別のを建てたら良かったんだ。この館は不吉ってこった。」

そのずっと後、シェフリカルプ・アパルトマンは一階ごとバラ売りされ、一族は引っ越しを余儀なくされた。アパルトマンの新たな入居者は、零細アパレル業者、闇で堕胎を請け負う女医の診察所、保険会社の事務所などだった。周囲にある同様の建物も似たり寄ったりの状況だった。そうなってからも、アラジンの店の前を通るたび、館の薄汚れた外観を眺めては、祖父が不吉だと言った理由を気にしたものだった。床屋は祖父の髭を剃る時必ずこう尋ねた。「ほれ、ご長男の方はいつアフリカから戻られるのでしょうな？」ヨーロッパとアフリカを廻り、最後にイズミルからイスタンブールに戻り、長年越しでアパルトマンに辿りついたメリヒ伯父のことだ。床屋は答えを知りたいのではなく、この質問が癖になっているようだった。祖父はこの件に触れられたくないことをガーリップは知っていた。だから、祖父の頭にある「不吉さ」というのが、変人の長男の所業に絡んでいると、もう当時から気づいていた。祖父の長男にあたるメリヒ伯父はある時、妻と長男を残して外国に渡り、新しい妻とその間に生まれた娘（リュヤー）を連れて戻ってきたのだった。

　後年ジェラールが話してくれたところによると、アパルトマンの建築開始時にはまだ伯父はここにいたらしい。まだ三十路前で、弁護士事務所に勤めていたが、本業より喧嘩に精を出し、鉛筆で古い裁判書類に船や無人島の落書きなどしている毎日だったという。一方、一族は当時、シルケジで菓子屋――のちにこの菓子屋は、ロクム菓子の販売では〈ハジ・ベキル〉という有名店と競合できず、祖母が煮込んだカリンやイチジクやサクランボのジャムを棚に並べて壺売りすることを見込んでケーキ屋（パスタネ）に、さらには食堂になる――、カラキョイでは〈ベヤズ〉薬局という薬屋を経営していた。夕方頃、伯父はニシャンタシュの建設現場に顔を出し、菓子屋と薬局の仕事を切り上げてやってくる祖父や兄弟と合流する。そして背広を脱ぎ、ネクタイをはずし、腕まくりをして、終業間際でだらけがちな労働者に発破をかけるべく作業に加わった。

　誰かがフランスかドイツに赴くべきだと伯父が言い出したのもこの頃のことだ。理由は西洋風のキャンディ製法を学ぶため、マロングラッセを包む金紙を注文するため、フランス人を共同経営者にして泡立ち豊かな色とりどりの石鹸を生産する工場を建設するため、当時、ヨーロッパとアメリカで伝染病にかかったかのように工場が次々に倒産していたことに付け込み、生産機械やハーレ伯母のためのグランドピアノを買い叩くため、ヴァスフを優秀な耳鼻科もしくは脳外科医に診察してもらうため、などだった。二年後、ヴァスフと伯父がルーマニア籍の船、トリスタナ号でマルセイユに向かった時、館は落成していたが、まだ入居可能な状態ではなかった。後年、ガーリップは祖母の物入れ箱に眠っていた薔薇水の香りが匂う写真でその船を確認し、一方、ジェラールはヴァスフが収集した新聞の切り抜きで、その船が八年後に黒海で浮遊機雷に衝突し、沈没したことを知るのだった。一年後、ヴァスフが列車で独りシルケジ駅に舞い戻った時、相変わらず耳も口も不自由なままだった、「当然だけど」。（この最後の言葉は、この話題に触れると必ず特殊な意味を込めてハーレ伯母が口にしたが、ガーリップには長年伯母がこう強調する理由や、隠れた秘密がわからなかった。）その代り、ヴァスフは金魚で一杯の水槽をしっかりと胸に抱きかかえており、当初は水槽のそばを離れようとしなかったほどで、金魚を眺め、興奮のあまり息が詰まることもあれば、悲嘆の涙を流すこともあった。なんとその金魚はその後五十年、子々孫々までずっとペットとなるのだった。当時、ジェラールと母親は三階の、のちにアルメニア人に売却された部屋に住んでいた。だが、メリヒ伯父のパリ市街での経営視察旅行のために送金しなければならなかったので、持ち家を他人に貸し出し、ひっそりした屋根裏部屋に引っ越すことにした。そこはもともと物置だったが、普通の半分ほどの居住空間に改装済みだった。伯父はパリから手紙や小包を送ってきた。封筒にはキャンディやケーキのレシピや、石鹸や香水の調合法、それらを食べたり使用したりしている芸能人の写真がぎっしり詰まり、小包にはミント味の歯磨き粉、マロングラッセやチョコレート・ボンボンのサンプル、子供用の消防士や水兵帽などが入っていた。郵便物が間遠になってくると、ジェラールの母親は息子を連れて家を出ることを思いついたようだ。かくて彼女は決心し、アパルトマンを出て、財団の下級職員だった父親と母親が所有するアクサライ地区の木造建築に引っ越した。実家に戻る決め手となったのは、第二次大戦開戦と、伯父が〔リビアの〕ベンガジから送りつけた奇妙な絵葉書だったという。セピア色の絵葉書にはモスクの尖塔（ミナレット）と飛行機が写っていて、裏側にはトルコへの帰路は地雷だらけと綴ってあった。戦後かなり経って移り住んだモロッコからは、別のモノクロ絵葉書も送られてきた。こうして、祖父母は伯父がマラケシュでトルコ人女性と知り合い、再婚したことを知るのだ。後妻がムハンマドの子孫であること、つまり「御令嬢（セイデ）」であること、素晴らしく美人であることも、その後送られてきた手彩色写真で判明した。葉書には、武器商人と間諜（スパイ）が同じ酒場の女に惚れたりするようなアメリカ映画の舞台となった、植民地風のホテルが映っていた。（かなりの時を経て、つまりホテル二階のベランダに翻る旗がどこの国のものか識別できるようになってからずっと後のことだが、この絵葉書を今一度眺めたガーリップは、ジェラールの「ベイオウルの無法者」という話で用いられた手法通りに空想し、リュヤーの「種が蒔かれた」場所がこのクリーム・ケーキ色のホテルの一室だと判断した。）この絵葉書から六カ月後、〔トルコの〕イズミルから届いた葉書は俄かに信じがたく、誰もが伯父が投函したこと自体に首を捻った。もうトルコには帰らないはずだと考えられていたからだ。伯父は後妻ともどもキリスト教徒に改宗し、ケニア行きの宣教師集団に加わり、ライオンが三本角の鹿を狩っているような谷で、新月〔イスラム教〕と十字架〔キリスト教〕を融合させた教団の宗教施設を設立したなどと噂されているくらいだった。一方、イズミルに住む後妻の親戚のことを知る噂好きの知人によると、戦争中、北アフリカで裏稼業（武器商人もしくは某王侯への賄賂など）に手を出した伯父は、億万長者になりつつあり、妻の伝説的美貌を巷に埋もれさすのは惜しいと、彼女を有名人にするべく、共にハリウッドへ渡り、そのグラビアはすでにアラブやフランスの雑誌に掲載されているという話もあった。ところが伯父は「望郷の念に耐えられず妻ともども寝込むほどになった。もうトルコに帰る」と書いて寄こした。その絵葉書は何週間も館の各階をたらいまわしにされ、偽札でも確かめるようにあちこちを爪でこすられたため、よれよれになってしまった。伯父は「今現在」はもう回復してイズミルにおり、イチジクと煙草を扱う義父の事業を、近代的経営術をもって引き継いでいるとのことだった。その直後、酷い乱筆の葉書がまた届いた。おそらくのちに家族全体を冷戦状態に引きずり込む財産問題があったためだろう、館の住人はこの葉書について、各階ごとに異なる見解を示したものだ。しかしあとでガーリップが読んでみると、さほど曲解の余地もない言い方で、伯父は近々イスタンブールに帰りたいと訴えていた。娘が居る、名前はまだない、ということも。

祖母は一連の絵葉書を、食後酒セットが収納された洋酒棚の鏡の縁に張り付けた。リュヤーの名前、ガーリップはそれをこの絵葉書で最初に読んだのだ。教会、橋、海、塔、船、モスク、砂漠、ピラミッド、ホテル、公園、動物などの画像のなかには、イズミルで撮影されたリュヤーの赤ん坊時代と子供時代の写真もあった。絵葉書は大きな鏡を、まるで第二の額縁のように取り囲み、祖父は時々このことに腹をたてていた。当時は同い年だと聞いていた伯父の娘（新しい言葉でいうところの、いとこ）のリュヤーよりも、そこでリュヤーが眠っていた蚊帳、すなわち人々を夢幻の境地に誘う眠たげな怪奇の洞窟と、中に居る娘を見せるため、その無彩色の洞窟を手で押し広げ、憂いを含ませカメラを見つめる伯母にして令夫人（セイデ）であるスザンに興味をもった。リュヤーの写真の回覧中、住人の男たち同様、女性陣をもしばし呆然とさせたのは、この美貌だったということは、もっと後になって合点がいった。その頃には、メリヒ伯父がいつイスタンブールに来るのか、どの階に寝泊まりするのか、ということが美貌以上に取り沙汰されていた。ジェラールの件があったからだ。ジェラールの母親は、弁護士と再婚したが、医者ごとに別々の病名が与えられるような奇病に斃れ、若くして亡くなっていた。ジェラールはアクサライ地区の蜘蛛の巣だらけの家に留まることもできず、祖母の主張に従ってこの館に戻り、屋根裏部屋に落ち着いたところだった。筆名（ペンネーム）を用い新聞にコラムを寄稿するようになっていたのもこの頃だ。サッカー試合を観戦しては八百長を嗅ぎつけようとしたり、ベイオウル地区の裏通りにあるバーやキャバレー、売春宿に屯（たむろ）するチンピラどもが引き起こす不可解にして技巧的な殺人事件を喝采まじりで解説したり、黒い四角が白い四角より必ず多いクロスワードパズルを作ったりしていた。阿片入りワインの酩酊から覚めず、連載を滞らせる上司の代わりに、必要とあらば相撲（ギュレシ）記事を書き進め、時には「筆跡から性格判定」「夢判断」「人相占い」「今日の星占い」（親戚や友人に「個人的な挨拶」を送るという行為を最初に始めたのはこの星占い欄でのことだった。このことは恋人たちに対しても行われていると噂された）「信じるも信じないもあなた次第」などのコーナーを担当し、時間が余れば、無料で映画館に入り、最新アメリカ映画の批評なども書く。屋根裏部屋での独居を続ければ、新聞記者稼業でせっせと貯め込んだ金で結婚することだって夢じゃない、と言われていた。その後、ある朝、路面電車通りの古い石畳が、無味乾燥のアスファルトで覆われたのを見たガーリップは、祖父の言っていた不吉さとは、おそらくはアパルトマンの奇妙な人口密度や不自然さ、もしくはこれに近い、正体不明の不気味さと関係しているのではないか、とも考えた。伯父はある晩イスタンブールに戻り、美しい妻と娘、旅行鞄や大型ケースとともに館にやってくると、当然のことながらジェラールの居る屋根裏部屋に住みついた。あたかも自分が送った葉書が真面目に受け取られなかったことに対する恨みの表現のように。

あの春の朝、ガーリップは学校に遅刻する夢をみて、本当に学校に遅刻した。授業ではアルファベット読本の最後のページを習うはずだったのに、見知らぬ青い髪の美少女と公営バスで学校から遠ざかってしまう夢だった。目が覚めると、自分だけではなく、父も仕事に遅刻していることに気づいた。朝食用の食卓には白と青のチェス盤のような柄のテーブルクロスがかかっており、その表面に日の出一時間後の朝日が射していた。両親はまるでアパルトマンの空隙を占領した鼠どものことでも話すように、昨夜屋根裏部屋に住みついた一家のことを話題にしていた。家政婦エスマが幽霊や心霊のことを口にする時の感じとも似ていた。ガーリップにしてみれば、遅刻の理由やいまさら登校する気まずさのことを考えるのは億劫（おっくう）なことであり、同様に屋根裏部屋に居るのが誰かということも頭から追い出したかった。そこで、代わり映えのしない日常が繰り返されているはずの祖父母の居る階に上った。だが、何かが変わっていた。床屋は不機嫌そうな祖父の髭を剃る時、屋根裏部屋の住人のことを尋ねた。洋酒棚の鏡に貼られていた絵葉書は散らかされ、見慣れない奇妙な荷物があった。この日以来その新しい匂いに病みつきになる嗅ぎなれぬ匂いも漂っていた。突然、胸の内に鬱屈と不安と憧憬が広がった。カラーやモノクロの絵葉書でしかみたことがない、あの国々はどんなところだったのだろう？　写真しかみたことがないあの美しい伯母はどんなひとなのだろう？　ああ、早く大きくなって一人前の男になりたい！　髪を切りたい、と言いだすと、祖母は大喜びしたが、床屋は饒舌な人が往々にしてそうであるように無神経だった。祖父の肘掛椅子ではなく、食卓の上においたスツールに座らされた。さらには祖父の刈布をそのまま外してガーリップに巻きつけたものの、それは余りにも大きすぎ、窒息するほど首に巻きつけてもまだ余って女の子のスカートのように裾が膝下まで広がった。

ガーリップの勘定によれば、出会いから十九年と十九カ月と十九日後、ふたりは結婚した。その遥か後になって、朝方、枕に頭をうずめて隣に眠る妻を眺めていると、リュヤーを覆う布団のブルーと、床屋が祖父の首からはずして巻いた刈布のブルーが、自分に同じ安心感をもたらすことに思い至った。そのことは妻には一切語らなかった。おそらくリュヤーもこういう曖昧な理由で、布団カバーを変えないのだとわかっていたから。

新聞が玄関ドアの下に放り込まれたことを察し、羽のように軽いこなれた身さばきで、そっとベッドから身を起こしたが、足がむかったのは、玄関ではなくトイレだった。それから、台所へ。やかんは台所にはなく、居間にはティーポットがあった。銅製の灰皿が吸い殻で一杯のところをみると、リュヤーは朝までここで起きていたらしい。新しい推理小説でも読んでいたのかもしれないし、あるいは読んでいなかったのかもしれない。やかんはトイレにあった。水圧が高くないため「湯沸かし機」と言われる獰猛な器械は使えず、沐浴用の湯を沸かすためにも、やかんを使っており、しかも別のやかんをまだ買わずひとつのやかんを使いまわしていたのだ。愛し合う前にも、祖父母や両親が昔そうしたように、もどかしくも、じわじわとやかんで水を熱した。

でも、祖母は祖父に対して、自分は一日たりとも祖父より後に起きたことがない、と非難したことがある。「やめなさいよ、その煙草をさ」という一言で始まるいつもの喧嘩のなかで、良人に対する感謝の心が足りないと責められた時のことだ。この喧嘩をヴァスフは見守り、ガーリップは聞いていた。祖母は何が言いたいのか訝りながら。その後ジェラールがこのことを主題に記事を発表したが、祖母が言わんとしたこととはまるでかけ離れた内容だった。「日の出前に起きるとか、朝も暗いうちに起床することだけではなく、女性が男性より先に離床することも田舎の因習のひとつである。」ジェラールは記事の終盤に祖父母の起床風景（布団の上の煙草の灰、歯ブラシと同じコップに入れられた入れ歯、死亡欄に目を走らせる癖）も曲筆を避け、ありのまま読者に伝えており、読み終えた祖母は言った。「私たちは田舎者ってことね。」祖父はぼやいた。「どういう奴が田舎者かわかってほしくて、わしらはあいつに毎朝豆のスープなんか飲ませてやったのか。」

カップをゆすぎ、清潔なフォークとナイフと皿を探した。サラミ臭漂う冷蔵庫から食品サンプルのような白チーズとオリーブの実を取り出し、やかんで沸かした湯を使って髭を剃った。リュヤーを起こすため、物音でも立ててみようかと思ったが、そんな音は出なかった。玄関ドアの下から取ってきた新聞に目を通しながら、煮出し不足の紅茶を飲み、薄切りにした古いパンと、香草をまぶしたオリーブを食卓で食べた。インクの匂いを放つ新聞を皿の脇に広げ、寝惚け目に霞む活字を追いつつ、別のことを考えた。そうだ、夜にはジェラールの所か、コナック映画館に行ってもいい。ジェラールのコラムを一瞥し、夜、映画のあと帰ってからじっくり読もうと決めた。未練がましく一文だけ拾い読みしてから、広げたままの新聞を机に置き、立ち上がってコートを纏い、出かける前に奥の部屋に戻った。煙草や小銭、使い古しの切符などがつまったポケットに手を突っ込み、そのまましばらく、崇めるような気分で、静かに妻を注視した。身を翻し、そっと扉を開けて家を出た。

　階段はモップをかけたてで濡れており、埃の匂いがした。ニシャンタシュ中の煙突が吐き出す石炭と軽油の煙のせいで、煤だらけの大気は冷たく濁っている。冷気に白い息を吐きながら、地面に雪崩を起こしたゴミの山を縫って歩き、乗合自動車（ドルムシュ）の停車場の長蛇の列に加わった。

　反対側の歩道では、背広の襟を立て外套のように羽織った老人が、チーズ入りとひき肉入りを別々にして菓子パン（ポアチャ）を買っていた。だしぬけに、ガーリップは脱兎のごとく列を飛び出し、曲がり角まで戻った。表門の内側にスタンドを出していた新聞屋で『ミリエット』紙を買い、折りたたんで脇の下に挟む。いつだったか、ジェラールが揶揄（からか）う声色で読者の中年女性を真似たことがあった。「あら、ジェラールさん、お宅様のコラムの大ファンなものですから、あたくしと主人のムハッレムは、一日に『ミリエット』を二部買ったりもしますのよ！　待ちきれないんですの。」ガーリップとリュヤーとジェラールは一緒になってこの物真似にどっと笑ったものだった。ぽつぽつ降りだした煤煙交じりの雨にしとどに濡れ、長い待ち時間を経て、揉み合いながら乗合自動車（ドルムシュ）に乗った。濡れた服地と煙草の匂いが漂うばかりの車内では会話が生じる余地もないのを確認してから、まるで本物の活字中毒のように、弾む気分で第二面のコラムが読めるだけの大きさにきっちり新聞を折りたたむと、一旦窓の外を眺めるともなく眺め、ジェラールの今日のコラムを読みはじめた。

# 第2章 海峡が干上がるとき

万事は人生にまして、奇ならず。ただし書を除く。

――イブン・ゼルハニ

諸君は海峡の枯渇にお気づきだろうか。ご存じではあるまい。祭りに繰り出す子供のように喜び勇んで殺しあいをするばかりのご時世に、読書に勤しみ、世情に通じている者などどこにいるだろう。この国ではコラムニストすらまともに読むことをしない。誰もがフェリー乗り場で肘鉄を食らわしながら、バスの昇降口で揉み合いながら、あるいは文字と一緒に乗合自動車(ドルムシュ)の座席で振動しながら流し読みするのがせいぜいなのだ。次のニュースはフランスの地質学雑誌で知った。

黒海は温暖化、地中海は寒冷化傾向にある。故に、撓(たわ)みながら展開する大陸棚の奥にある巨大洞窟群には海水が流入し、同様のプレート変動の結果、ジェベリタルック、チャナッカレ〔ガリポリ〕、イスタンブールの各海峡の海底隆起が始まっている。海峡の岸辺で、最後の漁師と思しき一人に話を聞くことができた。漁師は、昔、投錨(とうびょう)するにもモスクの尖塔(ミナレット)ほどもある長い鎖を使用した海域で、今では船が座礁すると明かし、逆に質問してきた。首相は何か対策を考えてくれてるんですかね？

如何とも答え難い。ただ言えるのは、加速度的に進行中とされるこの地殻変動が近未来にもたらす結果である。間もなく、確実に、我々が「海峡」と呼んだ天国のような場所は、黒い泥に塗られたカルヨン〔軍用帆船〕の残骸が皓歯（こうし）を剝いた幽鬼のように光る、タールのような沼地に変わるだろう。その年の炎夏が果てる頃には、この沼地は小さな町を潤すささやかな渓谷のように、所々干上がった泥濘（ぬかるみ）となり、挙句の果てには雑草や小花が斜面に青々と繁茂することも予想される。その水源は何千本もの太い管内を滝のように轟々と溢れる下水である。そして「乙女の塔（クズ・クレスィ）」〔海峡内の灯台〕が山の上から本物の塔の如く恐ろしげに見下ろす深く荒れた谷底で、新生活が始まるだろう。

　ここで言及しているのは、違反切符を手に奔走する警官の目と鼻の先、昔は「ボアズィチ」と呼ばれたこの空地の泥濘に建設される新区画のことである。そこに生じる違法占有住宅（ゲジェ・コンドゥ）、バラック、バー、ナイトクラブ、歓楽街、回転木馬（メリーゴーランド）のある遊園地、カジノ、モスク、僧房（テッケ）、マルクス主義分子のアジト、泥棒どものプラスティック工場とナイロン・ストッキング製造所……。世も末の混沌のなかで露わになる、横倒しになった〔オスマン帝国の船会社〕〈シルケティ・ハイリイェ〉時代の船の死骸、ソーダ水の蓋、一面の海月（くらげ）。瞬時に海水がひいた最後の日に陸地に取り残されたアメリカの大西洋横断客船や藻に覆われたイオニアの石柱、その狭間で口腔露わに謎の古代神にすがるケルト人やリキヤ人の骸骨。紫貽貝（ムール）に覆われたビザンツ帝国の宝物、銀やブリキのナイフとフォーク、千年前のワイン樽、ソーダ水の瓶、船首の尖ったガレー船の残骸、それらのなかで開化する文明において、アンティーク・ストーブやランプの燃料はスクリューを沼地に突っ込んで朽ち果てたルーマニア籍の石油タンカーから採取されることだろう。だが、真に我々が覚悟すべきは、この呪うべき窪みに、イスタンブール全域から濃緑色の下水が滝のように流れ込むことで発生する、全く新種の伝染病である。有史以前の地下層から沸々と吐き出される瘴気、干上がった沼地、イルカやカレイ、太刀魚の死骸、新天地を発見した鼠の大群など、条件は揃っている。我が眼には瞭然だからこそ、諸君に警告するものである。そのとき、有刺鉄線で隔離された伝染病汚染地域内で起きる数々の惨禍には、誰もが胸を抉られるに違いない。

かつて我々は、ボスポラス海峡の絹のごとき海面が月光に照射され銀細工のように光るのをテラスから眺めた。だがその時目にするのは、埋葬かなわずおざなりに火葬に付した死体からたちのぼる青煙の光芒となろう。花蘇芳（エルグヴァン）やスイカズラの芳烈な香気のなかでラク酒を呷った海峡の岸辺のテーブルでは、黴（かび）臭さと混じった、鼻が曲がるような腐乱死体の汚臭を味わう。櫛比（しっぴ）する漁師たちの船着場には、海峡の潮流と春の小鳥の長閑（のどか）な歌声ではなく、千年越しの刀狩りに怯え海に投げ捨てられた様々な剣や短刀、錆びた半月刀、銃弾を手にし、死の恐怖にかられて殺し合う者たちの怒号が響く。昔は沿岸各地で生活していたイスタンブール住民は、疲れ果てた夕方の帰宅時、潮の香りを嗅ごうとバスの窓を全開にすることはもうなく、反対に腐乱死体とヘドロの悪臭の侵入を防ぐべく市営バスの窓の隙間を新聞や布きれで密閉する。車窓の景色も、炎に照らされた下界の不気味な闇でしかない。昔は風船屋やウエハース売りが現れ人々が集った海辺のカフェから、今後眺めるのは観艦式ではなく、好奇心の強い子供が地雷をいじり、総身を宙に炸裂させて生じる鮮血の赤光である。荒波が浜辺にうちあげたビザンツ帝国の銅貨、コンポートの空瓶を集めて日銭を稼ぐ漂流物収集人（ロードスチュ）の商材は、昔の洪水が岸辺の村の木造家屋から奪い去っては海峡深部に積み上げたコーヒーミルや、藻が生えた鳩時計、紫貽貝（ムール）の鎧をまとった黒ピアノなどに変わる。まさにこうした時世下のある日、私はついに幾重もの有刺鉄線を抜け、深夜、この新たな地獄へと滑り込む。黒のキャデラックを探しに。

三十年前、まだ駆け出しの記者だったころ、あるベイオウルの無法者（ギャングとは呼ぶまい）の武勇伝を取材していた。彼はナイトクラブの経営者でもあり、その入口に掲げられていた二枚のイスタンブールの風景画にも魅了されたものだ。黒いキャデラックとは、これ見よがしに乗り回していた彼の愛車である。当時、キャデラックの同車種の所有者は鉄道成金ダーデレンと煙草王マールフだけだった。その最期は一週間にわたって連載され、我々記者の手により伝説となった。我らが無法者は深夜、警察に追い詰められ、断崖絶壁に馬を駆った山賊さながら、情婦とともにアクントゥ岬に向かい、大麻の酩酊のせいか、覚悟の上か、黒々とした海峡の水面にキャデラックごと飛び込んだのである。外洋並の潮流のなか潜水夫たちが連日捜索したものの、キャデラックは発見ならず、新聞社や読者からはすぐに忘れられたが、私なら車を発見する場所を予め言い当てることができる。

それはあの場所に違いない。すなわち新たに出現した谷底の最深部、昔は「海峡（ボアズ）」と呼ばれた場所。すでに蟹の巣と化した七世紀ものの太古の靴やブーツの片割れ、ラクダの骨、謎の想い人宛の恋文が詰まった瓶が指し示す泥まみれの絶壁の下。ダイヤや耳飾り、ソーダ水の蓋、金の腕輪が煌めく海綿と紫貽貝（ムール）の森に覆われた斜面の背後。腐った伝馬船の廃墟に急造されたヘロイン製造所と、違法腸詰め屋が屠った輓馬（ばんば）やロバの血を繰り返し桶ごと浴びて育った牡蠣やカサガイが生息する砂地の目と鼻の先。

かつて「海岸通り（サーヒル・ヨル）」と呼ばれたが、今ではむしろ山道に似た舗装道路を往来する車のクラクションを耳にしながら、死臭の漂う暗闇へと降りる。闇の無言（しじま）にキャデラックを捜すと、足首に重しを付け沈められた骸骨に遭遇する。自らが窒息させられた麻袋のなかで二つ折りの姿勢を保つ宮中の謀略家。あるいは十字架と勺（しゃく）を身に帯びた正教会神父。第一次大戦時、トプハネ埠頭からチャナッカレへとトルコ兵士を輸送中のギュルジェマル号を魚雷で撃沈せんとした英国潜水艦が、スクリューを漁師網に、船首を海藻だらけの岩礁に接触させて逆に沈没した事故があったが、その潜望鏡は今やストーブの煙突と化し、そこからたなびく青みがかった煙を見れば、酸欠に喘いで口を開けたままの姿を保っていたイギリス人乗組員の骸骨が一掃され、リバプール造船所製の建材で拵えた新居に落ち着いた現在の住民が、大佐用のビロード椅子に陣取り、シナの陶磁器で夕時の紅茶（チャイ）を嗜（たしな）んでいるのがわかる。闇のさらに奥にはヴィルヘルム皇帝に仕えた軍艦の錆びた錨（いかり）があり、雲母に覆われたテレビ画面がこちらに目くばせしてくる。強奪されずに残ったジェノヴァの宝物。泥が詰まった短い砲身を備えた大砲。崩壊した歴代王朝や民族に由来する肖像や偶像は紫貽貝（ムール）に覆われ、真鍮（しんちゅう）の照明器具のなかに逆さに固定された電球は割れている。徐々に下降し、泥濘や岩地を進む。鎖付きの櫂のそばに黙座し星を観測する奴隷の骸骨。海藻樹林にぶら下がった首飾り。眼鏡や傘なぞにはおそらく目を奪われないが、あらん限りの武器や鎧、装具を帯び、頑固にもいまだその脚をふんばっている高貴なる馬に跨る十字軍の騎馬姿のことは、戦慄しつつもしばし凝視してしまう。その瞬間、恐怖に撃たれ、認識する。十字軍騎士団の骸骨が貝殻だらけの記章（エンブレム）や武器を掲げて侍っているもの、それこそがすぐ傍の黒いキャデラックだった。

いずこからともなく射しこむ蛍光に、幽かに浮かび上がるキャデラック。脇に控える十字軍守備隊に許しを得るように畏まりつつ、おずおずと接近する。ドアを開けようとするが、車は上から下まで余すところなく紫貽貝（ムール）や海栗（うに）に覆われて隙が無く、緑色がかった窓も固く閉まって微動だにしない。ポケットから出したボールペンの柄で窓を覆うピスタチオ・グリーンの海藻の層をゆっくり掘り進める。

真夜中、この血も凍る魔性の闇にマッチを擦ると、十字軍の鎧のように今なお輝く、あの豪華なハンドルやニッケル加工された計器類の針や円盤の金属部分が光る。その反射光を頼りにフロントシートを覗くと、無法者と情婦の骸骨が見える。腕輪をはめた華奢な腕、指輪をした指で互いをかき抱き、口づけしている。重なりあうのは、顎の骨だけではない。永遠の接吻で頭蓋骨ごと結合している。

もう二度とマッチは擦らず、街の灯へと踵（きびす）を返し、道すがら考える。悲劇に際し、死を迎える最も幸福な方法はこれなのだ。そして血を吐く思いで、彼方の恋人に呼びかける。愛しい人、美しい人、我が嘆きの君。この世の終わりが来た。私の所へおいで。どこにいようと必ず来て。紫煙が充満する事務所、洗濯物が匂う家の玉葱だらけの台所、乱れた青い寝室、どこにいようとかまわない、時は満ちたんだ、俺のそばに来い。迫り来る惨劇を忘れるべく、カーテンを閉めきった薄暮（はくぼ）の部屋の静寂に死力を尽くして抱き合い、死を待つ時が来たんだ、もはや。

# 第3章　リュヤーによろしく

祖父はこの集団のことを家族と名付けていた。
——リルケ

妻が去った日の朝、読み終えたばかりの新聞を小脇に挟み、バーブアーリ坂の事務所に続くオフィスビルの階段を登りながら、緑のボールペンのことを考えていた。遠い昔、リュヤーと一緒におたふくかぜに罹った時、母親たちに連れられて舟遊びに行き、そのいずれかで、海峡の深淵にこのボールペンを落としたのだ。この日の夜、リュヤーが自分を捨てる際に残した手紙の分析中、手紙を書いたものが海中に没したものと同型だと思い出す緑のボールペン。それはジェラールのものだった。二十四年前、ガーリップが気に入ったのを見て、一週間貸してくれたのだ。紛失したと聞くとジェラールは船で落とした場所を尋ね、答えを確認すると「失くしたことにはならないよ」と慰めた。「海峡のどの辺に落ちたかわかっているのだからね。」事務所に入る前に「かの凶日」なる記事の細部まで初めて目を通し、黒いキャデラックの窓を覆うピスタチオ色の海藻を掘るのに使うボールペンが、ポケットからとり出す別のボールペンだと知り、ガーリップは虚をつかれた。なぜなら、数年後、数世紀後の未来世界から到来する小道具(ディテール)同士に接点を持たせることは――ちょうど、ジェラールが予見した泥濘(でいねい)のイスタンブール峡谷における、オリンポス神がレリーフされたビザンツ帝国硬貨と、オリンポス印のソーダ水の王冠の邂逅(かいこう)と同じく――ジェラールが折りあらば好んで用いた独特の記述様式だったからだ。もちろん最後に会った頃打ち明けていたように、杳(よう)として記憶が減退していなかったらの話だが。いつだったか、ある夜、ジェラールは語った。「記憶の園が砂漠化したら、誰もが手の内に残った最後の樹木や薔薇を震えるほど慈しむよ。どうか萎れてしまわないようにと、朝から晩まで水をやり、愛撫するんだ。覚えているよ、覚えているから、忘れたりするもんか、とね。」

　ジェラールの話では、メリヒ伯父がパリに行き、ヴァスフが水槽を抱えて帰国して一年もすると、父親と祖父はメリヒ伯父のバーブアーリ坂の弁護士事務所から荷物や書類を馬車に積んでニシャンタシュに運び、館の屋根裏部屋に移したとのことだった。その後、伯父は美貌の新妻やリュヤーを伴って北アフリカからトルコに帰り、イズミルに住む義父と乾燥イチジクの事業を展開し、事業に失敗したあとは、家業まで潰さぬようにと、菓子屋と薬局経営にも首を突っ込まなくなった。伯父は弁護士業の再開を決め、顧客の心証への影響を考慮し、古い荷物をまたもとの事務所に移した。何年も経ってから、憤慨と皮肉を込めて思い出話をするようになったある晩のこと、ジェラールがガーリップとリュヤーに語ったところによると、この引っ越し作業のために人足が駆りだされ、なかには冷蔵庫やピアノを運ぶような繊細な作業を得意とする者もいたが、彼は二十二年前、屋根裏部屋に荷物を運んだのと同一人物だった。年月を経て変わったことといえば、頭が禿げたことだけ。

ヴァスフがこの人足に水を差し出し、じっと見守ってから二十一年後、そのときはまだ婿ではなく、ただの甥っ子だったガーリップに伯父は弁護士である伯父が、顧客と真っ向から大喧嘩ばかりしたから、と理由を、本来顧客の敵と戦うはずの弁護士事務所を譲ることを承知した。ガーリップの父親はその考えていた。ガーリップの母によると「手足がよぼよぼになり、少しぼけてきて、法律文書や裁判記録、法哲学文書を、レストラン一覧表やフェリーの時刻表と混同するようになったから」であり、リュヤーによると「愛しのパパは娘と甥の間に何が起きるかその時点でわかっていたから」だった。ともかく、こうして事務所と一緒に古い荷物もガーリップの手に移った。引き継ぎ品のなかには、その名前も、著名人となった理由も忘れられた頭の禿げあがった西洋の法律家の肖像や、法曹院のトルコ帽をかぶった半世紀前の教授たちの写真、原告も被告も裁判官も故人となった裁判の書類、一時期、ジェラールが毎晩執筆し、午前中は母親が洋服のパターンを起こしていた仕事机があった。机の隅には巨大な黒電話が鎮座しており、それは通信機器というよりは、どっしりと嵩張る不穏な戦車のようだった。

電話のベルが時折ひとりでに鳴るのがまた、知らせではなく不気味な嫌がらせに思えた。漆黒の受話器はちょっとしたダンベルほどにも重く、番号をダイヤルすると、カラキョイ-カドゥキョイ間フェリー乗り場の古い回転ゲートのような旋律を軋みながら奏で、人間がかけようとした所ではなく、自分がかけたい所に電話をつなぐこともあった。

自宅の番号をダイヤルするとすぐリュヤーが電話にでたので狼狽した。「起きてたの？」リュヤーが閉ざされた彼女の記憶の園ではなく、俗世に遊歩していることが嬉しかった。電話の置かれた机、散らかった部屋、リュヤーの居ずまいなどを鮮やかに思い浮かべる。「机に置いといた新聞読んだ？　ジェラールが面白いことを書いてるよ」「まだよ。今何時？」「夜更かししたんでしょ」「自分で朝ごはんを作ったのね」「君を起こすのが忍びなくて。」「どんな夢を見たの？」ガーリップは尋ねた。「夜中に廊下でオサムシを発見しました。」黒海で発見された浮遊機雷の位置を船乗りに伝達するラジオ放送のような物慣れた声でリュヤーはそう答えたが、動揺を露わに付け加えた。「台所のドアと廊下の暖房の隙間よ……午前二時に……すごく大きいの。」しばしの沈黙。「タクシーに飛び乗って、家に帰ろうか？」「カーテンを閉め切ると、家っておぞましい場所になるんだわ」「夕方から映画にいかない？　コナックにさ。帰りにジェラールのとこも寄ろうよ。」リュヤーはあくびをした。「なんだか眠いの」「じゃあ、寝るといいよ。」電話を切る前、リュヤーがもう一度あくびをしたのが、幽かに聞こえた。

後日、この会話を何度も新たに（新たに！）思い出すはめになってからは、幽かなあくびだけでなく、交わした言葉のほうも、どこまで自分の耳で聞いたのか定かではなくなった。リュヤーの発言をそのつど変化させ、猜疑心に駆られながら反芻したため、「会話の相手はリュヤーではなく、ほかの誰かみたいだった」と考えたり、そいつに騙されたのではないかと妄想したりするようになった。そうかと思えば、聞こえた通りにリュヤーが発言したことは信じたが、あの通話以降、リュヤーではなく自分自身が徐々に別人になり変わったことを疑いもした。そして聞き間違いか、記憶違いかと思ったことを、その新たな人格をもって解釈しなおした。なぜなら当時は自分の声のことも別人の声として聞こえたし、そのなかで身に染みて悟りつつある事実があったからだ。すなわち電話回線の両端にいる者同士が会話すると、自分自身であることから離れ、両者とも完全なる別人に変化し得るのである。そんなガーリップも、当初はより単純かつ合理的に物事を処理し、すべてを古い電話機のせいだと考えていた。無骨なこの機械は一日中ベルを鳴らしっぱなし、使われっぱなしだったから。

リュヤーとの通話後、最初に電話をかけてきたのは、家主と係争中の借主だった。そのあとは間違い電話。イスケンデルからの電話の前に、もう二回「間違い電話」があった。一度目はジェラールの電話番号を尋ねてきた人で、ガーリップが「ジェラールさんの御親戚の方」ということも知っていた。それから、政治活動に深入りした挙句刑務所に入りになった息子を救出したいという父親と、裁判官に賄賂を渡すなら判決前でなくてはならない理由を聞いてきた鉄工業者。そのあとの電話がイスケンデルだったが、彼もジェラールと連絡をとりたがっていた。

イスケンデルは高校の同窓生だった。卒業以来会っていなかったため、まずは過去十五年間のことを手短に話した。リュヤーとの結婚を祝福してくれ、他の人々同様「思ってたとおりだ」と言った。現在、広告代理店でプロデューサーとして働いており、ジェラールをトルコ関連番組制作中のBBCの取材班と引き合わせたいという。「三十年のキャリアをもつジェラールみたいな海千山千のコラムニストと『トルコの現在』について、カメラを回して会談したいんだそうだ。」取材班は政治家や実業家、労働組合メンバーと会見済だが、ジェラールのことを知り、並々ならぬ興味をひかれたため、強く面会を希望していると、イスケンデルは必要以上に縷々と訴えた。「大丈夫だよ」とガーリップはうけあった。「すぐに見つけ出して、紹介するよ。」ジェラールに電話する口実ができたことが嬉しかった。「やっぱり新聞社のやつらは二日間も僕を煙に巻いていたんだな。だからお前に連絡したわけなんだけど。あの人、ここ二日も出社してないよ。なにかあるのかもしれない。」ジェラールは時に数日間、イスタンブール市内の知られざる地域にある隠れ家にひきこもることがあった。住所や電話番号は誰にも秘密だったが、自分なら彼を探し出す自信がある。「大丈夫、すぐ見つけだしてやるよ」と繰り返した。

　夕方になっても捕まえられなかった。一日中、ジェラールの家や『ミリエット』紙に電話をかけ、そのたび、本人が出たら、声をつくって他人のふりして話してやろう、などと企んでいた。（夜に皆――リュヤー、ジェラール、ガーリップ――で一緒に座り、読者やファンのことを、ラジオ劇場から抜け出したような声で真似ることがあったのだ。その遊びの時のように「本日付の御高説の深意をわたしゃ見逃しませんとも」と言ってやりたかった。）ところが、新聞社に電話する都度、同じ秘書が同じ返事をした。「ジェラール氏はまだ出社しておりません。」一日中電話と格闘したが、つくり声で相手を驚かせる悪戯（いたずら）を楽しんだのはたった一度だけだった。

　それは夕方の晩い頃で、居場所を知っている可能性があるハーレ伯母に電話をすると、夕食に招待された。「ガーリップとリュヤーも来るわよ！」と言われると、伯母がまた声を取り違えて自分をジェラールだと思っていることに気づいた。「なにか問題でも？」間違いに気づいても伯母は平然としていた。「みんな私の子供みたいなものだもの。揃いも揃って薄情だけど。あんたにだって電話するところだったんだしね。」伯母はソファに爪を立てる〈石炭（キョミュル）〉という名の黒猫を叱る時の調子で、ガーリップが自分に電話して挨拶の一つもしてこないことを責め、夕食の訪問時、アラジンの店に寄って、ヴァスフの金魚の餌を買ってくるよう頼んだ。金魚はヨーロッパ製の餌にしか食いつかず、店の方も馴染みの客にしかその餌を売らないそうだ。

「今日の記事を読みました？」と尋ねると、「誰の記事よ？」と、伯母は癖になった意固地さを発揮してしらばっくれた。「アラジンのやつ？　読んでないわよ。『ミリエット』なんて、あんたの伯父さんがパズルを解いたり、ヴァスフが鋏でチョキチョキするために買ってるのよ。ジェラールが何書いているか読んで、あの子があんな風になったのを見かねて落ち込むためじゃないわ。」

「じゃあ、リュヤーにはそちらから電話して誘ってくださいよ。僕、時間がないんだ」

「忘れちゃ駄目よ。」伯母はおつかいの件と食事の時間を確認した。そのあと、待望のサッカー試合に出場する有名選手の名を重々しく読み上げ、聴衆を盛り上げるラジオ・アナウンサーのように、親族集会用の献立同様変わりばえのしない参加者リストを発表した。「あんたのお母さん、スザン伯母さん、メリヒ伯父さん、来られたらジェラールともちろんあんたのお父さんも。〈石炭（キョミュル）〉とヴァスフと私とハーレ伯母さん。」伯母はチーム紹介が終わった合図に咳払い交じりの笑い声を響かせ、「ふっくら揚げパイを作ってあげるからね。あんたのために」と告げると電話を切った。

受話器を置いてから、再び電話が鳴ったのを呆然と眺めていると、ハーレ伯母の結婚話があと一歩のところで破談になったことが脳裏に蘇った。花婿候補は珍名の持ち主だったが、どういうわけか思い出したばかりのその名前をど忘れしてしまった。理性の鈍化に抵抗し「のどまで出かかってるあの名前を思い出すまで電話に出まい」と決めた。電話は七回ベルを鳴らし、沈黙した。また電話が鳴りだした時、リュヤー一家がイスタンブールに来る一年前、変わった名前の花婿候補がその伯父や兄を引き連れ、ハーレ伯母のところに結婚申し込みに来たことを思い出していた。電話は鳴りやんだ。次に鳴ったときには辺りは蒼然と暮れ、室内の物の輪郭もぼやけてきていた。名前こそ思い出せなかったが、その日の男の奇妙な靴のことは思い浮かべることができた。顔にあったアレッポ腫の痕も。祖父は言った。「こいつらはアラブ人かね？　ハーレ、このアラブ人と結婚するなんて正気なのか？　お前のことをどこで嗅ぎつけたんだ？」——偶然だってば！　退社寸前の午後七時頃、街灯の光を頼りに改名希望の顧客関連書類に目を通し、その奇妙な名前を発見した。ひとけがなくなったオフィスビルを出て、ニシャンタシュ行きの乗合自動車(ドルムシュ)乗り場に向かう。ふと、世界とは、どんな記憶力をもってしても入りきらないほど広大なのだ、という考えが浮かんだ。一時間後、ニシャンタシュに着き、伯母のアパルトマンにむかう途中にはまた別のことを考えた。人は偶然に物事の意味を見出すものだ、と……。

アパルトマンはニシャンタシュの「裏通り」にあり、一室にハーレ伯母とヴァスフと家政婦エスマが、別の部屋にはメリヒ伯父とスザン伯母が（以前はリュヤーと一緒に）住んでいた。普通の人はこの場所を「裏通り」とは呼ばなかったかもしれない。交番の角、アラジンの店、メインストリートから三本下ったところ、すなわち中心から距離にして徒歩五分の地点にあるからだ。この道を「裏通り」呼ばわりするのは、上下階二軒の住民だった。そこは昔、泥濘(ぬかるみ)だらけの更地だったのだが、それから井戸のある菜園に変わり、さらにアルバニア風の不揃いな石畳の道となり、その後整った敷石で舗装された場所だそうで、さしたる関心もないままこの変遷を遠くから眺めてきた彼らにとってみれば、ニシャンタシュの中心部がこんな通りであるはずがないのだ。もちろん、ここ以上に関心もない別の通りでもないわけだが。一族はある時、メインストリート沿いにあった〈町の心臓(シェフリカルプ)〉アパルトマンの各部屋をバラ売りする必要に迫られ、ハーレ伯母によれば「ニシャンタシュ地区の要である」あの館を出て、うらぶれた賃貸ビルに引っ越したのだった。かのメインストリートは地理的な意味に限らず、心象世界でも対称性を保って各自の心の中心を占めていた。だからこそ、誰もがここを「裏通り」と呼ぶ癖が抜けなかったのだ。転居をはっきり覚悟した頃、そこは当然「裏通り」だったし、頭のなかの地理学的対称性における惨めで辺鄙(へんぴ)な一角に建つ現在の老朽マンションに入居して間もない時期にも、そこは「裏通り」であり続けた。またおそらく自分たちを襲った悲劇を誇張しつつ、互いを非難する絶好の機会を有効利用したいというのも少しはあって、一族は「裏通り」という言葉を発するのだった。シェフリカルプ・アパルトマンから裏通りの一室に移ったのは、祖父メフメット・サビットが亡くなる三年前だった。あの一脚だけが短い肘掛椅子は新天地にも置かれ、その位置は通りに面した窓を基準にすれば新たなアングルであり、ラジオを載せた重厚な小卓(セフパ)を基準にすれば、元の（前の家のような）アングルだった。引っ越し当日、祖父はメリヒ伯父の荷物を馬車に乗せた時のことを思い出し、骨と皮ばかりに痩せたあの馬から少々連想を働かせたらしく、椅子に座ると、こう言った。「こりゃ見ものだぞ。わしらは馬を降りてロバに跨ったってわけだ。新居に幸あれ！」それからラジオをつけたが、その上にはすでに手編みのカバーがかけられ、眠れる犬の人形が置かれていた。

それは十八年前のことだった。だが夜八時、花屋と乾物屋とアラジンの店を除き商店が軒並み鎧戸(よろいど)をおろす時刻、車の排気ガス、集中暖房の煤煙（ばいえん）、硫黄や粗悪な石炭の匂いや土埃によって編み出された汚れた大気を貫き微かに霙（みぞれ）がちらつくなか、アパルトマンの古い照明を眺めると、この建物と各部屋に関する記憶は、十八年分以上の重みがある、といういつもの感懐にとらわれた。通りの広さやアパルトマンの名前（「お」と「う」の音を多く含み、誰もがこの名前を発音することを嫌がった）や場所が問題なのではなかった。人々はあたかも悠久の過去に遡り、アパルトマンの上下に分かれた部屋に犇（ひし）めいてずっと棲息してきたようだった。常時同じ臭気が漂うアパルトマンの階段（ジェラールはこの匂いの方程式は、濡れた石、黴（かび）、揚げ油、玉ねぎ、住宅の隙間の匂いの混合である、とコラムで分析して大顰蹙（ひんしゅく）をかった）をのぼりつつ、繰り返し読んだ本を再読する人が慣れた手つきでもどかしげにページをめくるように、数分後、室内で順次目撃するだろう些細な場面や光景を素早く思い浮かべた。

　八時になったからには、メリヒ伯父さんは昔の祖父の肘掛椅子で、上の階から自分で持ってきた新聞を読んでいるだろう。さっき上の階で読んだのが嘘だったかのように改めて読むのだ。もしくは多分「同じニュースでも下の階で読むのと、上の階で読むのとは意味が違う」とか「ヴァスフが切り刻んでしまう前に、最後にもう一回目を通すか」という理由があるのかもしれない。伯父さんは高速で貧乏ゆすりをするから、その脚先では不幸なスリッパが一日中カタカタと揺れている。それはまるで、片時も収まらない苛立ちと不断の忍耐のあまり「うんざりだ。何かしなきゃ。うんざりだ。何かやらなきゃ」と悲鳴をあげているかのようだ。子供の頃にもそう感じたが、僕は今でもそう思うだろう。ハーレ伯母さんは誰にも邪魔されずに落ち着いてふっくらパイを揚げられるように、エスマさんを台所から追い出すはずで、そのエスマさんはバフラ煙草をくわえて、食卓を整えている。昔の新ハルマン煙草の味には及ばないという、フィルターなしの〈バフラ〉だ。エスマさんは「今日は何人ですかね？」と皆に尋ねる。自分は知らないが、ほかの人なら答えがわかるはず、という感じで。間にラジオ、向かいに僕の両親と祖父母という定配置に着席したスザン伯母さんとメリヒ伯父さんは、この質問にちょっと黙りこむ。それからスザン伯母さんがエスマさんに向き直り、期待を滲ませ「エスマさん、ジェラールは今日来る？」と聞き返す。メリヒ伯父さんは条件反射的に「あいつは頭を使うってことを知らん、頭をな」と口癖を吐く。父はジェラールの最新記事に目を通し、意気揚々と皆に発表する。メリヒ伯父さんに対し甥っ子を擁護できる立場にあることや、兄より穏健で面倒見がいいことが自慢なのだ。父は読みあげた国家問題や生活危機関連の記事に対し、ジェラールが聞いたら真っ先に皮肉るに違いない褒め言葉と、控えめで「建設的な」批判を口にする。甥を庇ってやるのが快感だし、僕の前で知ったかぶりをするのが気持ちいいらしい。母もまた（母さんてば、あんたは黙ってりゃいいのに！）首を振って、父に加担する（母さんも「ほんとうはいい子なのよ……」式流儀でもって、メリヒ伯父さんの憤懣（ふんまん）からジェラールを弁護することが自分の使命だと思っているから）。こうなると僕もたまらず「ねえ、今日の記事を読んだ？」などと無意味な質問をしてしまう。ジェラールの記事を読んでもこの人たちは僕が感じる味わいや僕が見出す意味を発見したこともなければ、これからもしないに決まっているのに。メリヒ伯父さんはちょうどジェラールの記事が印刷された面を開いている癖に「今日は何の日だね？」とか「いまやあいつに毎日書かせてるのか？　俺は読んでないがね」ととぼけ、父は「だが首相に対して暴言を吐くのはいかがなものか」などと苦言を呈する。母も「考え方はともかく、物書きとしては尊重しなきゃ」などと言うが、漠然としすぎて、首相、父、ジェラールの三者のうち、いったい誰をよしとしているのかよくわからない。かくも曖昧な発言が許されることに安心したスザン伯母はまた煙草と喫煙の話を蒸し返す。「不死と無宗教と喫煙に関するあの子の意見はフランス人を彷彿とさせるわ。」こんな調子だから、エスマさんは何人分の食卓かわからぬままテーブルクロスを敷く。ベッドに大振りの清潔なシーツを敷くみたいに、布の端っこを持ってもう片側を空中に投げ、その片側がなんとも華麗に落ちてくるのを、くわえ煙草で眺める。エスマさんとメリヒ伯父さんの間に「あんたの煙草のせいで喘息（ぜんそく）がひどくなる一方だ」「ひどくなるっておっしゃるなら、まずご自分が禁煙なさいよ」という例の応酬が再燃するが、それを確認したところで僕は居間を後にする。台所では、パン生地、とろけたチーズ、揚げ油の匂いがもうもうと漂うなかで、ハーレ伯母さんがひとりでパイを揚げている。その姿は、まるで鍋を煮立てて魔法の仙薬を作る魔女に見える（髪が油っぽくならないようにスカーフをかぶっているし）。伯母さんは、賄賂を渡すみたいに、「皆に内緒よ」と言いながら、僕の口にあつあつのパイをささっと押し込む。つまみ食いさせてくれるお返しに、僕から特別な関心、愛情、いや、多分キスが欲しいのだ。「熱かった？」と聞いてくるが、目を白黒させて涙を流す僕は「熱いのなんのって！」とさえ口にできない。台所を出て祖父母の寝室に入る。青い布団にくるまって、ふたりが眠れぬ夜を過ごした部屋だ。布団の隅っこで、祖母に絵の描き方、数の数え方、字の読み方を教えてもらったこともある。我らがリュヤーと一緒にだ。祖父母の亡き後、ここはヴァスフとその大事な金魚の部屋になり、ヴァスフとリュヤーが一緒に居るのを僕が見つけるのもこの部屋だ。ふたりは金魚か、そうでなかったら、ヴァスフの新聞や雑誌の切り抜きコレクションを眺めているだろう。僕も参加するけど、ヴァスフが聞こえないししゃべれないことを浮き彫りにしないよう、ふたりともリュヤーとしばらく会話しない。それから僕とリュヤーは、三人で進化させたボディーランゲージを用い、ヴァスフのためにテレビで一番最近見た古い映画のワンシーンを再現してみせる。子供時代にやったのとまったく同じだ。でも、再現できるようなシーンを何週間も見てないことが多いので、結局はヴァスフがいつでも大喜びしてくれる「オペラ座の怪人」の一場面を、近頃見たふりをして仔細に演じることになる。しばらくして、誰よりも察しの良いヴァスフが横を向くか、大好きな金魚に近づくかすると、僕はリュヤーと目を見かわす。そこで僕は、今朝以来会えなかった君、昨夜以来顔を見て話をしていない君に「調子どう？」と声をかけるんだ。君も普段同様「全然、いいわ」と答えるんだ。僕は口ごもり、言外のそれを含め、君の言葉の内示的意味を慎重に探ろうとする。そしてこの推量の空しさを誤魔化すべく、今度は多分「今日、何してたの？」と尋ねる。いつか着手する、と言いながら君が推理小説の翻訳作業にまだ手もつけてなくて、僕にとっては何故かどれも食指が伸びない昔の推理小説のページをめくりながらうたた寝していることとなんか知らないふりをして。

「リュヤー、君は今日何をしたの？」

ジェラールは他の記事で、裏通りに位置するアパルトマンの階段は大概、微睡み、にんにく、黴、石灰、石炭、揚げ油の匂いがすると述べ、つまり今度は以前と違う方程式を主張した。玄関の呼び鈴を鳴らす直前「今日、僕に三回電話したのはリュヤーなのかどうか、本人に確認しなければ」と考えた。

ドアを開けたのはハーレ伯母だった。「あら？　リュヤーは居ないの？」

「来てないの？　伯母さんが電話してくれたんじゃないんですか？」

「したわよ。でも誰も出なかったんだもの。あんたから言ってくれたんじゃないかと思ったのよ」

「上にいるんじゃない？　お義父さんのところにさ」

「伯父さんたちはとっくに下に降りてきてるわよ」

ふたりはしばし沈黙した。

「じゃあ家にいるはず。ひとっ走りして、連れてくるよ」

「だって、電話に出なかったのよ」

伯母は言い募るが、ガーリップはすでに今来た階段を降りていた。

「わかったわよ。早く戻ってね。エスマさんがあんたのパイを揚げてるとこだから」

九年前に買ったコート（これはジェラールの別の記事のテーマだった）の裾を霙（みぞれ）混じりの寒風に翻し家路を急いだ。大通りに出てすぐ計算した。閉店した食料雑貨店（バッカル）、作業中の仕立屋、アパート管理人部屋、コカ・コーラやナイロン・ストッキングの看板が並ぶ暗い裏路地に入り、それらが放つ頼りない照明の下を進めば、伯母の家から自宅まで十二分で着く。この計算に狂いはなかった。さきほどと同じ路地、同じ側の歩道を通り（眼鏡をかけた仕立屋はまだ働いており、さっきと同じように膝の上で出番を待つ同じ布のために、針に糸を通していた）伯母の家に戻ったとき、二十六分が経過していた。皆が食卓につくと、玄関口で迎えたスザン伯母にしたのと同じ説明を繰り返した。リュヤーは体を冷やして体調を崩した、抗生剤を飲みすぎたせいで（引出しにはいってたのを全部飲んだんだって！）ふらふらになり、寝込んでしまった、電話は聞こえたりもしていたけど、体がしんどくて、起き上がって受話器もとれなかった、とにかくだるいし食欲がないらしい、病床から皆によろしくと言っていた、と。

こう言えばほぼ全員が心に儚げな幻影（病床の可哀想なリュヤー！）を描くはずだとわかっていたが、同時に話題が言語学的方向に展開することも予測済みだった。人々は経営する薬局で扱う抗生物質やらペニシリン、咳止めシロップやトローチ、血管拡張効果もしくは鎮痛効果のある風邪薬の名前を、蜜菓子（カダユフ）に添えられたクリームよろしく薬と併用すべきビタミンも含め列挙し、用法まで披露した。外国語起源の薬の名前は、子音の間にできるだけ母音を挿入してトルコ語風に発音される。こんな時でなかったら、この独創的な発音やアマチュア医学会議に対し、優れた詩情を見出せたかもしれない。だがこのときは病床に伏せるリュヤーの姿が脳裏を支配していた。その後もどこまでが本当で、どこまで絵空事なのか、判別しかねた姿である。寝込んでいるリュヤーの脚が布団からはみ出していたり、ヘアピンがシーツ内に散乱していたりするのは、まだしも現実の光景のようだったが、例えば髪の毛が枕に広がる様子や、薬の箱、コップ、吸い飲み、本などが乱雑に散らばった枕元の有様は別のどこかから仕入れて再構成した光景だろう。おそらくは、リュヤーが口真似をした映画や、アラジンの店で買ったピスタチオを貪りながら読んでいた稚拙な訳筆の海外小説からの借用だ。続いて「同情」的な質問が投げかけられたが、ガーリップはそれに短い返事をする時も、少なくとも後に手法を学ぼうと思った推理小説に登場する探偵程度には注意深く、リュヤーのありのままの姿と再構成された姿の間に明確な区別を設けた。

そう、今現在、（彼らが共に食卓を囲んだとき）リュヤーは寝ているはずだった。否、空腹ではない。スザン伯母にわざわざスープを作りに来てもらう必要はなかった。大蒜の口臭と皮革加工場の悪臭のする鞄をさげたあの医者にも来てもらわなくていい。そう、今月も歯医者にいかなかった。その通り、リュヤーは最近滅多に外出せず、常に壁に囲まれた室内にひきこもっていた。いや、今日は外に出ていない。え、彼女を通りで見たって？ それなら一時外出したけどガーリップには言わなかったんだ。いや、言ってたっけ。みんなは彼女をどこで見たの？ ボタン屋に行ったみたいよ。手芸屋に。菫色のボタンを買いにね。モスクの前を通ったもの。もちろん聞いているよ。こんな寒いのに、そうして身体を冷やしてしまったにちがいない。咳までしてたし。煙草だって吸ってた。ひと箱。そう、顔も蒼白だった。いや、違う、ガーリップは自分の顔も蒼白だったことは知らなかった。リュヤーと、この不健康な生活にいつ終止符を打つのかということも。

コート。ボタン。やかん。親族の追及後、この三単語が閃いた理由を考えるにあたり、そう呻吟する必要はなかった。ジェラールはバロック的憤慨に駆られ執筆したある記事でこう語った。理性の奥底に点在する「暗黒点」は、トルコ文化にではなくトルコが模倣しえない理解不能な西欧世界の豪壮な小説と映画の主人公のなかにより多く見られる。（当時ジェラールはエリザベス・テーラーの『去年の夏突然に』という映画を見たのだ。テーラーはモンゴメリー・クリフトが体現した暗部にまでは到達できなかったらしい。）それより以前、ジェラールは猥褻描写満載のダイジェスト版の翻訳で読んだ心理学書の影響を受け、惨めな我々の生活を含め、一切をこの不可解かつ不気味な「暗黒点」によって解明せんとする記事を書いており、ガーリップはジェラールが自分の人生の個人博物館及び図書館を設立したことを知るに至り、それを理解するのだ。

　話題を変えようと「今日のジェラールの記事は……」と言いかけた。だがお馴染みの展開になるのを恐れ、咄嗟の思いつきで別のことを口にした。「アラジンの店に行くのを忘れちゃったよ、ハーレ伯母さん。」一同はエスマがゆりかごに入った蜜柑色の新生児を連れてくるようにそうっと運んできた南瓜羹（カバック・タトゥルス）に、経営していた菓子屋由来の乳鉢で砕いた胡桃の粉をふりかけていた。四半世紀前、ガーリップとリュヤーは、スプーンの細い柄で縁を叩くと乳鉢が鐘のように鳴ることを発見した。チンチン！「鐘撞（かねつ）き男じゃあるまいし、カンカン鳴らすのやめてよ。頭がどうかしちゃうわ。」どうしよう、喉が閊（つか）える！　胡桃の量は「全員に行きわたるほど」ではなかった。紫色の鉢を皆が回して取り分けるとき、ハーレ伯母は巧妙に自分の順番を最後にもってくるが（そそられないのよ）、空になった鉢の底には目を走らせる。だしぬけに伯母は昔の商売敵に悪態をついた。胡桃が足りないことばかりか、家計の逼迫全般に対する責任は彼らにあると信じており、警察署に訴えると息巻くのだ。だが実際のところ、一族は闇色の幽霊でも怖がるように警察署を恐れていた。ジェラールが潜在意識に存在する「暗黒点」が警察署であると書いたところ、署から令状を携えた警察官がやってきて、検察局で釈明せよと本人を召喚したことがあったのだ。電話が鳴り、ガーリップの父がひどく深刻な態度で受話器をとった。警察署からだ、とガーリップは考えた。父は電話中、室内の調度品に（気休めまでに、ここの壁紙はシェフリカルプ・アパートと同じ、蔦の葉の間から地面に零れる緑のボタンの図だった）ぼんやり目を向け、食卓の人々にも（メリヒ伯父は咳の発作を起こし、耳の聞こえないヴァスフはまるで電話の会話を聞いているようだった。ガーリップの母の髪は毛染めを重ねた結果、美人のスザン伯母と同じ色になっていた）同じように空虚な視線をなげかけていたため、ガーリップも一同と共に電話の会話のうち洩れ聞こえてくる半分に耳をそばだて、聞こえない半分を推測しようとした。

「ここにはいませんよ。いいえ、来てないんです。そちらはどなた様ですか？」父の応答。

「どうもどうも……私は伯父です。恐れ入りますが今夜は一緒じゃないんです……」

「リュヤーに電話か」とガーリップは考えた。

「ジェラールにだ」

電話を切った父は満悦の態で明かした。「お年を召した女性だったよ。ファンのマダム殿だ。あいつの書く新聞記事がとても気に入ったらしい。直接と話したいと住所と電話番号を聞いてきたんだ。」

「どの記事？」とガーリップは訊いた。

「今のおばさんの声、誰に似てたと思う？　わかるかい、ハーレ。変だなあ。お前の声に極めてそっくりだったよ」

「声が年寄りに似ていたからって、ビクともしませんけどね。」それから「肺色」の首をガチョウのようにぐいっと伸ばし、断定した。

「でも私、絶対あんな声じゃないわよ！」

「どう違うのさ？」

「あのご婦人でしょ？　朝も電話してきたもの。あれは奥様声というより、奥様風な声を作っている意地悪ばあさんの声だわ。それか、年配の女の人の声を出そうとしている男の声ね」

父が尋ねた。その年配女性はここの電話番号をどうやって知ったんだ？　訊いてみたか、ハーレ。

「訊かなかったわ。必要ないじゃない。だって力士の逸話でも書くみたいにして、うちの汚い洗濯物のことなんかを新聞に連載する子なのよ。あれを知って以来、ジェラールが何をやらかそうとおどろきゃしないわよ。だから思ったの。ひょっとしたら、私たちのことをからかった記事の最後に、うちの電話番号を書き添えたりしたんじゃないかしらって。覗き趣味の読者をもっと面白がらせてやろうって魂胆よ。亡くなったお母様もお父様もどんなに孫のあの子に心を痛めたことか。それを思えば納得する話よ。ジェラールにびっくりするとしたら、読者サービスでうちの電話をバラしてしまうことなんかじゃないわ。私たちのことを何年も毛嫌いしてる理由を教えてもらったら、それが一番衝撃的よ」

「嫌ってるのは、あいつが共産主義者だからさ。」メリヒ伯父が咳をやりこめ、勝利の一服に火をつけた。「あの頃、共産主義者どもは労働者や庶民を騙せないと思い知り、軍人をだまくらかして、イェニチェリ風の反乱劇として共産主義革命を実現しようとしていたんだ。せがれも血まみれ、憎しみまみれの記事を書くことで、やつらの妄想の道具となりやがった。」

「違うわ。そこまでひどくない。」ハーレ伯母が否定した。

「リュヤーが教えてくれたのさ。よく知ってるとも。」メリヒ伯父はそう言って笑い、むせ込んだ。「この軍事クーデターのあと、トルコ風ボルシェヴィキ・イェニチェリ軍団体制ができるはずだった。せがれはそこじゃ外務大臣もしくはフランス大使にしてもらうと確約をとりつけ、独学でフランス語まで勉強し始めたそうだ。この革命の野望ときたら失敗確実だが、まあフランス語の勉強の足しにはなるだろうということで、最初は喜ばないでもなかったもんだ。あいつは若いころ、語学の一つもモノにできないバカ息子だったからな。でも事態が洒落にならなくなってきて、リュヤーがあいつと会うことを禁止したんだ。」

「あなたったら、そんなことなんかなかったじゃないの。」スザン伯母が言った。「リュヤーとジェラールはいつも会っていたじゃない。電話もしていたし。義理の兄妹じゃなくて、実の兄妹のように仲良しだったわ。」

「あったさ、事実だとも。でも俺が気づくのも遅かったんだ。あいつは国民や軍隊を騙すのに失敗したもんだから、今度は妹を騙しにかかった。そんなこんなでリュヤーはアナーキストになっちまった。なあ、ガーリップ。チンピラ仲間が屯(たむろ)するあの鼠の巣穴から救いだしてやらなかったら、リュヤーは今頃、おとなしくベッドで寝てなんかいるもんか。どこでどうしていたことやら」

その場の者がしばし病床に伏せるリュヤーのいたわしい姿を想像する間、ガーリップは爪を眺め、メリヒ伯父が二、三カ月毎に一度列挙するリストを更新するかどうか占った。

「あのときリュヤーは刑務所にぶち込まれてもおかしくなかった。あの子はジェラールより用心深くないしね。」メリヒ伯父はリストをいじる興奮に囚われ、人々が恐れをなして「神よ(アッラー)、守りたまえ」と呟くのも構わず列挙した。「あの頃のリュヤーは、ジェラールともども無法者一味の仲間入りしているところだったよ。哀れ、リュヤーは、ベイオウルのギャング、ヘロイン密造業者、ナイトクラブ族、コカイン中毒者の白ロシア人……聞き取り調査を口実にして接触した、あの放蕩軍団全部と付き合ってたさ。いかがわしい快楽目当てにはるばるイスタンブールにやって来たイギリス人、相撲連載と選手たちに舌なめずりするホモども、トルコ風呂での無礼講に飛び入りしたアメリカ女、詐欺師、ヨーロッパだったら女優どころか売春婦にすらなれないレベルの映画スター、反抗的態度とか横領の咎で軍隊を放り出された将校、梅毒のせいでがらがら声の男みたいな歌手、自分を社交界の花だと思いこんでいる下町美女。そんな連中のなかから、俺たちは身内の娘を探しださなきゃならんはめになるところだったんだ。あいつに言ってやれ、イステロピラミシンを飲めって。」

「なんですって？」

「風邪に一番効く抗生剤だよ。ベコズィム・フォルトと一緒に六時間ごとに服用。今何時だ？　もう起きた頃だろうか？」

リュヤーはまだ寝ているのではないかとスザン伯母は言った。ガーリップは皆が一斉に想像したリュヤーの姿と同じもの、すなわち病床のリュヤーを脳裏に描いた。

「おやめなすって！」と叫んだのは、慎重にテーブルクロスを片付けていたエスマだった。このシミだらけのテーブルクロスは、不幸にも本来の用途以外に、食事のあと、端っこで口をぬぐうナフキンとしても使われていた。祖母が嫌ったにもかかわらず、祖父の悪癖が皆の間にそのまま残ってしまったのだ。

「おやめ、この家でジェラール坊ちゃんの悪口はおっしゃいますな。坊ちゃんは立派になったんですから」

メリヒ伯父に言わせれば五十五歳になった当の息子も、腹の中で同じことを考えているからこそ、七十五歳の老父に電話もしなければ、市内の自宅の住所も誰にも教えないのである。連絡を避けるべく電話番号も秘密にしていたが――父親だけでなく、親族全員に対して。どんなときも真っ先に彼の味方になるハーレ伯母にも――、さらに念を入れ、電話線まで抜いていた。伯父が傷心ゆえに、ではなく習慣ゆえにであれ、嘘泣きするのではと身構えたが、警戒していた別の事態に立ち会うことになった。伯父はやはり昔からの習慣で、ジェラールではなくガーリップのような息子がずっと欲しかった、と二十二歳の年齢差など無視して繰り言を言うのだ。ガーリップのように賢くて、思慮深く、大人しい息子が……。

二十二年前（すなわち、ジェラールが現在のガーリップの年齢だったころ）、恥ずかしいくらいに背がぐんぐん伸び、その手はもっと恥ずかしい不器用な行為を繰り返していた頃、初めてこの台詞を聞かされたガーリップはそれが現実になった世界を想像した。まず考えたのは、食卓を直角にとり囲む壁、そこを突き抜けた彼方の一点を見つめて食べるような退屈で味気ない両親と一緒の食事風景（ママ―お昼の冷菜が残ってるけど、食べる？　ガーリップ―うーん、いらない。ママ―あなたは？　パパ―何のことだ？）から逃れられ、スザン伯母、メリヒ伯父、リュヤーと一緒に毎晩夕食を囲むことができるということだった。別のことも心を過り、頭がくらくらした。日曜の朝、リュヤーと遊ぼうと（「秘密のトンネル」とか「見ない見ないばあ」とか)、上階に行き、見目麗しいスザン伯母のブルーのネグリジェ姿をたまに見かけたものだが、あのひとが母になってくれるのだ(そのほうがいい)。父親は弁護士という憧れの職業に就き、大好きなアフリカの話をしてくれるメリヒ伯父である(そのほうがいい)。同い年だからリュヤーとは双子ということになる(ここで理性が恐るべき帰結を多々はじき出し、考えあぐねて思考停止した)。

食卓が片付いてから、BBCの取材班がジェラールを探していたが、本人に連絡がつかなかったことを明かしてみた。だが、イスタンブール中に点在しつつもその数に関しては巷説も様々で、住所と電話番号も秘密のジェラールの隠れ家の場所とその捜索方法に関する談義は再燃しなかった。ただ誰かが言った。雪が降ってる、と。すると一同は食卓を離れ、いつものソファに身を埋める前、手の甲でカーテンを押し広げ、冷気が満ちた小暗い隙間からうっすら雪化粧を施された裏通りをながめた。無音の、清き雪。(これはジェラールが「古き良き断食夜」の郷愁を、読者と共有するというより、嘲笑するために用いた場面の焼き直しだ。)ガーリップは自室に戻るヴァスフについて行った。

大きなベッドの端に座ったヴァスフに向かい合って腰を下ろす。ヴァスフは白髪のあたりで手を動かし肩に垂らした。りゅやーハ? ガーリップは胸板を拳骨で殴り、窒息するほどむせかえって見せた。咳ノ病気ナンダ。それから両手を合わせて枕を作り、首を傾げて頭をもたせかけた。寝テル。ヴァスフはベッドの下から大きな段ボール箱を取り出した。五十年間貯め込んだ新聞や雑誌の切り抜きのなかでもとっておきのもの、おそらくは一番のお宝らしい。ヴァスフの隣に座り、箱から無作為に取り出した写真を眺めた。あたかも反対側の隣にはリュヤーが座っているように。ヴァスフが見せびらかすものを眺めては、一緒に笑っているように。コーナーからのボールにヘディングして脳溢血で死んだ有名サッカー選手が、二十年前、広告用にシェービング・クリームを顔に塗りつけている泡まみれの微笑。軍事クーデター後、イラク指導者カスムの血染の軍服の中で安臥する死体。有名なシシリ広場殺人事件の再現写真（『やきもち焼きの大佐殿がおりました。二十年もの間、浮気されていたことに気付きませんでした。しかるに退役後、女たらしの新聞記者を何日も追跡し、車にいたところを若き女房もろとも銃殺するのであります。』リュヤーならこう語っただろう。ラジオ劇場を真似た声色で）。メンデレス首相が生贄のラクダを寄付した時、背後で特派員のジェラールがラクダと一緒にあらぬ方向を向いている写真。帰宅するため立ち去ろうとした時、慣れた手つきでヴァスフが取り出したジェラールの昔の記事がふたつ、目にとびこんできた。「アラジンの店」と「司殺者（ジェラート）と泣き顔」。眠ラレヌ夜ノタメニ、読ミモノ用意！　この切り抜きを拝借すべく、必死にパントマイムをする必要などなかった。エスマが淹れたコーヒーに手をつけなかったことも大目にみてもらえた。「病気の妻が家で待っている」という蟠り（わだかま）りが露骨に表情にでていたのだろう。扉が開け放たれ、ガーリップは玄関の敷居に立った。メリヒ伯父さえ「おう、帰るがいいさ」と言った。ハーレ伯母は雪の路地から舞い戻った黒猫〈石炭（キョミュル）〉をかがみ込んでかまっていたが、もう一度家の中から念を押した。

「お大事にって伝えてね。リュヤーによろしく」

帰り道、眼鏡の仕立屋が店舗の鎧戸を閉めているところに出くわした。ささやかなつららを蓄えた街灯に照らされながら挨拶し、連れだって歩いた。「遅くなってしまいましたよ。」仕立屋は雪夜の極度の静寂を破るべく口をひらいた。「女房が待っているというのに」「ええ、寒いですねえ。」ガーリップも答えた。足下に潰される雪の音を聴きつつ、曲がり角のアパルトマンまで、その上階の角の寝室のベッドランプの淡い光が見えるところまで一緒に歩いた。霏々（ひひ）として降る雪、もしくは闇。

居間の電気は家を出たときのまま消えており、廊下の灯りは点灯していた。帰宅するなり茶を飲もうとやかんに水を差した。脱いだコートとジャケットをかけ、寝室に入り、褪せたテーブルランプの明かりのなかで濡れた靴下を履き替えた。それから自分の元を去ったリュヤーが残した手紙をもう一度食卓で読んだ。手紙は緑のボールペンで書かれ、記憶していたよりも短かった。わずか十九単語。

# 第4章　アラジンの店

我が欠点をひとつあげるならば、それは逸題(バシャ)である。
――バイロン卿

私は「ピトレスク」な物書きである。各種の辞書で調べてみたが、単語の意味は定かではない。単に語感が気に入っている。私は常々、違う話を語ることを夢見ていた。例えば馬上の騎士。朝まだき靄のかかる平原の両端で決戦に備えて睨みあう三百年前の軍隊。冬の夜、居酒屋で恋物語を互いに打ち明ける浮かばれない人々。秘密を追って街の暗がりに消えた求愛者(アーシュク)たちの果てしない冒険。そんなことを語るのが夢だった。だが神が私に与えたもうたのは、別種の話題にふさわしい当コラム欄と読者諸君だけ。我々は互いに相手に合わせているのである。

記憶の園が砂漠化を免れていたならば、現状に甘んじていられたのかもしれない。だが、ペンを執るたび、また私に期待をする読者諸君の顔や枯れ果てた庭園の記憶の痕跡が眼前に浮かぶ。私の元からひとつひとつ消え去った全記憶の痕跡が。思い出自体ではなく、痕跡に過ぎぬものと対面することは、今は去りにし愛せし人がソファに残した痕跡を、涙越しに見つめることに似ている。

かくてアラジンへのインタビューを決めた。彼のことを新聞に取り上げるつもりだが、その前に一度面会したい旨を告げると、黒い瞳を丸くしてこう言った。

「おいおい、そいつはうちにとって厄介なことになるんじゃないですかい？」

それはないと説明した。ニシャンタシュの彼の店が我々の生活に確固たる地位を占めていることも話した。ささやかな小間物屋が扱う何千点、何万点にも及ぶ雑多な商品は、色や匂いも鮮やかに我々全員の記憶に息づいているのである。病気の子を抱えた母親はきっとアラジンの店にプレゼントや玩具（鉛の兵隊）、本（『赤毛のぼうや』）、挿絵つき小説（キノヴァが復活する第十七巻）を買いに行き、病み臥す子供のほうはその帰りを熱烈に待ち焦がれる。周辺の学校に通う何千人もの生徒が終業ベルを待つ間に考えることといったら、やはりアラジンの店のことである。心のなかではとうにベルは鳴っており、店に駆け込んでサッカー選手（〈ガラタサライ〉のメティン）やレスラー（ハミット・カプラン）や映画俳優の写真（ジェリー・ルイス）付の駄菓子（ゴーフレット）を買うことを空想している。芸術専門夜間学校への道すがらアラジンの店に寄り、剝がれかけのマニキュア用の除光液の小瓶を買っていた娘たちが大人になり、退屈な結婚生活の舞台である退屈な台所で子供や孫に囲まれながら、思春期の淡い恋の数々を苦い思いで懐かしむ時、夢見るのは今や遥か遠いおとぎ話となり果てたアラジンの店である。そんなことを私は語って聞かせた。

気が付くと、我々は我が家で対座していた。私はアラジンに、大昔、彼の店で緑のボールペンと翻訳がぎこちない推理小説を買った話をした。後者の話のついでに私はその本を愛する主人公アラジンに贈り、彼も人生の最後までその類の推理小説を耽読するようになった。我が国の歴史はおろか、全東洋の歴史を塗り替えるだろう某陰謀についても語った。クーデターを計画していた憂国の決起将校と新聞記者の両者が、初の歴史的会合の前アラジンの店で落ち合った様子を。歴史的会見の進行中、知らぬが仏のアラジンは、その夜、天井にまで届きそうな書籍と商品箱の塔が立ち並ぶカウンターの後ろで、指を唾で湿らせつつ翌日返本用の新聞と雑誌を数えていたのである。ショウウィンドウに掲げたり、店の入口前の栗の木の太い幹に巻いたりしてアラジンが展示する雑誌のせいで、気もそぞろに歩道を行き過ぎる孤独な男たちの夜の夢の中では、まるで『千夜一夜物語』に登場する欲求不満の捕虜の娘と王の妃たちのように、誌面でポーズを決める国内外の裸の美女が浮かれだすことも伝えた。話題が『千夜一夜物語』のことになったので、アラジンという彼の名を冠した物語が、実は『千夜一夜物語』内のいかなる部分でも語られたことがなく、この本が二百五十年前アントワーヌ・ガランにより初めて欧州で出版されたとき、ページの間に手品のように忽然と挿入されたことを教えてやった。本当はこの物語をガランに語ったのは、シェラザードではなく、ハンナという名のキリスト教徒なのだ。ハンナは実は「ヨハンナ・ディヤップ」なる〔シリアの〕アレッポ在住の学者であり、物語はトルコのもので、イスタンブールが舞台である可能性が高い。このことは珈琲館の挿話の細部描写から割り出した。だが実際にはもう永遠に物語の原典がどれかわからないだろう。どれが本来の人生であるかが永遠にわからぬように。なぜなら、本当のところ、私はすべてを忘れ、そのすべてを忘れ、そのすべてを忘れたのだから。なぜなら本当は年寄りで不幸で性格が悪く孤独なんだ俺は、だから死にたいんだ。なぜなら本当はニシャンタシュ広場からは夕方のラッシュの騒音、ラジオからは人々の悲涙を絞る音楽が聞こえてきていたのだ。なぜなら本当は私だって全人生を通じ物語を紡いだ後は、死ぬ前に自分が忘れたあらゆる事柄に関する物語を逐一アラジンのほうから聴きたいのだ。売り場内の檸檬香水（コロンヤ）の瓶、収入印紙、マッチ箱の上に書いてある絵、ナイロン・ストッキング、絵ハガキ、俳優の写真、性科学年鑑、ヘアピン、祈禱用書物の物語を。そんなことも訴えた。

　夢物語の中に嵌った生身の人間が皆そうであるように、アラジンには現世の限界を凌駕する超現実的な側面と、決まり事を凌駕する赤裸々な論理があった。報道関係者が店に関心を持ってくれたことは喜ばしい、と彼は明かした。三十年間、角の店で一日十四時間身を粉にして働いており、自宅で睡眠を取るのは、日曜日の午後、誰もがラジオのサッカー試合を聞いている二時半から四時半の間だけだった。本名は別にあるが顧客は知らない。愛読紙は『ヒュリエット』だけ。店内で政治的会合が行われたことなど信じない。なにしろ真向かいにテシヴィキエ交番がある。自分も政治には興味がない。唾をつけつつ雑誌を数える、というのも嘘だ。この店自体が伝説や寓話に属しているということも。アラジンはこの類の誤解には異議を唱えたいそうだ。例えば貧しい老人たちはショウウィンドウに展示したプラスティック製のおもちゃの時計を本物だと勝手に勘違いし、安さに驚き興奮状態で入店してきた。紙競馬や、自分で選んだ宝くじが当選しなかったりして立腹する人々の中には、それらをアラジンが作ったと誤解して騒ぐ者もいた。ナイロン・ストッキングが伝線した女性も、国産チョコレートを食べて全身の皮膚が剝けた子供の母親も、読んだ新聞の政治的傾向が気に入らない読者も、製作者ではなく仲介者にすぎないアラジンを責め立てた。中身は「茶」かと思わせておいて「茶色」の靴墨がでてくるパッケージ。艶やかな声色を誇る歌手エメル・サユンの最初の歌が終わったかと思うと、ぐらぐら揺れながら真っ黒な液体を放出し、トランジスターラジオを駄目にする国産電池。何処に居ようと、北を指す代わりに常にテシヴィキエ交番を指し示す方位磁針。それらの製造責任はアラジンにない。バフラ煙草のパッケージからは夢見がちな勤労少女の愛と求婚の手紙がでてくるが、それもアラジンの仕組んだことではない。にもかかわらず、パッケージを開けた左官屋の丁稚は欣喜雀躍の態で駆け寄ってきて、アラジンの手にキスをして結婚式の仲人(シャーヒット)を頼み、娘の名前と住所を尋ねるのだった。

店が位置しているのは、ひところイスタンブールの「最高級住宅地」とされた場所だったにもかかわらず、客層は常に、そう、常にアラジンを唖然とさせてばかりだった。ネクタイを締めた紳士でありながら、世の中には順番が存在することを学習せずに生きてきたらしき人物は、それを学習したと思えば今度は待てない人々に我慢ができず怒鳴り散らした。バスが道路の角に姿を現すたび、興奮した略奪屋のモンゴル兵のように「切符くれ！　切符！　早く寄こせってば！」とわめきながら店になだれ込み、周りの人に分配する輩がいるので、バス切符を売るのはやめた。おしどり老夫婦が宝くじの買い方を巡って大喧嘩になるのや、厚化粧の女性客が石鹸を一個買うため三十種類を試し嗅ぎするのや、退役軍人が笛を買う前に化粧箱入りの商品を全部いちいち吹いてみるのを目撃した。だがもう慣れっこになって気にしなくなった。十一年前に最終号が出た写真入り小説誌の、バックナンバーが一冊ないことを訴える主婦や、郵便切手を買う前に糊を舐めて味を確かめる太った紳士や、造花のカーネーションに匂いがないと怒り狂って翌日返品しにきた肉屋の嫁にも平然と構えていた。

この店は彼の汗と涙の結晶だった。古い『テキサス』と『トミックス』〔イタリアの漫画〕を自分で束ね、町じゅうが眠る早朝に開店し箒で掃き清め、洗濯バサミを使って新聞と雑誌を門と栗の木に吊るし、入荷したばかりの商品をショウウィンドウに展示するのが長年の習わしである。客の求めに応じ、奇妙奇天烈な商品（磁石付きの鏡を近づけると回るおもちゃのバレリーナ、三色の靴ひも、目に青い電球が光る小さなアタテュルクの石膏像、オランダ風水車の形の鉛筆削り、「貸家」「慈悲深きアッラーの名において」の看板、中から突然百までの番号がふられた鳥の絵が飛び出す松葉風味のガム、グランド・バザールでしか売ってないピンクのバックギャモンのサイコロ、ターザンとバルバロスの転写シール、サッカーチームの色のニット帽——彼自身も青のを十年愛用していた——、一方の端が靴べら、もう片方が栓抜きとして使える鉄の器具）を客に提供するべく、長年に渡りイスタンブール中の店を虱潰しに見て回り、絶対に予測不可能な要望（お宅には薔薇水の香りがするあの青インクはあるでしょ？　ことによると歌を歌う指輪は扱ってますか？）にさえ「ございません」とは言わなかった。客のリクエストがあるからには現物が存在すると考え「明日入荷します！」と返事をし、手帳に書き留める。次の日も、神秘を求めて街をさすらう旅人のごとく、一軒一軒他店を聞きまわっては目当ての品を掘り出してきた。驚異的な売れ行きを見せた「写真小説（フォトロマン）」、もしくは挿絵入りのカウボーイ小説、もしくは虚ろな表情のトルコ人俳優ブロマイドのおかげで労せずして稼げた時代もあった。コーヒーや煙草が闇市場に移行して不穏な空気が流れ、行列だらけの味気なくて薄ら寒い日々が続いたこともあった。店内で眺めていては、歩道に湧く人々のことが「このひとはこうで、あのひとはこう」であることがわからないが、皆それぞれに「(なんというか)何者か」だった。

一見、各々異なる空気を纏っているかに見える群衆とは、全員一斉に音楽が流れる煙草の箱に興味を持ったかと思えば、日本製のミニ万年筆を我先に奪い合って買い、翌月にはそれらを忘れ去り、銃の形のライターを買い漁り始めるという風でもあり、アラジンが追いつけるわけがなかった。その後、プラスティックの煙草ホルダー・ブームが始まり、自分が嗜む煙草の汚らわしいヤニを全国民が変人学者的優越感で眺めつつ、半年間、透明なホルダーを使用する。そうこうするうちそれを放り出し、右翼も左翼も、無神論者も信者も、色や大きさも様々な数珠をアラジンの店で買い、所構わず繰りはじめる。この熱狂が止むと、在庫化した数珠を返品しないうちから夢占いの流行が始まり、夢判断のハンドブックのために店先に行列ができる。あるアメリカ映画が上映された途端、若者がこぞってサングラスを求めたこともあれば、新聞記事がきっかけで女たちはリップ・クリーム、男たちは坊主にこそ似つかわしいタッケ帽を欲しがったこともあったが、ほとんどの場合、客の購買欲は謎の経路で伝染病のように広がった。なぜ、何千、何万人もの人が同時期に、ラジオや集中暖房の上、リアウィンドウの前、自室、仕事机、カウンターに、木製の帆船を置くようになったのだろう? 老若男女を問わず万人がみな同じ絵、目からひとしずくの大粒の涙が溢れる悲しげな西洋人顔の子供の絵を、不可解な切望をもって欲しがり、壁や扉に吊るしたことをどう解釈すべきだというのか。この国は、この国の人間は何と言うか……「変だ」とアラジンが探しあぐねた言葉を私が補完した。「理解不能」、「それどころか不気味」であると。

適語の選択はアラジンではなく私の仕事だったから。お互いにしばし沈黙した。

　それからアラジンは続けた。長期的に売れ行き良好だったセルロイドの首ふりミニ鵞鳥について。チェリー・リキュールとさくらんぼが入った、酒壜の形の懐かしいチョコレート・ボンボンについて。イスタンブールのどこで凧の制作に最適な板が最安値で販売されているかについて。拝聴するうち、アラジンと客との間には、アラジン本人の言語能力以上の言葉を用いてしか説明できない、ある紐帯が存在することがわかった。アラジンは、祖母と来店し鈴輪（リングベル）を買った少女のことも、フランスの雑誌を摑んで店の隅っこにひっこみ、ヌード写真の女と電撃的に愛し合うことを企むにきびだらけの若者のことも好きだった。ハリウッドスターの驚愕の私生活を小説化した本を買って夜中に自宅で一読し、翌日「この本持ってたわ」と返品しにくる眼鏡をかけた銀行員のことも、コーランを奉読する少女のポスターを新聞紙の写真のない部分を使って包装するようにわざわざ願い出る老人のことも愛していた。だがそれでもその愛は用心を伴った。モード雑誌内のパターンを地図のように広げ、店の真ん中で布地を裁断するという狼藉にでた母と娘、店を出る前におもちゃの戦車で戦争を始め、ぶつけて壊してしまった子供たちのことは多少理解できた。一方、ペン型の懐中電灯や髑髏（どくろ）のついたキーホルダーがないかと尋ねた人々のことは、彼らが完全に未知の、理解不能な世界から、あたかも自分に何かの合図が送っているのではないかと疑った。雪の降る冬の日に来店し、生徒の宿題のために使う「冬の光景」をではなく、執拗に「夏の光景」を所望した謎の男が体現していた神秘とは何だったのか？　真夜中、店仕舞い寸前に入店した闇の二人組が、既成服を着こみ、腕が上下に動く大小様々な人形を、本物の新生児を扱う医者のように、慎重に慈悲深く慣れた様子で両腕に抱き、桃色の作り物が目を開閉するのをうっとりと眺めてから、ひと瓶のラク酒と一緒に人形を一体包ませると、アラジンにとっては身の毛がよだつような闇の中へと消えたこともあった。アラジンは同様の出来事が起きるたび、箱やビニール袋に入れられて販売中の人形の夢をよく見たが、最近もまだそれは続き、閉店後、夜ごと人形たちがおもむろに眼を開閉する様子や、髪が伸びる様を思い浮かべていた。これは何の象徴かと、おそらくは私に尋ねようとしたものらしかったが、ふと、やるせない沈黙に沈み込んでしまった。我が国の人々は、多くを語りすぎたこと、自らの不満をぶつける形で世界を征服しすぎたことを突如自覚すると、こうして黙りこんでしまう。今度の沈黙はすぐには破られまいと覚悟して互いに黙った。

時が経ち、済まなそうに拙宅を辞するアラジンは私に告げた。今後は、より見識が深まり、より思い通りに書けるようになるでしょう、と。いつかおそらく、あの人形や我々の夢を題材に、優れた記事が書けそうではないか、親愛なる読者諸君よ。

# 第5章 子供っぽさだ、こんなの

人は別れの時、理由を示すものだ。理由が語られる。相手には反論する機会が与えられる。理由なき訣別などない。否、そんなのは子供っぽさだ。

——マルセル・プルースト

十九単語の離縁状、リュヤーはそれを緑のボールペンで書いたものらしかった。ガーリップが電話の場所に常備するのを好んだペンだが、そこには見当たらず徹底的な家探しのあとも出てこなかった。この手紙は家出直前に書かれたに違いない。つまり手紙を書き終えたリュヤーは、ペンが必要になる可能性を考慮し、最後にそれをハンドバッグに放り込んだのだ。リュヤーが珍しく誰かに改まった手紙を書こうという時に好んで使う太い万年筆のほうは、所定位置である寝室の引き出しに置きっぱなしだった(その類の手紙を書き終えることはなかった。書き終えたところで封筒に入れないし、入れたところで投函しない)。便箋代わりに使用されたノート用紙は、どのノートを破いたものなのか? 断続的にではあったが、調査には長時間を費やした。夜更け過ぎ、リュヤーがジェラールの助言に従い自分の過去の小博物館を設置した古い棚の引出しからノートが出てきた。そのページを手紙の用紙と比べてみる。一ダースの卵を六クルシュと計算する小学校の算数ノート。宗教の授業で無理やり続けさせられた礼拝帳（後半のページには鉤十字の落書きや、斜視の教師の似顔絵がある）。端っこに様々なタイプのスカートの絵、海外スター、国内の美形スポーツ選手、アイドルの名前が書かれた国語のノート（『醇美(ヒュスン)と愛(アシュク)』は試験にでるかも）。探索のたび毎度同じように呆気ない失望をもたらす引出しを探り、思わせぶりにおびき寄せては虚空を摑ませる箱の底やベッドの下も覗き、最後に「何も異変はない」と誤信させることを目論むかのように変わらぬ匂いを放つリュヤーの服のポケットも探した。モスクの早朝礼拝の呼びかけ(アザーン)が聞こえてほどなく、古い棚に改めて目が行き、無造作に手を伸ばした時、その手に触れたのが、まさに手紙の紙を破ったノートだった。中身は検分済だったが、紙面に残された絵や文字（軍は一九六〇年五月二十七日、政府が森林破壊を行ったとして軍事クーデターを起こした。〔ギリシャ神話の怪物〕ヒュドラーの断面はおばあちゃんの洋酒棚にあった青い花瓶に似てる）には注意を払っていなかった。そのノートの中ほどの一ページが、よほど慌てたものか、乱暴に破られていた。異様な慌てぶりがわかる断片であり、夜通し収集した他の些細なディテール同様、ドミノのコマのように折り重なって倒れる連想と些細な発見以外、なんら結論を導かぬ断片だった……。

連想――遠い中学生時代、リュヤーとは同じクラスで、離れた列に座り、甘苦を共にしつつ歴史の授業を受けていた。不細工な教師が突然「紙とペンを用意！」と叫び、教室中が抜き打ちテストの恐怖にしんと張りつめるなか、誰かが慌ててノートを破る音が響く。「ノートを破くな！」いきなり立った教師の金切り声が飛んでくる。「答案用紙で提出しなさい！　支給されたノートを破るひと、国民の財産を破壊する生徒はトルコ人じゃありません。人間失格です。そんな子は零点にします！」そして本当に零点にした。

些細な発見――謎の周期で作動中の冷蔵庫の無遠慮なモーター音しか響かぬ夜の静寂（しじま）のなか、幾度となくクローゼットを探索し、その最奥に海外推理小説を見つけた。それは家出の時、リュヤーが携行しなかったモスグリーンのハイヒールの間にあった。部屋に置かれていたならば数多の本に埋もれたまま見逃してしまうところだが、一夜にして、クローゼットの奥や引出しの隅で発見し、手に触れたものは全て調べるのが手癖となっていたため、その手はどんぐり眼の、腹黒そうな小さなフクロウが描かれた黒い本のページを自動的にめくり、紙質の良い雑誌からの切りぬき写真を発見した。美しい男のヌード写真。ガーリップは静まった「男性器」を眺め、本能的に自分との大きさを比較した。「アラジンの店で買った洋モノ雑誌の切り抜きだ。」

連想――リュヤーはガーリップが推理小説を受け付けず、手を触れようともしないことを知っていた。推理小説では、イギリス人が出てくればいかにもイギリス人らしく、太った人間は太った人間らしく描かれる。犯人と被害者を始めその他どんな主体も客体も手がかりのような顔をしているし、または作家が手がかりとしての役割を無理強いしているため、本来の姿とかけ離れてしまう。ガーリップはこんな人工的な世界に没頭して「暇つぶし」をすることがどうしてもできなかった。（だから暇つぶしだってば！とリュヤーは言っていた。推理小説と一緒にアラジンの店で買ったピスタチオを貪りながら。）一度、作家自身も殺人者が誰なのか知らないまま書かれた推理小説があったら一読に値するかも、とリュヤーに言ってみたことがあった。そうすれば舞台装置と登場人物は、一切を知悉（ちしつ）している作家の無理強いにより、手がかり、あるいは偽の手がかりの衣を纏（まと）うことはないし、少なくとも推理小説は作者の妄想ではなく、現実生活で起こることを真似つつ小説として成立可能だろう。ガーリップより読書という行為に長けたリュヤーは、その小説における細部描写の豊饒さに対し、どう限界を設けるかという点を問題にした。この種の小説においてディテールは常に只一つの目的を示すものなのだそうだ。

ディテール――リュヤーは外出前、使う立場で見ると虫唾が走るような、大きなオサムシと、三匹の小さなゴキブリの絵が描かれた殺虫剤をトイレと台所と廊下に大量に散布した（まだ匂っていた）。湯を沸かそうと「電気湯沸かし器」と言われるもののスイッチをひねった（おそらくぼうっとしていたのだろう。木曜日は湯の供給日なのだから）。『ミリエット』紙を少し読み（皺になっている）、そのあと鉛筆を用意してクロスワードパズルも少し解いたらしい。「霊廟」「間」「月」「困難」「分裂」「切迫」「神秘」「聞け」。朝食は食べた（紅茶（チャイ）、白チーズ、パン）。食器は洗っていない。寝室で二本、居間で四本、煙草を吸った。持って出たのは冬服数着、肌荒れの原因だとぼやいていた化粧品の一部、スリッパ、最近読んでいた何冊かの小説、幸運をもたらすと信じて引出しの取っ手につけた、鍵のついていないキーホルダー、唯一のアクセサリーである真珠の首飾りと、後ろに鏡がついたブラシだけ。髪の色と同じ色のコートを着用。これらすべてを、どうせ行きもしない癖に旅行の時に必要になるといって父親からもらった、中くらいの古い旅行鞄（メリヒ伯父が北アフリカから持って帰って来た）に入れたようだった。

ほとんどのタンスの扉は（足で蹴って）閉めてあり、引出しも元通りにし、散らかったものは片付けられていた。離縁状も全く躊躇（ちゅうちょ）せず一息に書いたものらしく、ゴミ箱や灰皿に破り捨てられた下書きはなかった。

ことによると離縁状とは呼べないかもしれない。そのうち帰るとも書いていなかったが、帰らないとも書いていなかったのだから。ガーリップにではなく、家に別れを告げているようでもあった。ガーリップに対しては三単語をもって共犯者となるよう申し入れており、一も二もなくその提案には飛びついた。「お母さんたち・上手に・あしらってね！」この共犯関係は家出の理由をはっきり自分のせいにしていないという点で喜ばしいことであり、さらに何であれ、リュヤーとつながっていられることを意味していた。協力への対価として、リュヤーが託した約束も三単語だった。「あなたには・連絡・するから。」だが、まる一夜連絡はなかった。

夜通し、水道や集中暖房の管が呻いたり唸ったりため息をついたりと、様々な音をたてた。雪が断続的に降っていた。甘酒屋（ボザ）が通り過ぎ、それきりだった。リュヤーの緑色の署名と何時間も向き合った。室内の物体や物影が新たな異相を帯びてきて「我が家」はもう別の家だった。「なるほど、あの照明は蜘蛛に似てたんだ。三年も天井にぶら下がってたのに気づかなかった。」きっといい夢が見られると期待しつつ眠ってしまいたかったが、眠れなかった。夜通し規則的な間隔で、今までの探索をすべて初めからやり直し（ワードローブの奥の箱は見たっけ？　見た。たぶん見た。たぶん見なかった。いや、見なかったんだ。今から全部最初から見直さなきゃ）、新たな探索を始めた。不毛な家探しの最中、ある地点で、リュヤーの古いベルトの思い出に重なる髪飾りやら、大昔に失くしたサングラスの空の眼鏡ケースなどを握り締め、この作業が絶望的に無駄であることを突然悟ることもあった。（小説のなかの探偵たちの信用ならないことといったら！　探偵の耳にヒントを囁く作家のおめでたいことといったら！）そんな時は手に持っているものを、博物館の目録を割り出す注意深い研究者のように、慎重に元の場所へ戻し、夢遊病者のような地に足のつかない足取りで、足の向くまま台所に踏み込む。冷蔵庫を開け、何もとりださずに少々中をひっかきまわしてから、また居間のお気に入りのソファで休憩する。ほどなくして同じ探索の儀式を再開するために。

　三年に渡る結婚生活の間、落ち着きなく神経質な様子で向かいに座るリュヤーが足をぶらぶらさせながら、髪を引っ張り、ときに深々と溜息をつき、貪欲に愉しげに推理小説のページをめくるのを眺めたソファ。見捨てられた当夜、独りそこに座るガーリップの脳裏には常に同じ光景が浮かんだ。否、それはかつてリュヤーの動向に連動して心にこみ上げた無価値感や敗北感、孤独感の図（僕ときたら顔は非対称、手は不器用、いくじなしで、声も弱々しくて！）ではなかった。その類の惨めな構図が浮かんだのは、例えば高校時代、自分より先に唇の上に髭が生え、自分より先に喫煙に手を染めたにきび集団なんかとリュヤーが連み（つる）、怖いもの知らずのゴキブリが卓上にぼんやり徘徊する甘味処（ムハッレビジ）やケーキ屋に通っているのを知った時であり、あるいはそれから三年後の土曜日の午後、彼らの階にあがりこみ（こっちに青いラベルがあるかな、と思って来たんだよ！）母親の古道具じみた化粧台を借りて鏡の前で化粧をしたリュヤーが、待ちきれない様子で脚を揺らしながら時計を睨んでいるのを目撃した時であり、また三年後、この頃になると滅多に会う機会がなくなった、精気を失いやつれたリュヤーが、周囲からは非常に勇敢かつ犠牲精神に溢れると評され、当時既に『労働の夜明け』なる雑誌に政治分析の署名記事を処女作として発表した若き政治家と必ずしも政治的でない結婚をしたと聞いた時だ。今、胸の内に現れた光景はこれらと違う。夜通しガーリップの瞼に浮かんでいたのは、ただ生の一部を、機会(チャンス)を、もしくは悦楽を逃すイメージだった。降りしきる雪のなか、アラジンの店の前の白い歩道に射す光。

リュヤー一家が最上階に引っ越してから一年半後、つまり小学校三年生の時、金曜日の夜のことだった。夕闇が忍び寄り、ニシャンタシュ広場から冬の夜特有の車と路面電車の走行音が聞こえてくる頃、二人は当時一緒に発明しルールを定めた「秘密のトンネル」と「見ない見ないばあ」の遊びを組み合わせて作った新しい遊びを始めていた。「いなくなったよ！」二人のうち一人が屋敷内の伯父たちや祖母たちの部屋のどれかに入り隅に隠れて「いなくなり」、もう一人が見つけるまで探すのだ。ことのほか簡単な遊びだが、暗い室内で点灯を禁止する上、時間制限もないので、双方の忍耐力と想像力に訴えるゲームだった。「失踪」の順番が自分に回ってくると、ガーリップは二日前、天啓のように閃いて目をつけていた、祖母の寝室の戸棚の上に（まず椅子の肘掛に、次に慎重に背もたれを踏み台にして）上って身を潜め、見つからないことを確信し、暗闇の中でリュヤーに想いを巡らした。妄想の中では、失踪の悲しみをリュヤーがどう感じるか、より強く実感するため、自分を探すほうの立場になり変わっていた。リュヤーは泣きべそをかいているはず、リュヤーはひとりぼっちで退屈しているはず、下の階の暗い奥の部屋で、隠れた場所から出てきてと、涙をためてガーリップに懇願するはずだった。「永遠の子供時代」ほどの長い時が経った。待ちくたびれたガーリップは我慢できなくなり、忍耐力の点で本当は自分が負けたことすら自覚せず、唐突に戸棚の上から降りて電灯の薄明りに目を慣らし、今度は自分が館のなかでリュヤーを探しはじめた。全階を探した後、幽霊になったような奇妙な感覚と敗北感に襲われながら祖母にリュヤーのことを尋ねた。「ありゃ、服も頭も埃まみれじゃないか！」と対座する祖母。「どこに居たんだい？　お前を探してたよ。ジェラールが来たんだ。」祖父も付け加えた。「リュヤーとジェラールはアラジンの店に行ったぞ。」咄嗟に窓辺に駆け寄った。藍色の冷たく暗い窓へ。戸外では雪が降っていた。人々を屋外に誘う、重厚かつ悲愴なる雪。遠くに見えるアラジンの店内から、玩具、雑誌、ボール、ヨーヨー、色とりどりの瓶、戦車の間隙を貫き、一筋の光が漏れていた。光はちょうどリュヤーの肌色をしており、それが歩道の積雪の純白に仄(ほの)かに照り映えていた。

長夜の徒然に、ガーリップは二十四年越しの光景を幾度となく思い出し、そのたびごとに二十四年前とらわれたもどかしさに身を焦がした。沸騰して一気に溢れた牛乳がもたらす苦々しさと共に。逃してしまった人生の断片は、どこにある？　新婚の頃には、遠い昔の、ふたり共通の人生の神話や子供時代の思い出をより鮮やかに蘇らせることに熱中し、振り子時計をハーレ伯母の部屋から持ち出して、新しい愛の巣の壁に意気揚々と掲げたりもした。長年祖父母宅の廊下で無窮(むきゅう)の時を待っていた時計の果てしない皮肉な鼓動は、今も部屋の奥から響く。三年の結婚生活の間、とらえどころのない、知られざる人生の歓喜と悦楽を逃すことが不満で仕方がないように見えたのは、ガーリップではなく、常にリュヤーだった。

ガーリップは毎朝出勤し、夕方、冴えない顔をした没個性的な群衆と一緒に乗合自動車（ドルムシュ）やバスに乗り、誰のものとも知れぬ肘や脚と格闘しながら帰宅した。一日中、毎回リュヤーが眉を顰める口実を見つけては、仕事場から一、二度電話をかけ、夕方温かな家庭に戻ったときには、リュヤーがその日何をしたか、かなりの確率で見抜いた。灰皿に捨てた煙草の数と種類、家具や生活用品の佇まい、住まいに加わった新手のもの、顔の肌艶などを手がかりにするのだ。もし、（例外的に）幸せの絶頂に居る時、もしくは疑念が頂点に達した時、欧米映画に出てくる夫の姿を真似て、妻がその日、家で何をしたのか、何をいい、したのか、昨夜試みたように赤裸々に尋ねてみれば、双方が不安に陥ったことだろう。洋の東西を問わず、映画では明確に語られることのない、不確かで危うい領域に踏み込む不安だ。統計上や役所の分類上、「主婦」と呼ばれる匿名の人物の（リュヤーに似ていたためしがない洗剤の宣伝に出ている子持ちの女性の）人生に、このような秘密の、謎めいた、危うい領域が存在するということを発見したのは、結婚後だった。

　リュヤーの記憶の奥底にある不可知の領域と同じく、この秘密の危うい領域の神秘の草木と不気味な花々とが混在する花園もまた、自分に対し悉く（ことごと）閉鎖されていることを知ってしまったのだ。この進入禁止の領域こそが、あらゆる石鹸と洗剤の宣伝、写真小説（フォトロマン）、海外雑誌から翻訳された最新ニュース、そして多くのラジオ番組、新聞のカラー付録に共通する話題であり、また標的でもあったのだが、実際はさらに上手（うわて）で、より妖しい秘中の秘だった。時折、ガーリップは自分に対しては禁じられた、その滑（すべ）らかな絹のような領域に関する手がかりや、禁じられた領域に由来する神秘の啓示を発見した気がして一瞬たじろぐことがあった。地下に抑え込まれた巨大宗教団体の、もはや秘匿不可能な秘密に対面したように凍りついてしまうこともあった。それは例えば、廊下の集中暖房の銅のフライパンの横に紙鋏が置かれた理由や状況についての可能性を微かな直感を頼りに考えた時、もしくはリュヤーはまだ頻繁に会っているが、自分は久しく会っていなかった女性と日曜日の外出中に遭遇した時だったりした。気味が悪いのは、活動を禁じられた宗教団体の秘密のように、神秘が「主婦」と呼称される没個性的な人種全員に伝染していること、そして彼女たちがこのような秘密も秘密の儀式も共有した罪や喜びや歴史もなかったように行動し、しかも隠そうと意図してではなく、完全に素のままでそうふるまっていることだった。去勢された後宮（ハレム）の高官が幾重にも鍵をかけて封印した秘密のように、この領域は魅力的であると同時に不快だった。恐らく、その存在が周知のものであるため、それは悪夢のように衝撃的ではない。だが、一度たりとも定義され名前を与えられたことがないがゆえに神秘性を保っており、何世紀もの間、世代から世代へ引き継がれたにもかかわらず、一度として誇りや信用や勝利の源泉となったことがないゆえにその神秘は悲痛だった。この領域はある種の呪いではないかと、時々ガーリップは考えた。一族全員を何世紀も見舞う不幸の連鎖のような呪い。しかし結婚・出産を機に、もしくは謎の理由で突然退職し、多くの女性が自ら望んでこの謎めいた呪いに身を任せることを知るにつけ、秘教の引力とでもいうべきものが働いていることも理解した。つまり、この呪いを祓い別人になる決意を胸に、相当の努力をし、仕事に生きる女性たちの一部には、一度は捨てた秘密の儀式、魔法の瞬間、永遠に理解不能な絹のごとき闇の領域への回帰願望の兆候が見てとれるのだ。突然ガーリップは、くだらない冗談や駄洒落でリュヤーが自分でも驚くほど爆笑するときや栗鼠毛の鬱蒼とした森で不器用に手を動かすのを同じ陽気さで迎えたとき、つまり様々な写真誌やそこで学んだ儀式と無関係にして、あらゆる過去や未来からも切り離された、夫婦間の夢のように親密な瞬間に、例の神秘の領域のことを本気で妻に問いただしたくなることがあった。洗濯、食器洗い、推理小説渉猟、散歩以外に（医者には不妊宣告されており、リュヤーは就職に意欲的ではなかった）今日は家で本当は「あの」時間になにをしたのか。しかし、質問の後、ふたりの間に口をあけるだろう距離感があまりにもおぞましく、質問が引き出そうとする情報がふたりの共通言語の語彙とはまるで馴染まなすぎて、何も訊くことはできなかった。ただ、両腕に抱いたリュヤーのことをしばし呆然と、もう唖然呆然と見つめるだけだ。「またぼけっとしてこっち見てる」とリュヤー。「紙のように真っ白な顔して！」彼女の母親がはるか昔、子供時代のガーリップに放った台詞を愉快そうに繰り返した。

　早朝礼拝の呼びかけ（アザーン）の後、居間のソファで短い仮眠をとった。夢のなかでは、あのボールペンと同じ緑色の液体で満たされた水槽のなかで金魚たちが揺蕩（たゆた）い、リュヤー、ガーリップ、ヴァスフの三人はある誤謬について話している。その後、聾唖者（ろうあしゃ）なのはヴァスフではなく、ガーリップだと判明するが、皆さほど悲嘆にくれたりはしない。どうせ近々すべては元通りになるから。

　目覚めると、机に向かい、約十九時間もしくは二十時間前のリュヤー同様、白紙を探した。リュヤー同様、手が届く範囲に紙は見つからず、リュヤーが残した手紙の裏に書くことになった。それは夜間に思い浮かんだ個々の人物と場所の一覧表で、書くほどにきりがなく、推理小説の主人公を真似ているような気分もし、癪に障った。リュヤーの歴代の元恋人、高校（リセ）の「仲良し」女友達、定期的に名前が浮かぶ友人、昔の「政治」仲間、リュヤーを見つけるまで事情を知らせまいと決めた共通の友人たち。彼らの名前は、それを構成する母音と子音の文字の丸み、上がり下がり、字面、そして段々とより重要な二重の意味を持つように見える形を通じ、未熟な探偵であるガーリップに対し陽気に手を振り、裏切るように目くばせし、偽の手がかりを伝えてきた。ゴミ収集人が収集車の端にブリキの巨大缶を乱打しながら空にして去った頃、これ以上の羅列を避けるべく、緑のボールペンの片割れと一緒に、今日着る予定のジャケットのポケットに手紙を突っ込んだ。

辺りが雪の青みを帯びて明るむ中、室内照明を全て消した。目敏い管理人が嗅ぎ回るのを防ぐためもう一度確認をしてから、ゴミ箱を外に出した。紅茶（チャイ）を淹れ、新しい替え刃で髭を剃り、洗濯済みだがアイロン掛けされていないシャツを着、夜通しひっかきまわした家を片づけた。着替えの最中、ドアの下から管理人によって『ミリエット』紙が投げ込まれ、茶を飲みながらジェラールの記事を見ると、遠い昔、薄暗い町はずれで真夜中に出会った「眼」に言及していた。何年も前に記事になった時、読んだことがあったのに、またしても同じ「眼」の脅威を肌身に感じた。ちょうどその時、電話が鳴った。

「リュヤーだ！」受話器を取るまでの間、夜、一緒に行こうとした映画館のことまで考えた。コナック映画館。受話器の声に希望をかき消されても、スザン伯母の声によどみなく返事をした。ええ、リュヤーの熱は下がりました。一晩中熟睡し、朝、昨夜の夢の話をしてくれたほどです。もちろん、彼女もお義母さんと話がしたいでしょう。ちょっと待ってください。「リュヤー！」とガーリップは廊下に向かって声をかけた。「リュヤー、お母さんから電話だよ。」リュヤーがあくびをしながらベッドから起き、気怠げに伸びをしながらスリッパを探すのを思い浮かべる。それから、脳内映画館は別のリールをかけた。妻を常に気づかう夫のガーリップは、電話に呼ぶため、廊下から室内に入り、彼女がベッドですやすやと二度寝しているのを見るのだ。第二の作品をより巧妙に再現し信憑性を持たせるため、廊下を往復して「効果音」まで出してみせた。電話に戻る。「寝てしまったみたいなんです。顔を洗って発熱性の目やにを落として、それから寝床にもぐりこんでまた眠ってしまったんです」「オレンジジュースをたくさん飲ませるといいわ。」伯母はニシャンタシュ地区で最も良質で安いジュース用のブラッドオレンジが売っている所を入念に説明した。「できれば夜にはコナック映画館に行こうと思います。」ガーリップは確信するかのように言った。「また冷やしちゃ駄目よ」とスザン伯母は言い、その後色々なことに首を突っ込みすぎたとばかりに、話題を変えた。「ねえ、あなたの声って電話だとジェラールにそっくりだわ。それか、もしかして、あなたも風邪気味なの？　リュヤーから感染らないように気をつけて。」二人は受話器を握り続けてリュヤーを起こしてしまうのを避け、互いに同じ敬意、同じ情愛、同じ沈黙をもって、ゆるやかに通話を終えた。

電話を切ると、すかさずジェラールの古い記事を読み返した。たった今身に帯びた別人格に加え、記事に登場する「眼」の視線とたちこめる思考の煙の影響を受けると、いきなりある考えが閃いた。「リュヤーが戻るとしたら、前の旦那のところ以外ないじゃないか！」夜通し別の妄想に捕らわれ、歴然たる現実を見落としていたことは、驚きと言うほかはなかった。この延長で、意を決してジェラールに電話をかけた。目下の心理的混乱を洗いざらいさらけ出し、結論をこう伝えるために。「今から彼らを探しに出かける。多分そんなに時間はかからないだろうけど、元夫と一緒のところを見つけたとしても、戻ってこいと説得する自信がない。どうやって彼女をなだめすかしたらいいか、一番よく知っているのはあんただ。彼女が家に戻る（『僕のところへ戻る』と言うところだが、その言葉がつかえてしまった）、そう、家に帰ってきてくれるためには何と言えばいいだろう。」「とりあえず、落ち着けよ」とジェラールは親身になって答えてくれるはずだった。「リュヤーはいつ出かけたんだい？　まあ落ち着けって。ちょっと一緒に考えようじゃないか。こっちにこいよ。俺の仕事場にさ。」だが、ジェラールはいまだに、自宅にも新聞社にも居なかった。

家を出るとき、受話器を外したままにしようかと思ったが、やめた。「何度も何度も電話したのに、ずっと話し中だったのよ！」とスザン伯母に言われたら、「リュヤーが受話器をちゃんと置かなかったんだ」と言い訳するためだった。「ご存じでしょう。リュヤーはぼうっとしてるから、なんでも忘れてしまうんだ。」

# 第6章　ベディー親方の子供たち

溜息こそは永劫(えいごう)の空(くう)を震撼(しんかん)させおりし……
——ダンテ

地域、階級、性別も様々な国民の諸問題に対し迂闊にも拙欄を開放して以来、読者諸君の興味深い書状を拝受するようになった。諸君のなかには己の真実がついに文章化される可能性を見てとると、筆記するのももどかしく印刷所まで駆けつけてきて、存分にまくしたてる者もある。信じ難い出来事を披瀝する人もいる。身の毛もよだつ細部描写に疑念を抱くと、本人もそれを察し、実説と実体験を証明するべく我々をデスクから引きはがし、裏社会へと連れて行く。これまで文章化されたことはおろか関心を抱いた者もない、汚泥と謎まみれの闇がそこにある。こうして本紙はトルコにおいて、マネキン製造業が地下に封じられた怪奇の歴史を把握するに至った。

恐怖という肥溜め臭い「民俗学」的な詳細事項は置いておくとして、我々の社会は「マネキン製造業」なる職業を何世紀もの間、認知してすらいなかった。最初にこの仕事に着手した職人は、マネキン製造業の創始者、ベディー親方(ウスター)である。彼はアブドゥルハミット皇帝の命を受け、当時の皇子オスマン・ジェラーレッティン殿下の肝いりで開館した海軍博物館の展示用マネキンを製作した。我が国のマネキン製作の隠れた歴史を創造したのもまたベディー親方（ウスター）であった。証言者によれば、三百年前、地中海でイタリアとスペインの船隊を苦しめた我らが水軍の武人、若き美丈夫たちが、口髭を蓄え壮麗さの限りを誇ってこの最初の博物館に設置され、皇帝の御用船やガレー船の間に整列したのを見て、初めて来館した見学者は大いに感嘆したらしい。ベディー親方（ウスター）は、木材、石膏、蜜蠟、鹿やラクダや羊の革、人の髪の毛や髭を原料に用いて、この初の快挙を成し遂げた。ところが偉大な芸術的躍進の証として生み出されたこの奇跡的創造物に対面した時、視野狭窄のシェイヒュルイスラム〔最高法官〕は憤激に駆られた。アッラーの創造物をかくも完璧に真似ることは創造主と張り合うことだと考えたのである。かくて、マネキンは博物館から撤去され、ガレー船の間には案山子が置かれた。

　これは終わりなき西欧化の歴史の中で、何千回も繰り返された禁令主義の一例だが、ベディー親方（ウスター）の胸中にやにわに燃え上がった「匠の心」は鎮火しなかった。自宅で新作を製造する一方、自分が「子供たち」と呼ぶ作品群を再度博物館に設置できるよう、もしくは別の場所で展示できるよう、関係者と交渉した。工作が失敗に終わると、支配階級と国家に期待するのを諦めたが、この新工芸を諦めたわけでは断じてなかった。自宅の地下を小さな工房としての使用に耐えるよう改装し、マネキン製作を継続した。その後、近隣住民の「魔術使い、変態、不信心者」などという中傷から逃れるために、イスタンブールの旧市街から、ガラタ地区、すなわち欧風（フレンク）地区に居を移した。増殖を続ける「子供たち」が質素な回教徒の家に入りきらないためでもあった。

親方（ウスター）はとり憑かれたようにそこで緻密な作業を続け、独学で身に付けたこの職人芸を息子にも伝授した。来社した読者に連れられ、小生も見学したのはそのガラタ塔（クレ）付近（ディビ）の奇妙な家である。こうした作業が二十年続いた頃、トルコ共和国建国当初の熱狂的な西欧化の波がきて、紳士たちはトルコ帽を脱ぎ捨てパナマ帽をかぶり、淑女たちはスカーフを脱ぎ捨てヒールのある短靴（パンプス）を穿き始めた。ベイオウル通りの名のある洋品店のショウウィンドウには、マネキンが置かれるようになった。海外から連れてこられた最初のマネキンを目にした時、ベディー親方（ウスター）は長らく待ち焦がれた勝利の日の到来を信じ、地下の工房から通りに躍り出た。だが、華やかなショッピング・ストリートであり歓楽街である「ベイオウル」で、彼が見つけたものは、自分をまたもう一度地下生活の暗黒へと死に至るまで引きずりこむ新たな失望だけだった。

工房や地下室を訪ねた「百貨店（ボンマルシェ）」のオーナーやスーツ、スカート、制服、靴下、コート、帽子を扱う既成服洋品店とショウウィンドウ業者は、親方（ウスター）が搬入した見本を検分すると、全員が次々に親方（ウスター）を見限ったのである。親方（ウスター）のマネキン造形と服装様式は規範となったヨーロッパ人にではなく、我が国の人々に似ていた。ある店主は言った。「客はさあ、通りで毎日嫌というほど見かける、髭を生やした、O脚の、痩せて浅黒いこの国の人間の背中にひっかかった外套なんざ着たくないんだ。見知らぬ遠い国から来た、目新しい『美男美女』の羽織ったジャケットを着てみたいわけさ。ジャケットと一緒に自分も変わるとか、別人になれるって信じさせなきゃ。」業界事情に通じたショウウィンドウ業者はベディー親方（ウスター）の作品に感心した。だが、残念ながら生活の糧を得るためには、ウィンドウにこの「真のトルコ人、真の国民」を飾ることはできないと説明した。トルコ人はもう「トルコ人」ではなく、なにか別のものになりたがっているというのだ。服飾革命が編み出され、顎髭を剃り、言語や文字の改革が行われたのもそのためらしい。より端的なもの言いを好む某店主は、客は服を買うのではない、夢を買うのだ、と打ち明けた。その服を着た「別人種」のようになる夢を買いたいのである。

ベディー親方(ウスター)はこの新種の幻想に沿ってマネキンを作ろうなどとはしなかった。奇怪な立ちポーズや歯磨き粉の宣伝のような微笑が常に変化する、ヨーロッパ直輸入マネキンと競合できないことを認識していたのだ。こうして彼は工房の暗闇に残しておいた本当の自分の夢の世界に戻った。亡くなるまでの十五年間、彼は鬼気迫る純国産の夢想が骨肉となった、ひとつ残らず芸術的傑作であるところのマネキン百五十体以上を制作した。わざわざ来社した上、父親の地下工房まで案内してくれた息子は、このマネキンを一体ずつ見せ、我々を「我々」たらしめる「我々の本質」は、これらの埃まみれの奇妙な作品のなかに埋め込まれているのだと述べた。

クレディビの泥濘んだ坂道や歪んだ階段が続く粗末な歩道を通り、冷たく暗い家の地下室に到着した。我々の四方にはわらわらと動きたがっている、あたかも生きて行動したがっているがごときマネキンたちの、凍結された人生が犇(ひし)めいていた。仄(ほの)暗い地下室で、影のなかで互いを見つめ、我々を見つめる何百もの意味ありげな眼球と顔。座っている者もいれば、何かを語る者もいる。食べたり、笑ったり、泣いたり、祈ったり。その時の私には耐えがたく思えたある種の「存在感」をもって、外部の生活に対して戦いを挑むマネキンも居た。全ては赤裸々に曝け出されていた。マネキンたちは活気にあふれており、その精彩はベイオウルやマフムットパシャのショウウィンドウは言うまでもなく、ガラタ橋の雑踏のなかでさえ体感し得ないほどのものだった。今にも動き出し、呼吸しそうなマネキン集団の肌からは光のように命が湧き出していた。私は魅了され、すぐそばに居るマネキンのひとつに、おずおずと、吸い込まれるような気分で近づいた。その活力の恩恵に与りたいと思ったのである。人形の真実性（リアルさ）の秘密、人形世界の秘密を手中にするべく、対象（トルコ人的な懊悩に耽る初老の男）に到達したいとの願いから、私は手を伸ばしそれに触れた。硬い肌は部屋と同じく不気味で冷たかった。

「何よりもまず、我々を我々たらしめる挙動に注目すべし、と父は申しておりました」と、マネキン職人の息子は胸を張った。父親と一緒に骨の折れる長時間作業を片づけ、クレディビの暗がりから地表に出てくると、タクシムにある女衒（ぜげん）が屯（たむろ）する待合の、眺めのいい机に陣取っては紅茶（チャイ）を注文し、ふたりは広場に集まる人々の「仕草」を観察したものだった。父親は当時、ある民族が「生活様式」、歴史、科学技術、文化、芸術、文学を変化させ得るという事実は理解したが、仕草を変える可能性はないと断定していた。これらを説明しながら、息子は私に対し、煙草に火をつけている運転手の佇まいに潜む仔細を説明し、ベイオウルのチンピラが両腕をつっぱって蟹のように横に歩く様子とその理由を述べ、我々皆がそうするように大口をあけて笑う煎り豆売りの丁稚の顎に注目を促した。手に網バッグをさげ、ひとりで通りを歩く女の、前を見る視線に潜む恐怖の意味。トルコ人が歩く時、なぜ市街地ではいつも地面を見て、なぜ田舎だと空を見上げるのか……。無窮（むきゅう）の時が満ち、動けるようになる瞬間を待っている、あのマネキンたちすべての仕草や佇まい、その佇まいに潜む「我々に由来する」ことについて、彼は懇々と繰り返し言及した。その上、この秀逸な被造物が小洒落た衣装を纏って展示されるに足る潜在能力を有していることもお察しいただけるはずだ、と。

しかるに、それでもこのマネキンたち、この哀れな作りモノには、人をして失望させ、外の明るい生活に向かわせる何かがあった。なんと言おうか、ある種の禍々しい、恐るべき、痛々しい、暗い側面が。「そのあと、父はもう日常的仕草を観察することもなくなりました」と息子が口にした時、私はこの恐るべき事実を直感したようである。私が「仕草」と呼んだ「挙動」、すなわち鼻を拭くことから大笑いすること、横を向くこと、歩くこと、握手すること、瓶を開けることに至る、日常のあらゆる動作が変化したこと、自然さを失ったことに父と息子は段々と気付いたのである。「待合喫茶」から群衆を観察しても、昔は自分たちとその同類以外、模倣対象を見いだせなかったはずの道行く人々が、今は誰を真似ているのか、誰を模範として変わったのか特定するのは容易ではなかった。ふたりが「我らが国民の最も大切な財産」と讃えた仕草、日常生活のなかのちょっとした動作は、あたかも目に見えない影の「指揮官」の指示に従って、徐々に、そして確実に変化し失われていき、何処から伝わったのかわからない新しい動作にとって代わられていく。のちに、父親は子供のマネキンの連作を製作中、全てを理解した。「あの呪わしき映画のせいだったのです!」と息子は叫んだ。

欧米から箱積みで大量に持ち込まれ、映画館で数刻に渡り上映される、あの忌々しい映画のせいで市井の人々の仕草はその純粋性を失ったのだった。はっきりと気付かぬ速度で、トルコ人は自分たちの仕草を脇に押しやり、違う人種の仕草を自分のものとし、真似するようになっていた。わざとらしい新たな動作、理解不能な仕草に対して父親が感じた怒りの正当性を証明すべく、息子が縷々(るる)と述べたてた詳細な陳述を繰り返したくはないが、あの大笑い、窓を開ける、ドアをノックする、ティーカップを持つ、上着を着るなどの、学習された不適切な仕草、首の振り方、上品な咳のし方、苛立ち方、目の動かし方、拳の殴り方、くいくい動く眉毛、あの目つき、それらは皆、映画で学んだものであり、その上品さ、もしくは堅苦しさは我々の持つ野蛮な子供っぽさを抹殺する、と彼は諄々と説いた。父親は、雑種化し、純粋さを失った仕草などもう目にしたくもなかった。新しい、偽りの仕草に影響され、自分の「子供たち」の純粋さが傷つけられることがあってはならないと、彼は工房の外に出ないことを決めた。地下室に引きこもるにあたり、「感得すべき極意と秘密の核心」などとうの昔に悟っているのだと宣言して。

ベディー親方(ウスター)が人生の最後の十五年間に作った作品に触れた私は、その秘密の核心のなんたるかを、自分自身の真の正体を何年も後に知る「野生児」が受けるだろう衝撃とともに感知した。私を見つめ、私の命に向かって直進し、私を具現する男、女、友人、親戚、知り合い、雑貨屋、労働者のマネキン。そのなかには私に似ているものもあり、それどころか自分自身すら居た。打ちのめされたがごとき絶望的な闇のなかに。多くが鉛色の埃を被ったこのトルコ人のマネキンは（ベイオウル・ギャング、お針子、有名な素封家(そほうか)ジェヴデット氏、百科事典編集者のセラハッティン氏、消防士、比類なき侏儒(こびと)、老乞食、妊婦までが揃っている）、褪せた照明が強調する、ぞっとするような影を帯びていた。マネキンは、人間が純粋さを失ったがゆえに苦しむ神々を、他の人間となりかわれないがゆえに自らを食尽する不遇者を、互いに愛をもって交わらなかったせいで殺しあいをする不幸な者たちを連想させた。彼らもまた、私同様、我々と同様、偶然その中に転げ落ちた実存の意味を、失楽園前まで遡る遠い過去のある日、発見したつもりだったのだろう。だが、その後、この魔法の意味を忘れてしまったのである。我々は忘れた記憶ゆえに苦痛を味わっていた。老人のように腰は折れ曲がったが、我々はまだ自分自身であり続けようと戦っていた。仕草、我々を我々たらしめる事柄、すなわち洟を拭いたり、頭を掻いたり、足を踏み出したり、視線を投げたりすることに潜む不幸と敗北感は、実は自分自身であらんとして戦うことへの罰でもあったのだ。親方（ウスター）のことを語ってくれた息子が「父はいつかショウウィンドウに自作のマネキンを置かせてもらえるようになるとずっと信じていました」「父はトルコ人がある日、人真似をしないでもいいくらい幸せになれるという希望を捨てなかったのです」などと話している間、私は考えていた。このマネキンの群れも私と一緒に、一刻も早くこの黴（かび）臭い封鎖空間から地上に出て、太陽の下、他の人を眺め、他の人の真似をし、別人になろうと努力し、我々のように幸せに暮らそうと切望しているということを。

　この願望は――後から教えてもらったのだが――全く実現しなかったわけではなかった。商店主（オーナー）たちは物珍しさをもって大衆を惹きつけることには関心を持っており、おそらく値段が安いと踏んでのことだろうが、この工房から多少の「商品」を買った。ところがショウウィンドウに並べられたマネキンは注目されることがなかった。その佇まいや仕草はウィンドウの向こう側のお客、沿道の人波と酷似しており、余りにも平凡かつ写実的（リアル）であり、すなわち極度に「我々的」であったため誰も注意を払わなかったのである。そこで世知辛い商店主たちはマネキンをのこぎりで寸断した。仕草に意味を持たせる全体性が失われて初めて、その腕、その脚は、ベイオウルの買い物客に、傘、手袋、ブーツ、靴などを展示するため、零細店舗の小さなショウウィンドウで長年使用された。

# 第7章　カフ山の文字たち

名前って意味がないといけないのかしら？
——ルイス・キャロル

眠られぬ夜を経て街に出ると、普段は単調な鉛色のニシャンタシュ地区を覆った銀世界の眩さに射られ、予想以上の積雪に気付いた。人々は、アパルトマンの廂から垂れた半透明のつららにも気付かぬ様子で、歩道を行き交う。ニシャンタシュ広場のイシ銀行で確認したのは（「煤（イス）銀行」とリュヤーは言っていた。広場に充満する紅塵、煙、車の排煙、煙突が噴き出す汚れた青い霧を思い出すたび）ここ十日間、共有の口座からの重要な引き出しがないこと、行内の集中暖房はついていないこと、強烈な化粧をした銀行員のひとりに国営宝くじの景品が当たって皆に祝福されていることだった。曇り窓の花屋を行き過ぎ、紅茶（チャイ）を運ぶ少年が入る横町（パッサージュ）に入り、リュヤーと共に通学したシシリ地区のテラッキ高校（リセ）の前を通り、枝からつららが垂れさがる妖怪じみた栗の木の下を通ってアラジンの店に入った。ジェラールの九年前の記事の描写のとおり、アラジンは青いフードをかぶり、鼻をこすっていた。

「アラジン、風邪でもひいたのか？　お大事に」

「冷えちまったんだ」

リュヤーの前夫が寄稿していた左翼系政治雑誌を、シンパのも敵勢力のも両方、雑誌名をつぶさに注意深く発音しながら一冊ずつ所望した。アラジンは「こんな雑誌を読むのは学生さんだけだよ」と忠告した。子供っぽい怖れと疑いの表情を浮かべてはいたが、常にそうであるように敵愾心は感じられなかった。「何のために買うんだい？」

「パズルを解くのさ。」冗談を解したことを示す哄笑の後、「こういう雑誌にパズルなんてないっすよ」とパズル中毒のアラジンは残念そうに言った。「この二つは出たばかりだよ、持ってく？」

「うむ」とガーリップは頷き、女性のヌード雑誌を買う老人のように囁いた。「とっとと全部新聞に包んでしまってくれないか。」

エミノニュ行きのバスの車中、抱えた包みが奇妙な具合に重みを増したのを感じた。同じく奇妙な別の感覚もあった。何者かの眼に監視されている気がしたのだ。車内の人物の眼ではない。乗客は、波立つ海に揺れる小さな汽船に乗船しているようにゆらゆらし、通りの雪景色や雑踏をぼんやりと眺めていた。その時、ジェラールだと気づいた。アラジンが政治雑誌を包んだ古い『ミリエット』、包装紙として折られた新聞の隅のジェラールの人物写真が自分を見つめているのだ。長年に渡り毎朝目にした写真だったが、違和感を覚えたのは今日のジェラールが完全に別種の視線を投げかけてきたせいだった。「お前を知っているぞ、ずっと監視しているんだ」とでも言いたげなジェラールの眼差し。魂を見通すようなこの眼を指で塞いだ。それでもなお、バスでの長い移動中、その存在を指の下にずっと感じた。

事務所に到着後すぐジェラールに電話した。不在だった。包装紙を注意深く脇に押しのけ、中身をとりだすと左翼系雑誌に集中した。雑誌はまず、久しく忘れていた興奮、緊張、期待感を蘇らせ、諦めてしまったが、それがいつのことだったかも定かではない救いと勝利と最後の審判についての記憶を呼び覚ました。その後、途中でかなりの時間を割いて、リュヤーの離縁状の裏に名前を書きつけた旧友たちに電話をすると、失われた思い出は、まるで、モスクの塀と茶館(カフヴェ)の中庭を利用した夏の野外映画館で子供のころ見た映画のように、魅力的で途方もないもののように思えてきた。あの懐かしのイェシルチャム製白黒邦画。抗議に値するほど破綻した筋書きのせいで、さっぱり話についていけないことも多いが、猜疑心を抱きつつも、映画の世界に引き込まれることがある。横暴な金持ちの父親、貧しくとも生粋の善人たち、料理人、使用人、乞食、テールフィン付きの車などの要素で構成されることにより意図せずして寓話と化した世界、そこにうっかり入り込んでしまう(同じナンバーのデソートをこの前の映画でも見たわ、とリュヤー)。さらには、非現実的な世界に呆れ、隣の観客が泣いていることに慄く時、そう、そうだ、まさにその時――ここに注目!――突然、理解不能かつ荒唐無稽なエンディングと、銀幕の息絶え絶えの不幸な善人、逆境のなか決意と犠牲精神に燃える主人公の悲嘆に感応し、あろうことか涙に咽(むせ)ぶ自分に気付くのだ。リュヤーが前夫と一緒に居るところを発見した暁には、こういう白黒の寓話じみた小左翼組織的政治世界の事情に、もっと通じておきたいと考え、政治雑誌を手当たり次第に収集している旧友に電話をした。

「まだ雑誌を集めてるんだろ?」と確信をもって尋ねる。「君の資料庫を利用させてくれないか。困ったことになった依頼人の弁護に必要でね。」
「もちろんだとも」と、サイムは相変わらず気前よく答えた。「資料庫」のために連絡してきたことも嬉しいのだ。夜八時半に会う約束をした。

暗くなるまで事務所で働いた。何度かジェラールに電話をしたが、捕まえられなかった。秘書は、ジェラールさんは「まだ」来ておりません、もしくは「今もう」帰りました、とばかり告げ、そう言われるたびメリヒ伯父から譲り受けた棚に積んである新聞の断片のなかから、ジェラールの「眼」に監視されているような感覚がこみ上げた。太り過ぎの母親（その鞄は薬の箱だらけだった）と息子が、互いに台詞をさえぎりつつ、グランド・バザール内の小店舗の所有者(オーナー)同士の喧嘩話をしている時にも、定年年齢の計算を間違った政府を訴えると息巻くサングラスをかけた交通警官に、精神病院に入院していた二年間は現行の法律上公務に当たらないという事実を説明している時にも、部屋のどこかにジェラールの存在を感じていた。

リュヤーの友人にも個別に電話をかけた。それぞれに、新たな、別の理由をこじつけて。高校時代の友人のマジデには、裁判のことでギュルに連絡したいので電話番号を教えて欲しいと言った。マジデが嫌っていた、美しい名前の薔薇(ギュル)に電話をかけると、裕福な家で働くに相応しい上品な家政婦が出た。一昨日ギュルバフチェ病院で三番目と四番目の子供が生まれ、ヒュスン〔美〕とアシュク〔愛〕という名前を付けられたこと、三時から五時の間に病院に駆け込めばこの愛くるしい双子を新生児室の窓からのぞくことができることを、家政婦は教えてくれた。フィゲンはリュヤーに対し「お大事に」と言い、リュヤーから借りた『何をなすべきか』（チェルヌイシェフスキー作品）とレイモンド・チャンドラーなどを返すはめになった。ベヒエに関してはふたつの「無（ナシ）」が判明した。警察署の薬物取締課に勤務する伯父（違った、間違えた）、そしてベヒエの声に潜むリュヤーを知っている気配（そう、これは間違えたりしない）は、どちらも「無」だった。セミヒは地下のこの織物工場のことをどうして知っているのかと驚いた。そう、確かに彼は数人の技術者と専門家と共に、トルコ初の国産ファスナーを製品化すべく、死に物狂いで作業していた。でも駄目だ、新聞沙汰にもなった最近のボビン密輸事件のことを知らないため、法的情報に関してガーリップの役に立つことができないらしい、ただ、リュヤーには（ガーリップの信じたところによれば）心の底から「お大事に、よろしく」と伝えた。

　声色をつかい他人を装って電話をかけても、リュヤーの足跡にたどり着くことはなかった。イギリスから四十年前の医学事典を仕入れ、家々を回って訪問販売するスレイマンは、緊急の用事で校長に「呼び付けられた」。なにかの間違いです、リュヤーという名前の中学生の娘は居ないし、そもそも子供など居ない、と主張する時のスレイマンは全くの本心からだった。同様に、父親の荷船で黒海から石炭を運んでいたイルヤスは、リュヤー映画館に夢（リュヤー）が綴られた夢（リュヤー）日記を忘れたことなんかない、何カ月も映画館になど行ってないし、そんな手帳など存在しないと答えた。エレベーターを輸入しているアスムもリュヤー・アパルトマン内の故障はうちの責任じゃない、そんな名前の通りやアパルトマンだって初耳なんだから、と訴えた。彼らは「リュヤー」という単語をなんの狼狽（ろうばい）も罪悪感も見せず、完全に純粋に用いていた。朝には義父の化学研究所で殺鼠剤を作り、夜には死の錬金術を謳う詩を書いていたタールクは、法学部の学生がその詩の夢と夢（リュヤーリュヤー）の神秘というテーマで発表をしたがっているという知らせを喜んで受け入れ、今夜タクシムの古い女衒（ぜげん）喫茶の前で待ち合わせしようと言ってきた。ケマルとビュレントはアナトリア地方に旅行中だった。ひとりは五十年前に存在したイズミル出身の縫い子の思い出をたどる旅で、その縫い子はシンガーミシンの年鑑に載せるため、報道陣に囲まれ拍手喝采を浴びながらアタテュルクとワルツを踊ったかと思うと、間髪をいれず足踏みミシンに座って、カタカタと西洋風のズボンを縫ったのだった。もうひとりは欧米人が「サンタクロース」と呼ぶ千年前の老人の大腿骨の骨から削り出された魔法のバックギャモンのサイコロを売りさばくため、ラバに乗って東アナトリア中の村々の茶館（カフヴェ）を回っていた。

まるで電話の接続が、降雨や降雪時に増える間違いや不確実性の煙幕のなかで途切れるように、リスト上の名前一覧にはリュヤーの先夫の本名や筆名（ペンネーム）は見当たらなかった。夕方まで政治結社の各機関誌も熟覧したが、そこに登場するセクト変更者、情報提供者、拷問被害者、殺人被害者、投獄者、流れ弾に倒れた者、葬儀に付された者、投稿に返事をもらえた者、論文を誰かに参照された者、書簡を出版した者、風刺画を描いた者、詩を書いた者、操觚界（そうこかい）に属するあらゆる名前や筆名（ペンネーム）のどれとも違った。

夕闇迫る頃、椅子に静座し、悲嘆にくれ、微動だにしないガーリップの影があった。詮索好きな窓辺の鴉が横目で見ている。沿道からは金曜日の夜の喧騒が聞こえる。緩やかに甘睡（うまい）に埋没した。長い眠りから目覚めた時、室内は闇に包まれていたが、窓辺の鴉の視線を新聞のなかのジェラールの「眼」のように肌身に感じた。暗闇の中でゆっくりと引き出しを閉め、手探りでコートを羽織り、事務所を出た。暗いオフィスビルの廊下の灯りはひとつ残らず消えていた。給湯室の見習いが便所掃除中だった。

　雪のガラタ橋の寒気は肌を裂くようだった。ボスポラス海峡側から強風が吹き荒れている。大理石のテーブルを備えたカラキョイの甘味処（ムハッレビジ）では、互いを映す鏡に横を向いて座り、麺入りのチキンスープを飲み、目玉焼きを食べた。鏡のない唯一の壁面には、パン・アメリカン航空のカレンダーと絵葉書を下敷きにした山岳風景の絵がかけられていた。松林の間に鏡面のような湖があり、背後には頂が白く塗られた山が聳える。それは、この絵の原画であるアルプスの絵葉書というよりカフ山に似ていた。ガーリップとリュヤーが子供時代によく訪れた山だ。

　地下鉄（トゥネル）でベイオウルに向かう車中では、二十年前の有名な地下鉄事故について見知らぬ老人と議論することになった。車体は牽引ロープが切れて脱線し、壁や窓枠を壊しつつ進み、嬉々とした奔馬（ほんば）のごとく、カラキョイ広場に躍り出たのか。それとも運転士の飲酒運転のせいか？　酔っ払い運転士はトラブゾン出身で、身元も知れぬこの老人とは同郷人にあたるそうだ。ジハンギル界隈の路地は全くの無人状態だった。サイムとその妻は半地下の喫茶室で、そこに集った運転手やアパート管理人たちと一緒にテレビを鑑賞中で、上機嫌で手早く扉を開けてくれた。

「過去の遺産」という番組では、オスマン帝国時代に、バルカン半島の人々に建造を命じたものの、今ではユーゴスラビア、アルバニア、ギリシャの所有となった古いモスクや水飲み場、隊商宿（キャラバンサライ）について涙ながらに語っていた。サッカー中継を見ようと押しかけた近所の子供のように、スプリングの緩みきったロココ調まがいのソファに座を占め、痛ましいモスクの映像に見入る間、サイム夫妻はガーリップの存在をすっかり忘れてしまったようだった。サイムは八百屋などにまだその写真が飾ってある、亡くなったオリンピックメダリストのレスラーに似ていた。妻のほうは太っちょの愛らしい鼠に似ていた。部屋には埃色の古い机と、埃色の電気スタンドがあった。壁には金の額縁入りの、サイムより妻（名前はレムズィエだっけ、などとガーリップは疲労のなかで考えた）に似た老人の写真が飾ってあった。保険会社のカレンダー。銀行の灰皿。リキュールセット。花瓶、銀の砂糖壺、コーヒーカップが収納された食器棚。そして壁の二面を占領している埃と紙と雑誌、雑誌また雑誌に埋もれた「書庫＝資料庫」、それこそがガーリップのここへの訪問理由である。

この書庫は皮肉屋の学生時代の友人たちの間では、十年前にすでに「現代資料庫」として知られていた。この形成は「優柔不断」ゆえだったと、サイムは彼らしくもない打ち明け話の最中に漏らした。当時の言い方によるところの「両階級間」ではなく、政治的セクト間で選択を迫られることを恐れた優柔不断さ、だったらしい。

あの時代、サイムは政治的会合や「フォーラム」にもれなく参加し、各大学や食堂を回り、全員の意見に耳を傾け、「あらゆる見解、あらゆる政治思想」をフォローし、過度の質問を遠慮するあまり、声明告知のコピーや、アジビラ、パンフレットを含め左翼系の出版物ならなんでも、なんとしてでも（すまん、清教徒が工科大学で配ったチラシ持ってる?）手に入れ、狂ったように読み漁っていた。そして、全てに目を通すには時間が足りなくなり、いまだに特定の「政治路線」に絞れずにいたある時点で、未読分を保存しはじめたに違いない。数年後には資料の読破や政治的決断は重要性を失った。むしろ、次第に分岐し、枝葉を増して広がるこの「書類」の川が無意味な場所に流れ着かないよう、一つの場所に集めるべくダムを作る（この比喩表現を使ったのはダム建築技師であるサイム自身だ）ことが唯一の目的となり、彼は残りの人生を気前よくこの目的に捧げたのだ。

番組が終了し、テレビが消され、挨拶を交わした後、訪れた沈黙のなかで夫婦の眼差しが質問の色を帯びたため、ガーリップはすぐに本題に入った。政治的殺人事件の濡れ衣を着せられた大学生を弁護しなくてはならない。否、死人が出ていないわけではない。未熟な三人の若者が未熟にも決行した銀行強盗事件が発生し、若者の一人が銀行から飛び出し、待機中だったタクシーまで慌てて走り去る際、買い物客の人ごみのなかにいた通りすがりの小柄な老婦人にぶつかった。可哀相な老婦人は激しい衝突のはずみで転び、頭を歩道の端にぶつけてあっけなく死んでしまった（「ほらね」とサイムの妻は言った）。事件関連では、「良家の子息」であり、ピストルを持っていた大人しい学生だけが捕まった。彼は仲間に心酔し、崇拝しており、捕まらなかった友人たちの名前は当然、警察には言わなかった。驚くべきは拷問を受けてなお隠し通したのだ。ただ悪いことに、その後のガーリップの調査によると、自分の責任ではない老女殺しの罪まで黙ってかぶせられることになってしまった。老女にぶつかって死の原因をつくったメフメット・ユルマズという名の考古学専攻の学生は、事件から三週間後、ウムラニエ地区の裏に新設された不法住宅建設地帯で、謎の一団の一斉射撃により殺された。工場の壁面に暗号文の落書きを記している最中だった。状況がこう転んでは、良家の子息である学生も真犯人を明かすだろうと思われた。ところが、警察は死んだメフメット・ユルマズがメフメット・ユルマズ本人だということを信じなかったし、銀行強盗を計画した一味の中核も（これも全く予期せぬことだが）、メフメット・ユルマズがまだ生きていること、さらには彼らが発行している機関誌で以前同様頑なに執筆をつづけていると主張した。「今」、渦中にいる息子というより、裕福で好人物のその父親の要望を受けてこの裁判を担当しているガーリップは——

1、現メフメット・ユルマズが、旧メフメット・ユルマズではないということを証明するために論文を調査したい。

2、死んだメフメット・ユルマズの代わりに誰がその名を騙って記事を書いているのか、色々な筆名（ペンネーム）のなかから突き止めたい。

3、サイムとその妻が察した通り、この摩訶不思議な状態は、リュヤーの元旦那が一時期委員長を務めていた組織によって引き起こされているため、この政治的セクトのここ半年間の経緯をざっと見てみたい。

4、死人の代わりに記事を書く幽霊執筆者、その筆名（ペンネーム）、失踪者、それらの謎に迫りたい。

この話にはサイムも大いに発奮し、早速調査に着手した。最初の二時間は、サイムの妻（ルキエという名だったと思い出した）が出してくれた紅茶（チャイ）を飲み、ケーキを頬張りつつ、ひたすら論文の執筆者の名前と筆名（ペンネーム）をチェックし、それから、情報提供者、死亡者、雑誌編纂者の筆名（ペンネーム）にも捜査網を広げた。ほどなく、半アングラ的世界の魔性に頭がくらくらしてきた。それは死亡記事、脅迫、情報提供、爆弾、誤植、詩、スローガンなどで構成されており、その後の人生では忘れ去られていくはずの世界だ。

　筆名（ペンネーム）であることがあからさまな筆名（ペンネーム）を見つけた。この筆名（ペンネーム）から作成した別の名前、この別の名前を切り刻むことによって作成されたさらに別の名前も見つけた。折句や不完全な文字遊び、どこまで意図的で、どこまで偶然なのか特定不可能な半透明な暗号も解いた。サイムとガーリップが陣取った机の端に、ルキエも座った。正月の夜、ラジオを聴きながら福引や「紙競馬」で遊ぶ人が纏（まと）う悲哀、微かに耐えがたくもあり、微かに習慣化しているあの悲哀が部屋に満ち、それが冤罪の若者を救うため、もしくは失踪した女の足跡を探すための調査という雰囲気を凌駕していた。開いたカーテンの間から、戸外でまた雪が乱吹（ふぶ）きだしたのが見える。

　ふたりはちょうど綺羅星のような生徒を見出し、優秀に伸びていくさまを見守るときの教師のような昂ぶりを覚えつつ、筆名（ペンネーム）たちの冒険や、複数の機関誌の間をジグザグ運転するかのように執筆する、その浮き沈みを鼻高々に見守った。その後、誰かのせいで誰かが逮捕、拷問、投獄、失踪の憂き目にあったり、もしくは雑誌に掲載された本人写真をやっと見つけたかと思えば正体不明の一団が放った凶弾に斃れたりしたことを知ると、探偵じみた興奮を冷ます悲しみに打たれてしばし沈黙し、それからまた新しい文字遊びや偶然、もしくは奇妙な現象を発見し、言葉の世界に戻るのだった。

　サイムによれば、雑誌で見た名前や英雄たちにほとんど実体がないのと同じに、これらの名前をもつ人物が仕掛けた催し物、集会、秘密の総会、地下議会、銀行強盗などもてんで実現したことなどないらしい。極端な例として、東アナトリア、エルジンジャンとケマフの間のキュチュック・チェルフという町で二十年前に起きた住民蜂起の秘話を読んでくれた。この反乱を詳細に記録するある機関誌によれば、反乱の末に臨時政府が樹立され、鳩の絵柄のピンクの切手を発行し、花瓶が頭に落ちて郡長は死に、上から下まで詩だけを掲載する日刊新聞が発刊され、眼科医と薬局は斜視患者に無料で眼鏡を配り、小学校のストーブ用に必要な薪を仕入れたそうだ。町と文明社会とをつなぐ橋まで建設予定だったらしい。だが、まさにその時、アタテュルク主義の政府軍が町に到達し、町のモスクの土の床に敷かれた足の裏の匂いの古い絨毯を牛が牧草と間違えて食む前に事件に介入し、暴徒は広場の鈴懸(チュナル)の木に吊るされた。ところが、サイムが文字や地図内のオカルト的要素を指摘して提示したところによれば、チェルフという町など存在せず、チェルフ町史のなかでそこだけ伝説の鳥のごとく天に飛翔したあの動乱の継承者だと主張する数々の名前も偽りであった。この筆名(ペンネーム)が反復や脚韻に満ちた詩に埋没してしまうと、その後しばらくメフメット・ユルマズに関係する手がかりは見つかるものの(ガーリップが言った通りの日付にウムラニエで起きた政治的殺人事件についての言及)、細切れの古い国産映画を見るようにして、ふたりが読み漁った多くの物語やニュース同様、事件の顚末を同じ機関誌の後の号に発見することはできなくなった。

この間にガーリップは机を離れ、自宅に、リュヤーに電話をし、サイムの所で仕事をしていて遅くなりそうなので、待たなくていいから先に寝るように思いやり深い声で伝えた。電話は部屋の反対側の隅にあった。サイムとその妻もリュヤーによろしく、と伝えた。もちろんリュヤーも彼らに。

男同士で、筆名(ペンネーム)を見つけ、暗号を解き、文字を繋げて新語を作りだす遊びにすっかり没頭していると、辺り一面は紙や、新聞、雑誌、チラシの堆積となり、サイムの妻はその部屋にふたりを残して就寝してしまった。時刻は真夜中をとうに回っていた。イスタンブールを魔術的な雪の静寂が覆う。煙草臭い大学の食堂、雨天のストライキ用テント、郊外の駅などで配布され、全てが同じ印刷機で掠れた風に複製され、芋づる式に集まった、興味深いコレクションの（「いや、欠損が多すぎる、不十分だね」とサイムはいつもの謙虚さを発揮した）誤植やスペルミスに深い味わいを見出していると、サイムはコレクターとしての意地を垣間見せ、「これぞ珍品」という紙片を奥の部屋から持ち出してきて見せてくれた。「反イブン・ゼルハニもしくは神秘主義の旅人の足跡」。

　タイプライターで複製されたと思しきハードカバー本のページを入念にめくった。「中くらいの大きさのトルコ地図には載っていないような、カイセリ県のある町の同志だ！」とサイムは言う。「この人は幼少期より、小宗派のシェイフである父親から宗教神秘思想に関する教育を受けた。後に、レーニンがヘーゲルを読んだ時の行動を真似、十一世紀のアラブの神秘思想家イブン・ゼルハニの『失われた神秘の謎』という本を読みながら、ページの端に『唯物論者』としての注記を書いた。そしてこの注記を、不必要かつ長々しいカギ括弧で補足し、清書した。さらに、自分の注記を、まるで謎めいて意味不明の他者の意見であるかのように扱い、長い解説、すなわち一種の注疏（ちゅうそ）を書いた。そしてこれらすべてを、もう一度別人の作品のように、自筆の『出版に当たっての前書き』と一緒にタイプライターで清書した。冒頭に三十ページに渡り、自分の宗教家・革命家人生の伝説的エピソードも加筆した。中でも興味深いくだりは、欧米人が『汎神論』と呼ぶ神秘主義思想と、シェイフである父親に反発して展開した一種の

『唯物論』との間の強い関係性を、作者が黄昏時に町の墓場を散歩している最中に見出したというところさ。何年も前、羊が草を食み、霊が眠る墓場で見た鴉を、二十年後に――知っての通りトルコの鴉は二百年以上も生きるんだ――以前より巨大になった糸杉の間に見た時、彼は理解したんだ。『高度な思考』を有すると言われるあの、飛翔する、翼ある、不敵な生き物の頭や足、どこでもいい、あの身体と翼は常に、常に同じであり続けたことを。表紙の絵はそこで見た同じ鴉の直筆画らしい。この本は、不滅の何かを求めるトルコ人なら誰でも自身がジョンソンに、ボズウェルに、ゲーテに、エッカーマンになる必要に迫られることを証明している。彼は六部をタイプライターで清書した。国家情報局の資料庫にだって一部も残ってないだろう。」

部屋にはあたかも第三の亡霊が存在するかのようで、その亡霊がふたりを、辺境の家と父親から譲り受けたしがない金物屋との間を往復するだけの人生を生きた鴉の表紙の本の作者や、その憂鬱で地味で平穏な人生が産んだ想像力とに結び付けた。「これだけの文字、これだけの単語、これだけの解放の夢想、拷問と修羅場の記憶、そしてこの夢想や記憶を哀歓と共に綴ったこれだけの文章、それら全部を弄して語っているのは、たった一つの物語なんだ！」そう叫びたくなった。サイムはまるで何年間も海から投網を引き上げ続けた漁師のようにひたすら紙片や新聞、雑誌を収集した挙句、ある地点でこの物語を見つけて確保し、その自覚もあったにもかかわらず、「積読」状態で整理された資料の山に埋もれさせてしまい、この物語の赤裸々な実質を入手できなかったばかりか、物語の鍵となる単語をも紛失していたのだった。

四年前のある雑誌のなかでメフメット・ユルマズの名を発見したとき、ガーリップは単なる偶然と片付けて帰宅しようとした。だが、サイムは僕の雑誌に偶然なんてものはないのだ（既に彼はこれらを「僕の雑誌」と呼んでいた）と言って引きとめた。それから二時間ばかりの間に、雑誌から雑誌へと飛び移ったり、双眸をプロジェクターのように見開いたりと超人的な努力をし、メフメット・ユルマズがアフメット・ユルマズに進化したことを突き止めた。表紙に井戸があり、鶏や村人の姿と調和している某雑誌では、そのアフメット・ユルマズは、メテ・チャクマズになっていた。サイムは苦も無く、メティン・チャクマズとフェリット・チャクマズも同一人物だと同定した。この時にはその筆名（ペンネーム）の人物も理論的な論文執筆を諦め、作詞家となっていた。結婚式場などで行われる記念式典にはつきものの、サズ〔ギター〕と紫煙の伴奏で歌われる民謡の作詞である。しかしその立場に長く甘んじたわけではない。一時期はある筆名（ペンネーム）をもって自分以外の人間が全員警察官であるということを証明しようとしたかと思えば、その後イギリスの学者の変態性を剔抉（てっけつ）する野心的で怒りっぽい、数理経済学者となったりした。しかし、この暗く、不幸な鋳型の数々も長く彼の耐えうるところではなかった。サイムは忍び足で寝室に入り、他の雑誌コレクションを手に帰ると、指でも挟んでいたかのように鮮やかに、三年と二カ月前の号に我らが主人公を探し出した。名前はアリ・ハーリカウルケと変わり、今度は燦然と輝く未来社会のことを語っていた。曰く、未来の世界では王や王妃は不要となるためチェスのルールも変わり、アリという名の子供は手塩にかけられたせいで育ちがよくなり、殻に名前を書いた卵がうきうきと幸福そうな様子で壁に胡坐をかいて座ってパズルを解くというのだ。別の号ではアリ・ハーリカウルケはこの論文の翻訳者であることがわかった。元の執筆者はアルバニア人の数学教授だった。しかし、アルバニア人教授の人生遍歴もさることながら、実のところガーリップを驚かせたのは、リュヤーの前夫が偽名を使わず、正真正銘の実名丸出しで書いた記事を発見したことだった。「何物も人生以上に驚異的でありえない」とサイムは面食らって息を呑むガーリップに誇らしげに言った。「ただし、書を除く。」彼はもう一度忍び足で、奥に行き、溢れんばかりの雑誌がつまった、二つの〈サナ〉の大箱を持ってきた。「アルバニアと繫がっているセクトの機関誌だ。これから説明するよ。今の君の調べものが、僕が数年がかりで解いた妙な謎となにか関連しているようなんだ。」

彼は茶を淹れなおし、話の進行上必要だと睨んだ雑誌を箱から、本を本棚から出し、机に置いた。

「六年前のことだった」と、話し始める。「土曜日の午後、アルバニア労働党と党首のエンヴェル・ホジャに師事している者たちが出版した機関誌のうちのひとつ（互いに酷く敵対している雑誌が当時三誌発行されていた）、『国民労働』の最新号をなにか面白い記事はないかと見ていたら、ある写真と記事が目に飛び込んできたんだ。最近の加入者歓迎式典について触れていた。違うよ。注意を惹いたのは、詩を読み、サズをかきならしながら入党者を紹介することなんかじゃない。たとえ、共産主義活動が一切禁止のこの国のマルクス主義グループ内でのことだといってもね。生き残りを賭け組織拡大を吹聴する必要に駆られた左翼の小組織ならどこでも、機関誌は毎号、危険なんかものともせずに、これに類する文書を載せていたのだから。僕の注意をひいたのは、一枚のモノクロ写真のキャプションだった。写真はエンヴェル・ホジャと毛沢東のポスター、詩の朗読者、神聖な作業のように喫煙に耽溺しているメンバーのものだったんだが、その下で集会所にある『十二本の』柱に言及していたから、まずそれが気になったんだ。もっと変だと思ったのは、インタビューに書かれた通り、組織に入った者たちの偽名が、すべてハサン、フセイン、アリ、と言ったアレヴィー派の名前であること、そしてもっと後になって判明するんだけど、アレヴィー派のなかでもベクタシュ教団系の名前が選ばれていることなんだ。ベクタシュ教団がアルバニアで一時期どれだけ強大な勢力だったか知らなければ、恐らくこの途方もない神秘について、毫も知らなかった。でも僕は事件と記事を調べることにし、四年間、来る日も来る日もベクタシュ教団、イェニチェリ軍、フルフィー教団やアルバニアの共産主義について書かれた本を読み、百五十年間分の歴史的陰謀を解き明かしたんだ。」

「君だって知ってるはずだよ」と訴えながら、サイムは七百年に渡るベクタシュ教団の歴史を、その創始者ハジュ・ベクタシュ・ヴェリまで遡って解説する挙に出た。教団に関するアレヴィー、神秘主義、シャーマニズムの文献やオスマン帝国の建国と隆盛との関係、帝国の礎の中核であるイェニチェリ軍団の改革と反乱の伝統について。全イェニチェリ兵がベクタシュ教団の出だと考えると、教団の秘められた神秘がイスタンブールの歴史にどう刻印されたかは即座に了解されること。ベクタシュ教団が最初にイスタンブールから追放されたのもイェニチェリ軍団のせいだった。イェニチェリは西欧由来の新しい軍事手法を吸収できなかったばかりか反乱軍となり、その兵舎は皇帝マフムート二世の命により、一八二六年に砲撃を受ける。その時、イェニチェリの連帯意識の源であった各教団支部も閉鎖され、教団幹部もイスタンブールから追い出されたのだった。最初に地下に潜伏してから二十年後、ベクタシュ教団は今一度イスタンブールに戻った。だが、この時はナクシベンディ教団と名義を変えていた。共和国移行後のアタテュルクによる宗教活動の全面禁止まで、八十年間に渡ってベクタシュ教団は外部には自らをナクシ教団だと見せかけていたが、秘密主義を徹底させたうえで、内輪ではベクタシュ教団として活動していた。

ガーリップは机に置かれたイギリスの旅行記を開き、現実の光景というより紀行画家の空想を反映したかのようなベクタシュ教団の宗教儀礼の版画に見入り、十二本の柱をひとつずつ数えた。

「ベクタシュ教団の第三の隆盛は共和国成立から五十年後のことだ。この時はナクシベンディ教団としてではなく、マルクス・レーニン主義の仮面をかぶり、……。」一呼吸置いたあと、機関誌やチラシ、書物、切り抜き記事、写真、版画の事例をあげ、彼は怒濤の陳述を始めた。教団と政治組織内で行われたこと、書かれたこと、起きたことは、全てどれも全く同じだった。加入礼の詳細もまた然りである。加入礼に至るまでの屈辱的な厳しい試練。この修行時代に意欲的な若者が受ける苦難。教団と組織が、過去の犠牲者、聖人、死亡者に対して払う敬意とその表現手法。「道(ルフ)」という言葉に込められた聖なる意味。単語や字面はなんであれ、それを団結と連帯の精神のために繰り返すこと。ズィキル〔唱念〕。同行(どうぎょう)の智者のことを口髭や顎鬚、もしくはなんとその眼差しで知り得てしまうこと。儀式で演奏されるサズや詩のリズムや韻律、等々。「これらすべてが単なる偶然だったり、文章を使い神が僕に対して行った悪い冗談だったとしてもだ。それでもベクタシュ教団がフルフィー教団から受け継いだ文字と言葉遊びが、疑念の余地もない形で組織の機関誌でも再現されていることは火を見るよりも明らかだったんだ。

何にもまして重要なことだよ。」サイムは裏の意味同士を比べつつ、自分が発見した文字遊びをやってみせた。離れた区画で響く警備員の笛の音以外、何も聞こえぬ静寂のなか、それはガーリップに向けた祈禱のように重々しく読まれるのだった。

長時間が経過し、ガーリップの思考が睡眠と覚醒の間、リュヤーの様々な幻影と過去の幸せな日々の記憶の間を往来し始めた頃、サイムは「この件の核心にして、一番異彩を放っている側面」に言及し始めた。違う、この政治組織に入った若者たちはベクタシュ教団かどうかなんて知らなかった。これらすべては中級幹部とアルバニアにあるベクタシュ教団のシェイフたちの間で交わされた秘密協定に基づいて仕組まれたことだから、恐らくは数人を除き大部分の人間に情報が伝わっていないのだ。そしてこれも違う。組織に入り、日常習慣と生活を全面的に変化させる善良かつ犠牲精神旺盛な若者たちにとっては、儀式や儀礼、集団で食事や行進の最中に撮影された写真が、アルバニアのベクタシュ教団のシェイフから教団活動の付属品として評価されていることなど、全く関知するところではない。「僕もまだ無邪気でね。最初はこれが恐るべき陰謀とか信じがたい秘密だとか信じたし、若者たちが醜悪な形で騙されていると思った。その義憤をもって、十五年目にして初めて論文を書いて公表し、自分の発見を詳細に渡って実証してやろうと思ったほどだよ。でもすぐにやめにした。」飛雪を縫って海峡を通る黒々としたタンカーの呻くような汽笛が届き、街じゅうの窓を微かに震わせながらそれが過ぎゆくのを聞いた。サイムは続けた。「何故なら、我々が生きているこの人生が、他人の夢であることを証明したって、何も変えることができないとわかったんだ。」

それからサイムは、鳥も飛ばず隊商（キャラバン）も通らぬ辺境の東アナトリアの山に住み、二百年に渡ってカフ山行きの旅立ちの準備をするゼリバン族の話をした。永遠に出発することはないだろう、このカフ山巡礼という発想は、三百二十年前のある夢の本から得ていることや、この事実を何世代にもわたり秘密めかして伝承したシェイフたちがそもそもカフ山に旅立たぬことをオスマン帝国と言い交わしていたことが、何を変えるって言うんだ？　日曜日の午後、アナトリアの小さな町の映画館を埋め尽くす男たちに、こう言うのか。先ほどの歴史映画に登場した、勇敢なトルコ人戦士に毒入りワインを盛る策謀家であり、歴史上の実在人物らしい神父、あんなの本当はイスラム教徒の謙虚な俳優なのだと。そんな説明したって、憤怒という彼らの唯一の娯楽を色褪せさせるだけだ。明け方、ガーリップが座っていた長椅子でうとうとしていると、サイムは言った。アルバニアにある、今世紀初頭に建てられた白い植民地風ホテルの夢の世界を連想させる空虚な大広間で、組織の幹部と会見する時、ベクタシュ教団の老シェイフたちはトルコの若者の写真に涙を流して見入ったりはするが、その各式典において教団の禁秘ではなくマルクス・レーニン主義者の分析が熱っぽく述べられていることすら知らないにちがいない。何故なら、数世紀越しに追い求めている黄金に手が届くことなんか永遠にないのを知らずにいること、それもまた錬金術師の不幸ではなく存在理由なのだから。現代の魔術師が仕掛けの存在をいくら観客に公表しようと、手に汗をにぎり手品を見守る観客は、たとえ瞬きの間でも、トリックではなく魔法に立ち会っていると感じて幸せになる。多くの若者は、その人生の一時期聴いたある言葉の、ある物語の、一緒に読んだある本の影響で恋をする。同じ胸の高鳴りをもって、恋人と結婚し、愛の背後にあるこの錯覚（イリュージョン）に全く気付かないまま、残りの人生を幸せに暮らす。サイムの妻が朝食のために机の雑誌を片付け、食卓を用意し始めた。ドアの下に放り込まれた新聞を読みながらサイムは言った。文章は、あらゆる文章は、現し世のことではなく、それが文章であるからには、最終的に、各々の夢について語っているとわかっていたとする、それでも何も変わらない、と。

# 第8章　三銃士

彼に敵のことを尋ねた。列挙に次ぐ列挙に次ぐ列挙だった。——ヤフヤ・ケマルとの会話

二十年前の本人の危惧、三十二年前の本人の文章が忠実に再現された葬式だった。参列者は総勢九名。ウスキュダルの小規模な特殊低所得者住宅から用務員とその入所仲間、コラムニストとしての栄光の時代に故人の世話になった元新聞記者の老人、故人の生き様も作品も知らないがとにかく驚愕に堪えぬ様子の親戚二人、チュールを垂らした皇帝ターバンのようなブローチ付きの帽子をかぶった奇妙なギリシャ人の老女、お坊様（イマーム）、私、それから棺桶の中の物言わぬ作家。埋葬は、昨日の吹雪の真っ盛りにあたってしまったため、お坊様（イマーム）は祈りの章句をそそくさと詠み、棺の上には手際よく土が掛けられた。その後、理由は定かではないが一瞬にして全員が散開した。クスクル駅で路面電車を待つ者は私をおいて居なかった。ヨーロッパ側に渡るとベイオウル地区に出た。エルハムラ映画館で、エドワード・G・ロビンソンの映画『飾り窓の女』が上映中で、足を踏み入れた私は大いに魅了されつつ観賞した。私はいつだってエドワード・G・ロビンソンを愛する！　この映画の彼はうだつの上がらない役人にして素人画家だ

が、恋した女の気をひくため、身なりや性格を変え億万長者風に振舞う人物だった。実は恋人のジョーン・ベネットも彼を欺いていた。彼は裏切られ、傷心し、悲嘆にくれる。我々も愁然とそれを見守った。

故人と最初に知り合った時（第二段落も第一段落と同じく、彼の記事でよく使われた単語で始めよう）、最初に知り合った時、彼は七十代のコラムニストで、私は三十代だった。仲間に会いにバクルキョイに向かっていた。シルケジ駅から郊外線に乗ろうとしていた時、何が目に飛び込んできただろう。それは彼と、それから幼年期・思春期を通じ憧れていたコラムニストが二人、ホーム脇の食堂のテーブルでラク酒を囲む姿だった。シルケジ駅の殺伐とした雑踏と怒号のなかで、我が文学的空想のカフ山に住む七十路の三賢者と邂逅（かいこう）すること自体は、さほどの椿事ではない。だが、この三人の文士は全創作人生を通じ、憎悪を滾らせて互いに罵倒しあっていたのである。すなわち驚嘆すべきは、あろうことかこの三者が同席し、二十年後、大デュマの描く居酒屋に再集結する三銃士のごとく酒杯を傾けているという光景だった。半世紀の執筆人生を通じ、喧嘩っ早いこの三文士は、三皇帝、一カリフ、三大統領を舌鋒により消尽し、時に正当なこともあったが、ありとあらゆる理由で相互攻撃を繰り広げていた。無宗教、ニュータイプトルコ人、フランスかぶれ、愛国主義、フリーメイソン、ケマリスト、共和国主義、売国奴、帝国主義、西欧主義、宗派主義、盗作、ナチズム、ユダヤ主義、アラブ主義、アルメニア主義、同性愛者、転向者、シャリーア原理主義、共産主義、アメリカ偏向、そして挙句の果てには今日び流行りの実存主義者だと言っては互いを批判していたのである。（当時、ひとりが「一番偉大な実存主義者」はイブン・アラビーであり、西欧の人々は七百年も経ってから、その思想を盗んで手を加え、真似をしただけだと書いた。）しばらくこの三文士を観察した私は湧き上がる衝動に駆られ、テーブルに駆け寄って自己紹介をし、三人平等になるよう配慮しつつ賛辞を呈した。

　読者諸君におかれましてはどうかご理解いただきたい。私は緊張し、情熱に溢れ、若く、独創的で、勢威赫々（かくかく）たる上、優秀で、自己愛と自己過信、極端な善意と狡猾さの間を右往左往していたのだということを。新進気鋭のコラムニストとしての勢いに乗っていた私だったが、あの日、拙文が彼ら以上の読者数を誇り、彼ら以上に読者レターをもらい、もちろん彼ら以上に達筆で、そして、少なくとも最初のふたつの事実に関して彼ら自身も苦い思いで自覚しているという確信がなければ、同業者である三人の大師匠の謦咳（けいがい）に接しようなどという大それた気は起こさなかっただろう。

　だから彼らの渋面に迎えられても、私はこれを勝利の証と捉えほくそ笑んだのである。私が若くして成功したコラムニストではなく、賛辞を呈するだけの一般読者であれば、より厚遇されたことは疑いようがなかった。まず、彼らは席を勧めなかった。私は黙って待った。末席を与えられても給仕扱いで、厨房に使いにやられた。私は従った。週刊誌を所望したので、新聞屋までひとっ走りし、買ってきた。ひとりにオレンジを剝いてやったかと思えば、ひとりが落とした紙ナフキンを先回りして拾い、質問されれば彼らが満足するよう恐縮したそぶりで、すみません、恥ずかしながらフランス語は知らないのです、でも夜な夜な辞書を片手に『悪の華』の読解を試みておりますとへりくだった。無学は我が勝利をより鼻もちならないものにしたが、恭謙卑遜の態度に免じてお目こぼしをもらう形になった。

　後年、自分も後輩に同じ振る舞いをして初めて理解した。三師匠は私に無関心を装い内輪で話していたが、本当は何かを学びとって欲しがっていたのである。敬意を表しつつ私は静聴していた。当時話題になり、新聞の見出しを賑わさない日がなかったドイツ人原子物理学者は如何なる事実に基づいてイスラム教に改宗せざるを得なかったのか？　トルコのコラムニスト界の長老アフメット・ミトハト御大が、ある日、自分を論破した論敵ラスティック・サイト氏を夜道に追いつめ殴打した時、火種であるその論争を放棄する約束を迫ったのか？　ベルクソンは神秘主義者か、唯物論者か？　世界のどこかに謎の「第二宇宙」が隠れている証拠は何か？　コーランの第二十六章の最終行辺りで、信じても実行してもいなかったことを、信じて行うかのように語ったがゆえに、叱責された詩人たちは誰であったか？　詩人と言えば、アンドレ・ジイドは真の同性愛者だったのか？　もしくはこのテーマが人々の関心を引くと知り、アラブ人詩人エブ・ノヴァズ同様、実は女好きだったくせに自分を別人種に見せていたのか？　ジュール・ヴェルヌの『頑固者ケラバン』の最初の段落(パラグラフ)に登場する、トプハネ広場とマフムート一世の水飲み場の描写は正しくないが、それはメリングの木版画を参照したせいなのか、もしくはラマルティーヌの『オリエント紀行』の叙述をなぞったせいか？　メヴラーナの『メスネヴィー〔詩集〕』第五巻に驢馬と性交中に死んだ女の話があるが、その載録の意図は寓話としてか、それとも教訓としてか？

この問題を上品かつ慎重に議論していると、視線がこちらにも集中し、白眉が問いを投げかけたので私見を述べた。他の物語同様、あの話もあるがままに編纂されたが、しかしまた、教訓を透かし編みの窓帳(カーテン)で覆うべきだとされたのでしょう。昨日の葬儀の人物が訊いてきた。「なにかね、あんたは道義のために記事を書いているのかね？　それとも娯楽のためか？」あらゆる問題に一家言あることを証明するべく、最初に閃いたことをそのまま口にした。「娯楽のためでございます。」不興を買った。「青いな。駆け出しだ」と言われた。「あんたにちょいと忠告しとこうか。」熱意を露わにすぐに私は飛び上がった。「ご助言を書き留めます！」すわっとばかりにカウンターにすっ飛び、支配人に紙束をもらってきた。こうして日曜日の長い懇談を通じ、文筆稼業に関する垂訓を賜ることになり、エナメルの万年筆を拝借した私は食堂の名前入りの紙片の裏側に緑色のインクで切言の数々を書き記した。それを読者諸君と共有したい。

中には今日では全員とうの昔に忘れ去られた巨匠の名に興味を抱く読者も居て、ここまで伏せてきたこの三文士の名前を――少なくとも――そっと私が囁くのを待ちかねていることだろう。だが明かすつもりはない。三文士にはその墓で安らかに眠っていて欲しいから、という理由ではなく、この情報を得るに相応しい読者とそうでない読者を選別するためである。このため亡き数に入った各コラムニストをオスマン朝皇帝が詩に記した雅号をもって呼称する。雅号がどの皇帝のものか同定できる者は、詩人皇帝たちの御名と文士たちの名前との対応関係を推理し、この取るに足らない設問を解くことができよう。だが真の設問は「秘義」のなかに込められているのである。師匠たちが意地をかけて繰り広げたチェスの、忠告という名の「手」によって形成された「秘義」のなかに。私はこの「秘義」の美妙をいまだに飲み込めないでいる。だからこそ、理解しかねたグランドマスターの「手」を雑誌のチェス・コーナーで解説するはめになった不幸な未熟者よろしく、私も師匠たちの助言に、自分の下手な解説と稚拙な意見を括弧内に織りこんでみた。

A：アドリ。あの冬の日に英国製の（トルコでは高価な生地ならなんでも英国製と呼ばれるからこう書いた）クリーム色の服を着て、暗色のネクタイをしていた。長身。身だしなみ良し。よく梳いた白い口髭。杖を携えている。貧乏な英国紳士のような風貌だったが、貧乏人が紳士たり得るのか、それは謎。

B：バフティ。緩めたネクタイを、顔と同じく歪ませている。汚れて皺になった古いジャケット。中からベストと、そのポケットに入った懐中時計の鎖が覗いている。太っているが、みすぼらしい。愛を込めて「唯一の友よ！」と呼ぶところの煙草を常に一本手にしている。煙草のほうではこの一方的な友情を裏切り、いつか心臓を止めて彼を殺すだろう。

C：ジェマリ。低身長の癇癪持ち。清潔かつ几帳面であろうとして、教師時代の服装を封印できないでいる。郵便配達人の褪せたジャケットやズボン、底が厚手のゴム層になっている〈シュメールバンク〉百貨店の靴。分厚いレンズの眼鏡。ド近眼。「攻撃的」と言えるほどの醜さ。

さてこれぞ師匠たちの訓戒と私のお粗末な解説——

1　C：読書の愉楽に供するためだけに文を草するは、コラムニストにとり、羅針盤なしで大海に漕ぎ出るが如しである。

2　B：だがコラムニストとはイソップでもなければ、メヴラーナでもない。教訓はすべて寓話から生まれる。教訓から寓話、ではない。

3　C：読者の知能程度にあわせてではなく、自分の知性にあわせて書け。

4　A：羅針盤とはストーリーのことである。（1　Cへの簡明直截な補足）
5　C：この国の歴史の謎、墓地の謎に踏み込まずして、如何にして我々のことを語れよう？　同様に如何にして東洋のことを語れよう？
6　B：東洋と西洋の問題の鍵は、顎鬚アリフのこの言葉に込められている。
「粛然と東方を目指す船上で西方を望む者よ、嗚呼、汝らは不幸なるかな」（実在の人物をモデルにBが創作した顎鬚アリフは、コラムの人気者だった）
7　A—B—C：慣用句、小話、笑い話、詩歌、名言、アンソロジーなどを己が血肉とせよ。
8　C：執筆内容を決めてから、その話に冠すべき適切な金言を探すのではない、金言を冠してから、その下につく適切な話を探すのだ。
9　A：冒頭文が浮かばないうちは机に向かうな。
10　C：本気の信念を持て。
11　A：本気で信じる信念なぞなくとも、読者には君がそれを持っていると確信させよ。
12　B：君が読者と呼ぶものの正体は、祭に参加したがっている子供だ。
13　C：読者はムハンマドに対し罵言を吐く者を許さない。アッラーもそいつを麻痺させるだろう。（11が自分に対する当てこすりと勘づいたため、ムハンマドの結婚生活と商人人生について書いたAの記事と、口の端に現れる微かな麻痺のことを引き合いにだしている）
14　A：小人を愛せ。読者も好きだからな。（13　Cに対し、Cの短軀（たんく）を暗喩した応酬）

15　B：例えばウスキュダル地区にある謎めいた小人御殿はいいテーマだ。

16　C：相撲（ギュレシ）もいいテーマだな。それがスポーツとして行われ、書かれた場合だけだが。（15は自分への揶揄と感じたので、相撲（ギュレシ）に関心を寄せその連載ばかりしているBの男色志向の噂に触れた）

17　A：読者―それは生活苦に喘ぎ、精神年齢十二歳にして既婚、そして四人の子供の良き父親である。

18　C：読者は猫のように恩知らずだ。

19　B：猫は賢い動物で、恩知らずではない。ただ、愛犬家の執筆者は信頼すべからずと心得ている。

20　A：犬猫の話にあらず、国政を論じよ。

21　B：各総領事館の住所を把握せよ。（第二次世界大戦中、Cはドイツ、Aは英国領事館に食わせてもらっていたことをひっぱりだしてきた）

22　B：論争せよ。相手にダメージを与えることができるなら。

23　A：論争せよ。社長を後ろ盾にできるなら。

24　C：論争せよ。コートも持ってこられるのなら。（Bが独立戦争に参加せず、列強占領下のイスタンブールにしがみつくにあたり吐いた「アンカラの冬になんぞ耐えられるか！」という有名な言い訳へのあてつけ）

25　B：読者の手紙には返信せよ。居なければ、自作自演せよ。

26　C：長老だの師匠だのはシェヘラザードである。つまり彼女のように君も、「人生」なる一連の出来事の間に、たかだか五ページや十ページの挿話を捻じ込んでいるに過ぎぬことを忘れてはならぬ。

27　B：読書は少々でいい。ただ本を愛しながら読め。退屈しながら万巻の書を読んだ人間より、君は多くを読破したように見えることだろう。

28　B：社交は大事にしろ。著名人と知り合い、思い出を残し、そいつの死に際して何か書け。

29　A：慈悲に始まり、鞭で終わるような追悼記事なら書くな。

30　A―B―C：こういう文面は可能な限り避けよ。（a）故人はつい前日までは健在でした。（b）この稼業ときたら非情なもので、書いた記事は次の日には忘れられるのです。（c）昨日の夜、何々というラジオ番組をお聴きになったでしょうか？（d）時の経つのは早いものです！（e）故人が存命であれば、この惨状をなんと評すでしょう？（f）西欧社会ではこのようにしています。（g）X年前、パンはYリラでした。（h）「それから」この件は私に何々のことも思い出させました。

31　C：そもそも「それから」という単語は、言語芸術を解さぬ素人執筆者向きだ。

32　B：コラムが芸術的要素を含むなら、それはコラムではない。コラムは断じて芸術ではない。

33　C：詩を強姦し、それで芸術に対する情欲を満たす人間の知性たるや褒められたものではない。（詩人としてのBに対する毒舌）

34　B：簡単に書け、簡単に読ませろ。

35　C：難解に書け、簡単に読ませろ。

36　B：難解に書くと、胃潰瘍になるぞ。

37　A：胃潰瘍になってこそ芸術家だ。（ここで一同破顔した。初めて仲間に対し良心的な台詞が吐かれたので笑みを交わしたのである）

38　B：一刻も早く年をとれ。

39　C：年をとって、秋の実りのような傑作を書くように！（また親密な微笑み）

40　A：三大テーマ、それはもちろん、死、愛、音楽だ。

41　C：だが、愛とは何か、確固たる考えがなければならん。

42　B：愛を追求せよ。（我が読者たちには、これらの助言と助言の間には必ず、長い沈黙や停滞、間(ま)があったことを言っておこう）

43　C：愛を隠せ、君は物書きなのだから！

44　B：愛とは追求することである。

45　C：自分を隠せ。秘密があると匂わせろ。

46　A：秘密を感じさせれば、女が寄ってくる。

47　C：あらゆる女は鏡である。（ここでラク酒を開栓し、私も相伴に与った）

48　B：我々のことをよく覚えておけ。（もちろん心に刻みますとも、と答えた。注意深い読者がお気づきの通り、私は彼らとその談話を思い出しながら多くの記事を書いた）

49　A：街に出よ、人々の顔を観察せよ、ほら、そこにもひとつのテーマがある。

50　C：歴史的神秘の存在を匂わせろ。だが悲しいかな、それらを書くことはできないだろう。（ここまで来た時、Cはある物語を語った。別載予定だが、恋する男がその恋人に「僕は君だ」と告げた話で、私はこの時初めて、半世紀もの間罵倒しあった三人の物書きが仲良く同席しているのには、何か秘密があることを嗅ぎつけた）

51　A：我々トルコ人は全世界を敵に回していることも忘れるな。

52　B：トルコ人は将軍と幼年時代と母親が大好物だ。君もそれらを好きになれ。

53　A：エピグラフを用いるな。文章に宿る神秘を殺してしまうから。

54　B：それで死ぬなら、いっそ君も殺せ、神秘を。神秘を売りさばく偽の預言者を殺せ。

55　C：エピグラフを使うなら、作者や登場人物がどだい我々とかけ離れている西洋の書物から引用はするな。ましてや未読の書籍の引用は絶対禁止だ。これこそ魔性（デッジャール）の申し子が行う悪魔の所業だ。

56　A：忘れるなよ。君は悪魔にして天使、デッジャールであり、また「彼」だ。何故なら読者は純然たる善人や悪人には概して退屈してしまう。

57　B：だが読者は、デッジャールが自分にとって「彼」のように見えたに過ぎぬと気づき、救世主だと信じたものが実はデッジャールで自分は騙されていたということに衝撃を受けると、どこかの暗い道で本当に君に殴りかかってくるぞ。

58　A：そう、だから神秘を温存しておけ。この稼業の秘密を売り渡してはならない。

59　C：君の秘密は愛だ、覚えておけ。キーワードは愛なのだ。

60　B：違う、キーワードは我々の顔に出る。それを見よ、聞け。

61　A：愛だ、愛、愛なんだ、愛！

62　B：盗作も恐れるな。我々が呻吟しながら読み、書くことの秘密、我らが秘密の全ては神秘主義の鏡に秘められているからだ。メヴラーナの絵描き対決の話を知ってるか？　メヴラーナもその話を他人から頂戴したのだ、だが本人は……（存じております、と答えた）

63　C：君が年をとり、人はありのままの自分でいられるか、という問いが頭に浮かんだら、この秘義を理解できたかどうか自分の胸に問え。忘れるなよ！（私は忘れなかった）

64　B：古いバスとか放逸に書き流された本に対して寛容で理解がある人間と同じくらい、それらを理解できない人間がいるってことも覚えておけ。

　駅構内のどこか、恐らくは食堂の内部から、愛を、苦悩を、人生の空虚をことさらに訴える歌が聞こえた。ここに至り三文士は私を忘れ、それぞれが髭を蓄えた老シェヘラザードであることに立ち返り、友情と兄弟愛と歎きに溢れる鼎談（ていだん）に移行した。その一部は次の通りである。

　作家人生における唯一の情熱はムハンマドの天上七層の旅を記すことだったのに、後年、ダンテに先を越されたと知り、落胆した不幸な随筆家の喜悲劇的な物語。幼少期、妹と一緒に畑で鴉を追っていた、物狂おしき変人皇帝の物語。妻の出奔後、夢を見ることができなくなった作家の物語。自分のことを、プルーストであり、アルベルチーヌであると妄想するようになった愛読者の物語。征服帝スルタン・メフメットに変装したコラムニストの物語、等々。

# 第9章　誰かが僕をつけている

時に降雪霏々（ひひ）たり、時に闇
——シェイフ・ガーリップ

文書の番人サイムの家を辞し、早朝のジハンギルの古い路地裏を抜け、階段状の小路を通り、カラキョイに降りる途中、古い肘掛椅子を見かけた。まるで不吉な悪夢の遺留品である唯一の小道具を想うように、一日中思い出してばかりいた椅子だった。トプハネ地区の裏手にまっすぐ伸びる坂道のどれかに、壁紙屋、リノリウム舗床工事屋、石膏ボード屋、家具屋が立ち並ぶ通りがあり、椅子は商店の閉じたシャッターの前に置かれていた。ここは昔ジェラールがイスタンブールの阿片とハシシの流通経路を取材していた辺りでもある。椅子の肘と脚部分のニスははがれ、座席の革は傷のように裂け、腹を裂かれた騎兵の馬からはみ出た腸のように、錆びたスプリングが絶望的に外に飛び出していた。

椅子を見かけた坂は人影もまばらで、広場は無人状態だったため（八時を過ぎていたにもかかわらず）カラキョイに到着したガーリップは、人々がなんらかの災難の予兆を読みとった上で外出を避けているのでは、という疑念に取り憑かれた。接近中のこの災難のせいで、運航予定だったフェリーは互いに係留され、どの埠頭にも人影はなく、ガラタ橋の物売りやポラロイド・カメラマン、日焼け顔の乞食なども仕事を放棄して最後の日々を過ごそうと決めたかのようだ。橋の欄干にもたれ濁った海水を眺めると、子供が橋のこの一角に集まり、キリスト教徒の観光客によって金角湾に投げられた硬貨を潜水しては漁っていたことを思い出した。それから、海峡が干上がった日を描いた記事で、後年完全に別の事象を示すこの硬貨に何故ジェラールが言及しなかったのかということが気になりだした。

オフィスビル内の事務所に入り、机に向かうと、ジェラールの「新しい」コラムを読みはじめた。実はこの記事は新作ではなく、何年か前に一度掲載されていた。このことは、ジェラールが久しく新聞社に新作を提出していないことの決め手であると同時に、他の暗喩であるのかもしれなかった。記事の中央に据えられた「自分自身であることが困難か？」という設問も、記事の主役で質問者である床屋の男も、おそらくは記事内で狙った意味ではなく、言外の世界に備わった別の秘められた真意を示していた。

昔、ジェラールがこの問題を説明してくれたことを覚えている。「ほとんどの人は対象の根源的特徴に気付かない。ただ、それが間近にあるというだけで。片隅にひっそりと存在し、そうであるがために注意を惹きつける、補助的特徴を見つけ出しては、そちらに気付く。だから俺の記事では読者に見せたいものは明示しない。記事の一隅に折り込むようにするんだ。意味を忍ばせたこの片隅自体は当然、過剰に秘密で人目につかないわけではない。俺がやるのは子供を騙すような具合の隠匿さ。でもそこで何かを見つけると誰もが子供みたいにすぐに信じ込んでしまうからこそ、そうするんだ。それから一番悪いのは、読者が記事の残りの大半に宿る手近にして明白な意味も、もう少し忍耐と知性とが求められる偶発的な秘密の意味のことも認知せずに、新聞を脇に押しやってしまうことだ。」

　新聞を脇に押しやり、湧き上がる衝動に従い、ジェラールに会いに『ミリエット』新聞社に向かった。ジェラールは週末、人が少ないときに出社する傾向があったから、ひとりで自分の執務室に居るに違いなかった。坂を上りつつ、ジェラールには、リュヤーは少し体調が悪いと言っておこうと考えた。それから妻が去ってしまい八方塞がりになった顧客の話をするのだ。ジェラールはこういう話には何と反応するだろう？　仕事は順調、実直かつ勤勉、分別があり性格も大人しい善良な市民の愛妻が、この国の歴史的慣習など全部無視して、突然夫を捨てる。この類の事件は何の象徴なのか？　隠れた意味があるのか？　なんらかの黙示（アポカリプス）の予兆か？　ガーリップの話を細部に至るまで注意深く傾聴してから、ジェラールが説明しはじめる。ジェラールが解説すると世界は意味を帯びる。余りにも身近すぎて見えない「秘められた」事実は、以前から知っていたものの、知っていることを知らなかった豊饒なる物語の、眼がくらむような断片に変わり、そうして人生も再び耐えるに値するものとなるのだ。イラン領事館の内庭に濡れて輝く樹木の枝を見上げながら、自分の世界ではなくジェラールが描く世界の住人になりたかったと思った。

　ジェラールの部屋に当人は居なかった。机の上はすっきりと片付き、灰皿は空で、ティーカップもない。ここにくるといつもそうするように、紫色の椅子で彼を待った。しばらくしたら、どこかの部屋からジェラールの笑い声が聞こえてくるだろう。

　その確信が消えたとき、多くのことを思い出した。家族に断らず、ラジオの生番組で放送されるクイズ・ショウの招待状をもらいにいくという理由にかこつけて、同級生と一緒に新聞社を初めて訪問したときのこと。（帰り道、「印刷所を見せてくれるはずだったんだけど、時間がなかったみたい」ときまりが悪くなってガーリップは言った。「机の上に女の写真が色々あったよね」と友人は言った。その少年はのちにリュヤーに恋をした。）リュヤーとの最初の新聞社訪問時には、ジェラールが印刷所を見学させてくれたこと。（お嬢ちゃん、あんたがたも新聞記者になりたいのかい？と老技師がリュヤーに質問し、リュヤーは帰り道、同じことをガーリップに尋ねた。）当時、この部屋はガーリップにとって『千夜一夜物語』の一室に思えたものだった。素晴らしい物語や色々な人生が組み立てられた用箋や空想にあふれており、その物語も人生も自分の想像を絶していたから……。

新しい用箋と新しい物語を見つけるため、または忘れる、そう、忘れるために慌ただしくジェラールの机をひっかきまわして発見したもの。未開封の読者の手紙、ペン、新聞の切り抜き（嫉妬深い夫による昔の殺人事件。緑のボールペンで印がつけてある）、外国の雑誌から切り抜かれた顔写真、肖像画、ジェラールの筆跡で紙片に記されたメモ（忘れるな：皇子の物語）、空のインク壺、マッチ、下品なネクタイ、シャーマニズムと神秘主義と記憶力強化についての初歩的一般書籍、睡眠薬の瓶、血管拡張剤、ボタン、止まった腕時計、鋏、開封済みの読者レターから出てきた写真（ジェラールと禿げた将校が写っている写真もあった。田舎の茶館（カフヴェ）にて、二人の油相撲（ヤールギュレシ）の選手と愛らしいカンガル犬と一緒にカメラを見つめている）、色鉛筆、櫛、煙草の吸い口、色とりどりのボールペン……。

デスクの上の袋からは「使用済」「予備」と書かれた二冊のファイルが出てきた。「使用済」ファイルのほうにはここ六日間に掲載済みのジェラールの記事のタイプライター原稿と、未掲載の日曜版の原稿があった。日曜版の記事は、明日の新聞に掲載予定だから、もう組版を行い、挿絵を添付した上でファイルに戻されたに違いない。「予備」ファイルにはたった三本しか記事がなかった。そのどれもが大昔に掲載済みのものだ。月曜日に掲載される第四の記事は、現在、おそらく新聞社の地下階の組版工の机の上にあるだろうから、予備の記事は木曜日まではもつ。これはつまりジェラールが誰にも告げずに旅立った、もしくは休暇にでかけたことを意味するのだろうか？　だがジェラールはイスタンブールを出たためしがなかった。

　誰かに尋ねるべく広い編集室に入った。年配の社員ふたりがデスクで話しこんでおり、足は勝手にそちらに向かった。ひとりは周知の筆名（ペンネーム）で言うところの「ネシャティ」で、何年も前にジェラールと紙上で激しく論を戦わせた癇癪（かんしゃく）持ちの老人だった。現在は同じ新聞にジェラールよりも重要ではなく、あまり見向きもされない担当欄を与えられ、猛ったモラリズムを振りかざして懐旧談を綴っていた。

「ジェラール君は何日も見ないね。あんたは彼の何なんだ？」男は、その担当欄の片隅の著者近影写真と同じブルドッグのようにいかつい渋面で言った。

　もうひとりの新聞記者がジェラールを探す理由を尋ねた時、それが誰だったか錯綜した記憶のファイルのなかに探していた。それは芸能欄担当の、サングラスをかけた老獪なシャーロック・ホームズだった。オスマン帝国の貴族風の媚態を示す数多の映画スターが金持ちマダムの家に雇われていた事実に関して、それが何年前で、ベイオウルのどの裏路地だったかという情報に至るまで彼は知っていた。フランスの田舎町で大道芸人だったのを拾われ、「アルゼンチン貴族」のふれこみでイスタンブールに連れてこられた「有名女性歌手」が、本当はアルジェリア系ムスリムであることを知っていた。

「つまりご親戚ということですか。亡くなったお母様以外、ジェラール君には身寄りがないと伺っていましたが」と芸能欄担当記者が言った。

「おやおや」論争好きの記者が引き継ぐ。「親戚が居なくて、ジェラール殿は今日の地位を手に入れることができたかね？ ほれ、目をかけてくれる義理のお兄さんが居たじゃないか？ あいつにモノを書くことを教えたのは、宗教にのめりこんでいたこの人物さ。後から裏切ったがな。この義兄はナクシ教団のメンバーだった。教団はクムカプ地区の古い石鹸工場で色々な鎖やらオリーブ絞り機、蠟燭、金型を使った秘密の儀式を行っていた。かたやそんな儀式に参加しておきながら、かたや毎週教団の内情を告発文書に記して国家情報局に送りつけていたんだ。軍に告発していたのは、実際は教団信者が国家に害を及ぼしていないことを証明したかったからだ。告発文書はジェラールにも見せていた。執筆に興味津々の義理の弟もそれを読み、そこから学び、文学の喜びを知ってもらいたいと。それから左翼風が吹き荒れ、ジェラールもまた政治スタンスを左翼側に変えた時代があり、その頃あの告発文書の様式は、アッタールとか、エブ・ホラサンとか、イブン・アラビーとか、ボットフォリオの翻訳からじかに取り入れた暗喩や寓意を織り込み、容赦なく使われた。その後、ジェラールの暗喩のなかに――陳腐な発案に頼ってばかりじゃないか、ありゃ――我々を過去の文化につなげる刷新の橋とやらを見た者は、この一連の贋作の真の考案者が他に居るなんてわかりゃしない。ジェラールはその存在を忘れて欲しがっていたが、義理の兄さんという人は多芸多才だった。床屋のために便利な鏡付きの鋏を作ったり。割礼につきものの、数多の子供の未来を潰す痛ましい失敗が起きぬよう、用具を開発したり。油のついた紐の代わりに鎖、椅子の代わりにスライドする床板を用いて、苦痛を与えない絞首台を発明したり。愛するお姉さんと義理の兄さんのお情けが必要だった頃は、ジェラールはこういう発明の数々を『信じるも信じないもあなた次第』欄で興奮気味に紹介していたもんだ。」

「お言葉だが、そりゃまるで違うよ！」と芸能欄担当者が反論を始めた。「ジェラール君は『信じるも信じないもあなた次第』を執筆していた頃には完全に孤独だったよ。あんたには他の人から聞いたことではなく、この目で見た出来事を教えてあげよう。」

それは、のちに成功する善良な若者の、孤独で貧しい下積み時代を描いた国産映画から切り抜いたような一場面だった。ある年、暮れも押し迫る頃、貧者の住む地区の貧しい家でのことだ。駆け出しの新聞記者だった若きジェラールは、母親に告げる。ニシャンタシュに住む裕福な親戚に、一緒に楽しく年越ししようと招待されていることを。浮かれる姪やわんぱくな甥たちと一緒に賑やかで楽しい夜を過ごし、その後、どこか市内のイベントやパーティーに繰り出すというのだ。仕立屋の母親は、息子の幸せを思うだに幸福になる女性で、彼に贈り物を用意していた。亡くなった父親の古い上着だ。息子に内緒で小さく仕立て直していたのだ。上着に袖を通すとジェラールにぴったりで（母親が目を潤ませる場面だ――「お父さんそっくり！」）、幸せな母親は息子の同僚もこの宴に招待されていることを知り、安心する。この逸話の証人となった新聞記者とジェラールは、夜の木造家屋の寒くて暗い階段を降り、ぬかるんだ通りに出た。そこで初めて、金持ちの親戚どころか、誰も貧しいジェラールを大晦日の宴に招待などしていないことを知るのだ。おまけに、蠟燭の明かりで縫物をして目を悪くした母親の手術費用を稼ぐため、ジェラールは社に残って当直を務めなければならなかった。

話の余韻の沈黙を破り、ガーリップはこの話の細部描写が複数個所、ジェラールの実生活と適合しないことを指摘したが、二人はあまりそのことに重きをおかなかった。そうだ、もちろん、親戚関係や日付に関して少し間違いはあったかもしれない。ジェラールの父親が生きているからには（それは確かなんですかね？）父親と祖父、姉と叔母を混同したのかもしれないが、二人には間違いを重視する意図はないことが窺えた。ガーリップを机に招き煙草を勧め、ろくに答えを訊かない癖に質問をした後（あんたは彼のつまり何に当たるんだっけ？）、彼らは空想のチェス盤に置いた駒を記憶の袋からひとつひとつ取り出し始めた。本当のところ、ジェラールは無尽蔵な家族の愛にどっぷり埋もれていた。だからこそ、市政問題以外は執筆禁止の絶望の日々に、どの窓からでも別々の菩提樹が見えた大邸宅で過ごした子供時代をふと思い出してみることは、たちどころに冗文を氾濫させるに十分だったのだ。その記事は読者にも検閲官にも意図不明ということになったが。

違う。業界関連をのぞくとジェラールの人間関係は非常に限定されていた。だから大きな集会に顔を出さなければならない時には、身振りや言葉づかい、服装や食生活に至るまでなにもかも真似ることができる良友に常に側にいて欲しがっていた。

そんなわけがないだろう。いくら野心家とはいえ、パズル欄と女性欄内の人生相談担当だった若造が、三年後には、この国だけでなくバルカン半島と中東も含めて、一番の人気欄を担当し、落ち着き払って右に左にこきおろしをおっぱじめるなんてあり得ない。奴なんかにはもったいないような愛情をもって庇護してくれる強力な親類縁者の援護以外の何のおかげだというんだ？

別のエピソードもある。国の重要人物が、八歳の息子の誕生日に苺ショートケーキを用意し、八本の蠟燭に火を灯し、子供の友達やピアノを爪弾くギリシャ系の老婦人、新聞記者たちを招待し、善意の「誕生日パーティー」を開催したことがあった。先進的視座の持ち主だから、西欧文明の礎のひとつである「誕生日」の儀式、この人道的な習慣が我が国にも根付くようにと考えたものらしい。ジェラールは紙上でこれを残酷で思いやりのない皮肉をもって糾弾した。それは皆が考えるように、イデオロギー的、政治的、美的な理由ではなく、自分が人生において一度もこのような父親の愛、さらにはどんな類の愛情も知らないことに苦い思いで気付いたからだった。

今、どこを探しても彼を発見できないこと。残した住所も電話番号も間違いか嘘だと露呈すること。それはすなわち、彼が近縁の者、遠縁の者——全ての人間——に抱いている奇妙かつ不可解な憎悪、その人たちの愛に答えることができないジェラールの憎悪の現れである（ガーリップはどこでジェラールを捕まえられるか訊いた）。

違う。人が容易にたどり着けないような街の片隅に隠れ、全人類から自分で自分を切り離したのには、むろん、全く別の理由がある。生まれてこのかた頭の周りを不吉な暈（かさ）のように取り囲むあの過酷な孤独感、人々と交われぬという「疾病」からは逃れられないと、彼はもう観念したのだ。病に身を任せるしかない処置不可能な患者のように、どこぞの隔絶された部屋で、唇を噛みしめジェラールはその身を投げ出す。逃れ得ぬ絶望的な、孤独の両腕に。

「西洋人」のテレビ取材班が、その隠れ家がある街区に潜むジェラールを探していたことを説明しようとすると、「どのみちジェラール君の仕事には近々終止符が打たれる」と、うるさ型のコラムニストのネシャティが割り込んできた。「十日も原稿を送ってこないのだからな。予備として置いていったのだって、タイプで清書しただけの二十年物だ。知らぬ者などおらんわ！」

ガーリップの期待通り、芸能担当記者はこの台詞に反論してくれた。彼の記事は普段以上に熱心に読まれている。電話は鳴りっぱなしだし、郵便物に至っては、毎日最低二十通はジェラール君宛てのものだ。

「いかにも」と論争好きの記者は言う。「売春婦、女衒（ぜげん）、テロリスト、快楽主義者、麻薬密売人や奴がほめちぎった往年のギャングから来た勧誘だろ、そんなもの。」

「内緒で開封して読んでるのかね？」と、芸能担当記者。

「お前さん同様にね！」と、論客記者。

両者は駒の初動に満足したチェス選手のように、椅子の上で少し背筋を伸ばした。論客記者は上着の深いポケットから小さな箱をとりだし、ガーリップに見せた。観客に確認させた後、消してみせようとするモノを扱う手品師めいた几帳面な手つきだった。「ご親戚のジェラール氏と我々との間の唯一の共通項はご覧いただいたこの胃薬だけだ。胃酸の分泌をたちまちにして抑えてくれる。一錠飲んでみないか?」

ガーリップはゲームがどこから始まり、どこに行きつくかわからなかったが、仲間に入れて欲しいあまり白い錠剤を一錠飲んだ。

「我々のゲームは気にいったか?」と老人記者は微笑んで訊いた。

「ルールを理解しようとしているところです。」ガーリップは用心深く答えた。

「私の記事を読んでるかね?」

「読みますよ」

「新聞を手にとったら、まず私のところを読むかね、それともジェラールのか?」

「ジェラールさんは親戚ですから」

「親戚というだけで最初に目を通しているのか? 血のつながりって奴は優れた記事を差し置くほどの強い結びつきなのか?」

「ジェラールだって優れた記事を書きます」

「あんなものは誰だって書けるさ、見る目がないね。」老コラムニストは吼えた。「さらにはコラムと言うには長々しすぎるものばかりだ。わざとらしい物語構成、芸術的修飾、空虚な言葉。使い古された技巧がいくつか使われているというだけじゃないか。記憶を掘り返し、蜜のように甘ったるい綺麗事ばかり語ってやがる。そうかと思えば逆説を多用する。さらにはオスマン時代の古典詩人が『知悉(ちしつ)の無知』と称した、知って知らぬふりをする小芝居に訴える。ありもしないことをあったかのように、あったことなかったかのように曲筆する。これらを総動員しても効を奏さなければ、あいつのファンが褒めちぎるあの派手な迷文を内容の空虚さの隠れ蓑にする。誰にだってあいつと同じ人生や記憶や過去くらい持ってるんだぞ。誰だってあいつがやる程度のゲームはできるさ。あんたにもな。さあ、なにか私に語ってみろ。」

「どんな話を、ですか」

「思い付いたやつをなんでも。物語を」

「ひとりの男がおりました。ある日、美人の愛妻に逃げられました。男は彼女を探し始めます。街の何処へ行っても愛しい妻の痕跡に行きあたりますが、尋ね人だけは居ないのです」

「それで？」

「それだけです」

「なんだそりゃ。続きがあるだろうが。街で見つけた痕跡からなにを嗅ぎつけたんだ、その男は？　嫁は本当に美人なのか？　誰のところに逃げたんだ？」

「男は街で見つけた痕跡から、自分の過去を読みとっているのです。美しい妻と自分の過去の痕跡です。誰の所へ逃げたかはわからないし、もしくは知りたくもないようです。行く先々で妻と自分の過去の痕跡に行きあたるたびに、妻が走った男、もしくは逃げた場所は、自らの過去に存在したある場所にちがいないと思うようになったからです」

「いい主題だがな」と褒められた。「ポーが描いたような、死せる、もしくは失踪した美女！　でも話の語り手はもっと一本筋をとおさなければならん。筆に迷いがあるうちは、読者だって信じてくれんよ。ジェラールの技巧を用いて物語を結着させてみようか。記憶―街を男の甘い記憶と溶け合わせる。様式―装飾的な言葉に仕込まれたこの記憶のなかの手がかり、それらは虚無を指し示すがいい。知悉の無知―男は嫁が誰の所に逃げたのか知らないかのように行動せしめよ。逆説―こうなると、男の妻が走ったのは男自身ということになるな。どうだ？　こんなのあんただって書けるってことがわかっただろ？　誰だって書けるんだ。」

「でも本当に書いているのはジェラールだけだ」

「わかったよ。だったらこれからはあんたも書けばいいだろう」と老記者は話を打ち切りそうな雰囲気を漂わせて叫んだ。「あの人を探しているなら、彼が書いたものを調べるといい」と芸能担当記者が忠告した。「記事に書いたことのある、どこかに居るはずだ。彼の記事には各所に発信したメッセージが込められている。個人的なちょっとしたメッセージだ。わかりますか？」

頷く代わりに、ガーリップは子供の時、ジェラールが自分に記事の中の段落の最初と最後の単語で文章を作ってみせてくれたことを教えた。検閲と報道検察官を出し抜くために発明した文字遊びや文章の最初と最後の音節で作った鎖、全ての大文字をつないで作った文章、「伯母さん」を怒らせる言葉遊びを教えてくれたことを。

芸能担当記者が訊いてきた。「伯母さんは老嬢ってやつかい？」

「一度も結婚してないんです」

ジェラール君はアパルトマンのことで父親と険悪になっていたというのは本当かね？　ガーリップはそれが「ものすごく昔」の話だと答えた。

弁護士だった伯父さんが公判記録や判例集や法令をレストラン一覧表やフェリーの時刻表と混同していたというのは本当なのかね？

ガーリップにしてみれば、他の話同様、あらゆる話同様、それもまたひとつの物語ではないかと思われた。

老記者は耳触りのよくない声で言った。「わかるかい。これらはジェラール君が彼に語ったことじゃない。彼は探偵業とフルフィー教団に関心があったもんだから、針で井戸を掘るようにして、ひとつひとつ自分で見つけて探りあてたんだよ。物語の真の意味というやつを。ジェラール君の文章から。または、ジェラールが文字に特殊な意味を隠した場合、その文字のなかから。」

芸能担当記者はこれらの遊戯には恐らく何か意味があり、恐らくは神秘世界からの声を伝えており、神秘との深い関係という要素が、恐らくはジェラール君を凡百の記者より上の次元に押し上げていると言った。だがこの事実も思い知らされるべきだっただろう。「うぬぼれ記者の葬式はカンパで出すか、お役所か……。」

「ことによると――神よ守りたまえ（アッラー）――死んだかもな」と老人記者は言った。「我々のゲームは嫌いかね？」

「彼の記憶喪失は虚構かい？　それとも現実なのかね？」と芸能担当記者。

「虚構でもあり、事実でもあります」とガーリップ。

「この街のあちこちにあるという隠れ家は？」

「それも、どちらでもあるのです」

「その隠れ家のどれかで、たったひとり、窒息寸前、息も絶え絶えになってるかもな。ほれ、奴自身もこういう妄想ごっこが大好きだったじゃないか」と、コラムニスト。

「それなら自分に近いと思う人間を誰か呼んだだろうよ。」芸能担当記者。

「そんな人間は居ないさ。誰にも心を許さなかったらしいから」

「そこのお兄さんはそんな見方をしないと思うがね。まだお名前も伺ってなかったね」

ガーリップは名を名乗った。

「じゃあ、教えてくれませんか、ガーリップさん」と芸能担当記者があらたまって言った。「余人にはわからぬ鬱屈を抱えて隠れ家にひきこもったとしても、最低、そこで文学の秘密と遺言状を渡すくらいには心を許す人間は居るはずでは？　そこまで孤独な男じゃないでしょうよ、ジェラール君だって。」

ガーリップは考えた。それから不安に襲われつつ「それほど孤独な人間ではありません」と答えた。

「誰を呼んだと思う？」芸能担当記者が訊いてきた。「あんたか？」

「妹さんでしょう。」ガーリップは考える間もなく答えていた。「ジェラールより二十歳年下の義理の妹が居るんです。彼女を呼んだでしょう。」それから考えた。腹が裂けて、錆びたスプリングが飛び出していた椅子のことを思い出した。さらに考え込んだ。

「もうあんたも我々のゲームのルールがわかってきたようじゃないか」と老人記者。「結果を色々予想して、面白くなってきたころだろう。だったらもう遠慮せずに言わせていただくよ。全フルフィーの末路は必ず悲惨なものとなる。アスタラバードのファズララーフは、フルフィー教団の創始者だが、犬ころのように殺され、脚に縄をつけられて死体は市中（バザール）引き回しさ。六百年前、教祖としてのキャリアも、ジェラール君同様夢判断から始まったのを知っていたかね？　新聞社ではなく、郊外の洞窟で職務遂行していたというわけだ。」

「そうやって先人に例えたところで、ひとりの人間をどの程度理解できる？　一個人の人生の秘密に肉薄することなんてできますかね？」と芸能担当記者は言った。「三十年が過ぎた。私はアメリカ人の真似をしてこの国でも『スター』なんて呼ばれているあの哀れな俳優たちのありもしない秘密に分け入ろうとしてきた。そして学んだんだ。人間はつがいとして造られた、という説は間違いだ。人は誰もが、誰にも似ていない。あらゆる貧しい娘の、その貧しさは彼女自身に由来する。この国のスターは全部、天空にただ一つ、孤立無援の、誰にも似ていない、惨めな星屑なんだ。」

「ハリウッドのホンモノは除外だ。ジェラール君が模倣してる元ネタのことを君に話したっけな。さっきあげたもの以外に、ダンテ、ドストエフスキー、メヴラーナ、シェイフ・ガーリップからもいつも何かしら盗作しているよ」

「人生は誰のそれとも似ていない」と芸能記者。「物語はどれとも似ていないからこそ、物語なのだ。あらゆる作家は、卑小であってもその人単体で作家なのだ。」

「これに異議あり！」と老人記者が唱える。「評判の高い『海峡が干上がるとき』という文章を取り上げてみよう。ありゃ、黙示（アポカリプス）の前触れや救世主（メフディ）降臨前の滅亡の日々を描いた何千年も前の書物や、コーラン、最後の審判の章、イブン・ハルドゥン、エブー・ホラサニーからの盗作じゃないか。さらにはこってり任侠話（ギャング）が盛られている。芸術的価値なんざ皆無だ。狭い世界で熱狂的に受けたり、ヒステリックな女たちが掲載日に何百本も電話をかけてくるのは、奴が描く世迷い事のせいではない。その文字の中にあんたや我々じゃわからないが、解読法を握る使徒たちだけがわかる秘密のメッセージがあるんだ。この使徒たちの半分は淫売、半分はホモで、この国の四方八方に散らばっており、秘密のメッセージを命令と認識する。朝な夕な新聞社に電話をかけてくるから、世迷い事を書いた罰にシェイフたるジェラール閣下を門前に立たせたりしないようにしないとな。そもそも新聞社前の奴の出待ちは常時ひとりかふたりは居るのだし。ガーリップさんよ、我々にしてみりゃ、あんただってそういう輩かもしれないじゃないか。」

「ガーリップ君のことは気に入ったよ！」芸能記者が言う。「彼を見ていると、自分の若かりし頃を彷彿とさせるじゃないか。ここまで腹を割って話すほど、この人には親しみを覚えたじゃないか。それがいい証拠だよ。往年の大女優、サーミエ・サミムは最後の日々を養老院で過ごしていたが、私に言ったよ。嫉妬という名の病気は……どうした、お兄さん、もう帰るのかい？」老人記者が叫んだ。「なあ、ガーリップ君、帰るなら答えてくれよ。イギリスの取材班は何故この私とではなくジェラールと話したがっているのだ？」

「文筆家としてあなたより上だから」と告げた。机を離れ、階段へと続く無音の廊下へと抜けた。老人記者が気分を害した様子もなく、後ろから大音声を張り上げているのが聞こえた。

「おい、あの薬が本当に胃薬だと思ってるのかね?」

路地に出たガーリップは周囲を気を付けて見渡した。向かいの歩道の角では、オレンジ売りと、禿げた男が無為に突っ立っていた。そこは昔、宗教系の高校に通う若者たちが、イスラム教を侮辱していると言って、ジェラールの記事を含む新聞を燃やした所だった。視界にジェラールを待つ人影はない。向かい側に渡り、オレンジをひとつ買った。それを剝いて食べていると、誰かに尾行されているような気がしてきた。ジャーロール広場から事務所に戻る途中だったが、何故その時に限ってそんな気がしたのかは判然としなかった。ゆっくりと坂を降り、書店の店先を眺めながら自問自答したが、やはりわからなかった。この感じがどうしてこれほど生々しいのかということも。首筋の後ろに、微かに感知することのできる「眼」が存在する、それだけだった。

毎度本屋の前は歩みを緩めて通るのが常だったが、そのうち一軒の店先で、一対の別の眼と遭遇すると、親しい人を見かけたように胸が高鳴った。その人にどれほど会いたかったか、実際に会った瞬間に理解することがあるが、まるでそういう存在と出会ったかのようだった。そこは出版社であり、リュヤーが貪るように読んでいた推理小説のうちの多くの版元だった。色々な書籍によく見かけたあの腹黒そうなフクロウが、小さな店舗の小さな展示棚を行き過ぎる土曜日の雑踏とガーリップをじっと睨んでいる。入店し、リュヤーがまだ読んでなさそうな昔の本を三冊と、今週発売との広告が出ていた『スペインの血』を買い求め、包装を頼んだ。

「トルコで唯一、百二十六巻目に到達したシリーズ。この長大さこそ弊社の推理小説の卓越の証し。」この出版社は「恋愛文学」や「フクロウ印の諧謔小説シリーズ」以外も扱っているので、フルフィー教団の関連本はないかと店の老人に聞いてみた。老人は店の入り口の肘掛椅子に陣取っていたが、それは蒼白な顔の青年が店番をしているカウンターと、泥だらけの歩道を行き交う人々を両方睥睨できるようにとの配慮らしい。回答は予想通りだった。

「うちにはないね。守銭奴（ハシス）イスマイルの店で聞いてみな！」それから付け加えた。「フルフィー信徒だったオスマン・ジェラーレッティン皇子がフランス語から訳した推理小説の下訳を入手したことがあったっけね。あの殺しの手法を知ってるかい。」

外に出て歩道の両側を確認したが、気遣わしいものは目にはいらなかった。ぶかぶかのコートを着た子供と一緒にサンドイッチ屋の棚を眺めるスカーフ頭の女。お揃いの緑の靴下を穿いた二人の女学生。反対側に渡ろうとして待っている茶色いコート姿の老人。首筋に同じ「眼」の視線を感じたのは、事務所に向かって歩き始めた瞬間だった。

尾行されたこともなければ、尾行される感覚に襲われたこともないため、このことに関するガーリップの情報源は、かつて見た映画とリュヤーの読んでいた推理小説の場面に限られていた。滅多に読まないくせに、推理小説に対してはよく大口をたたいていたものだ。最初と最後の章が完全に同じ小説を作ることが可能であってもいいはずだ。真のラストシーンが物語の中に隠されていて、はっきり見える「終わり」が存在しない物語が書かれるべき。盲人の世界で起きる小説というのを考えてもいい、など。こんな企画の数々にリュヤーはやれやれという顔をしていたが、その時ガーリップが抱いた夢想とはおそらく、いつか別人になれたら、ということだった。

事務所の入り口の脇の窪んだ空間に脚を切断した乞食が居ついていた。その盲いた両眼のことを思うと、自分が悪夢に嵌りこんだのは、リュヤーの不在だけではなく不眠とも関係がある気がした。部屋に入り、そのままデスクには行かず、窓を開けて、下を覗き、路上の諸活動をしばし観察した。デスクに座ると、電話ではなく、手はおのずから、書類ファイルにのびた。白紙をとりだし、さして熟考せずに書いた。

「リュヤーが居る可能性がある場所。元旦那の家。伯父さんたちの家。女友達バヌーの家。政治色のある家。多少政治色のある家。詩が語られる家。あらゆることが語られる家。ニシャンタシュにある他の家。すべての家。家。」書きながらでは思考が纏まらず、一旦ペンを置いた。また筆をとり「元旦那の家」以外のすべてを黒消しにし、こう書いた。「リュヤーとジェラールが居る可能性のある場所。リュヤーとジェラール、ジェラールの家。リュヤーとジェラールがホテルの部屋で。リュヤーとジェラールが映画館に入る。リュヤーとジェラール？　リュヤーとジェラール？」

書くにつれ、想像上の推理小説の主人公に自分を同化させると、リュヤーやそうなりたかった新しい人間、新しい世界が垣間見える扉の敷居に接近していることを感じる。扉から見える世界は、尾行される感覚も穏やかに受けとめてもらえる世界だった。自分に対する尾行を確信するのであれば、少なくとも机に座り、失踪した他者の発見に寄与する手がかりを羅列する人物になれることも信じなくてはならないだろう。自分が探偵小説の主人公に類似したその人物ではないことは承知していたが、自分は彼に似ている、「彼のように」なれる、と信じることは、周囲の事物と物語に由来する重圧を多少なりとも軽減した。時が過ぎ、呆れるほどに頭髪をきっかり対称にわけた若い店員が出前を運んできたが、手がかりの羅列で紙の空白を埋めながら自分の世界を推理小説世界に近づけすぎた余り、汚れた盆にのせられた牛飯（ドネル・ピラフ）と人参サラダはいつも食しているそれではなく、初めて目の前に置かれた未知の食べ物のように映った。

食事中ベルが鳴り、待ち詫びていた電話に飛びつくように受話器をとった。間違い電話だった。食事を終え、盆を片づけると、間違い電話と同様気楽な気持ちでニシャンタシュの自宅に電話をかけた。呼び出し音を長引かせながら、疲れ果てて辿りついたベッドから電話のベルで叩き起こされるリュヤーを空想してはみるものの、誰も出ないことに面食らったりしない。ハーレ伯母の番号にかけた。

リュヤーの病状や、何日も電話に出ないことを心配して訪問したスザン伯母がドアも開けてもらえないまま虚しく戻ってきたことを問いただされたが、それ以上に質問事項が増えるのを阻止すべくガーリップは一息に説明した。電話の故障で連絡できなかったんだ。リュヤーの体調はその夜にはよくなったよ。今はぴんぴんしている。別に何もないってば。紫色のコートを着込んでちょっと先に停めたタクシー、五六年製シボレーの中で、人生に満足しながら自分を待っている。一緒にイズミルに行くんだ。重病の古い友人の見舞いさ。フェリーがもうすぐ出航する。ガーリップは途中の食料雑貨店（バッカル）から電話していた。こんなに混んでいるのに、電話を使わせてくれた店には感謝しているよ。さようなら！　それでもハーレ伯母は尋ねた。戸締まりはちゃんとした？　リュヤーは緑のセーターを忘れずに持った？

未踏の都市の地図を見るだけで、人間はどれだけ変わることができるのかということを考えていると、サイムから電話があった。サイムは早朝ガーリップが帰ってから、資料調査を続け、有益と思われる手がかりを見つけたらしい。老婆の死の原因となったメフメット・ユルマズだが、そう、まだ生きているかもしれない、でも我々が想定していたアフメット・カチャルとかハルドゥン・カラという名前ではなく、偽名じみていないムアッメル・エルゲネルという名前でこの街のどこかを亡霊のように彷徨（さまよ）っているんだ。サイムは、完全なる「対立見解」を主唱する某機関誌でこの名を発見しても動じなかったが、同誌上でジェラールのコラム二本を激しく批判しているサーリヒ・ギョルバシュなる筆名（ペンネーム）の人物も同じ文体を使い、同じスペルミスを犯していることには仰天した。その名前も名字もリュヤーの最初の夫の名字の韻を踏襲していること、同じ子音で構成されていることにも思い当った。さらに『勤労時間』という教育系小雑誌のバックナンバー内に今度は編集長としてのその名を見つけると、郊外の発行元住所をガーリップのために抜き出してくれた。「バクルキョイ区シナンパシャ町ギュンテペ地区レフェット・ベイ通り十三番地。」

通話を終え、市内案内にギュンテペ地区の地図を発見すると、ガーリップは唖然としたが、これは頭のてっぺんからつま先まで自分を変化させてくれるよう願っていた驚きとは別の驚きだった。ギュンテペ地区は、ある領域を完全にカバーしており、そこは十二年前の初婚時、リュヤーが労働者に交じり「研究」を行うため、当時の夫と住み着いた場所で、貧相な違法建築家屋が建ち並ぶ荒涼とした丘だった。地図からは、現在その丘が個々に独立戦争の英雄の名前を冠した通りに分割されているということがわかる。一隅には小さな公園の緑地帯とモスクの尖塔（ミナレット）、中央には広場があり、アタテュルクの彫像が小さな四角で示されていた。千思万考の末でさえ思いつかない領域が、まさにここだった。

もう一度新聞社に電話をかけ、ジェラールが「まだ」出社していないと確認すると、イスケンデルに電話した。ジェラールとは繋がった、イギリス取材班の面会希望を伝えたところ、ジェラールも消極的ではなかったけれど、最近非常に忙しいらしい。その通話の最中ずっとさほど遠くない場所から童女の泣き声がしていた。イスケンデルによると、イギリス人はイスタンブールに最低でも六日間は滞在する。ジェラールの盛名は色々と耳にしたらしいから、絶対待ってくれるだろう。滞在先のペラ・パラス・ホテルに、もしよかったら直接電話をかけてもいい、とのことだった。

出前の盆をドアの前に置き、事務所を出て坂を下った。空の色が褪せているように感じる。今まで一度も知覚したことのない褪色。灰色の雪でも降ってきそうだったが、それも土曜日に街に溢れる群衆にはありがちなこととして受け止められるに違いない。恐らくこのことに慣れるために、誰もが泥道と目の前だけを見つめ歩いているのだろう。腕の下の推理小説が自分を落ち着かせてくれている。まるでこの類の小説が遠い魔法の国で書かれ、外国語教育専門の高校（リセ）中退を後悔している不幸な主婦によって「我々の言葉」に翻訳されたため、誰もが日常生活を続けられるとでもいうかのように。職場近辺でライターのオイルを差してくれる粗末な身なりの売り子、色褪せた古い洋服を彷彿とさせるせむし男、停留場で乗合自動車(ドルムシュ)を待つ静かな乗客も、そのおかげで日常生活のなかで息づくことができるのだ。

エミノニュでバスに乗りハルビエで降りると、コナック映画館前に人々が屯(たむろ)していた。土曜の午後、二時四十五分のマチネの混雑だ。二十五年前、彼はリュヤーや級友と一緒にこの「マチネ」を見るため、同じ外套を着た、にきび面の学生集団のなかにいて、今と同じく大鋸屑(おがくず)に埋もれた階段を降り、豆電球が照らし出す「近日上映」の写真に見入り、リュヤーが他の誰かと話すのをじっと我慢しながら観察していた。そんな時、直前の上映は一向に終わらず、扉は開かず、リュヤーと隣り合って座り、照明が消える瞬間はなかなか到来しないのだった。二時四十五分の回のチケットがあると聞くと、ガーリップは羽が生えたような感覚に囚われた。なかは退場したばかりの観客の人いきれで暑く、空気が薄い。消灯し宣伝が始まると、そうと知りつつ睡魔に襲われるに任せた。

ふと眼が覚め、座席で姿勢をただした。美しい、否、美しすぎる女が銀幕に居る。美しいと同時に懊悩を抱えている風情もあった。ゆるやかな大河が目に飛び込んでくる。農家、緑に囲まれたアメリカの農場。憂悶の美女は、どの映画作品でも見かけたことがない中年男性と話し始めた。会話の内容というより、抑制された重々しい動作と表情から、ガーリップは彼らの人生が苦悩に満ちていることを理解した。理解したというより知っていた。人生は苦悩に満ちている、痛みに満ちている、一つが終わると別のそれが襲いかかり、それに慣れるとまた新しいそれに組み伏せられ、ついには我々の顔を互いに似せてしまうに至る深い苦痛。突然到来したように見えても、我々は苦痛が遥か昔から追いすがってきていたことを承知し、それに備えて身構えていたつもりだった、それでもなお苦悩が悪夢のごとく我々を押しつぶすと、ある種の孤独感に囚われずにはいられない。その苦悩をほかの人とわかち合っていると感じるときだけ幸福になる、絶望的かつ必然的な孤独。一瞬、自分の苦悩と銀幕の女の苦悩がひとつであると感じた。もしくは苦悩など存在せず、ただ共通の世界があった。多くを望むことはできないが、いつ何時たりとも見捨てられない、意味と無意味の境界が峻別された、人々をして謙虚にさせる、地に足のついた世界。物語が進むにつれ、女が井戸で水汲みをし、フォードの古いトラックで旅をし、腕に抱いた幼子に何か話しかけながら寝かしつけるとき、自分自身のことを見ているように彼女を近くに感じた。心の中では抱きしめたいという思いが芽生えていたが、それは彼女の美しさ、自然さ、もしくはおのずから来る雰囲気ゆえではなく、彼女と同じ世界で生きていることへの強い確信ゆえだった。抱擁さえできれば、栗色の髪の華奢な女もこの確信を共有するはずだった。この映画は唯一自分だけが観賞中で、ここで見たことは自分以外誰も見ていないような気になっていた。しばらくして、舗装道路が中央を貫く暑い町で喧嘩が発生し、活動的で俊敏かつ強靭で「自分を持っている」男が物語を牽引するようになると、ガーリップは女とわかち合っていた連帯の終焉を察知した。字幕の各単語が脈絡もなく眼に飛び込み、満場の観客の身じろぎが神経を逆なでする。席を立ち、早くも降りてきた夕闇のなかを緩慢な飛雪をくぐって帰宅した。

　リュヤーのために買った推理小説を映画館に忘れたことに気付いたのは、それから随分時が経ち、ブルーのチェックの布団に臥して睡眠と覚醒の境にいるときだった。

# 第10章　眼

「彼の人生の盛期にものした文(ふみ)の量は日に五頁を下らざりき」
——アブドゥラフマン・シェレフ

これから語る出来事はある冬の夜、我が身に生じたことである。低迷期だった。記者として最初の山場はやり過ごしたものの、多少なりとも自己を確立しようとあがく余りの行状のせいで、駆け出し当時の情熱は枯渇して久しかった。凍てつく寒夜、「ついに俺もいっぱしだ」と独り気炎を吐いてみれど、自分が抜け殻に過ぎぬ自覚はあった。あの冬、生涯私をつけ狙う不眠症に罹ったせいもあり、平日は事務員と一緒に時々深夜まで新聞社に残り、朝、勤務時間中の混乱や人々の右往左往のなかでは執筆できない類の記事を準備していた。当時ヨーロッパの新聞や雑誌で流行中だった「信じるも信じないもあなた次第」欄はこの残業中の執筆にうってつけだった。随所が切り抜かれ、既に穴だらけになったヨーロッパの雑誌を広げ、「信じるも信じないもあなた次第」欄の写真をしばし綿密に観察し（私は常に外国語学習は不必要であるどころか、自分の想像力の邪魔になると信じていたものだった）、写真に発想を得ると、創作意欲にとり憑かれ、即座に筆を振るうのである。

ある冬の夜、フランスの新聞（『イリュストラシオン』）紙上の奇妙な顔の怪物（片眼は下のほう、もう片方は上のほうにあった）の挿絵を一瞥した私は「単眼巨人（テペ・ギョズ）」について一気に書き殴った。デデ・コルクット伝説でうら若い乙女を震え上がらせ、ホメーロスの叙事詩でキュクロープスという名の邪悪な生き物に変身し、ブハリーの『預言者の歴史』では紛うことなく魔性の申し子（デッジャール）そのものであり、『千夜一夜物語』では大臣たちの後宮（ハレム）に侵入し、ダンテの天国篇では私にとっては知りあいのような親愛なるベアトリーチェとの邂逅（かいこう）前に紫色の衣を纏（まと）って姿を現し、メヴラーナ・ジェラーレッティンの『メスネヴィー』で隊商（キャラヴァン）の行く手を阻み、我が愛読書『ヴァセック』〔ウィリアム・ベックフォードのゴシック小説〕では黒人女性に擬態した、この冒険好きな生き物の経歴を総括してから、額の真中に真っ暗な井戸のように穿たれた異様な一つ目が何に似ているか、何故我々をひるませるのか、読者は何故それを恐れ、回避してしまうのかを綴り、興奮の波に任せて、ペン先に飛来したこぼれ話もふたつ、この小「論文」に追加した。ひとつは金角湾沿いの貧困地域に住み、夜毎ヘドロと軽油で濁った海に潜っては何処かに通っていたという単眼巨人（テペ・ギョズ）で、もうひとつはその巨人と密会した、もしくはそれ自身であると噂され、真夜中にはカルパック帽を脱ぎペラ地区の豪華な高級売春宿で、数多の夜の蝶たちを恐怖で失神させる上品な単眼巨人（テペ・ギョズ）――「卿（ロード）」と呼ばれているらしい――の物語である。

　この類の話に心酔してくれるはずのイラストレーターに短いメモ（髭は描かないこと！）を付けて記事を託し、深夜過ぎに退社した。寒々しく空虚な自宅に真っすぐ戻る気にならず、イスタンブールの古い小径を散歩することにした。例によって己に満足してはいなかったが、我が才筆と物語には満足していた。長い散歩がてら、このささやかなペンの勝利を想えば、慢性病の如く私を侵す寂寥感からも救われるような思いだった。無秩序なカーブを描いて相互に交差し、徐々に暗く、先細りになる路地裏を歩いた。出窓が傾くように接近しあう暗い家々の漆黒の窓の狭間を、自分の靴音を聴きながら歩いた。野良犬軍団や眠たげな夜警、麻薬中毒者、亡霊でさえ進入を躊躇(ためら)うほどに完全に忘れ去られた小径を歩いた。

どこかから自分を凝視する眼の気配がした時、最初はさほど動揺しなかった。先ほど脱稿した記事の影響で何か幻覚に囚われているのだろうと見なした。考えてもみよ、狭い小路へと傾ぐ変形した出窓の側面や、空き地の闇からこちらを監視する眼などあろうはずもない。監視されている感じを与える何か、そんなものは曖昧な虚像に決まっており、拘泥したくなかった。ところが夜警の笛と、遠い区画で喧嘩する野良犬の群れの遠吠え以外何も聞こえぬ静寂のなかで、監視される感覚が徐々に強くなり、限界まで高まると、ほどなくして、これが存在しないかのように振る舞い、窒息しそうな重圧から逃れることは不可能だと理解した。

全てを見通し、何処に居ようとも私を見つけだす「眼」は、今では些かも己を隠すことなく、こちらを、私を監視していた。それは私が捏造した様々な物語の主人公などとは無縁だった。それらのように不気味でも、醜悪でも、滑稽でもなかった。よそよそしくも冷淡でもない。それどころか、そう、馴染み深いものだった。「眼」は私を、私も「眼」を知っていた。久しく双方向的に存在に気づいていたが、相手をかくも公然と意識するためには、あの真夜中に感じた特別な感覚や、私が歩行していたあの特別な露地裏と、あの露地裏の光景の暴力性が必要だったのである。

イスタンブールの地理に明るくない読者には意味をなさないだろうから、金角湾の裏側の丘に存在するこの路地の名前は明示しないでおく。ただ、暗い木造の家や張出し窓の影や歪んだ枝が遮る薄暗い街灯などから構成される石畳の路地を想像していただければ十分である。私が体験した「メタフィジカルな実験」から三十年後の今、それらはほとんどがその場に現存している。汚れた、狭い歩道。無限の闇へと伸びる小さな地元のモスクの壁。そして路地と壁が――遠近法的光景（パースペクティヴ）が――延びた先にある暗黒点で、この馬鹿げた（他になんと表現できよう？）眼は私を待っていた。もうおわかりいただいたことだろう。「眼」の待ち伏せの理由は、なにか害をなすため、例えば、私を震え上がらせ、窒息させ、ナイフで切りつけ、殺害するためではなかった。後日思い至ったのだが――それは夢に似たこのメタフィジカルな実験を一刻も早く始めるべく、私を後押しするためだったのだ。

　静まりかえっている。最初の瞬間、この実験は悉く（ことごと）、新聞記者稼業のせいで私が失ったもの及び心の空白と関係していることを即座に直感した。人は最も真実を抉る悪夢を疲労困憊時に見るのである！　否、悪夢ではない、より決定的で、透明で、まさにメタフィジカルな感覚だった。「自分の内面（なかみ）が空っぽそのものだということは自覚している。」そう思った。立ちどまってモスクの外壁に寄りかかって喚いた。「俺が空っぽそのものだということを奴は知っている！」奴は私の現在の思考、過去の所業をお見通しだったが、それすらもう重要ではない。「眼」は別件、しかもさらに歴然たる他の事実を示していた。すなわち私が奴を創造し、奴が私を創造したということである。こんな発想は執筆中のペン先に飛来する馬鹿げた単語のように、脳裏を掠め飛び去っていくかと思いきや、かえってその場に定着してしまった。かくてこの発想がこじ開けた扉を抜け――畑に口をあけた穴から異空間に落ちる英国の時計兎のように――私も新世界に入った。

最初、この「眼」は私自身が創造したものだった。言うまでもなく、私を目視し、監視させるために。その視線の外に出たくなかった。私はこの視線のもと、この視線によって自分を形成していたし、視線に満足していた。絶えざる監視を意識することで私は存在していたのである。まるで、この眼が私を見ないのなら私も存在できなくなるかのように。これはかくも明瞭な事実であった。その証拠にそれを自ら創造したことも忘れ、自分を存在せしめるこの眼に感謝していた。その命じるところに服従したかった！　そうすればより好ましい「実存」に没入することができた。だが実行するのは困難だった。一方、困難であっても、苦痛を伴うものでない。それは人生のあり方であり、自然に甘受すべき癒しだった。それゆえ、モスクの壁にもたれ、私が入った思考世界は、悪夢などではなく、追憶と馴染みの光景とで織りなされたある種の幸福に属するものだったのである。「信じるも信じないもあなた次第」で概説したことのある、存在しない画家たちが描いた奇妙な絵のように。

この幸福の園に居る自分を見た。私は、真夜中、モスクの壁にもたれかかり、自分の思考を凝視していた。

思考もしくは夢想、幻覚世界――なんとでも呼ぶがいい――のなかに見たものが私の類似品ではなく、自分自身であることはすぐに悟った。すると自分の視線が、さきほど見たあの「眼」の視線であることも感じた。つまり現在、私はあの「眼」になり自分を外部から眺めていたのだ。だが、それは違和感をもたらさず、ましてや奇怪でもなかった。自分を外部から眺めだすや否や、そもそもそれが身に付いた習慣であることに気づき、納得したのである。私は昔から自分を外部から眺めては、自らを律してきた。ずっと自分を外側から確認して、「そうだ、全てがしっくりきている」と思う時もあれば「十分に似ていない」「自分が似たいと思うものに十分に似ていない」もしくは「似ているけどもっと努力しなくては」などと考える時もあった。暫くして、改めて自分を外から眺め「これだ、ついに似せたいと思っていたものに似ることができたぞ！」と喝采した。「やった、一致した、俺は『彼』になった！」

「彼」とは誰であったか？　最初に判明したのは、驚異的小宇宙を徘徊する最中、それに似ることを願っていた「彼」があの地点で出現した理由だった。それは長い夜の散歩の間、私は「彼」に似たいと思わず、何者をも真似ていなかったからである。誤解は無用。人間は模倣などせず、別人になりたがらずに生きることが可能だとは思わぬ。しかしあの夜、疲労と内面の空虚さゆえ我が別人願望は余りにも減退しており、久しく服従してきた「彼」とそこで初めて対等になった。私が「彼」を恐れもせず、「彼」が誘う幻想世界に憚ることなく没入したのを見ればお察しいただけるはずのこの「相対的」対等性。「彼」の視線に晒されてはいたが、あの清々しい冬の夜、私は自由であった。意志と勝利ではなく、疲労と敗北により手中にした感覚ではあれども、この自由と対等の感覚のおかげで「彼」との間には兄弟のような親密さが生まれた（この親しみは文体からも滲み出ているだろう）。こうして幾星霜を経て初めて「彼」は私に秘密を明かし、私も「彼」を理解した。そう、もちろん私は自分で自分に話していているわけである。こうした対話は我々が自分の内奥に埋め込んだ、第二、第三の人格と内緒話をして慣れ合うことそのものではないか。

注意深い読者諸君は、どうせ言葉のすり替えにとうに気付いていることだろうが、一応断っておく。「彼」とは、言うまでもなく「眼」である。私がなりたかったものは眼なのである。私は最初「眼」ではなく、「彼」を、自分がなりたい人物を創造した。かつて私がそうなりたいと願った「彼」もまた同じように、彼自身から私へと伸びる視線、獰猛な息詰まる視線を放射してきた。私の自由を制限する「眼」、あらゆるものを見て、審判を下すあの容赦ない視線は、頭上から離れない呪詛的太陽のように私の上に吊るされたままになっていた。言葉の綾に囚われて、愚痴を連ねているなどと誤解しないで欲しい。「眼」が私に提供する光り輝く風景は喜ばしいものであったのだから。

この幾何学的な清浄極まる風景(そもそも善なる側面とはこれである)に居る自分を外部から眺めると、自分が「彼」を創造したことはすぐにわかったが、創造の手法については微かに察知するまでだった。自分の人生の構成素材と思い出により「彼」を作成したことを示す手がかりは多少あった。私が擬態を目指した「彼」は、少年時代に読んだ劇画の主人公というより、外国の雑誌で写真を目にした哲学的「作家」たちの影響、この勿体ぶった人種が図書室や、執筆机や、そこで「深い」「有意義な」思考が発展した神聖な場所の前で写真家に向けた各種ポーズの影響もあった。私は言うまでもなく彼らのようになりたかったのである。だがどの程度まで? このメタフィジカルな地平で、自らの過去のどの部分から「彼」を創造したかということに関し、絶望に値する別の手がかりも見つけた。母が褒めていた勤勉かつ裕福な隣人、西欧化を推進して自らや祖国を救うことに献身した某将軍の影、五回も通読したある本の主人公の亡霊、静寂をもって我々を罰した某教師、両親に対し敬語を使い毎日清潔な違う靴下を履くほど裕福な級友、シェフザーデバシュやベイオウルの映画館で上映されたのを観た外国映画の理知的で優秀で打てば響くような主人公、彼らの酒杯の持ち方、女の前で、とりわけ美女の前でもかくも落ち着きはらって冗談まで連発するが、いざとなれば毅然とした態度をとること、百科事典や著作の前書きにある有名な作家や哲学者、学者、発明家、創始者の人生の逸話、特定の軍人たち、夜に寝付けなかったばかりに全市街地を洪水の悲劇から守ることになった物語の主人公……。これらの人物が全員、真夜中過ぎにモスクの壁に寄り掛かった私が入り込んだ驚異的小宇宙に、一人、また一人と姿を現したのである。まるで、かつて訪れた場所が地図の随所から手まねきしてくるかのように。最初、私は驚嘆した。人は自分がずっと居住していた通りや地区を生まれて初めて地図で確認する時、子供っぽい興奮に囚われ思わず目を瞠るだろう。その後、思い出そうとすれば一生かかるだろう建物、通り、公園、住宅、自分の記憶を背負ったあらゆる場所が逐一小さな線と点により示され単純化されている様子を確認し、しかもそれが巨大な地図を埋める他の線や印を前にして、いかに些細で無意味なものであるかを知るに至っては、地図を初めて目にした同じ人物も、失望を感じる。私もまたその通りに味気なさを味わった。

この記憶、及び記憶と化した人々を総動員して、私は「彼」を作りだしたのである。「彼」が私の頭に放ち、今や我が視線と化した「眼」の眼光には、一人ずつ確認して思い出した人々の集積でつくったコラージュの魂、怪物の魂が宿っていた。私は今、視線の内側から自分及び我が全人生を見ていた。この視線に監視されること、視線のおかげで自分を律することに満足し、「彼」に擬態し、そうやって「彼」

に到達しようと努力しつつ、いつか「彼」になること、少なくとも「彼のように」なることを信じつつ生きていくのである。この希望と共にではなく、この希望のために、別人に、すなわち「彼」になる希望のために私は生きていたのである。この「メタフィジカルな実験」が一種の覚醒、いわゆる「真実に対する開眼」の如き教訓的出来事であるとは受け取っていただきたくない。モスクの壁に凭れながら、私が吸い込まれた驚異的宇宙では、その罪や悪徳、快楽と罰が浄化され、万物は絢爛たる幾何学に輝いていた。かつて、同じ路地で同じ視野が開けるのを夢に見たことがある。夢の中で、あの日と同じく闇色の天空に吊るされた輝く満月は、徐々に燦然たる時計の文字盤に変化した。私が目にした光景はいみじくもこの夢のように明快で、透明で対称（シンメトリック）であった。誰でもそれを心ゆくまで観賞し、明白なる剽軽な変化をひとつひとつ指差しながら、数えたくなる光景である。

　私とてそうしなかったわけでもない。紺色を帯びた三つの石が大理石の盤上で演じる「三目並べ」を解説するがごとく「モスクの壁に寄り掛かった私は『彼』になりたいと願う」と自分に呟く。羨望の的である「彼」に到達したいのである、この男は。「彼」のほうは、自分を真似する「私」が捏造した産物であること自体知らないふりをしている。そのため、そもそも「眼」の視線のなかには、そこに由来する自信が滲む。「彼」は、モスクの壁に凭れる男が自分に到達するべく「眼」を創造したことを忘れたかのようだが、壁に寄り掛かる男はこの曖昧な事実を意識している。一手を繰り出して、もし「彼」に到達すれば、「彼」になれば、「眼」は袋小路か純然たる虚空に追い詰められる、そして……等々。

　自分を外部から眺めつつ、これらのことを考えた。それから、私が外から観察中の「私」は、モスクの壁に添って歩き、壁が途切れると、連綿と反復する出窓の張り出した木造家屋、空き地、水飲み場、鎧戸（よろいど）を閉めた商店、墓場を抜け、自宅へと、寝台へと歩き出した。

　人々の顔や人間の暗部を眺めつつ混雑した往来を歩いていると、店のショウウィンドウやマネキン群の背後の大きな鏡に自分が映り、度肝を抜かれることがある。自分を外部から眺める時、私は絶えず同様の驚きに襲われていた。だが、夢の中の出来事がそうであるように、外から眺めたこの人物が「私・自分」であることは格別驚くに値しないと知っていた。むしろ驚嘆すべきはその人物に対して感じた、信じ難いほど柔らかく、甘く、愛に満ちた、親密さであった。この人がどんなにか繊細で、痛ましく、可哀相で、絶望的で、悲痛なのかが私にはわかる。私だけが、ただひとり、この人が見かけどおりではないことを知っている。心を揺さぶるこの子供を、この神の僕を、この哀れな善良な生き物を守りたい、我が翼の下で庇護したい。その父親、それどころかその神として。彼は果てしなく歩いた後（何を考えていた？　何が悲しいのか？　何故それほどに消耗し悄然としているのか？）、目抜き通りに出た。時々、灯りの消えた甘味処（ムハッレビジ）や雑貨屋の展示ケースを呆然と眺めた。両手をポケットに入れた。ついにその頭（こうべ）はがっくりと垂れた。時折シェフザーデバシュからウンカパヌ方面に走り去る車や空車のタクシーの影が彼を掠めたが、歯牙にもかけず、歩く。金もなかったせいだろう。

　ウンカパヌ橋を渡る途中しばし金角湾を眺めた。タグボートが橋に接近し、その下をくぐるため、暗闇に微かに姿が浮かぶボート乗組員が細長い煙突を紐で引いて下ろした。シシャネの坂を上る時、下りてきた酔っ払いと片言を交わした。イスティクラール通りの煌々と照らされたショウウィンドウにも一軒を除いては注意を払わなかった。とある銀細工屋を長々と見つめた以外は。何を想っているのか？　私は不安に震え、慈しむように眼を凝らし興味を示した。

タクシム広場の売店で煙草とマッチを買い、憂愁の色濃い我らがトルコ人によくみられる緩慢な動作で、包を開け、煙草に火をつけた。嗚呼、唇から流れるあのか細い哀しげな煙！　自分は何もかも知っていた、何もかも見覚えがあった、何もかも経験して乗り越えてきた、だが初めて人生に出会い、人間に出会ったかのようにおずおずと心配していた。「気をつけなさいね！」と声をかけそうになる。通りを渡るたび、足を踏み出すたび、自分が見守るこの人物の無事を感謝する。路地に、暗いアパートの玄関に、灯りの消えた窓に、降りかかってくるかもしれない厄災の匂いを嗅ぎつけていたから。

有難いことに無事にニシャンタシュのアパルトマン（シェフリカルプという名だった）の扉をくぐった。屋根裏部屋の自宅に着いた時には、その解明と解決が我が望みであるところの懊悩を抱えながら就寝してくれるだろうと思った。だが違った。彼はソファに座り、しばらく煙草を燻らせながら新聞をめくった。古い家具、壊れかけの机、色褪せたカーテン、紙片や本の間を往復した。衝動的に机に座り椅子を軋ませて身じろぎし、ひっ摑んだ万年筆で白紙になにか書こうと、身を屈めた。

私はすぐ傍にいた。雑然とした机の上に舞い降りたかのように。至近距離から彼を眺めていた。彼は子供のような着意と、お気にいりの映画を観賞する人のような落ち着いた上機嫌とをもって、それでいながら内省的な視点で書いていた。愛息が初めて自分宛ての手紙を書くのを見守る父親のように、私は誇らしく見守った。文章の最後にかけて唇の端が軽く引き締まる。単語と一緒に彼の眼も震えながら紙の上を突き進む。紙面が埋まるのを見計らって読んでみた私は、深いやるせなさに襲われてたじろいだ。
それは私が命と引き換えにでも触れたかった本人の魂の言葉ではなかった。彼は単に、諸君が読んでいる、この私の文章を綴っていた。それは彼の世界どころか私の世界であり、彼の言葉ではなく今諸君ひとりひとりが走り読みした（もう少しごゆっくり願います）私の言葉だった。制止したかった。自分の言葉を書け、と口出ししたくなった。だが、夢のなかの出来事のように傍観する以外はなにもできなかった。その文章、その言葉はひとつ吐き出されるたび、私に余計に苦痛を与えつつ連なっていった。

新たな段落に取り掛かる時、彼はしばし筆を止め、こちらを見た。あたかも私を視認し、目と目が合ったようだった。ほら、古書や雑誌に、人間に霊感を与える妖精（ペリ）と作家が愉快に会話するシーンがあるだろう。おどけ者の画家が文章部分の脇に描きこんだ、ペンほどの大きさの可愛らしい霊感の妖精と、夢心地の作家が微笑みあう挿絵だ。我々はまさにそのように笑みを交わしたのである。当然のことながら、この心通じる視線の成立後は、一切が叡智に照らし出されることをおめでたくも期待してしまった。彼は真実を悟り、私が途方もない関心を寄せる、彼自身の世界の物語を書き始めるだろう。こちらも心躍らせ、彼が自分自身になった証しを読ませてもらうことだろう。

駄目だった。そんなことはてんで起こらなかった。彼はもう一度私に向かって満悦の笑みを浮かべると、あたかも、明るみに出るべきものが曝け出され、盤上の問題を解決したとでも言わんばかりの興奮に逆上（のぼ）せて筆を止めた。それから私の世界に居座ったまま最後の文章まで書きあげ、一切を理解不能な暗がりに置き去りにした。

# 第11章　我々の記憶は映画館で失われた

映画館は子供の眼だけではなく、頭もおかしくする。
――ウルナイ

目覚めとともに、また雪が降ったことに気付いた。ことによると睡眠中に気付いていたかもしれない。何故なら、起床直後は覚えていたのに窓から外を眺めた時に忘れてしまった夢の中で、街の喧騒を覆い隠す雪の静寂を感じていたからだ。暗くなってから随分時が経っていた。湯沸かし器の奮闘も空しく一向に温まらぬ水で身体を洗い、服を着た。紙とペンを手に机に座り、しばらく手がかりを検証した。髭を剃ると、リュヤーが似合うと褒めてくれた、ジェラールとお揃いの杉織綾（ヘリンボーン）の上着を羽織り、さらにその上にラフな厚手のコートを着込んで外に出た。

雪は止んでいたが、駐車した車の上や歩道に十センチ以上の積雪があった。土曜日の夜、手提げ袋を手に帰途についた買い物客は、まだ住み慣れない惑星の柔らかな地表を踏みしめるように慎重に歩行していた。

ニシャンタシュ広場まで出てみると、目抜き通りが空いていたのでほっとした。食料雑貨店（バッカル）の店先に夜間出店する新聞屋の屋台で、ヌード雑誌やいかがわしい雑誌をより分け、翌日付の『ミリエット』を買った。道路の向かいの食堂に入り、通行人の視線を避けるべく隅の席に座り、トマト・スープと肉団子（キョフテ）を注文した。料理を待つ間、机に新聞を広げ、ジェラールの日曜日の記事を丹念に読んだ。

　何年も前の文章だったが、今朝方も読み返したため、ジェラールが記憶をベースに構築したいくつかの文章をつぶさに覚えていた。コーヒーを飲みながら記事に印をつけた。食堂を出て、バクルキョイ、シナンパシャ方面に向かうタクシーに乗り込んだ。

　長い移動中、イスタンブール以外の完全に別の都市を眺めているような気がした。ギュムシュスユの坂がドルマバフチェに合流した所で、三台の公共バスが追突し、野次馬が集まっていた。どの乗合自動車（ドルムシュ）やバスの停留所にも人影がない。ある種の挫折感のごとく雪は街に重く降り積もり、夜景の灯りは鈍く、大都市を大都市たらしめる夜の活気が失われている。門扉が閉まり歩道の人通りも絶え、中世の夜に逆戻りしたようだった。モスクの円蓋（ドーム）や倉庫、不法住宅を覆う雪は白というより青かった。アクサライ周辺では顔面蒼白で唇を紫にした娼婦たち、城壁の前では木製の梯子を橇にして滑る若者たち、ターミナルの出口では乗客を眼光鋭く射すくめるバス取締警察の車両の青いライトを目撃した。年老いた運転手は金角湾も凍る遠い昔の壮絶な冬に起きた、遠い昔の壮絶な話をしてくれた。ガーリップは五九年型プリムスの車内灯のなかで、ジェラールの日曜日の記事に数字や印や文字をびっしり書き込んだが、結局何も判明しなかった。運転手がその先には進めないと訴えたので、シナンパシャでタクシーを降り、徒歩で目的地に向かった。

ギュンテペ地区は記憶していた以上に目抜き通りに近かった。不法住宅を建て替えた二階建ての家々が並ぶ。カーテンが閉じたコンクリート住宅とショウウィンドウの灯りが消えた商店を貫く道路は、緩やかな上り坂を抜けると、だしぬけに小広場につながった。今朝見た市内案内で小さな長方形で示されていたアタテュルクの胸像（全身像ではなかった）があった。地図の記憶を頼りに、外壁に政治スローガンが書かれたやや大きなモスクの脇の小路を入った。

ストーブの排気筒が窓の中央に突き出ていたり、バルコニーが多少前傾していたりするこの住宅群のなかにリュヤーの姿を想像したくもなかった。だが、十年前、やはり真夜中にこの地を訪問した時、開け放たれた窓に密かに接近したガーリップは、その想像したくもない光景を目にし踵（きびす）を返したのだった。八月の熱帯夜、ノースリーブの更紗ワンピース姿のリュヤーは時々巻き毛を指に絡ませながら書類が山積した机で作業をし、こちらに背を向けた夫は紅茶（チャイ）をかき混ぜ、ふたりの頭上すれすれに下がった裸電球の周りで、死期の迫った一匹の蛾が段々と無軌道になる末期の円環を描いていた。夫婦の間には無花果を盛った皿と蚊除けスプレーがあった。ティーカップの中のスプーンがたてる音と、付近の繁みの虫の音は鮮明に覚えていたはずなのだが、半分着雪しながら電柱にぶらさがった「レフェット・ベイ通り」の標識を見ても、あの家があった一画に関する記憶が蘇ることはなかった。

通りを端から端まで二度往復した。一方の端で子供が雪合戦をし、もう片方では電灯が大きな映画ポスターのなかの女を照らしていたが、その顔は眼を真っ黒に塗りつぶされ、特徴を失っていた。全住宅が二階建てに改築され扉に番地表示がないせいで、一度目はあの窓や、十年前触れるのを躊躇（ためら）ったドアノブや、コンクリートむき出しの味気ない壁面の前を素知らぬ顔で通過することができたガーリップも、二度目には嫌々ながらそれらを思い出した。二階部分の増築。庭に建築された塀。土だった場所のコンクリート舗装。一階は真っ暗だった。別の玄関がある二階の閉じたカーテンの隙間からは、テレビの青白い光が洩れ、壁から通りに銃身のように突き出たストーブの排気筒の先からは硫黄色をした褐炭の煙がたなびき、もしも神が遣わした旅人が真夜中に扉を叩くなら、温かい食事と暖炉、呆けたようにテレビに見入る温かい人々をここで見出すことができると告げていた。

雪に覆われた階段をそろそろと上ると、隣家の庭から不吉にも犬が吠えた。「リュヤーと話し込んだりしないから」と言いきかせたが、これは自分に対する発言なのか妄想のなかの前夫に対する発言なのかわからなかった。「離縁状」では伏せられていた理由を明らかにするよう頼み、私物をすぐに持って行くよう告げるだけだ。本、煙草、靴下の片われ、空の薬箱、ヘアピン、眼鏡ケース、半分齧ったチョコレート、髪飾り、幼少期の遺留物である木製のアヒルの玩具、それらすべてを。「君を思い出させるものはみんな、耐えがたいほど僕を苦しめるんだ。」もちろん、この台詞をあの男の前で言うのを避けるべく、最善策は「分別のある人間」として座談可能な場所にリュヤーを誘うことだ。一旦そこに連れ込み、こと「分別」に焦点が絞られれば、別の説得を試みることもあながち無理ではないだろう。男たちの溜まり場である茶館(カフヴェ)以外、この地区で行き先があればの話だが。呼び鈴はとうに押してしまっていた。

まずは子供の声がし(お母さん、お客さん!)、それから彼の妻にして二十五年来の恋人にして三十年来の幼馴染とは似ても似つかぬ女の声に毎度お馴染みの現実を突き付けられると、もはやリュヤーがここに居ると考えたこと自体が愚かしかった。即座に退散しようとしたが、扉は開いてしまった。「元旦那」のことは瞬時に認識したが、相手はそうではなかった。中肉中背の中年男。それは想像した通りであり、二度と想像などしない人間のようでもあった。

外界の危険な暗さに眼を慣らそうとしている前夫に、自分を思い出す猶予を与えていると、後妻とその子供、続いて二人目の子供の好奇の視線がそれぞれ中からのびてきた。「だあれ、お父さん？」予想外の答えがわかると、父親は虚を突かれたようだった。今が家にあがりこまずに退散するための唯一の機会だと思い定め、一気にまくしたてた。

夜分お邪魔しまして申し訳ございません。よんどころない事情がありまして。別の機会に旧交を温めるべく御挨拶にあがろうとは常々思っていたのですが（なんならリュヤーと一緒に）、このたび急を要する問題があって伺ったのです。ある人物について、もしくはある名前について教えていただきたくて。私が弁護人となった学生が無実の殺人罪に問われているのです。いえ、死者が出なかったわけではないのですが、偽名を使って亡霊のように街を彷徨っているとされる殺人の真犯人は一時期……。

話しおおせたガーリップは招きいれられ、靴を脱いだ足に窮屈なスリッパを履かされ、紅茶は煮出し中だとかで、コーヒーカップを渡された。話をまとめるべく、件の人物の名前を（偶然に一致しないよう、まっさらな名前を考案していた）もう一度繰り返すと、リュヤーの前夫が語りだした。語るにつれ、その話は睡魔のようにのしかかり、徐々に暇乞いも難しくなった。傾聴すれば、リュヤーと関連することまではいかずとも、最悪なにかの手がかりを得られるかもしれぬと自分を納得させようとしたのを覚えているが、それは実は死の危険を伴う手術の際、遠のく意識のなかで患者が自らを慰める行為に近かった。結局は三時間後に解放され、開かずの扉に思えた外の門に向かうに至るわけだが、その懸河(けんが)の弁から知り得たのは次のことだった。

我々は博識を自認するも、実は無知であった。

例えば東欧とアメリカのユダヤ人の大部分が、カフカス人とヴォルガ・ブルガル人に挟まれつつ千年前に君臨したユダヤ系ハザール王国の民の末裔であることは知られている。ハザール民族が本当はユダヤ教徒化したトルコ人だということも。しかし知られざる事実とは、ユダヤ人がトルコ人であると同じくらい、トルコ人もまたユダヤ人であるということだ。兄弟である両種族が二十世紀もの間、移住を繰り返し、互いに交わることなく、だが接線のように触れ合いながら、秘密の調べに乗って共に踊るように、互いに囚われた不幸な双生児のように揺れ動くのを観察するのはなんと興味深いことだろう。

奥から地図が持ち出されると、ガーリップはある種の童話のような放心状態から突然目覚め、暖気に弛緩した身を伸ばすと、机上に繰り広げられるおとぎ話の惑星上に緑色のボールペンで記された矢印に目を見張った。歴史は対称性をもって繰り返すのが論を俟(ま)たない事実であるからには、今、我々は順境と同じくらい長く続く逆境に備えなくてはならない、等々。

まずはボスポラス海峡周辺に国家が建設される。このたびは千年前のように新国家に新住民を居住させるのではない。単に元の住民を自分たちに仕えるにふさわしい「新しい国民」にするのだ。この目的のため我々は記憶を解体され、過去のない、歴史を持たない、時間外の悲劇的生物に改造されるだろうことは、イブン・ハルドゥンなど読まずとも想像するに難くない。記憶を破壊するため、ベイオウルの裏通りや、海峡沿いの丘にある薄暗い宣教師学校では、トルコ人の子供に薄紫色（プラトン）の（色の名前に注意してね、と夫の話に耳をそばだてていた女が言った）液体を飲ませたことが知られている。その後、この無謀な手法が化学物質禁止の観点から、西欧の「人道主義陣営」に危険視されると、もっと穏健な、しかし長期的方法論である「映画と音楽」という手段が用いられた。

聖像（イコン）から抜け出したような美女の顔、教会のパイプオルガンじみた力強い対称的（シンメトリック）な音楽、讃美歌（イラーヒ）を思わせる映像の繰り返し、酒、武器、飛行機、衣装など、衆目を惹きつける眩い小道具に溢れる光景。これらのおかげで映画という方法は、疑いの余地もなく宣教師たちが南米やアフリカ大陸で試した手法よりも徹底的かつ効果的だった。（即興ではないこの長広舌を他に誰が聞かされたのだろう。近所の住民か？　同僚か？　素性不明な乗合自動車（ドルムシュ）の乗客か？　義父か？）イスタンブールのシェフザーデバシュやベイオウルで最初の映画館が稼働した時、何百人もの観客は完全なる盲人になった。館内で自分たちにおぞましい危害が加えられるのを感知した人々の絶望的な抗議の叫びは、警察官と精神科医によって抑え込まれた。同様に現代の子供たちが本気で抵抗しても、新映像によって潰されたその両眼に一対の保険適用眼鏡だけを与えて黙らせる力を既に彼らは持っている。だが、かくも御しやすくない者たちも常に存在した。それは、真夜中、二区画隣の地区の十六歳の少年が絶望にかられて宣伝ポスターに銃弾を発射したことからも即座にわかる。他にも灯油缶を手にし、映画館の入場口で捕まった男がいた。男は人々に小突きまわされながらも眼を返せ、と要求した。そう、かつての光景を見ることができる眼を……。マラティヤ出身の牧童が一週間映画漬けにされた後、自宅までの帰路はおろか全知識、全記憶を失ったことは新聞にも書きたてられたが、ガーリップは読んだことがあっただろうか？　銀幕で見た路地、服装、女たちを追い求めて、もう昔の生活に戻れなくなり、どん底に堕ちた者の逸話を語りはじめたら、何日あっても足りない。映画の登場人物に自己投影する人間など数えきれぬほどで、もう「病気」とか「罪人」などと言われることもない、それどころか我らが新支配者は彼らも上手く取り込んだ。我々は皆、盲者となった。我々みんな、みんながだ……。

リュヤーの前夫、この家の主人はこの時、問うた。イスタンブールの衰退と映画産業の勃興との間の比例関係に、この国の役人は本当に誰も気付かなかったのか？　また問うた。我が国で映画館と売春宿が同じ通りにあるのは偶然なのか？　また問うた。映画館はどうしてあれほどに、あれほどに暗く、常に真っ暗闇なのか？

十年前、ここで、この家で、リュヤーさんと共に全身全霊で信じたある戦いのために、身分を偽り偽名で生きることを試みた（ガーリップは時折爪を眺めた）。未見の国から届いた、未見の国の言葉で記された報告書を、かの遠い国々の言語に似せようと苦心しながら「我が国の言葉」に訳し、見知らぬ人々から学んだ政治的予言を、この新しい言葉で書き、永遠に見知らぬままの人々に伝えるべく、タイプライターで清書し複写を作成していた。言うまでもなく、実はただ別人になりたかっただけだ。初対面の人が偽名を真に受けた時には感極まった。時にふたりのうち片方が、電池工場での疲労も、執筆予定の文書も、封筒に入れるべき報告書も忘れ、手にした新しい身分証を飽くことなく見つめ、見つめる時があった。青春の興奮と楽観主義に沸き立ち、「自分は変わった」とか「もうまるきり別人」と叫ぶのが、余りに心地よく、互いにそう口走る機会を作ってもいた。様々な新しい身分（アイデンティティ）のおかげで、ふたりはこの世界に今まで読みとれなかった意味を読んだ。それは通読可能な、まっさらな百科事典だった。読むにつれ百科事典も変わり、自分自身も変わる。だから最初から最後まで読んでからも、また戻って百科事典＝世界の第一巻からまた読み始め、これで何個目かも忘れた新たな身分獲得の陶酔に、ページの狭間で酔いつぶれるのだ。（百科事典という例えも他の台詞同様、即興で用いたものではなく、家主がその比喩に没頭している時、ガーリップは戸棚に並んだ某新聞の配布冊子「知識の宝庫」シリーズに目を走らせた。）時を経て、今振りかえると、このサイクルは「彼ら」によって用意された一種の気休めでしかなかった。別の誰かになってからまた別人になり、さらに別人になり変わりながらも、出発点の身分の満ち足りた状態に戻ることができると考えたのは虚しい楽観主義だった。道半ばにして、啓示、書簡、宣言、写真、外見、銃などに意味を見出すことは不可能となり、そのなかで夫婦の歩むべき道も失われた。そうとなっては、この家は不毛な丘の上で孤立するばかりだった。ある夜、リュヤーは小さな鞄に荷物を詰め、ここよりは安心できる元の家、すなわち実家に帰った。

　こうして、時に昔の子供雑誌にあった「いたずらウサギ」のような眼差しをし、自らの熱弁に浮かされ席を立って歩き回り、ガーリップをまどろみの眩暈（めまい）に引き込むこの家の主人は、「彼ら」のゲームを台無しにしてやるには、一切の原初、まさしく原点に戻るべきだと決意したのだった。ガーリップ君が目にしたもの、それは典型的な「プチブル」もしくは「中流階級」か「伝統的な市民」の家である。花模様のカバーをかぶせた古いソファ。化繊のカーテン。蝶をあしらった琺瑯の皿。祭日の来客用の菓子や飲みもしないリキュールセットが収納された醜い飾り棚。色褪せ、煮しめたのし餅と化した絨毯。後妻がリュヤーのように教養があり、えも言われぬ女ではないのも承知の上だ。彼女はその母親のようなタイプで、質素で、単純で、自然体だった(意味ありげにまずはガーリップに、それから夫に微笑んだが、その意味するところはガーリップには謎だった)。伯父の娘だった。子供たちも本人そっくりだった。もし存命で、人格が変わったりしなければ、これは自分の父親が生きたはずの人生だった。その人生を意識的に選択し、意識的に生きることにより、彼は二千年来の陰謀を粉砕し、自分と違う人間になることも拒否し、自らの「本質的」自己同一性のなかで防衛戦を繰り広げていた。

ガーリップ君が室内で偶然目にした物すべてはこの目的のために配置されている。壁掛け時計は、この種の家には、このようなチクタク時計があって然るべきだったため、特別に選ばれたものだ。こうした住宅ではこの時間帯にテレビをつけておくものだから、それは街灯のように常時つけっぱなしだし、上に掛けられた手編みのカバーは、この類の家庭のテレビにこの類のカバーが乗っているものなので、選択的に掛けられていた。雑然とした机。クーポン券を切り取ってから捨てた古新聞。贈答用チョコレートの箱を再利用した裁縫箱の角のジャムの一滴。さらには直接自分が手を下さなかったもの——耳のような持ち手を子供たちが壊したティーカップ。人を威嚇するようなストーブの脇に干した洗濯物。それらは全て、よくよく練り上げられた計画に基づいていた。彼は時に一瞬立ち止まり、妻や子供たちとの会話内容や机や椅子に座る姿勢を、映画でも見るように観賞し、会話や挙動がまさしくこうした家族のようであることを意識して悦に入る。幸せとは、人が意識して望むとおりの人生を生きることだとしたら、彼は幸せである。さらにはこの幸福をなかだちとして、二千年来の歴史を有する陰謀を壊滅させたことでより幸せになっていた。

　これを結語と見なし、立て続けに飲み続けた紅茶（チャイ）やコーヒーの覚醒作用も空しく朦朧（もうろう）としたまま、また降りだした雪を口実に立ち上がると、蹌踉（ヨロヨロ）と玄関に向かった。家主はガーリップと壁に掛けたコートの間に入って、続けた。

　あらゆる衰退の発生源であるイスタンブールに舞い戻るガーリップ君は気の毒だ。イスタンブールは試金石である。そこで暮らすことはおろか、足を踏み入れることすら降参であり、敗北だった。恐るべきこの都市は、初期には映画館の暗闇でしか見られなかった腐敗した映像と今や同化していた。絶望した群衆、古い車、やおら水没する橋、空き缶の集積、穴だらけのアスファルト、謎の巨大文字、解読不能なポスター、無意味な破れ看板、ペンキが滴る壁の落書き、酒瓶と煙草の写真、礼拝を告げることもないモスクの尖塔（ミナレット）、石くれの集積、埃、泥、等々。この凋落に希望などひと欠片も残されていない。もし万が一いつか再興するとしたら――家主は自分同様に全人生をかけて抵抗に身を投じる者の出現を信じていた――、それはこの一帯、己の本質を固守しているため「コンクリート不法住宅」の汚名を着せられたこの町内に始まる。彼はこうした地域の創設者にして開拓者であることを誇り、ガーリップをこの場所、この人生に誘っていた。しかも、まさにこの瞬間に。今宵、ここに泊まり、なんなら討論しようじゃないか……。

コートを着て、寡黙な母親と呆けた子供たちに別れを告げ、扉を開けて出て行こうとしていた。家の主は戸外の雪を一瞥し、ガーリップも好ましく思った口跡で呟いた。「し・ろ(ベヤズ)」。全身白ずくめのシェイフのことを知り、その後、真っ白な夢を見たことがある。真っ白な夢では真っ白なキャデラックの後部座席でムハンマドと一緒だった。前には顔が隠れた運転手とムハンマドの孫である幼子ハサンとフセインが白い服を着て座っていた。純白のキャデラックがポスター、宣伝、映画館、売春宿だらけのベイオウルを通り過ぎる時、子供たちは後ろを、祖父のほうを向き、顔を顰めていた。

雪に覆われた階段を下りようとすると、家主は続けた。いや、夢だって必要以上に重視しているわけじゃない。ただ、いくつかの神聖な表徴を読みとることを学んだというだけだ。その学習の成果からガーリップ君も、リュヤーも何かを摑んで欲しいと思っていた。他の人もそうしているのだから。

最も活発に政治的人生を歩んでいた三年前、自分が偽名で公にした政治分析や「世界情勢分析」が一言一句そのままに、今更首相の口から発されるのを聞くのもまんざらじゃない。もちろん「連中」は、国内で発行される最も無名の雑誌にさえも目を通し、必要とあれば上に情報をあげる情報機関を保有しているのだ。先日、ジェラール・サーリックの記事が目にとまり、彼も同経路を辿り数々の同じ記事に到達したのがわかった。だが、そんなのは絶望的事例でしかない。終焉した闘争の間違った解決法を背信の巣窟で虚しく追求しているだけだ。

この二つの事実における興味深い部分は、死滅し、枯渇したとされ、その門戸を叩く者すらなくなったひとりの思想家の思考が、いかなる経路をたどり首相や著名なコラムニストに再利用されたか、ということだ。誰にも読まれぬあの機関誌の記事のいくつかの表現やさらには文章を、両名士が丸々盗用した手法を逐語的に証明し、この不敵な思考泥棒をマスコミに訴えることも考えたが、摘発の条件はまだ整っていなかった。ここは耐え忍ぶべきであり、そうすればいつか両者を含め誰かがこちらの扉を叩いてくることは明白だった。ガーリップ君が胡散臭い偽名の件を口実に、雪の夜、遠路はるばる来訪することも、そのことの証である。この証をしかと受け止めたことをガーリップ君にもご理解いただきたい。ついに雪道に降り立った時、彼は静かに最後の質問をしていた。

ガーリップ君、我々の歴史をこの新しい視座に立って読み直すことができますか？　目抜き通りへの出方がわからなければ、ご一緒するのもやぶさかでないが？　同じ道を辿って、今度はいつお越しいただけますか？　そうですか、では、リュヤーに心からよろしくとお伝えください。

# 第12章　接吻

「イブン・ルシュドの分類による反記憶術や記憶力悪化誘発物なる範疇(カテゴリー)に、新聞雑誌の閲読も適宜追加すること能わば……」

——コールリッジ

きっかり一週間前、ある人物が君によろしくと言った。「もちろんよろしく伝える」と答えたが、車に乗り込むまでには頭から抜けてしまった。用件ではなく、その男のことが。悔やむには値しない。私見では、賢い夫は妻に対してよろしくとほざく男の挨拶は全部忘れるべきである。何が起こるかわからない。ことに諸君の細君が主婦であるなら。主婦という不運な人種は、市場で会うよろず屋(バッカル)の類や親類縁者を除き、そもそも日常生活で退屈な夫以外の他の男に出会わない。そんな状況で、よろしくなどと言われれば、その礼儀正しい人物に気を惹かれてしまう。その時間もふんだんにある。かくなる男たちは本当に礼儀正しいのだろうか？　こんな習慣が古式ゆかしい美風だとでも？　古き良き時代には、礼儀正しい男は、ベールに包まれ、個別に女を判別もできぬ女性部屋(ハレム)全体によろしく伝えるくらいが関の山だった。路面電車とて昔のほうがゆかしきものだったではないか。

すでに私が独身で、結婚歴もなく、記者稼業を続ける限り今後も結婚の予定はないのを知る読者諸君は、冒頭文がひっかけ問題であるのがわかっただろう。私が呼びかけた「君」とは誰か？　アブラカタブラ！　皆様の老コラムニストが徐々に失くした記憶の話を御覧(ごろう)じろ。御一緒に我が庭の枯れ薔薇を嗅ぎにお越しくだされば、納得されるはまず請け合い。おっと、接近しすぎは御無用。ちょいと離れていただきたい。大傑作には程遠い、拙文の幻惑・詐術がばれぬよう、のんべんだらりと演らせて欲しい。

爾(しか)り、今をさかのぼること三十年ほど前、ベイオウル地区担当の駆け出し記者であった私は、ネタを探して各所を訪ね歩いていた。ナイトクラブでは、麻薬の密売人やベイオウル・ギャングの間で最近の殺人事件や心中沙汰の情痴事件を嗅ぎまわり、毎月各ホテルを回っては、フロントマンにその都度二リラ半を握らせて宿泊帳を覗き見ていた。外国の有名人(セレブリティ)がイスタンブールに来たか？　もしくは有名な外国人であると読者に提供できるような、衆人の耳目を集める西欧人が街に立ち寄ってないか？　当時、世界は現在のように有名人だらけではなかった。誰もイスタンブールになど訪れようはずもない。自国では無名もいいところなのに、弊紙で有名人だと紹介してやった本人たちも、掲載写真を見て驚く始末である。だが最終的には彼らに裏切られるのが常だった。有名な女性ファッションデザイナーの何々女史が昨日イスタンブールに滞在、と私が報道してから二十年後、彼女は本当に有名なフランスの——そして実存主義者の——デザイナーになった。なのに礼のひとつもない。西洋人は恩知らずだった。

低レベルな有名人(セレブリティ)と地元ギャング（今ではマフィアと言われるようになった）に関わっていた頃、興味深い記事になりそうな、老薬剤師と知り合った。この男は現在も私を悩ます不眠と健忘という病をふたつながらに経験していた。この併発の恐ろしさは、一方（不眠に由来する余剰時間）がもう片方（記憶の欠損）を解決すると匂わせておいて、実は正反対の結果になることである。眠られぬ夜、思い出は老体から逬るがごとく逃げだすので、彼はあたかもなかなか経過しない時間と夜の真ん中で孤立している気がするそうだ。自分の本質や個性が失われ、匂いも色もない世界で、当時、洋雑誌の翻訳文で多用された語彙をもって表現するなら「月の裏側」にひとりぼっちになる。まるで私が今経験しているように。

私のように書くことで病を癒す代わりに、老薬剤師は薬局の実験室で新薬を発明した。世間に発表すべく、某夕刊紙の薬物中毒の記者も参加して、一緒に二人で記者会見を開き（薬剤師も入れると三人で）、公開した薔薇色の液体を瓶からコップに派手に注いで飲み干すと、本当に彼は待望の眠りを奪回した。睡眠同様、記憶のなかの至福の思い出も取り戻したのだろうか？　だが、薬剤師はついに目覚めなかったため、世間はトルコ人がついになにかを発明したという興奮に沸き立ちはしたが、その答えを知ることはなかった。

時に確か二日後、暗澹たるその日、葬式に参加した私は、彼が思い出したがっていたことは何だったのかとずっと考えていた。今でも考えている。年齢を重ねるにつれ、荷を背負うのを嫌がる素性の悪い家畜のように、我々の記憶が放棄する重荷とは、一番嫌いな荷物だろうか、一番重いものだろうか、あるいは一番簡単に捨てられるものだろうか？

イスタンブールで一番美しい区画の小部屋で、レースのカーテン越しの陽光が我々の身体にどう射し込むのか、私は忘れた。青白いギリシャ人受付嬢への狂恋に身を投じたダフ屋の縄張りはどの映画館の入り口だったか忘れた。紙面上で諸君の夢分析をしていた頃、私と同じ夢を見たと申告してきた愛する読者諸君の名前や彼らに書簡で送った秘密をとうの昔に忘れた。

長い時が経ち、小紙コラムニストが、失われた時代を振り返り、真夜中の不眠のただなかで縋りつく小枝を探していると、脳裏にイスタンブールの路地裏で経験した恐怖の一日のことが浮かぶ。私は一度、肉体をまるごと、魂をまるごと、永遠に絡め取る接吻への欲求に囚われたのである。

ある土曜日の午後、古い映画館で、映画館自体よりも古いと思しきアメリカの探偵映画（『緋色の街』）で、さして長くもないキスシーンを見た。白黒映画に登場する他のキスシーンと代わり映えもしない、我が国の検閲官によって四秒以内にカットされた凡庸なキスシーンだった。ところが何故かはわからないが、ひとりの女と、映画と同じように我が唇を彼女の唇に押しつけ、そう、死力を尽くして押しつけ、接吻をしたいという欲求が心のうちに湧き上がってきて、わが身の不幸に窒息せんばかりになった。二十四歳にもなって、私は誰とも唇同士の接吻を交わしたことがなかった。否、売春宿での媾合（こうごう）の数々は否定しない。だが、娼婦たちが全く口づけをしてこなかったように、私も女たちの唇に触れたくなかった。

終映を待たずに大通りに出た。街のどこか、どこかで、私との接吻を望む女が待っているような疼きと焦燥感に駆られていた。地下鉄（トゥネル）まで速足を維持し、それから踵（きびす）を返してガラタサライまで戻り、絶望にかられ、暗がりで探し物をするようにある顔の記憶、ある微笑み、ある女の影を特定しようとしたのを覚えている。私が口づけできる知り合いも親戚もひとりも居なかった。恋人が見つかる可能性も皆無である。恋人候補すら居ないのだから！　雑踏にごったがえす都市は無人も同然だった。

それでも、タクシムまで来た直後、バスに揺られる自分が居た。父が家庭を捨てた頃、母方の遠い親戚の家に色々世話になったことがあった。その家には、私より二歳年下の、当時何度か「九目並べ」をして遊んだ少女がいた。一時間後、フンドゥックザーデのまさしくその家に到着して、扉を叩いた瞬間、接吻したいと思った娘はとうの昔に嫁いだことを思い出した。現在は故人となった娘の両親が中に招き入れてくれたが、何年も経た今頃、なぜ訪ねてきたのか見当がつかないらしく、少し驚いた様子だった。よもやま話をして（私が新聞記者になったということすら、関心がなかった。彼らにとっては噂話で飯を食うような賤業に過ぎなかった）、ラジオでサッカー試合を聞きつつ、紅茶（チャイ）を飲んで、胡麻パン（スイミット）を食べた。ふたりは純粋な厚意で夕食まで残って欲しそうだったが、私は何か適当な言い訳を呟くと外に飛び出した。

外気の凛冽に身を浸しても、接吻の欲求は体内で猛火のごとく燃え盛るばかりだった。表皮は氷のようだが、肉と血は火中にあるため、痛烈に耐えがたいもどかしさに駆られる。エミノニュからフェリーに乗って、カドゥキョイに渡った。高校（リセ）の友人が、町内のキス好き娘（つまり結婚前にキスをする娘）との体験談を語ったことがあった。その娘ではないにせよ、友人はきっと同様の娘を知っている、と考えながら、フェネルバフチェにある彼の家に向かった。友人の昔の地元で、蒼然とした木造家屋と糸杉並木の周りを徘徊したが、その家は探し出せなかった。今日ではとり壊されて久しい木造建築の間を歩きながら、明るい窓を何度か眺め、婚前に接吻を許す娘を妄想していた。とある窓を覗いて「ここだ、俺とキスを交わす娘がそこに居る！」と閃いた。彼女までは敷地の塀、扉、木の階段に隔てられているだけのわずかな距離である。だが近づくことはできなかった。接吻は叶わなかった。誰もが知る、神秘的で奇妙で信じがたい行為、夢と同じくらい異質で秘密めいた行為、獰猛かつ魅力的な行為は、あの瞬間、なんと身近にあり、同時になんと遥か遠くにあったことだろう。

再びヨーロッパ側に戻る時、フェリーで見かけた女たちの一人に無理矢理、もしくは突如なにか間違いが起こったようにして、口づけしたらどうなるだろう、と考えたのを覚えている。だが、血眼になってみても、これぞという顔は見当たらなかった。今まで生きてきて、イスタンブールの雑踏で息づきながら絶望と痛苦に煩悶し、街が空っぽ、完全なる虚空であるという感じに襲われた時期が他にもあった。だがこの感情を、あの日のように激しく感じたことは、一度たりともなかった。

湿り気を帯びた歩道を延々と歩いた。無論、このがらんどうの、空虚な街には、欲しいものをこの手に摑むため、別の機会に、名声を伴って凱旋するはずだった。だが、当時は、母親と同居する家に帰り、哀れなラスティニャックのことを語るトルコ語訳のバルザックを読む以外なんの慰安もなかった。しかもそれは、純粋な娯楽ではなく、典型的トルコ人のように、将来役に立つはずだ、という職務意識に基づく読書だったのである。将来への備えなどというものは、微塵も現状の役に立たない！　だから自室に引きこもってしばらくすると、焦燥感にかられて、部屋を出るほかはなかった。自分が風呂場の鏡を見たこと、人間は最悪自分自身に接吻できると考えたこと、鏡を見ながら映画に登場した俳優たちを思い浮かべたことを記憶している。

そもそもそれら俳優の唇は眼にちらついて仕方がなかった（ジョーン・ベネット、ダン・デュリエ）。だが、自分自身でさえなく鏡に接吻するのが関の山だろう。部屋を出た。母は机に座り、誰やら遠縁の裕福な親戚から譲り受けた型紙とシフォンの布切れに囲まれ、結婚式に間にあわせるべく夜会服を製作していた。

母に話しかけようとした。それは将来の計画や成功、将来の夢を匂わせる話や願いの類だったと思う。だが作業に没頭する母は耳を傾けてくれなかった。本当は話の内容などどうでもよかった。重要なのは土曜の夜、自宅で母と団欒することなのである。憤怒が湧きあがった。その夜、母の髪は綺麗に梳かれ、唇にはあえかに紅をひいていた。その煉瓦色（テラコッタ）が今でもありありと浮かぶ、口紅。母の唇、私に似ているとよく言われる口唇を見つめると途方に暮れた。

「何見ているのよ、気持ち悪いわね」と母がたじろいだ。

長い沈黙があった。母に向かって歩き出したが、少し踏み出して止まった。脚が震えていた。それ以上接近する前に、全身で叫んでいた。何を口にしたか、今はもう明確に思い出せない。だが直ぐに母との間で頻発していた激しい喧嘩が始まった。近所迷惑という懸念など双方の頭から吹き飛んだ。誰もがこんな時、眼前の相手に洗いざらい言い放つ怒りと自由を味わう。ティーカップが割られたり、ストーブがひっくり返ったりするのはこういう状況だ。

シフォンと糸巻きと舶来物のマチ針（最初のトルコ製マチ針は一九七六年にアトゥル社によって生産された）のなかで慟哭（どうこく）する母を残し、私は這う這うの態で外に飛び出した。真夜中まで路地をうろついた。スレイマニエ・モスクの中庭に入った。アタテュルク橋を渡り、ベイオウルに出た。自分が自分ではないようだった。一種の怒りと復讐心に追い立てられているようであり、自分がそうあるべき者に張り付かれているかのようでもあった。

ベイオウルの甘味処（ムハッレビジ）に入った。ただ、人ごみに紛れるために。だが、土曜の夜のとめどない時間をやり過ごそうと企む自分のような人間と目を合わせるのが嫌で、周囲の人間など確認しなかった。私のような者は同類を即座に見分け、馬鹿にするものだから。ほどなく、一組の夫婦が近づき、夫のほうが話しかけてきた。我が記憶に潜むこの白髪の幽霊は一体誰だ？

それは、フェネルバフチェで如何としても発見できなかった旧友だった。結婚して国鉄に勤務しており、すでに白髪頭で、当時を鮮明に覚えているという。久々に会った昔の友達が、同席する妻や連れに、自分の過去を面白く見せようとして、こちらに無暗に興味を示し、夥しい思い出や秘密を共有しているようなそぶりをしてきて、意表を突かれることがあるだろう。その時も同じことをされたが、私は顔色ひとつ変えなかった。だが、架空の思い出を脚色するのに一役買ったり、彼が過去に葬り去った惨めで辛い人生を、こちらは現在進行形で生きているという筋書きの猿芝居に与したりはしなかった。

甘くない牛乳羹（ス・ムハッレビ）を匙で掬いながら、遥か昔に結婚したこと、高給を得ていること、君が家で待っていること、シボレーをタクシム広場に駐車し、君の気まぐれを満足させるために、ここに鶏肉入り牛乳餅（タヴック・ギョウス）

を買いに来たこと、ニシャンタシュに住んでいることを明かした。帰宅がてらふたりを車で送ってもいい、と申し出ると、友人は礼を言って断った。依然としてフェネルバフチェに住んでいたのである。好奇心の強い彼は、最初は遠慮しいしいだったが、君が「良家の令嬢」だと聞き出すに至ると、上流階級と親しいことを細君に証明するべく、君のことを追及しだした。すかさず、覚えているはずだ、と言ってやった。友人は嬉々として思い出し、君に丁重な挨拶を伝えた。牛乳餅の包みを片手に甘味処(ムハッレビジ)を出る際、まずは友人に、それから映画で学んだ上品な西洋人のような態度で、私はその妻にキスをした。なんと奇妙な読者だろう、諸君は。なんと奇妙な国なのだ、ここは。

# 第13章　ほら、誰が来た

「遠い昔に出会うはずだったのよ」
——トゥルキャン・ショライ

リュヤーの前夫宅を辞し、目抜き通りに出たが、ガーリップを拾ってくれそうな車両は皆無だった。時折都市を結ぶバスが通るも、それらは制止叶わぬ断固たる勢いで驀進（ばくしん）し、速度を緩めない。バクルキョイ駅まで歩こうと決めた。食料雑貨店（バッカル）で展示棚に転用される廃品冷蔵庫のような駅を目指し、雪に苦戦しつつ踏破する間、夢幻のうちに幾度となくリュヤーと再会を果たし、変わらぬ日常生活に戻っていた。リュヤーが突き付けた「絶縁」の理由はごく単純かつ了解可能だと判明して既に忘却の彼方だったが、空想世界で再開された暮らしのなかでは、前夫との邂逅（かいこう）をどうしてもリュヤーに打ち明けられなかった。

三十分後に出発するという列車内で会った老人が、四十年前、こんな厳冬の夜に起きた出来事を語った。軍靴の足音響く食糧難の時代、老人はトラキヤ地方のある村で、部隊の仲間とともに厳しい越冬を経験した。ある朝、秘密指令を受けた全中隊は騎馬で村を離れた。一日がかりの長時間移動の末、イスタンブールに接したが市内には入らず、金角湾の背後の丘でひとまず夜を待った。都市活動が停止すると、夜陰に乗じて路地に忍び込み、絞ったランプの弱光を頼りに氷結した石畳を馬で静かに進んだ。着いたのはストゥルジェの屠殺場で、そこに獣畜を供出した。老人が血まみれの屠殺の場面を語った時には、すでに列車の轟音のなかにあり、単語や音節を辛うじて聞きわけていた。馬が一頭、また一頭と転がる様。スプリングが飛び出した椅子のように、内臓が露出して垂れさがり、血の海と化した石畳に腸をまき散らした動物たちの驚愕。肉屋の悲憤。列をなして順番を待つ馬の悲しい眼。足並みも揃えず罪人のように街を後にした兵士の表情がいかに互いに似通っていたか。

シルケジの駅前にも車の影はなかった。一瞬、徒歩で職場まで行き事務所に泊まろうと考えたが、Uターンしたタクシーが自分のために停車する気配を感じた。だが、車はこちらにほど遠い路肩に停車し、モノクロ映画から抜け出てきたような、鞄を手にした白黒の男がドアを開けて乗車した。客を乗せたタクシーはガーリップの前でも止まった。「こちらさん」と一緒にガラタサライまで乗せてくれるという。タクシーに乗り込んだ。

ガラタサライで降りたが、モノクロ映画から出てきたような男と会話しなかったことが悔やまれた。カラキョイ橋に係留中の客の居ない海峡フェリーの灯りを眺める。「大昔の出来事ですが、このような雪の晩に……。」男にそう話しかけてもよかった。語り始めさえすれば、口火を切った安堵感で最後まで話し終え、男は期待通りの熱心さで耳を傾けてくれたかもしれない。

アトラス映画館の少し先で婦人靴店のショウウィンドウを（リュヤーの靴のサイズは二三・五センチだ）眺めていると、痩せた小男が近づいてきた。住宅を巡回する都市ガス集金人のような合皮鞄を手にしている。男は「星（スター）は好きですか？」と尋ねた。ジャケットのボタンを首まで閉めて、外套のように着ていた。雲のない夜、タクシム広場に望遠鏡を設置し、関心を示す者に百リラで覗かせてくれる男の同業者に出会ったと思いきや、鞄から取り出されたのは「アルバム」だった。男がめくるページのなかに、良質な印画紙に焼き付けられた、有名なトルコ映画スターの信じがたい写真を見た。

否、もちろん、写真は有名スターではなく、彼らの衣装と装身具を身に帯びたそっくりさんのものだった。一番のポイントはポーズ、佇まい、煙草を吸う仕草、唇のすぼめ方、もしくは口づけするかのように突き出したりするのを真似ていることだ。映画スターのページには皆、新聞の見出しを切り取ったセンセーショナルな名前と、芸能雑誌から採取したカラー写真が貼られ、その周囲にそっくりさんが本物に似せようとした各種の「魅力的な」ポーズが添付されていた。

写真に興味を示したのを見てとると、鞄を持った華奢な男は、ガーリップを新メレッキ映画館に通じる無人の小路に引き込み、自由な閲覧を許すかのようにアルバムを差し出した。細い糸で天井から吊り下がる、切断された腕、脚、手袋、傘、鞄、靴下が展示された奇怪なショウウィンドウの明かりを借り、注意深く写真を検分した。踊りながらジプシー（チンゲネ）の衣装を限界まで広げ、疲れた様子で煙草に火を付けるトゥルキャン・ショライ。バナナを剥いて婀娜（あだ）っぽくレンズを見つめ、大胆な高笑いを放つミュジュデ・アル。眼鏡をかけて脱いだブラジャーを繕ったり、皿洗いのために身を屈めたりした挙句、悲嘆にうなだれて泣き崩れるヒュルヤ・コチイーット。アルバムの主も、ガーリップ同様、注意深くこちらを観察していたが、矢庭に、禁書を読む学生を捕まえた教師のような毅然とした態度でアルバムを奪い取り、そのまま鞄に詰め込んだ。

「女たちのところに、お連れしましょうか?」

「どこに居るんだ?」

「あんたは紳士に見えるからね。ついてくるといいよ」

連れだって路地裏を通り抜けた。執拗に尋ねられたガーリップは選択の必要に迫られて、トゥルキャン・ショライに惹かれると告げた。

「本人そのものさ!」と鞄の男は秘密を明かすように囁いた。「あの娘も喜ぶと思うよ。あんたのことをすごく気に入るはずさ。」

ベイオウル交番の隣の「友達(ドストラル)」と表示された石造りの古い館に到着し、埃と布地の匂いがする一階に入った。薄暗い部屋にはミシンも生地もなかったが、「ドストラル縫製店」と密かに名づけたくなった。聳(そび)え立つ白い扉を開けると煌々たる第二の部屋が現れ、そのけばけばしさが女衒(ぜげん)に支払いをすべきであることを気付かせた。

「トゥルキャン!」と金をポケットに突っ込みながら男が呼ぶ。「トゥルキャン! ほら、イッゼットさんが来たぞ、ご指名だ。」

トランプに興じていた二人の女は笑みを交わしてガーリップを見た。廃屋じみた古い劇場の舞台を連想させる部屋だった。ストーブの排煙状態が悪い部屋特有の眠気を誘う酸素の薄さ。眠気を誘う香水の匂い。神経を疲弊させる「国産ポップス」の煩い旋律。長椅子の上には、映画スターの誰とも似ていなければ、リュヤーにも似ていない女がおり、リュヤーが推理小説を読むときのポーズで（片脚を椅子の背に乗せる）寝そべり、風刺雑誌をめくっていた。ミュジュデ・アルがミュジュデ・アルだということは、ブラウスの胸にミュジュデ・アルと書いてあることでしかわからない。テレビでは世界史におけるコンスタンティノープル征服の重要性を論じる公開討論が放映中で、その論客たちの前で飲食店の店員（ギャルソン）のような服装の老人がうたたねしていた。

パーマをかけたジーンズ姿の若い女は、名前の思い出せないアメリカの女優に似ている気がしたが、似せようとして似ているのかどうかあまり自信が持てなかった。別の扉から男が入室し、ミュジュデ・アルに近づくとブラウスの上のミュジュデ・アルという名を、最初の音節を飲みこみつつ、酔っ払いらしい生真面目さで長く引き伸ばして読んだ。まるで、新聞の見出しを読んで初めて自分が経験したことを信じる人のように。

消去法でいくと、豹柄のドレスの女がトゥルキャン・ショライであり、そのことは自分に接近してきたことや歩き方に潜む微かな調子から理解した。恐らくは一番似ているのが彼女だった。長い金髪を纏（まと）めて右肩の上で結んでいた。

「煙草吸ってもよろしいかしら？」そう言って感じよく微笑み、唇にフィルターのない煙草をくわえた。

「火を点けて。」

ライターで火を点けると、女の頭の周りに途方もなく濃密な煙がたちのぼった。音楽の喧騒が遠のき、霊妙なる沈黙に包まれる。狭霧に出現する聖女の頭部のように、長い睫毛に縁取られた瞳と頭が紫煙のなかから現れると、生まれて初めてリュヤー以外の女と同衾できる気がした。自分のことを「イッゼットさん」と呼ぶ役人風の男に金を渡した。上階の意匠を凝らした部屋に入ると、女は煙草の吸いさしをアク銀行の灰皿に押しつけ、箱から新しい煙草を抜いた。

「煙草吸ってもよろしいかしら？」さきほどと同じ声の調子と態度で尋ねた。同じポーズで煙草を唇の端にくわえ、同じ高慢な視線を投げ、感じよく微笑した。「火を点けて。」

ライターがもうそこにあるかのように、両胸を誇示する魅力的な動作で同じように頭を下げたのを見て、この点火の動作（アクション）と女の台詞がトゥルキャン・ショライの映画に登場したことや、自分もこの映画の男優イッゼット・ギュナイを演じるべきなのを理解した。煙草に火を点けると、女の頭の周りにまた同じように途方もなく濃い煙が漂い、長い睫毛に縁取られた大きな黒い瞳が霧のなかからスローモーションで現れた。撮影現場ならばいざ知らず、これほどの煙をどうやって口から排出しているのだろう？

「なぜ黙ってるの？」女は微笑んだ。

「黙ってるわけじゃない」

「あなたってずる賢い感じだわ。でもほんとは天然なの？」と女はわざとらしい好奇心と怒りを込めて言った。台詞と動作はもう一度繰り返された。大きな耳飾りが露出した肩に垂れていた。

丸い化粧台の鏡の端に貼られた「スチール」写真によれば、背中が尻まで大きく開いた豹柄のドレスは、ホステスを演じたトゥルキャン・ショライが二十年前イッゼット・ギュナイと共に主演した映画『情人は鑑札付き』で着用したらしく、劇中トゥルキャン・ショライが口にした他の台詞も女の口から聞いた。（意気消沈した甘えん坊のように首をすくめ、あごの下で組んだ手を突然開いて）「こんな時、寝られるもんですか。飲んだら飲んだでぱあっとやりたくなるし。」（隣人の子供を心配する親切なおばさん風に）「イッゼット、来て。あたしのところに居てちょうだい。橋が閉まるまで。」（いきなり激昂して）「これが運命なのよ！　あなたと一緒に！　今日！」（お嬢様風に）「お目にかかれてうれしゅうございますわ。お目にかかれてうれしゅうございますわ。お目にかかれてうれしゅうございますわ……。」

ガーリップはドアの脇の椅子に移り、女もまた、映画の小道具に実は酷似した丸い化粧台のスツールに座って、染めた長い金髪を梳かしていた。鏡の隅にはこの場面の写真もあった。女の背中は本物以上に美しかった。つかの間、彼女は鏡のなかのガーリップを見た。

「遠い昔に出会うはずだったのよ」

「遠い昔に出会ったじゃないか」と答えた。鏡のなかの女の顔を見ながら。

「学校じゃ同じ列に座ったりしなかった。でも暑い春の日に、侃々諤々（かんかんがくがく）の末、教室の窓を開けた時、すぐ後ろの黒板が黒いから窓ガラスは鏡のようになり、そこに映った君の顔を、今みたいに僕は眺めていた」

「ふうん……遠い昔に出会うはずだったのよ」

「遠い昔に会ったんだ。会ったばかりの頃には、その脚はとても華奢に見えて、折れそうで怖かったよ。君の肌は子供のころはまだ勁（つよ）そうにみえたけど、成長し中学生になってからは色づいて、信じがたいまでの繊細さを備えてなよやかになった。暑い夏、室内で遊んでは羽目をはずしてさ、海水浴に連れて行ってもらおうものなら、帰り道、タラビヤでアイスクリームを買って、それを片手に歩きながら、とがった爪で、腕に残った海の塩をひっかいて文字を書いたっけ。細い腕に生えた和毛が好きだった。日焼けして桃色になった脚も好きだった。僕の頭上の棚から何かをとろうとする時、顔にかかってくる君の髪が好きだった」

「遠い昔に出会うはずだったのよ」

「お母さんのお下がりのサスペンダー付きの水着のせいで背中に残ったサスペンダーの痕が好きだった。いらいらしたときに我知らず髪を引っ張るのが、フィルターなしの煙草を吸う時に中指と親指で舌の先の煙草の滓をとるのが、映画を見るとき口をぽかんとあけているのが、読書中に手探りで煎り豆かナッツをうわの空で食べるのが、鍵を失くしてばかりなのが、近視なのを認めず眼をすがめるのが好きだった。眼を細めて遠くの一点を見つめる君は、ほかの場所に行きほかのことを考えているんだ、と思い当たれば、はらはらしながら君のことを愛した。君の精神の僕が知り得た領域を、それ以上に僕にとって未知の領域を、恐怖を、すごい恐怖を抱きながら、愛していたんだってば、嗚呼！」

鏡のなかのトゥルキャン・ショライの顔に広がるおぼろげな不安の色を見て、黙った。女は化粧台の横のベッドに身を横たえた。

「さあ、いらして。何の役にも立たないわ。なんにもよ、わかる？」ガーリップは躊躇って座っていた。

「もしかして、トゥルキャン・ショライは好きじゃないの？」と女は芝居とも本気とも判じ難い嫉妬を滲ませて言い添えた。

「好きだよ」

「あたしが眼をぱちくりするのもお好きだったんでしょう？」

「好きだった」

「『お見事！　悩殺美女』であたしが砂浜の梯子を下りてくるところが好きでしょ？　『情人は鑑札付き』で煙草に火を点けるシーンが、『ダイナマイト・ガール』で口金を使って煙草を吸うのが好きだったんでしょ？」

「好きだった」

「そんなら、来なさいよ。さあ」

「もっと話そうよ」

「なんですって？」

ガーリップは考え込んでいた。

「あんた、名前は？　なにしてる人？」

「弁護士だ」

「あたしにも弁護士がついてたわ。全財産むしられたのに、私名義の車を夫から取り返せなかった。車はあたしのだったのよ。いい？　あたしのなんだったら。今じゃあの売女にとられちゃった。消防車みたいに真っ赤な五六年シボレー。車も取り返してくれないようじゃ、弁護士って一体なんなのよ？　ねえ、あたしの車を夫から取り返してくれない？」

「取り返すよ」

「取り返してくれるの？」女は期待に眼を光らせた。「あんたなら取り返してくれるわよね。取り返してくれるなら、あたしもあんたと結婚するわ。こんな暮らしからあたしを救ってくれるでしょ。映画の人生からよ。女優は飽きたの。この国の人間は低能だから、女優なんて芸術家じゃなくて淫売だと思ってんのよ。あたしは女優じゃないわ、芸術家なんだから。」

「そのとおりだよ……」

「結婚してくれるの？」女はうきうきと言った。「そしたらあの車で旅をしましょ。結婚する？　でも、あたしを好きになってくれなきゃ、いや」

「結婚するよ」

「違うってば、あんたがあたしに訊くのよ……結婚してくれるかって」

「トゥルキャン、僕と結婚してくれるかい？」

「そうじゃないわ！　本気でそう思って申し込んでよ、映画みたいに！　まず立って。この申し入れは誰であろうと座ってするもんじゃないのよ」

ガーリップは国歌斉唱のように立ちあがった。「トゥルキャン、僕と、この僕と、結婚してくれないか？」

「でもあたし、処女じゃないの。事故にあっちゃったのよ」

「乗馬でもした？　それとも登り棒を滑り降りた時？」

「違うの。アイロンをかけてたときよ。笑うでしょ。でも私は昨日聞いたばっかりなのよ、皇帝陛下があんたの首をとってまいれと命じたのを。結婚はしてるの？」

「してる」

「どうせ所帯持ちばかりに縁があるんだわ。」女は『情人は鑑札付き』の雰囲気を引きずったままぼやいた。「でもいいの、そんなこと。重要なのは国鉄のことよ。ねえ、今年はどのチームが優勝すると思う？　この流れって、どこに行きつくのかしら？　軍部がこんな無政府状態に歯止めをかけるのはいつだと思う？　ねえ、あんた、髪を切ったらもっといい男になるわよ。」

「個人的なことに口出ししないでくれないか？　失敬だよ」

「あら、なんて言ったかしら、あたし。」女は仰々しい驚きを露わに、眼を大きく見開いてトゥルキャン・ショライのようにぱちくりした。「結婚するなら、車を取り返してくれるわね、って言ったわ。違う、車を取り返してくれるのなら、あたしと結婚してと言ったんだったわ。ナンバーを教えるわね。３４ＣＧ　一九一九年五月十九日よ。アタテュルクはこの日、サムスンを出発して全アナトリアを救済したの。五六年シボレー。」

「シボレーのことを話してくれ」

「いいけど、もう少しで、ドアをノックしてくるわよ。プレイ時間（ヴィズィタ）が終わるの」

「トルコ語は『訪問（ズィヤーレット）』だ」

「なんですって？」

「金なんかいいんだ」

「あたしだってそうよ。あたしの五六年シボレーはこのマニキュアみたいに真っ赤だったの。まさにこの色。一本剝げてるでしょ？　シボレーもどこかぶつけたかもね。うちの亭主ってことになるロクデナシがあの糞女にプレゼントする前は、あたしは毎日自分の車でここに来てたのよ。今じゃ、通りでお見かけするだけだわ、あいつのことは。つまりあの車のことは。タクシム広場への帰りにときたま見ると別の人が運転してて、かと思えばカラキョイ埠頭で客を待ってる時には、また違う奴が運転中なの。車好きのあの嫁ったら毎日塗り替えてやがるわ。ある日栗色だったと思えば、次の日にはクロムメッキのパーツや照明が装着されてコーヒー牛乳みたいな色になってたり。その次の日は花で飾りたてられ、正面にお人形が鎮座したピンクの結婚お披露目車になってた。と思いきや、一週間後には真っ黒に塗られて、髭を生やした六人のおまわりさんが座ってる。なんとパトカーになっちゃったのよ。ばっちり『警察』って書いてあるんだもの、間違えようがないわ。当然、毎度ナンバーは変わるのよ。あたしにバレないように」

「当然だね」

「当然よ。警官も、運転している人も嫁とできてんのよ。うちの寝とられ男はどこに目を付けているんだろうね？　ある日あたしをただぽいっと捨てたわ。あんたもそんな風に捨てられたことある？　今日は何日だったかしら？」

「十二日だよ」

「時間が経つのって早いわねね。あんたったらずっとあたしにだけしゃべらせて。それとも特別なことをして欲しいの？　言ってごらんなさいよ。あんたが気に入ったの。だって紳士だから、どうなるってこともないでしょ。所持金は沢山あるの？　本当にお金持ちなの？　それとも、イッゼットみたいな八百屋なの？　違うわ、弁護士だったわね。私にクイズを出してみてよ、ねえ、弁護士さん……いいわ、あたしがあんたに出すわ。皇帝とボスポラス大橋の違いはなあんだ？」

「わからないよ」

「アタテュルクとムハンマドの違いは？」

「わからない」

「あっさり降参しちゃうのね！」女は化粧台の鏡で自分の姿を見るのをやめ、立ち上がると、くすくす笑いながら、ガーリップの耳に答えを囁いた。そして、腕をガーリップの首に回すと「結婚しましょ」と呟いた。「カフ山に行くの。あたしはあんたの、あんたはあたしのものになりましょうよ。それぞれ別人になるのよ。あたしをもらって。あたしをもらって。あたしをもらって。」

同様の芝居気分の延長で接吻をした。この女にリュヤーを思わせる何かがあったとでも？　そんなものはない。だが、状況を楽しんでいたのも確かだった。ベッドに転がると、女はリュヤーを連想させることをしたが、完全に同じではなかった。ガーリップはリュヤーが舌を入れてくるたび、妻が瞬時に別人に変じたような気がして不安になったものだ。偽トゥルキャン・ショライはリュヤーのそれより重厚な舌を口内に挿し込んだ。その行為は一種の征服感を伴いつつも、可愛らしく冗談めかしてもいて、腕のなかの女ではなく、自分のほうが別人になったような感覚に見舞われ、ひどく興奮した。女の芝居心に誘導（リード）され、いささかも現実的ではない国産映画のキスシーンにあるように、上下に重なり、まずはひとりが下に、もうひとりが上になり、回転しながら、巨大なベッドの端から端まで転がった。「目が回るじゃないの！」と、女はそこにはいない亡霊の物真似をしながら、本当に眩暈（めまい）を起こしたふりをして叫んだ。ベッドのこちら側からは自分たちの姿が鏡で確認できることがわかると、この甘ったるい回転シーンの必要性に納得がいった。女が脱ぐさま、脱がせてくれるさまを、鏡に眺めて楽しんだ。それから、二人揃って、あたかも第三者を眺めるように、体操競技で必須動作を行う選手を評価する審判のように、だが恐らく彼らよりは少し陽気に、眼福に与りつつ女の職人芸を逐一鏡で観賞した。すると、ガーリップが鏡を見ることができなくなったある一点で、女は密やかなベッドのスプリングに弾みながら、「二人とももう別人よ」と口走った。「あたしは誰？ あたしは誰？ あたしは誰？」と尋ねもしたが、ガーリップは彼女が求める答えを与えずに自分を解放した。女の「二かける二は四」「聞いて、聞いて、聞いて」という呟きや、お伽噺や夢の話をする時のように「……だったそうな」口調の、皇帝や哀れな皇子の話の幽（かそけ）き語りを聞いた。

「あたしがあんたなら、あんたはあたしだわ。」服を身につけながら女は言った。「これから何が飛び出すかしら。あんたはあたしになったのよ、あたしもあんたに！」狡猾なまなざしで微笑んでいた。「トゥルキャン・ショライはお気に召して？」

「気に入ったよ」

「ならば救ってよ、あたしを。この生活から助け出して。あたしをここから出して。あたしをもらって。

他の土地にいきましょう。駆け落ちして、所帯をもって、人生をやり直すの」

これは、どの芝居や映画の場面だったのか？　もはや判断がつかない。おそらくは女の意図もそこにあった。既婚者だなんて信じない、結婚している男だったらすぐわかると言った。結婚し、ガーリップが首尾よく五六年シボレーを取り返したら、ふたりで海峡沿いに遠出するのだそうだ。エミルギャンでゴーフルを買って、タラビヤで海を眺め、ブユックデレでご飯を食べるの。

「ブユックデレは嫌いだ」

「それなら、『彼』を無意味に待つことになるわ。現れることのない『彼』を」

「別に急いでないんだ」

「あたしは急いでいるのよ。」女は頑固に言い張った。「降臨の瞬間に『彼』に気づかないのが怖いの。皆に出遅れて『彼』を見ることになっちゃうが怖いの。最後になるのが怖いの。」

『『彼』って誰？」

女は謎めいた微笑を浮かべた。

「あんたって映画を見ないの？　芝居のお約束ってもんがわかってないのね。そんなことを口走るようじゃ、この国じゃ生かしてもらえないわよ。あたしは生きていたいけど」

女は不可解な失踪を遂げた挙句に、おそらくは殺害され海峡に死体を遺棄されたとみられる友人の話を始めたが、途中で誰かが扉を叩いた。沈黙。部屋を後にする瞬間、背後から囁きが響いた。

「あたしたちは誰もが『彼』を待っているの。誰もが、誰もが『彼』を待っているのよ」

# 第14章 我々は皆、彼を待っている

私は神秘的事象を猛然と愛する
——ドストエフスキー

　我々は皆「彼」を待っている。皆何世紀もの間「彼」を待っているのだ。或る者はガラタ橋の雑踏に喘ぎ、青鈍色（あおにび）の金角湾の海面に愁いの眼差しを投げて、或る者はスルディビのささやかな部屋さえ暖めきらぬストーブに薪をくべながら。或る者はジハンギルの裏路地の、ギリシャ人の住むアパルトマンの終わりなき階段を上りながら。或る者はアナトリアの辺鄙（へんぴ）な町の酒場で、飲み仲間との待ち合わせまで、『イスタンブール新聞』のパズルを解きながら。或る者はその新聞の写真入りの記事で読んだ飛行機に乗り、光り溢れる広間を訪れ、美しい肢体に腕を廻すことを夢見ながら「彼」を待っているのだ。我々は泥だらけの歩道をうらぶれて歩きながら「彼」を待っている。繰り返し読まれた新聞の折り紙袋、中の林檎にも人工的な異臭が付着する安物素材のビニール袋、手のひらや指に紫がかった痕を残す買い物用網袋を手にして。

　誰もが「彼」を待っている。無闇に瓶やガラスを破砕する男たちと絶世の美女が繰り広げる、飽くなき冒険を観賞中の土曜日の夜の映画館で。孤独感を増大させる娼婦と一夜を共にした売春宿の路地で。容赦ない友人たちが自分の些細な偏執に対し嘲笑を浴びせる居酒屋で。寝付かずに騒ぐ子供たちのせいで、ラジオの劇場中継を落ち着いて堪能できぬまま隣家から戻る時に。「彼」が最初に目撃されるのは、悪餓鬼どもの豆鉄砲を食らって街灯が割れた裏町の暗がりとされることもあれば、宝くじやスポーツくじ、ヌード雑誌、おもちゃ、煙草、避妊具などあらゆる種類のがらくたを売るインチキ業者の店先だとも言われる。否、場所、そう、最初の目撃場所は問題ではない。降臨の場は年端もいかない子供たちが一日十二時間挽肉をこねるつくね屋（キョフテ）でも、天使のように無垢な羊飼いが墓場の糸杉に魅了される緑の丘でもいい。ただ、初めて「彼」を目にする幸運児は、即座にそれが「彼」だとわかり、永遠のように長く、まばたきほどに短い待ち時間の終結と、救済の時の到来を瞬時に理解する。誰もがそう語る。

コーランはこのことを識者にだけ開示している（『エル・イスラ〔夜の旅〕』章の九十七節、『エズ＝ズメル〔群れなす人々〕』章、アッラーがコーランを「互いに似ている、一対としてもたらした」と語る二十三節など）。コーランが下されてから三百五十年後に書かれたエルサレムのムタッハル・イブン・タヒルの『原初と歴史』という本によると、このことの唯一の証明は、ムハンマドの「名前、外貌もしくは仕事において私を踏襲する人物が道を示す」という意味合いの言葉、もしくは言行録にある別の目撃者の類似証言である。さらに三百五十年後、サマッラのハキム＝ウル・ヴァクト廟の地下室で各種の儀式を行いつつ「彼」の出現を待つシーア派信者の存在について、イブン・バトゥナがその『旅行記』で短く触れている。三十年後、フィルズ王（シャー）が書記に筆記させた文書によると、デルヒの町の砂塵が舞う黄土色の路上では「彼」と「彼」が開示予定の文字の神秘を待つ何千人もの不幸な民が居るらしい。また同時代、イブン・ハルドゥンが、「彼」の降臨に関して言行録を調査する際、過度にシーア派寄りの出典を除外して逐一検分した『歴史序説』のなかで着目した別の点も知られている。すなわち「彼」と共に、魔性の申し子（デッジャール）、悪魔、もしくは西洋的概念と言葉では「アンチ・キリスト」と呼ばれる存在が出現し、最後の審判と救済の日には「彼」がデッジャールを殺すだろう、と。

驚くべきは、誰もが偉大な救世主を夢見て切望しつつも、その顔を如何にしても想像できないことである。アナトリアの片田舎の自宅で描いた空想を私に書いて寄こした親愛なる読者メフメット・ユルマズ氏に始まり、それより七百年も前に同じ着想を得て『西方の神鳥』を記したイブン・アラビーや、今から千百十一年前、救済した者たちを引き連れた「彼」によるキリスト教徒下のコンスタンティノープル征服の夢を見た哲学者エル・クンディ、時代は下って現実になったこの夢の舞台の裏路地、すなわちベイオウル地区の布地屋で、糸巻きやボタンやナイロン・ストッキングに埋もれて「彼」の夢をみる女店員に至るまで一様に。

他方、我々はデッジャールを想像することには長けている。ブハリーの『預言者たち』によると、デッジャールは紅毛単眼である。『メッカ巡礼』によると顔面にその正体が記されている。タヤリシによれば太い首を持つというデッジャールは、それから千年後にイスタンブールで空想の持論を展開したニザメッティン師の『統合』によると、赤目で骨ばっている。小生が駆け出しの頃、アナトリアに浸透していた『カラギョズ新聞』に掲載されていたトルコ人戦士の冒険漫画では歪んだ口裂け男に描かれていた。

征服前のコンスタンティノープルで美女たちと交わる我らが英雄が、壮烈な詐術を尽くして戦う相手であるデッジャールは、広い額と大きな鼻をもち、髭はなかった（そのいくつかは私が漫画家に耳打ちした）。デッジャールがかくも我々の想像力をかきたてるのに対し、誰もが待ち焦がれる救世主である「彼」のことを、まざまざと生けるがごとくに言語をもって描写できたのはただ一人、フェリット・ケマル博士というトルコ人作家しかいない。その作品『ル・グラン・パシャ』がフランス語で書かれ、一八七〇年にパリで出版されたきりであることを、トルコ文学の損失とみるむきもあるだろう。

「彼」を如実に描写した唯一の作品である『ル・グラン・パシャ』がフランス語であることをもってトルコ文学の一部と見なさないことが間違いであるならば、『噴水（シャドゥルヴァン）』や『大東洋』のような東洋学系の専門誌上で、ドストエフスキーの『カラマーゾフの兄弟』の大審問官の部分がこの小品の盗作であることを悔し紛れに主張する者がいるのも、同程度に痛ましいことである。東洋から西洋へ、西洋から東洋への流入作品に纏（まつ）わる奇聞に触れるたび、かつて浮かんだ考えが蘇る。それは、我々が世界と呼ぶこの夢幻空間を、夢遊病者のように夢うつつのまま敷居を跨いでしまった一軒の屋敷だと仮定するならば、文学もまた我々が溶け込もうとするこの屋敷の各部屋に掛けられた壁時計に似るというものである。さて――

1、この夢幻屋敷の各部屋で時を刻む時計のどれかひとつに関し、正しいとか正しくないなどと言うのは馬鹿げている。

2、各部屋の時計のうちのどれかが他の時計より五時間進んでいると指摘することもまた馬鹿げている。何故なら、理論上、同じ時計が七時間遅れている場合も同様の結果になり得る。

3、ある時計が九時三十五分を指してから一定時間が経って、屋敷内の別の時計が九時三十五分を指したからといって、その時計が最初の時計を真似ていると結論づけるのも馬鹿げている。

二百篇以上のイスラム神秘主義の書を著したイブン・アラビーは、コルドバでイブン・ルシュドの葬式に参列する一年前、モロッコに滞在し、上のほうで述べたコーランの（組版工へ。ここが記事の最上部ならば「上のほう」ではなく「下のほう」と修正よろしく）「夜の旅」の章に描かれた物語に（夢に）発想を得て本を書いていた。ある夜、エルサレムに召されたムハンマドが、そこから梯子で（アラビア語で梯子は「ミラッチ」）天に昇り、天国と地獄をつぶさに見学したという出来事である。今、イブン・アラビーが案内役に伴われて天の七層を散策した様子、そこで目撃した事物、出会った預言者たちとの対話内容、もしくはこの本がちょうど三十五歳（一一九八年）の時に執筆されたことを挙げ、この夢の産物である娘ニザムが正しくて、ベアトリーチェが間違いだとか、もしくはイブン・アラビーが正しくて、ダンテが間違っているとか、『夜の旅の本（キタブ・アル・イスラ）』と『マカム・アル・アスラ』が正しく、『神曲』が間違いであると断じることは、既に述べた馬鹿げたこと第一項目の好例である。

孤島に放置された子供が大自然や対象物、自分に授乳した鹿にはじまり、海、死、空、「神性の真実」について学習しつつ長期単独生活した話を、アンダルスの哲学者イブン・トゥフェイルが既に十一世紀に描いていることをとりあげて、『生ある覚醒の子供（ハイイ・イブニ・ヤクザン）』は『ロビンソン・クルーソー』より六世紀も進んでいると断じるのは、馬鹿げたこと第二項目の例と言えよう。もしくは後者が事物や用具をより詳細に描いていることを取り上げて、トゥフェイルをダニエル・デフォーより六世紀遅れていると指摘するのもまたしかりである。

ムスタファ三世の時代に生きた、ヴェリユッディン師というイスラムの長老（シェイヒュルイスラム）は、一七六一年三月の金曜日の夜、友人を自宅に招いた際、書斎の優美な棚を一瞥した口さがない者の「師よ、本棚まで頭の中と同じく乱雑ですね」という意味の突拍子もない暴言を受け、突如霊感に撃たれ長詩の執筆に着手した。頭の中身と胡桃材の棚がどちらもある秩序に基づいていることを、両者の類似を詠う詩によって証明しようとしたのである。この中で、二枚の扉、四架の棚、十二杯の引き出し付のアルメニア製の華麗な棚と同じく、我々の脳内にも、時間、場所、数、紙、そして今日「因果関係」「存在」「必要性」と呼ぶ雑多な概念を収納する十二の棚が存在するとしているが、それが純粋理性の十二区分を提唱したドイツの哲学者カントの名著の出版より二十年前であることを取り上げ、ドイツ人が師を模倣したと断定するのは馬鹿げたことのなかの第三項目の例である。

しかしフェリット・ケマル博士ならば、万人が待望する偉大な救世主である「彼」を活写する際、百年後の同胞が自らに対しかくも愚かしい切り口で迫ると知っても別に己を見失いはしなかっただろう。そもそも、その全人生は無関心と忘却の光暈（こううん）に包まれ夢の静寂のなかに隔離されていたのだから。今日、どの写真においても確認できぬその顔は、ただ夢遊病者の亡霊じみた相貌として想像するしかない。或る阿片常用者の顔。アブドゥラフマン・シェレフの『新オスマン人と解放』という不名誉な作品によれば、パリで多くの患者を自分同様阿片中毒にしたようでもある。一八六六年――そう、ドストエフスキーの二度目の欧州旅行の一年前――、抵抗と解放の漠たる想念を抱き渡仏し、ヨーロッパで発行されていた『解放と告発人』なる新聞に一、二度寄稿した彼は、青年トルコ人（ジョントゥルク）たちが宮廷に妥協し櫛の歯が抜けるように君府（イスタンブール）に戻ってもパリに残った。その他の足跡は皆無である。著作の前書きでボードレールの『人工楽園』に触れているからには、私が愛読するトマス・ド・クインシーを知っていた可能性があり、ことによると阿片を用いた筆記実験も行ったかもしれぬ。ただし「彼」に関する記述にはその実験ではなく、むしろ今日我々が追求する力強い理論（ロジック）の跡が読みとれる。その理論を俎上に載せ、『ル・グラン・パシャ』に散りばめられた抗い難い卓見を、軍に仕える憂国の志士に紹介するべく、私はこれを記述するものである。

だが、この論理を理解するためにも、まずは件の本の醸し出す雰囲気（ムード）に馴染まねばなるまい。厚い藁紙に印刷された、青表紙の書物を想像していただきたい。一八七〇年、パリの出版人プーレ＝マラシスにより世に送り出された本書はわずか九六ページの小品である。往年の帝都というより、石造りの建物や歩道、石畳を備えた今日のイスタンブールの路地に似た、そして当時の石づくりの独房と原始的な拷問道具というより、現代のコンクリート製のウサギ小屋と吊革や高圧磁石発電機（マグネトー）付き拷問道具を連想させる景観や諸物や陰影を描いた、フランス人画家ド・テニエルの手になる挿絵が思い浮かぶだろうか。

物語は真夜中の帝都の路地裏の描写で幕を開ける。夜警がステッキで石畳を叩く音と、対抗する野犬の群れ同士が遠い区画で吠える声以外、物音はない。木造家屋の窓は格子扉で覆われ、一筋の光も漏らさない。微かな煙がストーブの排気筒から漂い、屋根や丸屋根（ドーム）に舞い降りる夜霧に入り混じる。奈落のような静寂のなか、無人の歩道に足音が響く。人々は皆、福音に耳をそばだてるが如く、この新奇にして予想外の足音に聴き入る。褞袍（ガウン）を重ね着し冷え切った臥所に入る準備をしていた者も、層をなす布団の下で夢路に通う者も。

陰惨な夜から一転、翌日は燦々と降り注ぐ日光のなかで、祭が営まれる。人々は皆「彼」を認識し、「彼」が「彼」であると把握し、悲壮感漂う時代には無限に続くかに思われた永遠無窮（むきゅう）の苦渋の時代の終焉を理解している。祝祭気分のなかで廻る回転木馬（メリーゴーランド）、和解する旧敵同士、林檎飴や練り菓子を頬張る子供たち、共にふざけあう男女、音楽にあわせて踊る人々のなかに「彼」は居る。「彼」は、自分によって順境に導かれ、快進撃を授けられるのを待つ不幸な民に囲まれて闊歩する救世主というよりは、まるで兄弟と連れ立って歩く兄貴分のようである。だが、その顔には懸念の影がある。もしくはある心算、ある直感の。まさにそんな時、例によって黙想しつつ路地裏を散策中、「彼」はグラン・パシャの手下に捕らえられ、石の拱門の中の冷気漂う市内の牢獄に繋がれる。真夜中、カンテラを掲げその独房を訪問したグラン・パシャは夜通し語る。

グラン・パシャとは誰か？　読者に自由な判断を委ねた作者同様、私もこの非常に特徴的な人物の名前すら訳さないでおこう。パシャであることから、政府高官か偉大な軍人か軍幹部であるとみて間違いないだろう。その言葉の理論的正確さからすると、彼は同時に思想家か、ある種の叡智に到達した聖哲である可能性も考えられる。その種の学識は我が国に多くみられる、私利私欲より国家と民族を優先する人物に特有のものである。ともかく、牢獄の独房でグラン・パシャは夜を徹して語り、「彼」はそれに耳を傾けた。これがグラン・パシャが「彼」を黙らせ、説得した理論（ロジック）と言葉である――。

1　皆の者と同じく吾輩もたちどころにそなたが「彼」だとわかった（と、グラン・パシャは切り出す）。数百年来、数千年来行われてきたように、文字や数の神秘、天空やコーランが示す徴証、そなたについての予言書の類を参照する必要すらなかった。歓喜と勝利に輝く民衆の表情でわかったのだ、そなたこそ「彼」であると。今、民はそなたが憂苦を忘れさせ、失った希望を取り戻し、連戦連勝をもたらすと期待している。だが、そなたはそれを与えることができるのか？　何百年も昔、ムハンマドは不幸な民に希望を授けることができた。なぜなら剣をとり、息つく間もなく勝利をもたらしたからだ。ところが今や、こちらの信仰がどうであれ、イスラムの敵の武力は我々よりずっと強大である。軍事的成功など夢物語なのだ。このことは「彼」を自称する偽の救世主が、インドやアフリカで、イギリス人やフランス人に束の間の苦杯を舐めさせたのちに、完敗して消され、より甚大なる国家崩壊に導いたことからも明らかではないか？（作中のこのあたりでは、イスラム圏のみならず東洋が西洋に対し、大々的勝利を得ることがもはや妄想に過ぎぬことを示す軍事的、経済的格差が示される。グラン・パシャは現実的な政治家のような率直さで、西洋の富裕水準と東洋の貧しさを比較している。そして「彼」は詐欺師ではなく、本当に「彼」であるがゆえに、描き出された悲観的な構図を静かに、哀しげに認める。）

## 2

だが、もちろんこの悲惨な貧しさゆえ、不幸な窮民に勝利の希望を授けられぬわけではない（と、グラン・パシャは続ける。時刻は真夜中をとうに過ぎている）。ただ「外」敵に戦いを挑むことはできないのだ。では、内部の敵は？　あらゆる萎靡沈滞と艱難辛苦の元凶は、味方に潜むならず者、高利貸、血に飢えた者、狼藉者であり、またはそれらの類でありながら真人間の仮面をかぶっている輩ではないのか。内なる敵と戦うことでしか、不幸な同胞に勝利や幸福への希望を与えてやれないことはそなたも察しているのではないか？　ならば、この闘争は軍神やイスラム戦士とではなく、むしろ密告者や死刑執行人、警察、拷問係と連携して遂行すべきであると見越していることだろう。絶望の淵に沈む人々にまずその惨めさの元凶たる責任者を示さなくては、そやつの頭を潰して天国の到来を信じてもらうこともできぬ。我々が三百年来励行してきたのも、このことをおいて他はない。同胞に希望を授けるべく、獅子身中の虫を晒しあげているのだ。国民のほうも、パンと同じくらい希望に飢えているがために、それを信じる。罪人のなかでも特に賢く、正直な者は、一切がこの約束事に基づいて行われているのを理解し、刑の執行前、もしあればの話だが、その微罪さえも誇張して語り、不幸な同胞たちに多少なりとも希望の光を垣間見せてやる。恩赦を与え、こちら側に引き込み、犯罪者狩りに協力させることもある。コーランと同じく希望も、我々の精神生活のみならず世俗的生活の維持に必要な糧なのだ。我々は希望と自由を、パンを求めるのと同じ場所に期待するのだから。

## 3

そなたの剛直さは期待されるこの全ての難事業を成功させるに足り、その公平さは民衆のなかから躊躇なく罪びとを選別するに足り、その逞しさは不本意ながら奴らを拷問することを含め、全てをやり遂げるに足ることとくらい承知しておる。そなたは「彼」なのだから。だが、この希望をもって、民衆をあやすことができるのは如何程までか？　しばらくすると、民衆は改善なきを見てとるだろう。手のうちのパンが増大せぬからには、そなたによってもたらされた希望もすり減ってくる。すると聖典や此岸・彼岸に抱く信頼も再び失われ、人々はかつての深憂と堕落、精神的貧困に蝕まれる。懸念される最悪の事態は、人々がそなたを疑い、そなたを憎みはじめることだ。密告者はそなたの命に従う死刑執行人や勤勉なる拷問係に嬉々として引き渡した罪びとのために良心の呵責を感じるようになり、警察や看守ときたら自分が手を汚した拷問の無意味さに辟易する余り、最新手法をもってしても、そなたによって鼻先にぶら下げられた希望をもってしても、言うことをきかなくなる。葡萄のように絞首刑台に吊るされる不運な者たちのことを、無意味な犠牲者であると断じるだろう。最後の審判の日、そなたに対する、そなたが紡ぐ物語に対する万人の不信がそなたの目に映る。だがそなたが目撃する惨状はこれに留まらない。共に信じる物語が失われると、誰もが個々に自分の物語を信じはじめ、自分の物語を所有し、それを語りたがるのだ。雑踏に溢れかえる大都市の汚い路地や整備も行き届かぬ泥の広場では、自分の物語を不幸の暈のように身に帯びた夢遊病者のごとき無数の貧民が他者の周りを鬱然と彷徨う。そうなると、民衆の目には、そなたはもはや「彼」ではなく、デッジャールに映る。そなたがデッジャールであり、デッジャールのほうがそなたなのだ！　大衆は、今度はそなたではなく、デッジャールの、「彼」の物語を信じたがる。デッジャールは勝利を伴い凱旋した吾輩、もしくは吾輩のごとき存在になる。そやつも窮民に対し、そなたこそが長年彼らを騙し、希望ではなく嘘を吹き込んだ張本人であり、実はそなたは「彼」ではなくデッジャールなのだと告げるだろう。その必要すらないかもしれぬ。デッジャール本人、もしくは長年そなたに欺かれていたと思い込んだ不幸な男が、ある日、深夜の暗い路地で、かつては銃弾など効かぬと信じられていたそなたの生身の体に銃弾を撃ち込むのだ。かくて慣れ親しみつつあった泥だらけの路地の不潔な歩道の何処（いずこ）かで、或る晩、そなたの死体が発見されよう。長らく人々に希望を与え、長らく人心を惑わしたがゆえに。

# 第15章　雪の夜の愛の物語

無為無力の徒と寓話や物語を乞う者
――メヴラーナ

シルケジからガラタサライに向かうタクシーで同乗した、モノクロ映画から抜け出したような男と再会したのは、トゥルキャン・ショライ似の娼婦の部屋を後にした直後だった。ガーリップはベイオウル交番前で行先に迷っていたが、青い光を明滅させたパトカーが曲がり角から歩道に接近したのでしばし立ち止まった。慌ただしく開いた後部ドアから乱暴に引っ張り出された男のことは、ただちに認識した。警官二人に挟まれた彼の顔からは、モノクロ映画じみた雰囲気は消え、夜の藍色と犯罪人の彩りに相応する活気がそれにとってかわっていた。唇の端には深紅の血の筋が流れ、あらゆる襲撃に備え、交番なる正義の戦線を煌々と照らし出す強烈な照明がそれに反射していたが、その血を拭おうともしていなかった。タクシーで堅く抱き抱えていたブリーフケースは警官の手に渡り、罪を認めた引かれ者の恭順を示し前方を見据えて歩く彼は、どうしてこの状況に十分満足しているようだった。交番の外階段の所でこちらに気づくと、奇妙な、おぞましい喜びを滲ませて、つと視線をなげかけてきた。

「こんばんは、旦那！」

「こんばんは。」ガーリップはためらいつつ答えた。

「誰だ？」と警官がガーリップを指して尋ねた。

男はつんのめるように交番に押し込まれ、続きを耳にすることはなかった。

目抜き通りに出た時には午前一時を回っていたが、雪道にはまだ人通りがあった。「英国領事館の庭園に並行する路地に……」リュヤーに聞いた話が思い出された。「……朝まで一晩中営業している店があり、アナトリアから金をまき散らしに来た田舎成金はおろか、知的階級も集まるらしい。」この手の情報は、悪所を非難する口調を装っては、実は宣伝する芸術雑誌から仕入れていた。

トカトルヤン・ホテルなる古い建物の前でイスケンデルに遭遇した。既に呷(あお)ったラク酒の痛飲ぶりがその吐息で知れた。ペラ・パラス・ホテルにBBC取材班を迎えに行き、「千夜一夜イスタンブール」を堪能させるべく案内し（ゴミ箱をあさる犬、麻薬(ハシシ)と絨毯屋、腹が出たベリーダンサー、ナイトクラブのチンピラ等）、裏路地のナイトクラブに誘ったそうだ。そこで鞄を手にした奇妙な男が意味不明の言葉を理由に喧嘩をふっかけた。自分たちではなく他の客席に対する狼藉だったが、駆け付けた警察がその男の襟首をひっ捕らえ、もうひとりは窓を伝って逃げた。この騒動を経て彼らのテーブルには周囲の客も入り乱れ、かくて、その気になればガーリップも飛び入り可能な歓楽の夜が始まったというわけらしい。両切り煙草を探すイスケンデルにつきあう形で、ベイオウル地区をあらかた踏破(とうは)した後、扉に「夜間倶楽部」とあるナイトクラブに入った。

浮かれ気分と無関心と騒音がガーリップを迎えた。イギリス人新聞記者に囲まれ、美女が話をしていた。楽隊が演奏をやめると手品師が奇術をはじめ、箱のなかから箱、その箱のなかからまた箱を出した。両脚が湾曲したアシスタント嬢の臍下には「帝王切開」の傷跡がある。ガーリップは彼女が人間の赤ん坊ではなく、手に持った眠たげな兎ばかり産み落とすのを想像した。ザーティ・スングルからの盗作「消えるラジオ」の手品のあと、箱から箱を出す奇術に戻ると、満座の注目は薄れた。

テーブルの反対側に座ったイギリス人女性の話をイスケンデルがトルコ語訳していた。冒頭部分は聞き逃したが、女の意味ありげな表情から筋が読みとれるのを期待して拝聴することにした。物語の後半部分からは次のことがわかった。ある女が（ガーリップは話者本人だろうと考えた）ある男に明々白々なる事実、すなわち、海士が採取したビザンツ硬貨に浮かぶ明確なる意味を信じてもらいたがっていた。女は九歳の時からの幼馴染であり、当時からの想い人だったのだが、彼女への愛に盲目な男の眼は、ふたり一緒に目撃したこの秘蹟に対して節穴もいいところで、ひたすら愛の興奮に浮かされて詩作に耽るだけなのだった。イスケンデルが女の言葉をトルコ語で伝える。「こうして海士により海底で発見されたビザンツ硬貨のおかげで、いとこ同士はついに結婚できたそうな。でも昔の硬貨に浮かぶ顔の魔法にとり憑かれた女の全人生が変化した時すら、男は何も感知しなかった。」だから女は終に死ぬまで塔の中に独居した（ガーリップは女が男を捨てたのだろうと考えた）。物語の終わりを察すると、長卓を囲む一同は「人間的感情」に敬意を表し、いわゆる「人道的」な沈黙を装ったが、それがガーリップにはくだらなく映った。美女が馬鹿男を捨てたからと言って、自分と同じく皆喜べばいいなどとは言わない。

だが「美女」の美貌の傍で後半だけ耳にした物語の悲劇的かつ悲痛な終幕は（このような派手な単語は後に続いたわざとらしくて愚かな沈黙に包まれてしまったが故に）滑稽千万だった。話が終わってみれば語り手も美人ではなく、親しみやすい容貌なだけのような気がした。

イスケンデルの口ぶりからすると、次の話を始めた長身の男は方々でその名を耳にした作家だった。眼鏡の作家は、これから話に登場する男もまた某作家と関係があるが、自分と混同しないようにと警告した。作家はこの前口上を少々照れ臭そうに、テーブルを囲む者たちと打ち解けたがっているような態度で述べたが、あわせて奇怪な微笑も浮かべたため、作家が何を考えているのか見当がつかなくなった。

曰く、その男は、長年ひとり自宅に引き籠り、誰にも見せたことがなければ、見せたところで出版の見込みもない小説や物語を書いていた。己の抱くこだわりと直結した仕事に（当時、それは仕事ですらなかったが）全身全霊をかけて打ち込んでいたため、作家は孤独に慣れていた。人間嫌いや人生への不満が原因ではなく、閉鎖された扉のなかの書斎机を離れられないがゆえに、集団に混じることができなかったのだ。机に向かいっぱなしの孤独な生活が続くと、作家の「社会生活」習慣は鈍る一方で、久しぶりに人の輪に入ったり、人ごみに出たりすると、為すすべもなく隅に退いてしまい、机に戻る瞬間を切望するばかりだった。作家は連日十四時間以上机に向かった後、朝一番の礼拝の呼びかけ（アザーン）が街中のモスクの尖塔（ミナレット）や丘から輪唱のように響く頃に就寝し、数十年間に一度だけ、それも偶然垣間見ただけの恋人のことを想うのだが、それは誰もが口にする類の「愛」や「性」の欲求などではなく、ただ孤独の反対の状態になり得る空想的結びつきに憧れただけの話だった。

「愛」については書物でしか知らず、性的事柄に対しても淡泊だと述べていた作家だったが、何年も後になり、夢見たこの絶世の美女と結婚した。その頃出版された作品群同様、結婚もその人生にさしたる変化をもたらさなかった。以前同様一日十四時間独り机に向かう明け暮れのなかで、以前同様忍耐強くじっくり文章を練り上げ、新作の詳細を構想しては、何時間も机上の白紙を睨んでいた。生活の唯一の変化は、朝方潜り込んだベッドで静かに就寝中の、美しく大人しい妻が見ている夢と、自分が朝の礼拝の呼びかけ（アザーン）を耳にしつつ習慣的に結ぶ夢との間に感じる相関関係だった。妻の隣に身を横たえて夢想するとき、作家は自分の夢と妻の夢の間に相関関係があるように思えてならなくなった。まるでふたりの呼吸が無意識裡に同調することで生まれた、控えめな音楽の抑揚を連想させる調和のように。作家は新生活に満足し、孤独なる幾星霜を経て他者の傍らで眠ることすら何ら困難ではなく、美しい女の呼吸音を聴きつつ空想を巡らせることや互いの夢の混淆を信じることを愛した。

　ある冬の日、妻はこれといった理由のひとつも示さずに彼を捨て、作家にとっての苦難の日々が始まった。朝、礼拝の呼びかけ（アザーン）が響くなかで床に臥しても、往年の夢想を巡らすことが叶わなくなったのだ。独身時代や婚姻生活の最中には易々とそれに耽り、安眠をもたらしていた空想は、もはや自分が求める「信憑性」もしくは「輝き」の域に達しない。狙い通りに書けなかった小説がそうであるように、その夢における謎は明かされず、作家を身の毛もよだつ袋小路に引きずりこむ欠落と曖昧さが生じてしまった。これまでは常に朝の礼拝の呼びかけをもって寝付くことができた作家であったのに、妻に捨てられた直後は夢の衰微（すいび）の余り、最初の小鳥が木々に囀っても、カモメが夜間集合していた市内の屋根から飛び去っても、ゴミ収集車と公共バスの始発からかなり時間が経過しても、眠れないままだった。さらに悪いことに、夢と睡眠における不完全性はその作品にも表れる。文章を二十回も推敲しても、簡単な一文すら思い通りに生き生きと書けないのだった。

　彼の全宇宙を掩（おお）う低迷から脱却するべく、作家は壮絶な努力を重ねた。自らに新たな規律を課し、かつての夢には存在した調和を見出すべく、無理やりそれらを逐一思いだすことにした。何週間か経つと、早朝呼びかけ（アザーン）とともに訪れた快眠から覚めるや否や夢遊病者じみた状態で起床して机に向かい、己が求める生き生きとした麗筆を揮うことができるようになった。彼はスランプを脱したことを実感した。しかも、スランプ脱出が成功したのは、無意識に発見した奇妙な詐術を適用したせいだということも。

　妻が捨てた現在の自分は、望み通りの夢想を紡ぐことができない。だから作家は、まずは昔日の自分の状態を夢想した。侘び寝ばかりの自分、夢想はしても、それがいかなる美女の夢とも混じりあうことがない昔の状態を。彼は過去に捨て去った人格をそれは一心不乱に集中して思い浮かべたので、ついには自分が空想した人間の立場になり、その人物の空想をしながら安眠できるようになった。しばらくたつと、この二重生活にも馴染み、空想や執筆のために自らを強いる必要すらなくなった。同じ煙草で灰皿をあふれさせ、同じカップでコーヒーを飲みながら、別人になり変わって書き、同じベッドで同じ時間に過去の自分という亡霊の仮面を被り、落ち着き払って眠ることができた。

　ある日妻が、またこれといった理由のひとつも示さずに彼の所に（自宅に、と彼女は言ったそうな）帰ってくると、作家にとってはまた馴染まぬ受難の日々が始まった。捨てられた当初夢に生じた曖昧さがまたしても全生活に浸透してきたのだ。苦心惨憺の末、どうにか寝付いては悪夢に起こされ、過去人格としても、新人格としても居たたまれず、その両者の間で、帰路を忘れた酔漢のように無意味に徘徊するばかりだった。眠りに見放された作家だったが、ある明け方、ベッドを離れ、枕を抱えて、机と原稿用紙のある部屋に行き、集中暖房と埃の匂いがするそこの小さな長椅子に身を縮めると、すぐに熟睡した。以来、静かで神秘的な妻の隣ではなく常にその部屋で、彼女の不明瞭な夢とではなく机と原稿用紙の近くで寝ることにした。目が覚めると直ちに、眠りと覚醒の狭間で机に座り、夢の続きのように見える物語の執筆を心静かに続けることができた。しかし、ここで、危惧していた別の悩みが発生した。

妻に捨てられる前に、彼はのちの読者が「古典的」と評す、似通った二人の男が立場を交換するという内容の本を書いていた。落ち着いて就寝したり、執筆したりするため、過去人格という亡霊に身を窶すと、作家はこの物語を書いた男になるのだが、その男は自分の未来もこの亡霊の未来も未だ生きておらず、よって知らず知らずのうちにこの「似た者たちの物語」を最初の執筆時と同じ興奮をもって書きなおすことが可能なのである。しばらく経つと、この世は作家の眼にとてつもなくリアルに見えはじめた。万物が万物を真似ている世界。あらゆる物語、あらゆる人々は他の物真似であり、なおかつ本物である世界。一切の物語が他の物語に開かれている世界。世界がかくもリアルでは、誰も「自明すぎる」事実に基づく物語になど騙されまいと危惧し、作家はそれを執筆する作家にも、それを信じる読者にも好ましかるべき幻想世界に没入しようと決めた。この目的に沿って、美しく謎めいた妻が静かにそのベッドで就寝中、作家は真夜中の街の暗い路地や街灯の壊れた裏町、ビザンツ帝国時代から残る地下回廊、麻薬中毒者と貧者の茶館（カフヴェ）、居酒屋とナイトクラブに入り浸るようになった。作家がこれまでに目にした事物は、「我々の街の」生活が空想世界同様リアルであることを彼に教えてくれた。それは無論、天地万物は一冊の書であることを裏打ちするものだ。彼はこの生活を読むことを愛し、街が毎刻提供する新展開のなかで出くわす顔や啓示、物語を眺めながら毎日何時間も街角をそぞろ歩くのを好むあまり、今度はベッドの上の眠れる美女と途中で放り出した原稿に二度と戻れないのではないかと案じるほどだった。

　愛よりも孤独に重点を置き、物語自体よりも物語を語ることに力を入れたせいか、人々はこの話には無反応だった。人は誰しも「理由なく見捨てられた」思い出を持つものだから、作家の妻が彼を捨てた理由は、就中（なかんずく）気になる点だろうとガーリップは考えた。

　これに続いたホステス嬢は、自分の話が実話であると何度か念を押し「観光客の皆様」も、この要点を把握したかどうか殊更に確認した。その話がトルコ国内にとどまらず、国際的事例になることを望むものらしい。物語は、近過去における、やはりナイトクラブの場面から始まった。いとこ同士の少年と少女が居た。ふたりは時を経てこのナイトクラブでばったり会い、幼年期の初恋が再燃した。娘はホステス、男はチンピラ（つまり女衒（ぜげん）てことね、と「観光客」に向かって）であったから、両者の間では、こうした状況で予期される、若者が娘に対し、暴力沙汰を起こすような「貞操」問題は存在しなかった。国と同じく当時のナイトクラブものんびりしていて、若者は往来で銃撃戦などせずにキスを交わし、祝祭日には爆弾ではなく菓子折りを送りあったりしていたそうだ。娘と若者も幸福だった。娘の父親が急死したため、ベッドは別にしてふたりは同居し、結婚の日を待ち焦がれていた。

いよいよ式当日、新婦の傍で、ベイオウル中のホステスが、塗りたくって着飾って香水をすりこんでいたのと時を同じくして、男は婚前の髭剃り帰りに、往来で絶世の美女の罠にかかった。一瞬にして男を虜にした女はペラ・パラス・ホテルの一室に彼を連れ込み、嫌というほど歓を尽くしてから、秘密を明かした。この薄倖の佳人はイランの王(シャー)と英国女王の隠し子だというのだ。トルコを訪れたのも、一夜の徒情の後、自分を苦界に抛り出した両親に対する壮大な復讐計画の一部らしい。女はチンピラに依頼した。半分は国家保安局、半分は秘密警察組織に存在するという地図を手に入れて欲しい、と。

情熱の炎に身を焦がす若者が、女の許しを得て、式場のクラブに駆けつけると、すでに散会し、娘は片隅で泣いていた。男は娘をなだめ、「国家的大事」を追及することになったと明かした。式は延期し、ホステスたちやベリーダンサー、娼館の女将、スルクレのジプシー(チンゲネ)などに隈なく情報を伝え、イスタンブール中の悪所に嵌る警官をつぶさに調べあげさせた。最終的に入手した二枚の地図を合わせた時、娘は理解した。いとこはイランの王(シャー)と英国女王の娘に恋をしており、その手足となって協力したイスタンブール中の女同様、自分にもひと芝居打っていたのだ。悲嘆にくれた娘は街を流離い、左胸に隠した地図と共に、最低級の女と最下等な男が通うクレディビの売春宿の一室に引きこもった。

魔女めいた姫君の命令で、男はイスタンブールを虱潰しに捜索しはじめた。だが探すにつれ、捜索の依頼主ではなく目標を、他のどの女でもなく恋人を、姫君ではなく幼馴染のいとこを愛していることを自覚した。最後にクレディビの売春宿を見つけた男が、覗き用の後写鏡で見守ると、娘は蝶ネクタイをした金持ち紳士に対し「純潔を守るため」、あの手この手を使っていた。見るに堪えず、男は扉を壊していとこを助け出した。チンピラは胸が潰れる思いでその様子を（半裸の恋人が尺八(カヴァル)を吹くのを）眺めたのだが、穴にくっつけた目の上には痛苦のせいで巨大なイボが生じ二度とは消えなかった。娘のほうにも、まるで恋人同士の烙印のように、左の乳房の下に同じものがあった。警察を引き連れペラ・パラスに踏み込み、魔女を捕まえてみると、男喰らいの姫君の引き出しからは、個々に騙して戦略的収集品に加えた何万人もの純真な男の様々なポーズの全裸写真が出てきた。さらに、この多方面に渡る政略的人脈に加え、テレビでアナーキストたちと一緒に視聴者に公開された類の何百冊もの本、鎌と槌マークのついた宣言書、最後の「オカマ」皇帝の遺言状、ビザンツ十字が刻まれたトルコ分割計画もあった。西欧の策謀と同様、警察はこの女がトルコを無秩序状態に陥れていることを知らないどころか完全に把握していたが、女の写真には、生まれたままの姿で警棒を手にする警察官が多数含まれていたため、事件を新聞沙汰にせず非公開とした。いとこ同士の結婚式のニュースのみが、写真付きで掲載を許可された。話し手のホステスは新聞の切り抜きをテーブルの人々で回覧するよう促した。キツネ皮の洒落たコートを着て、今も着用している真珠の耳飾りをつけた彼女本人も写真の隅に写っていた。

この物語が一部胡乱(うろん)げに受け止められ、ましてや所々で失笑を買ったりしたことに憤慨した女は、自分の話は事実だと繰り返し、奥に声をかけた。姫君の餌食のそばに居合わせ、大量の破廉恥写真を撮影した写真師もこの場にいたのだ。ホステスはテーブルに近づいてきた半白髪の写真師に、愛に纏(まつ)わるいい話をしてくれたら「お客様たちが」お礼に撮影を依頼するし、チップもはずむと伝えたところ、老写真師は語りはじめた。

三十年以上前、経営していた小さな写真館に立ち寄った見習いが、シシリ地区にある路面電車沿いの家に招いた。富裕層の道楽用には適切な同業者が大勢いるにもかかわらず、何故敢えて「ナイトクラブ専属写真師」として知られる自分を指名するのかと訝りながら邸宅に着くと、うら若き美しい未亡人が迎え入れ「仕事」を持ちかけた。夜毎ベイオウル地区のナイトクラブで撮影する何百枚もの写真のコピーを一部ずつ、翌朝に届けてほしい、謝礼ははずむ、という提案だった。

好奇心も手伝って依頼を引き受けた写真師は、背後に「恋物語」があると勘を働かせ、栗色の髪の微かに斜視気味の未亡人をなるべく近くで観察しようと決めた。二年が経った頃には、知り合い、もしくは写真を見たことがある特定の男性を探しているのではないことはわかった。未亡人は毎朝目を通した何百もの写真のなかから一枚を選び、他のポーズや引き伸ばした写真を求めたが、男たちの顔も年齢もバラバラだったからだ。さらに月日が経つと、仕事仲間としての親密さや秘密の共有者としての信頼が生まれ、未亡人は写真師に心を許しはじめた。

「こんな空虚な容貌、無意味な視線、無表情な顔の写真なんて持ってくるのはおよし。そんなの無駄よ。皆目意味や文字を読みとれないの、こういう人たちには！」微かな意味を読みとれる（未亡人は偏執的にこの言葉を使った）顔の写真以外は毎回未亡人を失望させ、こういう発言を招いた。「憂いとやるせなさを抱えた人々が足を運ぶナイトクラブや居酒屋がこの程度なら、職場とか店のカウンターとか役所の机なんかはどんなにか、ああ、どんなにか空っぽな視線ばかりなことでしょう。」

二人に期待を持たせた「出来事」がなかったわけではない。一度など、後に宝石商だと判明した老人の皺くしゃな顔に未亡人は「意味」を読みとり、長期間惹きつけられた。だが、その「意味」は古すぎて停滞していた。額の皺と目の下の文字の豊饒さだけが、常にそれ自身を繰り返し、今では輝きを失い封じ込められた「意味」の、最後に残ったサビ部分（リフレイン）だった。その三年後にも同様の件があり、張り詰めた文字が蠢（うごめ）く顔に遭遇したふたりは、会計士だというこの男の写真を引き伸ばし、数日間興奮しながら荒ぶる顔を見守ったが、ある陰鬱な朝、未亡人が新聞を見せた。そこには「二百万リラ横領」との見出しで会計士の大きな写真が掲載されており、髭面の警官に囲まれてこちらを穏やかに見るその顔は、染料（ヘナ）を塗った犠牲（いけにえ）の羊ほどに空虚だった。法を犯す時の異常な興奮状態が終わり、弛緩してしまったのだ。

もちろん、食卓の聞き手たちは、内輪でささやいたり目配せしたりして、実は恋とは写真師と未亡人の間に生じたものに違いないと、とうに決めつけていたが、「ある愛の物語」の最後には全く別の主人公が控えていた。涼しい夏の朝、混雑したナイトクラブの客席で撮影された大量の無意味な顔のなかに、燦然と輝く奇跡の顔を見出した瞬間、未亡人は十一年間もの調査活動は無駄ではなかったことを確信した。同日深夜、写真師はナイトクラブに現れたこの若く素晴らしい顔を造作なく撮影し、未亡人は引き伸ばされた写真に赤裸々かつ単純で疑いの余地もないある意味を読みとった。「愛」である。男は三十三歳で、カラギュムルックの小さな店で時計修理屋を営んでいることが判明した。この清潔で晴れやかな顔に、愛という単語の「新ラテン文字」三文字をかくも易々と読みとることができる未亡人はこの文字がどれも見えない写真師の目の節穴ぶりに腹を立てた。その後の日々、未亡人は、時にお披露目される花嫁のように震え、時に愛に溺れながらも最初から失恋を決め込んでいる人のように先取りした苦痛に身を焦がし、時に小さな希望の光を見出してはあらゆる幸せの可能性を偏執的に細かく空想して過ごした。一週間、色々な口実や手管を使って撮影した何百枚もの時計屋の写真を未亡人宅の広間の全壁面に飾ったこともあった。

ある夜、より近くから高精度な写真を撮ると、その日を境に奇跡の顔をした時計屋はナイトクラブには来なくなり、未亡人は気がふれたようになった。追跡させるべくカラギュムルックに写真師を送り込んだが、男は店にも近所の者が示した家にも居なかった。一週間後、再度店に行くと「居抜き物件」とあり、自宅も引き払ったようだった。写真師がただ「愛のために」届けた写真に未亡人はもう関心を示さなくなり、時計屋以外には、最も興味深い顔にすら一瞥もくれなくなった。足早に訪れた秋の気配のする風の強い朝、未亡人が好みそうな面白い「作品」を手に扉を叩くと、常々様子を窺っていたアパルトマンの管理人が、奥様は引っ越したが新住所はわからない、と嬉々として告げた。写真師は悄然とし、物語は幕を閉じたと思った。今や過去に思いを馳せて作り上げる自分自身の物語が始まる時なのだろう。

ところが、この話の真の結末は何年も経ってから、何気なしに読んでいた新聞の見出しに浮上するのだ。「夫の顔面に硫酸！」硫酸をかけた嫉妬深い妻の名前も顔も年齢もシシリの奥方様とは一致しなかった。硫酸をかけられた夫も時計屋ではなく、ニュースの発信地も中央アナトリアのある町の共和国検察局だった。もっと言えば、新聞記事のディテールは何一つ長年思い描いた未亡人と美形の時計屋の特徴と合致しなかった。だが「硫酸」という単語が目に飛び込んだ瞬間、写真師はこの夫婦が「彼ら」であることを直感した。あの年月を通じずっと彼らは関係していたこと、自分を利用して駆け落ちしたこと、誰だかわからぬが自分のような不運な男を排除するため、あの芝居に打って出たことを理解した。その日入手した他の三流紙には、完全に溶解した時計屋の顔が掲載されており、意味と文字から完全に解放されたその幸福な顔を見ると、行為の正当性にも納得がいった。

とりわけ外国人記者に向けに語ったこの物語が称賛と興趣を引き起こすと、勝利を確固たるものにすべく、写真屋は軍事機密でも漏らすように駄目押しのエピソードを語った。件の三流紙は顔面が溶けた同じ写真を、中東が舞台のある長期戦争の最後の犠牲者の写真としても（随分時を経てから、再度）掲載し、その下に意味深なキャプションを付けた。「これが愛なら、すべて愛」

テーブルの人々は浮き立って皆一緒にポーズをとり、撮影してもらった。なかにはガーリップが遠くからそれとわかった新聞記者や広告屋がひとりふたり居た。見覚えのある禿げた男、末席に加わった外国人も何人かいた。同席者たちには、同じ場所で一夜を明かしたり、軽微な事故を一緒に経験したりした人々の間に成立する類の偶発的な友情と好奇心が生まれていた。客の引いたナイトクラブは静かになり、舞台照明もとうに消えていた。

トゥルキャン・ショライがホステスを演じた『情人は鑑札付き』の撮影場所に、このクラブが似ている気がして、ガーリップは年老いた給仕係を招いて尋ねた。その際、注目が集まったせいか、もしくは相伴した今までの物語が残した興奮のせいか、老給仕も短い物語を語った。

それは件の映画ではなく、このナイトクラブで撮影された別の古い映画に関係する話で、作品がリュヤー映画館で上映された週には、自分を見に十四回も足を運んだものらしい。撮影時、プロデューサーはいくつかの場面で彼にエキストラ出演を求め、出演者の美女の希望でもあるということで給仕係は喜んで応じた。二カ月後、完成作品を見ると、顔や手は確かに自分の顔と手だったが、他の場面の背中や肩、うなじは自分のものではなく、映画を見るたび、給仕係はぞっとし、そのくせ奇妙な快感の慄きを味わった。さらに、自分の口から別人の声、しかも他の映画でよく耳にする他人の声が飛び出すことも、馴染みのない経験だった。映画を鑑賞した知人たちは、この鳥肌が立つような、頭が混乱するような、夢の世界に似た立場反転現象に対して彼ほどには関心を示さなかったし、映画的詐術と呼ばれる事象、すなわちある些細な詐術を用いて人が別人を自分に、自分を別人に見せることが可能だという本当に重要な真実も理解しなかった。

二本立て上映が盛んになる夏休みなどに、ベイオウル地区の各映画館で自分が一瞬映っているあの映画の上映がないかと、何年も待ったが結局は無駄だった。給仕係はもう一度映画を鑑賞できたら、全く新しい人生を始めることができると信じていた。自分の若かりし頃と対面できるからではなく、知人たちは知る由もないが、この選ばれし席にいる人々なら理解するはずの、別の「明白な理由」により、新たな人生が始まるはずなのだ。

老給仕係が去ると、別の「明白な理由」とは何か、テーブルの人々は延々と議論した。大多数曰く、無論これは愛だった。給仕係は自分に、または自分のなかに見た世界に、もしくは「映像芸術」に恋しているのだ。ホステスは同性愛に結びつけ、昔の相撲選手（ギュレシ）が皆そうであるように給仕係は「ホモ」だと言った。全裸で鏡を見ながら自瀆に耽ったり、厨房で若い新人を襲ったりしたのを目撃されているそうだ。

　ガーリップにとって見覚えがあった禿げ頭の老人は、国技の担い手である相撲選手（ギュレシ）にホステスが抱く「根も葉もない偏見」に反発し、自分が一時期、主にトラキヤ地方で近しく見聞したこの超人たちの模範的家庭生活に関する観察結果を列挙した。その陰でイスケンデルも老人の素性をガーリップに説明した。この老人とは、イギリス人新聞記者御一行の日程をこなして飛び回っていた日々のさなか、イスケンデルがジェラールに電話した時——そう、おそらくガーリップに電話をしたあの夜——、ペラ・パラス・ホテルのロビーで会った。ジェラールとは知り合いで、自分も個人的な用件で電話していたところだと言って人探しに参加した。その後、あちこちで遭遇するようになり、ジェラール探しだけではなく、他の雑用でも幅広い人脈を使い（退役軍人だった）イスケンデルとイギリス人新聞記者を助けてくれた。英語は片言ながら、聊か（いささ）の英会話は好んだ。紛れもなく、老後の時間を有効活用したがっている、社交的でイスタンブール通の年金受給者だった。老人はトラキヤの相撲選手（ギュレシ）の話が終わると、本題に入ろうといって自分の話を始めた。

　それは話というより質問だった。ひとりの年寄りの羊飼いがいた。ある日放牧の途中で日蝕となり、羊たちがおのずから村に戻ってしまった。羊の群れを柵で囲って帰宅した羊飼いは、同衾中の愛妻と情夫を目撃した。暫時の躊躇（ちゅうちょ）を経て、彼は刃物を持ち出し、ふたりとも殺害した。自首して裁判官の前で供述した彼は、こう言い放った。自分は妻と愛人ではなく、見知らぬ女とその女の情人が自分のベッドに居るのを発見して殺したのだ、と。羊飼いが主張する論理は非常に単純素朴だった。長年、惜しみなく愛情を注いで一緒に暮らした「女」、信じていた「女」、親しんだ「女」が、こんな行為を自分に対してしでかすはずがない。そうであるからには「自分」も、ベッドの「女」も本当は別人であるに違いないのだ。羊飼いは、この驚くべき変化を即座に信じた。太陽が自らに示した超常的な啓示もその根拠だった。羊飼いは瞬時に憑依した別人格のことは覚えており、その人間が犯した罪に対する罰を受けることは当然覚悟していた。だが同時に、自分のベッドで殺害した男女のことは、自宅に侵入し寝台があるのを幸いとばかり、それを利用して破廉恥な行動に出た、ふたりの泥棒と見做すよう求めた。処罰如何に関わらず刑期満了後は、日蝕以来会えずにいる妻を探して見つけ出し、失った自分の人格を、おそらくは妻の協力を得て探しはじめるのだ。さて、裁判官は彼にどんな罰を与えただろう？

退役大佐の問いに対する各々の答えを聞きながら、この物語と問いを他で読むか聞くかしたような気がしていたが、その場所をどうしても思い出せなかった。暗室を出てきた写真師が人々に配布した写真のなかの一枚を見ても、この話と禿頭の男を記憶した場所を特定できそうな予感が脳裏を掠めた。こちらも男に自分の正体を告げさえすれば、写真師の物語に登場した顔のように、秘められた顔の謎が一瞬にして氷解する風情なのだ。自分の番になり、裁判官は羊飼いを無罪にするべきと回答中、退役軍人の顔の意味の謎を解いた気がした。話を終えた彼は、語り始めた時とはあたかも別の人物だった。話の最中、彼に何が起こったのだろう？　その語りの最中、彼を変えたものは何か？

発表の順番がガーリップに回って来ると、何年も前、別のコラムニストから聞いたと断って、孤独な老新聞記者の愛の話を語った。男はこれまで全人生をバーブアーリの新聞社や雑誌に提供する翻訳や最新の映画や演劇の記事の執筆に費やし、女性の中身より女性のファッションや装身具に関心が集中していたせいで一度も結婚せず、ベイオウル地区の裏通りにある二間の小さな部屋で、飼い主よりも老いて孤独に見える虎縞の猫と一緒に正真正銘孤独に暮らしていた。恙なく過ぎたその人生における唯一の激震は、晩年マルセル・プルーストを読みはじめたことである。失われし過去を求めた、読み終わりそうもない大作を。

老記者は、この本を愛するあまり、一時は誰かれ構わず捕まえては熱く語った。だが、自分のように苦労してフランス語の巨編に取り組み愛読書とする者はおろか、共感者にすら出会わなかった。彼は引き籠りとなり、繰り返し耽読したこの作品の挿話や場面を逐一自分自身に説明することにした。昼夜を問わず嫌なことがあれば、「そもそも私はここにはいないんだ！」と念じる。無感情で、繊細さに欠け、野心に燃え、その手の輩が常にそうであるように「教養がない」周囲の人間の無粋さと残酷さに耐えねばらならぬ時などにも。「私は家に居る。寝室に居て、奥の部屋で寝ているか、目覚めつつある我がアルベルチーヌの様子を夢想している。もしくは起床したアルベルチーヌが室内を歩きまわる時にたてるあのたおやかな、甘い足音を聴いている。心弾ませ、喜びに震えながら！」

惨めに街を彷徨いながら、彼はプルーストの小説の語り手のように空想を巡らせた。家には自分を待つ若い美女がいる。知り合うだけでも至福の境地と心得るアルベルチーヌという名のこの女性が自分を待つのを、そしてその待っているアルベルチーヌが何をしているかを思い描く。ストーブがどうしてもうまく燃えないささやかな自宅に戻れば、老記者はまた別の巻にある、アルベルチーヌがプルーストを捨てた部分をせつなく想起し、無人の家の憂愁に閉ざされつつ体感する。かつて、ここでアルベルチーヌと微笑みながら交わした会話。直前に必ず呼び鈴が鳴り響く訪問。朝食。尽きせぬ嫉妬の発作。ふたりきりの夢のヴェネツィア旅行。それらをひとつずつ、まるで自分がプルーストであり、なおかつ情婦アルベルチーヌであるかのように、悲喜入り混じった涙が頬を伝うまで思い浮かべた。

虎縞の猫と自宅で過ごす日曜日の朝、粗悪な記事を掲載する新聞に腹を立てたり、下世話な好奇心を滾らせた隣人たちや無理解な遠縁の親戚、口の減らない悪餓鬼どもが投げつけてきた悪口雑言のことが頭を過(よぎ)ったりすると、すかさず、彼は自分の古い引き出しに指輪を見つけた仕草をし、それを召使フランソワーズの薔薇の机の引き出しから発掘したアルベルチーヌの忘れ物であると信じ、虎縞の猫さえ聞き耳をたてるほどの大声で幻の召使に語りかける。「違う、フランソワーズ。アルベルチーヌは忘れたんじゃないんだ。送り返しても無駄だ。どのみち近々ここに戻ってくるのだからね。」

誰もアルベルチーヌのこともわからず、プルーストなど知らないがため、我が国はかくも惨めで嘆かわしき状態なのだ、と老記者は考えた。いつか、プルーストやアルベルチーヌを理解する人々がこの国に出現すれば、そう、その時、下町で暮らす髭面の貧しき人々の生活はより豊かになるだろう。恋人たちは嫉妬に激昂した時も、互いをナイフで刺したりせず、プルーストのように、かつては恋人のことをどれほど鮮やかに脳裏に描いたか回想するようになるだろう。世間から知識人と見なされ新聞社になぞ勤務しているあらゆる記者や翻訳者も、プルーストを読まぬからこそ、かくも下劣で不寛容なのだ。アルベルチーヌを知らず、老記者がプルーストを読んだということも知らず、彼がプルーストとアルベルチーヌそのものになったことを理解しないがために。

だが、この話が驚異であるのは、孤独な老記者が自分を小説の主人公や作家だと信じたことではない。誰からも読まれぬ西洋の小説を熱愛するトルコ人なら皆、しばらくすると、その本を愛読したのではなく、自分で書いたことを本気で信じるようになるからだ。さらにその手の人間は、その本を読まなかったというだけではなく、自分が書いたように小説を書けなかったからと言って、周囲の人を軽蔑するのだ。まさしくこの理由により、老記者が長年に渡り自分をプルーストやアルベルチーヌだと信じたことは驚くに値しない。真に驚くべきは、長年ひた隠しにしてきたこの秘密をある日、青年コラムニストに打ち明けたことである。

おそらく老記者はこの若いコラムニストに特殊な愛情を抱いたために彼に打ち明ける気になったのだろう。この青年記者が湛える美しさはプルーストとアルベルチーヌを連想させたからだ。チャップリン髭、頑健で古態な体つき、美しい尻、長い睫毛。プルーストとアルベルチーヌのように浅黒く、やや背が低く、パキスタン人を思わせる絹のようになめらかな肌は艶々と輝いていた。だが、類似点もここまでだった。愛好する西欧文学の造詣ときたら所詮ポール・ド・コックとピチグリッリを超えない程度だったし、極めつけは、この美青年コラムニストは老記者の秘密と愛の物語を聞くと、呵呵大笑し、この話は面白いからコラムに載せると宣言したのだ。

失敗に気付いた老記者は全てを忘れることにして欲しいと美男の同業者に頼んだ。だが相手はけらけら笑い続け、聞く耳すら持たなかった。老記者は帰宅し、全世界が瞬時にして崩壊したのを理解した。無人の家で、彼はもはやプルーストの嫉妬について思索することも、アルベルチーヌと過ごした至福の時やアルベルチーヌの消えた先を空想することもできなかった。イスタンブールで、唯一、唯一、自分だけが知り、自分だけが体験した息を飲むような魔法の愛、彼の人生におけるかけがえのない尊厳の源であり、誰にも汚させなかった至高の愛、それが近々いい加減に紹介され、何万人もの無神経な読者の目に晒されるのだ。まるで長年崇拝してきたアルベルチーヌが強姦されるも同然だった。読者など、首相の横領のニュースや最新のラジオ番組への批判記事以外、何も読んでいないような輩だろう。その新聞も、どうせ読み終わったら、ゴミ箱の底に敷いたり、そのうえで魚をさばいたりするのに使われるだろう。愚昧な読者が転用するつもりで買った新聞紙上で、あの美しい名前を目にすることを考えると、老記者はひたすらもう死にたくなった。アルベルチーヌ。熱愛し、死ぬほどの嫉妬に焦がれ、捨てられた時には不幸のどん底に突き落とされ、バルベックではじめて会った時、自転車に乗っていたことを片時も忘れなかったアルベルチーヌ、その麗しの名前。

彼は、最後の決断力と勇気をふり絞り、絹の肌を持つチャップリン髭の青年コラムニストに電話をした。この治療不可能で特別な恋の病、この人間的状況、抑制できない度を越した無限の嫉妬は「唯一、ただ唯一」自分だけが理解できるの類のものだと訴え、プルーストとアルベルチーヌのことはいかなる記事にもせず、二度と口外しないよう頼んだ。そして、もうひと踏ん張り勇をふるって言い添えた。「それどころか、君はそもそもマルセル・プルーストのあの作品を読んでないではないですか！」相手は「誰のなんて作品ですって？」と尋ねてきた。「どうして？」とも。若いコラムニストの頭からは、この話も老記者の愛のこともとうに抜け落ちていた。事の次第を改めて説明すると、酷薄な若者はもう一度同じ大笑を放ち、ああ、そうだった、この話は書かなくては、と浮き足立って告げた。事もあろうに、老人のたっての希望と踏んだのかもしれない。

実際に彼は書いた。物語仕立てのあのコラム上で老記者は今ご拝聴いただいたこの話のままに紹介されていた。西洋の奇妙な某小説に恋をし、自分のことを作者であり主人公だと妄信するイスタンブール在住の孤独で惨めな老人として。物語に登場する老記者も本人と同じく虎縞の猫を飼っていた。コラム内の老記者も、新聞に記載された物語のなかで自分が茶化されているのを読み動揺するそうだ。その紹介された話のなかの話でも、老記者は活字となったプルーストとアルベルチーヌの名前を見ると死にたくなるそうだ。話のなかの話のなかの話のなかに登場する孤独な記者たちやプルーストたち、アルベルチーヌたちは記者の人生最後の不幸な夜、悪夢の世界の底なし井戸からひとりずつ現れた。真夜中、悪夢にうなされて起きた時、老記者はもう愛を失っていた。誰にも知られずにいた愛。だからこそ空想しては、かつては幸せに浸った愛。残酷な記事が掲載されてから三日後の朝、人々が扉を壊して入ると、老記者は死んでいた。燃焼不良のストーブの排気筒から漏れた煙により、睡眠中に静かに息をひきとったのだ。虎縞の猫は二日間飢餓状態に置かれていたが、さすがに飼い主を喰うほどの勇気はなかったらしい。

他の全ての話同様、ガーリップの物語も悲哀の色が濃かった割には、聞き手に連帯感をもたらし、大いに沸かせた。外国人新聞記者を含めた数人はテーブルを離れ、死角に隠れたラジオの音楽にのり、ホステスと一緒にナイトクラブの閉店まで踊り、歓を尽くし、笑った。

# 第16章　自分にならなくてはならぬ

「上機嫌になりたければ、または憂鬱に、または夢心地に、または思慮深く、または礼儀正しくなりたければ、ただこれらの状態を逐一、精密に演じるべきだったのである」

——パトリシア・ハイスミス

二十六年前のある冬の夜のメタフィジカルな体験を、後に回想して当欄で端的にご紹介したことがある。それは今から十一年か十二年前、どうも特定できないが（悲しいかな、近頃は記憶力が減退し、頼みの綱の「虎の巻」も手元にない）、ともかくその幾らか長文のコラム掲載後、読者諸君から大量の手紙が舞い込んだ。読者が求める、お馴染みの記事でないことに対するご立腹という、お決まりの現象である。（何故、常日頃のように国家的問題を取り上げないのか？　何故常日頃のように雨のイスタンブールの路地の憂愁を語らないのか？）その中に別の「非常に重要な問題について」私と同意見であることを「感じた」読者の手紙というのが紛れていた。その問題について私と彼が共通認識を有すると考えているらしく、近日中に訪問し、いくつかの「特殊な」、「深い」問題について質問したいという。

この読者は床屋とのことだったが（これも奇妙な話である）、そんな手紙のことなど忘れかけた或る日の午後、実際に本人が登場した。我々は締め切りに追われており、脱稿予定の記事をあと半分仕上げて、印刷にまわさねばならず、一刻の猶予もなかった。さらにはこの床屋が個人的な悩みを滔々と語り、その尽きせぬ愚痴に紙面を割かぬことを責められやしないかと危惧した。お引き取り願うべく、またの機会に御来社を、と伝えた。すると彼は訪問の旨を予め通知したことを思い出すように促し、どうせ「またの機会」にも時間はとれないだろう、即答可能な質問をふたつする、立ち話でも構わない、と言った。私は床屋の単刀直入なもの言いが気に入り、ならばすぐに質問してくれと頼んだ。

「自分自身になるにあたり、苦労していますか？」

珍事や座興、後で内輪で爆笑するための戯れの匂いを嗅ぎつけ、デスク周辺にはちょっとした人だかりができていた。私が先輩面していた若手記者、面白いことを言っては人を笑わせる賑やかな太ったサッカー記事担当者……。この状況下での返答を強いられた私は、自分に期待される「賢明な」冗談の類をもって答えとした。床屋はこの戯言を望み通りの回答であったかのように注意深く傾聴し、第二の質問をした。

「人が純粋に自分自身になり得る方法はあるのでしょうか？」

このたびはさきほどと違い、己の関心を満足させるためではなく、他者の言葉を代弁しているように尋ねた。明らかに前もって質問を用意し、暗記していた。最初の座興の余韻が残るなか、笑い声を聞きつけて同僚の数も増えており、こんな状況で「人が自分になり得る」ことをテーマに存在論的スピーチなどできるわけがなかった。興奮した野次馬が期待する、場の空気に相応しい第二の冗談を炸裂させる以外、何もしっくりこないだろう。しかも、もう一発冗談を被せれば、最初の冗談の印象も強くなる。この一幕は洒落た逸話といった趣となり、私が居ないところでも一部始終が語り継がれるのだ。未だにこの第二の冗談は忘れていない。床屋はそれを聞くと「そうだと思いました」と言い残して去った。

我が国の人間は二重の意味を持つ台詞に対して、第二の意味に一種の罵倒や侮蔑表現がある場合にだけ関心をもつ。だから私も床屋の傷心を気にしなかった。それどころか、軽蔑した、と言い切れる。公衆便所でズボンのファスナーを閉めているコラムニストに、息せき切って人生の意味や信仰の有無に関する質問を投げる読者に対するように。

しかし、時間の経過とともに……。この文章はどう続くか？　己の傲慢さを後悔した。床屋の質問が如何に当を得ていたかしきりに考えた。ある夜夢に彼を見て罪悪感と悪夢にうなされ目を覚ましたことすらあった……そんな続きを予想する読者は、すなわち、私をまだ理解してない。実際は床屋のことなど考えたのは一度きりである。その「一度」においても、その考えはあの床屋本人から生じたのではなかった。彼に会う何年も前から抱いていた考えの続きだった。さらにいえば、当初は考えとすら言えなかった。子供のころから時々心に引っ掛かったモチーフが、突然耳の底で、否、理性の内奥、魂の深部のある場所で新たに繰り返し再生され始めたのである。「自分にならねば、自分にならねば、自分にならねば……。」

人混みに紛れ、親戚や仕事「仲間」と過ごした一日が終わり、真夜中の就寝前、別室の古いソファに座り、小卓（セフパ）に脚を投げ出し、煙草を燻らせ天井を眺める。その日見かけた人々のとめどもない言葉、どよめき、願い。それらがあたかも一つの声に集約され、精力を吸い取る不愉快な頭痛のように、さらには陰湿な歯痛のように耳の底で反響する。「考え」と名付けることを躊躇（ちゅうちょ）したこの古い「モチーフ」は、最初この耳鳴りに対する――何と言えばいいか――まるで一種の「対抗音」として始まった。それは、雑踏の果てしない騒音から私を救いだすため、己の内面の声に、己の幸福と平安に、そして己の匂いに埋もれよ、と脱出経路を示していた。「自分になるんだよ、自分になるんだよ、自分になるんだよ……。」

一切の群衆や、人々（金曜礼拝を執行する導師（イマーム）、教師、伯母、父親、伯父、政治家、誰もかれも）が「人生」と呼び、そのなかに私が、我々が埋没することが望ましいとされるあのおぞましい混沌の泥沼から遠ざかり、真夜中の私がこの上ない幸せを痛感したのはその時だった。彼らの味気ない寓話のなかではなく、自分の空想庭園に遊ぶことに満足するあまり、ソファから小卓に伸ばした削げた両腿、哀れな両足をも愛しく見つめることができた。煙を天井に吐き出しながら、煙草を口に運んでは離す、不器用な醜い手も許せてしまう。ここまで生きてきて、初めて自分自身になれたのだ！　やっと自分になれたがために、ついに自分を愛することができた！　まさにこの幸せの絶頂で「モチーフ」も様変わりした。モスクの壁沿いに歩き石に触れるたび同じ単語を繰り返す町内の変人や、車窓から電柱を数える年寄りの乗客のように同じ言葉を繰り返すのをやめ、私を、さらには部屋全体を覆ったのである。苛立ちといたたまれなさを胸に秘めて暮らしてきた、古く惨めな自室を。モチーフはあらん限りの「リアルさ」

をもって事物を包み込むある種の力に変貌した。私は自分を包むこの力と――もう今度は「モチーフ」ではなく――幸福なる激情をもって、自ら唱えていた。

自分にならねば。奴らのことなどを気にも留めず、奴らの声や匂い、その要求や愛憎も気にせず、自分にならねばならない、自分にならねばならない。満ち足りた風に小卓の上に投げ出された足と、天井に吐き出した煙に視線を据えて繰り返す。なぜなら自分にならねば、奴らが私にそうあれかしと望む人間になってしまう。だが、奴らが期待する人物像になど、到底耐えられない。私に期待される、あの耐えがたい人間になることに比べれば、徹頭徹尾何者にもならないでいるほうがずっとましだと考える。若い頃、伯父や伯母を訪ねると「新聞記者（ブンヤ）なんぞになり下がりおって。でもああやって馬車馬のように働けば、いつかは成功するだろう」とよくぼやかれたが、そんな時私は彼らが見たてる通りの人物になってしまう。そんな人物にならぬよう長年努力し、その後、ひとかどの者になった私が別の階で父が後妻と暮らすあの館を訪ねれば、またもや「あいつはよく働いた。何年もかかったけど、少しは成功した」などと決めつけられる通りの人間になっているのである。さらに悪いことに、私自身、これ以外の自分像が見えないため、このおぞましい人格は我が骨肉に醜い皮膚のように貼り付いてしまう。彼らと同席中、ふと気が付くと自分の言葉ではなく、この男の言葉を口にしている。そして夕方、帰宅すると、なりたくもなかったこの人物の言葉の口調を逐一思い出し、自分を痛めつける。「今週の長文記事でこのテーマに触れた」「最新の日曜版記事ではこの問題を取り上げた」「明日の記事ではこの事にも言及しようか」「今週の火曜、長文記事でこれも暴露してやろう」などと卑俗な言葉を繰り返す。我が身の不幸に窒息しそうになるまで。最後の最後に多少なりとも自分になるために。

我が全人生はこの手のろくでもない思い出ばかりだった。脚を投げ出して座ったソファの上で、己になりおおせたことの喜びを嚙み締めるべく、そうなれなかった時代のことを個々に追想する。

初日に「戦友」にそう決めつけられたせいで、全兵役期間を「地獄の淵でもユーモアを忘れない男」として過ごしたこと。娯楽という以上に、涼しい暗闇で独りになることを愛していた映画館内で、駄作の「五分間休憩」時間に煙草をふかす無為徒食の群衆の視線から「将来を嘱望(しょくぼう)される青年」と思われていることを感じ、それにつられて「有意義な、もしくは高次の思索に耽る夢想家」のようにふるまったこと。軍事クーデターの準備計画や権力奪取の皮算用に熱中した時代、クーデターの遅延により長引く国民の苦境を憂い、夜も眠られぬ愛国者のふりをしたこと。内緒で通った娼館で売春婦どものより一層のサービスを期待して、スリリングで絶望的な愛の冒険を体験してきたばかりに見せかけたこと。交番の前を通る時、道路の反対側に移動する隙がなければ、善良な市民のように見えるように腐心したこと。大晦日というあの恐怖の夜を独りで過ごす勇気がないばかりに祖母の家に押しかけ、全員参加の福引を楽しんでいるように振る舞ったこと。意中の女性の前でもあるがままでいられず、彼女たちの男の好みに合わせて自分を演じたこと。ある女には結婚生活と渡世の苦労以外は頭にないかのように、別の女には祖国解放問題に専念すると決めたように、はたまた我が国の防火意識の低さに倦んだ多感な男のように、さらには色々なタイプの「覆面詩人」のように映るよう知恵をしぼったこと。そして（そう、ついには）隔月通いの床屋でも、真の自分でいられなくなり、以前模倣したあらゆる人格の集合体である自分自身を真似るようになったこと。

にもかかわらず、私は自分を解放するために床屋に行っていたのである（当然のことだが、冒頭の床屋とは違う床屋である）。床屋と一緒に鏡を覗き、切られる運命にある髪や、この髪が生えている頭、肩、身体を見ると、即座にわかる。椅子に座り、鏡の中を見つめる人物が「私」ではなく、別人だということが。床屋は「前髪は如何なさいますか？」と尋ねた。彼の手が支える頭、その頭を戴く首、肩、身体は、私ではなく、コラムニスト・ジェラール氏のそれであった。

私はこの男とは無縁の存在だった。それはあまりにむき出しの事実だったから、床屋にしても勘づくかと思いきや、全く気に留めた様子もなかった。それどころか、私が私ではなく「コラムニスト」であることをより実感したいかのように、その手の人種向けの質問をしてきた。「今戦争が起きればギリシャに勝つでしょうかね？」「首相の嫁さんがとんだアバズレだってのは本当ですかね？」「物価高騰は八百屋が仕掛けていることなんですか？」などと。どこからか沸いてくる不思議な力が、質問に対し、私が、自分が返事をすることを妨げ、鏡の自分は奇妙な驚きをもってコラムニストを眺めた。すると、私の代わりに彼がいつもの訳知り顔で何事か呟いた。「平和が一番」「誰かを吊し上げても物価は下がらぬことを学ぶべき」などと。

博識ぶったこのコラムニストを私は憎悪する！　たとえ知らないことがある場合もその知らないということを知っており、己の欠損や過剰部分に対し寛容になる老獪さをも身に付けたこのコラムニストを。床屋も憎悪する！　彼に質問されるたび、私はより一層「コラムニストのジェラール氏」になってしまう。こうして苦い記憶を辿る私が、奇妙な質問をしに新聞社を訪れた床屋のことを思い出したのは、まさにこの瞬間だった。

その時、あの真夜中、私を私たらしめる自分の椅子に座り、両脚を小卓に投げ出していた。辛い記憶を蘇らせるあの古いモチーフの、新たな狂熱が耳の底に響く。「そうさ、床屋殿！」とひとりごちる。「奴らは誰かが自分でいるのを許しちゃくれない。ありのままでいい、といって放っておいてくれない。いつだって放っておいてくれないんだ。」だが、モチーフのリズムと激情を踏襲し、この台詞を口にすると、ただひたすら切望していた安らぎのなかにさらに深く没入した。私は悟る。この話全体を通じ、床屋の訪問と別の床屋の媒介を経て更新された記憶のなかに、ある秩序、ある意味、さらにはなんと言おうか、ある「謎の対称性」が存在することを。他の記事でも言及したことがあり、熱心な読者しか気づかない現象である。この対称性は我が未来に向けた啓示であった。長い一日、さらには逢魔（おうま）が時（とき）をやり過ごし、ひとりきりで自分の椅子に座って自分になること、それは長年に渡る遠大かつ波乱万丈な旅を経た、自宅への帰還に似ている。

# 第17章　私が誰だかわかった？

また此の程、往時を回顧するに、余は暗闇を歩む人波を感ずるが如くになる。
――アフメット・ラシム

ナイトクラブを後にした語り部たちは一向に解散しなかった。微かに舞う白雪のなかで、まだ定かではない、新たな余興を期待しているのだった。火事や殺人の目撃後、第二の事件の勃発を待ち現場を動かぬ野次馬のように、彼らは互いに顔を見合わせていた。もうずっと前に巨大なフェルト帽をかぶっていた禿頭の男が言った。「そういう誰に対しても開かれた場所じゃないんだ、イスケンデル君。こんな大人数じゃ入りきらなくてにっちもさっちもいかん。イギリス人だけは連れて行きたいが。我が国の別の側面も実地体験するといいから。」そしてガーリップに向きなおると「無論、君もいらっしゃるがよろしい」と、付け足した。他の者のようにつれなくできず、古物商の婦人と、豊かな口髭を蓄えた中年の建築家のふたりも最後に仲間に加え、一行はテペバシュ方面に歩き出した。

米国総領事館の前で「ジェラールさんのニシャンタシュとシシリのお宅にいらっしゃったかね？」とフェルト帽の男が尋ねた。含意に乏しい男の顔を間近に覗きこみながら「どうしてです？」と聞き返す。

「イスケンデル君からジェラール・サーリックの甥でらっしゃると聞いてね。あの人に連絡しないんですか？　イギリス人向けに、彼に我が国の諸問題について解説してもらったら最高じゃないか。ほら、もうトルコも世界に注目される時代ですしな。」「それはそうですね」とガーリップ。「ご住所はご存知ですか？」とフェルト帽の男。「いや、誰にも知らせないんです」「あちらこちらの別宅に女性と籠っているというのは本当ですか？」「そんなことはありません」「これは失敬。単なる噂話でした。大衆は何でもでっちあげるんですよ。でも人の口に戸は立てられん。ことにジェラール氏は正真正銘の伝説の人ですからね。よく存じ上げておりますよ」「そうなのですか？」「さよう。一度などはニシャンタシュのご自宅のどれかに招待してくださいましたよ」「その家はどこにありました？」ガーリップは尋ねた。「とうの昔に壊されましたよ、あそこは。三階建ての石造りの家でした。黄昏時は孤独をかこっておられました。いつでも電話をくださいとおっしゃっていたっけ」「でも自分から一人になりたがっているんですよ」「あの人をご存じありませんか。心の声が、あの人が私の助けを待っているとを告げるのです。どれかひとつとして、住所はご存じないのですか？」「ひとつも」「でも、誰もがあの人に自分の分身を見つけるのは故なきことではない。あれは超絶の個性だ！」フェルト帽の男はそう総括すると、ジェラールの最新記事に触れた。

地下鉄（トゥネル）に向かう通りのどこかで、場末の街区でよく聞かれる夜警の笛が響くと、一行は紫色のネオンが照らし出す細い路地の、雪の歩道を振り返った。ガラタ塔に続く道に入ると、そこは両側の建物の上層階部分が、徐に閉じられる映画館の緞帳（どんちょう）のように互いに近接するかのように見えた。塔の先端には翌日の雪意を示す赤い灯が光っていた。時刻は深夜二時を回り、近辺で商店が騒々しくシャッターを閉めた。

塔周辺を歩き回った後、見覚えがない通りに入り凍結した闇路を進んだ。フェルト帽の男は三階建の小さな家の古い扉を叩いた。かなり間が開いてから、三階に明かりが点灯し、開かれた窓から青味がかった頭がのぞく。「扉をあけてくれ。私だよ」とフェルト帽の男が言った。「イギリス人のお客さんだ。」振り返り、気まり悪そうに恥ずかしがるイギリス人に微笑む。

「メリヒ・マネキン工房」と記された扉を開けたのは、顔面蒼白で無精髭を生やした三十代の男だった。眠そうな顔をしている。黒いズボンを穿き、青縞のパジャマの上着を羽織っていた。秘密の闘争の同志に対するような謎めいた目遣いで客人ひとりひとりと握手を交わした後、一同は箱や型、缶、人体の各パーツで溢れかえり、塗料の匂いがする目眩いばかりの部屋に通された。隅から取り出したパンフレットを配布しながら、男は単調な声で説明を始めた。

「当館はバルカン半島と中東における最古のマネキン製造所でございます。百年の歴史を経て今日到達した境地は、同時に、工業化、近代化の点でトルコが如何なる水準に達したかの指標であります。今日では腕部、脚部、臀部の百パーセントが国産であるに留まらず……」

「ジェッバール君」と禿げ頭の男は辟易したと言わんばかりに声をかけた。「お客さんはこんなところを見に来たんじゃない。下の階にお通しいただいて、そこで地下の不遇者を、我々の歴史を、我々を我々たらしめるものを見学するためにいらしたんですよ。」案内人はむっとした様子でスイッチを回した。

広い室内の数百もの四肢、頭部、軀幹が一瞬にして闇のしじまに眠り、階段への小さな入口を照らす裸電球が点灯した。一行は揃って鉄の階段を降りたが、地階からの湿気の匂いにガーリップは一瞬怯んだ。ジェッバール氏が意外なほど打ち解けた様子で近づいてきた。

「ここなら探していたものが見つかるはずさ。大丈夫！」何もかも飲みこんでいる風に囁く。『彼』が私を遣わしたのさ。君が違う道を右往左往したり、迷子になったりしないようにね。」

この意味不明な台詞はほかの者にも告げられたのだろうか？　階段を降り、最初の部屋に入るとマネキンが目に飛び込んできた。「父の最初の作品群です」と案内人は紹介した。その先の部屋にはオスマン朝時代の水夫や海賊、書記官、床の上の食卓を取り囲んで胡坐をかいた村人たちのマネキンがおり、裸電球の明かりで鑑賞中、案内人はまた不明瞭なことを呟いた。案内人の言葉が初めて意味をなしたのは、別室で洗濯女、斬首された無神論者、商売道具を手にした死刑執行人を目にした時だった。

「百年前、この最初の部屋でご覧になった初期の作品を製作中、祖父の脳裏には至って常識的で単純な思考以上のものはありませんでした。すなわち祖父もショウウィンドウ用マネキンは我が国の人々をモデルに作られるべきだと考えたのです。でも人々はそれを邪魔しました。彼らもまた、二百年もかけて準備された国際的、歴史的陰謀の哀れな犠牲者だったのですが」

より下に降りていくと段差と扉が連綿と続き、そこを過ぎると天井から水滴が落ち、電気コードとそれに繋がる裸電球が洗濯紐のように絡まるいくつもの部屋があった。一同はそこで何百体ものマネキンを見物した。

フェヴズィー・チャクマック元帥のマネキン。三十年間に及ぶ参謀本部長時代、国民の対敵協力行為を常に危惧していた彼は、国内の橋をすべて爆破し、ロシアの標的になりかねぬモスクの尖塔（ミナレット）を壊し、陥落の際、道を見失う迷宮にするべく、イスタンブールを放棄してゴーストタウン宣言をする構想まで練っていた人物である。近親結婚を繰り返し母親、父親、娘、祖父、伯父、皆揃って瓜二つになってしまったコンヤの村民。家々を回り、無意識のうちに古物という我々を我々たらしめてくれるものを収集している廃品回収者。自分にも他者にもなれず、出演作品においても自分自身でいることができない映画の主人公（ヒーロー）たち。混じりっ気なしの我々本来の姿を的確に表現できる有名なトルコの芸能人や俳優。西洋学問や芸術を東洋に伝えるべく翻訳と「順応」に全人生をかけた哀れな群盲。イスタンブールの蜿蜒（えんえん）たる小路を改造し、ベルリンのように菩提樹が並び、パリのように星型の放射状で、ペテルブルグのように橋のある大通りを建設するため、全人生を通じ虫眼鏡で地図を睨んで奮闘し、全人生を通じ我が国の退役将軍が夕暮れ時に西洋人のように紐でつないだ犬を連れて排便させられる近代的遊歩道を夢見た後、それらの夢想を一つも実現できないまま没して墓すら消えた空想家。拷問執行にあたり、新国際基準ではなく、トルコ固有の伝統的方法に拘泥して早期退職処分となった秘密情報機関の職員たち。棒を担いで縄張り区域を回っては、甘酒（ボザ）や鯖、ヨーグルトを売る行商人たち。案内人は「祖父が始め、父が発展させ、私が引き継いだ連作」と断り、「茶館（カフヴェ）の情景」なる作品を紹介した。頭部が双肩にめり込んだ失業者やバックギャモンやチェッカーに興じる最中だけ、生き抜いてきた今世紀と自らの身分（アイデンティティ）をうっとりと忘却することができる幸運な者たちがそこに居た。茶杯（チャイ・グラス）を手に安煙草を吹かし、喪失した存在理由でも思い出そうとしているかのように無限の一点を凝視する庶民の姿もある。彼らは自分の世界に引きこもっているか、そうでなければトランプやサイコロ、仲間に八つ当たりするのだ。

「死を前にして祖父は自分が相手にしている国際勢力の強大さを既に感じとっていました。」案内人が説明した。「昔からあるその勢力は、トルコ人がありのままの姿でいることを是とせず、私たちの貴重な財産である日常生活の動作や身振りと、我々自身を切り離したがっていました。だから祖父はベイオウルから、商店から、イスティクラール通りから、ショウウィンドウから追放されたのです。父は、残された未来は死の床にある祖父と地下だけだということ、そう、地下だけが自分に託されたことを理解しましたが、当時はイスタンブールがその歴史を通じ、ずっと地下都市であり続けてきたことはまだ知りませんでした。このことは生活するうちに発見し、その後マネキン用の新しい部屋を増築時に、泥土を掘って地下回廊にぶちあたってわかったのです。」

何百体もの窮民のマネキンを横目に、地下回廊に続く階段を降り、もはや部屋とも言えぬ泥の洞窟や踊り場を通った。裸電球の下のマネキンは、時に忘れられたバス停で絶対に来ないバスを待ちながら何世紀分もの紅塵と泥濘を浴びる忍耐強い庶民を思い出させ、時にイスタンブールの小路を歩きながら感じた錯覚、すなわち不遇者同士が抱く兄弟愛といったものを蘇らせたりした。袋を手にしたくじ売り。皮肉屋で神経質な大学生。豆屋の丁稚。鳥類愛好家。宝物ハンター。西洋の学問や芸術は東洋からの横どりであると証明すべくダンテを読む者。モスクの尖塔（ミナレット）といわれる部分は別世界に向けた目印であることを証明すべく地図を描く者。高張力ケーブルに接触し、揃って青い火花散る電気ショック状態となり、二百年前の日常茶飯事を思い出すようになった宗教系高校の生徒たち。土壁の部屋に並んだマネキンは、いかさま師、自分自身になれない者、罪人、別人になり変わった者といった風に分別されていた。不幸な結婚をした者。安眠できない死者。墓から蘇った殉死者。顔や額に文字が書かれた謎の人物。この文字の秘密を暴いた賢者。この賢者の後継者たる今日の著名人まで。

　現代トルコの有名作家や画家、芸術家を集めた一画もあり、そこには二十年前の雨具を着たジェラールのマネキンもあった。その前を通過中、案内人が語ったところによれば、一時、この文士は父からも見込まれていたが、父が教えた文字の秘密を悪用し、安易な成功のために秘密を売った、ということだった。二十年前ジェラールが記した案内人の父親と祖父に関する記事は、額縁に入れられ死刑執行令状のように首にかけてあった。多くの店舗同様、市の許可を得ず不法に掘削した場所らしく、部屋の土壁から染み出る湿気、鼻孔を焼く黴臭さが肺腑に感じられるこの場所で、父親が数多の裏切りにあった後、一切の希望をアナトリア旅行中に収集した文字の秘密に託した様子と、この秘密をマネキンの顔、不幸な人々の顔に刻んでいると、時を同じくしてイスタンブールをイスタンブールたらしめる地下回廊が次々に父親の目前に開けてきた様子が語られた。ガーリップはジェラールのマネキンと向き合い、微動だにせず立ちどまった。柔和な眼差しのマネキンはでっぷりと大柄で、小さな手をしていた。「あんたのせいで自分になれなかったんだ。」叫びがこみ上げる。「あんたのせいで、僕をあんたに変えるあの物語をみんな信じたんじゃないか。」ガーリップはよく撮れている父親の写真を後年興味深く分析する息子のように、ジェラールのマネキンを子細に眺めた。色々なことが思い出された。そのズボン生地はシルケジにある遠縁の親戚が経営する生地屋で買ったセール品であり、雨具はこれを着込むとイギリスの推理小説の主人公のように見えるといって愛用していたものであり、上着のポケットの端のほつれは、重心をかけてポケットに頻繁に手を突っ込むことでできたもので、下唇と喉仏の上にある剃刀の傷は近年では見られなくなっていたもので、上着ポケットの万年筆はジェラールが今現在も使用中の品だった。彼のことが好きだった。彼のことが怖かった。ジェラールになりたかったし、ジェラールから逃げたかった。彼を探していたし、そのくせ忘れたかった。その上着の襟首を摑む。人生の解読できない意味を、ジェラールは知っているのに自分には隠された秘密を、この世が内包する第二世界の神秘を、冗談のようにはじまり悪夢に変わった遊戯の出口を、まるで教えてくれと言わんばかりに。遠くから案内人の、今や惰性と興奮が両立している声がした。

「父は文字を媒介としてマネキンの顔に、今や私たちの住む地元、家庭、社会のどこにも確認できない意味の数々を込め、猛烈な勢いで製作したので、地下室を増築しても保管場所が足りませんでした。だから同時期に我々を歴史の地下世界に結びつける地下回廊を見つけたことは、偶然では片づけられません。父ははっきり見てとっていました。もはや地下において我々の歴史は作られるということを。地下世界は地上世界の衰退が終わる兆しだということを。これは、各々が我が家に通じる地下回廊や骸骨だらけの地下通路に、当工房しか作れない本物のトルコ人の顔によって命と意味が吹き込まれる歴史的チャンスであることを」

襟を離すと、ジェラールのマネキンは鉛の兵隊のように直立したまま左右にゆらゆらと揺れた。この奇妙で衝撃的で滑稽な光景が永遠に脳裏に焼き付くことを予感して後ずさりし、煙草に火を点けた。他の訪問者と共に「いつの日か骸骨同様マネキンもわらわらと混入する」地下都市の入口に降り立ちたいという心地は微塵もしない。

だから案内人が、千五百三十六年前、金角湾の反対側からアッティラの攻撃を怖れたビザンツ人により掘られ、先端が遥かこちら側にまで到達したトンネルに「客人」を通し、ここからランプを手に内部に入れば浮かび上がるはずの骸骨と、この骸骨に見張られた六百七十五年前のラテン系民族の侵入の際に隠された宝物や蜘蛛の巣だらけの机と椅子のことを熱弁する時、そんなガーリップが考えていたのはこの光景と物語が示す謎をずっと昔、ジェラールの記事で読んだということだった。案内人が、地下世界への潜伏は絶対的衰退の必然的象徴であるというかつての父親の見解を語り、ビザンチオン、ブゾス、ノヴァ・ロマ、ロマニ、ツァーグラード、ミクラガード、コンスタンティノポリス、コスポリ、イスティンポリンといった歴代の名を持つこの街では、不可避の緊急事態に迫られて地下回廊やトンネルが掘られた後には、必ず地上ではその都度阿鼻叫喚の大混乱が起きており、これはすなわち自身をそこに押し込めた地上世界に対する地下文明の毎度の復讐なのだと力説する時、ガーリップはアパルトマンの各階のことを地下文明の延長のように表現したジェラールの記事を思い出していた。案内人が、話の狂熱に引きずられつつ父の野望を述べ、それは地下が象徴するあの途方もない崩壊、有無を言わせぬあの最後の審判に加担するため、全地下回廊を、すなわち鼠と骸骨と蜘蛛の巣に覆われた宝物とが混在する全地下道を、マネキンで埋め尽くすというものであり、この途方もない崩壊の宴を色々と構想することでその人生は新たな意味を持ったと語り、自身も顔面を文字の神秘で埋めた作品群を製作することで同じ道を歩んでいると獅子吼する時、ガーリップが疑ったのは、案内人が毎朝誰よりも先に『ミリエット』紙を買い、ジェラールの記事を貪欲に、嫉妬と憎悪をたぎらせて、この語り口と同じように激昂しながら読んでいるのではないかということだった。案内人が、アッバース朝の包囲網に恐れをなして地下に潜伏したビザンツ人と十字軍から逃げたユダヤ人が互いに抱きあって不滅の存在と化した骸骨の描写をし、その見物に耐えられそうな者は天井から金の首飾りや腕輪が垂れさがったこの驚異的回廊をご覧あれと告げた時、ガーリップにはジェラールの最新記事を丹念に彼が読んでいるのがわかった。案内人が、七百年前、ビザンツ人が市内の六千人以上のイタリア人を殺戮した際に落ち延びたジェノヴァ人やアマルフィ人やピサ人の骸骨と、あるアゾフ船により街にもたらされたペストを免れた者たちの六百年前の骸骨とが、遥か昔アバール人に包囲されていた時代に地下に持ち込まれた机で寄りかかりあいながら座り、最後の審判をじっと待っていると説明する時、ガーリップはジェラール同様の忍耐力は自分にもあると考えていた。案内人が、ビザンツ帝国を略奪したオスマントルコ人から逃れるべく掘削が始まり、まずアヤ・ソフィア大聖堂からアヤ・イリニ聖堂まで延び、次にパントクラトル修道院まで開通し、それでも避難民が溢れたため、こちら側にまで到達した地下回廊に、二百年後のムラト四世の時代、コーヒー・煙草・阿片禁止法を避けて世捨て人たちが逃れてきて、その表面に雪さながらに積もった絹のような埃の層のなかで、コーヒーミルやコーヒー鍋（ジェズヴェ）、水煙草、煙管、煙草の袋、阿片の包、ティーカップを手に、いつか解放への脱出口を示すマネキンを待望していると語る時、ガーリップは同じく絹のような埃の層がいつかジェラールの骸骨をも包むだろうと考えていた。案内人が、ビザンツ人に追放されたユダヤ人が身を潜めた地下回廊に、七百年後、宮廷内での陰謀作戦が失敗し地下潜伏を余儀なくされて入り込んだアフメット三世の皇子や、その百年後恋人と後宮（ハレム）から駆け落ちして迷い込んだグルジア娘の骸骨以外にも、目下（もっか）偽札を製造中の印刷屋が濡れた紙幣を手に色味の確認をするところや、イスラム教徒のマクベス夫人が地下階の小劇場に控室がないため下の階の鏡台の所に来て、無認可肉屋から譲り受けた桶いっぱいの水牛の血で、世界中のどんな舞台でも類を見ない独創的な赤にその手を染めるところや、はたまた麻薬の海外輸出という野望を抱く若い化学者が、錆びたブルガリア船でアメリカに運ばれる極上ヘロインを蒸留中のフラスコに張り付いているところもご覧いただけると述べる時、ガーリップはジェラールの記事と同じように、その顔からもこれら全てを読みとることができるだろうと考えていた。

やっと案内人が「客人」に全地下回廊と全マネキンを紹介し終え、父親と自分の最大の夢とは、暑い夏の日、地上ではイスタンブール全土が過酷な午後の灼熱のなか蚊とゴミと埃の層に埋もれてまどろむなか、土中の冷気と湿気に満ちた暗い地下回廊で、辛抱強い骸骨と、我々人間並みの生命力に溢れ潑剌と息づくマネキンたちがひとつになって盛大なる歓楽の宴、すなわち生と死を祝福し、時と歴史と法と禁忌とを突き抜けるような祭りを開催することだと語り、この祝祭のさなか、幸せそうに舞踏に興じる骸骨とマネキンが壊すワインの杯やカップ、音楽と沈黙、ガタガタという交尾音が彩る凄まじい狂乱の態を一行が背筋を凍らせながら想像し、さらに物語を割愛された何百体もの「市民」のマネキンの顔に辛苦の色を読み取ってから引き返す時、ガーリップは耳にした全ての物語の重さ、目にした全ての顔の重みをその身に感じていた。力ない足取りは、出口への急坂のせいでもなければ、長い一日の疲労のせいでもない。立ち止まらずに通過したものの、湿っぽい部屋の裸電球に照らされた滑りやすい階段を上る時、同胞たちは続々と目前に現れたのだが、その顔に現れた疲労が自分自身の身体のうちに感じられたのだ。曲がった首、屈めた腰、盛り上がった背中、歪んだ脚、この人々が抱える悩みと物語は全て自分の身体の延長だった。あらゆる顔が自分の顔であり、あらゆる絶望が自分の絶望であるように感じるので、うじゃうじゃと自分に近づいてくるあのマネキンたちには目をくれたり、合わせたりしたくはないのだが、双子の片割れと離れられない人のように実際には目を逸らすことができなかった。それならちょうど思春期にジェラールの記事を読んだ時そうしたように、垣間見た世界の背後には単純な秘密があり、その秘密が解けたら無効になると信じるのはどうだろう。処方箋さえ見つかれば、人類を解放する秘密。しかしジェラールの記事に触れると身につまされる通り、この世界にさほど深く脚を突っ込んでいないという自覚があるので、懸命に秘密を解こうとするたび、まるで記憶喪失のように頼りない子供の状態に戻ってしまう。マネキンが暗示する世界が如何なる意味を持つのかわからない。何のために見知らぬ人々とここにいるのかわからない。文字と顔の意味、自分の存在の秘密のこともわからない。さらには、地表に近付き上昇するにつれ、地底深くの秘密に遠くなったため、ここで見学したことすら忘れはじめていた。上層階には解説を飛ばされた「一般庶民」シリーズのマネキンがあったが、それを見ると彼らとは運命共同体であり、同じ思考回路を共有しているという感覚に襲われた。昔は誰もが一緒に、意味のある人生を生きていたのだ。だが、知られざる理由により、今や記憶同様この意味を失ってしまった。意味の再発見を試みるたび、蜘蛛の巣だらけの回廊の個々の入り口で記憶は消失し、理性は真っ暗闇の小路で帰路を見いだせず、記憶の底なし井戸に落ちてしまった新生活の鍵を発見できないがために、彼らは家を、祖国を、過去を、歴史を失った人間特有のやるせない苦痛に身を焼かれているのだ。この離郷と流浪の苦痛ときたら暴力的なまでに耐えがたく、もはや失われた意味や神秘のことなど忘れ去り、ひたすら耐え、黙って悠久の時が満ちるのを運命論者的に待つしかない。だが、地表に近付くにつれ、この真綿で首を絞められるような待機状態に我慢などできないし、探しものを見つけなければ心の平安も見いだせないような気がしてきた。過去を、記憶を、夢想を失った人間になるくらいなら、粗悪な猿真似でいるほうがましではないのか？　鉄の階段の上り口に到達した頃には、ジェラールの立場になり、マネキン全作品と、その創案を侮蔑したくなった。一切は馬鹿げた考えの凝り固まりと反復からなっていた。下手糞な戯画（カリカチュア）だった。寒い冗談だった。なんら統一感のない惨めな愚行でしかなかった。自分自身の戯画となった案内人はあたかもこの考えを証明するように、父親はいわゆる「イスラム教の絵画表現禁止」を信じていなかったこと、「思考」といわれているものそれ自体が、そもそも複製以外の何物でもないこと、ここでも一連の複製を目にしたにすぎないことを述べた。最初の部屋に帰って来ると、案内人は「偉大な概念」が生き残るために、商業マネキン市場向けの仕事も請けなくてはならない現状を明かし、緑の募金箱に心付けを求めた。

　緑の箱に千リラを入れると、古物商の女性と目があった。「私が誰かわかった？」と女は尋ねた。夢境から抜け出てきたような眼差しと、芝居がかったあどけない表情をしていた。「お祖母さまのお話はみんな正しかったのだわ。」双眸が猫の目のように薄闇に輝く。

「なんですって？」

「覚えてないのね。中学の時、同じクラスだったのに。私、ベルクス」

「ベルクス。」クラスのなかでリュヤー以外の少女は誰も思い出せないことを瞬時に自覚しつつ呟いた。

「車があるの。私もニシャンタシュに住んでいるのよ。送ってあげるわ」

新鮮な空気のなかに脱出した一行は三々五々解散した。イギリスの記者団はペラ・パラスに向かい、フェルト帽の男は名刺を渡しジェラールによろしくと言い残してジハンギルの裏通りに消えた。イスケンデルはタクシーに乗りこみ、豊かな口髭の建築家はベルクスとガーリップと歩いていた。アトラス映画館を過ぎたところで休憩し、路地の入口の屋台でピラフを一皿買って食べた。タクシム方面へ向かう途中の時計屋では、凍り付いたショウウィンドウ越しに見える時計を、魔法の玩具を見るように一緒に眺めた。夜の朧な藍色と同じ色をした破れた映画のポスターや、写真屋のウィンドウに飾られた大昔に殺された元首相の写真にガーリップが見入っていると、建築家はスレイマニエ・モスクに連れて行こうと提案した。「マネキン地獄」より興味深いものを見せるという。なんと、築四百年のモスクがゆっくりと動いているというのだ。一行はベルクスがタリムハネの裏通りに駐めていた車に乗り込み、音もなく出発した。真っ暗でおどろおどろしい二階建て家屋の間を抜ける最中「怖い、怖すぎる！」と心底叫びたくなった。ひらひらと雪が舞い、街全体が眠っていた。

大移動を経てモスクに入ると建築家はいきさつを語った。補修工事に携わった彼はモスクの地下回廊を知っており、小銭を握らせれば門を開けてくれる導師（イマーム）と知り合いだとのことだった。車のエンジンが静まると、ガーリップは外には出ず、ふたりを待つと告げた。

「凍えちゃうわよ！」

まずベルクスが自分に対してくだけた調子でものを言うのに気付いた。それから美人であるにもかかわらず、重たげなコートとその時頭に巻いていたスカーフのせいで遠縁の叔母のように見えることにも。祝祭日に訪問すると叔母はアーモンドの練り菓子をくれたものだが、それはあまりにも甘過ぎて、無理矢理押しつけてくる二個目を食べるには、水を飲まずには居られなかった。リュヤーは何故、一緒に叔母の家に来なかったのだろう？

「行きたくないんだよ。」ガーリップは断乎たる声を張り上げた。

「どうしてよ？　あとで、モスクの尖塔（ミナレット）にも上るのよ。」建築家に向かって「尖塔（ミナレット）にも上っていいでしょう？」

沈黙があった。そう遠からぬ場所で犬が吠え、雪の下の都市の呻りが聞こえた。

「私にはあの階段は心臓破りだ。おふたりで行ってくるがいい」と建築家は言った。

尖塔（ミナレット）に上るという思い付きに惹かれたガーリップは車を降りた。雪の木立を裸電球が照らす前庭を通り、モスクの中庭に入った。ここで突然、石の集積が実際より小さく見えはじめ、モスクは隠し切れない秘密を帯びた馴染みの建築物に変化した。大理石を覆う氷と化した雪の層は、舶来時計の宣伝にある月面のように暗く、穴だらけだった。

玄関口の奥まった場所で、建築家は金属の扉についた南京錠を器用に抉り始めた。その一方で、建築家はモスクの説明をした。このモスクは建てられた丘と自分の重みごと、毎年五センチから十センチほど金角湾へと滑っている。本来はもっと早く水際に到達するはずだったが、基礎部の間を巡る、まだ謎が解明されていない「この石の壁」、今日になってもまだその技術を解き明かすことができない「この下水網」、綿密に構想されバランスをとっている「水の調和」、今から四百年前に計算された「地下回廊の脚韻詩」がモスクの移動速度を緩やかにしている。鍵が開いた瞬間、扉も真っ暗な地下回廊へと口をあけ、ぱっと輝いた女の瞳には命がけの好奇心が見て取れた。恐らくベルクスの美貌はそう桁はずれのものではないのだが、予測不可能で注目を集めるようなところがあった。「この謎は西洋人も解けなかったんだぞ！」建築家は酔漢のように言い放ち、酔漢のように地下通路に入った。ガーリップは外に留まった。

地下回廊の声を聴いていると、縁が凍結した柱の陰から、導師が現れた。早朝に叩き起こされたことに不平がある様子は微塵もない。彼もまた回廊に響く音に耳を傾けると尋ねた。「女性の方は、観光客かな？」「違います。」導師が実際以上に老けて見えるのは髭のせいだと気づきながら答えた。「あんたも先生かね？」「ええ、教師です」「フィクレット氏と同じで教授なんだね」「そうです」「モスクが移動しているのは本当かね？」「本当でしょう。そのために来たんですから」「神の御加護を。」そう言ったものの、導師はどこか疑わしげだった。「女性はお子様連れかな？」「いいえ」「内部の奥深くに隠された子供が居るのだ」「何世紀も横滑りしているんですってね、モスクは。」ガーリップも不審そうに言った。「知っているとも。侵入禁止なのに、観光客の女が子供を連れて入ったのだ。それから一人で出て行った。子供は中に置き去りだ」「警察に通報すればよかったじゃないですか」「その必要はない。後日子供や女の写真が新聞に掲載されたのだ。アビシニア王の孫だったらしい。あの子はもう解放されるべきだ」「子供の顔には何がありました？」「ほれ、わからんかね」と、導師は困惑しながら言った。「ご存じだろう。子供の瞳の奥まで覗くことなどできんよ」「顔には何が書かれていたんです？」ガーリップは頑固に尋ねた。「色々なことが。」導師（イマーム）は自信が揺らいだ様子だった。「顔をお読みになるんですか？」畳みかけると黙ってしまう。「失われた顔を再び見つけようという時に、人の顔の意味を追求するだけでいいのでしょうか？」「その辺のところは君のほうがよくご存じだろう」と狼狽（ろうばい）して答えた。「モスクは開いていますか？」「開門したところだ。しばらくしたら人々が早朝礼拝に来るだろう。入るがいい。」モスクの内部には誰も居なかった。蛍光灯が点灯していたが、海面のように広がる紫の絨毯以上に、むき出しの壁のほうを照らし出していた。靴下の足がかじかむ。感動を求めて円蓋（ドーム）や柱や、頭上の巨大な石の集合体に目を向けたが、感動したい、という欲求以外こみ上げてくるものがない。ある期待感。これから起こることへの幽かな好奇心……。組積造のモスクが、建材となった数多の石と同様、それ自身の存在に充足し、閉鎖した巨大な物体として迫ってきた。建物は人をどこかに招いているのでもなければ、どこかへ連れて行くこともしない。何かが何かの象徴でないのと同じく、万物は万物の象徴であってもよかった。一瞬、青い光を見たような気がし、その後、鳩の翼に似た素早い衝撃音が耳を掠めたが、すぐに一切は新たな意味を待っている静かな元の停滞状態に戻った。その時、事物が、石材が、あるべき姿よりも「裸」であることに気付いた。事物は「我々になにか意味をくれ！」と呼びかけているようだった。その直後、老人二人組が何事か囁きながら緩慢に近づいてきて祭壇前にひざまずくと、事物の招く声も掻き消えた。

尖塔（ミナレット）に上る時、新たな事態への期待感が一切なかったのは、恐らくこれが理由だった。ベルクスは先に塔に上がったと建築家が教えてくれたので、急いで階段を上り始めたが、しばらくすると、鼓動に合わせてこめかみが脈打つのを感じて立ちどまった。太腿や脚の痛みに耐えかねて座った。階段を照らす裸電球の下を通るたびに座り、また上るというのを繰り返した。上部に到達し女の足音が聞こえるようになると足を速めたが、やっと追いついたのはだいぶ後、バルコニーに出た時だった。ふたりとも何一つ話さず、暗闇に沈むイスタンブールを、街のかそけき光明を、吹きつのる雪をいつまでも静かに眺めた。

宵闇が徐々に裂かれる気配がし、彼方の星の、光のあたらない側のように、街自体はまだ夜に取り残されるように見えた。寒さに震えながら見つめていると、その後煙突の煙やモスクの壁やコンクリートの塊に光が射したが、その光はまるで街の外にあたっているのではなく、内側から洩れているようだった。ちょうどまだ生成の最終段階にある惑星の表面のように、コンクリート、石、煉瓦、木、アクリル板、円蓋（ドーム）などに覆われた凹凸のある街の断片がゆっくりと分裂し、闇の内奥から神秘の地下世界の紅蓮の光が射すのだ。この霊妙な時間は長くは続かなかった。個々の壁、煙突、屋根の間に煙草と銀行の広告の大きな文字が浮かんだか思うと、すぐに近辺のスピーカーから朝の礼拝の呼びかけを行う導師の金属的な声が聞こえてきた。

階段を降りながら、ベルクスはリュヤーのことを尋ねた。妻なら家で自分を待っていると答えた。今日は推理小説を三冊買ってやった。リュヤーは夜毎推理小説を読むのが好きなんだ。

ベルクスが再度リュヤーのことを尋ねた時、ふたりはなんの変哲もない彼女の〈ムラト〉に乗りこみ、口髭の建築家をいつものように広々として人通りのないジハンギル通りに下ろした後、タクシムに出るところだった。リュヤーは特定の仕事はしていない、推理小説を読み、時折それをわずかずつ翻訳しているなどと話した。タクシム広場を曲がりながら、リュヤーの翻訳作業の様子を尋ねられると、「のんびり」やっていると答えた。ガーリップは毎朝事務所に出勤する。リュヤーは朝食テーブルを片づけ、そこに座る。だが、リュヤーが机で働いているところは一度も見たことがないし、想像すらつかない。別の質問に対し、ガーリップは夢遊病者のように朦朧としながら、時にリュヤーが起床する前に家を出ることもあると明かした。週に一度、共通の伯母たちの家に夕食に呼ばれる。夜には時々ふたりでコナック映画館に行く。

「知っているわ。映画館で見かけたもの。あなたが満ち足りた様子でロビーの写真に見入ったり、観客の流れに沿って優しく奥様の腕をとりバルコニーに出る扉に連れ出したりする時でも、彼女は壁のポスターや観客のなかに、ある顔を探していたわ。自分に対し、別世界への扉を開けるある顔を。あなたから遠く離れた所で、彼女が人々の顔の秘密の意味を読んでいたのがわかった」

ガーリップは沈黙した。

「映画の休憩時間になると、あなたは人生に満足した模範的な夫みたいに奥様を喜ばせようとココナッツのついたチョコやらアイスキャンディやらを買うのよね。木箱の底を小銭で打ち鳴らしながら歩く売り子を手まねきし、ポケットに小銭を探す時でも、奥様のほうは愁いに満ち、映画館の青白いライトに照らされたまま、スクリーンに映る掃除機やオレンジ絞り器の宣伝を見ていたわ。私にはわかった。あの人ったらそんな宣伝にさえ、自分を別の国に連れて行ってくれる謎めいた通知の痕跡を探しているんだって」

ガーリップは沈黙した。

「真夜中頃になるとみんなコナック映画館から出てくるけど、そんな時人って、お互いによりかかっているというより、お互いの外套によりかかっているの。あなたたちも腕を組んで、まっすぐ前を見つめてご自宅に向かったのを見ていたわ」

「つまるところ。」声に微かな怒りがこもった。「一度僕たちを見かけたって話？」

「一度ではないわ。映画館で十二回見た。六十回以上、道で見かけた。三回はレストランで見たし、六回はお店で見たわよ。家に帰ると、あなたの隣に居る女がリュヤーじゃくて私だったら、って子供っぽくも考えたわ」

沈黙。先ほど話に出たコナック映画館の前に差し掛かると、彼女は車を運転しながら話を続けた。

「中学の頃、リュヤーが休み時間に男の子と話して笑ってたりしたわよね。髪をぬらしてはズボンの後ろポケットに入れた櫛で梳いたり、鍵をベルト通しに吊るしたりしているような男の子よ。そんな時、あなたは机の本から顔を上げずに、横目でリュヤーを見ていた。それがリュヤーじゃなくて私だったら、って考えていた。冬の朝、隣にあなたがいるからって、車がいないか見もしないで道路を渡る明るい女の子、あれがリュヤーじゃなくて私だったら、って考えた。土曜日の午後、伯父さんと一緒に居るあなたたちも見たわ。伯父さんの傍にいるのが嬉しいらしくてあなたたちはにこにこしているの。そうやって連れだってタクシム行きの乗合自動車（ドルムシュ）のほうに歩いていくのを見た時も、あなたと一緒に私もベイオウルに連れて行ってくれることを空想したわ」

「そのお遊びってどのくらい続いたの？」ガーリップは車のラジオを付けた。

「遊びじゃなかったわ。」彼女は全くスピードを落とさずガーリップの家の通りを過ぎた。「お宅の通りには入らないわよ。」

「この曲知ってる。トリニ・ロペスの歌だ。」こうして眺める自分の家の前の道は今や遠い街の絵葉書のようだった。

通りにもアパルトマンにもリュヤーが戻った兆候はなかった。手持ち無沙汰になり、ラジオのチャンネルを回した。柔らかく上品な男性の声が納屋に侵入する野鼠を防ぐ対策について語っていた。「結婚したことはあるの？」車はニシャンタシュの裏通りにさしかかっていた。

「寡婦よ。夫は死んだわ」

「君が学校に居たことなんか覚えてないね。」ガーリップはなぜか残酷な態度をとった。「君に似た別の顔なら思い出せるけど。すごく愛らしくて内気なユダヤ人の子だったよ。メリ・タヴァシ。お父さんが〈ヴォーグ〉靴下の社長で、新年になると靴下姿の女の子がモデルの〈ヴォーグ〉のカレンダーを欲しがる男子もいたっけ。先生まで欲しがってた。あの子のほうも恥ずかしがりながら持ってきてくれた。」

沈黙のあと、彼女が語りだした。

「最初のうちはニハトとの結婚生活は幸せだったわ。繊細で静かで煙草ばかり吸っている人よ。日曜日には新聞をぱらぱらめくって、ラジオでサッカー試合を聴いてた。当時手に入れたフルートの練習に一生懸命だった。お酒はあまり飲まなかったけど、この世で一番惨めな酔っ払いよりもっと憂鬱な顔をしていたわ。ある時、あの人は照れ臭そうに頭痛を訴えた。実は何年も脳の片隅に大きな腫瘍を育てていたのよ。ほら妙に静かで頑な子供っているでしょ。手のひらのなかに何かをぎゅっと握って離さないの。どうしても手を開いてくれないの。そんな子みたいに、脳腫瘍をしぶとく守っていたのよ。最後の最後に手を開いてなかのビーズを見せてくれるとき、子供って蕩けるように笑うじゃない。脳の手術をする時もそうやって夫は笑ったわ。そして静かに死んだ」

ハーレ伯母の家にほど近い場所でふたりは車を降りた。頻繁には通らないものの、その存在は近所のように知っているある一画で、外観と扉がシェフリカルプ・アパルトマンに酷似している館に入った。

「死ぬことで私に一種の復讐を果たしたってことはわかってたのよ。」古いエレベーターの中で話は続いた。「私がリュヤーの模造品だったように、自分もあなたの模造品でなくてはならないんだ、ってわかったみたいなの。だってコニャックを飲み過ぎたような夜、自制がきかなくて、リュヤーやあなたのことをあの人に長々としゃべってしまっていたのだもの。」

言葉が途切れた後、部屋に入り、自宅のそれに似た調度品に囲まれて座った。ガーリップは謝罪するかのように「ニハトのことは覚えているよ」と不安げに口にした。

「自分に似ていたと思う？」

記憶の底に眠る数場面を辛うじて探し出した。授業不参加の旨が書かれた知事の署名入り欠席届を手にしたまま、ガーリップとニハトは一緒に体育教師に「腰ぬけ」と叱責されたことがあった。暑い春の日に腐臭のする学校の便所の蛇口に口をつけて、並んで水を飲んだことも。彼は肥満体で、不器用で、のっそりしていて、優秀な生徒でもなかった。極力好意的に思い出そうとしたが、よく覚えてもいない類似品に親近感はわかなかった。

「そうだね。ニハトはちょっと僕に似ていたよ」

「似てるもんですか。」その眼は、ガーリップが最初に注目したときと同じく一瞬危険な光を放った。

「全然似ちゃいないなんてことはわかっているの。でも同じクラスだったわ。あなたがリュヤーに目を奪われていたように、私はあの人の目を奪うことができたの。昼休み、私とリュヤーが男子と一緒に〈スティッシュ〉で煙草を吸ってると、よくあの人が店内に私がいるのを知って、店先から浮かれた集団に不安そうな視線を投げてきたわ。つるべ落としの物悲しい秋の夜、アパルトマンから洩れる淡い光に照らされた裸の木を眺めれば、あなたがリュヤーを想ったようにあの人もこの木を眺めながら私のことを考えるんだ、って私にはわかってたものだわ」

ふたりで朝食の席に着くと、室内には開かれたカーテンの間から燦然と陽光が射しこんでいた。

「人が自分でいることは難しいわ。」ベルクスは唐突に話題をふった。長い間ずっと、同じ話を温めていた人のように。「でも、それがわかったのは三十歳を過ぎてからだったわ。その前は、私にとって重要だったのは別人のようになれるかということだった。それか、単純な嫉妬。そんな風に思えていた。真夜中、ベッドに仰向けになって眠れずに天井の影を見ていると、他人になりたいという願望が膨れ上がって、皮膚の内側から、手袋を剝がした手のように抜け出すことができるのではないかって気がしてくるの。それから、ただひたすらこの欲望の暴力性にまかせ、他人の表皮を纏って、新たな人生を始められるんじゃないかって思うの。時々、この別人のことを考えたり、自分の人生をその人の人生であるかのように生きられないでいたりすることがあまりにも辛くなる。映画館の座席とか混雑した市場で自分の世界に埋没した人々を眺めると涙が溢れて仕方がなかったわ。」

彼女はバターでも塗るように、何も付いていないナイフをトーストして表面が硬くなったパンの上で虚ろに動かしていた。

「人はなぜ自分ではなく他人の人生を生きたいと思うのか、何十年経っても答えが出ないの。しかもなぜ別の誰かではなく、リュヤーになりたいのかきちんと説明できないわ。言えるのは、私が何年もずっとこのことを、隠さなければならない一種の病だと思い込んでいたってことよ。この病が恥ずかしかった。病に侵された魂も、罹病を宿命づけられた肉体のことも恥ずかしかった。私の人生はあるべき『真の人生』の模倣だったし、あらゆる模造品がそうであるように、恥じて当然の哀れで惨めな存在だと思ったのよ。その頃、この絶望の淵から逃れるためには、『本物』をもっと模倣することしかなかった。学校や住所、環境を変えようと思ったこともあったけど、あなたたちから遠ざかれば、それはただ、あなたたちのことをもっと強く考えてしまうだけだとわかってたの。雨の降る秋の日の午後、何もしたくない時なんか、窓の雫を見ながら、何時間も同じ椅子に座ってあなたたちのことを考えていたわ。リュヤーとガーリップを。収集した手がかりを元にリュヤーとガーリップが今何しているのかな、って考えた。どのくらい考えたかというとね、一、二時間後には真っ暗な部屋の椅子に腰かけた人間が自分ではなくてリュヤーだと信じそうになるほどよ。そのおぞましい妄想に浸って、途方もない悦びを感じていたの」

ベルクスは時々立ち上がっては台所から紅茶(チャイ)やトーストを運んだが、そんな時も、遠くにいる知り合いに関する素敵な逸話でも語っているかのように穏やかに微笑む余裕を湛えていたので、ガーリップは身構えずに話を聴いていられた。

「夫が死ぬまでこの病気は続いたわ。実はまだ続いているのかもしれないけど、もう、病を抱えてるんじゃないわ。だって、人間、自分自身になる方法なんて存在しないということを、夫の死後の孤独と後悔の日々のなかで悟ったんですもの。その時期、同じ病の変化形としての猛烈な後悔や長い年月のなかで、ニハトと一緒に経験したことを、また同じ形で、今度はひたすら自分自身として生き直したいという願望に煩悶したわ。でもある晩、後悔しても人生の残りを駄目にするだけだと悟ると、奇妙な考えが脳裏を過った。人生の前半は別人になりたいと思って自分になれず、後半も自分になれなかった年月を後悔して、本来の自分ではない姿で生きるところだったのよ。これが滑稽でしょうがなく思えたから、自分の過去や未来を襲う恐怖と不幸は、一瞬にして、皆と分かち合い、軽くやり過ごすべき宿命に変わったの。誰であれ、自分になんかなれやしないってことを、絶対に忘れちゃいけない確定事項のようにもう頭に刻んだのよ、私は。バス停の列の中に自分の悩みで頭がいっぱいの様子の老人がいたとするでしょ。でもそんな人も、ずっと昔になり変わりたいと思った何人かの『本物』の人物の亡霊をまだ心のなかで飼い続けているのがわかったの。冬の朝、子供の日光浴のために家から出てきた健康そうな肝っ玉母ちゃんも、別の公園ママの模倣の犠牲なんだってことに気が付いた。想いに耽りながら映画館を出てくる哀しげな人々や混雑した通りや騒々しい茶館（カフヴェ）でうごめく不幸な人々が、自分がなりたがっているオリジナルの亡霊に朝な夕な悩まされていることがわかるの」

　朝食の席でふたりは煙草を吸った。彼女が話すにつれ、部屋の温度があがり、それにつられてたまらない眠気が、夢の中でだけ認識することができる無実の感覚のようにゆっくりと全身を包んだ。集中暖房の近くの長椅子で「少し眠らせてもらえるよう」頼むとベルクスは「これまでの話すべてに関係する」ところの、ある皇子の物語を語り始めた。

　そう、むかしむかし、人生の最重要課題は、人が自分になることもしくは自分になれないことであることに気づいた皇子がおりました。だが、ガーリップは物語の彩りが目の前に映し出されると、最初は別人になったような気がし、それから居眠り中の人物に変化したのを感じつつ、本当に眠りに落ちた。

# 第18章　アパルトマンの暗がり

「……この古い屋敷の外観は、人面のように私に影響を及ぼした」

——ナザニエル・ホーソーン

年月は流れ、某日夕刻、あの館を拝みに行った。昼間は鞄を提げネクタイを締めた薄汚い高校生でごった返し、夜は仕事帰りの一家の主とお楽しみ帰りの主婦で一杯の歩道、常時混雑するこの道を、かつては頻繁に、実に頻繁に通(とお)っていた。だがあの建物、私にとって多くを意味するあの館を眺めるために通(とお)ったことは皆無である。

それはある冬の夜だった。日は早く暮れ、人煙は夜霧の如く小路に沈殿していた。館のなかで光が灯るのは二つの階だけだった。残業中の二カ所の職場に灯された、生気のない微弱な照明。他の正面部分は真っ暗だった。暗い各部屋には暗いカーテンが引かれていた。窓は盲人の目のように空虚で不気味だった。過去のそれと比較しても、冷たく、味気なく、人好きがしない光景を目にしていた。かつてここで、大所帯の一族が身を寄せ合うようにして営んでいた賑やかな生活のことなど、もはや誰にも想像できないだろう。

若さゆえの罪に対する懲罰の如く、館に浸透する崩壊と衰退がいっそ好もしかった。若気の至りという蜜の味を知らぬ私だからこそ、こんな気持ちもになり、この崩壊に復讐心を満たしていたのは確かなのだが、その時の懸案は別にあった。「あの井戸がアパルトマンの隙間に変わった後、そこに隠されていた秘密はどうなったのか。内容物ともども井戸はどうなったのか？」

考えたのは館の脇の井戸のことである。かつて私のみならず、館の各階に犇(ひし)めく美童や乙女、大人たちを、夜毎恐怖に震えさせていたあの底なし井戸。童話に登場する井戸のように内部には蝙蝠(こうもり)や毒蛇、蠍や鼠が蠢動する井戸。私は、シェイフ・ガーリップが『醇美(ヒュスン)と愛(アシュク)』で紹介した井戸、メヴラーナが『メスネヴィー』で語った井戸は、彼処であると認識していた。内部に垂らしたバケツの紐が切れたり、底なし井戸のさらに奥底に巨人が居るなどと噂されたりもした。館ほどもある巨大な黒人！ 子供は近づいてはならぬ、などとも言われた。一度、命綱をつけた管理人が井戸のなかに降りたが、それは暗黒の無限時間における無重力旅行というべきもので、やがて五臓六腑を永遠に黒ずませる煙草のヤニごと、涙目で戻って来た。井戸の前で見張りを務める邪悪な砂漠の魔女が、満月のように丸顔の管理人の妻に変装していることも認識していた。井戸が館の住人の記憶の奥底に眠る秘密と密接に関係していることも。人々は心の奥の秘密のことを永遠に消せない罪を恐れるがごとく恐れていた。だが最終的には、砂をかけて己の恥の隠蔽を図る途方にくれた動物のように、中に棲む生物や記憶、秘密ごと井戸のことを忘れてしまった。ある朝、意味を喪失した人の顔が蠢(うごめ)く闇色の悪夢から目覚めると、井戸は覆われていた。私は悪夢の再来を目にする心地で、井戸と称していた場所で、今度はさかさまの井戸が天に延びていくことを理解し慄然とした。秘密と死とを、我々の部屋の窓際まで引き寄せるこの新しい空間に対し、人々は今や新たな呼称を用意していた。アパルトマンの隙間、アパルトマンの暗がり……。

元来、嫌悪感と不満を込めて住人が「隙間」とか「暗がり」（この街の人々が言うように明りとりではない）と呼び始めたこの新空間は、井戸となる前もアパルトマンの隙間や暗がりではなかった。館の建設時には両側に空き地が存在しており、後年、街のあらゆる通りを汚れた壁のように覆い尽くした類の醜い集合住宅とは別物だったからである。敷地脇の空き地が建設業者に売却された後、高層マンションが壁面に密着する形で建てられて初めて、モスクと路面電車の道、女子校、アラジンの店、隣接した井戸の眺めを有していた台所の窓、細長く奥まった廊下の窓、それぞれの階で目的別に分かれた小部屋（クローゼット、使用人部屋、子供部屋、貧乏な客人のための客間、アイロン部屋、遠縁の叔母の部屋）の窓は、三メートル離れて隣接する建物の新しい窓と対面することになった。かくて汚れて精彩を失ったコンクリートの壁と互い同士と下の階を移す窓の間には、井戸の中の永遠を思わせる重く、凝然たる空気が停滞した。

空洞は、陰気で重く古めかしいそれ自身の臭気を短期間のうちに醸成し、それをただちに鳩が発見した。誰も手を触れず、時間とともにさらに触れるのが躊躇（ためら）われるようになった窓の前部や自然に損壊した窓の下枠、コンクリートの張出し、雨どいの折れ曲がった部分に、彼らは無尽蔵な汚物を堆積させ、自身の匂いや、棲み勝手や、常時増殖する個体数に適した棲家を作った。気象災害だけではなく、謎の厄災の使者とされる不遜なカモメも時に鳩に加わった。真夜中に迷子になり底なしの暗い井戸の鉄格子のはまった窓にぶつかる黒い鴉も……。暗がりの底には、天井に圧迫感があり空気の悪い管理人部屋の、狭い独房の入り口を思わせる小さな鉄の扉（牢屋の扉のようにきしむ）から身をかがめて入るしかなく、そこでは時々鼠によって八つ裂きにされたこの翼あるものたちの死骸が発見された。このほか、堆肥と呼ぶも憚られる汚物に覆われたおぞましい底辺では次のようなものが見つかる。雨どいを伝い上階に登る鼠たちが盗み出しては落とした鳩の卵の殻。窓から埃を払う時、花模様のテーブルクロスや眠りの残滓が漂うシーツのなかから暗緑色の虚空に落ちた不運なフォークやナイフ。片方の靴下。雑巾。煙草の吸殻。ガラス。壊れた電球と鏡。錆びた折りたたみベッドのスプリング。人工睫毛に縁どられた絶望の瞳を頑固に開閉する腕のないピンクの人形。注意深く千々に破かれた怪しげな雑誌や新聞のページ。パンクしたボール。汚れた子供用パンツ。断片化した不気味な写真……。

時々、管理人がこれらの物品の端を不快げにつまんで、犯罪者の身元確認といった態で各階を回った。だが館の住人は予期せぬ時に、別世界の汚泥から生還したこの疑わしい代物の所有者として名乗り出たりはしない。「うちのじゃないよ」「そんなところに落ちるものなの？」

あの空間は逃げるに逃げられず、忘れるに忘れられない恐怖そのものであり、伝染性のいやらしい病気のように語られるのが常だった。あの暗がりは、用心しなければ不慮の事故で自分も落ちて、空洞が飲みこんだ哀れな物品同様の憂き目にあう暗渠であり、住人の生活のなかに陰湿にも組み込まれた諸悪の巣窟だった。わけもなく病魔に侵される子供たちが新聞で話題の細菌に感染するのは明らかにこの場所からであり、幼少時より口にする幽霊と死への恐怖を植えつけられるのもここだった。いつのころからかこの恐怖同様、館に充満した奇妙な臭気もこの空間から窓の隙間越しに浸透したし、不運や不幸すら、ここからの侵入が疑われた。隙間に満ちる群青色の鈍重な煙のように覆いかぶさってくる惨劇の黒雲も（倒産、借金、父親の出奔、近親相姦、離婚、不倫、嫉妬、死）住民の論理では暗がりの成立と密接に関連していた。内容など忘れたい余り、記憶のなかで中身が混然としてしまう本のように。

だが、有難いことに、このような本の禁断のページを繰って宝物を発見する者が現れないことはない。それは節約のため消灯中の廊下の暗がりを怖れる子供たちで（おお、子供たちよ！）、彼らは堅く閉ざされたカーテンの間に入り、好奇心のあまりアパルトマンの隙間に向いた幽窓に額を押しつけるのである。祖父の階で全員分の食事を準備していた時代には、料理が食卓に並んだことを女中が下の階の人間に（ついでに隣人にも）知らせるにあたり、この隙間空間を用いていたし、最上階へと追放された母と息子がこの食卓にも招かれなくなった時期には、下の階の食器棚の開閉や完成した食事を観察すべく、開け放った台所の窓から時折視線がそこに向けられていた。その場所を、聾唖者が老母に捕まるまで闇の窓から眺めている夜更けがあるかと思えば、雨の日には、小部屋のメイドが流れ落ちる苦悩を雨どいと分かち合いながら眺めて夢想に耽ることもあった。零落した一家が放棄せざるを得なくなる館の各部屋に、後年凱旋することになる青年も。

住人が目撃した宝物に、無作為に目を通そう。台所の曇り硝子を隔てたせいで色褪せている若い娘や女性たちの声なき光景。うす暗い部屋にひれ伏して礼拝する亡霊じみた影のゆらりと起き上がる背中。布団がかけられたままのベッドの上で、写真雑誌をお伴に休憩中の老女の脚（長時間見守れば、一方の手で雑誌のページをめくり、だるそうに脚を掻くところをも見られるだろう)。館の住人が隠蔽した秘密を暴くべく、いつか底なし井戸に凱旋すると決心した青年の冷たい窓ガラスに押しつけている額(この青年は向かいの窓に映る自分の影を眺める時、時々、自分と同じく空想に耽る魅惑の美貌の義母が下の階の窓に映るのを眺めていた)。これらの光景を暗がりに潜む鳩の頭と軀体が縁取っており、辺りは濃紺であり、揺れるカーテンや瞬時に明滅する照明や煌々とした部屋が、やがて同じ情景や窓に回帰する不幸な罪深い記憶のなかに橙色の光跡を残したことも付け加えよう。我々はわずかにしか生きられず、わずかにしか見られず、わずかにしか知ることはできない。せめて空想しようではないか。読者諸君よ、よい休日を。

# 第19章　街のサイン

「今朝起きた時は、あたし、もとのままだったのかしら？　もし、もとのままでないとしたら、なぞなぞ出すわよ、あたしっていったいぜんたい誰なの？」　――ルイス・キャロル

目覚めると眼前に別人と化した女が居た。着替えたベルクスは深緑色のスカートのせいで、見知らぬ土地の見知らぬ女に見える。顔も髪型も別人だった。髪は『北京の五十五日』のエヴァ・ガードナーのように後ろでまとめられ、唇もスーパーテクニラマ映画のような朱に塗られていた。この新しい女の顔に見入ると、突然、誰も彼もずっと自分を裏切ってきたのではないかという疑念に襲われた。

それから、女が几帳面にもハンガーにかけてクローゼットに仕舞ったコートのポケットから新聞を取り出し、同様の几帳面さで片づけられた朝食テーブルに広げた。ジェラールのコラムを再読すると、記事の脇に書き込んでおいたメモや、下線を引いた単語や音節が馬鹿らしく見えてきた。記事内に仕込まれた謎を解き明かす文字とは、印をつけた箇所ではないのは明らかで、もう秘密自体、存在しないのではと思ったほどだった。読んだ文章が、そのままそれ自身と別の事象とを同時に示しているのだ。その

ジェラールの日曜版の記事は、記憶を喪失してしまい、自分の驚異の発見を人類に伝えられずにいる男の話だったが、その個々の文章は万人が理解し、認識している他の人間的状況に関する別の物語の文章のように映った。これはあまりにも公然たる事実だったから、文字や音節、単語を抜き出して書きとめ、再構成する必要すらなかった。記事に潜むあの「暗黙の」「秘密の」意味の特定のためになすべきことは、記事をただこの信念を抱いて読むことだけだった。単語から単語へと視線を走らせる最中には、リュヤーとジェラールの隠れ家の場所やその意図は無論のこと、人生と街のあらゆる秘密が読みとれるとの確信があったが、新聞から頭をあげ、ベルクスの新たな顔と対面するたび、この甘い見通しは失われた。楽観的見通しを失うまいとして、ひたすら記事を繰り返し読んでみても、容易に読解可能にみえたあの深意を明確に付きとめることはできない。人生とこの世の秘密に関係するある情報に迫っているという自覚に心は躍るが、その秘密や目標地点を明確に思い浮かべ、発語しようとすると、目の前に部屋の片隅でこちらを見つめる女の顔が現れるのだ。そこで、感覚と信念ではなく理性によって秘密に迫ろうと決め、記事の端に新たにペンで覚書を書きこみ、以前とは全然違う音節と単語に印をつけはじめた。没頭しているとベルクスが机に近づいてきた。

「ジェラール・サーリックの記事ね。伯父さんなんでしょ。地下にマネキンがあったの知ってる？　昨日の夜、なんであれほど気持ち悪くみえたのかしら？」

「知ってる。でも伯父じゃない。伯父の息子だ」

「異常に似ていたからよ。あなたたちに会えるかもと思ってニシャンタシュに出たものの、あなたたちじゃなくてあの服装をしたあの人に会ってしまうことがよくあったわ」

「あれはずっと前のレインコートだよ。昔はよく着ていた」

「いまだにあれを着て幽鬼のようにニシャンタシュを彷徨(さまよ)っているわ。なんで端っこにメモなんかとっているの？」

「記事とは関係ない。」新聞をたたんだ。「失踪した極地探検家のことさ。その人間が失踪したことによって、代わりにもうひとり別の人間も失踪するんだ。二番目の失踪人物の謎を深めた第一失踪者は、別の名前を使い、忘れられた町で生き延びているんだけど、ある日殺されてしまう。殺害されたこの偽名の人物の……。」

話し終えたところで、もう一度同じ話をする羽目になるだろうと思った。話を繰り返しながら、この話を反復させるあらゆる人間に腹の底から怒りを覚えた。「いい加減みんな自分に立ち返って、誰も物語なんか語らなくて済むようになればいいのに」と吐き捨てたくなる。説明も二度目になると席を立ち、たたんだ新聞を再び古いコートのポケットに入れた。

「行っちゃうの？」遠慮がちに尋ねるベルクスには「話が終わってない」とむっとして答えた。

話の終盤になると、女の顔が仮面のように見えてきた。スーパーテクニラマ風朱塗り唇の仮面を剝がせば、その下に出現する顔に全ての意味がはっきりと読みとれるはずだったが、その意味のあるべき姿までは推測できなかった。幼い頃、退屈で窒息しそうになった時と同じく、ひとりで「ぼくらはなんでいるの」ゲームをしているようだった。やはり子供時代同様、ゲームの最中も別個の作業として、何かを語ることができた。ジェラールも面白い話をしながら同時に他に思考を巡らすことができるから、あれほどに女にもてたのかもしれないが、今のベルクスはジェラールの物語を傾聴する女というより、顔の意味を隠しきれぬ人物のように自分のことを見つめていた。

「リュヤーはあなたのこと心配しないの？」

「しない。深夜帰宅なんかよくあることなんだ。失踪した政治家や偽名で借用書を書いた詐欺師に手を焼いたりして。家賃を払わず夜逃げする謎の借主とか偽の身分証明書で重婚を企てる負け犬どものせいで、何度朝帰りしたことか」

「でも、もう昼過ぎよ。私があなたを家で待つリュヤーの立場だとしたら、一刻も早く電話して欲しいと思うところだわ」

「電話なんかしたくない」

「待っているのが私なら、心配で寝込むところよ」と食い下がった。「目は窓に、耳は電話に張り付いてしまうわ。人の嘆きや不安を知りつつ、電話もしてくれないんだって考えてもっと落ち込むはず。さあ、電話なさいよ。ここに居るって言うのよ。私の側に。」

まるで玩具のように受話器を近づけてきたので、家に電話する羽目になった。誰も出なかった。

「誰も居ない」

「どこに行ったの？」案じているというより、芝居がかった感じで女は尋ねた。

「知らないよ」

コートのポケットの新聞を出し、再びテーブルに向い、ジェラールの記事を読み始めた。いつまでも繰り返し読んだため、単語は意味を失い、文字だけで構成された各種図形に変化したほどだった。すると、この記事なら自分も書ける、ジェラールのような記事を書くことは可能だ、という気がしてきた。時を移さず、クローゼットからコートをとりだして着こむと、新聞を丹念に畳み、コラムを破いてポケットに入れた。

「行っちゃうの?」ベルクスは言った。「いやよ、行かないで。」

やっとタクシーを見つけ、車窓からこの馴染みの裏通りに最後に視線を走らせるガーリップが恐れたのは、行かないでと懇願したベルクスの顔が忘れられなくなることだった。その脳裏に、彼女が別の顔で、別の物語として棲みつくことを望んでいたのだ。リュヤーが読む推理小説のように、タクシー運転手に「例の通りに飛ばせ!」などと命令したい気分だったが、実際はガラタ橋に行くように、とだけ口にした。

徒歩で橋を渡る時、何年間も追求していたが、今にしてそれを認識した秘密を、日曜日の雑踏のなかであっけなく解き明かせるような気がしてきた。一方、夢路を彷徨(さまよ)う時のように、心の奥底ではこの予感が幻覚に過ぎないと知っていた。矛盾するこのふたつの事実は不協和音を奏でることなく、頭のなかで蠢(うごめ)いていた。休暇中の兵士、釣り人、フェリーに乗り遅れまいと速足で歩く子供連れの家族。彼らは皆、解明段階の秘密のなかで生きている自覚はない。ほどなくガーリップがこの秘密を解き明かせば、子供を抱いて休日に他家を訪問するらしき父親とゴム靴をはいたその息子も、バス車内のスカーフ頭の母と娘も、人生をずっと深いところで動かしてきた事実に気付くはずだった。

人ごみをかき分け、橋のマルマラ海側の歩道を歩き始めた。すると、人々の顔の、どこかへ消えた表情、年月を経て枯渇した表情がぱっと光り輝くようだった。人はすれ違いざま相手をそれとなく確認するものだが、ガーリップもまた人々の顔や瞳の奥を覗きこみ、あたかも秘密を読みとっているのだ。

人々の多くは古いコートやジャケットを着ていた。そう、古く、色褪せている。歩行中に踏みつける歩道同様、誰もがあるがままにこの世界を受容していたが、完全に根付いているわけでもなかった。気の抜けた様子ではあるものの、わずかな刺激を受ければ、過去に葬られた深遠なる意味に彼らを結びつける関心が記憶の奥底から湧き上がり、その仮面じみてしまった表情に過(よぎ)るのだ。「みんなに動揺を与えられたら。」切望がこみ上げた。「皇子の物語を聞かせてやれたら。」頭を過ぎるこの物語は真っ新で、まさに物語を生きながらにして、それを思い出していると感じた。

橋の通行人は誰もがビニール袋を手にしていた。紙袋、金属片やプラスティック片、新聞、包がぎっしり詰まった袋を生まれて初めて目にしたかのように見つめ、書かれた文字を真剣に読んだ。袋の単語や文字は「もうひとつの現実」「真の現実」を示す啓示(サイン)に思え、つかのまの希望に酔った。だが、脇を通りすぎる顔の意味がみな一閃の輝きの後、光を失うように、ビニール袋の単語や文字も新たな意味の光輝を放つと、ひとつひとつ消えていった。また長いことそれらを読んだ。「甘味処(ムハッレビジ)……アタキョイ……トゥルクサン……果物……時です……各宮殿。」

老いた釣り師の袋には文字ではなくコウノトリの絵があり、それを見ると図柄も判読可能な気がしてきた。薔薇色の世界で浮かれる両親と男女の子供の顔が描かれた袋もあれば、二匹の魚、トルコの地図、ビルのシルエット、煙草の箱、黒猫、鶏、馬蹄、モスクの尖塔、蜜菓子（バクラヴァ）、樹木が描かれたものもあった。その一切がある秘密のサインであることは明らかだった。だがその秘密とは何か？ イェニ・モスクの前で鳩の餌を売る老婆の脇の袋にはフクロウの絵があった。このフクロウがリュヤーの推理小説のフクロウそれ自身、もしくは巧妙に偽装したその兄弟分だと直感した時、万物を秘密裏に采配する「手」の存在をはっきりと感じた。そう、曝け出して暗号解読すべきはこの「手」によるゲームであり、その隠れた意味なのだが、自分以外の誰もこの意味に見向きもしなかった。あろうことか、この意味とこの失われた秘密に首まで浸かっている状態であるにもかかわらず。

　フクロウを間近で観察しようと、魔女じみた老女から皿一杯の餌を買い、鳩に投げた。たちどころに、餌の周りには傘が閉じるようにして、グルグル喉を鳴らす黒く醜い鳩の群れが堆積（たいせき）した。リュヤーが愛読していた推理小説のフクロウとビニール袋のフクロウは完全に一致した。鳥に餌をやる少女を、誇らしげに目を細めて両親が見守っていたが、フクロウも、この明白な事実も、別の啓示も、いかなる啓示も感知しないおめでたい様子が腹立たしかった。爪の先ほどの疑いも、微かな直感すらも抱いていない。忘れているのだ。自宅で待つリュヤーが読む推理小説の主人公が自分自身だと想像してみた。解かれるべき結び目は、自分と秘密の手の間にあった。極秘の意味を指し示しながら、一切を巧妙に采配する手、しかも自分の存在は消しているあの手だ。

　スレイマニエ・モスク近辺で、額装されたモスクのビーズ絵を運ぶ見習いを目撃すると、もうそれだけで、ビニール袋の単語や文字やイラスト同様、それらが表現し、描写しているモチーフそれぞれが啓示（サイン）であることを悟った。絵の極彩色はモスク以上に真実だった。文章や顔や絵のみならず、万物は秘密の「手」が遊ぶゲームの駒だった。これがわかると同時に、今歩いている入り組んだ「牢獄門地区」という地名の、誰も知らない特別な意味を確信した。クロスワードパズルの最後の単語に到達した忍耐強い挑戦者のように、もはや万物が容易に収まるべき場所に収まりつつあることを感じていた。

界隈の安普請の店や蜿蜒（えんえん）たる歩道で目に飛び込んでくる園芸鋏、プラス・ドライバー、駐車禁止の標識、トマトペーストの缶、安食堂の壁に貼られたカレンダー、アクリルガラスの文字が吊るされたビザンツ時代の水道橋、閉ざされた鎧戸（よろいど）の重そうな錠前も、秘密の意味のサインだったとは。望みさえすれば、ちょうど人の顔を読むように物品を、サインを読むことができるのだ。すると釘抜きが「注意」の、瓶づめオリーブが「忍耐」の、車のタイヤの宣伝に登場する幸せな運転手が「目標接近」のサインだとわかった。自分は忍耐と注意とをもって目標に近づいているに違いない。だが周囲を見渡すとより難解なサインが数多存在した。電話線、割礼屋の宣伝、交通標識、洗剤の箱、持ち手のないシャベル、判読しがたい政治的スローガン、氷のかけら、各住宅に表示された電気番号、標識の矢印、白紙片……もう少しで理解できそうではあったが、複雑で、骨の折れる、騒々しい物だらけだった。リュヤーの推理小説の主人公ときたら、作者にお膳立てされた一定の手がかりに囲まれた落ち着いた世界に安住していたというのに。

だが、それでも、アヒ・チェレビー・モスクは理解可能な物語のサインであり、それは一種の慰めになった。昔、ジェラールはこの小さなモスクにムハンマドや聖人たちと一緒に自分が居る夢の話を書いた。カスムパシャの夢占い師にわざわざ赴くと、死ぬまで執筆を続けるだろうと告げられたそうだ。余りにも大量に執筆し、空想をめぐらすので、たとえ自宅から一歩も出なくとも、人生の最後には全人生を長い旅として思い出すことだろう、と。この話が有名なエヴリヤ・チェレビーの作品から想起されたことをガーリップが理解したのはずっと後になってからだった。

　野菜市場の前でひとりごちた。「こうしてこの話は、一度読んだ時と二回目に読んだ時で全然違う意味になった。」三回目、四回目の読了時、さらに違う意味を持つだろうことは疑いの余地がなかった。しかも、物語が毎回他のものを指し示したところで、ちょうど子供雑誌のパズルのように、次々に開く扉をくぐり抜け目的に向かっているという印象を与えるのだった。想いに沈み、八百屋街の入り組んだ通りを彷徨(さまよ)うガーリップは、一刻も早くジェラールの記事を全部もう一度読み返すことができる場所に行きたいと願っていた。

　野菜市場を抜けると古物屋が出店していた。野菜市場の法外などよめきと匂いのせいで、答えを見失い、途方に暮れていると、歩道の空白地帯に大きな敷物を広げて並べられた一連の商品に魅了された。配管の接続部品二個、昔のレコード、黒い靴ひと組、ランプの土台、壊れた釘抜き、黒電話、折りたたみベッドのスプリングふたつ、螺鈿の煙草の吸い口、動かない壁時計、白ロシアの紙幣、真鍮の蛇口、矢を背負ったローマの女神——ダイアナ？——を象った像、中身のない額縁、古いラジオ、ドア用呼び鈴金具二個、砂糖壺。

全ての商品名を逐一発音して唱え、注意深く眺めた。ふと、商品を魅力的にしているのは、実は物自体ではなく、並べ方にあることに思い当たった。年老いた古物商は、どこの町の古道具屋の展示でも見かけるこれらの品物を、大きなチェス盤に並べるように敷物に配置していた。定数のマスが存在する盤上の駒のように、商品の間には適度な間隔があったが、互いに触れ合わない、その配置の絶対性と単純性は偶然ではなく、あたかも意思が働いたかのようだった。それは外国語学習書の単語テストを思わせた。そうしたページにもこのように十六種類の物品の絵が並んでおり、その後学習した新言語の単語でモノの名前を呼ぶのだ。それと同じ意気込みで「管、レコード、電話、靴、釘抜き……」と口に出してみたくなった。

だが薄気味悪いことに、商品が別の意味の暗示であることは、ガーリップには明確に感知されていた。真鍮の蛇口は「単語ドリル」でそうだったように、真鍮の蛇口を示しているように思われるが、しばらくすると蛇口がさらに他のものを指しているという胸騒ぎを覚えた。敷物上の黒電話は、語学の本の電話の絵のような電話機の概念を示しており、プラグをさしてダイヤルを回せば他人の声を届けてくれる周知の器具を指しているが、それと同じくらい、興奮に鳥肌が立つような他の意味も示していた。

神秘なる第二の意味の世界に入るにはどうしたらいいのか？　神秘を発見するには？　別世界との境に立つ幸福感には手が届くが、中に踏み込むことはできない。リュヤーの推理小説では最後に絡まった結び目が解かれ、覆われていた第二の世界が照らしだされるのだが、それと同時に今度は最初の世界が無関心の暗闇に没する。真夜中、アラジンの店で買った煎り豆を口いっぱいに頬張って「殺したのは罵倒された怨みを晴らそうと復讐を企てた退役大佐だったわ」と叫ぶリュヤーが、イギリス人の召使、ライター、食卓、陶器のティーカップ、拳銃などが入り乱れる本の内容など忘れ、ただこうした物品と人物が指し示す新規の意味、秘密の意味の世界しか記憶しないことは明白だった。だが、訳筆が拙劣極まりないこうした翻訳本の最後で、リュヤーもろとも作中の探偵を新世界に引き込む物品は、今ガーリップに対してはただこの新世界への希望を与えるだけに留まっていた。この秘密にたどり着くべく、神秘の商品を敷物の上に並べた古物商の顔をまじまじと眺めた。老人の顔に意味を読むかのように。

「電話はいくら?」

「あんた、客かい?」古物商は値段交渉の糸口をつかもうと、ぬかりなく尋ねてきた。

自分のアイデンティティを問う予想外の質問にたじろいだ。「つまり他人も僕を別の何かの啓示として見ているんだ」と一瞬考えた。だが、自分が入りたかった世界はこの世界ではなく、ジェラールが歳月を費やして構築した別の世界だった。長年コラムのなかで事物に逐一名前をつけ、物語を紡ぎながら、ジェラールはその世界の壁を構築し、中に隠れて鍵を隠したように思われた。値段交渉の興奮にかられ、一瞬輝いた古物商の顔はまた元の淀んだ感じに戻った。

「これは何に使うんだ?」単純な形の小型のランプ台を示して訊いた。

「テーブルの脚だが、カーテンのポールの端にはめこむこともできる。ドアノブにもなる」

アタテュルク橋にさしかかった時には「もう顔だけ見るぞ」と決めていた。橋を行き交う各々の顔に一瞬輝く表情は、挿絵付きの翻訳小説の巨大化するはてなマークのように頭のなかに広がったかと思うと、消えゆく顔と一緒に、疑問自体も微かな痕跡を残して消滅してしまった。橋から望む街の風景と、顔たちが脳裏に蓄積させた意味とのあいだに何らかの関係が構築されるかのようなひと時があったが、それも錯覚に過ぎなかった。この街の長い歴史と不幸、失われた栄華、憂愁と悲惨を国民の顔にも見出すことはおそらくは可能だったが、これは特別に仕組まれた秘密ではなく、共有化されたある敗北や歴史や共犯関係の象徴だった。金角湾の冷たい鉛色を帯びた青色は、タグボートがその後ろに出現させた泡まじりの水域でぞっとするような茶色に変わった。

地下鉄(トゥネル)の裏通りの茶館(カフヴェ)に入り、七十三もの新たな顔を見た。机に陣取り、目にするものに満足していた。給仕の少年に紅茶(チャイ)を注文してから、習慣でコートのポケットから新聞を取り出し、ジェラールの記事を何度も読み返した。単語や文章や文字に真新しさは皆無であるものの、読めば読むほど以前には思い付かなかった数々の考えが裏付けられるのを感じた。その考えはジェラールの記事に由来するものではなく、自分の考えだが、ジェラールの記事は奇妙な形でそれらを内包していた。自分とジェラールの考えが平行に寄り添うのを感じた時、幼い頃なりたかった人物を上手に真似しおおせたと確信した時と同じくらい、安らかな気分になった。

机の上に円錐状に丸められた紙片があった。傍に向日葵(ひまわり)の種の殻が落ちているからには、売り子がテーブルを回り、ガーリップの前の客に円錐状の筒入りの向日葵の種を売ったのだろう。紙の縁の部分を見ると、学校のノートを破いたものだった。裏側には一生懸命に書かれた子供の作文があった。「一九七二年十一月六日ユニット十二。宿題：わたしたちの家、わたしたちのお庭。わたしたちの家のお庭には四本の木があります。その中の二本はポプラの木で、一本は大きな柳の木で、一本は小さな柳の木です。お庭のへいはお父さんが石をつみあげ針がねでとめました。家は人間を冬は寒さから、夏は暑さから守るすみかです。家はわたしたちを悪いものから守ります。家にはひとつの扉、六つの窓、ふたつの煙突があります。」文字の下には色鉛筆で塗った絵があり、庭とそのなかの家と木々が描かれていた。煉瓦は最初ひとつずつ描かれていたが、その後面倒臭くなって赤く塗りつぶしたものらしかった。絵のなかの扉、窓、木、煙突の数が作文と一致しているとわかると、安らぎはさらに膨らんだ。

この安らぎを胸に、紙の裏側に急いでペンを走らせた。罫線の間に書いた単語がちょうど子供が綴った言葉のように、実在する事実を指していることに疑いの余地はなかった。まるで子供の宿題の紙片のおかげで、積年の失語症から回復して言葉を取り戻したかのようだった。小さな文字で何行も手がかりを書き連ね、紙の最下部に来た時「全てはかくも単純だったのか!」と驚嘆した。「ジェラールも僕と同じように考えていたことを確信するには、もっと顔を見なくてはならない」とも考えた。

茶館（カフヴェ）にある顔を眺めて紅茶（チャイ）を飲んでから、再び凍てつく路地に降り立った。ガラタサライ高校の裏通りには、独り言を呟きながら歩くスカーフ頭の老女が居た。雑貨屋の半分閉まったシャッターの下から身をかがめて出てくる少女、その顔からはどんな人生も互いに似通っているということが読みとれた。色褪せた服を着て、氷に滑るゴム靴を見つめて歩く若い娘の顔には、焦燥のなんたるかを知っている旨が書かれていた。

また茶館（カフヴェ）に入って着席すると、ポケットから家の作文をとりだし、ジェラールのコラムを読むようにいそいそと読み始めた。ジェラールの記事を読みながらその記憶を取り込めば、居場所もおのずと判明するだろうことは既によくわかっていた。ということは、その記憶を手に入れるため、まずはジェラールの全記事の保管場所を見つけなくてはならなかった。何度も読み返した作文によって、この博物館が「家」でなくてはならないことにもとうに勘付いていた。「わたしたちのことをわるいものからまもるばしょ」。作文を読み込むにつれ、物事を大胆に命名することができる子供たちの純真さを自分のうちにも感じ、リュヤーとジェラールが待ちかまえている場所を即座に言い当てられそうな気がした。実際のところ、茶館（カフヴェ）に居る間は、この興奮に囚われるたび作文の裏面に新たなヒントを書きつける以上のことはできもしなかったのだが。

再び街路に降り立つと、ガーリップはこの手がかりをふるいにかけ、いくつか選出した。市外ではない。なぜならジェラールはイスタンブール以外の場所では生きられないから。アジア側ではない。何故ならそこは充分に「歴史的」ではないと言っていたから。リュヤーとジェラールが一緒に誰か友人の家に身を寄せたりはしない。そんな友人は居ないから。リュヤーも友人の家に居ない。そういう場所にジェラールと一緒に行けないから。ホテルなどにも泊まっていない。思い出が不足しすぎているから。兄妹とはいえ、男女ふたりでは疑いの目で見られるから。

その次の茶館（カフヴェ）に入った時、少なくとも方角は正しい自信があった。ベイオウルの裏からタクシム方面に向かっていた。ニシャンタシュへ、シシリへ、自分の過去の心臓部へと。ジェラールはある随筆でイスタンブールの路地の名について連綿と語ったことがあった。壁にかけられた写真のなかの亡くなったレスラーについても、長広舌をふるっていた。このモノクロ写真は古い『人生（ハヤット）』誌の中ほどのページを切り取って額に入れたものだが、このようにして多くの八百屋や床屋や仕立屋の壁を飾っていた。両手を腰に当て、謙虚に微笑んでいるオリンピックメダリストのレスラーが訴えかけてくるものに目を凝らすと、その死因が交通事故だったことを思い出した。こうして十七年前のこの交通事故と、レスラーの顔に現れた謙虚な表情は、以前に頻繁に起きたように、頭の中で重なり合って一体となり、この表情が交通事故の啓示（サイン）であることを否応なしに理解した。

つまり思いもかけぬ記憶が必要なのだ。事実と夢想を融合させ、別の物語の啓示とする類の偶然の記憶。店を出て、タクシムに向かって裏通りを歩きながら、「例えば……」と考えた。「ハスヌン・ガーリップ通りの狭い歩道につけられた馬車、そのくたびれた老馬を見たら、祖母に読み書きを習った日々に、アルファベット読本のなかで見た巨大な馬の記憶を掘り起こさねばならない。その下に『うま』と文字が記されたあの大きなアルファベットの馬は、その頃テシヴィキエ大通りのアパルトマンの最上階にひとり暮らししていたジェラールと、本人の記憶にあわせて内装を施したあの部屋を思い出させる。さらにはあの最上階はジェラールが僕の人生において占める場所の啓示かもしれないとも考えられる。」

だが、ジェラールはあの部屋を出て久しい。これらの啓示は間違った方向にも誘導しがちなことに思い当たってふと戸惑いを覚えた。直感に裏切られる可能性まで考慮したら、この街では迷子になるに違いない。自分を生かしているのは様々な物語だった。盲人が触感で何かを発見しては認識するように、直感で探りあてた物語。三日間街を嗅ぎまわっていられたのも、数々の啓示を用い、あるひとつの物語を構築できたからこそだった。周囲の世界や人々も物語のおかげで存続しているに違いない。

新たな茶館(カフヴェ)に移動したときも、ひきつづき上手く行くような気分で「自分の状況」を確認できた。羅列した手がかりは裏面の作文の語彙と同様、単純明快に思えた。店内の離れた一画には白黒テレビがあり、雪のコートのサッカー映像を流していた。炭でコートに引かれた線と、泥だらけのボールが黒い。剝き出しの机でトランプに興じる男たち以外は、この黒いボールに釘付けだった。

茶館(カフヴェ)を出ると、探している秘密はこの白黒のサッカー試合のように単純に思えた。今為すべきことは、風景と顔を見ながら、足の向くまま歩くことだった。茶館(カフヴェ)だらけのイスタンブールなら二百メートルごとに入店しながら市内を横断できるだろう。

タクシム近辺でふと気が付くと映画館から出てくる群衆のなかに紛れてしまった。人々は呆然と前を見ながら、ポケットに手を入れたり、腕を組んだりしながら階段を降り、街路に繰り出すが、顔には過剰な意味が込められており、今まで迷い込んでいた悪夢のような物語でさえとるに足らぬ気がしたほどだった。虚構世界に浸りきったおかげで自分の不幸を忘れた人間特有の安心感が、その顔には現れていた。彼らはここに、この貧乏臭い路地に存在していたが、同時に彼岸にも、すなわちそのなかに入ってしまいたいと飛びついた物語のなかにも居た。遠い昔に敗北と悲嘆のなかで一掃された彼らの記憶は、この瞬間、いかなる憂愁や追慕をも鎮める深遠な物語で満たされていた。「別の人間になったと思い込むことは可能なんだ」と羨望混じりに考えた。人々が今しがた観賞した映画を自分も見て、物語のなかに溶け込んで別人になりたい気がした。見れば路地に散った人々は陳腐な店の展示ケースをひやかしつつ、馴染みの物品で構成された退屈な世界に戻っている。「投げやりになっている」と感じた。

実のところ、別人になるためには人間は死力を尽くさなくてはならないのだ。タクシム広場に出たガーリップには、この目的のために意志の力を全て結集できるほどの決意が生じていた。「僕は別人だ」と自分で言い聞かせた。これは心地よい感覚で、足元の凍った歩道とコカ・コーラや缶詰の看板に囲まれた広場全体のみならず、頭のてっぺんからつま先まで人格が一変したような気にさせられた。「僕は別人だ。」確信を持ってこの言葉を繰り返せば、人は全世界の変容をも信じることもできようが、そこまで先走る必要はなかった。「僕は別人だ。」名状し難い別人の記憶と悲哀を帯びたこの旋律が新たな人生のように胸に高鳴るのを感じる。全生活における行動範囲を定義するランドマークのひとつであるタクシム広場は、この音楽のなかで徐々に変化した。巨大な七面鳥のように走り回るバスや、呆けた伊勢海老のように徐行する路面電車、常時暗黒の一画であり続ける曖昧な片隅と共に。ついには不幸な零落国家が誇る満艦飾の「近代的」広場に変化し、ガーリップも初めてそこに足を踏み入れたことになった。雪化粧の「共和国像」も、何処にも続かない広壮なギリシャ風階段も、十年前の大火を爽快な気分で見守った「オペラ」座も、それらが啓示として機能しようとしていた夢想じみた国家の、本物の構成要素に変化した。バス停付近には慌ただしい様子の群衆が屯(たむろ)していたが、押しあって乗車する人々には神秘の顔も、ベールに包まれた別世界の啓示たりえるビニール袋も見いだせなかった。

人々の顔を読むために茶館(カフヴェ)に入る必要もなくなり、直接ハルビエからニシャンタシュに向かった。その後、探し求めていた場所を発見したと信じるようになった時には、もうその過程で自分が身に帯びていた人格を思い出せなくなった。ジェラールの全過去を照らし出す昔の記事やノート、新聞の切り抜きに囲まれながら「まだあの時には自分がジェラールだということを信じきれなかったんだ」と考えた。「あの時にはまだ完全に自分を捨てられなかったんだ」と。飛行機が遅れ、想像もしなかった街を半日観光することになった旅人のように、目に飛び込む光景を眺めていた。アタテュルク像は祖国の歴史を紐解くと重要な軍人が居たことの印。泥まみれで輝いている映画館前の群衆は、日曜の午後、退屈気味の庶民が外国の夢物語で時間潰しすることの印。刃物を手に店内から通りを眺めるサンドイッチ屋と揚げ物(ボレッキ)屋の店番は、悲痛な夢想と思い出が灰塵に帰しつつあることの印。大通りのなかほどの黒い裸木は、黄昏時に色濃さを増して降りてくる国民的憂愁の印。「一体、何ができるんだ、この街で。この通りで。この時間に。ああもう!」と呟いてみた。だがこの呟きすら自分が切り抜いて保管した昔の記事の一節だということは自覚していた。

ニシャンタシュに到着した時には辺りは暗くなっていた。冬の夜の渋滞時は排気ガスと住宅の煙突の煙が充満し、その匂いが狭い歩道に浸透する。奇妙なことにこの匂いはこの街区独特のものという感じがし、鼻腔を焼く悪臭を陶然と吸い込んだ。ニシャンタシュの角まで来ると強い別人願望が嵩じ、その強烈さときたら、何万回も眺めたアパルトマンの門構えや店のウィンドウ、銀行の看板、ネオンの文字をも、全く別物、新しい事物として認識できそうなほどだった。長年暮らしたこの界隈を完全なる異世界にしているのは軽快さと冒険心で、これらはガーリップの内面に作用して永遠に消え去ることはないようだった。

道路を横断して自宅には向かわず、右に曲がりテシヴィキエ通りに入った。全身に漲るこの感覚の心地よさ、身に帯びた人格が自分に差し出す可能性の魅力のせいで、長期間壁に囲まれ暮らした後に退院した病人のように、眼前に溢れる真新しい光景に酔い痴れていた。「何年も素通りしていたけど、この菓子屋の陳列窓は実はこんなに明るくて、なんだか宝石屋みたいじゃないか！」「実は大通りなんて幅も狭くて、歩道だって曲がりくねってるじゃないか！」

子供の頃、自分の身体と心を捨て、完全に新しい誰かとなった別の人物を外部から眺め、「あいつったら今オスマン銀行を通過中だ」などと空想したものだったが、この時も、同様のやり方で自分が身に帯びた新たな人格を追跡した。「両親や祖父と何年も共に暮らしたシェフリカルプ・アパルトマンの前をわき目もふらず通りすぎて行く。注射屋の女の息子が店番をしている薬局の前で立ち止まり、陳列窓を覗いてる。動じることもなく交番の前を通り過ぎる。シンガーミシンの間のマネキンを旧友のように親しげに眺めている。明確な目的を見つめる断固たる人物のように、ある神秘の、長年周到に手配して準備されたある陰謀の核心に向かって歩いている……。」

反対側の歩道に移り、同じ道をもう一度辿ってから、また反対側に渡り、点在する菩提樹や看板やバルコニーの下を通りモスクまで歩いた。その後さらに同じ道を反対方向に歩いた。その都度、通りの少し先から折り返して「探索領域」を広げ、その都度、かつての不幸な人格ゆえに認識できなかった細部をいくつか観察して記憶の片隅に書き込んだ。アラジンの店のショウウィンドウには古新聞やおもちゃの銃、ストッキングが積まれていたが、その堆積のなかには一本の飛び出しナイフがあった。テシヴィキエ通りを示すはずの「一方通行」の矢印がシェフリカルプ・アパルトマンを指していた。乾燥したパンがモスクの低い壁の上に置かれていたが、この寒さにもかかわらず黴びていた。女子校の校門周辺に書かれた政治的スローガンには二重の意味を持つものが複数あった。照明がつけっぱなしの学習塾の壁に貼られたアタテュルクの写真も、汚れた窓を通して同じ場所、即ちシェフリカルプ・アパルトマンを見ていた。奇妙な所業により、花屋のウィンドウにある薔薇の蕾に安全ピンが刺さっていた。近頃開店した革製品の店を飾る派手なマネキンたちも、一時ジェラールが住み、その後両親とリュヤーが住んだシェフリカルプ・アパルトマンの最上階を正視していた。

ガーリップもマネキンと一緒にアパルトマンの最上階をじっと眺めた。自分のことをマネキン同様の異国の想像の産物の模倣品、もしくは自分は読みもしないがリュヤーから内容を伝えられた推理小説の老獪な主人公の模倣品のように感じると、その瞬間ジェラールとリュヤーがそこに、マネキンが視線で示した最上階にいる可能性に合理性を見出した。アパルトマンの前から逃げるように去り、モスクに向かおうとした。

だがそのためには全力をふり絞らなければならなかった。両脚はシェフリカルプ・アパルトマンを離れたがらず、一刻も早く建物に飛び込み、上り慣れた階段を最上階まで駆け上がり、そのなかのあの場所に、あの恐ろしい暗黒の場所に彼を連れて行き、そこにあるものを見せたがるのだ。その光景は考えたくなかった。あらん限りの力を振り絞り、その場を離れると、歩道が、店が、看板の文字が、交通標識が、昔ながらの元の意味へと戻ったのがわかった。ふたりの居場所を把握した瞬間、悲劇的感情と恐怖のなかに永遠に封じ込められてしまったのだ。アラジンの店の角に来た時、交番に近づいたせいなのか、あるいは角にある「一方通行」の標識がもはやシェフリカルプ・アパルトマンを指していないと気付いたせいなのかは謎だが、恐怖心はさらに高まった。とにかく、疲労と混乱が酷く、多少なりとも考えをまとめるためにはどこかに腰を落ち着ける必要があった。

テシヴィキエ - エミノニュ間の乗合自動車（ドルムシュ）発着所の側で古い食堂に入り、惣菜パン（ボレッキ）と紅茶（チャイ）を頼んだ。ジェラールは自分の過去と、失われつつある思い出に非常に執着していた。そんな彼が幼年時代と青年時代を通じて暮らしたアパルトマンの部屋を再び借りたり、買ったりする以上に自然なことがあるだろうか？　そうすればかつて自分を追放した人々が、今は資産を失くし埃だらけの裏通りのアパルトマンで朽ち果てている時、自分こそが追い出された場所に凱旋することになるではないか。そして彼はこの勝利を、リュヤー以外の家族全員に内緒にし、目抜き通りに住んでいながら誰にもその形跡を見せなかったはずだ。完全にジェラールの身になって考え、そう思い当った。

その後の数分間、入店してきた家族に注目した。日曜日の夕方、映画館の後の夕食を外食で済まそうとする母親と父親、その娘と息子だ。両親はガーリップと同年代だった。父親はコートのポケットから取り出した新聞に時々没頭し、母親は子供たちの喧嘩が激しくなるのを目で制すと、自分以外の三人のために、小さな鞄と机の間でずっと手を動かし、帽子から奇物を出してみせる手品師のように素早く巧妙に色々なものを並べた。男の子の洟を拭くためのハンカチ、父親の手のひらに薬、娘の髪を結う髪飾り、ジェラールの記事を読んでいる父親の煙草にライター、男の子の洟を拭くためにまた同じハンカチ、といった具合に。

惣菜パンを食べ紅茶（チャイ）を飲み終えると、父親が中学・高校の同級生だということを思い出した。店を出る寸前、湧き上がる衝動に駆られ、父親に声をかけた。その首と右頬には思わず目を背けたくなるような火傷の痕があった。母親もリュヤーといつも一緒に通ったシシリ・テラッキ高校では同じクラスで、おしゃべりな優等生だった。大人同士の挨拶の際、子供たちが好機と心得て喧嘩の決着をつけようとするのを横目に、思い出話をしたり、相手の近況を尋ねあったりしていると、当然のことながら、もう片方の類似の結婚生活における対称性を支えているリュヤーのことも懐かしく思い出すことになった。子供は居ないこと、リュヤーは推理小説を読みながら自宅で自分を待っていること、夜は一緒にコナック映画館に行くこと、自分はチケットを買って帰るところで、今日は別の同級生、ベルクスにも道でばったり会ったことを伝えた。ベルクスだよ、ほら、あのブルネットで、中くらいの背丈のベルクスだってば。月並みな夫婦は曖昧さの余地も残さず月並みに断じた。「うちのクラスにベルクスなんて子は居なかったよ！」ふたりは時々学校のアルバムを開いて、それぞれの思い出やエピソードを交え、皆のことを思い出しているそうだ。だから間違いはないという。

食堂から冷たい外気のなかに飛び出すと、息せき切ってニシャンタシュ広場に向かった。リュヤーとジェラールが日曜の夜は七時十五分にコナック映画館に行くと睨んだため、映画館に駆けつけたのだ。だが、路上にも映画館の入口にもふたりの姿はなかった。待ち構えていると、昨日の午後、映画館で眺めた女の写真を見つけ、彼女になりたいという思いが再び胸のうちに湧き上がった。

店先を眺め、通りすがりの人々の顔を読みながら徘徊し、もう一度シェフリカルプ・アパルトマン前に辿りついた時には、長時間が経過していた。毎晩八時、あらゆる窓を照射するテレビの光はシェフリカルプ・アパルトマンを除き、通り沿いの全ての建物に瞬いていた。アパルトマンの暗い部屋を凝視すると、最上階のバルコニーの柵に結ばれた濃紺の布切れを見つけた。三十年前、一族全員がここで共に暮らしていた時代、同じバルコニーから垂らす同じ紺色の布は水売りへの合図だった。トタン缶を馬車に積んだ配達人は青い布を見てどの家で飲料水が無くなったかを判断し、水を運びあげてくれるのだ。

布が何らかの合図だと確信したものの、その解釈に関して様々な可能性が頭に浮かんだ。果たしてふたりがここに居ることを、自分に対して示す合図なのか。ジェラールが自分の過去のディテールに郷愁を感じ、ここに戻ったことの印（サイン）のひとつかもしれない。八時半近くになって、立ち尽くしていた場所を去り、自宅に戻った。

かつて、しかもそう遠くない日々に、新聞や本に囲まれリュヤーと一緒に煙草を吸った古い居間、その照明、その光は、新聞報道時の失われし楽園の写真のように、耐えがたいほどの思い出に満ちていて、耐えがたいほど痛切だった。この空間にリュヤーが帰った、もしくは家に寄った形跡や兆候は一切なかった。疲れて帰宅した夫に物憂く挨拶するあの匂い、あの影。照明の淋しげな光の下に荷物をそっと残し、暗い廊下を通って暗い寝室に入った。コートを脱ぎ、手探りでベッドを探し、仰向けに身を投げ出した。居間の照明と廊下から洩れる街灯の光が、部屋の天井で細い顔の悪魔の影に変化した。

起き上がって時間がたつと、何をすべきか明確に自覚した。新聞のテレビ欄を読み、周辺映画館の昔と変わらぬ上映時間と上映作品を調べた。最後にもう一度だけジェラールの記事に目を走らせた。冷蔵庫にある腐敗の最初の兆候を示す食品のなかからオリーブと白チーズを選び出し、乾いたパンと一緒に胃に放り込んだ。リュヤーの棚で発見した大きめの封筒に新聞の切り抜きを適当に詰め込み、宛先にジェラールの名前を書いて持っていくことにした。十時十五分、家を出て、シェフリカルプ・アパルトマンの前に立つ。このたびはさきほどより少し離れて待つことにした。

さして待たぬうちにアパルトマンの階段の電気が点灯し、長年この館の管理人を務めるイスマイルが姿を現した。咥え煙草で建物から出たゴミを栗の大木の脇の大きなドラム缶に空けようとしている。ガーリップは立ちはだかった。

「イスマイルさん、こんばんは。この封筒をジェラールに渡しに来たんだ」

「おや、ガーリップじゃないか。」管理人は嬉しそうでもあり、自分の目が信じられないようでもあった。まるで卒業後何年も経た昔の生徒に気付いた学務総監のように。

「でもジェラールはここには居ないよ」

「知っているんだ。ここにいるって。でもこっちも誰にも言わないから。」ガーリップは確固とした足取りでアパルトマンの中に入った。「絶対誰にも言うなよ。この封筒を下のイスマイルさんに渡してくれ、って言われたんだ。」

ガーリップは昔と同じガスと揚げ油の匂いがする階段を降り管理人部屋に入った。イスマイルの妻カメルもまだ同じ椅子に座り、昔はラジオが乗っていた小卓(セフパ)の上のテレビを見ていた。

「カメルさん、ほら、誰だかわかる?」

「あら。」老婦人は立ちあがると挨拶のキスを交わした。「皆さん、私たちのことなど忘れちゃったんでしょ。」

「忘れるわけないでしょう」

「門の前をお通りになる癖にお寄りにはならないのですもの」

「これをジェラールに持って来たんだ。」ガーリップは封筒を見せた。

「主人が言ったの?」

「違う、本人に言われたんだ。知ってるんだよ、ここに住んでいることを。でも誰にも言わないで欲しいんだ」

「私たちだってどうしましょ。言えないわ。ジェラールさんにはあれだけ注意されたんだもの」

「知っているよ。今、ふたりは上にいるの?」

「全然わからないのよ。真夜中、こっちが寝ているときに来て、寝ているときに出て行ってしまうの。本人のことは見ていないけど、声は聞くわ。ゴミを捨てたり、新聞を配達したりはしているんだけど。時々、その新聞もあそこ、ドアの下に何日もたまってたりするわ」

「上にはいかないよ。」ガーリップは言った。封筒の置き場所を探すふりをして管理人部屋を調べる。食卓には昔と同じブルーのチェックのテーブルクロスがかかっており、通りを行き交う人々の足や泥だらけの馬車の車輪を隠すのは昔と同じ色褪せたカーテンだった。裁縫箱。アイロン。砂糖壺。ガスコンロ。煤だらけの集中暖房……集中暖房の上の棚の端に打ち付けられた釘。いつもの場所、そこに鍵がある。老婦人は椅子に座っていた。

「お茶を淹れましょうかね。ベッドの端っこにお座り。」片目はテレビを追っていた。「リュヤーさんはどうしているの？　お子さんはまだ？」

老婦人がもはや釘づけになっている画面に、遠目にはリュヤーを彷彿とさせる若い娘が現れた。何色かは不明の髪は乱れ、肌は白い。装われた子供っぽさで目を凝らす。嬉しそうに口紅を塗る。

「綺麗なひとだね。」静かにガーリップは呟いた。

「リュヤーさんはもっとお綺麗じゃありませんか。」同様に静かに答えた。

敬意を込め、ある種の畏怖が混じった崇拝の念を込め、一緒に画面を見つめた。ガーリップは器用に鍵を奪い取り、ポケットのなかの、手がかりを書き連ねた作文の紙の脇に忍ばせた。老婦人は見ていない。

「封筒はどこにおけばいいかな？」

「私にちょうだい」

イスマイルが空のゴミ箱を設置するためにアパルトマンに入ったのを、外門に向いた小さな窓から確認した。エレベーターの作動により、照明が弱まり、テレビの画面が一瞬歪んだところで、老婦人に別れを告げた。階段を上り靴音を鳴らして外門へと出た。門を開け、中に留まり盛大に閉めた。静かにもとの階段に戻り、制御不能な興奮に駆られつつ、忍び足で三階まで上った。三階と四階の間の階段に座り、空のゴミ箱を上階の各部屋に置いていているイスマイルが降りてくるのを待った。階段を照らす照明が一瞬にして消えた。「オートマティックだ！」とガーリップは呟いた。それは子供の頃、魔法の遠い国を連想した単語だった。再び照明が点灯した。管理人が乗ったエレベーターが下降する。ガーリップはまた階段を上り始めた。昔両親と暮らした部屋のドアには某弁護士の真鍮の表札がかかっていた。祖父母の階では婦人科医の看板と空のゴミ箱を目にした。

ジェラールの部屋の扉には何の標識も名前もなかった。ガーリップは都市ガスの明細書を携えた勤勉な集金人のような手慣れた手つきで呼び鈴を押した。二度目に呼び鈴を押した時、階段の電気が消えた。扉からは一筋の光も洩れてこない。三度、四度と呼び鈴を押しながら手はポケットの底なし井戸で鍵を探り、鍵を探し当てたときにも呼び鈴を鳴らし続けていた。「ふたりで中のどこかの部屋に隠れているんだ」と想像していた。「居間の向かい合った椅子に座り、静かに待ちかまえているんだ。」最初、鍵穴にうまくささらなかった。鍵を間違ったかと思った時、だがちょうど、一切を混同してしまう記憶が、ある輝かしい瞬間に、自分の愚かさ及び世界の混沌たる秩序を発見するように、鍵は鍵穴のなかで驚くべき奇妙な対称性と幸福感を伴って嵌った。まず、扉が暗い部屋に向かって開くのを認識した。それから、その暗い部屋で電話が鳴りだしたことも。

# 第Ⅱ部

# 第1章　亡霊の家

「自らを空っぽの家ほどにも物寂しく感じた」
フローベール

電話はドアを開けて三、四秒後に鳴り始めた。だが、あたかも任俠映画の残忍な警報ベルのように、ベルとドアの開閉が機械仕掛けの装置で連動しているのかと狼狽した。三度目のベルでは、慌てて電話を取ろうとするジェラールと室内の暗闇で衝突するところを想像した。四度目にして家に誰も居ないという判断を下し、五度目も鳴ることを予感した。ここまで長くベルを鳴らすからには、電話の主は空家でないのを知っている人間だろう。六度目、最後に十五年前に入ったきりの、亡霊じみた部屋の地形を思い浮かべながら、手探りで電気のスイッチを探した。なにかにぶつかり、とびあがる。暗闇のなかで彼方此方にぶつかったりひっくりかえしたりしながら、電話に駆け寄った。一向に取れずにいた受話器をやっと見つけたのと同時に、身体も自然に椅子を見つけて、座った。

「もしもし」

「やっとこちらへいらしたんですね。」見知らぬ声がそう言った。

「ええ」

「ジェラールさん、何日も探してたんですよ。夜分遅く申し訳ございませんが、一刻も早くお会いしなくては」

「どちらさまでしょう?」

「かなり前ですが、一度、共和国記念日のパーティーでお会いしましたよね。自己紹介しましたでしょう、ジェラールさん。でもおそらくはもうお忘れでしょうね。その後、どんな名前かもう忘れてしまいましたが偽名で二通手紙を出しました。一通はアブドゥルハミット皇帝の死の背景に潜む謎の解明という内容でした。もう一通は大学生の『つづら殺人』として知られる某陰謀に関することでした。この事件には、その後姿をくらましたスパイが関わっていたことを私が示唆したのです。その頭脳明晰さをもって問題を調査してつきとめ、記事になさいましたよね」

「ああ」

「実は手元に別のファイルがありましてね」

「社に届けてくれませんか」

「ずっと出社されてないことは存じております。しかもこんな緊急の用件のとき、新聞社の人たちはあてになりません」

「了解です。ならばうちの管理人に渡してください」

「ご住所を知らないんです。郵便局の情報サービスは電話番号を通知しても住所は教えないそうです。

この電話番号は別人の名前で登録してますね。電話帳にもジェラール・サーリックという名前では電話番号は掲載されていません。ジェラーレッティン・ルーミーなら居ます。偽名でしょうね」

「この電話番号を教えた人は住所を教えなかったのですか？」

「いいえ」

「誰に教えてもらったんです？」

「共通の友人にです。お会いした際にお話ししたいと思います。もう何日もお探ししているんです。思い付いた方法は全て試しました。ご家族にもお電話しました。あなたのことが大好きでらっしゃるという伯母様ともお話しました。あなたのお気に入りの場所にも行きました。以前、お書きになったので存じ上げているのです。クルトゥルシュ通りにも、ジハンギルにも、コナック映画館にも行きました。偶然お会いできるのではないかと思いまして。その間、ペラ・パラスに宿泊中のイギリスのテレビ取材班も会いたがって、私同様、あなたを探していたようです。ご存じでしたか？」

「何のファイルなのです？」

「電話ではご説明できません。ご住所を教えてください。遅すぎるということはない、すぐに伺います。ニシャンタシュですよね？」

ガーリップは冷静に言い放った。「ああ、でもこうしたことにもう興味はないんです。」

「なんですって？」

「拙欄をよく読んでくださるのなら、もう興味を失ったことはおわかりでしょう」

「いや、これはまさにあなたが飛び付く題材のはずなんです。イギリスのテレビ取材班にも話してやるといい。住所を教えてください」

「悪いが、文芸信者とはもう会わないことにしたんだ。」自分でも驚くほど快活に答えた。

穏やかに通話を終えた。暗闇でふと伸びをすると、傍にあった卓上ランプのスイッチに手が触れたので、それを回した。橙色の鈍い光が室内を照らし出すと、のちに「蜃気楼」と想起することになる、衝撃と恐怖に襲われた。

その部屋は、二十五年前、独身の新聞記者であったジェラールが住んでいた時と寸分たがわず同じだった。全ての家具、カーテン、照明の位置、影と匂いに至るまで、二十五年前と完全に同一だった。ガーリップを幻惑し、これまでの四半世紀など存在しなかったと信じさせるため、古い調度品を模倣しているような新しい調度品もないわけではない。だがより仔細に観察すると、調度品に幻惑の意図などないようで、幼年時代から現在までの時間の流れのある時点で、魔法によって瞬時に溶けて消滅したのだと信じてしまいそうになった。危険な暗闇からやにわに飛び出してきた家具は新しいものではなかった。それらはある魔法のせいで新奇な感じを醸していたが、その魔法とは自分の思い出と共に古くなり、粉々になり、果ては消失したと思っていた色々な物品が、最後に目撃し、その後忘れ去った状態そのままで眼前に再来したこと、だった。昔の机や色褪せたカーテン、汚れた灰皿、くたびれた椅子は、まるでガーリップの人生と記憶とが命じた物語と運勢に屈服せず、あの日（メリヒ伯父さんがイズミルから帰りアパルトマンに住み着いた日）以降、想定された運命にも抵抗し、自分たちだけの隔離空間の構築を目指したかのようだった。一切は、四十年前ジェラールが母親と同居していた時代や二十五年前の駆け出しの新聞記者としての独居時代と同じように整えられており、それを今一度認識したガーリップは背筋が凍った。

昔と同じ胡桃材の獅子脚テーブル。昔と同じ萌黄色のカーテンがかかった窓からのそのテーブルの距離。昔と同じシュメール百貨店の布地張りの（二十五年経ったというのに、昔と同じ猛り狂った猟犬が、紫色の葉の茂る森で、哀れな鹿を、昔と同じ興奮に駆られて追い回していた）椅子の背にある、人間の影に似た昔と同じポマードの汚れ。イギリス映画から抜け出てきたようなセッター犬が埃をかぶった食器棚の銅皿からずっと同じ世界ばかり眺めている、その辛抱強さ。集中暖房の上の壊れた時計。コーヒーカップと爪切りの置き方。それらは、ガーリップが二度と思い出さないよう、この橙色の光のなかに置き去りにした状態のままだった。「思い出しもしないものがある。さらには思い出さないことすら思い出さないものが。それらを再発見しなくてはならない」とジェラールは最近のコラムに書いていた。リュヤーの一家が引っ越してきて、ジェラールがこの部屋を離れてから、様々な調度品が徐々に場所を変え、老朽化し、新品と入れ換わり、その後記憶のなかで痕跡も残さず不可知領域へと退いていったことは覚えていた。また電話が鳴ると、コートを着たまま座っていた「古い」椅子から身を伸ばし、余りにも違和感のない受話器をとった。構えずともジェラールの声を真似ることには自信があった。

電話に出たのは同じ声だった。要望に応じ、今回は思い出語りによってではなく、名前を明かして自己紹介した。マヒル・イキンジ。名前を聞いても、思い当たる特定の人物や面影はない。

「軍事クーデターを起こそうとしています。軍の中の小さな派閥が。原理主義者の新興宗教です。救世主(メフディ)を信じている。時は満ちたと信じている。しかもあなたが書いたコラムのせいでね」

「その類の愚行とは関わったためしもないんだが」

「関わってらっしゃいますとも。ご自分で書いたとおり、今は思い出せないか、もしくは思い出したくないのでしょう。記憶を失ったか、思い出すことを拒否したためにね。昔の記事にざっと目を通してみてください。読めば思い出すはずです」

「無理です」

「思い出しますよ。何故なら、私が知る限りあなたは軍事クーデターの知らせを受けて、安穏と腰を落ち着けているタマじゃない」

「ああ、違う、そういう人間じゃない。さらに言えば、私はもう私じゃないんだ」

「すぐに馳せ参じます。過去を、失われた記憶を取り戻させてあげましょう。最終的に私が正しいと認めてくださり、この件に全力で取り組まれるはずです」

「取り組んでみたい気もするがね。君には会えない」

「こちらはお会いするつもりです」

「住所がわかったらの話だ。私が外出することはない」

「いいですか、イスタンブールの電話帳には三十一万もの電話番号が載っています。最初の数字は想像がつくので、急げば一時間に五千件の番号を確認することができます。遅くとも五日以内にはあなたの住所を特定できるということです。私が気になってたまらない偽名もね」

「御苦労なことだ。」自信がありげに見せかけようとしながら吐き捨てた。「ここの番号は電話帳にはないはずだ。」

「偽名を使い分けることがお好きですよね。長年記事を愛読しているんです。あなたは偽名や、ちょっとした詐術、別人になり変わるという悪戯がお好きなはず。電話帳からの電話番号の削除申請なんかせず、嬉々として偽名をでっち上げたことでしょう。御愛用の偽名や、自分が推測するところをいくつか前もって調べておいたくらいです」

「それは、どういう?」

男は洗いざらい口にした。電話を切り電話線ごと引き抜いてから逐一繰り返したが、その名前は記憶の痕跡や連想に訴えずただ消えてゆく類のものだった。コートのポケットから紙きれを取り出し、名前を書き連ねた。ジェラールのコラムを本人以上に読み込み、本人以上によく記憶している他の読者の存在は奇妙かつ衝撃的で、しばし肉体的現実感すらも失わせた。この周到な読者と、不本意ながらある種の兄弟愛で繋がることが可能にも思えた。もし彼と向き合って座り、ジェラールの過去の記事について語れば、この座っている椅子や現実離れしたこの部屋はより深遠な意味を帯びることだろう。

まだリュヤー一家がここに来る前、六歳の頃、祖母の階から逃げ――両親はあまり好まなかったが――独身のジェラールの部屋によく上っていった。日曜の午後、ラジオのサッカー中継に一緒に耳を傾けながら(聴いているかのようにヴァスフも頭を揺らしていた)、気まぐれな先輩が途中で放棄した相撲（ギュレシ）連載を執筆中のジェラールが、煙草を咥え、高速でタイプライターを連打する様子を憧れの眼差しで眺めている時、この椅子に座っていた。まだジェラールがこの部屋を追放される前、メリヒ伯父と一緒に同じ階に住んでいた時、寒い冬の夜、メリヒ伯父のアフリカ土産話目当てのふりをしてスザン伯母や、同じくらい瞠目すべき存在であることを発見しつつある美しいリュヤーを眺めるために、両親の許可を得て、上の階に行った。目配せして伯父の土産話を揶揄してみせるジェラールの向かいで、この椅子に座っていた。その後の数カ月間、ジェラールが突然姿を消し、メリヒ伯父と父の口論が祖母を泣かせてばかりの日々が続き、祖母の階で、財産、不動産、株、部屋の所有権について言い争いが始まると、「子供たちを上にやれ」ということになり、沈黙する調度品にリュヤーとふたりきりで囲まれた。ガーリップは両足をこの椅子の端から垂らして座るリュヤーを崇拝の目で眺めていた。二十五年前のことだ。

長いこと無言で椅子に座っていた。それからリュヤーとジェラールの現在の隠れ場所の情報を得ようと、入念な探索を始め、ジェラールが幼年時代と青年時代の思い出に捧げるべく再構築した幽霊屋敷の別の部屋を見て回った。それは失踪した妻の痕跡を探す無謀な探偵というより、なにかの愛好家が、夢中になっている対象物の最初の博物館が開館したこと受け、興奮や愛、熱狂、敬意を胸に秘め館内見学する姿に似ていた。二時間後、亡霊の家の各部屋や廊下を徘徊し、気になる棚をひっかきまわした揚句、最初の探索を終えると、次のような結果を得た。

暗闇で電話に駆け寄った時、卓上の何かをひっくり返したが、それは二客のコーヒーカップで、そこから類推すると、ジェラールは家に他人を入れていた。だが繊細なカップが割れたため、底の薄いコーヒー層を舐めて（リュヤーは大量の砂糖入りのコーヒーを愛飲した）手がかりを導き出すことはできなかった。投げ入れられてドアの下に蓄積した『ミリエット』紙の一番古い日付によれば、ジェラールはリュヤー失踪の日、この部屋を訪れていた。同日の新聞の「海峡が干上がるとき」という記事の誤植訂正版は、緑のボールペンを用い、例の激しい筆致で校正されてレミントン・タイプライターの横に置かれていた。古い寝室の玄関の側にある棚を見ても、ジェラールが旅に出た痕跡や長期間不在にする、もしくは不在にしないことを示す形跡はなかった。青い縦縞の軍隊パジャマ。新しい泥がついた靴。この季節に頻繁に着用する濃紺のコート。冬用のベスト。大量の下着（古いコラムで貧しい子供時代と思春期を過ごし、中年になって裕福になった男性の多くが有り余るほどのパンツとランニングシャツを買う病気にかかる、と書いていた）。洗濯籠の汚れた靴下。どれをとっても、この家はいつでも仕事から戻り、速やかに日常生活を継続する人の住まいのようだった。

かつての家の内装をどの程度真似たのか、シーツもしくはタオルのような細部から特定するのはおそらくは困難だった。だが、奥の部屋のしつらえも、明らかに居間に適用された「亡霊の家」の基本原理に沿った形だった。よって、リュヤーの子供時代の部屋には、同じように子供っぽい青い壁とベッドの骨組が残っていた。昔、ジェラールの母親が使っていたベッドの模倣品で、そこには裁縫道具や、ニシャンタシュとシシリ在住の上流夫人が型や写真と一緒に預けたヨーロッパ製の布地や服のパターンが広げられていた。匂いについては、簡単にわかった。もしも、匂いが過去を再現するために、かつての喚起力を保って空間の片隅に蓄積していたなら、それは周囲にその都度匂いを補完する視覚的素材が存在するということなのだ。匂いというのは諸物に囲まれて初めて存在可能なのである。それが実感されたのは、一時期リュヤーの寝台だった麗しの長椅子に近づき、昔の〈プロ〉石鹸と、メリヒ伯父の愛用品だったが今や廃番になった〈ヨルギ・トマティス〉のコロンの芳香とが混じり合うのを嗅いだ時だった。実際のところ、部屋には一時期イズミルからリュヤーに届いたり、ベイオウルやアラジンの店で買ったりした雑貨は存在しなかったのだが。すなわち、色とりどりの本、人形、ヘアピン、お菓子、ペン、塗り絵が詰まった箪笥も無ければ、リュヤーの寝台周辺で昔の匂いを放つはずの石鹸や〈ペ・レ・ジャ〉の模倣品の香水瓶、薄荷ガムも無かった。

この家におけるジェラールの出入りの頻度や居住期間は、亡霊じみた内装で推理するのは難しかった。そこかしこに出鱈目に配置されたかのような古い灰皿に残された〈イェニ・ハルマン〉や〈ゲリンジック〉の吸殻、台所の食器棚内の皿の清潔さ、もしくは過去に書いたこの会社への批判記事と同等の激情を込め、無慈悲に首を締め付け蓋をあけっぱなしにしたイパナ社のチューブの口から覗く歯磨き粉の新しさ、それらもまた病的な偏執をもって整えられたこの博物館において、不断の監修を受けた備品の一部と考えられた。もっと深読みするならば、ランプの丸い傘の底辺に積もった埃やその埃を透過して色褪せた壁に投影される影も、博物館の比類なき再構築の一部と考えることもできた。二十五年前のイスタンブール生まれのふたりの子供の空想のなかでは、アフリカの森や、中央アジアの砂漠、伯母や祖母から聞く魔女や悪魔の物語に登場するイタチと狼のお化けや黄ばんだ汚れと映るだろうその影の造形すらも。(ガーリップは唾を飲み込むのも苦労しながら考えた。)このため、きちんと閉めなかったらしいバルコニーの扉の脇にできた水たまりが干上がった痕や、壁の端のほうに真綿のように丸まった鉛色の埃の塊、古い集中暖房の熱により緩みきった床のパーツに最初に足の重みをかけた時に鳴った乾いた軋みにより、この家にどのくらい住んでいるのか特定するのは無理だった。台所の扉の向かいの、同じものが古い資産家のジェヴデット氏の邸宅でも時を刻み、正時に同じ陽気な鐘が鳴ることをハーレ叔母が自慢げに繰り返していた派手な壁掛け時計は、ジェラール同様の病的な愛着をもって整備された国内各所のアタテュルク博物館にある時計のように、死亡時刻を示すべく意図的に止められていたが、その掲示された九時三十五分が、何の九時三十五分なのか、誰の死の合図や時刻なのか、思いあたることはなかった。

悪霊じみた過去の重圧は、収納不足を理由に古物商に売却され、馬車に揺られてどこか遠い地方に運ばれて忘れ去られた哀れな家具の哀愁と復讐心を伴ってガーリップにのしかかり、深い茫然自失状態に陥れた。長い時間をかけて我にかえると、この住宅内で「新品」と認識した唯一のもの、すなわちトイレと台所の間の長い壁を端から端まで覆う楡(にれ)材製のガラス戸付き食器棚と、内部の書類を調べようと廊下に戻った。さしたる探索を経ずして、例の病的偏執によって配列された棚に次のものを見つけた。

「若き記者ジェラール」時代の新聞記事とインタビューの切り抜き。ジェラールに対し批判的に、あるいは好意的に書かれたあらゆる記事の切り抜き、筆名(ペンネーム)で執筆した全作品と読み物。実名で書いた全作品。ジェラールの手になる「信じるも信じないもあなた次第」「夢判断」「今日は何の日」「信じられない出来事」「筆跡判定」「人相占い」「クイズ・パズル」とその類似のコーナーの切り抜き一切合財。ジェラールとの間で行われた全インタビューの切り抜き。様々な理由で掲載されなかったコラムの草稿。個人的なメモ。長年新聞を切り抜いては保管した何万もの記事と写真。夢や空想、忘れないよう細かなことをメモしたノート。乾物やマロングラッセ、靴箱のなかに保存された何千もの読者レター。筆名（ペンネーム）で全部、もしくは一部を執筆した連載小説の切り抜き。ジェラールの手になる何百通もの手紙のコピー。何百もの奇妙な雑誌、冊子、書物、パンフレット、学校と軍隊の年報。新聞と雑誌から切り抜かれた箱一杯の人間の写真。猥褻写真。珍奇な動物と虫の写真。フルフィー教団とカバラ（文字学）に関するふたつの大箱一杯の記事と出版物。印や文字、記号が書きこまれた、昔のバス、サッカー試合、映画チケットの半券。アルバムに貼られた、もしくは貼られていない写真。報道協会から贈られた優秀賞各種。流通しなくなったトルコや帝政ロシアの貨幣。電話帳、住所録。

　発見した三冊の住所録に飛び付いたガーリップはすぐに居間のソファに戻り、一ページずつ目を凝らした。四十分ほどの調査で、住所録に載っている人々が一九五〇年から一九六〇年の終わりにかけてジェラールの人生に登場したらしいことが判明した。だがほとんどは区画整理により住宅が壊され、住所は存在せず、電話番号も変わっていることから、これらを調べてもリュヤーとジェラールは見つからないと判断せざるを得なかった。ガラス戸をあけ、棚のなかの細々とした雑品をしばらく探し、それからマヒル・イキンジが送ったと言っていた「つづら殺人」関連の手紙と記事を発見するべく、七〇代年初頭のジェラール宛の書簡と執筆コラムを読み始めた。

　ガーリップが新聞で通称「つづら殺人」と呼ばれる政治的殺人事件に関心を持ったのは、事件の当事者のうち何人かが高校時代からの知り合いだったからだ。一方ジェラールの興味の焦点は別にあり、この殺人は、自説によれば一切が別の何かを模倣しているこの国において、ある派閥を中心に集まった独創的な若者が無意識のうちに、ドストエフスキーの小説(『悪霊』)を事細かに忠実になぞりつつ模倣したということだった。当時の読者レターを読み漁っていると、一度か二度、ジェラールがこの問題を語った夜を思い出した。それは忘れられてしかるべきで、その通りに忘れられた時代、日のあたらない、殺伐とした寒々しい時代のことだった。リュヤーは、ガーリップが崇拝と過小評価の間で揺れるうち、名前を忘れた「好青年」と結婚していた。いつも事後には慚愧の念へと変わる好奇心に負け、噂話に耳をそばだてたり、彼女のことを嗅ぎまわったりしてみたが、手に入ったのは若夫婦の幸せな新婚生活や不和に関する情報より最新の政治報道のほうが多かった……。ある冬の夜、ヴァスフは穏やかに金魚(真っ赤な和金や度重なる近親交配によりひらひらした尾が変形した和唐内)に餌をやり、ハーレ伯母は時折テレビに目をやりつつ、『ミリエット』紙のパズルを解いていた。そんな折、祖母が奥の寒々とした部屋で、寒々とした天井を見つめたまま頓死してしまった。色褪せたコート、さらに色褪せたスカーフに身を包み、葬儀に一人で参加したリュヤー(郊外育ちの新郎を真っ向から嫌うメリヒ伯父はそのほうがいいと言った。ガーリップの心の声も代弁しつつ)はすぐに姿を消した。葬式後、アパルトマン各階でジェラールに会う機会があり、ある晩、「つづら殺人」の件で知っていることを尋ねられたが、探っていた情報は得られなかったようだった。知り合いだと告げた政治的傾向の強い若者たちのうち、一体誰がロシア人作家のあの小説を読んでいたことだろう?

その夜のジェラールはこう言った。「何故なら殺人なんてどれも模倣に過ぎないのさ。あらゆる書物がそうであるようにね。だから俺は自分の名前で本を出版したりしない。」翌日の夜遅く、また故人宅での集会後、「それでもなお最低の殺人にすら、独創的側面がみられるんだ。最低の駄本にはそんなものないけれど」と、ジェラールは話を続けた。後年、目にするたびガーリップが旅の興奮を味わった推論を用い、彼は思索の深化の階段を一歩一歩降りてゆく。「すなわち、完全なる模倣なら、それは殺人でなく書物だということだ。模倣の模倣に絡んでくるからこそ、本を再現する殺人と、殺人を再現する本は我々が最も好むものであり、我々全員の共通点に訴える。何故なら人間は自分のことを別人だと思った時初めて、誰かの頭に棍棒をふり下ろすことができるんだ。(だって自分のことを殺人者と思うことに誰も耐えられないんだよ。)創造性とは、ほとんど激昂の、一切を忘れさせるあの激昂に潜んでいる。でも激情を実行に移すには、前もって別人から学んだ方法を介す必要がある。ナイフ、銃、毒、文芸技術、小説形態、詩の韻律などだ。『殺人を犯してしまった一般庶民』が『あの時私は自分じゃなかったんです、裁判長!』と叫ぶ時、次の周知の事実を表現しているわけだ。殺人とは、あらゆる細部や様式も含めて、他の何かから、つまり伝説や物語や、記憶や新聞、要は文学から学習された営為なのだ。最も純粋な殺人すら、例えば嫉妬が嵩じたが故の過失致死ですら、無意識に行われた模倣なんだ。文学の模倣。これをテーマに記事を書こうかな。どう思う?」ジェラールは書かなかった。

真夜中をとうに過ぎたころ、棚から引っ張り出した昔のコラムを読んでいると、居間の照明が、劇場の緞帳を照らすライトのように徐々に暗転し、さらに冷蔵庫のモーターが、荷物を搭載した古いトラックが険しい泥の坂道でギアチェンジする時のように、悲痛な疲労の音色で唸り、辺りは真っ暗になった。イスタンブール市民の例に漏れず停電に慣れているので、「もうじき点く」と楽観的に構えたガーリップも、新聞の切り抜きファイルを抱え、ソファの上でしばらくじっと静止した。アパルトマンの、長年忘れていた内なる音。集中暖房がコトコトいう音、壁の沈黙、床が伸びをする音、蛇口や水道管の唸り声、どこにあるのかわからぬ時計のくぐもったチクタク音、アパルトマンの隙間から響く恐ろしい唸り声。暗闇のなか、手探りでジェラールの部屋に入った時にはかなり時間が経っていた。服を脱ぎ、ジェラールのパジャマに袖を通す時、昨日の夜ナイトクラブで会った悲痛な作家の過去物語のなかで、主人公が自分の片割れの、暗い、物言わぬ、空虚なベッドで寝転んでいる様子が頭に浮かんだ。ベッドに入ったが眠りの訪れは遠かった。

# 第2章　眠れないのか?

「夢は第二の人生である」
――ジェラール・ド・ネルヴァル

あなたはベッドに入った。愛用の家具に囲まれ、自分の匂いと記憶の染みた敷布と毛布の間にその身を滑り込ませた。頭は馴染んだ枕の柔らかさを探り当てた。横向きになった。脚を腹のほうに引きつけ、うつむき加減になった。冷たい枕の表面に頬を冷やされた。もう少しだ、もう少ししたら、眠れる。暗闇のなかで、全てを、全てを忘れるのだ。

全てを忘れるのだ。自分より優位に立つ者の無慈悲な力。無遠慮な放言。愚かさ。間に合わなかった仕事。無理解。裏切り。不正。無関心。あなたを責める者。今後責めるにちがいない者。金欠。時間が経つのが早すぎること。一向に時間が過ぎてくれないこと。巡り会えなかったもの。孤独。恥。敗北。惨状。悲劇。悲劇的なるものすべて。暫くしたら、全て忘れるのだ。嬉々としてあなたは忘れる。あなたは待っている。

あなたと一緒に周囲の物も暗闇もしくは薄闇のなかで待っている。平凡かつ馴染み深い品々。戸棚。

箪笥。集中暖房。机。小卓（セフパー）、椅子、閉じたカーテン。脱ぎ捨てた服。煙草の箱。上着の中のマッチとポーチ。時計。それらもまた待っている。

待っている間、聞き覚えのある物音を聴く。路地を走る車が馴染み深い石畳と道端の水たまりの上を通過するのを。近所で玄関扉が閉まるのを。古い冷蔵庫のモーター音。彼方で吠える犬。遥かな海岸から響く霧笛。不意に閉まる甘味処（ムハッレビジ）のシャッター音。物音は眠りと夢への連想を含み、幸福なる忘却が新世界へと展開する記憶に満ちている。聴くだけで万事順調だと感じ、すぐにそのことも、身の回り品や愛するベッドのことも忘れ、別世界へ移行すると予感させる。準備完了。

準備完了である。あなたは肉体を、愛すべき足腰を、さらにはより近くにある腕と手を離れた。準備は整い、整ったことでご満悦のあなたには、軀体に生えている近しい末梢部分にもはや用はなく、目を閉じれば、いずれそれらも忘却の彼方に消えると自覚している。

閉じた瞼の下、柔らかな筋肉の動きにより、瞳孔が光から十分遠ざかったことがわかる。まるで、馴染み深い匂いと物音の連想のおかげで、あなたの瞳孔は万事が順調だと知っており、室内の微光ではなく、ゆっくり弛緩し安らぎに包まれる理性のなかの光、それが花火のように咲かせた色彩をあなたの前に展開する。青い染み、青い稲妻、紫煙、紫のドームをあなたは眺める。震える藍色の波。薄紫色の滝の影。火山の噴火口から流れる赤紫色のマグマの震動。音もなく光る星のプルシアンブルー。色や形は、交互に音もなく反復し、消滅してはまた現れ、徐々に変化し、忘れられたかもともと存在しない数々の場面、数々の記憶を披露してくれる。あなたは脳内の色を鑑賞することだろう。

だが眠れないのだ。

この事実を白状するのは拙速ではないか？　安眠できた時に考えたことを想い浮べよ。違う、今日の出来事や明日の予定ではなく、内観により、あなたを眠りの忘我に引き込む甘い瞬間のことを考えるのだ。こうして皆があなたの帰還を待つなか、ついにあなたは戻ってきて、彼らを大いに喜ばせる。いや、戻ってきたりはしない、鞄にはお気に入りの品々を詰め、あなたは雪を宿す電柱の間を走る列車に乗っている。脳裏に浮かぶあの名言、名答の数々を口にすれば、誰もが間違いを自覚して黙り、あなたには伏せたままかもしれないが、あなたに敬意を抱く。あなたは愛しい麗しの肉体を抱き締め、肉体もあなたを抱き返す。忘れ得ぬ庭園に回帰し、枝から熟れた桜桃（さくらんぼ）を収穫する。夏が来る、冬が来る、春が来る、朝が来る、青い朝、美しい朝、晴れた朝、順風満帆、幸せな朝……でも駄目だ、眠れやしない。

　その時は私のようにふるまうがいい。手足を弛緩させたままそっと動かし、ベッドで軽く寝がえりをうて。頭は枕の反対側に落ち着き、頬は枕の冷えたところを探し当てる。そして、七百年前ビザンツ帝国からモンゴルの皇帝フレグに花嫁として差し出されたマリヤ・パラエオロギナ姫のことを考えるのだ。フレグに嫁がせるべく、あなたが住むこの街、コンスタンティノポリスからペルシャへと送り込まれたはいいが、到着前にフレグが亡くなってしまい、代わりに皇帝の座を引き継いだ息子のアバカと結婚させられ、当時ペルシャにあったモンゴル帝国の宮殿に十五年間暮らすうち夫が殺害されるに至って、やっとあなた自身もその上で穏やかに眠りたがっている丘の街に帰還した彼女。マリヤ姫を心にありありと感じるまで、祖国を発つ彼女の悲嘆を思え。帰国道中のことを思え。帰国後、金角湾沿いに建立した教会で送った隠遁生活を思え。ハンダン皇太后の小人たちのことを考えよ。アフメット一世の母君ハンダン皇太后は溺愛していたこの小さな仲間たちの幸せを願いウスキュダルに小人御殿を建て長年そこに住まわせていたのに、小人たちは後に再度皇太后の支援を得てガレオン船を建造すると、見知らぬ国、地図にも未掲載の楽園に自分たちを連れていくその船を進水させ、イスタンブールを離れてしまった。出立の朝、お気に入りの小人たちと別れる際のハンダン皇太后の嘆きと、帆船から彼女に手巾を振る小人たちの離愁を思え、あたかもあなたもじきにイスタンブールやあなたが愛したものと離別するかのように。

それらも私をして入眠せしめるに足りなければ、愛する読者諸君よ、侘しい夜、侘しい駅のホームを低回しながら到着しない列車を待つ緊張した男を思い浮かべる。男の行き先が閃くならば、私はその男になったことを意味する。七百年前、イスタンブール占領を果たしたギリシャ人の入城を助けるべく、シリヴリカプの地下道で掘削作業をした者たちのことを考える。諸物の第二の意味を発見した人間の驚きを考える。この世のただ中に口を開けている第二の世界を夢見る。万物の持つ第二の意味が私に徐（おもむろ）に開示された時、新たな世界で新たな意味に囲まれて酩酊する自分の有様を空想する。記憶喪失患者の快美な当惑を思う。見知らぬゴーストタウンに取り残された自分を想像する。昔は無数の人間が住んでいた住宅地、街路、モスク、橋、船、全てが、全てが空っぽである。私はその亡霊じみた空白の地を歩くうち、自分の過去と、自分の街を思い出して涙に咽び、とぼとぼと自分の住む地域に、自分の家に、自分が眠るためのベッドに向かうことだろう。ロゼッタストーンに刻まれたヒエログリフ解読のため夜に起床し、夢遊病者的な放心状態のまま、自分の記憶の暗い回廊を徘徊した挙句、袋小路に侵入して死に絶えた思い出と向き合ったジャン＝フランソワ・シャンポリオンになったと想像してみる。禁酒法の遵守を見張る視察のため、宮殿で御召物を着替えたある晩のムラト四世になったとも想像し、変装した護衛を伴い誰の襲撃も受けないという密かな自信を胸に、寺院（モスク）や、まだ所々で営業中の商店や、秘密の地下道の癩療養所で微睡む奴隷の生活を愛しく眺めてみる。

その後、私は布団屋の丁稚になることだろう。ただの丁稚ではなく、十九世紀最後のイェニチェリ反乱の根回しに協力する小僧で、真夜中に家々を回り、秘密の暗号の最初と最後の音節を市民に吹き込むのである。もしくは神学校の使者となり、活動禁止中の教団の眠りこけた高僧を長年の沈黙と昏睡から目覚めさせることだろう。

まだ眠れなければ、読者諸君よ、私は思い出の残滓（ざんし）を引きずりつつ失った恋人の面影を追う痛ましい「恋する男（アーシュク）」になる。この街のあらゆる扉を開け、あらゆる阿片窟、あらゆる語りの場、歌声が響くあらゆる家屋で、己の過去や愛しき人の足跡を探す。この長い旅の間、記憶力や想像力、転々と流浪する私の妄想がまだ疲労に降参しなければ最終手段に出よう。眠りと覚醒の狭間の、蕩けるような瞬間のどこかで眼前に出現する場所のうち、私は最初に見つけた馴染み深い建物に入る。遠い友人の家に、もしくは空き家となった近い親戚の邸宅に。記憶のなかの忘れられた片隅を点検するかのように、いくつもの扉を開け数多の部屋を見つけ、そして最後の部屋に入り込む。蠟燭を消し、ベッドに身を横たえ、遠い、見知らぬ、奇怪な物品のなかで、私は眠る。

# 第3章　誰がシャムス・タブリーズを殺したか？

「余す処幾何ぞ、千門万戸を巡りて、遍く爾を求むるは。幾何ぞ、陋巷の万径を巡りて、隈なく爾を求むるは」
——メヴラーナ

朝、ガーリップは長い眠りから穏やかに目覚めた。天井から吊り下がる六十年物の照明が黄ばんだ紙のような光を放っている。ジェラールのパジャマのまま、つけっぱなしの家じゅうの照明を消し、ドアの下に放り込まれた『ミリエット』をジェラールの仕事机で読んだ。本日付のコラムに土曜の午後、新聞社で気付いた誤植を見つけると（「諸君が自分自身になることにおいて」という箇所が「我々が自分自身になることにおいて」になっていた）手は自然に引き出しに伸び、緑のボールペンを探り当て、記事の校正をはじめた。作業が済むと、毎朝この青い縦縞のシャツを着たジェラールが、この机で同じペンを用い校正中に煙草をふかす光景が頭に浮かんだ。

万事順調である手ごたえがあった。十分な睡眠後、確固たる態度で厳しい一日に立ち向かう人のように、前向きに朝食をとった。自分自身が内に漲り、他人になる必要もなかった。

コーヒーを用意すると、廊下の棚からコラムや手紙や新聞の切り抜きが詰まった箱をいくつか取り出し、仕事机に置いた。全神経を集中させ、信念を持って眼前の紙片を解読すれば、最終的には求めるものを発見できるに違いなかった。

ジェラールの記事を読む。ガラタ橋の下の小舟に住む孤児たちの野生の暮らし。各所の孤児院に棲む怪物じみた吃音の監督者。入水するようにガラタ塔から空に飛び立つ、翼ある賢者たちの飛行競争。男色の歴史。現代社会において同性愛を商売にしている人種。自分に備わった、コラム精読に要求される忍耐力、注意力を読むほどに自覚する。イスタンブールに最初に持ち込まれたT型フォードの運転手を務めた、ベシクタシュ在住の機械技師見習いの思い出話。イスタンブール市内全地区に建設された演奏機能付き時計塔の必要性。『千夜一夜物語』のなかの、後宮(ハレム)の女性たちと黒人奴隷の邂逅(かいこう)場面がエジプトで禁止されたことの歴史的意味。馬で牽引する旧式路面電車に走行中に飛び乗ることの効用。イスタンブールからオウムが逃げて鴉が棲みついた理由。そして、その結果として白魔が街にやってくるようになったことを解き明かす物語。ガーリップは依然として前向きに、自信を持って記事を読んだ。

読み進めるにつれ、これらの記事を初めて読んだ時代のことに思いを馳せ、時々、紙きれにメモをとり、文章や段落や単語を反復した。読了後の記事は箱に戻し、入れ替わりに慈しむように未読のものをとりだす。

日の光は室内に射しこまず窓の端辺りに留まっていた。開放されたカーテン。向かいのアパルトマンの屋根から下がるつららや、塵や雪で充填された雨どいの端から落ちる水滴。赤煉瓦色を汚れた雪が彩る屋根の三角形と、暗黒の歯の間から褐炭の煙を吐く長い煙突の長方形に囲まれた青く輝く空。疲れ目を休めようと、この三角形と長方形の間を凝視すると、素早い飛翔でこの青さをさえぎる鴉を見た。また紙片に向き直った時、ジェラールも執筆に疲れると、同じ場所に目をやり、同じように鴉が飛ぶのを眺めていたことがわかった。

　時間が経過し、カーテンを閉じた向かいのアパルトマンの暗い窓に日光が当たる頃になると、楽観主義も霧散しだした。事物も単語も意味も、おそらく一切はまだあるべき所に収まっていたが、それらをまとめて支えていた深部の現実性（リアルさ）がどこかへ退いていったことが読めば読むほど感じられ、ことのほか苦い思いを噛みしめた。救世主（メフディ）やいんちき預言者、偽皇帝についてのコラム。メヴラーナとシャムス・タブリーズの関係、シャムス・タブリーズの次にこの「偉大な詩人」と親密な関係を結んだ宝石商セラーハッディンや死後その後釜となったチェレビ・ヒュサメッティン。蓄積される白けた感じから抜け出すべく「信じるも信じないもあなた次第」欄の記事にも手を広げてみたものの、二行連詩により皇帝イブラヒムの大宰相を侮辱したため、ロバに繋がれ帝都引き回しの憂き目にあった詩人フィガニや、姉妹全員と婚姻関係を結んだ挙句それとは知らず全員の死を招いたシェイフ・エフラーキの話に惑わされることはなかった。別の箱にあった書簡を読むと、ジェラールがいかに大勢の、多種多様な人々を魅了したかということがわかり、子供時代と同じ憧れを感じた。だが、金の無心の手紙、互いを非難する手紙、論争相手の作家の妻たちの不品行を暴露する手紙、秘密の教団の陰謀や、地域の専売公社の購買部の部長に対する賄賂を密告する手紙、愛憎を表明する手紙は、心に積もる不信感を肥大させる以外、なんの役にも立たなかった。

全ては、机に着席した時点で脳裏に存在したジェラール像の緩やかな変化に関連しているようだった。午前中、物質や物体は理解可能な世界の延長であり、長年その文章を愛読してきたジェラールも謎の部分は「謎の部分」として距離を置きつつ理解し、受容したはずの人物だった。午後になり、エレベーターが常時昇降し、階下の婦人科診療所に患者や妊婦を搬送する頃になると、ジェラール像は奇妙な具合に「不完全な」イメージへと変貌し、座っている机や周囲の物、部屋までがまるごと変化した気がした。事物はもはや容易に解明できない世界の危険な啓示でしかなく、親密さの片鱗も垣間見えなかった。

この変化は、ジェラールのメヴラーナ関連記事の内容と密接に絡んでいると察し、切り込んでみようと思った。ほどなくメヴラーナ関連の記事を洗いざらい選び出すと、猛然と読み始めた。

ジェラールが史上最大の影響力を誇る神秘主義詩人に引き付けられたのは、十三世紀のコンヤにてペルシャ語で綴られた詩のせいでもなければ、中学の道徳の授業で習うような、詩中から抜き出した美徳の指針とされる紋切り型の標語のせいでもない。巷に溢れる凡庸な作家の著作の見開きを飾る「珠玉の」名言も、観光客や絵葉書製造業者が魅了されてやまない、裸足の男がスカートを穿いて旋廻するメヴレヴィー教団の儀式もジェラールの関心をひかなかった。七世紀間に渡り、解説書が何万冊も書かれたメヴラーナという人物、そしてその死後各地に広がった教団だけが、コラムニストとして素材（ネタ）にし利用するべき興味の焦点としてジェラールを興奮させたのだ。メヴラーナという題材における最大の関心事は、その人生の特定の時期、特定の男性たちと結んだ「性的かつ霊妙」な親密関係であり、作品にも影響したその関係性の謎及び様々な所産だった。

コンヤでのメヴラーナは父親から引き継いだシェイフの地位にあり、門弟だけではなく全市民の熱狂的人気を誇っていたが、四十五歳位の時、シャムス・タブリーズという流浪の僧の感化を受けた。シャムス・タブリーズの学識や価値観、人生観にはメヴラーナに相通ずるところは何もない。これは、ジェラールに言わせれば理解不能な行動だった。七世紀に渡って、この関係を「理解可能」にするために書かれた「解説」書の数々も、このことの論拠となる。シャムスの失踪もしくは殺害後、メヴラーナは弟子たちの反対を押し切り、今度は無知かつ没個性的な宝石商を後継者に指名した。ジェラールによれば、この選択自体、誰もが証明を試みたシャムス・タブリーズの「強力な神秘主義的魔力」の暗示ではなく、メヴラーナの精神的、性的状態を表す別の顕示（しるし）だ。同様に、第二の後継者の死後、メヴラーナが「心の友」として選んだ第三の後継者も二番目と大差がないくらい、これと言ったところがない地味な男だった。

何世紀もの間、「理解不能」にしか見えぬ三回の関係を「理解可能」にするため、色々な人物が重箱の隅を楊枝でほじくったり、各々の「後継者」にありもしない美徳をとってつけたり、果てはムハンマドやアリの後裔らしく家系図が捏造されたりしたが、ジェラールによればこれらはメヴラーナの重大なる指向から目を背けることにほかならない。この指向はメヴラーナ作品にも反映されているとして、ジェラールはこのことをコンヤで毎年開催される追悼祭と重なる日曜版の記事で紹介した。子供の頃、この記事はあらゆる宗教記事と同様退屈に感じられ、掲載自体もその年発行されたメヴラーナの切手シリーズ（十五クルシュ切手は薄紅色、三十クルシュ切手は青で、わずかな発行数だった六十クルシュ切手は緑）の存在に絡めてしか思い出せなかったが、二十二年を経た今、改めて読むと自分を囲む事物が一変したのを今一度感じた。

ジェラールによれば、解説書の重要部分で何千回も語られた通り、メヴラーナが放浪僧シャムス・タブリーズとコンヤで出会った瞬間、相互に影響を与えたというのは事実だった。だがこれは、よく推測されるように、シャムス・タブリーズの公案から始まるかの有名な「対話」の後、たちどころにこの男が賢者だと見抜いたからではない。両者の対話は、凡庸な「謙虚ノススメ」に基づいており、そんなものは味気ないイスラム神秘主義哲学書においてすら無数の類例が紹介されている。喧伝される通りの賢者であれば、メヴラーナはかくも凡庸な「寓話」に影響を受けたりはせず、それを装うのが関の山だっただろう。

実際、彼はその通りにし、シャムスという男に内在する深遠なる人格、魅惑的な魂と出会ったかのように振る舞った。何故ならジェラール曰く、四十五歳前後のメヴラーナはあの雨の日、本当にかくなる「魂」との出会い、その顔に自分の面影を宿す男を必要としていたからだ。こうしてシャムスと一目会った瞬間、メヴラーナはずっと求めていた人物こそが彼だと思い込み、シャムスのほうにも当然苦も無く、彼自身こそ真に至高の人格者だと信じ込ませた。一二四四年十月二十三日の出会いの直後、ふたりは神学校の小部屋に閉じ籠り、六カ月間そこから一歩も出てこなかった。この半年にいかなる行為、いかなる会話があったのかという疑問、メヴレヴィー教団の者がほとんど言及しない「世俗的」疑問がわくが、ジェラールは信心深い読者への更なる刺激を避け、コラムではここに慎重に触れた後、本題に入っていた。

メヴラーナは全人生を通じ自分を行動に駆り立て、火をつけてくれる「分身」を、自分の顔や魂を映す鏡を求めていた。だから小部屋での行為と会話は、まさしくメヴラーナの作品同様、複数の人物に成りすました同一人物の、もしくはひとりを擬態する複数の人物の所業と言葉と声だったとも言えよう。何故なら、取り巻きの愚かな（それでいて見捨てられぬ）門徒たちの熱狂や十三世紀のアナトリアの都市の窒息しそうな空気に耐えるためには、詩人メヴラーナが衣装棚に常備していた変装道具のような自我が必要で、その自我を傍に侍らせ、臨機に身を包むことで発散しなければならなかったのだ。ジェラールは自分の別の著作からイメージを借りてこの深い欲求を描写した。「まるで愚かな国の王様が、おべっか使いや奸物や貧乏人ばかりに囲まれて統治することに耐えられず、夜毎それを着て、街を歩き、ほっと一息をつくために戸棚に仕舞い込んである村人の装束のように。」

コラムが反響を呼び、信心深いイスラム教徒からは殺害予告が、世俗的な共和国主義者からは喝采の手紙が届くと、ジェラールの上司は二度とこの件に踏み込まないよう要請した。だが掲載から一カ月後、ガーリップの期待通り、ジェラールはこの問題を再び取り上げた。

今度の記事では、メヴレヴィー信者なら周知の基本的な事実に最初に触れられていた。メヴラーナとどこの馬の骨だかわからない一介の僧との異常な親密さに嫉妬した他の弟子たちは、シャムスを追い詰め、殺すと脅迫した。これを受け、雪の冬の日、一二四六年二月十五日（校正ミスだらけの高校の教科書を彷彿とさせる、ジェラールの日付記入癖はいつも好ましかった）シャムスはコンヤから姿を消した。

メヴラーナは愛人兼擬態用の自分の第二人格の失踪に耐えられず、ある手紙で彼のダマスカス滞在を知ると「恋人」（読者の猜疑心を刺激するべくこの単語は必ず括弧つきだった）を呼び戻し、ただちに養女の一人と結婚させた。だがその後、シャムス周辺の嫉妬の包囲網は再び狭まり、それから間もない一二四七年十二月の第五木曜日、シャムスはメヴラーナの息子アラジンも含む大勢の男たちに待ち伏せされ、刺殺された。その夜、汚れた冷雨が降るなか、死体はメヴラーナの住家に隣接する井戸に投げ込まれた。

死体が遺棄された井戸について述べた次の段落では、ガーリップにとっては真新しくもない事柄を発見した。井戸、井戸に投げ込まれた死体、死体の孤独と悲哀について書かれた内容がおぞましく奇妙に思えたばかりではなく、死体が捨てられた七世紀前のその井戸を、個々の石やホラサン風の漆喰までも識別できるほどに克明に肉眼でとらえた気がしたのだ。記事を数度読み返した後、本能的に選別した他の記事も確認すると、アパルトマンの隙間を語った同時期のコラムで井戸の描写に用いたいくつかの文章をそのまま流用し、両方のコラムで同一のスタイルを巧妙に維持していたのがわかった。

それから、フルフィー教団関連記事に取りかかり、一読したところでは見逃してしまうだろうこのささやかなからくりを重視しながら、机の上に山積した記事を再度この視点で読みはじめた。そしてついに、記事を読むにつれ周囲の物品が変化した理由を理解した。なぜ机、カーテン、照明、灰皿、椅子、暖房設備の上の鋏といった雑物を互いに結び付けているあの深遠な意味と楽観主義が丸ごと退いて行ったのかを。

ジェラールは自分のことのようにメヴラーナについて語り、一瞥しただけでは目につかない魔法の置換を単語や文章間で行うことで、自分自身をメヴラーナの立場においていた。ジェラールの自伝的記事とメヴラーナの「歴史」記事で用いられた同じ文章や段落、特に悲哀が綾なす同じ文体を再確認すると、その置換を確信した。この奇妙なからくりが不気味なのは、それがジェラールの個人的手帳、未掲載原稿、歴史的雑談、シェイフ・ガーリップに関する試作、夢判断、イスタンブールの思い出、夥しいコラムに書かれた内容に支えられていることだった。

常に別人だという自己認識で生きていた国王たちや別人になろうと宮殿に火を放った中国の皇帝たち、夜毎変装し、庶民の生活に紛れ込む趣味が嵩じ何日も宮殿及び国政から遠ざかった皇帝たちの物語は、「信じるも信じないもあなた次第」欄でジェラールが何百回も紹介したことがあった。途切れた思い出に似た短編が記された手帳にも、ありふれた何気ない夏の日、ジェラールが自分を重ね合わせた人物が記されていた。順番にレイブニズ、有名な大富豪ジェヴデット氏、ムハンマド、新聞王、アナトール・フランス、腕のいい料理人、説法を行うある高僧、ロビンソン・クルーソー、バルザック。さらに六人の名前もあったが、恥じ入ったように線で消されていた。切手やポスター風なメヴラーナの肖像の風刺画や、メヴラーナ・ジェラールと記された稚拙な棺桶の絵もあった。ある没原稿の冒頭文はこうだった。「メヴラーナの最高傑作と謳われている『メスネヴィー』は始めから終わりまで盗作である。」

この文章のあと、学者が多用する、不敬への畏れと真の疑念の間を往還する叙述法を用い、盗作元との類似点が誇張気味に示唆されていた。『メスネヴィー』の某挿話は『パンチャタントラ』から採取され、別の話はアッタールの『鳥の会議』から奪っていた。『レイラーとメジュヌン』からそのまま移してきた小話があるかと思えば、『エヴリヤ頌詩』からくすねたものもあった。長大なる盗作元一覧には『預言者の伝説（クサス・エンビヤ）』や『千夜一夜物語』、イブン・ゼルハニもあった。一覧表の最後にジェラールは他者の作品の盗用に関する、メヴラーナの見解も付け加えていた。ガーリップは辺りが暗くなるにつれ濃縮される心中の悲壮感を噛みしめながら、これをメヴラーナだけのものとしてではなく、同時にメヴラーナに己を仮託するジェラールの見解として受け止めた。

　ジェラールによれば、自分自身であることに長期間は耐えられず、別人格を装ったときだけに安心する人間が皆そうであるように、メヴラーナもまた、何を語るにせよ誰かが既に話したことしか語ることができなかった。そもそも痛烈な別人願望を抱くあらゆる不幸な人間にとって、物語を語ることは、己の退屈な身体と魂から解放されるために発明された一種の詐術である。彼が何かを語りたがるのは、別の何かを語ることを可能にするために他ならなかった。『メスネヴィー』とは、『千夜一夜物語』のように物語が終わらないうちに第二の物語が始まり第二の物語が終わらないうちに第三の物語に移行するという形で、終わらない物語がずっと延期されっぱなしの、奇妙かつ散漫な「構成物」だった。それはまるで最後まで賞味できないままに短期間のうちに飽きられる人物の性格に似ていた。『メスネヴィー』のいくつかの巻をめくってみると、猥褻な物語の脇の空白が、怒ったような緑ペンの疑問符や、感嘆詞や、本文を塗りつぶす勢いの校正の文字に埋め尽くされていた。インクの跡や汚れのあるページに叙述された物語を走り読みすると、子供の頃から思春期にかけて、独創的コラムだと信じて愛読していた数々の物語は、実は『メスネヴィー』から拾って現代イスタンブール向けに翻案したものだったということがわかった。

ジェラールは「本歌取り（ナズィレ）」技法に関し、これこそが至芸中の至芸だと主張し、夜毎何時間も語り耽ったことがあった。リュヤーが道中で買ったケーキをほおばる最中、ジェラールはコラムの大部分、ことによると全部を他者の助けを借りて書いたと明かし、重要なのは新しい何かを「創造する」ことではなく、何千人もの天才によって、何千年もの間に生み出された傑作の末端部分を変化させて、斬新な主張をすることだと念を押した上で、あらゆるコラムには出典があると主張していた。ガーリップを苛立たせ、室内の諸物や机上の紙の現実性に対するおめでたい信頼をあらかた失わせたものは、長年ジェラールのものだと思い込んでいた物語が別人のものだと知ったということではない。この事実が暗示する別の可能性だった。

すなわち、二十五年前の状態を模倣したこの家やこの部屋同様、イスタンブールの別の場所に、また同様の内装を凝らした場所が存在する可能性が浮上したのである。そこには例の机に座り、興味深い話をするジェラールと楽し気に耳を傾けるリュヤー、もしくはあの机で、保存された過去記事を読み漁りながら消えた妻の足跡を発見できると信じる不幸なガーリップもどきが居る。物品や写真やビニール袋上のシンボルがそれ自体別の何かの啓示であることや、ジェラールの記事が読むたび別の意味を示すのと同様、自分の人生も、考えるたび意味が変わり、列車の車両のように問答無用で連結される意味の連続に挟まれて消滅するかもしれない。外は暗くなり、蜘蛛の巣だらけの真っ暗な穴倉の黴（かび）や死の匂いを連想させる、手で摑めそうな微光が室内に蓄積していた。望まずして突き落とされたこの別次元の悪夢、この亡霊じみた世界から抜け出すためには、疲れ目に鞭をうって読み続ける以外ないと覚悟し、読書灯(デスクランプ)を灯した。

こうして途中で放棄した箇所から、シャムスの死体が投げ込まれた蜘蛛の巣喰う井戸に戻った。続きの場面で、詩人は「親友」兼「恋人」を失い、半狂乱になっていた。シャムスが殺され、死体が井戸に放り込まれた事実をどうしても認めようとせず、至近距離にある井戸を見せようとする者にまで腹をたて、別の場所で「恋人」を探すべく色々なまやかしに縋りついていた。以前の失踪時のようにシャムスはダマスカスに行ったのかもしれない。

メヴラーナはこうしてダマスカスに行き、路地を彷徨(さまよ)い恋人を探しはじめた。市街のあらゆる路地、居室、居酒屋、街角を見回り、敷石をひっくり返し裏まで覗く勢いで探した。シャムスの旧友、共通の知り合い、彼の愛した場所、モスク、僧房、すべてを逐一見回った。あまりに没頭したので、ある時期が過ぎると、この行動自体が、恋人探しより重要な務めになっていった。すなわち、探索の対象と主体が入れ換わり、発見することではなく目標に向かって進むこと、失踪した恋人ではなくその口実となったところの愛が前面に押し出されるようになり、記事のこの辺りに差し掛かった読者は、イスラム神秘主義と汎神論の宇宙に漂う阿片の煙と薔薇水と蝙蝠(こうもり)の群れのなかに紛れ込んだことに気づく。詩人が大都市の路地で体験した様々な冒険が、求道者としての悟りと成熟への過程で克服するべき各段階に対応するという事実も簡単に示されていた。恋人の出奔が判明した際の茫然自失状態から一転した後追いが

「否定と証明」の段階に相応するならば、恋人の旧友や敵対者と会い、訪れた街を隅々まで調べ、胸を焦がす記憶が溶け込んだ遺物を調査する場面は「試練」の諸段階と一致していた。売春宿の場面が「愛のなかでの溶解」であるならば、ハッラジュ・マンスールの死後、自宅で発見された暗号文の手紙のように、偽名、文学の罠、文字遊びに満ちた様々な文芸の天国と地獄に没入することはすなわち、アッタールも示唆した神秘の谷に姿を消すことだった。真夜中、居酒屋で各々の「恋愛話」を口にする語り部たちがアッタールの『鳥の会議』から抜け出してきたものであるなら、街の神秘と混じりあう小径、商店、窓の間を徘徊し酩酊した詩人がカフ山での探しものとは自分自身だったと認識することもまた、同じ本から採取された絶対性の終焉（絶対性のなかでの溶解）の例であるはずだ、等々。

ジェラールの長文記事は他のイスラム神秘主義者が綴った求める者と求められる者の一体化についての煌びやかな韻文で飾られ、数カ月に渡るダマスカス探索に疲れ果てたメヴラーナの以下の有名な詩も、詩の翻訳を憎むジェラールの散文体で付け加えられていた。「されば私は彼なのだ！」街の神秘に溶け込んだ日々の最中、詩人はある日叫んだ。「もはや何処に彼を探す必要があろう。」コラムのクライマックスは、メヴラーナ信奉者が例外なく誇らしげに繰り返すこの文学史上の事実をもって終わっていた。すなわち、この段階を乗り越えた後、メヴラーナはその時謳いあげた詩を、自身の名を冠するのを避け『シャムス・タブリーズ詩集』と名付けて編纂したのである。

子供のころ同様、この記事の推理小説的風な探求と調査のくだりは、ガーリップの関心をより強く惹きつけた。ジェラールはここで、神秘主義的な各種エピソードで一旦機嫌をとった信心深い読者をまた怒らせ、世俗的な共和国主義者を愉快にさせるような結論に達していた。「シャムスを殺し、井戸に投げ込めと命じたのは、言うまでもなくメヴラーナ本人である！」ジェラールはベイオウル地区と司法関連の担当記者だった五〇年代に目の当たりにしたトルコ警察や検察官が多用する方法を用い、その主張を証明していた。恋人の死により、最も利益を得た人物がメヴラーナ自身であることや、そのおかげで凡庸な導師（ホジャ）から最高峰の神秘詩人の地位に昇りつめたことを、誰かを非難することが板についた巷の検察官のようなやり方で指摘し、よって誰にもまして彼自身があの殺人を望んでいたことになると指摘したのだ。殺人の動機と決行との間に横たわるキリスト教世界の小説に特徴的な細い法的架け橋をも、死を信じないこと、気が狂ったようになること、現場にある井戸の底の死体から目を背けることといった、罪悪感の証拠でありまた未熟な殺人者にありがちな詐術として知られる奇行を挙げて渡り切り、そのすぐ後、ガーリップを深い絶望に陥れたその先の主題に移っていた。それならば犯行後、容疑者がダマスカスの街で何カ月も行った調査、街全域で、隅から隅まで、幾度となく行った虱潰しの探索は、何を意味していたのか？

ジェラールがこの問題に、コラムから読みとれるよりずっと長い時間を割いていたことは、色々な手帳のメモや、古いサッカー試合（トルコ対ハンガリー：三対一）や映画の券（『飾り窓の女』『帰郷（カミング・ホーム）』）の保存容器に入っていたダマスカスの地図を見ればわかった。地図上にはメヴラーナのダマスカス探索経路に、緑色のボールペンで印がつけてあった。シャムスの殺害を重々承知しており、本当は探してないのならば、メヴラーナのこの街での行動は別の目的があったに違いない。それは何だったのか？　地図には市内で詩人が立ち寄った全ての街角に印がつけられ、裏面には足を踏み入れた街区、商館、隊商宿（キャラバンサライ）、居酒屋の名前が書かれていた。列記された名称が下まで伸びたリスト上の文字や音節からジェラールはある意味を割り出そうとし、秘密の対称性（シンメトリー）を探していた。

夜の帳が下りてから長時間が経過した頃、ガーリップはカイロの地図とイスタンブール市役所が発行した一九三四年付の都市案内を見つけた。それらは『千夜一夜物語』の推理小説的な挿話（「水銀のアリ」「賢い泥棒」など）に関するコラムが掲載された日付の前後に、ジェラールの所に舞い込んだ細々としたものの保存箱のなかにあった。期待通り、『千夜一夜物語』の挿話では、カイロの地図に緑のボールペンで引いた矢印で印がつけられていた。都市案内に所々掲載されている地図のほうにも同じペンではないが、同じ緑色で引かれた矢印が見られた。複雑怪奇な地図で、緑矢印の冒険を辿っていると、一週間の自分のイスタンブール彷徨も地図上に浮かぶかのようだった。そんな錯覚を振り切るため、緑の矢印は、自分は踏み入れなかった商館やモスク、登らなかった坂を通っていると言い聞かせたが、実は隣接した商館には入ったし、近隣のモスクには行き、同じ頂上に通じる坂を登っていた。すなわち地図上にどう表示されようと、イスタンブール全域には同じ旅に出た人間が犇（ひし）めいていたのだ。

こうして、ダマスカス、カイロ、イスタンブールの地図を、大昔ジェラールがエドガー・アラン・ポーに着想を得て書いたコラムで提案した通りに並べた。その際、役所の都市案内のページを破りとる必要があり、風呂場から髭剃りを持ってきたが、その髭剃りがジェラールの顎鬚にあてられたことは糸状の遺留物によって明らかだった。三枚の地図を並べてみても、大きさもまちまちなこの線と印との断片をどうすべきか最初は決めかねた。それから、子供の頃、リュヤーと雑誌の絵を透写した時のように、それらを居間のドアのガラス部分に押しつけ、背後の電気の光にかざしてみた。その後、ジェラールの母親が、一時期この机に服の型紙を広げて矯めつ眇めつしていたのを真似て、机に地図を広げパズルを構成する断片として認識しようと試みた。重なりあった地図のなかで幽かに唯一識別できたのは、偶然に浮かび上がった老人の老いさらばえた皺だらけの顔だった。

この顔をあまりにも長く見つめ過ぎて、ついには旧知の仲であるかのような感覚に襲われるまでになった。老人に抱いた面識と夜の静寂に心が癒された。この安らぎはあたかも以前にも経験し、計画され、他の誰かにも準備されているような頼もしい感覚だった。ジェラールに導かれている、と心の底から思った。顔の意味についてジェラールは夥しい文章を残していたが、とりわけ外国人女優の顔を見る際に感じるという「内的平安」に関するいくつかの文章が脳裏に蘇った。そこで若い頃のジェラールの映画評論を箱から出すことにした。

その古い映画記事でジェラールは幾つかのアメリカ人俳優の顔を、大理石や透明素材の彫刻、惑星の裏側の見ることが叶わぬ滑らかな地表、夢の中のような遠い異国の軽妙な童話を語るようにほろ苦さと郷愁を込めて語っていた。この部分を読むとジェラールと自分の共通の趣味の要諦は、リュヤーや物語というよりも、微かに響く甘美な音楽のようなこの郷愁の調和であると感じられた。ガーリップは、地図や顔、文字の上にジェラールと一緒に見つけたものを、愛すると同時に怖れてもいた。映画記事に流れるこの旋律により深く浸りたかったが、何か躊躇させるものがあった。ジェラールはトルコ人の有名俳優の顔のことは決してこのように語ったりしない。トルコ人俳優の顔は、解読用の暗号とともに意味も忘失された半世紀前の軍事電報のようだと言うのだ。

朝食の最中や執筆机に陣取った時に包まれた薔薇色の希望がなぜ退いたのかよくわかった。八時間に渡る耽読により、今まで抱いていたジェラールのイメージが完全に変化し、その結果、あたかも自分自身までが別人化したのだ。朝、前向きに世界を信じ、粘り強く作業を続け、この世界が隠匿している根本的秘密を解明すると無邪気に企図していた時には、別人願望など片鱗もなかった。だが今、世界の秘密が遠ざかり、知っているような気になっていたこの部屋の雑物や文章が見知らぬ世界の理解不能な物体になり、誰なのか特定できない色々な顔の地図に変化するにつれ、森羅万象を悲観的かつ退屈な視点で眺める自分という人物から逃れたい、つまり別人になりたいと思うようになった。メヴラーナ及びメヴレヴィー教団とジェラールの関係を解明する最後の手がかりを追跡すべく、ジェラールが思い出を語ったコラムを読み始めた時には、街は夕飯時を迎え、窓を透過してテシヴィキエ通りにテレビの青い光が投影されるようになっていた。

ジェラールがメヴレヴィー教団に興味を抱いたのは、読者が意味不明な執着心をもって飛びつくと知ってのことではなく、単に義父が信者だったからだ。欧州と北アフリカから一向に戻ろうとしないメリヒ伯父との離婚を余儀なくされた母親が、仕立屋業で母子家庭を維持できずに結婚したこの男は、ヤヴズ・スルタン地区の裏通りにある、ビザンツ帝国時代の貯水池脇の道場通いを続けており、その事実はジェラールが世俗主義的怒りとヴォルテール的なユーモアをもって描写した、秘密の儀式に通う「フムフム猫背弁護士」の存在を手がかりに把握した。この義父とひとつ屋根の下に住んでいた時期、家計を助けるべくジェラールが映画館の案内係として働き、混雑する館内で勃発する喧嘩に頻繁に巻き込まれては殴り合いをし、幕間にソーダ水を売り、ソーダ水の売上増を狙いパン屋と示しあわせ惣菜パン(ボレッキ)に塩と胡椒を仕込んだ話を読んでいる間のガーリップは、最初は案内係、次に喧嘩っ早い観客、パン屋、最後に模範的読者のようにジェラールに成り代わった。

よってシェフザーデバシュの映画館を辞め、膠と紙の匂いがする製本屋の店内で過ごした日々を綴るジェラールの思い出話のある文章が目に飛び込むと、瞬時に自分の現状に向けて大昔に想定された予言のように映った。それは本人にとって悲痛かつ賞賛に値する過去を、自分の思い出のうちに発見した作家なら誰もが使う凡庸な文章のうちの一つだった。「私は手当たり次第に読み漁った。」そう書いたのはジェラールだったが、ジェラールのものなら手当たり次第に読み漁っている身にしてみれば、これは製本屋での日々のことではなく、自分のことだと受け取った。

真夜中に通りに出るまでの間、何度もこの文章を思い浮かべたが、そのたびにこれはジェラールがその時の自分の行為を把握していることの証明だと考えた。すると一週間の孤軍奮闘も、実はジェラールとリュヤーに対する足跡調査ではなく、ジェラールが(そしておそらくはリュヤーが)自分に仕掛けた詭計(きけい)の一部ということになる。この閃きはささやかな罠や曖昧さや文章を駆使し、遠くからそっと人を誘導するというジェラールの願望とも合致したため、生ける博物館の探索は、今や自分の、ではなく、ジェラールの自由の象徴に思えてきた。

一刻も早くこの家を出たかった。閉塞感と読み過ぎの眼精疲労が耐えがたかったせいもあるが、台所に食料がなかったためだ。ドア脇のクローゼットから出したジェラールの濃紺のコートを着込む。もし管理人のイスマイルと妻のカメルがまだ就寝していなかったとしても、門を出る脚とこのコートを眠気で朦朧（もうろう）とした目で見れば、ジェラールだと思うだろう。照明を点けずに階段を降りた。管理人部屋の玄関側の低い窓から洩れる光はなかった。鍵を持っていないため、門を完全には閉めなかった。歩道に足を踏み出すとき、一瞬おののいた。長らく頭の隅に追いやっていた電話の人物が暗がりから飛び出してくる気がしたのだ。見知らぬ人間ではないと直感したこの人物が携えているのは、軍事クーデター計画の証拠文書などではなく、より恐ろしい、より致死的なものではないか？　通りには誰もいなかった。路地を歩くときも電話のこの声に監視されていることを想像した。いや、自分のことを自分以外誰の立場にも置いていなかった。「すべてをありのままに見ている」と、交番の前で確認した。機関銃を携え、交番の前で見張りをしている警官は眠そうに、疑い深げにこちらを見た。壁面ポスターやジージーと音をたてるネオンサインの看板、政治スローガンの文字を読まないよう、まっすぐ前を見つめて歩いた。ニシャンタシュの食堂やカフェテリアはどこも閉店していた。

それから、雨どいのなかで悲愴な音色を響かせる雪融け水がいまだに歩道に流れ込むなかを、檜葉（ひば）や鈴懸（すずかけ）の並木をくぐる自らの足音と地元の茶館（カフヴェ）のざわめきを聞きつつ延々と歩き、カラキョイの喫茶店で鶏肉とスープとカステラのシロップ漬けを胃袋一杯に押しこんで空腹を満たし、八百屋では果物、カフェテリアではチーズサンドイッチを買い、長い時を経てシェフリカルプ・アパルトマンに戻った。

# 第4章　物語れぬ者たちの物語

「『これだ！』（舞いあがった読者は言った）『鋭いとはこういうこと、天才とはこういうことだ。これなら理解できるし、感嘆するってもんだ。自分だっておんなじことを何百遍も考えたさ！』言いかえれば、こいつは自分の賢さを思い出させてくれた、だからこいつに感嘆する、ということだ」

――コールリッジ

否、誰も感知しないが実は我々の全人生が潜む神秘、それを解明する我が最重要作品は、ダマスカスとカイロとイスタンブールの地図の驚異的類似点を提示した十六年と四カ月前の分析記事ではない。（お望みなら、「まっすぐな道（ダルブ・アル・ムスタキム）」〔シリアの通り〕、我が国のグランド・バザール、ハーン・ハリーリ〔エジプトの市場〕が、街のなかでそれぞれ見せるアラビア文字の「ミーム」のような佇まいと、この「ミーム」たちが示唆する顔について、当該記事をご照覧あれ。）

否、これと同系統の話で哀れなシェイフ・マフムッドが不死と引き換えに教団の秘密を西洋のスパイに売り渡し、のちに臍（ほぞ）を噛んだという二百二十年分にもなる物語を、ある時期興奮気味に執筆したことがあるが、それも私が記した最上の「最も有意義な」物語ではない。(自分に代わり、不死の宿命(さだめ)を背負ってくれる勇者を探す際のシェイフが、戦場の血の海で命を張る戦士たちをどう騙そうとしたかに興味がある向きは拙文をご一読あれ。)

ベイオウルの無法者や記憶喪失の詩人、魔術師、二足のわらじを穿く女性歌手、修復不能な愛の物語といった一時期の作品群を思い出してみると、昨今、自分が最重要視する話題は常に飛ばして回避するか、もしくは奇妙な躊躇(ちゅうちょ)をもって論点を迂回しているようである。だが、これは私だけでなく誰でもやっている。三十年間の文筆家生活で、執筆ほどではないにせよ、それに近い時間を読書に費やした私だが、洋の東西を問わず、今から語る事実が誰かに指摘されたのを見たことがないのだから。

では、この先の私の叙述を読み、その中で語られる顔をそれぞれどうか鮮明に思い浮かべて欲しい(そもそも読むという作業は、作者が文字を用いて語ったことを頭の中の静かな映画館で逐一映像化することにほかならぬ)。脳裏の銀幕に東アナトリアの町の香油店を描くべし。寒い冬の午後、早い時間帯に日は暮れ、人々は香油店のストーブの周りで団欒している。バザールに客足がないため弟子に店を任せた向かいの床屋、退職した老人、床屋の弟、買い物というよりつきあいでやってきた地元客といった面々である。皆、兵役中の思い出話や、新聞ネタや噂話に興じ、時々どっと笑う。だが中にひとり、最も寡黙で、自分のことを聞いてもらう機会が一番少ない、心休まらぬ様子の者が居る。床屋の弟である。頭のなかには他の者のように語るべき物語や笑い話がある。だが、話したくてたまらないにもかかわらず、話しかけ、語りかけ、会話の場で輝くことを知らないでいる。その午後を通じ、一度でもいい、ひとつだけでいいから話をしようと口をひらくたび、他の者が意図せずに彼の言葉をさえぎってしまう。さあ、言葉をさえぎられ、話の腰を折られた床屋の弟の顔に広がる表情を思い浮かべてほしい。

欧米文化の洗礼を受けたものの、さほど裕福なわけでもないイスタンブールの医者宅の婚約パーティーを想像しよう。家全体を占拠した来客の一部は婚約した娘の部屋に入り乱れ、客のコートが積まれたベッド周辺で集いのひとときを過ごしている。その中には魅力的な美少女と彼女に惹かれた模様の二人の男もいる。ひとりはさほど風采があがるわけでも頭の回転がよいというわけでもないが、社交的でよくしゃべる。そのため、部屋に居る伯父たちと一緒に美人の娘も彼の話を聞き、そちらに注目している。口のうまい男より賢く繊細なのに、話を聞いてもらう術を知らないもう一人の青年の表情を、さあ、思い浮かべていただきたい。

今度は、二年間隔で全員結婚した三人姉妹が、末娘の結婚から二カ月後、実家に集合したところを想像して欲しい。そこは中流階級の商家で、巨大な壁時計が時を刻む音が聞こえ、落ち着きのないカナリアが鳥かごでかたかた音を立てており、冬の午後の鉛色の光のなかでお茶会が続く。いつも陽気でおしゃべりな末娘が二カ月間の結婚経験をまくしたて、その境遇や滑稽な出来事をつぶさに語るものだから、一番美しい長女は自分の結婚生活でそれらを経験済みにもかかわらず、自分の人生か夫に何か欠陥があることを疑って落ち込んでいる。今度はこの憂鬱な顔を頭に描くべし。

想像していただけただろうか？　どの顔も奇妙に似通っていないだろうか？　この人たちを深層部で互いに結びつけるあの見えない紐帯のように、顔を互いに似せる何かが存在しないだろうか？　沈黙者たち、話下手な者たち、話を聞いてもらえない者たち、軽視される者たち、言葉なき者たち、事後に自宅で名答を考えつく者たち、誰にも話に関心を持ってもらえない人々の顔は余人のそれ以上に豊饒な意味を持ち、より充実してはいないか？　あたかもその顔は語りえぬ物語の言葉と同化し、沈黙や謙虚さ、さらには敗北の印が現れている。諸君はこういう顔のなかに自分の顔も認めなかったか？　我々は皆、なんと大勢仲間を持ち、なんと悲痛なのだろう。そしてなんと救いがないことだろう、大多数には！

だが、諸君のことをまた騙すのはやめよう。私は諸君の仲間ではない。紙とペンをもって何かを表現でき、表現したことを辛うじて他人に読んでもらえる人間は、多少なりともこの業病から解放されているといっていい。恐らくだからこそ、この上なく重要なる人間的状況を正しく叙述できる書き手にも出会わなかったのである。今や筆を執るたび、書くべきことはただ一つと心得ている。ついに我々の顔の秘められた詩、我々の視線の恐るべき神秘に切り込もう。そのつもりでひとつよろしく。

# 第5章　顔の謎々

「ふつう顔だけどね、気づかないで通りすぎちゃうのは」〔異訳〕　――ルイス・キャロル

火曜の朝、コラム記事が覆いつくした机に向かった時には、前日の朝ほどの希望は失せていた。一日がかりの作業の後、頭の中のジェラール像は全く望まぬ形に変化し、それが主な理由で探索の目的がぼやけてしまった。それでも、コラムや廊下の棚の覚書を読み、ジェラールとリュヤーの隠れ場所に関する仮説をたてる以外に方法はなく、机に座って読み続けていると、悲劇に対して実行可能な唯一の行為を遂行することの安らぎに包まれた。さらには子供の頃から思い出に浸っては幸福感を覚えるこの部屋でジェラールの記事を読むことは、シルケジの埃っぽい事務所で大家の攻撃をかわしたい借主の持ちこんだ契約書や、相互にぼったくりを仕掛けた鍛冶屋と絨毯屋の調査書類を読むよりましだった。厄災の結果とはいえ、より面白い任務とより良い執務机が与えられた役人のように高揚していた。

二杯目の朝のコーヒーを飲みながら、この興奮にまかせ、これまでの手がかりを洗いざらい再確認した。ドアの下に放り込まれた『ミリエット』に掲載された「謝罪と風刺」というタイトルのコラムは大

昔に一度掲載済みで見覚えもあり、日曜日、ジェラールが新聞社に新原稿を提出しなかったことが窺い知れた。これは新聞に掲載された焼き直し記事の六番目だ。予備ファイルには一日分の原稿しか残っていなかった。つまり三十六時間以内にジェラールが新聞社に新しい原稿を届けなければ、木曜日以降のジェラールの欄は空白になるということだ。三十五年間、毎朝ジェラールの記事とともに一日が始まる習慣だったし、ジェラールは他のコラムニストのように、病気や休暇を理由に担当欄を一日たりとも休載しなかったため、新聞の二面にぽっかり開く空白を想像するだに、迫り来る惨劇の衝撃を感じた。海峡が干上がるときを彷彿とさせる惨禍。

入手可能なあらゆる手がかりを逃すまいと、潜入した当夜に外した電話線をつないだ。マヒル・イキンジと自己紹介したあの電話の声との会話内容を復習する。「つづら殺人」と軍事クーデターの話から、ジェラールの過去のコラムを連想した。それらを箱から出し丹念に読みこむと、救世主(メフディ)に関するいくつかの記事や段落が記憶から呼び覚まされた。様々な記事にばら撒かれたこの断片の痕跡や日付を発掘する作業には莫大な時間がかかり、机に戻った時には一日仕事に匹敵する疲労に襲われた。

六〇年代の初め、紙上で某軍事クーデターの旗振り役を務めていた時、ジェラールの頭にはメヴラーナに関する言説の論理的根拠のうちのひとつが浮かんだに違いなかった。広い読者層に特定の考えを認めさせたいコラムニストは、黒海の底に何百年も横たわる失踪したガレオン船の死骸のように、読者の記憶領域に眠る腐った思念と記憶の沈殿物の各々を蘇らせ、浮遊させることに通じていなければならないのだ。この目的に沿ってジェラールが歴史的資料から収集した物語を読みながら、自分の記憶の澱も蠢くのを模範的読者よろしく待ってはみたが、活発化したのは想像力だけだった。

　十二番目の導師が、グランド・バザール内でいんちき秤を用い不正を働いた宝石商たちを震撼させた話。「武器商人の歴史」内の、父親によって救世主であると宣言されたシェイフの息子がクルド人の羊飼いや鍛冶屋の師匠を引き連れ、要塞を攻撃した話。後部座席にムハンマドを乗せたキャデラックのオープンカーが、ベイオウルの汚水まみれの石畳を通過した夢を見た後、娼婦、流浪民、すり、貧者、故郷を追われた者、煙草売りの少年、靴磨きたちを集結させ、巨大ギャング組織と女衒たちに対して反乱をおこすべく、救世主の名乗りをあげた見習いの皿洗いの話。これらを読むと、物語の色彩は、実生活や空想のなかの煉瓦色や曙色として眼前に広がった。想像力と同様に、記憶を刺激する物語にも出会った。それは、初めは皇子、次に皇帝、ついには預言者だと宣言した狩人皇帝メフメットの偽物の話で、読んでいる最中、本人になりかわって執筆する「偽ジェラール」育成手段を検討した夜のこと（好奇心旺盛で、俺の記憶を獲得できる者、と言っていた）、リュヤーがいつもの眠たげでのんきな眼差しで微笑んだのを思い出した。あの瞬間、致命的な罠が仕掛けられた危険なゲームに引きずり込まれたのを感じ、ぞっとしたのだった。

　電話帳のなかの名前と住所を、電話案内の名前と住所と照合しながら改めて逐一確認した。気にかかったいくつかの番号には電話をかけた。ひとつはラーレリ地区のプラスティック工房だった。洗い桶や、バケツ、洗濯籠などを作っているらしい。型さえ渡せばどんな物でもどんな色でも何百個と製造し、一週間以内に納品可能とのことだった。次の電話には子供がでた。両親と祖母と住んでいると言ったが、父親は家におらず、母親が不審そうに電話に出る前に、同居人に勘定されなかったはずの兄が話に割り込んできて、知らない人間には名乗らないと言ってきた。慎重な母親は「どちらさまですか？　どちらさまですか？」と怯えて尋ねた。「番号をお間違いですわ。」

バスや映画のチケットにあるジェラールのメモを読み始めた時には、時刻は正午になっていた。思慮深い手書きで、映画の考察や、時に俳優の名前が書きとめられていた。下線が引かれた俳優の名前から意味を汲み取ろうとしてみた。バスの切符にも名前や単語が記入され、そのなかの一枚にはラテン文字で構成された顔の絵が描かれていた（切符代が十五クルシュなので六〇年代初頭に販売された切符だろう）。切符の文字や、古い映画評、初期のインタビュー（アメリカの有名女優マリー・マーラヴが昨日我らが街に滞在！）、未完のクロスワードパズルの草案、無作為に抽出した読者レター、ジェラール自ら企画した記事の資料としてのベイオウル界隈の殺人事件の新聞切り抜きを読んだ。殺人の多くは互いを真似ているかのようだった。それは鋭利な台所用具の使用、真夜中の犯行時刻、殺人犯と被害者双方の泥酔などの共通点のせいもあるが、むしろ男の美学や「これが裏街道に足を踏み入れた者の成れの果てだ！」的な倫理観に基づく語り口によるところが大きかった。ジェラールはこれらの殺人を再度紹介する記事を書く際、「イスタンブールの特異な区画」（ジハンギル、タクシム、ラーレリ、クルトゥルシュ）関連の新聞の切り抜きを参考にしていた。同じ箱から出てきた「我が国の歴史の開祖たち」で始まる連載記事を目にすると、一九二八年、マーリフ文庫の所有者であるカスム・ベイがトルコ初のラテン文字書籍を出版したのを思い出した。同人物が出版したイラスト時計付き教養（マーリフ）カレンダーは、その日めくりの一葉の内に、リュヤーのお気に入りだった献立表や、アタテュルク、イスラムの偉人、ベンジャミン・フランクリン、ボットフォリオのような海外の著名人の金言や愉快な冗談のほか、礼拝時間を示す文字盤を収めていたものだった。保管されたカレンダーの紙片には、この短針と長針が刻まれた文字盤を落書きで長い口髭や長い鼻をもつ丸顔に変えたものもあり、そのジェラールの加筆に新たな手がかりを得た気になって白紙にメモした。昼食のパンと白チーズと林檎を食べながら、そのメモの紙上での佇まいを、奇妙な好奇心を抱いてじっくり眺めた。

あるノートには『黄金虫』『第七の文字』なる翻訳ミステリーの要約や、マジノ線やドイツ間諜(スパイ)関連書籍から集められた暗号や手がかりが記録され、最後のほうのページには震えながら伸びるボールペンの線があった。その痕跡は、カイロ、ダマスカス、イスタンブールの地図上に引かれた緑のボールペンの痕に似てもいれば、ある顔に、時には花に、時に平原を蛇行するか細い川の湾曲に似ているようでもあった。最初の四ページについて非対称な意味不明のカーブを眺めると、線の謎は五ページ目で解けた。白紙のページの真ん中に蟻が残されていたのだ。このせわしない虫が白紙上で辿った不安定な道をすぐ後ろからボールペンで印をつけたものらしかった。

五ページ目の中央、疲れた蟻の定まらぬ輪が描かれた所でノートは閉じられ、その場に固定された乾いた死骸があった。何らかの結末を辿きだせなかったせいで罰せられた不幸な蟻の死が何年前のもので、この風変わりな実験がジェラールのメヴラーナ記事とどのような関係があるのか確かめるべく調査を続けた。『メスネヴィー』の第四巻で、メヴラーナは草稿の上を歩く蟻の話をしていた。虫はまずアラビア文字に水仙や百合を見、それから言葉の園を筆が作り、その筆は手が動かしており、その手は理性が動かしており、――「そして、いよいよ」と、ある記事でジェラールは付け加えた――「その理性も別の理性が動かしている」ことに気付くのだった。神秘主義詩人の空想とジェラールの夢想はこうしてまた交錯した。記入日と記事の間に意味深長な関連性を構築してもよかったが、ノートの最後にはイスタンブールの昔の火災の発生場所、日付、灰塵と化した木造家屋の数が記載されているだけだった。

二十世紀初頭、家々を回る古本屋の丁稚が巻き起こした擾乱についてのコラム記事を読んだ。丁稚は毎日フェリーでイスタンブール市内の違う街区に乗り込み、数多の邸宅に通っては女部屋(ハレム)の夫人たちや自宅に籠りきりの年寄り、仕事中毒の役人、夢見がちな子供たちに風呂敷に包んだ書籍を割引販売していた。だが真の顧客はアブドゥルハミット皇帝の間諜(スパイ)が監視を続ける禁令のせいで、役所の建物と私邸から一歩も出られない閣僚たちであった。古本屋の丁稚が、売りつけた書籍内の言葉に仕込んだメッセージと、解読に必要なフルフィー教団の秘密を高官たちに(「読者たちに」とジェラールは書いた)それとなく吹き込んだ方法を読むと、ガーリップはゆっくりと、そして望み通りに別人になるのを感じた。さらにフルフィー教団の秘法も、子供の頃、ジェラールが土曜日の午後にリュヤーに贈った遠くの海洋が舞台の子供用アメリカ小説の最後に提示された啓示と文字の秘密同様、子供っぽい謎にすぎないことを理解した時には、読書によって人が別人になることを確信していた。この時、電話が鳴った。もちろんまた同じ人物の仕業だった。

「電話線をつなげてくれて嬉しいですよ、ジェラールさん。」中年以上の人物を思わせる声が口火を切った。「先の見えない時代ですからね。あなたのような人がこの街やこの国から消えて居なくなる可能性なんて想像すらしたくない。」

「電話帳はどの辺まで進みました？」

「一生懸命やっているんですが、思った以上に進みませんな。何時間も数字を見ていると、人間て予想外のことを考えるものです。数字のなかに魔法の公式、対称的な秩序、反復、定型、形が浮かぶ。すると作業速度は落ちます」

「顔も？」

「ええ、でもあなたが言うあの顔は、ある種の数字の配列のあと出てきます。数字だって常に語ってくれるわけじゃない、時には沈黙します。時々、四が私になにかを囁くのを感じます。次々に四がやってくるようになる。ふたつずつ、ふたつずつ、と唱える間にも、対称的に桁を変えてくる。ふと気付くと、十六になっている。と言っている間に後釜として七が入ってくる。彼らも同じ配列の旋律を囁く。こんなものみんな馬鹿げた偶然だと思いたいのはやまやまですが、一四〇二二四〇に住むチムール・ユルドゥルムオウルと聞いて、一四〇二年のアンカラの戦いや残虐なチムール帝のこと、戦いに勝ちユルドゥルムの妻を後宮（ハーレム）に加えたことを思い出さずにいられますか？　この国の歴史の丸ごと、イスタンブール丸ごととものの見事に溶けあっているんです、電話帳というのは。それらを確認したくなって、ページを繰る手がとまり、あなたにたどり着けずにいます。最大の陰謀を阻止できるのはあなたしかいないとわかってるんですけどね。陰謀始動の矢を放つのはあなたの弓であるだけに、この軍事クーデターを止められるのもあなただけなんです、ジェラールさん！」

「何故？」

「以前お話しした時、彼らが虚しく救世主（メフディ）を信じ、『彼』を待望していると申しました。でも、その軍人のなかで一握りほどは、大昔のあなたの記事を読んでいたんです。しかも鵜呑みにして読んでいたのです、私のようにね。一九六一年の初頭の記事を思い出してください。『大審問官』に向けたオマージュ。宝くじに描かれた幸せな家族の肖像。（編み物をする母親、新聞——おそらくはあなたの記事——を読む父親、床で宿題をする息子、ストーブのそばでまどろむ猫と祖母。誰もがこんなに幸せなら、どこもうちの家族のようなら、なんで宝くじがこんなに売れているんでしょうね？）この幸せに不信感を持つ理由を述べたあの訳知り顔な記事の結論部分。映画評論。それらを見直してみてください！ あの頃、どうしてあんなにも国産映画のことを皮肉ってらしたのでしょう？ 皆、それなりに満足して見ているし、『我らが想い』を表現しているあの手の映画を鑑賞するとき、どうしてひたすらセットばかりに目がいくんですか？ 枕元の箪笥の上の香水瓶（コロンヤ）とか、弾いてもらえず蜘蛛の巣の張ったピアノの上に並べられた写真とか、鏡の隅に貼られた絵葉書とか、一家のラジオの上で眠る犬の置物とか」

「わからない」

「嗚呼、ご存じなはずですよ！ それらを窮乏と崩壊の啓示として示すためじゃありませんか。アパルトマンの隙間に捨てられたくだらぬ物や、同じ館の別々の部屋に常に身を寄せ合って暮らしていた一族、そのせいで結婚したいとこ同士、生地の擦り減り防止用のソファカバーのことも同じように語ってらっしゃった。とどめることができない崩壊の、我々が埋没している月並みさの、悲痛な象徴として示したんでしょう、こういうものを。でもその後、いわゆる歴史記事のなかで、どんな時でも救いがある可能性を暗示してましたよね。最悪の時にすら、窮乏から我々を救い出してくれる誰かが現れるかもしれない、と。遥か昔、おそらくは何百年も前に生きただろう救世主（メフディ）の再臨は、別人としての復活となるはずで、その人物はメヴラーナ・ジェラーレッディンもしくはシェイフ・ガーリップ、はたまたコラムニストとして五百年を経て、今度はイスタンブールに再び現れる、と！　あなたがこういうことを語れば、それをそのまま信じ込む青年将校が存在していたのです。街の片隅の水汲み場で水を待つ女の哀愁や昔の路面電車の木製の椅子の背に彫られた赤裸々な愛の悲鳴のことも、あなたが語るなら信じてしまう。彼らは、己の信じる救世主（メフディ）の再臨とともに、この嗟嘆（さたん）と窮乏が全て終わりを告げ、一瞬にして万物が秩序を取り戻すと考えていたのです。あなたが信じさせたんです！　あなたが彼らのことを察知し、彼らのために執筆したんです！」

「で、何が望みなのです？」

「あなたに会えれば、それでいい」

「何のために？　実は事件ファイルなんて存在しないんじゃないですか？」

「どうか会わせてください、全部話します」

「名前すら偽名のくせに。」ガーリップは怒鳴った。

「会いたいんだよ！」と、声は言った。洋画の吹き替えが「君を愛してる！」と言うときのようにわざとらしく、だが奇妙にも哀れで、本気かと思わせる声だった。「あなたに会いたいんだ。会ってくれればわかるはずだ、どうして会いたがったかってことは。誰も俺ほどにあなたのことを知っちゃいない。誰もだ。夜毎自分で淹れた紅茶（チャイ）やコーヒーを飲み、集中暖房の上で乾燥させた〈マルテペ〉煙草を吸いながら徹夜で空想を巡らしていることを俺は知っている。タイプライターで執筆して、緑色のボールペンで手を入れることも、自分自身にも人生にも満足してないことも知っている。朝まで部屋を行ったり来たりした夜には、いつも別人になりたいと念じていることも、でもなりたいと思う別人とは誰なのか、どうしても決めかねていることも知っている。」

「ずいぶん記事にしたからな」

「お父さんを憎んでいることも知っている。後妻とアフリカから帰って来たあと、どうにか身を寄せていた屋根裏部屋からあなたを追い出したことも知っている。お母さんの元に帰っていた時期、どんな嫌な思いをしたかも知っているんだ、嗚呼、兄弟よ。ベイオウル担当の貧乏記者だったころ、関心を集めるため、ありもしない殺人をでっち上げたでしょう。撮影されてもいないアメリカ映画の、存在もしていない俳優とペラ・パラス・ホテルで会っていましたね。『或るトルコ人麻薬中毒者の告白』を書こうと、阿片を試したこともあるでしょう。偽名で掲載された相撲（ギュレシ）連載を終わらせるべく旅立ったアナトリア旅行中、ぶん殴られましたね。自分の人生について『信じるも信じないもあなた次第』欄で涙ながらに語ったでしょう。誰もわかりゃしないのに！　手に汗をかくことを、交通事故を二度起こしていることを、生まれてこのかた水が滲みない靴を見つけて穿いたためしがないこと、孤独を恐れているくせに常に孤独なことを知っている。尖塔（ミナレット）に上ったり、猥褻な刊行物を読んだり、アラジンの店を物色したり、義理の妹さんと仲良くなさることがお好きでしょう。私以外に誰がこんなことまで知っているでしょう？」

「大勢いるさ。コラムを読めばわかることばかりじゃないか。真の面会理由を吐くつもりはあるのか？」

「軍事クーデターですってば！」

「もう切るよ……」

「誓うよ！」声は切羽詰まり、絶望を滲ませた。「会ってくれれば全部話すから。」

電話線を抜いた。昨日最初に目にとまった瞬間から頭にひっかかった卒業アルバムを棚からとり出し、夜毎、疲れ果てて帰宅したジェラールが座っただろう椅子に腰かけた。それは一九四七年に出版された上質な製本の士官学校卒業アルバムだった。アタテュルク、大統領、参謀総長、軍司令官全員、士官学校司官、教師の写真とその言葉が掲載され、その他の部分は丹念に撮影された全生徒の写真で埋め尽くされていた。通話後にアルバムが気になった理由は定かではないながら、薄紙が挟まれた各ページをめくるうち、その顔や視線のどれもが、頭に被った帽子や襟のバッヂのように互いに酷似していることに気付いた。まるで、古本屋の店先の埃だらけの箱に詰め込まれたゴミ同然の安売り本に紛れた、専門家しか区別できない銀貨のサンプルや色々な貨幣の形状が掲載された古い貨幣学雑誌のようだ。街歩きの最中やフェリーの待合室に居る時に耳にしたある音楽が心に高らかに響く。顔を眺めるのは心地よかった。

ページをめくると、発売日を何週間も心待ちにしていた、挿絵入りの子供雑誌の、印刷のインクと紙の匂いがする真新しいページを繰る感じが蘇った。もちろん、色々な本にある通り、万物は互いに関連していた。それぞれの写真には、散策の際、街頭の顔に現れる、あの一瞬輝く表出が現れだした。あたかも顔だけではなく、意味によっても自分の眼を満足させているかのようだった。

六〇年代の初めに企図され、失敗に終わった軍事クーデターの計画者のほとんどは――自分の身を危険に晒さず、合図を送って若いクーデター要員を遠隔操作した高官たち以外――この卒業アルバムに掲載された青年将校たちのなかから輩出されたに違いなかった。だが、卒業アルバムのページや時にページを覆う薄紙の上のジェラールのメモにはクーデター関連の記述はなかった。そこにあるのは、子供のいたずらじみた髭を書き足した顔、頬骨や口髭をうっすら黒くして影をつけた顔だった。額の皺を意味の定かではないアルファベットが読める「額の言葉〔人の運命は額に書かれるとされる〕」に変えたり、涙袋をOもしくはCの文字を補完する整った円に変えたり、頭に星や角や眼鏡が書き加えられたりしたものもあった。青年将校たちの顎の骨、額の骨に印がつけられ、時に顔の上に横幅や縦幅、鼻と唇、額と顎の比率を調べる線が引かれていた。いくつかの写真の下には、違うページの写真に触れたコメントがあった。多くの将校候補の顔にはにきびや、肉腫、しみ、アレッポ腫、痣、火傷痕が付け加えられていた。落書きも文字も受け付けないような爽やかで精彩を放つ顔の横にはこう書かれていた。「修正写真は魂を殺す！」

棚の同じ場所から別の卒業アルバムも何冊か取り出してみると、同じ一文があった。昔の工科大学の学生。医学部の教授。五〇年代に活躍した国会議員。シヴァス‐カイセリ間鉄道路線で働く技術者と監督者、ブルサ市美観協会。イズミルのアルサンジャック地区からの朝鮮戦争志願兵。それらの写真にもジェラールの手による同じ線や落書きがあった。顔のほとんどは中央の直線によって真っ二つに分断されていた。そうすることで、分割されたふたつの顔にある文字をより目立たせたかったのだろう。素早くページをめくったり、時に長々と写真に見入ったりした。あたかもやっと思い出したある思い出を、果てなき忘却の断崖に落ちる寸前に救い出すように。あたかも暗闇のなか案内された鬱蒼たる家屋の住所を事後に特定しようとするように。初見時に顕示したこと以上のことはその後も語らぬ写真もあれば、停滞した静かな面のなかから、予期せぬ瞬間に語りかけがはじまることもあった。そんな時、ガーリップはいくつかの情景を思い出した。何年も前に見た某外国映画でなんとなく眼についたウェイトレスの哀しい視線。聴きたいと思っているのに、その都度逃してしまうあの曲がラジオで最後にかかったこと。

　夕暮れが迫るなか、廊下の棚から発掘した卒業アルバムや写真集、新聞と雑誌から切りぬかれた絵、色々な所から集められた写真が詰まった箱全部を書斎に運び込み、とり憑かれたように漁った。いつ、何処で、どのように撮影されたのか皆目定かではない顔の数々。若い娘。フェルト帽の紳士。スカーフをかぶった婦人。爽やかな風貌の青年。蒸発した絶望者。何処でどう撮影されたのかが明白な不幸な顔もあった。大臣と護衛官の寛容な視線のなかで、首相に嘆願書を渡す村長を不安げに見守るふたりの一般人。ベシクタシュ地区デレボユの火災から配偶者や子供を救出した母親。エジプト人俳優のアブドゥルヴァハッブがアルハンブラ宮殿で演じた映画のチケットの行列に並んだ女性たち。麻薬取締法違反で逮捕された有名ベリーダンサーと映画スターがベイオウル交番の前で警官に囲まれているところ。横領発覚後、突如表情が空疎になった会計係。無作為に箱からとり出されたこれらの写真は、あたかもその存在及び秘匿の理由を自ら解明しているようだった。「写真とはその人の表情を保管する証明書だ。写真以上に意味を持ち、説得力があり、興味深いものなど何が存在するだろう？」

修正写真の陳腐なごまかしにより、意味と表情の深みに致命傷を負った最も「空虚」な写真にさえ、その後ろに記憶と恐怖を背負った物語、隠れた秘密、言葉で表現されることがないため眼や眉毛や視線に射す寂しさの影が存在することを感じ、奇妙な憂鬱に浸った。宝くじで最高額の賞金をあてた布団屋の見習いの驚きに溢れた幸せな顔を見るにつけても、妻を刺した保険屋や美女コンテストで三位になり、欧州において「最良の形で我々を代表している」ミス・トルコの写真を眺めるにつけても、涙がこぼれそうだった。

いくつかの顔にジェラールの記事で読んだ悲嘆の痕跡を見出すと、あの記事はこの写真を参照して執筆された、と判断した。工場倉庫に面した陋屋（ろうおく）の庭に干した洗濯物のことを述べた記事は、五十七キロ級アマチュア・ボクシングチャンピオンの顔を見ながら書かれたにちがいない。ガラタ地区の路地が曲がりくねっている気がするのは、実はよそ者だけだと解説した記事は、アタテュルクとの情事を誇らしげに仄（ほの）めかす百十一歳の歌手の蒼白な顔を起点に執筆されたものだ。メッカからの帰路、交通事故に遭遇した巡礼バス内の白い縁なし帽をかぶった巡礼者の死体の顔は、古いイスタンブールの地図と銅版画に関する文章を思い出させた。この記事の内容は、宝物の在り処に印をつけた地図や、皇帝暗殺を目論み君府入りした命知らずな敵をマークした西欧の銅版画のことだった。イスタンブールの一画にある秘密の隠れ家で、時に何週間も誰にも会わずに引き籠るジェラールが、そんな日々に執筆したこの記事と、緑のペンの線で印を付けられた地図の間には、なにか関係性が匂った。

イスタンブールの地図上の地名を口にしてみた。単語はどれも日常生活のなかで長年何千回も使用されたため、無闇に記憶を背負いすぎており、「水」や「モノ」という単語のようになにも想起させない。生活のなかでより場所を占める割合が少ない地域の名前だと、大声で復唱するとすぐに特定の何かを連想した。ジェラールが連載していたイスタンブールの各地区についてのコラムを思い出し、棚から出した。これらの記事は「イスタンブールの秘められたる場所」なる共通のタイトルだったが、読むにつれ気付いたのは、イスタンブールの穴場の話よりも、ジェラール自身の小さな逸話が散りばめられていることだった。この状況でなければ微笑をもって受け流すだろうこの失望は、突如、ひどく心を締めつけ、ジェラールが全作家人生を通じ、読者ばかりか意図的に自分のことも騙していたことに腹がたった。ファーティヒ‐ハルビエ間の路面電車内の些細な喧嘩やフェリキョイの家から小間物屋に使いにいったまま戻らない子供、トプハネ地区の時計屋で時計が刻む音楽についての記事を読みながら、「もう騙されるものか」とひとり呟いた。

直後、ジェラールがハルビエやフェリキョイやトプハネの家に隠れている可能性が否応なしに頭に浮かぶと、瞬時にその怒りを、自分を罠にはめたジェラールに対してではなく、ジェラールの記事に手がかりを読みとってしまう自分の理性に向けた。すなわち、絶えず自分を楽しませることを求める子供を嫌うように、物語なしに生きていけない自分の頭脳を憎んだ。束の間、この世には啓示や手がかり、第二第三の意味、秘密、神秘の居場所など残されていないと信じこもうとした。啓示などどれも、それを理解し、発見したいと願う自分の理性と想像が為した妄想なのだ。万物が単にそれ自体としてしか存在しない世界で穏やかに生きて行きたいという願望が膨れ上がった。そうなれば記事も、文字も、顔も、街の灯も、ジェラールの机も、メリヒ伯父から受け継いだあの棚も、リュヤーの指紋がついたあの鋏（はさみ）とボールペンも、物質本体の外部にある秘密を示す疑わしげな啓示ではなくなる。緑のボールペンが単にボールペンとなり、自分も別人願望など抱かずにいられるあの境地に達するにはどうしたらいいのだろう？　映画で見た遠い外国に暮らす自分を想像する子供のように、この境地に生きていると信じたい一念で机上の地図を眺めた。皺だらけの額の老人の顔を見た気がし、その後、互いに入り混じった皇帝たちの顔が目の前に現れた。それから見覚えのある誰かの顔、おそらくはある皇子の顔が浮かんだが、特定できるほどになる前に消失した。

その後、三十年間ジェラールが貯め込んだ顔写真を、そこで暮らしたいと願う新世界の映像として見るべくソファに座った。神秘や啓示に目を瞑るよう努めながら、箱から適当に出した顔写真を眺める。どの顔も、まるで戸籍や住民登録票の貼付写真のように、単に目と鼻と口を備えた肉体の特徴描写にしか見えなくなった。手の内の保険証の美女の写真に深意と哀感を見てとり、思いに耽ってしまう人のように、何度かふともの悲しさに囚われると、我に返るべく間髪を入れず違う写真に眼を移し、それ自身よりほかに、いかなる苦痛も物語も示さない別の顔をみるようにした。顔が語る物語に捕まらないよう、写真の下のキャプションや写真の脇や表面のジェラールの手書きも絶対に読まないと決めた。いつまでも写真を睨み、それらをただ顔面の地図として眺めるよう自分に仕向けていると、ニシャンタシュ広場の夕方の交通ラッシュの頃になり、眼から新たに、また新たに涙が溢れ始めた。この時には、ジェラールが蒐集した三十年分の写真のわずか一部を検分したに過ぎなかった。

定に反するほどのいざこざを起こそうとはしなかった。恐らくは罪を自覚していたため、前もって宿命に備えていたのだろう。

パシャはまず、少なくとも十回、その都度、同じ注意深さをもって勅令を読んだ。（規則に従う者に見られる特徴である。）読了後は派手な身ぶりで勅令に口付けし、額に押しつけた。（まだ周囲への自分の影響力に配慮できる者に見られる反応。カラ・オメルにとっては愚かしかった。）コーランを詠み、祈りをささげたいと申し出た。（時間稼ぎをしたい者、本気で信じた者に見られる要求。）礼拝後、身につけていた宝石や装身具、指輪が死刑執行人の手に落ちぬよう「余を思い出すがよい」と言って、周囲の者に配った。（世俗にまみれている者、死刑執行人を恨む程度に浅薄な人間に見られる反応。）そして首に縄をかける寸前、この各反応のうち一つや二つではなく、もれなく全部を示した者がほとんどそうするように、何事か罵りながら飛びかかってきた。だが、顎の先端に痛烈な一発を食らうと崩れ落ち、死を待ちはじめた。泣いていた。

慟哭（どうこく）もまた、この状況下の生贄が示す月並みな反応のひとつだった。だがパシャの泣き顔になにかを見出した死刑執行人は三十年の経歴において初めて躊躇（ちゅうちょ）し、かつてない行動に出た。首を絞める前に、生贄の顔を布で覆ったのである。同僚に見られたら批判されてしかるべき行いだった。滞りなく完璧に任務を遂行するため、死刑執行人は生贄の両眼を最期まで見据えるべきとされていたのである。

こと切れた、と確信したあと、すぐに「暗号（シフレ）」と呼ばれる特殊な剃刀で死体の頭部を胴体から切り離し、持参したモヘア袋の蜂蜜に温かいまま漬け込んだ。任務に成功したことを証明すべく、イスタンブールの同定者たちに生贄の首をそのままの形で引き渡さなければならない。蜂蜜入りの袋に慎重に首を安置しながら、いま一度パシャの顔を見た彼はやはり狼狽した。長からぬ爾後の人生において、あの鬼哭の眼差し、あの測り知れない、衝撃的表情を彼はついぞ忘れることができなかった。

　馬に飛び乗ると、街を出た。生贄の肉体は、肺腑を抉る悲痛な涙の葬儀をもって埋葬されるのが常だが、その時に自分は、鞍の後ろにある首と共に、現場から二日行程ほどは離れていたいと思うのが常だった。こうして一日半休みなく旅を続けたあと、ケマフ城に到着した。隊商宿（キャラバンサライ）で腹を満たし、袋を持って部屋にこもり、長い眠りについた。

　半日も続いた泥のような眠りから覚めかかった時、幼年時代を過ごしたエディルネに居る自分のことを夢に見た。母親が煮詰めに煮詰めて、家中、庭中どころか、近所中に甘酸っぱい匂いを漂わせて作った無花果ジャム、その巨大なガラス瓶に近づくと、無花果だと思った小さな緑色の丸が、泣いている首の眼であることが、まずはわかる。それから禁忌を犯す罪悪感というより、泣き顔に現れたあの底知れぬ恐怖を目撃する罪悪感を抱きつつ瓶の蓋を開けると、中から泣いている大人の男の慟哭（どうこく）が聞こえはじめ、金縛りにあうような無力さに凍りつくのだった。

　翌日は別の隊商宿（キャラバンサライ）、別の寝床で眠り、その睡眠の中盤の夢で、夕景のなかの若かりし自分を見た。宵闇が訪れる寸前の、エディルネのどこかの路地。誰だか定かではない友人に教えられ、天空の片隅に沈む夕日と、その反対側に昇る渺（びょう）とした満月の白いおもてを眺めていた。日没後、辺りが暗くなると、月の真ん丸な表面は輝きを増し、明瞭になり、さほど経たずに、煌々と輝くこのおもてが人面、それも泣き顔に変化した。否、エディルネの路地を、別の都市にある、不穏かつ不可解な路地に変えたものは、月の表面の、泣き顔と化した悲痛な面ではなく、得体の知れない裏面だった。

翌朝、就寝中に発見したこの事実が自分の思い出の数々と一致していると気付いた。死刑執行にあたり、無数の男の泣き顔を見たが、嗜虐や恐怖、罪悪感に引きずり込まれるような顔などなかった。意外なことに、彼とて生贄のために悲しみもしたし、憂鬱にもなったが、その情動は、公平、義務、不可逆性といった理屈によってすぐに均衡を取り戻した。首を切ったり、絞めたり、へし折ったりした生贄は、あの世に連行される一連の理由に関して、常に死刑執行人より多くを知っていることがわかっていたからだ。泣きながら身もだえし、鼻水まみれで懇願し、しゃくりあげて泣き、息も絶え絶えで死に向かう男の光景に、見るに堪えず、我慢ならない要素はなかった。死刑という事象から歴史や伝説に残る派手な行動や勇気ある名言を期待する愚か者でもあるまいし、死刑執行人は泣く男を馬鹿にすることもなければ、人生の偶発的もしくは不可逆的な残酷さを微塵も解さぬ別種の愚か者がするように、彼らを前にして同情という呪縛に襲われたりもしなかった。

それではふたつの夢で彼を呪縛したものは何か？　燦々たる快晴の朝、鞍の後部にモヘアの袋を載せ千尋の岩壁を通過中、自分の動きを封じる呪縛が、エルズルム入り前に感じた躊躇（ためら）い、魂にその影を感じた微かな忌まわしい春愁と結びついているように思えてきた。絞殺直前、忘却すべきその顔にある秘密を見たのである。その秘密こそが、毛織物の断片で生贄の顔を覆うことを強いたのだった。長い一日の間、異形を呈する峻嶮（しゅんけん）な崖（胴体が鍋の帆船、頭がイチジクになった獅子）、普段よりよそよそしく驚異的な松やブナの木、氷のような渓谷の岸辺の奇妙な、なんとも奇妙な小石群を騎行したが、鞍の後部の顔の表情のことなどもう思い浮かべることはない。より驚異なのはこの世の中だった。新たに発見し、初めて発見した新世界。

あらゆる樹木と、眠れぬ夜に追憶のなかで蠢(うごめ)く暗い影との近似に初めて気付いた。緑に芽ぐむ山腹で放牧中の無垢な羊飼いは皆、肩に己の頭部を、他人の荷物のように背負っていると初めて感じた。山裾の十軒ほどの集落が、モスク入口に並べられた靴を連想させることが初めてわかった。半日後に通過予定の、西に連なる紫山とその真上の細密画から抜け出してきたような雲が、世界が剝き出しの、如何にも剝き出しの場所であると示しているのを初めて目撃していた。植物や事物や臆病な動物はどれも、思い出ほどに古く、失意ほどに簡素で、悪夢ほどに不気味なある領域の象徴であることを今になって把握した。西に進むにつれ、長く伸びる影が意味を変えるにつれ、死刑執行人はひび割れた甕から滲み出る血のように、自分の周辺に解読不可能な秘密の啓示や兆しが染み出しているのを感じた。

夜の帳が降りる頃に隊商宿(キャラバンサライ)に到着して空腹を満たしたが、袋と一緒の部屋ではまんじりともできそうになかった。眠りのさなか、裂傷から滴る膿のように、じんわりと広がる恐ろしい夢に――夢のなかで毎度別の思い出を装っては泣くあの追いつめられた顔に――我慢がならなかった。隊商宿(キャラバンサライ)の人々の顔に驚嘆の視線を投げながら休息し、旅を続けた。

涼夜の静寂(しじま)。小枝も揺れぬ無風。くたびれた馬が自ら見出す帰路。彼は長時間何も見ず、幸せな昔日の状態に戻ったかに似て、ややこしい疑問をほじくったりせずに旅を続けた。その後、そのことは闇の恩恵だと思えた。なぜなら月が雲間に現れると、樹木や影や岩は徐々に解読不可能な秘密の暗示に変化したからである。不気味なのは哀れな墓石でもなければ、寄る辺ない糸杉でも、ひとけの無い夜の狼の遠吠えでもなかった。世界が恐るべき霊異となった元凶は、どうも世界が物語を語り始めたことにあるようだった。世界は死刑執行人に何かを語りたがっており、或る意味を指し示そうとするが、夢のなかにいる時のようにこの言葉は煙幕状の不確かさのなかで消失してしまう。夜明け前、死刑執行人の耳の底には啜り泣きが響くまでになっていた。

　曙光の頃には、啜り泣きなど、そよぎ出した風が木々の梢と戯れているだけかと思った。次に疲労と不眠のせいにした。正午近くになると、鞍につけた袋から洩れる嗚咽（おえつ）はあまりにも截然（せつぜん）と響いてきたため、あたかも真夜中、密閉を怠った窓が勘に障る音を立てて軋むのを阻止すべく温かな寝床を抜け出す人のように、彼は馬を降り、袋を鞍に結び付けた紐を引っ張り堅く結びなおした。だが、その後、沛然（はいぜん）たる猛雨のなかを進むうち、彼はただ嗚咽を聴くにとどまらず、泣いている顔の涙を肌身に感じるようになった。

　再び晴れ間が広がった時には、世界の神秘と泣き顔の表情に現れる秘密との関連性が判明した。まるで、昔から熟知していると信じていた理解可能な世界というのは、実は顔面上の平凡な意味や平凡な表現が支えていたのだが、泣き顔にあの奇態な表情が現われてからは、ちょうど魔性の鉢が音をたてて割れたり、水晶の魔法の水差しがひび割れたりした後、一切が瓦解するような具合に、世界の意味も、死刑執行人をおぞましい孤独に置き去りにして消滅したかのようだった。濡れた衣服を日干ししながら、脳裏にある考えが閃いた。万物が元通りの体系に戻るためには、袋のなかの首に仮面のように張り付いた表情を変えねばならない。一方、職業的倫理感は、胴体から切り落とした後温かいうちに蜂蜜入りの袋に漬け込んだ頭部に一切手を加えず、そのままイスタンブールに持ち帰ることを命じていた。

袋の啜り泣きが執拗にして勘に障る旋律に変わるなか、一睡もせず馬上で過ごすという、発狂しそうな夜が明けた。もはや世界は激変し、自分が自分であることすらにわかに信じられないくらいだった。鈴懸（すずかけ）や松の木も、泥濘の道も、自分を見る者が腰を抜かして逃げ出す村の水飲み場も、完全に見知らぬ世界に属していた。昼頃、初めての町で動物的本能に従い食事を詰め込んだが、それを認識するにも難儀した。町を出て、馬を休めるため、木の根元に寝転ぶと、かつては天空だと思っていたものは、見たことも聞いたこともない奇怪な青い円蓋（ドーム）だった。日沈と共に馬に跨り、帰路についたが、猶、六日もの行程がある。今や彼は理解した。袋の嗚咽（おえつ）を鎮静化させ、泣き顔の表情を変え、世界を元の既知の世界に戻すあの魔法の手続を行わなければ、自分は決してイスタンブールに辿りつけないだろう。

夕闇を待ち、犬の遠吠えが響く村はずれに井戸をみつけると、馬をおりた。鞍から毛の袋を下ろして、袋の口を開け、注意深く髪を摑んで蜂蜜漬けの首を出した。井戸から何度も桶で水をくみ出し、生まれたての赤子を洗うように、首を洗った。布切れを手に、頭髪の奥深くや耳の穴まで拭いた後、満月の光にかざし顔を見た。――泣いていた。腐りもせず、依然として耐えがたい、忘れがたい、追いつめられた表出があった。

井戸の端に頭を安置し、鞍の後ろから商売道具である二本の特殊ナイフ、拷問用の先端が丸い鉄の棒を取り出して戻った。まずはナイフで口の端から、皮膚や骨を捻じ曲げながら、少しずつ修正しようとした。長い奮闘の結果、唇はすっかり千切れ、歪んで仄(ほの)かな微笑ではあるものの、口の変形に成功した。さらに、より繊細な作業を試み、苦痛に狭(せば)まった両眼を拡張し始めた。非常な手間と労苦の末、顔全体に微笑を広げおおせると、力を使い果たした彼はやっと寛いだ。それでも絞殺前、アブディ・パシャの顎の端に降り下ろした拳の青痣を確認し、満足するのを忘れなかった。万事を軌道に戻したことで、子供っぽい満足感に駆られ、ひとっ走りし、道具を鞍に戻した。

　戻ってみると、置いたはずの場所に首がなかった。咄嗟に、微笑む首の悪戯(いたずら)ではないかと疑った。井戸に落下したことがわかると、躊躇(ちゅうちょ)なく最寄りの民家に駆け寄り、扉を叩いて家の者を起こした。立ちはだかる死刑執行人を眼にしただけで、老父と若い息子は震えあがって命令に従った。三人は共にさして深くもない井戸の底から首をとりだそうと夜を徹して懸命になった。曙光が射す頃、絞首縄を腰に結び付け井戸に降りた息子は、首級の頭髪を摑み、恐怖のあまり絶叫しながら地表にもどってきた。首の損傷は激しかったが、もう泣いてはいなかった。死刑執行人は安堵して首を乾かした。蜂蜜入りの袋に詰め込み、父子に幾らか金子を握らせると村を後にし、幸せな気分で西に去った。

　日が昇ると、花咲ける春の木々のあわいに鳥がさえずりはじめた。世界はまたあの元の馴染み深い世界に戻り、空一杯の喜びと生命の躍動感が胸を満たした。袋のなかで啜り泣く声ももうしない。午後になる前に、松の丘に囲まれた湖のほとりで馬を降り、何日も待ち焦がれた切れ目ない熟睡を貪るべく横になった。眠りに落ちる前、嬉しさのあまり横になった場所から起き上がり、湖畔を散歩し、湖面を鏡にして自分の顔を眺め、世界があるべき姿にもどったことをもう一度確認した。

五日後、イスタンブールにて、アブディ・パシャをよく知る証人が袋から出された首級を検分して、本人の首ではない、微笑の表情にもパシャの面影は皆無であると述べる最中、死刑執行人は安らかな心地で湖面に映した自分の幸せな顔を思い出すのだった。アブディ・パシャから賄賂を受け、別人の、例えば無実の羊飼いの首を袋につめて持ち帰り、ごまかしが露見しないよう、顔を滅茶苦茶に傷つけたのだという糾弾に対しても、無駄な抗弁はしなかった。すでに自らの首を胴体から切断する死刑執行人の入室が視界に入っていたのだから。

アブディ・パシャの代わりに事件とは無縁の羊飼いの首が切られたという噂は瞬く間に広がった。その速さたるや、エルズルムに送られた第二の死刑執行人を、館に居座るアブディ・パシャが迎え、間髪いれず死刑に処したほどだった。顔の文字を見て影武者を疑う者もいたと言われるアブディ・パシャだったが、爾後二十年続き、六千五百人が斬首に処された彼の反乱は、こうして始まった。

# 第7章　文字の神秘と神秘の喪失

「幾千万もの秘密が世に知られるだろう
あの隠れた顔が顕現したならば」

——アッタール

街が夕食時になると、ニシャンタシュ広場の渋滞は収まり、交差点に立つ警官の笛の怒号も止んだ。長時間写真に耽溺したあまり、市井の人々の顔が心に呼び覚ますあらゆる憂愁、悲嘆、苦痛は今や消えてしまった。涙も涸れた。顔によって喚起される上機嫌、喜び、興奮もまた消え、あたかも人生に対する期待が薄れた具合だった。写真を見ても、あらゆる記憶や希望や将来を失った人のように無関心になった。頭の片隅で蠢（うごめ）きつつ、徐々に拡大し全身を包みかねない静寂があった。台所からチーズとパンをもってきて齧り、出涸（でが）らしの紅茶（チャイ）を飲みながらも、パン屑だらけの写真を眺めた。都市の揺るぎない驚異の活動は止み、夜特有の物音が響くようになった。冷蔵庫のモーター音、道路の向こう側の離れた店で下ろされたシャッターの音、アラジンの店辺りから響く笑い声。歩道を足早に歩くヒールの音に耳をそばだてることもあれば、衝撃と恐怖や、ぐったりするほどの驚愕をもって写真の顔に見入り、静寂すらも脳裏から消えることもあった。

文字の秘密と顔の意味の関連性を考え始めたのも、まさにこの時だった。顔写真にあるジェラールの殴り書きの意味を解くというより、リュヤーの推理小説の主人公を真似たい一心だった。疲労のさなか考えた。「事あるごとに何にでも手がかりを見出す警察小説の主人公のようになるためには……、周囲の事物が自分に秘密を隠していることを信じるだけでいいんだ。」フルフィー教団関連の本や冊子、新聞や雑誌の切り抜き、数多の絵や写真が保存された箱を廊下の棚から出してきて、作業を始めた。

アラビア文字で構成された顔。眼は「ワーウ」と「アイン」、眉は「ゼ」と「ル」、鼻は「エリフ」で描かれている。ジェラールはアラビア文字習得中の模範的生徒のような几帳面さを発揮し、文字に一つずつ印をつけていた。石版印刷本のなかには「ワーウ」と「ジーム」で作られた泣き顔もあった。「ジーム」の点は、ページの底辺に滴り落ちる涙だった。古い無修正の写真のなかの、眉毛や目、鼻や口からも、いとも容易く一連の同じ文字を読むことができた。ジェラールは写真の下に、ベクタシュ教団のシェイフの名前を読みやすい文字で書きつけていた。文字で構成された「愛という名のもとに」の題目。嵐に翻弄されるガレー船。天空から眼球、視線、電撃として墜ちてくる稲妻。木の枝に紛れこむ人面。一本一本が文字の顎髭。眼をくりぬかれた写真の蒼白な顔。染まった罪の痕跡が唇の端の文字として記された無垢なる人々。恐ろしい未来の物語が額の皺の間に挟み込まれた罪人たち。絞首刑にされた無法者や首相たちが、白い処刑服や首に掛けられた判決文越しに自らの足が宙に浮いている大地を見つめて、茫然としている様。有名な映画女優のアイシャドウの濃さに淫蕩さを読みとった者が送付した色褪せた写真や、自分のことを皇帝や将軍、ルドルフ・ヴァレンチノ、ムッソリーニなどに仮託する人物がその似ている対象と、自分の写真の上に印した文字。ジェラールがその記事のなかで、アッラー Allah の最後の印である「H」という文字の持つ特別な位置と意味を示して読者に問うた報告文の暗号を解読した者や、「朝」「顔」「太陽」という特定の単語に、一カ月、一週間、一年間印をつけて浮上した規則性(シンメトリー)を解析する者の手紙、文字への拘泥は偶像崇拝に等しいと証明するべく書かれた長文読者レターのなかに現れる、ジェラールが発見した秘密の文字遊びの色々な特徴。フルフィー教団の始祖エステラバドル・ファズラフの細密画をコピーしてアラビア文字とアルファベットを加筆した絵や、アラジンの店のゴーフレットや靴のゴムほどに硬い色つきガムの箱から飛び出すサッカー選手や映画俳優の写真に書かれた言葉と文字、読者からジェラールに送られた人殺し、罪人、シェイフの写真。文字が乱舞する、何百、何千、何万もの「同胞」の写真——埃をかぶった小さな町から、夏は日射しで大地がひび割れ冬は豪雪に覆われ四カ月の間飢えた狼以外近づかない辺境の町から、地雷を踏んだ男たちの半数が片脚を引きずるシリア国境の密輸を生業とする村から、道路建設という四十年越しの悲願を掲げる山中の村から、大都市のバーやナイトクラブから、洞窟に造られた屠殺場から、煙草と麻薬の密売人の茶館(カフヴェ)や、ひとけのない駅の事務室から、牛飼いの常宿の広間とソーコルックの売春宿から、六十年間、アナトリアのあらゆる地方から、ジェラールに届いた何千枚もの写真。昔のライカで撮影された何千もの写真。それは、写真師が黒布に入り、まるで錬金術師か占い師のように、薬品が塗られたガラス板、黒いキャップ、ポンプ、ふいごを駆使して動かす代物で、路上写真師が役所や県庁、公証人の机の脇に設置する時に使うような魔除けのお守り付きの三脚機材と共に使用されたことだろう。そんな古い写真機のレンズを見つめる市井の人々がそこはかとない死の恐怖と不死の願望をもって、慄然たる時間感覚に浸ったことは難なく感じとることができた。この深い願望が、顔や地図に現れていた崩壊や死や敗北や不幸の兆候に関連していることもすぐに見てとった。あたかも幸福な時代の後の大敗北のあと、火山が噴火し、巻き散らされた灰塵が、あらん限りの厚みで過去を覆ってしまい、様々な昔の記憶の、隠蔽され失われた神秘の意味を明らかにするためには、ガーリップが顔に染み付いた手がかりを読解する必要があるかのようだった。

写真のうち何枚かは、ジェラールが五〇年代初頭にパズルや映画評論、「信じるも信じないもあなた次第」欄と同時に担当した「人相占い」欄宛であることが、写真裏の情報によって判明した。もっと後の時代に記事上の呼びかけに答えて(「お写真を拝見後、いくつかをこの欄に掲載予定!」)送ってきた写真もあれば、箱から出てきた紙片や手紙、写真の裏側の文章に目を通しても内容がはっきりしなかった手紙の返事としての写真もあった。

人々は遠い過去の記憶を思い出すかのように、もしくは地平線にぼんやりと現れた遠くの陸影の上で閃く稲妻の緑がかった光を眺めるように、カメラを見つめていた。黒々とした沼地に徐々に沈む自分の未来を見なれた目つきで眺めるように、失った記憶が二度と戻らないことを疑いもしない忘れっぽい人々のように。人々の表情に現れている沈黙は頭の片隅で巨大化し、それを自覚すると、ジェラールが何年もかけてこれら写真や切り抜き、顔、視線全てに、びっしり文字を書き込んだ理由が明確に察せられた。だが、この理由を、ジェラールとリュヤーの人生と自分の人生とを結ぶ紐帯に対し、亡霊の家の出口の鍵、自分の未来の物語の鍵として使おうと思うと、ちょうど写真の顔のように、一瞬停滞し、別個の出来事を結びつけるはずの理性はただ文字と顔の間に挟まれた意味の狭霧に消えた。のちに顔に読みとるようになる衝撃、ゆっくりと飲み込まれてゆく衝撃への接近が、まさにこのようにして始まった。

フルフィー教団の創始者にして預言者ファズラッラーフの人生について、石版本やスペルミスだらけの冊子を読んだ。ファズラッラーフはホラサン地方、カスピ海の近くのアスタラバードに一三三九年に生まれた。十八歳の時、神秘主義に傾倒し、メッカを巡礼し、シェイフ・ハサンなる人物の弟子になった。アゼルバイジャンやイラン各都市を放浪した彼の、徳性の涵養（かんよう）の過程や、タブリーズ、シルヴァン、バクー在住のシェイフたちとの対話内容を読むうち、この類の石版本が説く「再挑戦」を、自分の人生にこそ適用したいというやむにやまれぬ欲求が湧いた。ファズラッラーフは自らの将来と死を予言し的中させたが、そんな神業すら、自ら望んだ新たな人生に踏み出し、その人生を生きる者にとっては赤子の手をひねるようなことではないかと思えた。ファズラッラーフは当初、夢判断で名を成した。ある時、彼は夢に二羽のヤツガシラ、自分、預言者スレイマンを見た。木に居る鳥が見下ろすと、樹下に眠るファズラッラーフと預言者スレイマンの夢は混じり合い、そうなることで樹上の二羽の鳥もひとつのヤツガシラになった。また別の夢では、隠遁中の洞窟に来訪する僧を見るが、その後、実際にファズラッラーフを訪ねてきた僧も彼の夢を見たと告げる。洞窟で彼らが一緒に書物を繰れば文字のなかに自分たちの顔を見出し、互いに向き合えば本の文字を今度はその顔に読みとるのだった。

ファズララーフによれば、音は存在と不在の境界線であった。なぜなら不可視領域から物質的領域に移行し、手で触れられるようになったものには皆、発生する音があるからだ。「最も静かな」物体ですら、互いにぶつけてみれば、この意味するところは歴然だろう。音の最進化形はもちろん「言葉」だった。「発語」といわれるものは至高の営為で、「単語」と呼ばれるものは魔法だったが、それも文字から成り立っていた。存在の本質にして意味そのものであり、アッラーの地上における発現というべき文字は、人間の顔面上で明確に判読可能だった。我々の顔には生まれつき七つのアラビア文字が存在し、これは二本の眉、四本の睫毛、前髪のラインから成っている。この徴に、思春期以降「遅く開花する」鼻の線も加えると、文字は十四個となり、これらアラビア文字の幻影と、それ以上に詩的な現実の光景を二重に勘定すると、ムハンマドが話していた言葉、コーランが言語化されたアラビア語の二十八文字は偶然ではないことがわかる。ファズララーフが語った言葉であり、有名な著作『ジャヴィダンナーメ』が記されたペルシャ語三十二文字に達するためには、髪と顎の下の線をさらに精察して二分し、別個の二文字として認識すべしというくだりを読むと、箱から取り出した写真のなかに、一九三〇年代のアメリカ映画に登場するポマード頭の俳優のように、顔や髪が二分されているものがあった理由も判明した。全ては非常に単純そうに見え、瞬く間に自分もこの子供っぽい素朴さに魅了されてしまったが、そうなりながらジェラールを文字遊びに熱中にさせたものが何であったか、再認識した。

まさにジェラールがコラムで描いた「彼」のように、ファズララーフも自分が救世主にして預言者、ユダヤ教徒が待ち望みキリスト教徒が天からの降臨に備えるメシア、ムハンマドが福音を告げた救世主であると公言しており、イスファハンにて七人の信奉者が集まると、教えは広まりだした。ファズララーフが街から街へと流浪しながら説いた、世界の意味が最初の一瞥で明白な場所など無く、どれも秘密絡みで、この秘密に到達するためには、文字の秘密を理解する必要があるというくだりには、ほっとさせられた。そうあれかしと期待していた通り、自分の世界も秘密に関連していたことをいとも簡単に証明してもらえたようだった。安らぎは証明の単純さに由来している気もした。世界が秘密と溶け合う場所があるというのが本当なのであれば、机の上にあるコーヒーカップや灰皿、ペーパーナイフ、さらにはペーパーナイフの横でぼんやりした蟹のように憩う自分の手といった様々な物が示唆し、同時にその一部である隠れた世界の存在は本当だった。リュヤーはその世界にいる。ガーリップはその入り口にいる。もうすぐ文字の秘密とともに、中に入るはずだった。

　そのためには、もう少し精読が必要だった。ファズララーフの人生と死についてもう一度読んだ。彼は自分の死を夢で見、夢見るように死に至ったのだった。アッラーではなく文字や人間、偶像を崇拝し、救世主（メフディ）を自称し、コーランの実際の意味、眼に見える意味ではなく、眼に見えぬ秘密の意味と呼ぶ妄想を信仰したとして、不信心者の烙印を押された彼は、逮捕され、異端審問の末、絞首刑に処された。

　ファズララーフが側近もろとも処刑されると、ペルシャでの活動継続は難航し、フルフィー教団はアナトリアに移動したが、これはファズララーフの後継者のひとり、詩人ネスィミーの功績だった。詩人はファズララーフの著作とフルフィー教団関連の写本を、後に教徒の間で伝説となる緑の箱に詰め込んで、アナトリア各都市をめぐり、蜘蛛がまどろむ辺境の神学校や、トカゲの巣窟と化した貧民院で新たな支持者を得た。さらに育成した後継者にコーランと神秘のみならず、世界と神秘との混淆を示すため、愛好したチェスに発想を得た単語と文字の遊戯を導入した。詩のなかの二連で、恋人の顔の線とほくろを文字と点に例え、さらにこの文字と点を海底の海綿と真珠に、自分自身のことを真珠探しで命を落とす海士（あま）に、死の危険を顧みず勇んで潜るこの海士（あま）を神に駆け寄る崇拝者に、円環を完成させる形で神のことも恋人に例えた詩人ネスィミーだったが、アレッポで逮捕され、延々と審問にかけられ、生皮を剝ぐ形で処刑された。その死体は吊るして市民に公開してから、七つに分割し、見せしめとして別々の町に埋められた。彼が支持者を得、その詩が浸透した七都市だった。

　フルフィー教は、ネスィミーの影響を受け、ベクタシュ教団内や「オスマンの後裔の帝国」に急速に広まり、イスタンブール征服から十五年後の征服帝（ファーティヒ）メフメットをも熱狂させた。皇帝はファズラーフの冊子を携え、この世の神秘、文字の謎かけ、入宮直後の宮殿から眺めるビザンツの秘密について語り、煙突、円蓋（ドーム）、樹木を逐一指し示しては、それら全てが地下の別領域の神秘に対し、鍵となり得る方法を調べたりしたが、こうしたことが周囲の神学者（ウレマー）の知るところとなると、彼らは陰謀を企て、皇帝に近づきかねないフルフィー教団の信者たちを生きながら焼き殺した。

　第二次世界大戦の初期、エルズルム近辺のホラサンで秘密裏に出版されたことが最終ページの手書きメモで判明した（またはそう思わせるように仕向けられている）小さな本には、ファーティヒ皇帝の息子ベヤズット二世の暗殺が失敗に終わり、斬首の上、火刑に処されたフルフィー信者が焼かれている絵があった。別のページには、恐怖表現と同様の稚拙な線描をもって立法帝（カヌーニー）スレイマンの流刑命令に背いた咎で火あぶりになったフルフィー信者が描かれていた。波打ちながら肉体を包む炎のなかに、同様の「アッラー」という単語の、同じエリフやラームが見え、もっと奇怪なことには、アラビア文字と共に、炎々と燃えるその生身の眼からラテン文字のOやUやCに似た涙が噴きだしていた。一九二八年の「文字革命」、すなわちアラビア文字からラテン文字への移行に関する最初のフルフィー的解釈にこの絵で初めて遭遇したことになるが、解読すべき謎の方程式に依然として気をとられていたため、目にしたものに意味付けする余裕がなく、箱のなかの掘り出し物を読み漁る行為を続けた。

　アッラーの真の特質は「秘密の宝物（ケンズ・イ・マフフィ）」であり、ひとつの神秘だという叙述を何ページにも渡り読んだ。重要なのはこの神秘に到達する道の発見であり、世界にこの神秘が反映していることへの気づきだった。神秘はどこでも、何にでも、どんなものにでも、どの人にでも見られると理解することだった。世界とは手がかりの海だ。一滴のなかにもその背後の神秘に到達する塩味が含まれている。疲れ目と充血に耐え抜けば、ついに眼光紙背を徹し、この海の秘密に迫ることができるのだ。

　兆候がどこにでも何にでも存在するように、神秘も遍在していた。詩に登場する恋人の顔（かんばせ）、真珠、薔薇、葡萄酒の杯、夜啼鳥（ナイチンゲール）、金銀の糸の髪、夜、炎のように、周囲の事物もそれぞれが何かの啓示――そのもの自体の啓示でもあり、徐々に自分が迫りつつある神秘の啓示でもある――であることが読むにつれ鮮明になる。褪せた照明の光を浴びるカーテン、リュヤーの記憶が染み込んだ古いソファ、壁の影、不気味な電話の受話器がかくも意味と物語を背負っているという事実に対しては、子供のころ時々経験した、知らないうちに何かの遊戯に組み込まれてしまった感じを受けた。万人が別人を、万物が別物を真似するこの恐ろしい遊戯を抜けるには、子供のころと同じく別人にならねばと決意し、微かな胸騒ぎを抱きつつ進んだ。「怖いなら、灯りを点けてあげる。」暗闇で遊んでいた頃、リュヤーも自分と同じ恐怖にかられたことを察して言った台詞。「点けちゃいや。」遊戯と恐怖（スリル）を愛する勇敢なリュヤーは答えたものだった。ガーリップは読み進めた。

十七世紀初頭、アナトリアを混乱状態に陥れたジェラーリーの反乱が勃発すると、住民が皇帝、法官、無法者、導師（イマーム）を恐れて逃げてしまい、無人化した辺境の村にフルフィー信者の一部が住み着いた。このフルフィーの村々の幸福かつ有意義な暮らしの様子は聊か（いささか）長い詩により紹介されており、各連の解読を試みながら、リュヤーと過ごした子供時代の幸せな記憶をまた嚙み締めた。

あの遥か昔の幸せな日々には、意味と動作はひとつだった。あの楽園時代には家を満たした色々な物品とその物品に関する想像はひとつだった。あの幸せな日々には手にした道具や物、短刀やペンが、我々の身体のみならず、魂の延長であることを誰もが知っていた。あの時代、詩人が木と言えば、誰もが完全無欠な木を想像のうちに蘇らせた。詩のなかの言葉と木が、生活と庭に根差したモノと木を指すために、延々と妙技を披露し、枝葉（えだは）を数える必要などないことを誰もが知っていた。言葉をもって語られることが相互に近いことを、当時は誰もが熟知していたから、語られたことは、山間部の寒村に濃霧がたち込める朝など互いに混じり合った。その霧の朝、目覚めた人々は、夢と現実、詩と人生、名前と人々のことも、区別できなかっただろう。当時、物語も人生もあまりに真実そのものだったから、どれが人生の真実か、どれが物語の真実かなどと誰も問わなかった。夢こそが生きるものであり、人生こそが夢解きされていた。当時は万物同様、人々の顔も意味に満ち溢れており、読み書きを知らぬ者や、アルファを果物、アを帽子、エリフを丸太だと考える者すら、我々の顔面上で明瞭な意味を持つ文字を自ら読み始めた。

詩人は、あの古き良き時代の人々の、まだ時間概念もない日々のことを描写していた。地平線上の茜色の夕日の不動性。硝子の灰色に鎮まる海上を、吹く様子もない風に帆を張り進んでいるのに、何故かその場に留まり続けるガレオン船。それらを読むうち、この海岸沿いにそれぞれ不滅の蜃気楼のように聳える純白のモスク及びそれよりも真っ白な尖塔群（ミナレット）の記述に遭遇すると、十七世紀から今日まで秘密のままのフルフィー的空想と生活がイスタンブールをも抱擁していることに気付いた。三段バルコニーを持つ白い尖塔群（ミナレット）をすり抜け地平線へと翼をはばたかせるコウノトリ、不死鳥（アンカ）、アホウドリ、霊鳥（シムルグ）が、イスタンブールに点在する円蓋（ドーム）の上に何世紀も天空から吊るされているように揺れるさま。イスタンブールの路地は直角に交差しないばかりか、何処でどの道にぶつかるか明らかでなく、何度歩いても、永遠を目指した祝祭日の旅のように、その都度愉快で、酩酊感を伴うこと。その街歩きのあと、旅人が散歩の軌跡を地図上にて指で辿ると出現する絵により、自分の顔面の文字と生の秘密を直ちに把握する方法。満月の熱帯夜、井戸につりさげられた桶が、氷のような井戸水と、同じだけの神秘と星の啓示を汲んで戻ってきた時、人々がこぞって啓示の意味及び意味の啓示を謳う詩を朝まで朗読する様子。これらを読み、純然たるフルフィー教団の黄金期がかつてイスタンブールでも息づいていたこと、そしてリュヤーと自分の幸福な年月がとうの昔に過去のものになっていたことを悟った。だがこの幸福なる黄金期は短命だったようだ。神秘が瞭然だった黄金期の直後、秘事はより混乱したこと、寒村のフルフィー信者のように、厳重なる意味の秘匿のため、血液、卵、糞便、体毛を原材料とする霊薬（エリクサー）の助けを借りようとした者や、秘密を地下に葬るためイスタンブールの隠れた一画の家々に地下道を掘った者の出現のことも書かれていたからだ。地下道を掘った者ほどには運に恵まれなかった者もいた。記述によると、人々の一部はイェニチェリ反乱に参加した結果、召し捕られて木に吊るされ、ネクタイのように巻き付く潤滑油を塗った縄に首を締めつけられた顔は収縮し表面の文字（アーシュク）も解体したし、真夜中、サズを抱えてフルフィーの秘密を囁くため街の片隅の僧房に出かけた崇拝者たちも、無理解そのものの壁にぶちあたるしかなかった。これらの形跡はどれも、辺境の寒村同様、イスタンブールにおいても隠れた一画や路地の迷宮で栄えていたこの黄金期が、大惨禍により断絶の憂き目にあったことを裏付けていた。

端が鼠に齧られ、ページの隅にサファイヤや硫酸銅色（みずいろ）の黴（かび）の花が紙と湿気の芳香を放って咲き誇る古い詩集の最終ページには、この件に関するより広範な情報は別の冊子にとり上げられている旨の記載があった。冊子の最終部分に添付された出版社、印刷所の住所、印刷・出版の日付や古詩の最終連の隙間にホラサン人の植字工が極小活字で詰め込んだ長い不完全な文章によれば、『文字の神秘と神秘の喪失』なるこの作品はF・M・ウチュンジュが執筆し、やはりエルズルム近郊のホラサンで同シリーズ第七巻として出版され、イスタンブールの新聞記者セリム・カチマズの称賛を得る栄誉に浴したということだった。

睡眠不足と疲労に重ねて、単語や文字の空想、リュヤーの幻影により朦朧（もうろう）とする頭で、ジェラールが新米記者だった頃を思い出そうとした。当時、ジェラールと文字遊び、言葉遊びとの関係は「今日の運勢」「信じるも信じないもあなた次第」欄で相方、友人、親戚や恋人に個人的挨拶をする以上のものではなかった。紙片、雑誌、新聞の束をかき分け、件の冊子を懸命に探した。すっかりひっかきまわしてから、あまり期待もせずにふと箱を覗き、六〇年代初頭ジェラールが切り抜き保存した数多の新聞の断片、没になった反論原稿、奇妙な写真のなかにそれを発見した頃には、真夜中をとうに過ぎていた。街路には戒厳令や外出禁止令が敷かれていた時代と同じ、あの暗澹たる、忌まわしい沈黙が広がり始めていた。既刊、または近日刊行と告知されたこの手の多くの「作品」にありがちなことだが、『文字の神秘と神秘の喪失』は後年別の街でやっと出版にこぎつけたものらしかった。一九六二年、ギョルデスという、当時そこに印刷所があったこと自体に驚かされるような町で、二百二十ページの本として。黄変した表紙には粗悪な鉛版とインクで印刷された薄暗い絵が描かれていた。無限遠点に向かって消えゆく遠近法的（パースペクティヴ）光景に収められた栗の並木道。個々の栗の木の背後には文字がある。身の毛もよだつ恐ろしい文字たちが。

一瞥したところ、この本は当時「理想主義者」の将校たちによって盛んに刊行された『我が国が百年も西洋に比肩し得ぬ理由』『国家発展論』といった類の本に似ていた。冒頭、アナトリアの辺境都市で自費出版されるその手の書物によく見られる献呈の辞もある。「士官学校生徒諸君！　この国を救うのは君だ！」だが、ページを開くと、全く別の「作品」に対面していることがわかった。ソファから起き上がり、ジェラールの机に移り、肘を本の両端について精読することにした。

『文字の神秘と神秘の喪失』は三部から成り立っており、その最初の二章の表題が接続詞で結ばれ本の題名となっていた。第一部「文字の神秘」はフルフィー教団の始祖ファズララーフの伝記に始まっていた。話はF・M・ウチュンジュが世俗的な面を加えたものらしく、ファズララーフの神秘主義もしくは謎めいた面より理性的で、哲学的で、数学的で、言語学的な人格が前面に出されていた。ファズララーフは預言者、救世主、殉教者、聖人（アズィズ）、聖哲（エヴリヤ）であると同時に、否、多分それ以上に、繊細な思考を巡らす哲学者であり天才だった。しかも「我々側に属する」人間だった。そのため、西欧の東洋学者が行ったように、ファズララーフの思想を汎神論、新プラトン主義、ピタゴラス哲学、カバラの影響により解明を試みるのは、本人が生涯を通じて反対していた西欧の思考によってファズララーフに打撃を与えることに他ならなかった。ファズララーフは混じり気なしの東洋人だった。

　F・M・ウチュンジュによれば、東と西は、世界を二分していた。善良さと邪悪さ、白と黒、悪魔と天使のように完全に互いに反し、拒絶し、対立するものだった。両領域は夢想家の妄想のように、相互に折り合い、平和的に共存する可能性など皆無だった。常に両者のうちの一方が、上位に立ち、支配者となり、残りの片方が隷属しなければならなかった。この終わりなき双子の戦いを例示するべく、特別な意味を帯びた一連の歴史的事件が考察されていた。アレクサンドロスが剣の一閃で結び目（作者はこれは即ち「暗号」であると言う）を解いたゴルディウム（盲人結び（キョルドゥーム））から、十字軍遠征まで。ハールーン・アッ＝ラシードがカール大帝に贈呈した魔法時計に刻まれた二重の意味を持つ文字と数字から、ハンニバルのアルプス越えまで。アンダルシアにおけるイスラムの勝利から（コルドバ・モスクの柱の数のことに丸一ページを割いている)、自らもフルフィー信者である、征服王メフメットによるビザンツ帝国とコンスタンティノープル占領まで。ハザール王国の崩壊から、オスマン帝国が当初ドッピオ(ベヤズ・カレ)、その後ヴェネツィアの手前で敗北したことに至るまで。

F・M・ウチュンジュによれば、この史実はどれも、かねてよりファズララーフの作品で暗示されていた重要な点を示していた。東と西の覇権争いの歴史は偶然ではなく、理の当然だった。この両領域のどちらかが「その歴史的分岐点において」、世界を様々な謎を秘めた重義的かつ神秘的な場所として認識することに成功すれば、その領域が他方を打ち負かした。世界を単純で、一義的で、神秘性を欠いた場所と認識したほうは敗北し、当然の罰として隷属を強いられるのだった。

第二部は、神秘の喪失についての詳細な議論にあてられていた。古代ギリシャ哲学の「イデア」、新プラトン主義キリスト教の神、インドのニルヴァーナ、アッタールの霊鳥(シムルグ)、メヴラーナの「恋人」、フルフィーたちの「秘密の宝物」、カントの「物自体」、推理小説の犯人。何を語ろうが、神秘はその都度世界の隠れた「中心」に他ならない。F・M・ウチュンジュ曰く、つまりある文明における「神秘」思考の喪失という出来事から、思考の「中心」の欠如と秩序の喪失を汲みとらねばならない。

続いて、何故メヴラーナは「恋人」のシャムス・タブリーズを殺さなくてはならなくなったのか、この死により「確立した」神秘を守るために訪れたのが何故ダマスカスなのか、この街での彷徨と探索が「神秘」思考を支えるものとして十分でないというのは何故なのか、メヴラーナがダマスカスを漂浪中に思考が消えた「中心」を探すべく立ち寄った街角の数々に関する記述等、意味が摑めない部分をも読み進めた。完全殺人、もしくは跡形もない失踪も、失われた神秘を再構築する良策だという記述もあった。

その後、F・M・ウチュンジュは、フルフィー信者の最重要課題である「文字と顔」の関係の話に入った。ファズラフーフが『ジャヴィダンナーメ』で行ったように、人面に隠れた神が見てとれることを指摘し、顔習字の線を延々と分析し、アラビア文字との関係を考察している。そしてネスィミー、ラフィー、ミサリー、バクダッドのルヒー、ギュル・ババのようなフルフィー詩人の作品に関する冗漫かつ幼稚な論議を経て、ひとつの理論が構築される。連戦連勝の幸福な時代には、生を営む場としての世界に意味があったし、同様にあらゆる顔にも意味があった。意味があること自体、世界に神秘を、顔に文字を認識するフルフィー信者のおかげだった。よってフルフィー教団の消滅とともに、この世界の神秘も顔の文字も消滅した。もはや我々の顔は空虚だった。昔のように顔面に何かが読みとれたりはしない。眉、眼、鼻、視線、表情、空虚な顔は意味を持たなかった。席を立ち、鏡で自分の顔を確認したくなったが、意識を集中して読み続けた。

トルコ人、アラブ人、インド人映画スターの顔に出現する月の裏側のような奇怪な地形図も、写真芸術の浸透につれ生じる不気味などす黒い結果も我々の空虚な顔と関係があった。イスタンブールやダマスカス、カイロの路地を埋め尽くす人々が、苦渋に呻く真夜中の亡霊のように似通っていること、眉をしかめた男たちが皆同じ口髭を蓄えていること、皆同じスカーフをかぶった女たちが泥濘の道を歩く時同じように前を見つめるのもこの空虚さのせいだった。すなわち今すべきことは、我々の顔面のこの空虚さに新たに意味付けし、顔面にラテン文字を見いだす新体系を確立することだった。「神秘の発見」と銘打った第三部でこの作業を行うことを高らかに告げ、この本の第二部は終わっていた。

ガーリップは単語を両義的に用い、子供のような純粋さで戯れるF・M・ウチュンジュが気に入った。ジェラールを彷彿とさせるところがあった。

# 第8章　チェスの持久戦

「ハールーン・アッ＝ラシードは時折変装してバグダッドの街に降り、己やその統治に対する庶民の考えを知りたいと思いました。まさに今宵もまた……」　――『千夜一夜物語』

近代史には「民主主義への移行」として知られる時代が複数存在するが、以下の書簡はそのなかの一時代の暗部に光を当てるものである。言うまでもなく、手紙の入手経路自体も公開を避けるべき偶然や必然性、裏切りが付随したらしく、弊紙に手紙を送付した読者は実名公表を拒んだ。我が国の当時の独裁者が海外在住の子女某に宛てたものと推察されるが、その将軍風の文体に手を加えず、掲載することとする。

六週間前のあの八月の夜。共和国創始者が没した部屋すら、余りの温気に窒息せんばかり。驚く亡き母上を見てはお前たちが笑った、常時国父（アタテュルク）の死亡時刻、九時五分を指すあの脚付金時計のみならず、ドルマバフチェ宮殿内の全時計、街中の全時計が停止したかのようだった。酷暑のせいで動きや思考や時が凝固した錯覚に陥るのだ。ボスポラス海峡側の窓にも動きはなく、常の如くカーテンも揺れぬ。仄（ほの）暗い埠頭沿いに整列中の監視哨は動かざることマネキンの如しであるが、それすら我が命ならぬ時間の停止ゆえに思える。長年越しの夢を叶える時が来たと心得、衣装箪笥の村人の衣装に袖を通した。当節絶えて廃門と化した宮殿の後宮（ハレム）門をくぐる。己を奮い立たせるべく、五百年来、吾輩以前に多くの皇帝たちもこの側門やトプカプ、ベイレルベイ、ユルドゥズといったイスタンブールの他の宮殿の裏門を出て、憧れの都市生活の暗闇に消え、無事帰還したことに思いを馳せた。

イスタンブールの変貌たるや！ さては、シボレーの装甲モデルの窓は銃弾ばかりか、我が街の、愛する我が街の生の生活も透過せぬのか。宮殿の塀を離れ、カラキョイに向かう道すがら、物売りからヘルヴァを買い求めるも、砂糖が聊（いささ）か焦げていた。露天茶館（カフヴェ）でバックギャモンやトランプに興じ、ラジオを聴取する男たちと談話した。甘味処（ムハッレビジ）で客待ち中の娼婦や、食堂の展示ケースの串刺し肉を指差してはねだる子供を見た。モスクの日没後礼拝を終えて出てきた群衆に混じるべく、モスクの中庭に入った。裏路地の屋外席を備えた家族用チャイハネに座しては皆と一緒に茶を飲み、ヒマワリの種を食した。大きな石畳の小路で、近所の家を訪問後の帰宅途中らしき若い子供連れ夫婦を見た。頭巾の女が、寝ついた息子を背負う夫の腕にひたと寄り沿う、その密着を何に喩えよう。感涙に堪えなかった。

否、我が愁嘆は市井の人々の幸不幸になど左右されぬ。人々の雑多な、だが本物の生活を目撃することにより、真実の埒外に転落する感覚、夢から覚める悲しみと恐怖が再燃したのだ。かくも自由な夢の夜の最中（さなか）だというのに。吾輩はイスタンブールなる街を眺め、この妄念と恐怖より逃れんとした。目に映るは菓子屋（パスタネ）の陳列棚、優美なる煙突付き市内連絡船の最終便を下船する客。また涙潸々（そうそう）として下る。

外出禁止令の開始時刻が迫りきた。帰路は水の涼感を得ようと、エミノニュで見つけた船頭に、五十クルシュで暫しその辺を流し、カラキョイかカバタシュか対岸の何処かに下ろせと頼んだ。「血迷ったか、おのれは。」奴は吾輩に怒鳴った。「総統が毎晩この時間に小型船でうろついて、海上で手当たり次第みんなとっ捕まえて牢獄に放り込んでいるのを知らんのか？」暗闇に札束を差し出す。その桃色の紙幣に我が肖像が印刷されたことに対する敵の流言飛語は重々承知である。「船が沖に出たら、その総統の小船を見せてくれぬか？」「そこの襤褸布の下に入れ、動くんじゃないぞ！」金をひったくった手で、船首楼の片隅を指した。「神よ、守りたまえ！」櫂をこぎ出す。

暗い海の何処に舵を取ったかは杳としてわからぬ。ここはボスポラス海峡か、金角湾か、はたまたマルマラ海か。淀んだ海は闇に沈む市街地同様静かだった。横臥した場所から、微かなる、げに微かなる海面の霧の匂いを感じた。遠くから近付く小型船の音に「ほれ、出やがった！」と船頭は囁いた。「毎晩、現れるんだ。」紫貽貝に覆われた港の艀の陰に我々の船が隠れると、尋問の如きサーチライトが右に左に、街や海岸、海、モスクの上を無慈悲に巡視し、吾輩はその光線から目を離すことができなかった。而して、徐に接近する巨大な白き船体を見た。舷牆沿いには救命具や武器を背負った見張りの一団が居た。その上には人々が集う船長室があり、そのさらなる高みにひとり佇む男こそが偽総統であった！　薄闇の影に入るその姿は辛うじて目視できるほどだったが、闇と幽かな霧のなかでもその吾輩の如き格好は判じ得た。船頭に奴を追えと訴えたが、無駄だった。外出禁止時間が迫っているからには命には代えられぬと申し、船頭は吾輩をカバタシュに下ろした。ひとけのない通りを歩き、密かに宮殿に戻った。

真夜中、奴を想った。吾輩の影武者、偽総統のことを。否、その正体や滄溟のただ中で奴が何を為すか、ではない。奴を介在し己を惟(おもんみ)るべく、奴のことを想ったのだ。さらなる追跡調査を企み、朝、戒厳令司令官に夜間外出禁止令を一時間遅らせよと命じると、ラジオの我が講話放送にて直ちに告知された。事態に寛容な雰囲気を醸し出すため、一部の囚人の恩赦も命じ、それは実施された。

　翌日の夜、イスタンブールは浮き足立っていたか？　否、左様な風情はない。庶民の尽きぬ悩みが圧政に由来するという、短慮極まりない敵対勢力の主張の如きは事実に反しており、より根深い、より必然的な来歴が想定されることを、このことは証明するものである。翌日の夜、人々は煙草や珈琲を嗜み、ひまわりの種や氷菓子を食し、常日頃と変わらぬ放心と悲哀をもって、夜間外出禁止令を減じる旨の我がラジオ演説に耳を傾けていた。かの者たちは如何に本物だったことか！　場を共にするだに、一向に覚醒が叶わず、現実の人々の輪に戻れぬ夢遊病者の如き苦痛を味わった。エミノニュで吾輩を待つ船頭を見つけた。即刻、海に出た。

　このたびは風強く、波高き夜だった。何かを察したものか、総統は一向に姿を現さず、我々を待たせた。カバタシュ沖でまずは船を、而して総統本人を、この度は別の艀の陰から眺めるに、吾輩はこの男を美しいと思った――もしこの言葉が併記可能なら――美しく、本物であった。左様な事態があり得るのか？　船長室の人だかりの上に立ち、奴は視線の探照灯でイスタンブールの街や人々、あたかも歴史を見渡すが如くだった。一体何を睥睨(へいげい)するのか？

　かくしに桃色の札束を突っ込むと、船頭は櫂にとり付いた。波に揺られ揉まれつつカスムパシャの造船所付近で彼らに追いつき、遂に遠望が叶った。一行は黒や紺の車に乗り込むと一瞬にしてガラタ地区の暗闇へと消えた。車列のなかには我がシボレーもあった。船頭はもう遅い、外出禁止時間が迫っていると訴えた。

荒海に延々と揺られ、陸地に足をかけた時の「現実から遊離した」感覚のことを、最初は平衡感覚の狂いと見なした。それは誤りであった。何故なら、とっぷり夜も更け、人影が消えた路地、己の禁令により無人化した通りを歩く時、同じく現実の外側に転落したが如き感覚に襲われ、その激しさの余り、眼前に夢でしか見られぬと信じていたある光景が出現したほどだったのである。フンドゥックルからドルマバフチェに伸びる道には、野良犬の一群以外、人っ子一人いなかった。二十歩ほど前を行く、荷車を慌てて押しつつ振り返っては我がほうを見やるトウモロコシ屋を除いて。その目色（めいろ）から、こちらに対する恐怖と吾輩を振り切る意図が知れた。怖るるべきものは、むしろ道沿いの巨大な栗並木の裏にありと、直ちに教えんとした。だが、夢境の出来事同様、それが言葉にできぬ。夢のなか同様、言わんとすることを言えぬがゆえに恐怖し、もしくは恐怖のあまり物言えぬのである。我が捷歩（しょうほ）につられ、トウモロコシ売りもおのずと足早になった。それに従い我々の側方（そくほう）から重々しく湧き出づる木立の背後に、吾輩が怖れたところのものはあった。だが、その正体も知り得ぬばかりか、より悪しきはこの恐るべき光景が夢ではないということすら知らなかった。

次の日、同様の恐怖の再現を危惧した吾輩は、夜間の外出禁止の時間帯を大幅に遅らせ、囚人もさらに解放した。如何なる説明もしなかったがゆえに、ラジオでは昔の我が演説が再放送された。

このたびも街中で同じ光景が見られ、何事も、いつ何時たりとも不変であることは、年の功と言うべきもので予測しており、果たしてそれは当たっていた。違いは上映開始時間を遅らせた野外映画館があったことのみ。色素で桃色に染まった綿菓子屋の手も同じ色であるなら、案内人同伴とはいえ真夜中に街歩きするほど肝が据わった西洋人観光客の白い顔もまたしかりだった。

先日来の場所で、吾輩を待つ船頭を発見した。さらには偽総統についても同じことが言える。海に漕ぎ出るとすぐに出くわした。初日と同様に穏やかな天候だったが、あの微かな霧がなかった。海原の暗い鏡に映る尖塔（ミナレット）や街の灯が眼に映るのと同じく、その定位置であるところの船長室の上の高みに陣取る総統も視界に収むることを得た。本物だった。それどころか、あの明宵に本物の人間なら誰もが行うが如く、奴も我々を見た。

小舟は彼の背後からカスムパシャ埠頭に入った。密かに陸に飛び移ると、兵士どころか酒場の用心棒のごとき彼の手下が飛びかかってきて、腕を摑まれた。こんなところでこの時間に、何してやがる？　慌てて外出禁止時間はまだだ、と訴えた。手前はシルケジに投宿中の哀れな村人でござい、田舎に帰る最後の晩、舟で都の見納めと洒落込みたく、総統閣下のおふれなんぞ知らなんだ……だが、震えあがった船頭は全部吐いてしまった。手下にも、接近してきた総統の一団にも。「私服」姿ですら、将軍は吾輩以上に吾輩に似ており、吾輩はむしろ村人に似ていた。我々の陳述を再度傾聴してから、奴は命じた。船頭は帰ってよし、吾輩は自分と一緒に来い、と。

装甲モデルのシボレーに乗り、埠頭を離れた。吾輩と総統は後部座席にふたりきりだった。遮音ガラス——私のシボレーにはない内部構造（ディテール）である——で仕切られた前の座席には車同様に静かでさりげない運転手が座し、その存在が二人きりの感じを弱めもすれば、強めもしていた。

「我々ふたりとも、何年もこの日を待っていた。」総統は吾輩と似ても似つかぬ声で言った。「私は自分が待っているのを知りつつ、お前は待っているのを知らずに待っていたのだ。だがふたりながらに待っていたのだよ、このように出会うことをな。」

その声には情熱と疲労が半々に混じり、対話がついに実現したことの興奮というより、ついにそれが終わることへの安堵が滲んでいた。我々は士官学校の同級生だったそうである。共通の教師に習い、共通の科目を学んだ。冬の寒夜には、一緒に夜間授業に出かけ、夏の炎天下には、母校の水道で水の到来を共に待った。休日には愛するイスタンブールに共に出かけた。その頃、一切がかくなる具合に進展するだろうことが、奴にはもうわかっていた。完全に目下の事態そのままではなくとも。

当時、数学の成績や狙撃の訓練で的の中央を撃つこと、人望、身上書において、学内一等賞の座を我々は密かに争っており、その時すでに覚悟したそうな。吾輩が奴より成功し、亡き母が止まった時計を見ては驚く宮殿に住まうだろうことが。それは真に「秘密の」戦いだったのだろうな、と確認した。士官学校時代——お前たちにも常々勧めている通り——旧友の誰とも競争をしたこともなければ、奴と友人だった覚えもないがゆえに。驚くそぶりもなかった。「秘密の」戦いにも気付かないほど吾輩が自信家で、クラス内外の生徒、中尉、さらには大尉連中よりも当時にして遥かに優秀と知り、そもそも戦いから手をひいていたのだった。吾輩の背後で冴えない模倣者、その成功の二流の影に成るまいとしたからだった。奴は「本物」であらんとしていた、影ではなく。打ち明け話の最中、吾輩はシボレーの窓から人影が消えつつあるイスタンブールの路地を眺めていた。徐々にわかったことだが、実のところ、この車は我がシボレーにさして似ていなかった。時々、両方の座席の間に同じように身じろぎもせず留まっている二人分の太ももと膝に視線を移した。

その後、奴は物事を計算するにあたり、偶然は勘定に入らぬと語った。貧しいこの国が四十年を経てなお、独裁者に服従しイスタンブールをその者に引き渡しているだろうことや、この独裁者が我々と同世代の軍人であろうことを当時推測するにあたり、なにも予言者である必要はなかったらしい。この軍人が「吾輩」であるという結論をだすにあたっても。こうしてまだ士官学校に居た頃、単純な論証によって、奴は具に将来を眼前に思い描いた。吾輩が総統として君臨する未来の亡霊じみたイスタンブールで、皆と同様、現実性と不確実性の間、現代の閉塞と過去・未来の空想の間を往還する半ば亡霊じみた影になるか、さもなくばせめて本物になるための新たな道の模索に全人生をかけるしかない、と。後者の道を模索すべく、除隊処分相当ではあるが、牢獄入りしない程度に軽微な罪を犯した。士官学校司令官の制服を着て夜警を視察し、その真っ最中にまんまと捕まったのだ。この逸話に至って、この冴えない生徒のことが初めて思い出された。放校処分後は直ちに商売を始めた。「我が国では、周知のとおり、金持ちになるのが一番簡単だ」と奴は胸を張った。にもかかわらず、これほど多くの貧乏人がいる理由は、生涯を通じ、裕福にではなく貧乏になるよう教育されているからである。しばしの沈黙のあと続けた。本物になるってことを、こうしてあいつに俺が教えてやったんだ。「貴様だ！」と言葉を噛みしめ、「俺より現実味に欠けた貴様だよ！　長年待ちかねた挙句、今宵とくと見て驚いた。無様な村人め。」

長い、非常に長い沈黙が訪れた。副官が本物のカイセリ農民の衣装だと褒めそやして整えた装束のなかで、吾輩は滑稽というより現実離れしており、よもや望んでもいない形で、ある夢の部品にされた心持がした。同様の沈黙のなか、この夢が、車窓から低速で撮影された映画のように、流れ去る暗いイスタンブールの光景で構成されしことも理解した。空疎な路地、歩道、誰も居ない広場。外出禁止時間の再来だろう、街はまるでもぬけの殻だった。

不敵な我が同輩が示すのは、他でもなく吾輩が建設したこの夢の街であることも、もはや了承済みだった。糸杉の巨木の下で縮まり完全に埋没している木造家屋の間や、墓場との境界を失い夢の国の玄関口の様相を呈する場末の地区を通過した。取っ組み合う犬の群れだけが残された石畳の坂を下り、街灯が照らすどころか、むしろ陰らせているかに見える急坂を登った。夢以外の場所での遭遇が信じがたく思えた涸れ井戸、崩れた壁、壊れた煙突が並ぶ幽霊通りを過ぎ、童話の巨人の如く闇に微睡むモスクに奇妙にも恐懼しつつ見入り、泉は干上がり、彫像は忘れられ、時計は止まり、我が宮殿だけではなく、市街全域で時間が止まったと信じさせるに足る広場を通り過ぎる間、吾輩の影武者が自慢げに語った商業的成功も、現下の我々の状況に相応しいとして語った物語も(妻が愛人と居るところを捕まえた年寄りの羊飼いの話と、ハールーン・アッ＝ラシードの『千夜一夜物語』のひとつで失われた物語)耳に入ってこなかった。明け方近く、吾輩やお前の姓を冠する大通りを通過したが、そこは他の大通りや小路や地域がどれもそうであるように、現実性の延長というより、夢の延長だった。

奴はメヴラーナが「絵描き対決の話」と呼んだある夢について語っており、明け方、吾輩はこのうぬぼれ男の解放を発表する通達を――夜間外出禁止令の廃止を謳い、西洋人の知人がそちらに居るお前に裏事情を尋ねたというあの通達を――執筆し、ラジオ放送を命じた。徹夜明けの寝台で眠りの到来を待ちつつ、夜には無人だった空間が満たされ、止まった時計が動き出し、ヒマワリの種を齧る人々で溢れる茶館（カフヴェ）、橋、映画館の入り口で、亡霊や夢より現実味のある生活が始まることを空想した。我が空想がどの程度現実になり、イスタンブールがそこで吾輩が本物たりえる景域に変化したかはわからぬ。だが、自由の常として、それが夢想の類よりも、我が政敵に霊感を授けることは周囲の進言により承知しておる。また、チャイハネや宿屋の一室、橋の下に集合しては、我々に対して陰謀の狼煙をあげはじめたことだろう。付け入る隙を狙う輩はもう既に深夜、宮殿の塀を解読不可能な暗号文字で埋めたそうな。だが、それも何程のことでもあるまい。皇帝が変装し庶民のなかにわけ入った時代は遠くなり、書物のなかだけのこととなったのだ。

この種の書籍に属するハンマーの『オスマン帝国の歴史』に、タブリーズで変装する皇子時代のセリム一世ついての記述があった。皇子はチェスの腕前で名を馳せていたため、チェス愛好家イスマイル王（シャー）はこの僧衣の青年を宮殿に招いて試合をした。持久戦の末、皇子は王（シャー）に勝った。己を負かしたのが一介の僧ではなく、チャルドゥランの遠征でタブリーズを手中にするオスマン帝国皇帝のセリム一世であったことを後年知るに至り、イスマイル王（シャー）はその時の試合の駒運びを想起したであろうか。不遜なる我が模倣者ならば試合中の我々双方の作戦を悉く（ことごと）記憶していることだろう。時にチェス雑誌『キング&ポーン』の購読期間が切れたようだ。大使館のお前の口座に送金するので更新を頼む。

# 第9章　神秘の発見

「読まるる義解の門こそ、顔なる文を明かすべし」
――ニザヴィ・イ・ムスリー

『文字の神秘と神秘の喪失』第三章に取り掛かるにあたり、濃いコーヒーを用意した。眠気覚ましに洗面所の冷水で洗顔したが、鏡に映った顔を見るのは自制した。コーヒーカップを持ってジェラールの仕事机に座る。久しく解答が待たれている数学の問題を解いてやろうとする高校生のように、意欲に満ちていた。

F・M・ウチュンジュによれば、アナトリアやトルコの大地で東洋全土を救済する救世主降臨が待望されていた時代、一九二八年以降トルコ語表記に使用された二十九のラテン文字が人の顔の基本線として位置づけられたことは、失われた神秘の再発見の序章に過ぎなかった。忘れ去られたフルフィーの冊子、ベクタシュ教団の韻律詩、アナトリアの民衆絵画、純粋なフルフィー村の亡霊じみた廃墟、僧房の壁やパシャの館に描かれた画像、数多のカリグラフィーの題目を用い、アラビア語やペルシャ語からトルコ語に至るまでの間、特定の音声がどのような「価値」を帯びたかが例示され、その後、この文字を逐一人物写真に見出しては恐るべき絶対的確信をもって印が付けられていた。絶対かつ明瞭な顔の意味が判読可能なあまり、顔面にラテン文字を見る必要すらないと指摘された写真もあり、そういう人物写真を見ると、ジェラールの棚から出した写真を見た時同様、戦慄が走った。キャプションに、ファズララーフ、ふたりのカリフ、「細密画から複写したメヴラーナの肖像」「オリンピックメダリストのハミット・カプラン」などとある粗悪な鉛版写真が満載のページのなかで、一九五〇年代末に撮影されたジェラールの写真と対峙することになり、息を飲んだ。他の写真同様、この写真にも文字の書き込みがあり、その配置と筆運びが矢印で示されていた。三十五歳前後のジェラールの写真を見たF・M・ウチュンジュは、鼻にUの文字を、眼の端にZの文字を、顔全体に横になったHの文字を見出したらしい。さらに数ページ読み飛ばしてみると、フルフィー教団のシェイフたち、死後の世界から帰還した高名な導師(イマーム)たち、グレタ・ガルボ、ハンフリー・ボガード、エドワード・G・ロビンソン、ベティ・デイビスなど「顔に深い意味を持つ」アメリカ人スター、名だたる司殺者たち、若き日のジェラールがその冒険譚を綴ったベイオウルの無法者たちの絵や写真もこれに連なっていた。その後、顔面上に印され恒久化したあらゆる文字は二重の意味を持つことが語られていた。文字通りの意味と顔が教える秘密の意味。

あらゆる文字はそれぞれ相応の概念を表す隠れた意味を持つことを了とするのであれば……、とF・M・ウチュンジュは論証を続けていた。文字によって構成される単語にも当然第二の隠れた意味がある。同様に、文章や段落、即ちあらゆる文書は第二の秘密の意味がある。だが、結局のところこの意味もまた他の文章や単語、即ち文字によって記されたことを考えると、第二の意味から第三の意味、その次の意味からさらに次の意味と「解釈」され発見される無限の隠れた意味の連鎖が現れる。これはある道が別の道に、その道がさらに別の道に連結しながら都市を覆う無限の道路網に例えることができる。各々が他の顔に似ている地図に。そして自分の知識や手の内の目録と照合して神秘解明を目指す読者とは、旅人に他ならない。地図にある路地を歩くに従い神秘を発見するが、発見するにつれ神秘はより広がり、広がるにつれ自分が歩く歩道や選択した道、登った坂、自分の旅、人生にまた神秘を発見する旅人。かくして待望の救済者たる「彼」もしくは救世主（メフディ）は、読者や恵まれない者、本の虫たちが謎の深みにはまり、路に迷ったその時「出現」する。人生と文章の途中、地図と顔の交差点、街と標識のなかで、救世主（メフディ）から必要な合図を受け取った旅人は（神秘主義の巡礼者よろしく）手持ちの文字の鍵と暗号によりまた道を発見するのだった。まるで道路標識のおかげで正しい道を見つける通行人のように。と、F・M・ウチュンジュは子供っぽく意気揚々と語っていた。即ち問題は救世主（メフディ）が配置するはずの啓示を、人生や文章のなかで発見できるかどうかということだった。

F・M・ウチュンジュによれば、これを解決するため、我々は今から自分を「彼」の立場に置き、その行動様式を予見する必要があった。チェスのように次の手を読むのだ。読者にも一緒に予測することを求めており、彼らに対してはいつどんな状況でも広い読者層に呼び掛けることのできる人物を想定せよと訴えていた。直後の文章は「例えば、コラムニストを想定しよう」と続く。毎日、フェリーやバス、乗合自動車（ドルムシュ）、茶館（カフヴェ）の隅、床屋の店舗で、全国津々浦々何十万人もの人がその文章を読むコラムニストは、救世主（メフディ）のお導きである黙示を拡散する人物としては適任だった。神秘を知らされていない者たちにとっては、このコラムニストの記事は単独の意味しか持たない。見たままの平板な意味だ。救世主（メフディ）を待つ者、暗号や公式に通じている者こそが、文字の第二の意味を手がかりに秘密の意味を解読できるのだ。例えば、救世主（メフディ）が「自分を外から眺めつつ考えたのだ、これらを……」という文章を記事に挿入したとする。一般的読者はこの文章を字義どおりに受け取り奇異に思うが、文字の秘密を知る者たちはこれぞ待望の特別通知であるとたちどころに認識し、手の内の暗号を用い、自分たちを新しい、真新しい人生と旅に連れ出す冒険に乗り出すのだ。

かくして「神秘の発見」という章題を冠した第三部では、消失した神秘思考、消失したことで西洋に対し東洋を隷属状態に突き落とした神秘思考の再発見のみならず、救世主（メフディ）が文書に隠した文章の発掘について述べられていた。

それからF・M・ウチュンジュは、エドガー・アラン・ポーが「秘密記法に関する小論」なる論説内で推奨した数々の暗号化の方法を比較検討し、そのうちハッラジュ・マンスールの暗号書簡でも使用されたアルファベットの順番を変える方式が、救世主（メフディ）が用いるだろう手法に一番近いところに位置することを明らかにし、著作の最終部分では突然重要な結論を披露している。あらゆる暗号、公式の起点は、各旅人が自分の顔に読みとる文字だというのだ。旅立ちや新世界の構築を企図する者は誰でも、まずは顔の文字を見てとらなくてはならなかった。読者が手にしているつつましやかなこの本は、各人の顔面上の文字発見法の案内書だった。神秘に到達する暗号と公式に関しては、導入部分を紹介したにすぎない。言うまでもなく、これらを文書のなかに散りばめるのは、遠からず日輪の如く天翔ける救世主（メフディ）その人の仕事となるだろう。

「日輪」という単語が、殺害されたメヴラーナの恋人シャムス〔アラビア語で太陽〕の名の暗示だとわかると、読み終えた本を放り出し、鏡を見るために洗面所に向かった。幽かに脳裏に閃いていた考えは、この時、明白なる恐怖に変わった。「ジェラールはとっくの昔に顔の意味を読んでたんだ！」子供の頃や思春期に、悪事を働いたり、別人になりすましたり、秘密を知ったと思い込んだりした時感じた、一度起きたらもう取り返しがつかないという悲愴感が湧き起こった。「僕は今や別人だ！」と思った。遊びに興じる子供のように、帰路なき旅人のように、そう思った。

三時十二分だった。アパルトマンにも、街にも、この時間帯でのみ感得できる魅惑の沈黙が流れていた。沈黙というより、沈黙の感覚と言ったほうが相応しいかもしれない。すぐ近くの集中暖房の制御室が発しているのか、遥か遠くの大型船のジェネレーターから響くのか定かではないブーンという幽かな低音を耳の疼きのように聴いてはいるのだから。とうに時が満ちたことは覚悟済みだったが、それでも実行前、まだしばらく自分を抑制した。

この三日間、考えまいとしていた事が頭に浮かんだ。もし原稿を提出しなかったら、明日以降、新聞のジェラールの欄は空白になってしまう。長年、一度たりとも休載した試しがないあの欄の空白を考えたくもなかった。まるで新しい記事が掲載されなかったら、リュヤーとジェラールは市内の隠れ家で談笑しながら二人きりで居続けることを選び、もう自分を待ってくれなくなる気がした。棚を漁って適当に選んだ過去記事を読みながら「自分にだって書ける！」と思った。今やひとつの秘策があった――否、三日前、新聞社で老コラムニストが授けてくれたやり方ではない、別物だ――「彼の作品は悉く知っている。何もかもわかる。僕は読んだ。読んだんだ。」最後の言葉は呟きといってもほとんど喚き声に等しかった。無作為に棚から出した別のコラムも読んだ。いや、読むというより、心のなかで単語を発声し文章の上を通過していたのだが、時に単語や文字が表現しようとしていた第二の意味にひっかかるも、ほとんどの場合、読むにつれジェラールにより近づいた気がした。何故なら、読むこととは他人の記憶を緩慢に入手すること以外の何であろう？

　鏡の前に移動し、顔面の文字を読む準備は整った。洗面所に行き、鏡のなかの自分の顔を見た。それからは万事が急激に進んだ。

　その遥か後、数カ月が経過し、またこの家で、圧倒的な一貫性と沈黙をもって三十年前を模倣した調度品に囲まれ、執筆のため机に座るたび、鏡を見たあの瞬間を頻繁に思い出しては、その都度同じ言葉が脳裏に浮んだ。衝撃。だが実はゲームの興奮にかられつつ鏡を見た、まさにその最初の瞬間には、この言葉から連想されるべき恐怖は感じなかった。まずは虚脱感があった。ある種の健忘、無反応。それは当初、裸電球に照らされた鏡のなかの顔を、新聞で見続けているうちに見慣れてしまった首相や映画俳優の顔のような具合に眺めたからだった。ある謎や何日も挑戦した秘密のパズルを解くようにではなく、着慣れた古いコートか、もしくは平凡な冬の朝を受け入れるかのように、運命的感覚で所有していた古い傘を見るともなく見るように、自分の顔を眺めてしまったのだ。「当時は自分と一緒に暮らすことに慣れ過ぎていて、顔なんか気にしてなかったんだ」と気づいたのはずっと後になってからだった。

だがこの無関心も長くは続かなかった。鏡の顔を、何日間も見漁った写真や絵のなかの顔を見るように正視できた時、直ちに文字の影を認識したからだ。

最初に覚えた違和感は、何かが書かれた紙片のように自分の顔を眺め、顔を他人の顔や目に合図を送る書のように鑑賞可能だということに対してのものだったが、当初はそのことに拘泥しなかった。何故なら、眼と眉の間にくっきり現れた文字をもはや正確に読みとれるようになっていたからだ。時を移さずして、文字は、今まで見逃していたことが不思議なほど明瞭になってきた。夥しい顔写真への書きこみを見たことによる錯覚、一種の視覚習慣、脳の思い込みを利用した騙し絵の一種と考えられなくもなかったが、鏡から目を離して再び鏡を見ても、その都度そのままの場所に文字が浮かんだ。子供雑誌に載っているような、一瞥すると木の枝、次に木々の間に隠れた泥棒になる騙し絵のように、文字は見え隠れなどしなかった。それは毎朝ぼんやりと髭を剃る顔の地形図のなかにあり、目や眉、全フルフィー信者から断固として「エリフ」の文字を配される鼻や「顔の輪」と言われる丸い表面のなかに文字は存在した。いまや、文字を読みとるより、読みとらずにいるほうが難しいくらいだった。実際それも験してみた。顔に張り付いたこの不快な仮面から逃れるべく、フルフィー芸術や文学を何日も調べ、丹念に読んでいた頃、心の片隅に用心深く常備していた軽侮の念の助けを借り、文字や顔に関する一切を滑稽で幼稚なこじつけだと感じる懐疑主義を発動しようとしたのだ。だが、顔の直線や曲線はもうあまりにも明瞭な形で、特定の文字を示しており、鏡の前に釘付けになるしかなかった。

のちに「衝撃」と呼んだ感覚に襲われたのはこの時だった。だが、一切は電光石火の出来事で、顔の文字と文字が指す言葉を瞬時に読みとってしまったから、衝撃を受けたのは、顔がその表面に数々の啓示を宿す仮面に変化したせいなのか、もしくはこの文字が指すところの意味の恐ろしさなのか、もう特定できなかった。文字はある事実とある神秘とを指し示していた。それは長年知ってはいるが忘れたいと願い、覚えているのに覚えていない気がし、習ったはずなのに知らない事実と、その後の執筆時には完全に別の言葉をもって思い出すこともあった神秘だった。だが、それらを疑問の余地がない揺るぎなさをもって、顔面に読みとるや否や、一切が単純でわかりやすくなった気がした。自分が目撃したことについて以前から知っており、驚くに値しないと思ったのと同様に。おそらくは、後日「衝撃」と呼んだのも、この単純明快な事実の驚異だった。例えば、理性が異常に研ぎ澄まされ、机の上の腰のくびれた茶杯（チャイ・グラス）を奇跡の物体だと認識可能な時でも、目はそのグラスに対し今まで通りの見方をするかもしれないという不気味さ。

顔面の文字が指すものが錯覚ではなく事実だと判断すると、鏡の前を離れ、廊下に出た。のちに「衝撃」と呼ぶものが、人面が仮面に、別人の顔に、ある標識に変化すること自体よりも、この標識が示すものに由来していることは、もう察していた。何故なら、心憎いゲームの法則に従えば、とどのつまり誰の顔にも文字は存在するのだ。これにはもう確信があり、一種の慰めとみなすことすらできた。だが、廊下の棚を眺めると、抉るような切なさがこみ上げ、リュヤーとジェラールへの恋しさが募り、立っているのもやっとだった。あたかも身体と魂が、犯してもいない罪のもとに自分を残して、どこかへ去ってしまったかのようであり、記憶庫のどこを探しても敗北と崩壊の秘密しかなく、誰もが忘却を願い幸福のうちに忘れおおせた歴史と神秘の哀愁と記憶がすべて、自分の記憶庫と両肩に残留しているかのようだった。

後日、鏡を見て数分以内の——何故なら全ては一瞬の出来事だった——行動を思い出そうとしても、廊下の棚とアパルトマンの隙間に向いた窓の間でのあの一瞬しか思い浮かばなかった。「衝撃」に包まれて呼吸困難になった瞬間、闇に葬った鏡から遠ざかろうとした瞬間、額に冷や汗を滲ませていた瞬間。咄嗟に、もう一度鏡の前に立ち、傷を覆う瘡蓋（かさぶた）を削るように、表層の薄い仮面をひきはがすことを想像した。平凡な路地、月並みな壁の広告、ビニール袋に書かれた文字やサインを読まずにいたように、その下から出現する顔の文字のことは読まずに済むのではないか。苦痛を散らすため、棚から記事を出して読もうとしたが、もはや知らないことなどなかった。ジェラールの書いたものはなんでも、自分が書いたかのように知悉（ちしつ）していた。その後頻繁になる空想に浸り、自分は盲人だとか、もしくは瞳孔の場所に大理石の孔、口の代わりに窯の口、鼻には錆びたボルトの穴が開いている、などと考えてみた。ジェラールは顔を想起するたび眼前に出現する文字を見ており、いずれガーリップも見るようになると知っており、このゲーム全てに共に参加していたことは理解した。だがそのことを最初の瞬間にはっきり把握したかどうかは、その後はさほど確信がもてなくなった。泣きたいのに泣けず、うまく息もできない感じだった。喉の奥から制御不能な懊悩の呻きが洩れた。手がおのずと窓の取っ手に伸びた。アパルトマンの隙間を眺めたかった。「暗がり」と言われるあの場所を。かつて井戸があった場所を。誰だか知るよしもない人物を模倣しているみたいだった。まるで、幼子のように。

窓を開け、闇に身を伸ばし、両肘を窓の縁にかけ、アパルトマンの隙間のあの底なし井戸に向けて首を伸ばした。悪臭がする。半世紀以上前から蓄積された鳩の糞、雑多なゴミ、アパルトマンの汚れ、街の煙、泥、樹脂、絶望の匂い。忘れたいものはすべてここに捨ててきたのだ。不可逆的な虚空の暗黒に身投げしようかと考えた。かつての住民の記憶にはもう澱すら残っていない思い出のなか、何年もかけてジェラールが執念深く積みあげた暗黒、昔の詩に出てくる井戸と神秘と恐怖のモチーフに似たこの暗黒へと。実際には酔漢のように記憶を掘り返しつつ闇を見つめただけだった。リュヤーとこのアパルトマンで過ごした子供時代の思い出はこの匂いと密接に絡み合っており、純真な子供、善良な青年、幸せな愛妻家、神秘の縁辺で生を営む単純な市民といったかつての自分もこの匂いで形成されていた。ジェラールとリュヤーの側に居たくて、絶叫せんばかりだった。まるで半身が、夢のなかの出来事じみて、これ見よがしにもぎ取られた挙句、彼方の暗黒世界に持ち去られてしまい、息を切らして悲鳴をあげ、喚き散らすことでしかこの罠を脱出できないかのように。ただ寒夜と雪の湿気を含んだ冷気を顔に浴びつつ、底なしの暗黒を眺めた。顔を暗黒の涸れ井戸に向けていると、何日も独りで悶々と抱えていた苦しみが分かち合われ、恐怖が理解され、のちに敗北や貧困や崩壊の秘密と名付けたものがずっと前から、ちょうどジェラールが細部に至るまで完璧にお膳立てし、この罠にはめた自分の人生のように表沙汰になっていたことに気づいた。その場所、その暗闇に向いた窓から腰まで乗り出し、下を、かつて底なしの井戸だった場所を、いつまでも眺め続けた。顔に、肩に、額に、尖った冷気を深々と受けてから、身を引いて窓を閉めた。

その続きは、わかりやすく明瞭明快だった。それから日の出までの自分の行動をずっと後に思い出しても、ことごとく理にかなっており、必要かつ適切だったと信じたし、その時の自明感と確信までが蘇った。居間に移り、ソファに身を投げ出して休んだ。ジェラールの机を片付け、書類、新聞の切り抜き、写真をひとつひとつ箱に入れ、箱も棚の場所に戻した。自分がこの二日間に散らかしたものだけでなく、もともとジェラールがだらしなく投げ散らかしていた雑多なものを片づけ、一杯になった灰皿の中身を空け、グラスやティーカップを洗い、窓を少し開けて換気をした。洗顔後、濃いコーヒーをもう一度淹れ、綺麗に片付いた仕事机の上にジェラールの古く重厚なレミントン・タイプライターを設置し座った。ジェラールが長年愛用している用紙は引き出しにあった。一枚を機械に挟むと、すぐに執筆を始めた。

二時間近く、机に齧り付いて執筆した。一切が順調だと実感しつつ、まっさらな紙によってもたらされる高揚のなかで書いた。昔懐かしい音楽を刻みながら活動するタイプライターのキーを叩けば、自分が大昔から執筆内容を知り、構想済みだったことがわかった。時々速度を緩め、適切な単語の配置のために少し考える必要はあったが、ジェラールが口にしていたように「苦もなく」文章と思考の流れに身を任せて書いた。

最初の記事は「鏡を覗き、自分の顔を読んだ」という文章ではじめた。第二の記事の出だしは「長年なりたいと思っていた人物についになりおおせた夢を見た」とし、第三の記事はベイオウル地区の昔話だった。第二、第三の記事は最初の記事よりも滑らかに、しかもより深い苦痛と希望を込めて書いた。

原稿がジェラールの欄に望み通りの形、彼が想定する形そのままに、掲載される自信があった。三つの文章に署名をした。中学・高校時代、学校用ノートの最終ページに数限りなく真似をしていたジェラールのサインだった。

朝日が昇り、ドラム缶の縁がぶつかる音を響かせてゴミ収集車が通過する頃、F・M・ウチュンジュの本のジェラールの写真を観察していた。別のページの影の薄い写真のひとつに、個人情報が無記載のものがあり、それこそが作者と思われた。冒頭部分の経歴をじっくりと読み、一九六二年、不発に終わった軍事クーデターに関与した時の年齢を計算した。アナトリアで最初の任務に就いたのはすなわち中尉の時であり、ハミット・カプラン若かりし頃のレスリング試合を観戦したからには、ジェラールと同年代であるはずだった。ガーリップは士官学校の卒業アルバムを、一九四四年、四五年、四六年卒業の者に集中して調査した。「神秘の発見」に登場した身元不詳の顔写真の若かりし頃らしきいくつかの顔に行きあたったが、最大の特徴である禿げ頭は青年時代の写真では士官帽で覆われてしまっていた。

八時半、ガーリップは、コートを羽織り、折りたたんだ原稿三部をジャケットのポケットに入れ、せかせかと職場に向かう一家の主のように、シェフリカルプ・アパルトマンを飛び出し歩道を渡った。誰にも見られなかった。もしくは見られたにせよ、背後から声をかける者はなかった。快晴で、空は冬の青だった。歩道は雪と氷と泥に覆われていた。ビーナス理髪店という、子供時代、毎朝祖父の髭を剃りに来ており、のちに自分もジェラールと一緒に通った床屋がある横町（パッサージュ）に入り、一番端の鍵屋にジェラールの部屋の鍵を預けた。角の新聞屋で『ミリエット』を買った。ジェラールが時々朝食をとるスティッシュ喫茶店に入り、目玉焼きとクロテッド・クリーム、蜂蜜、紅茶（チャイ）を注文した。食事中もジェラールのコラムを読んだ。リュヤーが読んでいた推理小説の主人公たちも、数多の手がかりに対しこれぞという筋書きを当てはめることができた時には、今のガーリップのように自分のことを感じたに違いない。いざ謎を解明する有意義な鍵を見つけた自分のことが、この鍵で新たな扉を開く探偵のように思えてならなかった。

　ジェラールの掲載記事は土曜日に見た予備ファイルのなかの最後の記事であり、そこにあった他の記事同様、掲載済みだったが、ガーリップにとっては文字の第二の意味を解くまでもなかった。朝食後、乗合自動車（ドルムシュ）の列に並ぶと、かつて自分だった人物とその人物の最近までの日常生活のことが思い浮かんだ。朝、車内で新聞を読み、夕方の帰宅時間のことを考え、自宅で、ベッドで眠る妻のことを夢想している自分。目の縁に涙が滲んだ。

　乗合自動車（ドルムシュ）はドルマバフチェ宮殿の前を通過した。「世界が丸ごと変化したことを信じるには、自分が別人であることがわかれば事足りるんだ。」車窓から眺めているのは、前から知っていたイスタンブールではなく、今初めてその神秘に触れ、今後題材にしようという、別物のイスタンブールだった。

　新聞社では編集主幹が「販売部主任一同」と会議中だった。ドアをノックし、一呼吸置いてからジェラールの部屋に侵入した。室内の様子、机の上、身の回り品は最後の訪問時と全く変化がなかった。ジェラールの机に座り、急いで引き出しを探した。開封済みの古い立食パーティー招待状、右翼・左翼を問わず色々な政治団体から送られてきた通知、前回も見た新聞の切り抜き、ボタン、ネクタイ、腕時計、空のインク瓶、薬、前回は見逃したサングラス。サングラスをかけてジェラールの部屋を出た。編集部の大部屋に入ると、机に向かう論争屋ネシャティが見えた。そのすぐ隣の、先日は芸能担当記者がいた椅子が空いていたので、そこに座った。暫くして「僕を覚えてますか?」と老人に声をかけた。

「思い出したよ! あんただって、わしの記憶の園に咲く花さ。」ネシャティは顔をあげずに文字を追っていた。「記憶とは庭園である。誰の言葉だ、これは?」

「ジェラール・サーリックです」

「違う、ボットフォリオだよ。」老コラムニストは頭をあげた。「イブン・ゼルハニのあの古典的な翻訳だ。ジェラール・サーリックは例によってそこからパクったのさ。あんたがサングラスを盗んだようにね。」

「僕のですから」

「人間と同様、眼鏡も番(つがい)として創造されたということか。ちょっと貸してみてくれたまえ」

眼鏡をはずして渡した。しばし矯(た)めつ眇(すが)めつした老人が慎重に眼鏡をかけると、ジェラールのコラムに登場した一九五〇年代の伝説的無法者の一人に見えた。キャデラックと共に消えた、キャバレーと売春宿とナイトクラブの経営者。謎めいた微笑を湛え、ガーリップのほうを向いた。

「人間は時に世界を別人の目で見ることができなくてはならん、などと徒に語ってたっけね。本来その時こそ、世界と人々の神秘を把握するようになるそうだ。わかるか? これは誰の言葉だい?」

「F・M・ウチュンジュの言葉です」

「見当違いだな。あいつは単なる愚者の王様だ。哀れな、落伍者の部類だよ。その名前は誰に聞いたんだ?」

「ジェラールが長年使った偽名のうちのひとつだと言ってました」

「そうか、人はすっかり耄碌すると、自分の過去や作品の否定にとどまらず、逆に別人のことも自分のことだと思いこむのだろうな。だが、抜け目ないジェラール先生がそこまでボケるとは思えん。計算ずくで故意についた嘘だろう。F・M・ウチュンジュは、切れば血の出るような実在人物だよ。二十五年前、弊紙に手紙の嵐を送りつけてきた将校だ。無視も忍びなく、いくつかを読者欄に掲載したら、社員よろしく毎日大手を振って出社するようになったんだ。と思うと、突然足が遠のき、二十年間姿を消した。一週間前、つるっぱげになってまたぬっと現れた。拙欄の愛読者でわざわざ俺に会いに来てくれたらしい。気の毒な状態だった。色々な徴候が現れたと言っていた」

「どんな徴候ですか?」

「なんだ、君は知っているはずだぞ。ジェラールは話さなかったのか? ほら、時が満ち、徴候が現れ、やれ巷には各種の数字、やれ最後の審判、革命、東洋の救済とかなんとか」

「先日、ジェラールとこの話をしてあなたのことを思い出していました」

「どこに隠れている?」

「忘れました」

「中の編集部で会議している。原稿を提出しないなら、もうお払い箱にするつもりだぞ、あんたのジェラール伯父さんをな。奴に伝えてくれ。二面のあいつの欄に書かないかと私にふられても断るよ、とね」

「一九六〇年の初頭、ご一緒に関与なさったあの軍事クーデターのことを話してくれましたが、ジェラールもあなたには好意的でしたよ」

「嘘つけ。裏切り者であるが故に、私を含め我々全員を憎んでいるよ、奴は」と、老コラムニストは言った。馴染んだサングラス姿は、昔のベイオウル・ギャングから「巨匠」に変わった。「奴がクーデターを裏切ったんだ。もちろん君にはそうじゃなくて、全部自分の手柄のようにしゃべっただろうが。お宅のジェラール伯父さんは、勝ち馬に乗れそうだと踏んでからはじめて事件に関わってきたんだ。いつもそういう奴だがね。それより前、アナトリア全土に広がるあの読者網が構築され、ピラミッドや尖塔（ミナレット）、フリーメイソンのシンボル、単眼巨人（テペ・ギョズ）、神秘のコンパス、トカゲの図案、セルジュク朝様式の円蓋（ドーム）、印がつけられた白ロシアの紙幣、狼の頭が人々の間で飛び交っているとき、ジェラールはただ、俳優のブロマイド収集に精を出す子供のように、読者の写真なんぞを集めているだけだった。ある日、マネキンの家の話を着想し、また別の日には闇夜に細い小路で自分を見つめる『眼』のことを語りはじめた。それでわかったんだ、やつも仲間に入りたいんだと。承認してやった。紙上で闘争を展開してくれるんじゃないかとも期待した。もしかしたら軍人の一部を勧誘してくれると。だが勧誘なんてとんでもない！　その時、周辺にはすでに一連の狂信者、浮浪者、あんたの言うＦ・Ｍ・ウチュンジュの類が居た。奴が最初にやったことは、すぐさま甘言を弄（ろう）しそうした輩を洗脳したことだった。それから、別の怪しい集団に近づいた。そいつらの暗号や、公式や、文字遊びを利用するためにな。このコネづくり自体を奴は新たな勝利と考えていて、それが済むと、我々にすり寄り革命後のポストの取引をしていた。駆け引き材料を増やそうと、教団の残存者や救世主（メフディ）を待つ者、もしくはフランスやポルトガルでぶらぶらしているオスマン朝の皇子との連絡者と会ったなどと言い張ってたっけ。架空の人物からもらった手紙を見せると言ってみたかと思えば、自宅に訪ねてきたパシャやシェイフの孫たちに秘密事項満載の写本や遺言状を託されたり、真夜中、奇妙な人物が新聞社に面会に来たりもしたそうだ。こんなキャラクターなぞ全部奴がでっちあげたんだ。同じ頃、フランス語も片言のこの男が、革命後の外務大臣候補だという噂も出回ったからには、この法螺風船のひとつもしぼませてやろうと思った。奴はコラムで伝説的な闇社会の男の遺言だといういくつかの話を取り上げたり、この国の歴史の知られざる真実を暴く陰謀に関する虚仮（こけ）おどしを、預言者や救世主、最後の審判ネタにたっぷり絡めて執筆してたりもしていたからな。私は腰を据え、イブン・ゼルハニとボットフォリオのことも織り込んで、自分の欄に事実を書いた。あの臆病者め！　すぐに我々から離れ、別のグループに加わった。一段と青年将校たち寄りの今度のお仲間に、私が空想の産物だと看破してやった群像の実在を証明するため、夜毎変装しキャラクターたちを自演しているって噂されたよ。ある夜など、ベイオウルの映画館の入り口で救世主（メフディ）だか征服帝だかとして出現し、上映開始を待つ群衆が啞然とすると、国民全員が変装して別人生のなかに入りこむべきと説教したらしい。アメリカ映画も国産映画と同じくらい絶望的で、今やそんなものを真似てもしょうがないとな。映画館の観衆を自分に従わせ、イェシルチャム街の製作者サイドにけしかけたいと企んでいたようだ。奴がコラムで何度も言及した場末の廃屋じみた木造家屋やイスタンブールの未舗装区画に住む『貧しいプチブル』だけではなく、トルコ国民全員が、今そうであるように、あの時もまた『救済者』を待っていたのだ。人々は例によって、軍事クーデターが起きればパンが値下がりし、罪人が拷問にかけられれば天国の門が開くことを、心底、希望に胸を膨らませ信じていたのだ。だが、八方美人な奴の束縛や強欲のせいで、クーデター一派は折り重なるようにして躓き、クーデターそのものが頓挫し、発進した戦車は夜のラジオ局ではなく、もとの兵舎に戻ってしまった。結果、ご覧の通り我々はいまだにボロボロさ。欧米コンプレックスにかられて時折選挙なんかしても、所詮トルコを訪れた海外の新聞記者に我々はヨーロッパ人に似ているんです、と言ってすっきりしたいだけだしな。いや、もうお先真っ暗で救済の手立てがないというんじゃない。救いはあるさ。イギリスの取材班がジェラール先生じゃなく私と面会したいと言えば、まだまだ何万年も先まで東洋は東洋のままぬくぬくとしていられるだろうことや、どうしてそうなるのか、その秘密を教えてやったのに。ガーリップ君、あんたのいとこジェラール氏なんざ哀れな欠陥人間さ。人はありのままの自分になるために、なにもあいつみたいに、衣装箪笥にかつらや付け髭や昔の装束や奇妙な衣装を仕舞い込んでおかんでもいいのだ。マフムート一世は毎晩何かに身を窶(やつ)していたが、何を着ていたと思う？　皇帝風なターバンの代わりにトルコ帽、あとはステッキだ。それだけだよ！　ジェラールみたいに夜毎何時間もかけて化粧して、仰々しい変な服や乞食の襤褸(ぼろ)衣装を着ることはないのさ。我々の世界は全体がひとつであり、分断されてなどいない。この宇宙の内部には別の宇宙だってあるだろうが、それは西欧世界に存在していた時のように、外観や舞台装置の裏にある禁断の世界などではなく、なにも覆いが取り払われた暁に勝ち誇って隠れていた真実を眺める類のものではない。我々のつつましい世界は遍在するもので、中央を持たず、地図上に存在しない。だが東洋の神秘というのもまさにこれなのだ。何故ならこのことを把握するのは非常に、いやはや、非常に難しいんだ。苦行が必要なんだ。己こそが神秘解明の対象である全宇宙であり、全宇宙もまた神秘解明の主体としての己自身であることを知る硬骨漢がどれくらいいるか、ひとつ知りたいもんだ。一人前に成熟して初めて、人は誰かの代わりになったり、変装したりしていいんだ。お宅のジェラール伯父さんにひとつだけ共感できることがある。私もあいつ同様、自分自身にも別人にもなれずにいる、あの情けない邦画スターを不憫に思う。さらにはこんな俳優に自己投影している国民はもっと不憫だ。救えたはずなんだ、この国民を、いや、全東洋を。だがお宅のジェラール伯父さん——伯父さんの息子か？——奴が我欲にかられてそれを裏切った。今や自分の著作を怖れ、簞笥に隠してあった奇妙な衣装もろとも全国民から逃げている。どうして、隠れているんだ？」

「ご存じでしょう。巷(ちまた)じゃ毎日十数件に及ぶ政治的殺人が起きているんですよ」

「政治的じゃない、霊的殺人だ。ましてや偽の信者、偽のマルキシスト、偽のファシストたちが縺(もつ)れあってるとしたら、ジェラールなんかと関係ないじゃないか。誰ももう奴に興味なしさ。雲隠れして死を呼び寄せているからこそ、こっちも暗殺対象になるほどの重要人物なんじゃないかと思い込んじまうだけだ。民主主義政党の時代に、今や故人となったが、善良で礼儀正しく、臆病な記者が居た。関心を引くため毎日偽名を使い、出版物検閲官に手紙で自分を密告していた。そうやって自分が裁判にかけられれば注目してもらえるとね。あまつさえ、密告状も仲間が書いたと言い張っていた。わかるか？　ジェラール先生も自分の国とのたったひとつのパイプだった過去を、もう記憶力もろとも失くしちまったんだ。新たな記事を書かないのも偶然じゃあるまい」

「僕をここに遣わしたのは彼ですよ。」ジャケットのポケットから記事をとりだした。「原稿を届けるよう言いつかってます。」

「見せてみろ」

老コラムニストがサングラスを外さず三部の原稿を読む間、ガーリップは机に開かれた書物がシャトーブリアンの『墓の彼方からの回想』のアラビア文字時代の翻訳であるのを確認した。編集部のドアが開き、長身の男が出てくると、老記者は合図して招いた。

「ジェラール先生の新原稿だ。相変わらずの技巧主義、相変わらずの……」

「下に送って、すぐに植字に回しましょう。過去記事のどれかを使おうと皆で検討中だったんです」

「しばらく原稿は僕がお持ちします。」ガーリップは言った。

「本人はどこに行ったんですか。」長身の男が尋ねた。「ここのところ、問い合わせが多くて。」

「夜毎ふたり仲良く変装しているらしいぞ。」老記者はガーリップを鼻で示した。長身の男が会釈しつつ遠ざかるとこちらに向き直る。「あんたらはお化けの出る裏路地にでも行っているんじゃないかね？　崩れた尖塔を持つモスク、廃墟、空き家、放棄された僧房に。闇取引、奇妙な謎、悪霊、百二十年前の死体を追って。偽札犯とヘロイン中毒者たちに混じり、奇抜な衣装と仮面とこの眼鏡を身につけて。少し見ないうちにあんたもひどく変わったからね、ガーリップ君。顔は蒼白、眼は落ちくぼみ、まるで別人だ。イスタンブールの夜は終わらない……犯した罪への良心の呵責で眠りにありつけずにいる亡霊……なんだね？」

「サングラスをお返しください。私は失礼いたします」

# 第10章　主人公は僕だったみたいだ

「様式のなかの個性——ものを書くということは、必ずや既存の書物の模倣からはじまる。至極自然なことだ。幼児だって他者を真似ながら話すことを覚えるではないか」

——タヒリュル・メヴレヴィー

鏡を覗き、自分の顔を読んだ。鏡は静かな海で、僕の顔も海の緑のインクで描かれた色褪せた紙だった。「いやだ、紙みたいに真っ白な顔して」と君の母はよく言った。君の美しい母、すなわち僕のおばは、僕が昔、あまりにも茫然と見つめるとそう言ったのだ。茫然と見つめるしかない。なぜなら僕の顔に書いてあることを無意識に怖れていたから。茫然と見つめた。何故なら手放した場所で君を見つけられなくなることが怖かったから。君を手放した場所、古い机、くたびれた椅子、淡い灯り、新聞、カーテン、煙草のなかに。在りし日の冬、夜は暗闇のように早く訪れた。辺りが暗くなり、扉が閉まり、灯りが点くと同時に、我が家の扉の裏の、君が暮らす片隅に思いを巡らせた。小さい頃は別の階に、大きくなると同じ扉の裏に。

読者よ、おお、読者よ。同じ屋根と煙突の下にいる親戚の少女のことに触れていると気づいてくれる読者よ。これを読むに際しては、僕の立場になり、僕の示すサインに注意して欲しい。自分でも自覚する通り、自分のことを語りながら君の話をしているのだし、君も知る通り、君の話を語りつつ自分の記憶を口にしているのだから。

鏡を覗き、自分の顔を読んだ。僕の顔は夢のなかで暗号を解いたロゼッタストーンだった。それはターバン型の墓標が崩れ落ちた墓石だった。読者が自身を覗きこむ皮膚の鏡だった。気孔を通じて共に呼吸していた、僕たちふたり、君と僕。君が貪るように読む小説に溢れかえった居間をふたり分の煙草の煙で満たす時。照明の消えた台所で冷蔵庫のモーターが物悲しく作動する時。卓上ランプの、ある本の表紙と同じ色の傘(シェード)から放たれる、君の肌の色をした一筋の光が僕の罪深い指と君の長い脚に落ちる時。

君の本に登場する、凄腕だけど影がある主人公は僕だった。大理石や巨大石柱、黒々とした岩のあいだから、案内人に導かれて、地下に蠢(うごめ)く人生の囚人たちのところへ駆けつけ、星満ちる七層の天上界の梯子を上る旅人は僕だった。断崖の吊り橋の向こうの恋人に「僕は君なんだ!」と呼びかけ、作者のお気に入りであるがために、煙草の灰が含む毒の痕跡を解明できる老獪な探偵は僕だった……君は辛抱強く、静かにページをめくっていた。僕は愛のために人を殺し、愛馬でユーフラテス河を越え、ピラミッドに埋葬され、枢機卿たちを殺した。「ねえ、その本に何が書いてあるっていうの?」君は家庭の主婦、僕は夕方帰宅した夫。「なにも。」終バス、一番空いているバスが家の前を通ると、ソファが呼応して震える。ペーパーバックの本を手にした君に、読めずにいる新聞を手にした僕は訊く。「僕が主人公だったら、僕を愛してくれてた?」「馬鹿なこと言わないで!」君の本にあった、夜の残酷な沈黙、という言葉。沈黙の残酷さなら僕だって知っていた。

君の母は正しかった、と思う。僕の顔はいつも蒼白なままだった。顔面には五文字。巨大なアルファベットの馬の上にうまと書いていたこと。枝(ダル)の上にはD。ふたつのDで祖父(デデ)。ふたつのBで父親(ババ)。フランス語のパパ。母、伯父、伯母、親戚。それを取り囲む蛇など居ないし、カフという名の山もない。コンマがあれば走り、ピリオドで一時停止し、感嘆詞に驚いていた僕!　本や地図における世界とはなんと驚異的だっただろう。トミックスという名の騎兵隊長はネバダ州に住んでいた。『テキサス』の英雄、チェリック・ビレッキはまさしくここボストンに、剣を携えたカラオーランは中央アジアに。怪人千一面相、コニャック屋、ロディ、こうもり。アラジン、ねえ、アラジン、『テキサス』の百二十五巻出た?　お待ち、と言う。僕たちの手から雑誌を奪って読む祖母。お待ちよ!　あの汚らわしい雑誌の新刊がまだなら、あたしがあんたたちにお話をしてあげるよ。咥え煙草のまま、話してくれる。僕たちふたり、君と僕は、カフ山に登り、林檎の木から果実をもぎ取り、豆の樹伝いに地上に降り、煙突に入り、探偵ごっこをする。僕たちの次に立派な探偵はシャーロック・ホームズで、それからペコス・ビルの友人「白い羽」、それからインジェ・メメットの敵役トパル・アリ。読者よ、おお、読者よ。僕の紡ぐ文字についてきてくれているか?　だって僕は知らなかったみたいなんだ。何も知らされてなかったんだ。だけど僕の顔も地図だったようなんだ。それから?と君は訊いていた。祖母の前の椅子に座っていた時。それから、おばあちゃん?　床につかない両足を揺らしながら。それから?

それから、時が流れ、何年も経ってから、くたびれた君の夫となって、夕方、職場から帰宅する僕が鞄からアラジンの店で買ったばかりの雑誌をとりだすと、君がその雑誌に飛びついて同じ椅子に座り、両足を——ああ、なんと！——また昔と同じように決然と揺らした。僕も同じように空虚な眼差しで眺めては、おそるおそる自分に問いかける。君は何を考えているの？　その心のなかの、僕にとっては禁断の、あの秘密の花園に隠された秘密の謎って何？　君の肩に長い髪が流れ落ちる様子やカラー雑誌から、両足を揺らしてしまうくらいの秘密と心の園の謎を解こうとしていた。ニューヨークの摩天楼、パリの花火、美男の革命家、毅然とした億万長者。（改頁）プール付きの飛行機、ピンクのネクタイをしたスーパースター、世界的な天才、最新の公式発表。（改頁）ハリウッドの若手俳優、反抗的な歌手、色々な国の王子と姫君。（改頁）国内ニュース——二詩人と三批評家が語る読書の効能。

僕は謎を解けないままでいたが、君はさらなるページと時間を消費し、夜遅く、飢えた犬の群れが軒先を通過した後くらいには、パズルを解き終わってしまっていただろう。シュメール人の健康の女神——ボ。イタリアの平原—ポ。表の一種—テ。音符—レ。下から上に流れる川—アルファベット。文字の平野に存在しない山—カフ。秘密の単語—聴け。心の劇場—夢。挿絵付の小粋な主人公—君はいつも誰かわかる。僕にはどうしても特定できない。夜の沈黙のなか、顔を雑誌からあげると、君の顔の半分は光のなかにあり、半分は暗い鏡に沈む。君は尋ねる、でも僕にはわからない、僕に訊いてるのか、パズルのなかの有名でハンサムな主人公に聞いているのか。「髪切ろうかしら。」その刹那、僕はまた虚ろに、ひどく虚ろに見つめてしまう、嗚呼、読者よ！

いつだって君に信じてもらえなかった、主人公なき世界を僕がなぜ信じているかってことを。信じてもらえなかった、主人公たちをでっちあげた哀れな作家たちがどうして主役になれなかったかってことを。信じてもらえなかった、あの雑誌の写真に登場する人々は我々とは別人種だってことを。信じてもらえなかった、君だって平凡な暮らしを受け入れなければならないということを。信じてもらえなかった、あの平凡な暮らしのなかに、僕にも居場所が必要だったということを。

# 第11章　我が兄弟よ

「知り得る限りの支配者のなかで、けだし、神の真の魂に最も近づいた者は、ご存じ微服での逍遥を好んだバクダッドのハールーン・アッ＝ラシードである。」

――イサク・ディネーセン

サングラスのまま『ミリエット』の社屋を出ると事務所には直行せず、グランド・バザールに向かった。土産物屋の間を進み、ヌルオスマニエ・モスクの中庭を横切ると、突然猛烈な睡魔に襲われ、イスタンブール全域が別の都市に見えたほどだった。グランド・バザールを歩きながら、目に映った革のバッグ、海泡石のパイプ、コーヒーミルは、人々がそこで何千年も暮らしつつ、自分たちに似せていった都市の産物というより、何百万人もが一時的に流刑に処された得体のしれない国の不気味な啓示を連想させた。「奇妙なのは……」グランド・バザールの錯雑する小路に埋もれて考えた。「自分の顔の文字を読んでからは、もう完全にありのままの自分になれると僕が屈託なく信じていることだ。」

サンダル屋通りに入ると、変化したのは街ではなく、自分のほうだと勘違いしそうだったが、顔文字の判読後、街の神秘を理解した自覚があるからには、そんなはずはなかった。絨毯屋のウィンドウを見ると、自分のなかの何かが、展示中の絨毯を以前も見たと告げた。そればかりか泥だらけの靴や古サンダルで長年それを踏みつけ、店先でコーヒーを啜りながら訝しげに自分を見ている慎重な店主とも懇意で、この店の些細な詐欺や売値のごまかしに満ちた歴史と、埃臭い物語を自分の人生のように知り尽くしている気がした。同じことは、宝石店や古物商や靴屋の店先を眺めた時にも感じた。急いで小路を二本通り過ぎると、銅の水差しから上皿天秤まで、グランド・バザールで販売中の商品は全部知り尽くし、客を待ち構えるあらゆる店舗、小路を歩く人々全員と知り合いになっていた。イスタンブール中に馴染みがあり、ガーリップにとっては隠れた神秘など欠片ほども存在しなかった。

この感覚から生じる安心感に浸り、夢遊病者のように路地を徘徊した。ウィンドウの雑貨や、通りすがりに出会う顔は夢のなかのようにガーリップを驚かせ、同時にいつも一緒に賑やかに食卓を囲む家族の団欒のように、気ごころ知れた、心和むもののようにも思えるのだったが、こんなことは生まれて初めての経験だった。煌びやかな宝飾店のウィンドウの前を通るとき、この安心感が、衝撃を受けつつ顔面上に読んだ文字が指す秘密と関係があると閃いた。だが、文字判読後、過去に置き去りにしたあの惨めで不運な男のことは思い出したくもなかった。何かが世界に神秘性を付与しているとすれば、それは人が自分の中に密かに抱え、双子の兄弟のように共棲している第二の人物の存在だった。カヴァフラル通りの暇そうな屋台の主は門前でうたたねしており、そこを過ぎ、小さな店の店頭に並んだイスタンブールのカラー絵葉書を見ると、その街の光景の中にいる例の人物をとうに捨て去ったことを確信した。絵葉書は馴染みすぎて空気のようになった古い紋切り型のイスタンブールの光景ばかりで、ガラタ橋に接近する市内連絡船、トプカプ宮殿の煙突、乙女の塔、ボスポラス大橋といった見なれた陳腐な光景を眺めていると、街が自分に隠していた神秘などないかのようだった。だが、道の両側の青緑色のウィンドウが反射しあうベデステンの隘路(あいろ)に入るとすぐ、この感覚も消滅した。「誰かが尾行している。」戦慄の認識。

周囲にこれといった不審人物の影はない。だが、徐々に迫り来る制止不能な破滅によく似た感情にたちまち飲み込まれた。速足になる。カルパクチラル通りを右に曲がり、そのままバザールを抜けた。急ぎ足のままサハフラル市場を突っ切るはずだったが、エリフ書店の前で長年気にも留めていなかった店名が啓示として目にとまった。エリフとはフルフィー信者にとって、あらゆる文字、したがって全世界の源であるアラビア文字及びアッラーの名の頭文字だったが、驚いたのはそのことではなく、店舗の上部に刻まれたエリフがまさしくF・M・ウチュンジュの予見の通りラテン文字であることだった。これを啓示ではなく何の変哲もない出来事として捉えようとするうち、視線はシェイフ・ムアッメル師の店に絡め取られた。昔は街外れに住む貧しい哀れな寡婦や億万長者のアメリカ人が立ち寄ったザマニー・シェイフの本屋、それが閉店中という事実は、シェイフが寒さで家に籠っているとか、亡くなったというような平凡な現実としてではなく、街にまだ隠されていた神秘の印のように映った。古本屋の店先の大量の翻訳推理小説とコーラン解説書の間をすり抜ける。「街なかでまだ啓示を見てしまうなら、顔文字が示した内容を消化できなかったということだ。」だがこの解釈は間違っていた。尾行のことを思い出すたびに、歩調は自然に速くなり、馴染み深いサインと事物が混在する落ち着く一画だった街は、見知らぬ危険と秘密だらけの恐怖空間に変化を遂げた。速く、より速く歩けば、背後の影を引き離し、不安を煽る奇(くし)びな感情を忘れられるだろう。

ベヤズット広場から、急いでチャドゥルジュラル通りに入り、そこから茶釜(サモワール)通りというお気に入りの名前の通りを曲がった。並行するナルギレジ通りから金角湾に下り、ハヴァンジュ通りで折り返しまた坂道を登った。プラスティックの工房、食堂、銅製品の店、鍵屋が目に入った。「新しい人生の門出で最初に出会うのはこういう店だということか」と子供のように無邪気に考えた。各店舗が並べるバケツ、桶、飾り玉、スパンコール、警察の制服、軍服。当座の目的地のベヤズット塔に少し歩くと、踵(きびす)を返した。トラック、オレンジ売り、馬車、旧式冷蔵庫、台車、ゴミの山、大学の壁に書き殴られた政治スローガン。スレイマニエ・モスクに出た。モスクの中庭に入り糸杉の下を歩いて靴を泥だらけにし、神学校側から通りに出て、塗料も剝げた、寄り添うような木造建築の間を歩いた。陋屋(ろうおく)の二階の窓から外に突き出したストーブの煙突が、盲目の銃身か、錆びた潜望鏡か、獰猛な砲口のように通りに突き出している感じがしたが、あるものを別のものと関連付けることは何であれしたくなく、「何々のような」という表現すら思い浮かべたくはなかった。

デリカンル通りからジュジェ・チェシュメ〔小人の泉〕通りに曲がると、その名が頭に引っかかり、それも啓示ではないかと疑ってしまった。そこで啓示の罠は石畳の道に仕掛けられていると考え、アスファルト舗装道路、すなわちシェフザーデバシュ大通りに出た。胡麻パン(スィミット)売り、紅茶(チャイ)を啜る乗合自動車(ドルムシュ)の運転手、トルコ風ピザ（ラフマジュン）を手に映画館の扉でポスターに見入る大学生の群れ、三本同時上映。そのうち二本はブルース・リー主演の空手映画だった。三本目の映画の破れたポスターと色褪せたスチール写真には、ビザンツ人の男たちを殴り、女たちを抱くセルジュク朝の辺境伯（ウチュベイ）ジュネイト・アルクンの姿があった。ロビーに飾られた出演者の写真の橙色の顔は眺めているうちに目が潰れそうになり、たじろいで遠ざかった。シェフザーデ・モスクの横を通るときに頭に浮かんだ皇子（シェフザーデ）の話は頭から追い出した。だが依然としてどこもかしこも神秘の啓示が埋め込まれていた。錆びた縁の交通標識、歪んだ壁の落書き、レストランやホテルの汚れたアクリルガラスの看板、「アラベスク」と言われる歌手や洗剤会社のポスターなどにも。努力して啓示に無頓着でいることに成功しても、ボズドアン水道橋に沿って歩けば幼い頃見た歴史映画に登場した赤髭のビザンツ人神父を想い、ヴェファ甘酒（ボザ）屋の脇を通れば、大昔の祭の夜、リキュールで酔っ払ったメリヒ伯父がタクシーを呼び、一族全員にここで甘酒を飲ませてくれたことが思い出され、そしてこうした残像も瞬く間に、過去形の神秘の啓示となった。

　小走りでアタテュルク通りを抜ける途中、速く、猶一層速く歩けば、街が見せる啓示や絵や文字を、神秘の断片としてではなく、自分が見たいと思う通り素の状態で見ることができると考えた。素早くテズギャーフチュラル通りに入り、ケセルジレル通りに移動し、それからはずっと街路の名称を見ずに歩いた。木造家屋群の中に壁同士が密着する形で建設された、バルコニーの鉄柵が錆びた老朽アパート、鼻づらの長い一九五〇年モデルのトラック、子供の玩具と化した車輪、曲がった電柱、掘り返されたまま放置状態の歩道、ゴミ箱を漁る猫、窓際で煙草を吸うスカーフ頭の老婦人。流しのヨーグルト売り、配管工、布団屋。

ハルジュラル〔絨毯屋〕大通りからヴァタン〔祖国〕大通りに向かって坂を下り、唐突に左に曲がった。二度歩道を渡ってから、食料雑貨店（バッカル）でアイランを飲んでいる最中は、「尾行されている」感覚などリュヤーの推理小説で学習したに過ぎない気がしたが、頭のなかから街に潜む測り知れない神秘を駆逐できないように、この感覚もまた容易に消えるはずもなかった。チフテ・クムルラル〔つがいの鳩〕通りに曲がり、最初の分岐点で再び左に折れた。オクムシュ・アダム〔教養のある紳士〕通りでは小走りになった。赤信号なのに乗合自動車（ドルムシュ）の車列間から走り出て、フェヴズィー・パシャ大通りに渡った。それから別の路地に足を踏み入れ、そこがアスランハネ〔獅子の館〕通りだということを標識で確認すると、衝撃に襲われた。四日前、ガラタ橋周辺散策中に存在を感じたあの秘密の手が、自分に向けてまだイスタンブール市内に啓示を配置しているならば、実在を知ってしまった神秘とは未だ遥か彼方に違いない。

ごった返すバザールから、アジ、ビンチョウマグロ、カレイが並んだ魚屋の前を過ぎ、あらゆる小路が行きつくファーティヒ・モスクの中庭に入った。広い庭には人っ子ひとり居なかった。銀世界を独歩する黒髭・黒外套姿の鴉のような男以外は。こじんまりした墓地も無人だった。ファーティヒ廟の扉は鍵が閉まっていた。窓から中を覗き込むと街の唸り声が聞こえた。バザールから響く店主たちの大声、車のクラクション、遠くの小学校の校庭から響く子供の声、金槌の音、モーターの音、中庭の木に群がる雀や鴉の鳴き声、通過する乗合自動車（ドルムシュ）やバイクの騒音、近くで開閉される窓、ドア、工事現場、家、通り、樹々、公園、海、フェリー、下町、街全体の唸り。埃っぽい窓から模棺（サンドゥカ）を眺めると、ある人物になり変わりたい願望を抱いたが、それは征服帝メフメットだった。ガーリップが生まれる五百年前にこの都市を征服した皇帝は、入手したフルフィー冊子の力を借りて街の神秘を感じとり、あらゆる扉や煙突や通りや橋やアーチ門や鈴懸(すずかけ)の木がどれもそれ自身とは別のものの啓示として成立するある小宇宙の解明に、徐々にではあるが着手したのだった。

「フルフィーの冊子とフルフィー信者が陰謀の犠牲となって焼かれたりしなかったならば」と、ハッタート・イッゼット〔書家イッゼット〕通りからゼイレッキに歩きながら考えた。「そして皇帝が街の神秘を摑んでいたならば。自ら征服したビザンツの路地を歩く時、崩壊した壁や、樹齢百年の鈴懸や、埃っぽい道や、空き地を僕と同じく眺めて、一体何を理解しただろうか。」〈ジバリ〉煙草倉庫の不気味な古い建物に辿り着き、この問いに自分で答えた。顔文字を読んだからには答えはわかる。「初めて見たはずの都市を、以前から数え切れないくらい歩き回ったかのように知り尽くしていることを、だ。」ところが驚くべきことは他にあった。イスタンブールは、未だにまるで陥落したばかりの街のようではないか。泥だらけの道、劣化した歩道、崩れた壁、鉛色の哀れな樹木、古びた車、それよりもさらに古いバス、互いに似通ったあの憂鬱な顔、痩せこけた犬、どれをとっても既視感や馴染み深さをもたらすものではなかった。

実在も定かではない背後の人物から逃れられないと観念した後、金角湾沿いの工場地帯、空のドラム缶、昼休みにはつくねパン(キョフテ・エクメキ)を頰張り、泥濘でサッカーに興じるオーバーオール姿の労働者、荒れ果てたビザンツ時代のアーチ門の間を歩くと、街を馴染み深い光景や調和した落ち着く場所として眺めたい願望が膨らんだ。子供のころのように、自分を別の人物であるとか、征服帝メフメットであると思い込もうとした。本人にとっては狂気でもなければ滑稽でもないこの幼稚な空想を続け、いつまでも歩いた。するとイスタンブール征服を記念したジェラールの昔の記事にあった、コンスタンティンから今日までの千六百五十年間にイスタンブールを支配した百二十四人の支配者のうち、征服帝は真夜中の変装を試みなかった唯一の皇帝であるとの記述を思い出した。「一部の読者にはよく知られている理由で」と、ジェラール。道路の石畳に震えるシルケジ‐エユップ間のバスのなかで乗客と一緒に揺れながら記事内容を反芻した。ウンカパヌでタクシム行きのバスに乗り換えた。ガーリップは背後の人物が自分と一緒に瞬時にバスを乗り換えたことに面食らった。至近距離からの視線が首筋に刺さるようだった。タクシムで再びバスを乗り換えると、老人が隣に座ったが、その彼とでも会話を交わせば自分は別人に変化し、ことによると背後の影から逃れられるかもしれないと思った。

「雪はまだ降るんでしょうかね?」ガーリップは窓から外を見て言った。

「どうでしょうな」と老人は答え、なにか言いかけたが、その言葉を遮った。

「この雪は何の象徴なのでしょう。何の前触れなのでしょうか。あの話を知っていますか? 偉大なメヴラーナの鍵となる物語です。昨夜、同じ夢を見る機会に恵まれました。一面、真っ白でした。雪の白、この雪の白です。突然胸の上に、冷たい、氷のように冷たい、鋭い痛みを感じて起きたんです。心臓の上に雪の玉があるのではないかと思いました。いや、氷玉、水晶玉かもしれない。でもどれも違いました。心臓の上には詩人メヴラーナのダイヤモンドの鍵があったのです。手にとって、ベッドから起き、それで部屋の鍵を開けようとしました。扉は開きましたが、私は別の部屋にいました。中のベッドに眠っているのは、私と似ているけれど、私ではない誰かでした。その部屋の鍵を、寝ている男の心臓の上の鍵で開け、代わりに手に持っていた鍵を置き、別の部屋に入りました。そこでも同じです。私に似ているけれど、より美しい複製(ダミー)が居て、心臓の上には鍵……別の部屋も、また別の部屋に続くほかの部屋も同じです。しかも、よく見ると、各部屋には自分以外にも人が居ます。私のような影、私のような夢遊病の亡霊、手には鍵。それぞれの部屋には寝台がひとつあり、それぞれの寝台には私のように夢を見るひとりの男がいるのです！　そこでわかりました、天国の市場に居るってことが。ここには売買もなければ金品もない。あるのは複製と顔。気に入ったものがあれば、その複製品に入り込み、その顔面を仮面のように顔に張り付け、新たな人生をはじめられる。だが僕が探している複製は、自分でわかるんですが、千一個の部屋の一番最後に出てくるはずで、すると僕が手にする最後の鍵では扉を開けられない。その時、閃きます。胸の上で雪の冷たさと共に認識したあの最初の鍵で扉を開けることができる。でも、もう鍵はどこへ行ったのか、誰の手に渡ったのか、僕が放棄したベッドと部屋は千一の部屋のうちのどれだったのかわかりません。こうなると、怒濤の後悔と涙に暮れながら、他の絶望者たちと共に扉から扉へ、部屋から部屋へ、鍵を置いては取り、眠れる複製すべてにいちいち驚愕しながら、わかるんです、僕は、永遠に……」

「ご覧。」老人は言った。「ご覧！」

サングラス越しに老人の指が射す場所を見て、黙った。ラジオ局のすぐ前に死体があり、それを取り囲んだ数人が歩道で叫び、野次馬がいそいそと集まっている。渋滞が始まると、混雑したバスの座席の乗客も、手すりにつかまった乗客も窓に身を伸ばし、恐怖と衝撃にうたれながら、血の海のなかの死体を静かに眺めた。

渋滞解消後も長い間沈黙は守られた。コナック映画館の向かいでバスを降り、ニシャンタシュの四つ角にあるアンカラ市場でしめ鯖(ラケルダ)、魚卵ペースト(タラマ)、牛タン、バナナ、林檎を買い、急いでシェフリカルプ・アパルトマンに向かった。別人願望が霧散するくらい、自分が別人に思えていた。まずは管理人部屋に降りた。管理人のイスマイルとその妻カメルは、幼い孫たちと一緒に青いテーブルクロスの食卓で挽肉ポテトを食べており、彼らが浸る家庭的幸福は、何世紀も過去の出来事に思えるほど、ガーリップには遠いものだった。

「お食事中すみません。」ガーリップは声をかけた。沈黙の後、続けた。「ジェラールに封筒を渡してもらえなかったようで。」

「何度ドアを叩いても居なかったんですよ。」管理人の妻が答えた。

「今、上に居ますよ。封筒はどこですか?」

「上に居るのかい、ジェラールは。」イスマイルが言った。「ついでに電気料金の領収書も置いてきてくれないかね。」

食卓から立ちあがり、テレビの上の領収書をひとつひとつその近視眼に近付けた。集中暖房の上の棚の端には何もかかっていない釘があり、ポケットから出した鍵を、さっとそこにひっかけた。見られたりはしなかった。封筒と領収書を受け取ると退出した。

「ジェラールに心配しなさんなって伝えてね、誰にも言ってないから！」その陽気な口調に一抹の疑念が湧いた。

久々にシェフリカルプ・アパルトマンの古いエレベーターに乗る喜びを噛みしめた。依然として機械油とニスの匂いがし、依然として動き出す前に腰痛持ちの老人のように唸っていた。リュヤーと覗きこんでは背比べをした鏡は元の通りだったが、文字の衝撃がまた襲ってくることに怯え、顔を見ることは避けた。

アパルトマンの部屋に入り、脱いだコートとジャケットを掛けるや否や、電話が鳴った。受話器をとる前、あらゆることに備えるべく急いでトイレに行き、数秒間意志と勇気と決断をかき集めて鏡を見た。違う、偶然ではない。文字はそのままの場所にあった。万物が、全宇宙が、そしてその神秘が。「知っている。」電話に出ながら考えた。「知っている。」この電話が軍事クーデター関連の吉報を告げる声の主からだということも、出る前から知っていた。

「もしもし」

「今度はどんな名前で呼べばいいんだ？」ガーリップは聞いた。「偽名が増えすぎてしまってね。もう混乱気味なんだ。」

「知的な滑り出しですな。」声は言った。意外な自信が滲み出ていた。「俺の名前なんてあんたが決めてくださいよ、ジェラールさん。」

「メフメットにしよう」

「征服帝メフメットと同じ？」

「そうだ」

「よろしい、私はメフメットです。電話帳にお名前はありませんでした。住所を教えてくだされば伺います」

「誰にも内緒にしている場所だぞ。なぜ教えなければならんのだ？」

「勃発寸前の血なまぐさい軍事クーデターの証拠を高名な新聞記者にお知らせしたいだけの平凡かつ善良な小市民ですよ、私は」

「平凡な小市民と言えないほど私のことをよく知っているじゃないか」

「六年前カルス駅である人物と会いました。」メフメットなる声は告げた。「平凡な市民でした。エルズルムに仕入れに向かう香料売りでした。道中、ずっとあなたのことで盛り上がりました。ご尊名で発表した最初の記事を『聴け』という単語で始めましたよね。メヴラーナがその言葉でもって『メスネヴィー』を書き始めたペルシャ語の単語『ビシュノヴ』のトルコ語訳であるわけですが。彼はその単語を最初に使った意味を知ってましたよ。一九五六年七月のコラムで人生を連載小説に例え、きっかり一年後に今度は逆に連載小説を人生に例えたその秘密の対称性とプラグマティズムも知っていた。何故ならその年、先輩記者が上司に腹を立て放り出した相撲(ギュレシ)連載を偽名で最終回まで書きあげたのはあなただってことまで文体でわかっていたからです。ほぼ同時期、町で見かける美女のことはヨーロッパ人のように愛情を込めて微笑んで見つめろ、憎悪に眉をしかめてではなく、という文章で始まるコラムがありました。この男目線によって不幸になった女性の例として、愛と情熱と同情を込めて紹介した麗しいご婦人というのがあなたの義母であることも知っていました。それから六年後に書かれた、埃っぽいイスタンブールのアパルトマンに住む大家族と共に水槽のなかで生きる不運な金魚たちを皮肉っぽく比較したコラムがあった。その金魚というのが聾唖の伯父のもので、あの家族もご自分の家族だということも。この男は生まれてこのかたイスタンブールはおろか、エルズルム西部にすら行ったこともないのに、あなたが名前を出さなかった親族全員、ニシャンタシュにあるあなたが住んだ家々、街路、角の交番、向かいのアラジンの店、テシヴィキエ・モスクの噴水付きの中庭、最後に行った庭、スティッシュ喫茶店、歩道の栗や菩提樹の木まで知っていました。彼はカルス城の裾野で、アラジンの店のように、香水に始まり、靴紐、煙草、針と糸など各種の雑貨を扱う店を経営しておりましたが、まるで自分の店の狭い店内を熟知しているように、それらを知っていたのです。公共ラジオ網すらなかった時代に、イスタンブール・ラジオの〈イパナ〉歯磨き粉の『十一問クイズコンテスト』をコケにしたコラムからたった三週間後、番組が口封じのため、千二百リラ獲得問題であなたのことを出題したことも知っていた。あなたは思った通り、このささやかな賄賂も拒絶し、その次のコラムで早速読者に対し、アメリカ製の歯磨き粉など使うべきでなく、自家製薄荷(はっか)石鹸をつけ清潔な自分たちの手で歯を擦るよう忠告したことも。このおひとよしの香料売りが、あなたの滅茶苦茶なやり方に従い、何年も指で歯を擦り続け、ついにはぽろりぽろりと歯が抜けてしまったことなんて、当然ご存じないですよね。私たちときたら、列車の旅の残り時間、『議題―我らがコラムニスト、ジェラール・サーリック』と銘打って、香料売りと蘊蓄競争まで開催したものです。エルズルム駅を乗り過ごすこと以外、怖いものなしのこの男を負かすのは大変でした。欠けた歯を治療する金もなく、若くして老けこみ、あなたのコラムのほかには、庭の鳥かごで飼っている色々な鳥を愛で、鳥の話をすることだけが楽しみの……そう、あの男はごく普通の庶民だったのです。おわかりですか、ジェラールさん、普通の庶民だって――また馬鹿にしようとするのはやめてくださいよ――一般人もあなたを知っているんです。でも私は一般人より知識があります。だから夜まで話し合おうと言うんです！」

「歯磨き粉のコラムの第二弾から四カ月後、もう一度そのことに触れたはずだよ。どうだね？」

「夜、寝る前、可愛い少年少女たちが、家に居る父親、おじ、おば、義兄などひとりひとりに『おやすみのキス』をするとき、美しい唇から零れる薄荷の歯磨き粉の香りのことを書いてましたね。傑作とは言い難かった」

「他に金魚の話をしたことは？」

「六年前、死と沈黙への渇望を綴った記事に金魚の回想がありました。その一カ月後、今度は秩序と調和の追求についてのコラムでも。水槽と各家庭のテレビを何度も比較してらっしゃる。近親婚を繰り返した和金の悲劇について、ブリタニカ百科事典から拝借した情報を披露してましたよね。誰があなたに訳してくれたんでしょう。妹さんですか？　それとも甥御さん？」

「交番は？」

「紺色、殴打、暗闇、戸籍、国民であることの当惑、錆びた水道管、黒い靴、星のない夜、不機嫌な顔、メタフィジックな不動の感覚、不運、トルコ人であること、屋根の雨漏り、そしてもちろん、死。これらを連想なさるんでしょう」

「香料売りもこういうことを全部知っていたのか？」

「もっと知っていましたよ」

「香料売りはあんたに何を質問した？」

「まず、イスタンブールの路面馬車と路面電車（トラム）の匂いの違いを訊いてきました。この男は人生で一度も路面電車（トラム）を見たことがなく、今後も見ることはないのでしょう。馬と汗の匂いのほか、真の違いは別にあると教えてやりました。エンジンと、油と、電気の匂い。すると彼はイスタンブールでは電気が匂ったりするのかと尋ねます。そのことまでは書いてなかったけど、コラムを読んで男はそう思い付いたらしいのです。印刷所からあがったばかりの新聞の匂いはどんなかとも尋ねました。一九五八年の冬の記事に従って答えました。キニーネ、地下室、硫黄、ワインの匂いの混合。すなわち、くらくらするような匂い。三日かかってカルスに届く新聞だと、この匂いが消えているそうです。一番難儀した香料売りの質問はライラックの匂いです。この花にあなたがどう切り込んだか、私には思い出せません。美化された思い出に浸る老人のように目を細めて香料売りが説明してくれたところによると、二十五年前、あなたはこの花のことに三回触れたそうですね。一度目は独居して即位を待つ間、周囲に厄災をまき散らす変人皇子の話で、その恋人がライラックの香りを放っていたと書いた。あとの二度は同じ話です。二度書いているからには、反復ですね。恐らくは近い御親戚の誰かのお嬢さんから着想を得たのでしょう。初秋のあの晴れた物悲しい時期、夏休みの後、アイロンのかかったスモックを着て、髪にまっさらなリボンをつけ、小学校に入学した少女の髪から一年間ライラックの匂いがしたとお書きになった。その次の年には、その頭が馨ったと。これは実人生の繰り返しですか？　それとも自分で自分を盗作する作家的反復なのでしょうか？」

ガーリップはしばし黙った。「覚えていない」と呟き、その後夢から覚めたかのように付け足した。「皇子の話も構想したのは知っているが、それを書いたことまでは覚えていない。」

「香料売りは覚えてましたよ。嗅覚もさることながらあの男は空間感覚に優れてましたからね。あなたのコラムをベースにしてイスタンブールを一種の香りの最終決戦地(マフシェル)として空想するほか、あなたが歩き回り、愛し、誰にも内緒にして愛し、神秘を見出したこの街の全区画も知っていました。だけど、彼にも想像できない匂いがあるように、区画の位置関係はちんぷんかんぷんだったそうです。あなたのおかげで自分の庭となったこの地域で私も時々あなたを探し歩いたものですが、ニシャンタシュ＝シシリ周辺に潜んでいることは電話番号でわかったので、今度はお騒がせしませんでした。あなたが身を乗り出しそうなことなので、教えましょうか。香料売りにあなたに手紙を書けと勧めたんです。ところが記事は甥が読んでくれていて、本人は字が書けないそうです。香料売りは無論読み書きは知りません。あなたも文字を知ることは記憶力を減退させると一度書いてましたっけ。あなたのコラムを耳からだけで知っているこの男を、ポッポと走る列車がエルズルムに近づく頃、どうやって負かしたか話しましたかね？」

「言わなくていいよ」

「彼は記事内の抽象概念を逐一記憶しているにもかかわらず、その意味するところを、あたかも脳裏に再現することができないみたいな人間だったんです。剽窃もしくは文学的泥棒についてもぴんと来ないようだったし。甥もあなたのコラム以外の新聞記事を読んでくれたりすることはなく、本人もてんで興味を示しませんでした。この世の記事は全部同一人物によって書かれたか、もしくは同時期に書かれたと考えているかのようでした。何故あなたが繰り返し詩人メヴラーナのことを語っているのか尋ねました。すると黙ってしまいます。香料売りに『秘められし文華の神秘』という見出しの一九六一年付のコラムがどのくらいあなたに属し、どのくらいポーに属しているか尋ねました。今度は黙りませんでした。全部があなたのものだと。彼にネシャティとの間のボットフォリオとイブン・ゼルハニ論争――香料売りはこれを喧嘩と言ってましたが――の核心である『物語の真実と真実の物語』の矛盾について尋ねました。彼は確信を持って万物の基本は文字だと言いました。何もわかっちゃいない。こうして私は勝ったのです」

「あの論争では」とガーリップは言った。「あの論争で、ネシャティへの私の対抗意見は、万物の実質が文字であることに立脚していたよ。」

「でもそれはイブン・ゼルハニではなく、ファズラフの考えでしょう。あなたは『大審問官』に対する本歌取り（ナズィレ）の後、窮地に立たされぬようイブン・ゼルハニに執着するはめになったのです。あの一連の記事を書いてらっしゃった時、上司がネシャティに目をつけ、新聞社から放り出すように仕組むこと以外何も考えていなかったことは存じております。まずは『翻訳か、剽窃か？』の議論で彼に罠を仕掛け、ネシャティが嫉妬に我を忘れ、いきり立って『剽窃だ』と喚くよう仕向けましたね。それからこの主張により、すなわちあなたがイブン・ゼルハニから、イブン・ゼルハニもボットフォリオから盗作をしたという主張により、東洋は創造的であり得ないことを暗示し、そうすることで彼がトルコ人を低く見ているという雰囲気を醸し出しました。それからやにわに、新聞社の上司に手紙を書くよう読者を扇動し、我らが栄光の歴史と『我々の文化』を擁護しだした。新十字軍遠征や、『偉大なるトルコの建築家』ミマル・シナンが本当はカイセリ系アルメニア人だと主張する異分子、そういうものに対し、常に目を光らせている惨めなトルコ人読者は例によってこの機会を逃しません。上司のもとにははみ出し者を糾弾する手紙が殺到します。あなたの文学的窃盗行為を取り締まる心地よさに酔ったばかりに、哀れなネシャティは、仕事も自分の担当欄も失いました。現在、低級記者としてではあるものの、あなたの同僚に戻れたあの社内で、彼が陰で悪評を立ててはあなたを突き落とす井戸を掘っているというのはご存じですか？　風の噂ですがね」

「井戸についての記事は？」

「私ほどの忠実な読者にそんなことを聞くのは失礼というものでしょう。それほどに明確で、きりがないほど広範囲にわたる題材です。古典詩文学の井戸、メヴラーナの恋人シャムスの死体が投げ込まれた井戸、いつも大胆に引用していた『千夜一夜物語』の鬼や魔女や巨人の潜む井戸、アパルトマンの隙間、もしくはあなた曰く我々の魂が落ちこんだ底なしの暗闇。それらのことは言わないでおきましょう。嫌というほど書いてらっしゃいましたからね。こんなのは如何ですか。一九五七年の秋に発表された、憤怒と悲愁の滲む周到な記事。我々の街と、この街の沿岸に造られた新興の町を攻撃的な槍の森のように取り囲む、あの哀れなコンクリート尖塔(ミナレット)の(石組みの尖塔(ミナレット)に対してはあまり御不満は無かったらしいですね)森に関する記事でありました。日々の政治問題やスキャンダルとは無縁な作品の宿命としてまるで注目されなかったこの記事の、就中(なかんずく)注目されない最終行の、ずんぐりした尖塔(ミナレット)をもつ町はずれのモスクの話。乱脈に生える棘薊(とげあざみ)と一律的に茂るシダに覆われた裏庭のことを紹介する時、静かで、真っ暗な、涸れた井戸の記述がありました。私にはわかりましたよ。三つの形容詞をもって描いたこの本物の井戸をもって、我々はコンクリート尖塔(ミナレット)の高さにではなく、過去の潜在意識に残る暗い涸れ井戸の蛇や魂に目を向けるべきだと巧妙に暗示してらっしゃることが。それから十年後、今度は良心の呵責という亡霊たちとひとりで、たったひとりで戦わなければならない夜、不眠と不幸に苛まれる夜に、自分の惨めな過去や単眼巨人(テペ・ギョズ)から閃きを得て才筆を振るった記事のひとつで、長年あなたを容赦なくつけまわした罪悪感の『眼』のことを語る時、この視覚器官が『額のど真ん中で暗い井戸のように』鎮座しているとおっしゃったのは、偶然ではなく必然ですね」

白い襟、擦り切れた上着、生霊のような顔を想像させる声の主は、こうした台詞のすべてを記憶力の興奮に任せ脳内で構築していたのか、それとも何かの音読か? 声の主はその黙考を合図のように受け止め、勝利の哄笑(こうしょう)を響かせた。それから囁いた。電話線――市内のどこかの丘の下、ビザンツ帝国の貨幣とオスマン帝国の頭蓋骨とが入り混じる地下道を通り、錆びた鉄柱と鈴懸と栗の木の間に洗濯紐のように張りめぐらされ、漆喰が剝がれた古いアパルトマンの側面の壁に黒いツタのように巻きつく電話線――の両端を、ちょうど同じ母親のへその緒を分かち合うように共有している事実から生じる兄弟愛を滲ませ、秘密を明かすように。ジェラールを愛している。ジェラールを尊敬している。ジェラールのことを何でも知っている。ジェラールだってもう疑いの余地はあるまい。

「わからない。」ガーリップは言った。

「ならばこのふたつの黒電話を排除しようじゃないですか。」何故ならこの電話が時折勝手に鳴らすベルは、知らせというより警報のようだったから。何故なら漆黒の受話器は小型のダンベルほどに重かったから。何故なら番号を回すとカラキョイ‐カドゥキョイ間フェリー乗り場の古い回転ゲートのような旋律を軋ませるから。何故ならかけようとした所ではなく、電話がかけたい所に回線をつないでしまうこともあるから。「おわかりですか、ジェラールさん。住所を教えてください、ただちに参ります。」

ガーリップは優秀な生徒の優秀さを前に為すすべもない教師のように、まず躊躇した末、答えを得るたび自分の記憶の園に咲く花々に驚き、質問のたび記憶の園の無限の広がりに驚き、そして自分が徐々に嵌り込みつつある罠に驚きを覚えつつ、訊いた。

「ナイロン・ストッキングは?」

「一九五八年発表の記事。二年前、つまりコラムを自分の名前ではなく、不運にも思い付いた適当な名前で掲載しなくてはならなかった時期、仕事と孤独に息が詰まりそうだった暑い夏、不遇を忘れ、真昼の日差しから逃れるためにベイオウルの（リュヤー）映画館に入ったあなた。二本立ての一本目の途中から鑑賞中、ベイオウルの声優たちによる悲惨な吹き替えのシカゴ・ギャングの笑いと、機関銃の連射音、瓶やガラスの割れる音のなか、近くで聞こえたある音があなたを動揺させたというくだり。少し手前に座った女が長い爪でナイロン・ストッキングの上から脚を掻いていた、と。最初の映画が終わり、灯りが点くと、二列前に居るその美人でお洒落な母親と十一歳の利口な息子が、友人同士のように話しているのが見えます。ふたりの親密な様子や、互いに注意深く聴き入る会話のやりとりをいつまでも観察するあなた。二年後のコラムで、二本目を鑑賞中、スピーカーから放たれる剣の切り結びの金属音と海上の嵐ではなく、夏の夜、イスタンブールの蚊の餌食となった脚に遊ぶ不穏な長い爪を備える指がたてる摩擦音に耳をそばだてていたこと、銀幕の海賊の陰謀ではなく、母子間の友情のことで頭が一杯になってしまったことが描かれます。この夏から十二年後の記事によると、ナイロン・ストッキングの記事の掲載直後、あなたは上司の叱責を受けました。子持ちの人妻を性的対象とするのは危険も甚だしい行動であり、トルコ人読者には受け入れられない、コラムニストとして生きながらえたいと思うなら、既婚女性や作風（スティル）に注意しろ、と」

「文体（スティル）とは？　答えは手短に」

「文体はあなたにとっては人生そのものだった。あなたにとっての声だった。あなたの色々な思考だった。文体とはそのなかで生を吹きこまれた本当のあなたの人格だった。でもそれは一人でもふたりでもない。三人だ、この人格は……」

「それは?」

「あなたが我が単純なる人格と呼んでいるのは第一の声です。万人向けで、皆と一緒に家族団欒の場に加わり、皆と一緒に食後の一服の煙のなか噂話をする声。日常生活の細々としたことをこの人格が担当します。第二の声はあなたがそうなりたいと思っている人格です。この世に平安を見出せず、別世界で生きており、別世界の神秘に浸り、人を惹きつける色々な人格から盗んだ仮面。あなたはこの『キャラクター』の、まずは模倣者に、次いで彼自身になりたいと願い、囁き声で語らいます。そしてこのキャラクターがあなたの耳に囁いた言葉遊び、パズル、皮肉、毒舌を、何か心にひっかかった歌のサビ部分を口ずさむ痴呆のように反復するのです。こういう習慣がもしなかったら、日常生活に耐えられず多くの不幸な者のように引きこもって死を待つばかりだったとあなたは一度書き、私はそのくだりに泣きました。第三の声は『客観的文体と主観的文体』とおっしゃるこの両人格が到達できない領域に、あなたはもとよりこの私をも連れていきました。闇の人格。暗黒の文体! 模倣や仮面では満足できないほど落ち込んだ夜にお書きになったことは、あなた以上によく存じております。でもご自分の行動に関してはあなたのほうがご存じでしょうね。我が兄弟よ。お互いを理解して、お互いを見出そうではありませんか。一緒に変装もしましょう。住所を教えてください」

「住所」

「都市は各住所で構成され、住所は文字で、文字は顔で構成されます。一九六三年十月十二日月曜日、イスタンブールで一番好きな場所のひとつとしてクルトゥルシュ地区のことをお書きになりました。かつての名はタタヴラ。アルメニア人街。読んでいて、惹きつけられました」

「読む」

「一度、こんなことがありましたね。日時を申せば一九六二年二月、祖国の窮状を救う軍事クーデターの準備でぴりぴりしていた時期です。冬の夜、ベイオウルの暗い路地で、ベリーダンサーや手品師がお勤めをするナイトクラブから別のナイトクラブに、どんな怪しい目的かはわかりませんが、金縁の大きな鏡が運びこまれようとしていました。寒気か、もしくは別の理由でその鏡がまずはひび割れたかと思うと、あなたの眼の前で千々に砕けたのを見て、硝子を鏡に変える薬がトルコ語で『秘密（スル）』なのは偶然ではないことが咄嗟にわかったんですよね。この閃きの瞬間をコラムで紹介し、こうおっしゃいました。読むことは鏡の中を覗き込むことである。鏡の後ろの『秘密』を知る者は向こう側に移行し、文字の秘密を認識していない者はこちらの世界に留まり、退屈な自分の顔以外、なにも見つけることはできない、と」

「この秘密とは何か?」

「秘密が何かはあなた以外、唯一私が存じております。電話で説明できるようなことじゃないのもご存じでしょう。住所を教えてください」

「秘密とは何だ?」

「この秘密を手に入れるには、一介の読者があなたに全人生を捧げなければならないことまで考えてますか?　私は捧げましたよ。この秘密を体感するため、ご自分名義で書かなかった時代に書き散らしたもの、誰かの代わりに執筆した連載、パズル、人物紹介、政治的な、あるいは抒情的なインタビュー、暖房のない公営図書館でコートを着こみ、帽子とウールの手袋をしたまま震えながら書いたと思われるものは全部拝読しました。三十年以上、休みなしに一日平均八ページ以上発表してらっしゃいますから、十万ページもしくは、三百三十三ページの本三百巻に値しますよ。これだけのためにも、国民はあなたの銅像でも立てるべきでしょうね」

「君のもな。それを読んでいるんだから。」ガーリップは言った。「銅像とは？」

「いつだったか、何度目かのアナトリア旅行中、名前は失念した小都市での出来事でした。市中の公園でバスの出発を待っている時、私は隣席の若者と話し始めたのです。話題は最初、アタテュルクの銅像のことでした。この惨めな町で為すべき唯一のことは町を捨て去ることだと示すように、銅像はバス発着所を指差しているのです。その後、国内の一万体以上のアタテュルクの銅像のことを書いたあなたのコラムについて話しました。私が話をふったのです。最後の審判（マフシェル）の夜、天空の闇を稲妻が裂き、地が鳴動する時、あの恐ろしいアタテュルクの彫像がすべて生き返るとありました。あなた曰く、鳩の糞におおわれた洋装の彫像も、元帥服に勲章姿のも、棹立ちになり巨大な器官が覗く勇猛な雄馬に乗ったものも、円筒状の帽子をかぶったものも、幽霊じみた外套を羽織ったものも、おもむろに動き出す。長年泥だらけの古いバスや馬車や蠅がうろつき、上着が汗臭い軍人やナフタリン臭い女子校の生徒が集合しては国歌を捧げ、枯れた花束と花輪に覆われていた台座を降りて、銅像は闇に消えるのです。最後の審判（マフシェル）の夜、地は揺れ、天は割れ、家々の閉じられた窓の蔭から外界の唸りを聴く哀れな市井の人々が、街の片隅の歩道に響くこの青銅や大理石のブーツや馬蹄の音に耳をそばだてる時の恐怖を語ったあなたのコラム、それを隣に座ったこの情熱的な青年も当時読んだそうです。しかも興奮のあまり、矢も楯もたまらず、すぐにあなたにその最後の審判(マフシェル)はいつ来るのかと手紙で質問した。彼の言うことが本当ならば、あなたは短く返信して証明写真を求め、それを受けとると『その日の到来の徴候となる』ある秘密を明かしたそうですね。いいえ、若者に明かされた秘密とは『あの秘密』ではありません。何故なら噴水は干上がり、芝生は毟られたような公園で長年待機した挙句、失望した若者は本来私的なものでなくてはならないあなたの秘密を私に打ち明けたからです。彼にいくつかの文字の第二の意味を教え、いつかコラムで出会う文章を合図にするよう言ったそうですね。その文章を読めば暗号化されたコラムは解読され、若者は行動に出るというわけです」

「その文章とは?」

「『我が全人生はこの手のろくでもない思い出ばかりだった。』まさにこの文ですよ。彼が自分で発掘したのかあなたが彼に書いて寄こしたのか特定はできませんが、とにかく偶然とはいえ、最近あなたが記憶力の減退や完全消滅を訴えるようになった後、ちょうど他の文章のように昔の原稿が再掲載されたコラムでその文章を読んだのです。住所を教えてください。このことが何を意味するかすぐにご説明しますから」

「他の文章は?」

「住所を教えてくださいよ! どうか教えてください。他の文章にも、他の話にももう興味なんてないんでしょう。何も関心が持てないほどこの国に絶望しているんだ。世を憎んで鼠のように穴倉に引きこもったあなたには、友達も同志もおらず、孤独すぎてどうにかなりそうなんでしょう。住所を教えてください、あなたからもらったサイン入り写真を交換しているイマーム・ハティップ高校の生徒たちや、若衆好きな相撲審判（ギュレシ）は古本屋街のどの一角に潜んでいるか教えてあげましょう。住所を教えてください。オスマン帝国の最後の皇帝八人が、後宮（ハレム）の妃たちに西洋人売春婦の恰好をさせイスタンブールの秘密の一画で密会した様子を描いた版画をお見せしましょう。大量の衣装や装身具が必要な病的趣味が、パリの高級仕立屋や娼館では『トルコ症候群』と呼ばれていたことは知ってましたか？　変装してイスタンブールの暗い路地で交わるマフムート二世の版画では、我らが皇帝は素足にナポレオンのエジプト遠征の時のブーツを穿いており、愛妻ベズミアーレム后妃——あなたのお気に入りの逸話を残した皇子の父方の祖母であり、オスマン帝国時代のある船の名付け親ですが——は大胆にもルビーとダイヤモンドの十字架をつけた姿で描かれていることをご存じでした？」

「十字架。」妻に捨てられてから六日と四時間が経ち、初めて生きることを楽しんでいると感じ、一種浮かれた調子で言った。

「十字架は形象的には三日月の反対であり、否定形であり『ネガ』であることを証明するべく、古代エジプトの幾何学やアラブの代数、アッシリアの新プラトン主義を紹介した記事がありました。一九五八年一月十八日の記事です。そのすぐ下に『映画や舞台で葉巻をふかす硬骨漢』として私が大好きなエドワード・G・ロビンソンも載っていました。ニューヨークの服飾デザイナー、ジェーン・アドラーと結婚したとかで、新婚夫婦を十字架の影のなかに配した写真が掲載されていたんです。あれは偶然なんかじゃありませんね。私にはわかるんです。住所を教えてくださいってば。この記事から一週間後にはもう、こんなことを主張なさいましたね。我が国の子供たちは十字架に対する恐怖と三日月に対する興奮を教育現場で植えつけられており、大人になってもハリウッドの魅惑の顔を解読できないのはそれが故の衰弱であり、月のような顔をした女性のことなら誰でも母親、もしくはおばと思うのはそれが故の性的優柔不断である、と。この考えを裏付けようと、学費免除の全寮制学校で、十字軍遠征についての歴史の授業が続いたあと、夜間、寮の抜き打ち検査では、ベッドにお漏らししている生徒が何百人も見つかるともお書きになった。こんなのはなんでもありません。住所を教えてください。あなたの記事を探して図書館で文献を漁りながら見つけた地方新聞内の十字架関係の記事を全部お持ちしましょう。『エルジエス・ポスト』、一九六二年、カイセリ県。油を塗布された首のロープが千切れ、黄泉の国から戻ってきた死刑囚が短い地獄遍歴の旅で出会った十字架のことを紹介しています。『イェシル・コンヤ』、一九五一年、コンヤ県——本日弊紙編集主幹が大統領に、周知の十字架形の文字tの代わりに『・』を使用すれば、ト・ルコ人の国・民的文化素養に合致する旨を電・報で訴えた、とあります。住所を教えていただければ、すぐにお届けしたいものがふんだんにあります……記事のネタとして使えなどとは申しません。ネタ探しの目で人生を眺めるコラムニストなどお嫌いだということは存じておりますから。今、私の目の前の箱にある資料をすぐにお持ちしますよ。一緒に読んで、笑って、泣こうではないですか。さあ、教えてくださいよ、住所を。イスケンデルンの男たちについての連載が掲載された地方紙をお持ちしましょう。父親への憎悪をホステスだけにしか打ち明けられないがため、ナイトクラブでしか吃音から解放されない男たちの話ですよ。住所を教えてください。読み書きができず、ペルシャ語どころかまともなトルコ語も話せない癖にその魂はオマル・ハイヤームの双子の兄弟で、知られざる彼の詩を詠むという給仕の愛と死の予言を持っていきますから、どうか住所を。記憶が失われると知り、その知識と人生と思い出の全てを、自らが発行する新聞の最終面に絶命する夜まで連載し続けたバイブルト県の記者兼植字工の夢の数々をお持ちします。その最後の夢で言及された、大庭園での色褪せる日々、落葉、涸れ井戸にご自身の物語を見出されることもわかってるんです、我が兄弟よ。記憶の枯渇を防ごうと血を潤す薬を飲み、脳に血液がまわるように毎日何時間も寝そべって、足を壁にもたせかけ、あの底なしの身勝手な井戸から思い出をひとつひとつ取り出してらっしゃる様も存じております。長椅子やベッドの端から垂らした頭が真っ赤になった頃、『一九五七年三月十六日』と無理して思い出すでしょう。『一九五七年三月十六日に新聞社の同僚とヴィラーエット焼き肉店（キョフテジ）で腹を満たしている時、嫉妬に駆られた人々が被る色々な仮面の様態を俺は皆に語っていたっけ！』そしてそれから、また苦労した末『ああ、そうだ』とあなたはひとりごちる。『一九六二年の五月、クルトゥルシュの裏路地の部屋で。正気の沙汰とは思えぬ昼下がりの情事の後、目が覚めると、隣には裸で寝ている女が居た。その表皮に浮かぶ大きなほくろが義母のほくろに似ていると言ったっけな』などと。でもすぐ後に『容赦ない』と書くところのあの疑念に囚われるのでしょう。これを彼女に言ったのか、もしくは建付けの悪い窓の隙間からベシクタシュ市場の果てしない騒音が聞こえる石造りの家に住む白い肌の女に言ったのか。それとも、ただあなたを愛していたから、亭主と子供たちの元に戻るのが遅れることもいとわず、ジハンギル公園の裸木立に面したワンルームマンションを抜け出て、のちにコラムに取り上げた通り、当時我がままだったあなたが、何故かは忘れたけどこだわっていたライターを、遠くベイオウルまで買いに行ったとろんとした眼の女か？　住所を教えてください。最新のヨーロッパの薬〈ニーモニック〉を差し上げます。ニコチンと悪い記憶のせいで詰まってしまった脳の血管をぱっと広げ、一瞬にして我々が喪失した楽園の日常生活に連れ戻してくれますよ。薄紫色の液体を毎朝、紅茶(チャイ)に垂らすのですが、処方箋にある二滴ではなく二十滴垂らしてみれば、永遠に忘れた、忘れたことすら忘れた多くの記憶が蘇るでしょう。ちょうど古い棚の背後から子供時代の色鉛筆や、櫛や、薄紫色のビー玉が突如出てきたのを見つけるように。住所を教えていただければ、我々全員の顔面上に地図が現れていると述べた記事や、この地図が、我々が暮らすこの街の色々なこだわりの場所を表す印と重なると書いた記事のことを、その執筆理由を含めて思い出しますよ。ご住所を教えれば、メヴラーナの有名な画家競争の物語をコラムで紹介した必要性も思い出すでしょう。いかなる時も絶望的孤独など存在しない、何故なら最も孤独な瞬間ですら夢想のなかの女たちが私たちに付き合ってくれるから。さらにはこの夢想を本能的に感じる女たちのほうもこちらを待っており、こちらを探し求め、果ては見つけ出す者すら居るという意味不明のコラムを書いた理由も、住所を私に渡せば思い出すのです。住所を教えてください。思い出せないようなことでも思い出させてあげますってば。体験したり夢見たりした天国と地獄の全てを徐々に失っているんでしょう。どうか、住所を。すぐに駆けつけて、記憶が忘却の底なし井戸に完全に埋もれてしまう前に助けだしてあげましょう。あなたのことなら全部知っているんだ。どんなことでも読んだから。世界を新たに構築し、昼は獰猛な鷲のように、夜は狡猾な亡霊のようにトルコ全土を滑空するあの魔法の名作をもう一度書けるようにしてあげられるのは、私だけ。私以外に誰も見つけることなんてできないでしょう。アナトリアで一番辺鄙な村々の茶館に屯する少年の心に火をつけ、山間の僻地の小学校教師の眼に滂沱の涙を流させ、小都市の裏通りの住宅で写真小説を読みながら死を待つだけの若い母親に生きる喜びを蘇らせるあの魔法の記事が、私がお側に伺えばまた書けるようになる。住所を教えてください。ふたりで徹夜でお話ししましょう。そうすれば、失った過去を取り戻すように、この国や人々に対する愛を再発見できます。十五日に一度しか郵便配達がない雪深い山村からあなたに手紙を書く夢も希望もない人々のことを思ってください。婚約者と別れたり、巡礼に旅立ったり、選挙で投票したりする前にあなたに手紙を書き、意見を求める迷える子羊たちのことを考えてください。地理の授業中、一番後ろの席であなたの記事を読む不幸な学生たちを、窓際に追いやられた机で定年を待つ間あなたの記事に眼を通す哀れな書記を、あなたの記事がなければラジオ番組のこと以外、夜毎茶館での話題すら事欠く不運な者たちを思ってください。直射日光が照りつけるバス停、汚れて物悲しい映画館の待合室、辺境の駅、そんなところであなたの記事を読んでいる者たちのことを考えてください。皆、奇跡を待っているんです、あなたからの奇跡を、皆が！　彼らが求める奇跡を与えなくてはなりません。住所を教えてください。二人ならばもっと上手くやれます。あの人たちにむけて救済の日が近づいたと書くのです。プラスティック容器を持って近所の水飲み場の前の行列で水が出るのを待つような日々はもうすぐ終わると書くのです。家出した女子高生もガラタ地区の娼婦になど身を落とさず芸能人になれると書くのです。近々奇跡は実現し、その暁には宝くじの外れ券さえ無駄にはならないと書くのです。酔っ払った亭主が帰宅して妻を殴ることは無いし、奇跡の日以降は電車の車両が追加で連結されるからラッシュは解消されるし、いつか国中の街の広場で西欧のようにブラスバンド演奏が行われると書くのです。いつか誰もが有名人になる、英雄になると。いつか、近い日のいつか、誰もが母親を含むすべての女と寝ることができ、寝た女のことも——魔法のやり方で——天使のような処女にして妹として永遠に認識できると書くのです。彼らに書いてやってください。我々を何世紀も続く窮状に陥れた歴史的神秘を解く秘密文書がついに手に入ったと。全アナトリアを網羅する草の根組織が始動することを。我々をこの悲惨な人生に封じ込めている国際的陰謀を仕組んだ男色家（イブネ）どもや神父ども、銀行員や淫売、国内で奴らに協力した人間の身元が判明したと書くのです。こいつが敵なんだと示してやり、不幸と窮乏の元凶として糾弾できる誰かを見つけた安心感に浸らせてやってください。その魔の手から解放される方策を暗示し、身の不幸と憤怒のあまりがくがくと震えるような時、いつか偉大な事業、なにか大事を成し遂げるのだという夢を見させてやってください。人生のどんな惨めさも忌まわしい敵のせいであることを懇々と説明し、自分の罪を他人に被せる安らぎを感じさせてやってください。兄弟よ、あらゆる空想を、難解極まる物語を、最も信じがたい奇跡を実現できる筆力をお持ちだってわかっているのです。この夢を全て、記憶のあの底なし井戸から引き出す驚異の言葉と思い出によって作るのです。カルスの香料売りが長年信念をもってあなたの幼年時代の地元話を読み続けられたのは、この行間の夢を感じていたからです。彼に夢を返してあげてください。一時期あなたは書いていましたよね。この国の不遇の人々にとって背筋が凍るような、鳥肌がたつような、記憶を滅茶苦茶に混乱させる記事を。回転木馬（メリーゴーランド）やブランコのある在りし日の祭の光景を想起させるような記事を。住所を教えてください。またそういう作品を書くのです。あなたのような人はこの呪われた国で執筆以外の何ができるっていうんです？　他に何もできないから、ただ無力さを書いているのですよね。嗚呼、ここ何十年の間にあなたのあの『無力な瞬間』のことを考えた時間が微々たるものだとでも？　八百屋の店内に飾られた将軍や果物の写真を見ては嘆じてらっしゃいましたよね。裏通りの薄汚れた茶館（カフヴェ）で、汗にべとついたトランプで〈六十六〉を遊ぶ鋭い目つきの哀れな兄弟をご覧になっては切なくなるあなた。私もまたあなたの立場で考えました。まだ薄暗い朝、安く買い物を済ませるために、精肉鮮魚協会の行列に向かう母と息子を見たとき。アナトリア旅行中、乗っている列車が朝、労働者用市場が立った猫の額ほどの敷地の脇を通りすぎるとき。日曜の午後、木も緑もない泥濘んだ公園に妻と子供と座って煙草を吸いながら、果てなき苦境が終わるのを待つ父親たちから目が離せなくなったとき。あなたならどう思ったか想像しました。私が目にした光景をもしあなたが目撃したならば、夜、小さな自室に戻り、この忘れ去られた悲惨な国にぴたりと相応する古い執務机に座ったあなたがすることは、インクの滲む白紙に彼らの物語を綴ることでしょう。紙の上に身を屈めている姿まで想像できます。真夜中、あなたは絶望と悲嘆にかられ、執筆机から立ち上がり、冷蔵庫を開けます。一度お書きになったことがありますね、ただ茫然と、開いた冷蔵庫の内部を見つめる、と。何を選ぶわけでもなく、何も眼に映らないまま。そして夢遊病者のように夢うつつで家の各部屋や机の周りを徘徊するのです。嗚呼、兄弟よ、あなたは孤独で、お気の毒で、哀しいひとだ。あなたをどんなに愛してきたか！　記事を読みながら、長年、あなたのことを、ずっとあなたのことだけを想ってきました。お願いです。住所を教えてください。駄目なら何か返事をしてください。あなたにヤロヴァ行きフェリーで会った士官学校の生徒の顔に張り付いた巨大な蜘蛛の死骸に似た文字を私がどう見たてたか、フェリーの汚い便所に、体格のいい生徒たちと私以外、他の客が居ない時には、彼らがいかに好ましく、子供っぽい焦燥に駆られたかご説明したいのです。あなたからの手紙の返事をポケットに入れて持ち歩いている盲目のくじ売りが、ラク酒を一杯ひっかけてから、居酒屋のテーブルで他の人々にそれらを読ませる様を、毎回、各言葉の間にあなたが彼に教えた神秘を誇らしげに示す様を、毎朝この神秘を補完する文章を探して息子に『ミリエット』紙の記事を読んでもらっている様子をお聞かせします。手紙にはテシヴィキエ郵便局の消印がありました。もしもし、聞いてますか？　駄目なら何か返事して、そこに居ると言ってください。なんということでしょう、息づかいが聞こえます、あなたの息づかいが。聞いてください。前もって苦心して準備していた台詞なんです。心して聞いてください。昔のボスポラス海峡フェリーの、メランコリックな煙を吐き出す細い煙突があなたの眼にはどうしてあんなにも優美で繊細に映るのかを語った時、私はあなたのことがわかったんです。女性同士、男性同士組んでダンスを踊っている片田舎の結婚式に出席し、突如呼吸困難になったことをお書きになった時、あなたのことがわかったんです。場末の地区で、墓場と侵食し合って立ち並ぶ木造の陋屋（ろうおく）の間を通る最中、心を包んだ鬱屈が、真夜中自分の部屋に帰ってくると、何故涙に変わったかを書いた時、あなたのことがわかったんです。入口で子供が洋物漫画の古本を売っている昔の映画館、そこで上映中のヘラクレスやサムソンが出てくるローマ時代の映画、そのスクリーンに美人奴隷役の三流アメリカ人女優のすんなりした脚と悲しげな顔が現れると、我が国の男たちにもぞもぞ混じる沈黙、その館内の沈黙こそがあなたを打ちのめし、死にたくなると書いた時にあなたのことがわかったんです。どうです？　私のことをわかってくれますか？　返事をしてくださいよ、つれない人だ！　私は奇跡の読者なんですよ！　作家なら誰でも、人生に一度でいいからこういう読者に出会うことができれば自分は幸せだと思うでしょう。住所を教えてください。あなたに心酔している女子高生の写真をお持ちしますよ。百二十七枚。住所記載のものもあれば、アンケート帳に応援メッセージが書かれたものもあります。三十三人は眼鏡をかけており、十一人は歯列矯正器具をつけています。六人は白鳥のように首が長く、二十四人はあなたが好きなポニーテールです。皆、あなたが好きなんです、あなたに夢中です。保証しますよ。住所を教えてください。六〇年代初頭、語りかけ口調のコラム内で、昨日の夜のラジオを聴いたかい？『愛する者と愛される者』を聴いている最中ずっとあることを考えてた、とおっしゃった時、それは自分のことを考えたのだと本気で信じ込んだ女たちの一覧表をお持ちします。地方都市や官舎内、軍人妻や、激しやすく神経質な学生と同じくらい、社交界にもあなたのファンが居るのをご存知ですか？　住所を教えていただければ、上流社会の惨めな舞踏会だけではなく、私生活でも変装をしているご婦人がたがその衣装を纏(まと)っている写真をお見せできます。我々に私生活などなく、さらには翻訳小説や愛国雑誌から盗んだゴシップ・ニュースで聴く『私生活』という言葉の意味すら把握してないことを一度お書きになりましたね。もちろんこの意見は正しいわけですが、ヒールの高いブーツと悪魔の仮面をつけて撮影したこの一連の写真をご覧になれば……。嗚呼、どうか、住所を教えてください。本気でお願いしてるんです。目を瞠るような、一般人の顔面コレクションも今すぐお持ちします。二十年に渡って溜め込んだのです。互いの顔に硫酸をかけた嫉妬深い恋人同士を事件直後に撮影した写真。顔にアラビア文字を塗りつけ、秘密の儀式を行う最中撮影された懐古主義者たちの驚いたような写真。髭面のものも髭がないものもあります。顔をナパーム弾で焼かれ、文字から解放されたクルド人ゲリラや、地方都市で密かに吊るされた強姦魔の死刑執行記録のなかから賄賂も渡さずに抜き出してきた死刑写真。油が塗られた縄が首を折る時、風刺画とは違って、舌なんか出ないいんですよ。ただ、顔面の文字はよりはっきりと読めるようになります。昔の記事で、前時代の死刑執行や死刑執行人のほうを好ましく思う理由を表明なさいましたが、それにより、ご自分の秘密の欲求のうち、どれのことを語っていたのか今はもうわかります。暗号や文字遊びや、秘密文書に大変な興味をお持ちなのはもちろんのこと、消えた神秘を再建するため、真夜中、どんな変装をして私たちに混じってらっしゃるのかも知っていますよ。義妹さんと会って、あらゆることを茶化して朝まで遊ぶため、至高至純なる、我々を我々たらしめる一番混じり気のない物語を吐き出すため、弁護士だという妹の夫をどうやって煙に巻いているのかも知っています。弁護士をからかう記事に目くじらをたてて反論してくる女性読者に、本当は彼らことなんか言ってるんじゃないと弁解する時のあなたの正当性がどれくらいかってこともね。もう住所を教えてくださいよ。夢のなかを遊歩する犬や頭蓋骨、馬、魔女たちが何の象徴かも、各々存じています。タクシー運転手がバックミラーの端に飾る女やピストル、髑髏（どくろ）、サッカー選手、国旗、花の形の小さなシールに触発されてお書きになった恋愛記事はどれであるかも。追い払いたいばかりに、可哀想な崇拝者の手に握らせた重要語句も一部知っています。その文章が書かれた手帳と時代がかった衣装を常に手放さない理由も……」

長時間が経過し、静かに受話器を置き電話線を抜くと、自分の記憶を見つけようとする夢遊病者のようにジェラールのノート、昔の衣装、棚、記事などを捜索した。その後パジャマに着替えてジェラールのベッドに横たわり、ニシャンタシュ広場から響く夜の騒音を聴きながら長く深い眠りにつく時、今一度実感した。睡眠の最大の美質は、自分がそうなってしまった人物と、いつか成り変われると信じた他の誰かとの間の、泣きたくなるような懸隔（けんかく）を忘れられることであり、さらには知覚したものと知覚しなかったもの、見たものと見なかったもの、知ってしまったことと知らないことの穏やかな融和を促すことも、それに匹敵するほど素晴らしいことだ、と。

# 第12章　鏡に入った物語

「ひとつところにふたり居り。影見に入りし
うつしみのうつし」――シェイフ・ガーリップ

長年そうなりたいと思っていた人物についになりおおせた夢を見た。「夢」と言われる生の中心で。泥まみれな都会のマンションの密林で。薄暗い路地とそれより暗い人々の顔の間の某地点で。不遇に疲れて僕は眠り、そこで君に出会った。ほかの誰かのようになれなくとも、君が僕を愛する可能性があることは自覚していたようだ。すなわち自分の証明写真を眺める際抱く恭順の心持で、自分をありのままに受け入れなくてはならないことがわかっていた。別人になり変わろうと悪戦苦闘しても無駄だとわかっていた。おそらく夢のなかで、おそらくは物語のなかで理解していたのだ。暗い路地とこちらにのしかかってきそうな不気味な家並みは、僕たちの歩みにつれ、開けていく。僕たちが歩むにつれ、歩道や商店は意味を帯びるかのようだった。

何年前だろう。君と僕が、日々の暮らしの中で何度も遭遇したあの魔法の遊びを、驚きに目を見張りながら最初に発見したのは。祭の前夜、それぞれの母親に洋品店の子供服売り場につれて行かれ（古き

良き時代には「売り場」は婦人用・紳士用に分かれていなかった)、ひどく退屈な宗教の授業よりももっと退屈な店の薄暗い片隅で、向かいあうふたつの姿見の間に偶然入り込んでしまい、僕たちふたりの姿が小さくなり、極小化しながらそれぞれを包含し、増殖するさまを見たのだ。

その二年後、また別の体験をした。『子供週間』という雑誌があり、僕たちは知り合いが「どうぶつおともだち倶楽部」に送ったイラストを見て吹き出したり「偉大な発明者」欄を大人しく読んでいたりしたのだが、その最新号の表紙が自分の持っている雑誌を読む少女の絵であることに気づいた。僕たちは少女が手にした雑誌をじっと見つめ、入れ子状態の絵の増殖を確認した。僕たちが持っている雑誌の表紙の少女が持っている雑誌の表紙の少女の持っている雑誌の表紙の少女の持っている雑誌の表紙の少女も徐々に小さくなる同じ赤毛の少女であり、同じ『子供週間』だった。

その後、成長期になり互いに距離を置いていた時期に市場に現れた黒オリーブ・ペーストの瓶、我々の階では食されなかったため、日曜の朝、君たちの食卓でのみ見かける品に見られたのも同じ現象だ。「おやおや、見ちゃった、キャビアなんか食べて!」「いいえ、〈エンデル〉のオリーブ・ペーストよ!」とラジオで宣伝されていたその瓶の上部の紙には、両親、男女の子供という完璧な幸せ四人家族の朝食風景が描かれていた。例の現象を教えると、絵の中の朝食机の上にも同じ瓶があり、そこに第二の瓶が存在し、オリーブ・ペーストと幸せ家族が、もう見えないほど小さくなっているのを君も確認し、その時点で今から語る話の滑り出しを僕たちはふたりとも知っていた。話の終わりがどうなるのかは謎だったけど。

いとこ同士の女の子と男の子がいた。ふたりは同じアパルトマンで育った。同じ階段を上り、同じライオンの形のキャンディやロクム菓子を頬張っていた。一緒に勉強をし、同じ病気に罹り、お互いを脅かそうと一緒にかくれんぼをしていた。歳も同じだった。一緒に通った学校も同じだった。映画館もラジオ番組も同じだった。レコードも、雑誌『子供週間』も、本も同じなら、ふたりがひっかきまわす棚も、中からトルコ帽や絹のスカーフやブーツが出てくる衣装箱も同じだった。ふたりとも、成人したいとこのお兄さんが紡ぐお話が大好きだった。ある日、そのいとこが本を携えてアパルトマンに来たとき、ふたりはそれを奪うようにして読み始めた。

女の子と男の子は、古い単語や、大仰な言い回しや、ペルシャ語の語彙をひとしきり冷やかして、それから退屈して放り出した。その後、ひょっとしたら拷問の場面や人間の裸、海底世界の絵があるかもしれないと目を光らせてページをめくり、結局それを読み始めた。とても長い本だった。でも、最初のほうに、男女の主人公の間の恋愛場面があり、男の子は主人公になりたい、と思った。それほどの恋だった。愛というものがあまりに美しく語られていたので、この本のように誰かを愛したいと思ったのだ。こうして、本の両端を分け持って一緒にページを眺めていたあの魔法の瞬間、男の子は女の子に恋をする。それを自覚したのは、もっと後になって本のなかで語られると空想した愛の徴候（食事中の焦燥。女の子の所に行くための口実作り。喉が渇いているのに水の一杯をも拒否）を自分も示しはじめていると気付いたときだった。

一緒に端っこを分け持った本で語られた物語とは？　それは、同じ部族に生まれた女の子と男の子の遠い昔話だった。ある砂漠の縁に住む女の子と男の子、ヒュスンとアシュクは同じ夜に生まれた。同じ師に学び、同じ噴水の周りを散歩し、相思相愛になった。月日が経ち、青年が娘をもらいに行くと、部族の長老たちは「心の国」に行き、彼の地の霊薬をとってまいれと命じた。旅に出た青年を襲った苦難たるや……。井戸に落ちてけばけばしい魔女の奴隷となり、他の井戸では何千もの鏡像と顔を見て酩酊してしまい、恋人の面影を宿すシナ皇帝の娘の虜になり、井戸を脱出し、城に幽閉され、追跡し、冬将軍と戦い、旅路を重ね、色々な痕跡や標識を辿り、文字の秘密に埋もれ、自ら語り手となり、語り手の話に耳を傾けた。おしまいに、変装して尾行してきては、ふりかかる災難から救ってくれる水先案内人のスハンが言った。「君は愛しのあの娘で、愛しのあの娘のほうも君なのだ。まだわからないのか。」その時、青年は思い出す。同じ師の元で学んでいた頃、一緒にある本を読んでいる最中、娘に恋をしたことを。

一緒に読んでいたその本には、ヒュッレム王（シャー）という帝王と彼が恋したジャヴィッドという美青年の話が描かれていた。でも、恋になすすべもない哀れな帝王より先に、当然君はもうおわかりだろう。その物語でも恋人たちは別の恋愛譚、第三の愛の物語を読んでいる時、恋に落ちる。そして、その恋愛譚の恋人たちもある本のなかの恋物語を読んでいる時、恋に落ち、その本の恋人たちも別の恋愛譚を読んでいる時、互いに心撃たれるのだ。

記憶の園のように、この恋物語が次から次へ通じている様子や全ての扉が次々に開放されて繋がる無限の物語の連鎖を構成することを、僕は発見した。それは洋品店に一緒に行き、『子供週間』を読み、オリーブ・ペーストの瓶を見てから何年も後のことで、君は家を出て行き、僕は別の物語や自分自身の物語に没頭していた。アラブの砂漠、ダマスカス、アジアの草原地帯ホラサン、アルプスの裾野ヴェローナ、チグリス沿岸バグダッドを舞台とするこの愛の物語はことごとく残酷で、ことごとく悲愴で、ことごとく痛切なものだった。でもそれ以上に痛切なこととは、あらゆる物語がいとも簡単に心に残り、そして同じように簡単に、この上なく純粋なのにこの上ない苦境に喘ぎ、この上なく気の毒な主人公の立場を誰もが自分の身に置きかえることだった。

ラストシーンが見えないままの僕たちの物語も、ある日どちらかが――多分僕が――文章化したならば、僕が恋愛譚を読んだ場合のように、読者はすんなりと主人公たちの立場になれるだろうか。僕たちの物語は彼らの心に残るだろうか。でも、このような本には、登場人物と物語を区別し、独創的なものにする次のような断片が必ず存在する。だから僕もひとつ準備するとしようか。

一緒に他家を訪問し、重い空気が煙草の煙と混じって青く溜まっている部屋で、三歩手前に座る語り手の話を真剣に拝聴しているような時、真夜中に差し掛かり、あの「私、ここには居ないから」という表情が徐々に顔に兆す君が好きだった。一週間を怠惰に過ごし、シャツや緑のセーターやどうしても捨てられない古いネグリジェのなかから、渋々ベルトを探そうとしてクローゼットの扉を開き、信じられないほど乱雑な中身を見た時のうんざりした表情が好きだった。子供の頃、突発的に絵に凝って画家になろうと決め、祖父と一緒にテーブルで樹木の絵を描く練習を始めた時、祖父が本題と無関係なことを言って揶揄(からか)っても怒らず笑っていた君が好きだった。乗合自動車(ドルムシュ)のドアを閉めた拍子に、紫のコートの端を挟んで外に締め出してしまい、今握っていた五リラのほうも咄嗟に落ちて、歩道の隅の排水溝に完璧な弧を描いてなんとも見事に転がったのを見た時、その顔に現れたおどけた驚きが好きだった。君が好きだった。眩しい四月、小さなバルコニーに出ると、朝干した君のハンカチがまだ乾いていなくて、つまり太陽に騙されたのがわかって、その直後、裏の空き地から響く子供のはしゃぎ声に憂鬱そうに耳をそばだてる君が好きだった。第三者に向かって一緒に見た映画の話をし、君の記憶装置と君が思い出す事柄が、僕のそれとあまりに違うことがわかって恐ろしくなる時、君を愛した。愛していた、君を。図説を多用し家族内結婚と近親婚関連の新聞記事をものする大学教授の一連の傑作を、隅に隠れて僕に気付かれないように読んでいる時、君が読むものによってではなく、読みながらトルストイ作品の登場人物のように上唇が少し突き出ていることで君を愛した。エレベーターの鏡で他人を見るように自分を見る視線が好きだったし、この一瞥の後、何やら思い出し慌てて鞄を探るのが好きだった。片方は細い帆船を倒したようになり、もう片方は背中をまるめた猫のように真横になって何時間も君を待っていたハイヒールの中に急いで足を突っ込むのを、そして数時間後に帰宅し、いつも通り泥だらけの靴を非対称にぽつんとまた置き去りにする前、お尻や太ももや脚が自ずと行う巧妙な動作を観察するのが好きだった。灰皿に山盛りになった吸殻と黒い頭をがっくりと曲げたマッチの燃えさしを見つめ、遣る瀬無い思いが何処へともなく彷徨(さまよ)い出るような場面で、君を愛した。愛していた、君を。いつも僕たちが通った歩道で、ある瞬間、まるで太陽がその朝は西から昇ったみたいに真新しい光、真新しい一画に遭遇した時、路地のほうではなく、君を愛した。突然吹いた南風に雪が解け、イスタンブール上空の汚れた雲が一掃された冬の日、アンテナや尖塔や島々の彼方に君が示したウル山ではなく、首をすくめてぶるっと震えた君を愛した。トタン缶が載った重い荷車を曳く水売りの疲れた老馬に向けた哀し気な視線を愛した。乞食に金をやるな、奴らは本当は金持ちなんだと言う人間を小馬鹿にした時や、ほかの観客が迷宮じみた映画館の階段に苦労しながら鈍重な動きで地上に向かっている最中、近道を見つけて僕たちを人ごみよりも先に歩道に誘導してくれた時のにんまりした顔を見て、君を愛した。時計イラスト付き教養(マーリフ)カレンダーから僕たちを一緒に死に近づける一葉をまた破り去ってから、一番下にある肉とひよこ豆の煮物、漬物、フルーツコンポートなどの本日のおすすめ献立を、迫りくる死の啓示を読むように厳粛かつ陰鬱な声で読むことや、〈鷲(カルタル)〉印のアンチョビ・ペーストのチューブがまずは留め金を外しそれから蓋を最後まで回すと開くのだと辛抱強く僕に教えてくれてから「トレリディス氏、謹製」と付け加えるのが好きだった。冬の朝、その顔色が街の上空の蒼白な空の色になっているのを見れば、子供の頃、大路の河を流れる車の間を、歩道の反対側へ向こう見ずに愉快そうに走って突っ切るのを見た時のように、その身を案じながら君を愛した。愛していた、君を。モスクの中庭の石の棺台(かんだい)に安置された棺にとまった鴉を微笑みながら注視したのが、ラジオ劇場を真似た声で両親の喧嘩を再演したのが好きだった。両手の間にそっと君の頭を挟んで、その瞳のなかに僕たちの人生が流れついた先を戦慄しながら眺め、君を愛した。どうしてかわからないけど花瓶の横に君が指輪を置いて、何日も経ってからまたそこに指輪を見た時、君を愛した。伝説の鳥が悠然(ゆうぜん)と滑空する様を思わせる長い性交の終わりに、自らの戯れと創意工夫をもって最後の最後に君も荘厳な祝典に参加したことがわかったところで、君を愛した。林檎を縦ではなく輪切りにし、中にある非の打ちどころがない星型を僕に見せてくれた君を愛した。昼どき、仕事机の上に、どうやってここまで辿りついたのかわからない君の髪を発見した時、一緒に出かけて、満員の公共バスの手すりにつかまる数多の手のなかに並ぶ僕たちの手があまりにも似ていないのを見て切なくなる時、自分の身体を知るように、自分を置き去りにした魂を探すように、自分が君とは別の人間であることを苦痛と喜びをもって嚙みしめるように愛した、君を、愛した。僕たちにとっては行き先不明の列車を眺める君の顔に浮かんだ謎めいた表情やこの哀しい視線とまるきり同じものを、ある夕方、鴉の群れが喚きながら狂ったように飛び交う時刻、突如停電した我が家の暗闇と外の明るさが徐々に反転する間、また謎めいて憂いを帯びるその面持ちに僕が見出した時、無力感と苦痛と嫉妬に襲われつつ、僕は君を愛していた。

# 第13章　精神病なんかじゃない、ただあんたの忠実な読者なんだ

「御身を我が鏡像とせり」
――スレイマン・チェレビー

水曜の夕方、二日間の不眠を経て就寝したガーリップは、木曜日の明け方目覚めた。だが、完全に目覚めたとは言えなかった。時が経ち、当時の出来事や思考回路を再認識する時期に思い出したところによれば、起床した朝の四時から、早朝礼拝の呼びかけ（アザーン）を聴き、また横たわった七時までの間、ジェラールがコラムで繰り返した「眠りと覚醒の狭間にある伝説の国の奇跡」のなかに居た。

重なる睡眠不足や疲労困憊の末の深い眠りの途中や、自分のベッド以外のベッドで目を覚ました不運で疲れた人が経験するように、目覚めたベッドや部屋や家が何処なのか、ここにどうして居るのか思い出すのには苦労したが、無理に記憶の魔術的な空白状態を抜け出そうともしなかった。

よって就寝前に放置したそのまま場所、即ち仕事机の脇にジェラールの変装道具箱を見つけると、ことなげにお馴染みの品をひとつずつ取り出した。山高帽、皇帝のターバン、カフタン、ステッキ、ブーツ、汚れた絹のシャツ、色や形の違う各種付け髭、かつら、懐中時計、伊達眼鏡、頭飾り、トルコ帽、

絹帯、短剣、イェニチェリ装身具、バングル、トルコの時代劇映画への衣装と小道具の提供者として有名なベイオウルのエロル氏の店で購入できるその他大量の服飾雑貨。記憶の奥に押しこまれた、ある遠い思い出の追憶に耽るように、これらの衣装を纏い夜な夜なベイオウルを徘徊するジェラールを想像しようとした。だが、さきほどの夢で見た、青みがかった屋根、つつましい小路、亡霊のような人物がまだ頭のなかで蠢いており、様々な変装の場面も、ちょうどそれらと同じく「睡眠と覚醒の狭間にある国」の伝説のように映った。神秘的でもなく、写実的でもなく、理解可能でもなければ完全に理解不可能なわけでもない驚異として。その夢では、ダマスカスでもイスタンブールでもカルス城下でもある街区で、とある住所を探しており、その探し物も、三流紙のクロスワードパズルの簡単な単語のように苦も無く見つけ出せるのだった。

脳裏にまだこの夢の残滓が漂っていたせいだろう、仕事机に住所がびっしり書き込まれた手帳を発見すると千載一遇という感じがし、器用な秘密の手に成る啓示か、子供のように隠れ鬼に興じる遊び心ある神の痕跡を見つけたかのように小躍りした。この世界に生きる喜びを噛み締め、顔を綻ばせながら住所録と目の前の文章を読んだ。恐らくアナトリアとイスタンブールの至る所で多くの愛読者や挑戦者が、ジェラールの記事上でこの文章に巡り合う日を待っていたことだろう。既に辿り着いた者もいたかもしれない。眠りと夢の煙霧のなか思い出そうとする。以前、ジェラールのコラムでこの文章に遭遇したことはなかったか。遠い昔に読んだことは？　読んだ記憶はなくとも、ジェラールの口から再三聞いた言葉には気付いた。「素晴らしいことを素晴らしくしているのは、その凡庸さであり、凡庸なことを凡庸たらしめているのは、その素晴らしさだ」、など。

　ジェラールの発言を読んだり聞いたりした覚えがなくても、他所で自分の注意を引いたことを覚えている文章もあった。幼いふたり、ヒュスンとアシュクの学校時代を描写する二百年前のシェイフ・ガーリップの一節がそうだ。

「秘密こそが王将（シャー）である。丁重に扱え」

　中にはジェラールの口からはおろか、他所でも触れた覚えがない文章もあったが、そういうものにもジェラールのコラムかなにかで読んだような錯覚を起こした。例えばいつかベシクタシュ地区セレンジェベイ在住のファフレッティン・ダルクランへの啓示となるこの文章。「解放の日、最後の審判の日に何がしたいか？　大多数の者は教師をぶん殴って血祭にあげることや、より単刀直入に、父親を殺してせいせいすることを夢見るが、その紳士は、長年興味津々で切望していた生き別れの双子の片割れと対面したとしても、その双子は自分の目にはただ死そのものにしか映らないと想像できるほどに達観した人間だったから、かの日にはずっと姿を消し隠れ家に首をすくめて引きこもっていた。」ここで言う紳士とは誰か？

　空が白む頃、本能的にまた電話線をつなぎ、冷蔵庫の在り合わせのもので空腹を満たし、早朝礼拝の呼びかけ（アザーン）の直後、ジェラールのベッドにもぐり込んで眠った。寝入る直前、睡眠と覚醒の間の国で、空想よりも夢に近い領域で、リュヤーと共に過ごした少年時代に戻り、ボスポラス海峡の舟遊びに出かけた。小舟には伯母や母親や船頭の影はない。リュヤーとふたりきりという状態が心細かった。

目が覚めると電話が鳴っていた。受話器をとるまでの間に、どうせリュヤーからではなく、いつも電話してくる人物に違いないと判断した。

「ジェラール？　ジェラール、あなたなの」

飛び込んできた女性の声に戸惑いを覚えた。若くもなさそうな、馴染みのない女声。

「ええ」

「もうあなたったら。どこなの。どこら辺にいるの。何日もあなたを、あなたを探しているのよ。探しているのよ、嗚呼」

最後の音節は長く伸びて嗚咽に変わり、嗚咽から慟哭が始まった。

「どちらさまでしょう」

「どちらさま……。」ガーリップの声色を真似て、女は言った。「どちらさま？　この私にどちらさまなんて言うの。もう私はどちらさまになってしまったの。」沈黙の後、自分の切り札を信じる者の自信を漲らせ、半ば驕慢な、半ば共謀者的な態度で明かした。「エミネですわ。」

その単語から連想されることは何もなかった。

「はい」

「はい、ですって？　他に何か言えないの？」

「何年も経て……」とガーリップは呟いた。

「ねえ、その何年後、やっと何年後の世界になったのよ。あなたの記事を新聞で読み、あなたが私に呼び掛けているのを見て、私、どうなったと思う？　二十年も今日この日を待っていたのよ。二十年間も待ち焦がれていたあの文章を読んだ時、どうしたかわかる？　全世界に向かって叫びたいような、呼びかけたいような気分だったわ。全世界によ。気がふれたようになったわ。自分を抑えるのに苦労したし、泣けてきた。知ってると思うけど、革命に関わったとかでメフメットは馘になったわ。でも毎朝街に出るの、ずっと何か仕事はあるみたいで。あの人が出かけた後、すぐに通りに飛び出したわ。走ってクルトゥルシュに行った。私たちが居た裏通りよ。でも何もないの。何もね。すべては変わってしまった。みんな壊されてしまった。何ももとの所に残ってなんかないの。私たちの家も残ってなかったわ。道の真ん中で泣きだしちゃった。同情してお水をくれた人がいたっけ。すぐに家に戻って、荷物をまとめ、メフメットが戻る前に逃げ出したわ。愛しいジェラール、どうしたら会えるか教えてちょうだい。七日間も移動を続けたり、宿に泊まったり、決まり悪さが顔に出ちゃうような遠い親戚の家に居候よろしく身を寄せたりしてたのよ。何度新聞社に電話しても『存じません』と言われるばかり。ご親族に電話してもそんな感じ。ここに電話しても誰も出ないし。最低限の荷物しかないの。取りに行く気もないわ。メフメットは狂ったように私を探しているって。あの人には短い手紙だけ残したの。何も説明しなかったから、なんで家を出たのかわかってないでしょうね。誰も知らないわ、誰にも言ってないのだもの。私の人生における唯一の誇り、私の秘密、私の愛、私たちの愛。誰にも打ち明けてないの。これからどうなるの？　怖いわ。もうひとりぼっちよ。責任からも解放されたわ。もうあなたのぽちゃウサギが夕食に出かけるとか、夫を待つとかで帰宅してしまうと嘆くことはないのよ。子供たちも大きくなったし。一人はドイツに居て、一人は兵役よ。これからの人生全部、私の時間すべてをあなたにあげる。アイロンをかけてあげる。机の上を、嗚呼、あの原稿を片づけてあげるわ。枕カバーだって換えてあげる。あの家財道具もない密会場所でしか会ったことなかったわよね。あなたの本当の自宅とかそこの調度品とか蔵書とかにすごく興味があるわ。どこにいるの？　どうしたら会えるの？　どうしてコラムに暗号で住所を書いてくれなかったの？　住所を教えて。あなたも考えたでしょう？　何年もの間、あなたただっていつも考えていたんでしょう？　あの一間しかない石造りの部屋で、ふたりの顔や茶杯（チャイ・グラス）や互いを知り尽くす手に菩提樹の木漏れ日が射す午後、またふたりきりになるの。でもジェラール、あの家はもうないのよ。壊されたの。なくなっちゃったの。アルメニア人たちや、あの古いお店も……。そのこと知ってた？　あそこに行って私に泣いて、ねえ泣いて欲しかったの？　どうして記事にこの話も入れてくれなかったの。あなたに書けないことなんてないんだから、このことだって書けたはずだわ。私と話をして。二十年の時を経て、語らうのよ。恥ずかしいときにはまだ手に汗をかくの？　眠るときにはまだ子供っぽい目をする？　ねえ、言ってちょうだい、『可愛い人』って。どうしたら会えるの？」

「奥さん。」ガーリップは用心深く「奥さん、私はなにもかも忘れてしまいました。なにかの間違いでしょう、何日も新聞に原稿を送ってもいないのです。新聞社の者が、三十年前に執筆した原稿を再掲載しているだけで。おわかりいただけますか？」

「いいえ」

「記事を掲載してあなたや他の誰かに合図やメッセージを送るつもりなどありませんでした。もう執筆してないのですから。新聞のは古い記事を再掲載しているんですよ。つまりその文章は三十年前のコラムに載っていたということです」

「嘘！」女は叫んだ。「嘘だわ。私が好きでしょう。愛してたじゃないの。私のことばかり記事に書いて。イスタンブールで一番美しい場所のことを描写して、私たちが愛し合った家の通りのことを書いたわね。私たちのクルトゥルシュ、ふたりのささやかな居場所のことを。そこいらの愛人宅のことじゃないわ。庭から見たのは、私とあなたの菩提樹だったのよ。メヴラーナの麗人、月のかんばせについて話す時、美辞麗句を弄してなんかいなくて、それはあなたの愛する月のかんばせのことを言っていたのよ、私のことを……。桜桃(さくらんぼ)の唇とも言ったわね。三日月眉のことも。モデルは私でしょう。アメリカの月探査の記事で、月面の陰影と書いたのも私の頬のそばかすのことだって知ってるの。ねえ、もう否定することはないのよ。『暗黒の井戸の底知れぬ深淵』も、私の黒い瞳のことでしょ、感涙ものだったわ。『あの館に戻った』と書いたのも、もちろん私たちの三階建ての家のことだわ。でも秘密の関係を知られまいとニシャンタシュにある六階建ての、エレベーター付きアパルトマンのように見せかけなければならなかったのよね。わかっているの。だって私たちは、あそこで、クルトゥルシュで、あの家であなたと十八年前出会ったのよ。きっかり五回。お願いだから、違うだなんて言うのはやめて。私を愛しているって知ってるの。」

「奥さん、あなたもおっしゃる通り、全ては昔のことです……もう何も覚えてません。なにもかもぽろぽろと忘れてしまった」

「愛しいジェラール、私のジェラール。そんなのあなたじゃない。信じられない。そこで誰かが無理矢理あなたを捕まえて、無理矢理しゃべらせているの？　ひとりなの？　何か本当のことを言って。ずっと愛していたと言ってくれるだけでいいの。十八年間待っていたけど、それと同じくらいまた待ったっていい。私に一度だけ、一度だけでいいから私を愛していると言って。わかった、どうしても駄目ならあの時、私を愛したことがあったと言って。あの時愛したと言ってくれれば、もう二度と電話なんかしないわ」

「愛したことがありました」

「可愛い人って言って」

「可愛い人……」

「いやよ、違うわ。そうじゃない。心から言ってよ」

「やめましょう、奥さん。過去は過去として割り切りましょう。私ももう年です。あなただって多分もう若くないはず。私はあなたが思うような人間ではないのです。お願いですから一刻も早く忘れましょう。こんな掲載ミスのことも、不注意が我々に仕掛けたつまらぬ悪戯（いたずら）も」

「なんてこと！　じゃあ、私はどうなるの？」

「ご家庭にお帰りなさい。ご主人の所へ。あなたを愛しているなら許してくれますよ。話をつくるといい。愛があれば信じるでしょう。ご主人のことを、あなたを愛する献身的なご主人を傷付けたりせず、すぐに家に帰ることですよ」

「十八年を経て、もう一度あなたに会いたいの」

「私は十八年前のあの男ではないのです」

「いいえ、あなたはあの時の人よ。あなたの記事を読んでいるのだもの。何でも知っているわ。あなたのことを、どんなにか、どんなにか考えたことでしょう。言ってちょうだい。救いの日はそう遠くはないのでしょう。あの救世主は誰？　私も彼を待っているのよ。あなたのことだわ。わかるの。知ってる人は沢山いる。すべての神秘を握るのはあなた。あなたは白馬ではなく白いキャデラックに乗ってやってくるのよね。皆、夢見ているわ。私のジェラール、あなたをどんなに愛したことでしょう。どうしても駄目なら、一度でいいの、遠くからでいいから顔を見せて。公園で。マチカ公園からあなたのことを一度だけ、遠くから見るならいいでしょ。五時にマチカ公園に来て」

「奥さん、恐れ入りますがもう切らせていただきます。その前にこの隠居（ひきこもり）の願いを聞いてくれますか。身に余るご厚意にも甘える形になりますが。どうか教えていただきたい。この電話番号はどうしたのです？　どれかひとつでも、私の住所をご存知ですか？　こちらには重要なことなのです」

「言ったら、一度でいいから会ってくれるの？」

「いいでしょう」

しばし沈黙が流れた。

もう一度沈黙が流れる。

「まずはそっちが住所を言ってちょうだいよ。久しぶり過ぎて、正直信じられないわ」

抜け目なくそう言われて考えた。電話の反対側から女の——実はふたりの女じゃないだろうか——疲弊した蒸気機関車のようなひいひいという呼吸音が洩れ、背後のラジオから微かな音楽が流れていた。「トルコ民謡」と謳われるラジオの音楽は愛や失恋や悲嘆以上に、祖父母の最後の日々と最後の煙草を思い出させた。離れた一隅に巨大な古いラジオがある部屋や、その反対側の隅で眼を潤ませて息を荒げた女が受話器を手に擦り切れたソファに座っている様子を想像しようとしたが、祖父母が煙草を吸っていたあの二階下の部屋しか目に浮かばない。リュヤーと「見ない見ないばあ」遊びに熱中していた場所。沈黙を破り「住所の……」と言いかけると、女は絶叫した。

「だめ、言っちゃだめ。あの人も聞いてるわ。ここに居るの。無理矢理こんなこと言わせたのよ。ジェラール、住所なんか言っちゃ駄目。見つけ出して殺すつもりなんだから。あっ、うう、あっ」

最後の呻きとあわせて、耳に堅く押しつけていた受話器からは、異様な、ぞっとするような金属音が洩れてきた。ガタガタという謎の物音も。揉み合いが起きているらしかった。そうこうするうち爆発音がした。一発の銃声、もしくは衝突するうちに受話器が床に落ちた音だろう。直後、沈黙が流れたが、完全なる静寂ではなかった。電話から離れたところのラジオが奏でるベヒエ・アクソイの「浮気者、浮気者、あなたってば浮気者」などの曲や、ラジオと同じくらい離れた片隅に居る女の啜り泣きが聞こえた。受話器が誰の手に渡ったのであれ、間近にその人物の息使いを聴くことができたが、声を発することだけはない。この音声秩序はひどく長く続いた。ラジオからまた別の曲、呼吸音、単調になる一方の女の嗚咽(おえつ)。一切の変化はなかった。

「もしもし。」業を煮やして叫んだ。「もしもし！　もしもし？」

「私ですよ、私。」ついに男の声が言った。何日も耳にした声、いつもの声だった。老獪かつ冷静にとにかくこちらを落ち着かせ、不愉快な話題を転じるかのような口調だった。

「エミネは昨日何もかも打ち明けたんです。家内を見つけて家に連れ帰りました。ジェラール先生、あんたなんか反吐がでますね。破滅させてやりましょうか。」長い、あまりにも長い試合の末に、誰も納得がいかない不愉快な結末を発表する審判のような公平な声で付け加えた。

「殺してやる」

双方が黙った。

「こちらの言い分も聞いてもらいたい。」ガーリップは職業病的に口にした。「記事掲載は何かの間違いだった。古い記事なんだ」「勝手にほざくがいい。」メフメットは言った。名字は何だったか？「さっきから聞いていたんだ、大概聞きましたよ、そんな話は。そのためにあんたを殺すというわけではないですよ。別口として死に相当したとしてもね。なんで殺そうっていうのかおわかりですか？」ジェラール——或いはガーリップ——から答えを得ようとして訊いているのではなく、返事はとうの昔に用意されているはずだった。習い性で耳を傾けた。「この腑抜けた国を立て直す軍事行動を裏切ったからではないですよ。愛国的な活動に関与した性根の座った将校たちや、奈落の底に突き落とされた勇敢な人々を、あんたのせいで生き恥を晒したというのに、後から愚弄したせいでもない。それどころか、あんたがコラムで扇動した危険な賭けに彼らが決死の思いで打って出て、あんたを尊敬し、崇拝するがゆえに仲間に入れ、クーデター計画を打ち明けた時、あんたはソファにぬくぬくと座り、卑劣で隠微な妄想に耽っていたことや、さらにはまんまと彼らの信頼を得てアジトに潜入し、謙虚な愛国者のなかに入り込み妄想を密かに実現したためでもない。端的に言えば、誰もが革命の興奮に取りつかれていたあの時代に息を詰まらせていた哀れな家内を騙したためじゃなくて、こともあろうに我々全員、国家丸ごとを騙したためだ。恥ずべき妄想、馬鹿げた幻想、無分別な嘘を、愛らしい道化芝居や胸を震わせる繊細さやまっとうなもの言いにくるんで、我々全員、全国民、誰よりもまずかくも長年に渡ってこの俺を愚弄したがゆえに殺してやろうというのだ。もう俺は目が覚めた。他の者もいい加減に目を覚ますがいい。ひやかし半分で話を聞いてやった香料売りが居ただろう？　あんたなら一笑に付して忘れ去るだけのあの男の仇もとってやる。全市内を虱潰しにあんたの足跡を探索したこの一週間で、もうこうするしかないとわかったんだ。この国の奴らも俺も教わったことを全部忘れなくてはならないからだ。我々はあらゆる作家を、その葬式が済んで最初の秋が来たら、忘却の底なし井戸で永遠に眠らせたまま置き去りにするって、あんたは書いていたよな。」

「心から全面的に賛同するよ。いい加減空になった記憶に残った最後の欠片からも自由になりたくて、ここのところいくつか記事を書いた。それが終わったら完全に断筆するってことも君に言わなかったかね？　折角だから今日のコラムの感想を聞いてもいいかな」

「煮ても焼いても喰えない人だ。責任というものを知らんのか。忠誠とは、正直とは、献身とはなにか、あんたにわかるか？　あんたにとってこうした単語は、読者を皮肉るか、詐欺の被害者に対して滑稽な合図を送ることよりほか、なにも喚起しないか？　友愛とは何か、わかるか、あんたに？」

　ジェラール擁護に回るというより、最後の質問が気に入ったため「わかるよ」と叫ぶ所だったが、電話の先に居るメフメットは――どこのメフメットなのだろう、このムハンマドは――今度は倦むことなく、激しく痛ましい罵言の雨を降らせることに没頭した。

「黙れ、もういい。」罵り尽くすと男は怒鳴った。その後は沈黙が続き、そのせいでこの台詞は部屋の隅でまだ泣いている妻に対してだったことがわかった。ラジオは消され、女がなにかを訴える声が聞こえた。

「彼女が俺の伯父の娘だと知っていたから、近親相姦を馬鹿にした賢しげな記事を書いたりしたんだな」と、メフメットと名乗る声は続けた。「この国に生まれた者の半分がおばの息子と、もう半分がおじの娘と結婚しているのを知っているくせに、無神経にも親族婚を皮肉った恥ずべきコラムを執筆したんだ。いや、ジェラール先生、俺は生まれてこのかた他の娘と知りあう機会がなかったわけでも、親戚以外の女を怖れたわけでも、母や叔母や伯母やその娘以外のどこかの女が、俺を本気で愛し、我慢強く俺の言うことを聞いてくれる可能性を信じられないわけでもないぞ、好きだからこの女と結婚したんだ。あんたは子供のころ一緒に遊んだ娘を愛することがどういうことか、想像できるか？　たったひとりの女、人生でただひとりの女だけを愛することがどういうことか、想像できるか？　あんたのために泣いているこの女を俺は五十年間愛してきた。わかるか、子供のころから彼女が好きだったし、今でもまだ好きなんだ。あんたは愛するということがどういうことか知ってるのか？　夢に現れる自分の身体を見るように、懐かしさにかられ自分を補完する誰かを見つめるというのはどういうことか、わかるか？　愛とは何か、知ってるのか、あんた。あんたの寓話に嵌る気まんまんの間抜けな読者向けにこの言葉を多用しては器用な小手先で恥ずべき文章幻術を生み出してきたが、あんたにとってはそれ以外のなにかでありえたのか？　あんたは惨めだよ。鼻で笑ってやる。憐れんでやる。今まで生きてきて言質を弄するか、言葉をこねくり回す以外、なにか成し遂げたのか？　答えてみろよ！」

「心の友よ。それが仕事だったんだ」

「仕事だと！」と電話の先の相手は言った。「あんたは我々全員を、裏切って、騙して、辱めたんだ！　あんたを完全に信じていたから、俺の人生がまるごと、惨めさの大行進、愚行と裏切り被害の連続、悪夢だらけの地獄、悲惨さと卑小さと粗悪さで構成された凡俗の大傑作であることを残酷に証明するど偉いコラムを読んでからも、あんたが正しいと認めたのに。しかも貶められているとか、馬鹿にされているなんて微塵も考えず、このような崇高な考えと鋭い筆舌を有する人間と知り合い、出会い、その上一時期、進水と同時に沈んだ船のような軍事クーデターに共に関わり、船に同席したことを誇りに思っていた。汚い奴め。あんたに心酔しきっていたから、人生におけるあらゆる苦難は自分が臆病なせいなんだと、否、俺だけでなく、全国民が臆病なせいだとあんたが示して見せたとき、なんで俺は臆病になっちまったのか、何のために、どこでどう間違って臆病さに慣れてしまったのか、苦しみながら考え、あんたのことを勇気の金字塔として見上げていたんだ。俺よりずっと腰抜けだって今日わかったあんたをな。崇拝の余りコラムを何百回も読み、家内にも読ませたものさ。十人並の平凡な青春時代の思い出。幼年時代の一時期を過ごした古いアパルトマンの炒め玉ねぎの匂いがする暗い階段。はたまた亡霊や魔女の出る夢や荒唐無稽な形而上学的経験。もうあんたのほうは、我々に微塵も関心なぞないわけだから、こっちがそうした記事に密かに隠されたご託宣を見つけようとね。夜には妻とその記事について何時間も議論した後、信じるべきは、そこに示された秘密の意味だけだと考え、実は意味なんぞなかったその秘密の意味とやらのことすら理解したと信じ込んでいた。」

「そんな風に入れあげるよう仕向けたことなんかなかった」と、ガーリップは話を遮った。

「嘘つけ！　執筆人生を通じてずっと俺みたいな輩をひっかけようとしていたじゃないか。そういう人々に返事を書き、写真を求め、筆跡を調査し、秘密や文言や魔法の言葉を与えてくれるそぶりをみせていた……」

「一切は革命のためだよ。最後の審判の日、救世主（メフディ）の到来、解放の時のためだったんだ、すべては……」

「じゃあ、それからどうした？　その使命を放棄してからは？」

「ま、そのせいで読者もやっと何か信じることができたというものじゃないか」

「皆、あんたを信じていた。あんただって有頂天だった……。いいか、俺も心酔していたから、上出来のコラムを読んだ時には座っているソファで小躍りし、涙を流し、じっとしていられず、室内や通りを徘徊しあんたのことを夢見ていた。そんなことなんでもない。妄想しまくり、あんたのことばかり考えすぎて、ある時点を過ぎると、あたかも我々の間の人格の境界線が俺の空想の煙霧のなかに消失したかのようだった。いや、自分が記事を書いたと思うほどに見境がなくなったりしたことは一度もない。覚えておけよ、俺は精神病なんかじゃない、ただあんたの忠実な読者なんだ。だが、あんたが綴る目を見張るような達文や、あの繊細な発想や思考の構築において、奇妙な形で、一見立証不可能なほど複雑な道筋を通り、あたかも俺の関与もあるかのような気がしていたんだ。違う、誤解するなよ。何年もの間俺から盗んだ、一度として俺の許可を求める必要性すら感じずにパクった考えのことを言ってるんじゃない。フルフィーの教義から触発されたことや、四苦八苦して出版した本の最終部分に書いた俺の発見のことを言っているのでもないぞ。あれはそもそもあんたのものだった。俺が言いたいのは、ただ、同じ事柄を一緒に考えたという感覚だ。あんたの偉業に自分も加担したんじゃないかと思う感じ。わかるか?」

「わかるよ」とガーリップは言った。「似たようなことを書いたことがあるから……」

「そうさ、しかも皮肉なタイミングで、新しく掲載された例のコラムに書いているな。でもあんたにはわからんよ。わかってたらすぐに俺に同意したはずだ。だから殺すんだ、あんたを。まさにこのせいなんだ。理解したことなんかないくせに、わかってくれたようにみえるがために。我々の側に居てくれたことなどないくせに、夜の夢に忍びこむほど、ずうずうしく我々の魂に入り込みおおせたがために。あの異彩を放つ文章に自分の果たした役割もあると信じるに至るほど、長年すべてのコラムを貪欲に読み耽ってから、俺にもあんたと親しくしていた幸福な時代があって、あんたが語ったような考えを一緒に考えたり、話しあったりする可能性があったことを思い出そうともした。そのことばかり考え、そのことばかり夢見ていたから、自分以外のあんたの崇拝者と知り合った時、あんたへの法外な賛辞も自分に言われているように感じたもんだ。まるで俺もあんたと同じくらい有名人なのさ。あんたの謎めいた、秘密の私生活に関して取り沙汰される噂は、俺も一般人ではないことを、少なくともあんたの神々しい魔力が少し俺にも乗り移ったことを証明していたんだ。俺もあんたと同じくらい伝説的だった。興奮したものだよ。別人になれたんだ、あんたのおかげで。そんな時代の最初の頃、市内フェリーで新聞を手にした者同士があんたの話をしているのを聴いた時なぞ『俺はジェラール・サーリックを知っているんだぜ。しかもすごく親しいんだ。』と全身で叫び、奴らがびっくりしたり憧れたりするのを見てホクホクしたり、あんたと分かち合う秘密のことを話してみたくてたまらなくなったりしたもんだ。その後の何年かは、この欲求はもっと強まり、誰かふたりがどこかであんたの話をしていたり、コラムを読んでたりするのなんか見るともう駄目だ、『諸君。ジェラール・サーリックが間近にいますぞ。何を隠そう私がジェラール・サーリックなんです！』と宣言したくなった。この考えは衝撃的かつ酩酊を伴うほどで、口に出す瞬間を思うたび心臓がどきどきし、額に玉の汗をかき、驚く人々の顔に浮かぶ俺への感嘆のことを想うだに、幸福のあまり失神しそうだった。勝ち誇り、天にも昇る思いを込めて実際にこの台詞を叫んだことはなかったが、それは馬鹿げていたり大げさだと思ったりしたからじゃない。ただ思い浮かべるだけで十分だったからだ。わかるか？」

「わかるよ」

「自分もあんたのように賢いんだと思いながら鼻高々でコラムを読んでた。あんただけじゃない、読者は俺にも喝采していると確信していた。だって共に手を携え俺たちは群衆とは違う高みに居たんだ。あんたのことはなにもかもわかってた。俺もあんたのように映画館やサッカー試合や博覧会や定期市の人ごみにぞっとするようになっていた。民衆はいつ何時たりとも一人前になることなどなく、いつも同じ愚挙を繰り返し、同じ寓話に騙され、痛ましい、不憫で泣けてくるような貧窮や惨状に陥り、彼らが最高に純粋に映る瞬間でさえ、単なる犠牲者ではなく、同時に罪人であり、少なくとも共犯者なのだと考えるようになっていた。救世主などと言って彼らが待ち望む詐欺師にも、最新の首相の最新の愚行にも、軍事クーデターにも、民主主義にも、拷問にも、映画館にも、もううんざりした。だからあんたを愛したんだ。何年もの間、どのコラムを読んでも読後に高揚しながら考えたように『だからジェラール・サーリックが好きなんだ』と呟き、毎度新たな興奮に包まれ、涙を流して恋い慕った。昨日、夜啼鳥のように囀りながら、俺がどんな風に個々の古い記事を思い出していたか見せてやったら、こんな読者が存在し得ることを想像してもらえたのだろうか？」

「おそらく、多少は……」

「じゃあ、聞いてくれ……己の惨めな人生のすみっこのある地点、この無様な世界の不毛で凡庸な瞬間のひとつにおいて。それはたとえば無粋な糞野郎が閉めた乗合自動車(ドルムシュ)のドアに指が挟まった時や、年金に少し上乗せしてもらおうと必要書類に記入中、雑魚に等しい人間の物知り顔に我慢している時、つまり惨めさのただなかにある時、俺はやにわに救命浮き輪につかまるようにこの考えに咄嗟に縋りついたものだった。『ジェラール・サーリックならこんな時どうするだろう？　あの人ならなんて言っただろう？　俺は彼のように振る舞っているだろうか？』最後の問いは俺のなかでここ二十年間続く長患いとなってしまった。親戚の結婚式で雰囲気を壊すまいと気を使って皆と一緒にハライを踊ったり、暇つぶしのために近所の茶館に行ってトランプをし、〈六十六〉で勝っては上機嫌で笑ったりするとき、不意にまた考えた。『ジェラール・サーリックはこんなことしただろうか？』このことは俺の夕べを悉く形無しにするに十分だった。そう、全人生を。俺は人生を通じて、ジェラール・サーリックなら今どうしただろう、ジェラール・サーリックは何を考えているだろう、と問いを投げかけて過ごしたんだ。だが、こうなるだけで済んだらまだよかった。それ以上に、この質問がひっかかってしょうがなかったんだ。『ジェラール・サーリックは俺のことをどう思っているのだろう？』何年経とうが一度たりともあんたは俺を思い出しもしなければ、俺のことを考え、頭の片隅に浮かべたりもしないと達観するほど合理的思考を心がけるうち、疑問は別の形をとった。『ジェラール・サーリックにこの状態で見られたら、俺はどう思われるのだろう。』朝食の後、パジャマのまま煙草をふかしているときに目撃されたりしたら、ジェラール・サーリックになんて言われるのだろう？　フェリーで隣に居たミニスカートのご婦人にちょっかいを出した与太者を、俺が一喝したのを見たら、ジェラール・サーリックは何を想うだろう？　コラムを全部切り抜いて〈オンカ〉のファイルに保存しているのを知ったら、ジェラール・サーリックはどう感じるだろう？　彼に関する俺の考え、人生に関する俺の全思考を知ったらジェラール・サーリックはなんて言うだろう？」

「神聖なる我が読者、我が友よ。何故長年に渡って一度も電話しなかったか教えてくれないか」

「しようと思ったに決まっているだろう。怖かったんだ。誤解するなよ、あんたの傍で委縮したり、こういう時よくあるように自制できずにあんたにへつらったり、どうでもいい言葉すらも偉大なご託宣のように熱狂的に受け止めたり、そう期待されているんじゃないかと先回りしてあんたが望みもしない場違いなところで笑い声を放ったりすることが怖かったんじゃない。何千回も逐一シミュレーションしたこんな場面なぞ、俺はとうに乗り越えたんだ」

「そういう場面が喚起する以上に君は頭がいいよ。」慰める調子で言った。

「あんたと会って今言ったような賛辞や御世辞を本気で告げた後、あんたも俺もなにも言うべきこと、語るべきことがなくなることが怖かったんだ」

「ご覧の通り、全然そうはならなかったじゃないか。ほら、こんなに愉快に盛り上がっている」

沈黙が流れた。声が言う。

「あんたを殺すよ。殺してやるとも！　あんたのせいで一秒も自分でいられなかった」

「人間が自分自身でいることなんかあり得ないのさ」

「そのことはよく書いてたね。でもあんたは俺みたいに実感することなんてできない。この事実を俺ほど深く理解しているわけがない。あんたが『神秘』と言っているものは、これを理解しないままの理解であり、理解しないままの真実の記述だ。だって人はこの真実を自分自身にならずして発見できない。でも発見したらそれは自分になれなかったということだ。両者が同時に正しいということはない。このパラドックスがわかるか？」

「僕は自分自身であり、別の誰かでもある」

「違うね。本気で信じて言ってるわけでもあるまい。」電話の先の男は言った。「だから殺すって言ってるんだよ。コラムと一緒さ。他人を信じさせる癖に自分は信じない。信じないからこそ、うまいこと信じ込ませるんだ。でも人に信じ込ませた事柄が、本人は信じもせずに信じさせたのだとわかると皆恐怖にかられるのさ」

「恐怖？」

「わからぬのか。あんたが神秘と言っていたもの、あの不明瞭さ、コラムという詐欺的遊戯、文字の暗黒の顔が怖いのだ。長年コラムを読みながら、あの場所、すなわち自分が今読んでいる場所、ソファとか机だとかに居ると感じると同時に全く別の場所、物語を紡ぐ作者の側に居るとも感じていた。信じてもいない者によって信じさせられたことに気づくってどういうことかわかるか？　自分は信じてしまったのに説得したほうはてんで信じてなかったことを知ってしまうんだぞ。あんたのせいで自分になれなかったといって文句を言っているんじゃない。貧しい惨めな俺の人生が豊かになった。己の退屈でくだらない暗黒世界を脱出し、あんたになることができたんだ。だがここで『あんた』と俺が言う魔術的な存在にも確信は持てなかった。俺は知らないんだ、だが知らず知らずのうちに、知っている。これって知っていると言えるのだろうか？　三十年連れ添った家内が食卓に短い手紙を残し、何も言わずに失踪しても、どこに行ったか俺は知っているみたいなんだ。でもそれを知っていることを知らないんだ。知らないがために、鍋をかきまわす匙のようにして街を彷徨(さまよ)いながら、あんたじゃなくて、彼女を探していた。だが彼女を探すうちまた意識せずしてあんたを探すことになった。何故なら路地裏を巡回しイスタンブールの謎を解こうとすると、初日から脳裏にこのぞっとしない考えが浮かびあがったからだ。『俺が不意打ち的に嫁に逃げられたと知ったら、ジェラール・サーリックはそれをどう評しただろう?』この状況は『まさしくジェラール・サーリック的状況』だと判断した。なにもかもあんたに打ち明けたくなった。このネタこそがまさに語りあうべき話題だと思った。俺はそんなネタを何年も探していたが見つからなかったのだ。そのことに大いに興奮した俺は、初めて数十年に一度の勇気が湧きあんたに電話する気になったんだ。だが、あんたは見つからない。居ないじゃないか。何処にもね。そんなことは知っていたが、知らなかった。いつかかけるかもしれないと何年間も暖めておいたあんたの電話番号がいくつかあった。電話してみたが、あんたは出ない。親戚にもかけた。あんたを愛する伯母や、激しく執着している義母、あんたへの関心を抑制するのが下手な父親や伯父、皆かなり気にかけている様子だったが、当人は居ないんだ。『ミリエット』社にも行ったが、そこにもいない。新聞社にはもうひとりあんたを探す奴が居た。イギリスのテレビ取材班に会わせたい、とな。叔父の息子で、妹の夫のガーリップだよ。直感的に彼を追跡することにした。この夢想家の若造、この夢遊病者ならジェラールの居場所を知っているんじゃないかと思ったんだ。彼は知っているはずだった。さらには知っていることも知っているはずだと俺は自分に言いきかせた。イスタンブールの街中で影のように後をつけた。彼を泳がせ、俺は少し距離を空けて後ろに控え、通りを抜け、石造りの商館や古い商店、硝子張りの横町(パッサージュ)、薄汚れた映画館に入った。グランド・バザールを虱潰しに探し歩き、歩道もない場末の街区を巡り、橋を渡り、闇の片隅へ、イスタンブールの知られざる地域に潜り、埃と泥と汚穢のなかに分け入った。何処にも辿りつかないのに、それでも俺たちは進み続けた。イスタンブールを知り尽くしているかのように歩いたが、実は何も知らなかった。奴を見失い、また見つけ、また見失っては見つけ、さらにまた見失い、ついに奴はしみったれたナイトクラブで俺を発見した。そこでテーブルを囲んだ客同士、皆ひとつずつ小話を披露することになった。俺は話をするのは好きだが、誰も聞いちゃくれなかった。その時は誰もが聞く態勢だった。話の途中、聞き手の興味津々の、待ちかねたような視線が、俺の表情から話のオチを読もうとした。俺はオチが顔に出るという、こうした時につきものの失態を恐れ、物語とこの憂慮の間を行ったり来たりするうち、家内があんたの所に行ったとわかったんだ。『ジェラールの所に行ったのは知っていたようだ』と考えた。知っていたようなんだが、知っていたのを知らなかったんだ。俺が求めていたのはこういう精神状態だったはずだった。自分の魂に向かって開かれた扉の向こうの新領域に入ることに最後の最後になって成功したんだ。長い月日を経て初めて、望み通りに他者でもあり自分でもあることに成功した。『この話はあるコラムニストの記事で読んだのです』と嘘をつきたい気がし、また同時にずっと追い求めていた安らぎの境地にやっと包まれることができると感じていた。イスタンブールの路地をひとつひとつ彷徨(さまよ)い、錯綜した歩道や泥だらけの店の軒先を歩き、市井の人々の顔に浮かぶ悲哀を眺め、何処に行けばあんたが見つかるかと考えつつ古い記事を読みながら、痛烈に感じたある感覚に似た、この呪うべき安らぎ。だが俺は話を語り終え、家内が何処へ行ったかわかった。いやその前に、給仕や写真師や長身の作家の話を聴いている時にだって、さっき理解した事柄の恐るべき結論なんて見えていたんだ。すなわち、俺は全人生を通じて裏切られていたんだ。騙されていたんだ。嗚呼、なんてこった、神（アッラー）よ。こういう言葉はあんたの心に響くだろうか？」

「ああ、響くよ」

「じゃあ、聞いてくれ。俺は『神秘』という、あんたがそれを使って長年俺たちをおびき寄せた真実が何か見極めたんだ。それはこの国では誰も自分自身でいることなど不可能だということだ。あんたも知らず知らずのうちに知っており、理解しないままに書いたように。敗北者と没落者の王国であるこの国じゃ、存在するということは、すなわち別人だってことなんだ。自分は別人なんだ。なのに存在しているんだ。ならば自分がその人になり代わりたいと切望したその誰かも別人だってことは？　俺が裏切られた、騙されたと言うのはこのことさ。だって、自分のことを盲目的に信奉する男の嫁の手を握ったりはしないはずなんだ、俺が今まで信じ、愛読してきたその人は。あの夜、あのナイトクラブでテーブルを囲んで語りあった売春婦や給仕や写真師や寝とられ夫に怒鳴りたくなったものだ。『負け犬どもめ。意気地なしめ。呪われた者、忘れ去られた者、無価値な者どもめ。怖れることはない、どうせ誰も自分でなどないのだ。誰も！　お前らがなりたいと憧れる王様や幸運児、皇帝、有名人、芸能人、金持ちだってそうだ。奴らから自由になれ！　奴らが消えてはじめて、これこそが秘密だといって奴らから与えられた物語を見出すことになろう。彼らを殺せ！　自分の秘密は自分で創れ、自分の神秘は自分で見つけろ。わかるか？　嫁に浮気された夫がよくやるように動物的な憤怒とか復讐心から殺すんじゃない、あんたが誘う新世界に引きずり込まれたくないからあんたを殺すんだ。その時こそイスタンブール全域、あらゆる文字、コラムにあんたが散りばめたあの啓示や顔が、本当の神秘に到達するのだ。『ジェラール・サーリック銃撃さる』と新聞は書き立てるだろう。『謎の殺人』とね。永遠に解決不可能な『不可解な殺人』だ。おそらく所詮存在もしなかったこの世の意味などすっかり失われ、イスタンブールはあんたも言及していた最後の審判の日や、救世主降臨に似た混乱に包まれるだろう。でも俺とか多くの人間にとっては、これこそが失われた神秘の発見なのだ。なぜならこの問題の背後にある謎を誰も解くことができないのだから。神秘の発見、神秘の再発見のことは、あんたの協力を得て出版にこぎつけた拙著でも述べたし、あんたも十分理解していたが、この殺人こそがまさにそれなんだ」

「そうはならないさ。」ガーリップは否定した。「謎の殺人だろうがなんだろうが好きなだけやらかすがいい。彼らは、あの果報者や負け犬や愚か者や放置された者たちは、直ちに一致団結し、そこに神秘なんてないと証明する物語をでっちあげるだろう。自ら捏造しておきながら彼らは瞬く間にこの物語を信じ、私の死は陳腐な陰謀の没個性的断片といった型に即席ではめられるはずだ。まだ葬式も終わらぬうちから、たちまちその殺人事件は国民を分断しかねない陰謀やら、もしくは積年の愛と嫉妬が綾なす情痴沙汰やらと位置付けられる。はたまた殺人犯は麻薬の密売人とか軍事クーデター組織の手先だったなどと言いだすだろう。さらにはナクシベンディ教団と組織化された恋愛ブローカーが手をまわして実行させた、最後の皇帝の後継者たちと自国旗を焼くような輩がこんな凶行を仕組んだ、トルコの民主主義と共和制の転覆を狙う勢力や最後の十字軍遠征を企図する勢力も関与しているはずだ、などとね！」

「イスタンブールのど真ん中、泥だらけの歩道で、ゴミの山、野菜屑、犬ころの死骸、宝くじの券に埋もれ変死体で発見される有名コラムニスト……。深淵のどこか、我々の過去、記憶の澱のなか、単語と文章の狭間、忘却の彼方。そういった場所に存在する神秘がまだ姿を変えて我々の間を彷徨(さまよ)っていて、我々はそれを見つけなければならない。それをあのナマクラどもに言って聞かせる方法などこれしかないんだ」

「三十年の執筆経験から言ってるんだよ。彼らは何も思い出しやしない。何も。しかも君が私を発見し、そんなことを易々と隠密裏にこなせるとは限らない。そうと知りつつ変な所を撃って怪我させるのが関の山だろうよ。その後、君が交番で殴打の嵐に晒されているのを横目に——拷問のことは言わないでおこう——君の思いとは裏腹に私は一種の英雄になる。自分の見舞いに来た首相の低能ぶりに耐えなければならない羽目になるんだ。間違いなく、君の行動は割に合うまい。世界の裏側に手が届かない秘密があろうなどと信じたくないんだよ、もう誰も」

「俺のこの人生が騙され損や悪い冗談なんかじゃないと誰が証明してくれるんだ」

「私だよ！」ガーリップは叫んだ。「聞いてくれ……。」

「聞け(ビシュノヴ)だって？　嫌だ、聞きたくない……」

「信じてくれ。私だって君と同じくらい信じていたんだよ」

「信じるとも！」メフメットは怒鳴った「俺の人生の意味を取り戻すために信じようじゃないか。だが他の奴らはどうなるんだ？　あんたが手に握らせた暗号を用い、人々の人生の失われた意味を綴った布団屋の見習いどもは？　夢見がちな乙女たちはどうなるんだ？　今後もドイツから戻らず、自分のことなんか呼び寄せてくれやしない婚約者を空しく待つ間、あんたが約束した楽園の日々で使用される家具やオレンジジュース絞り器、魚の頭がついたランプやレース付の敷布を、あんたの文章から空想するしかない彼女たちは？　退職したバスの車掌たちはどうなる？　天国で住むはずの不動産登記簿付きマンションの見取り図をあんたの記事から学んだ方法で自分の顔に見出したというのに。あんたの文章に刺激され、この貧しい国及び我々全員を救う救世主（メフディ）が石畳の路地で目撃されるだろう日付を数秘術（アブジャド）により算出してのける測量士とガス料金集金人、胡麻パン（スイミット）売りや古道具屋や乞食——わかるか、あんたの語彙が頭にこびりついちまっている——、それからあのカルスの香料売りやあんたのおかげで探していた伝説の鳥が自分自身であることを理解する読者、哀れな読者はどうなるんだ？」

「忘れるんだ。」電話の声がいつもの癖でさらに類例を数え上げていくのを恐れて遮った。「彼らのことは忘れるんだ。皆忘れてしまえ。考えるな。変装して巷に現れる最後のオスマン朝の皇帝のことを思え。因習を重んじ、まだ札束や黄金や秘密を隠しているかもしれないと、殺す前に犠牲者を拷問にかけるベイオウルの無法者の伝統的手法を考えろ。『人生』『声』『日曜』『ポスト』『七日』『扇』『妖精』『レビュー』『一週間』等の雑誌。そこから切りぬかれるモスク、ダンサー、橋、トルコ美人、サッカー選手の写真。それらが二千五百軒もの床屋の壁に飾られているが、その白黒の原画の上から筆を用いて色を施す新聞の彩色師たちが、何故常に空をプルシアンブルーに、土漠が広がる我が国の大地をなぜいつも英国風の芝生の緑に塗るのかを考えろ。狭くて真っ暗で身のすくむようなアパルトマンの階段の無数の匂いの源泉や、その臭気の何万通りもの混合状態を描写しようという時に、何十万もの単語を見つけるべく調べなければならない色々なトルコ語辞典のことを考えろ。」

「嗚呼、この腐れ文士め!」

「トルコ人がイギリスから最初に買った蒸気船の名前がスイフトだった事実に潜む謎を考えろ。コーヒー占いに凝った左利きの書家が居て、生涯自分が飲んだ何千杯ものコーヒーの沈殿物と沈殿物をあけたカップの絵を描き、絵の横には占いの予言を達筆で書き添え、三百ページからなる手書き作品を残したが、そんな彼の対称と秩序に対する情熱について考えるんだ」

「もうあんたには騙されないぞ」

「二千五百年間に亘って市内の庭に掘られ続けた何十万もの井戸が、アパルトマンの基礎工事の時石やコンクリートで埋められ、中にいた蠍や蛙やキリギリス、大きさも様々にチカチカ輝くリキヤ、フリギヤ、ローマ、ビザンツ、オスマン朝の金貨やルビー、ダイヤ、十字架、肖像画、禁じられたイコンや書物や冊子、宝物の地図、犯人不明の殺人の犠牲になった不運な髑髏(どくろ)が……」

「ふん、またシャムス・タブリーズの井戸に投げ込まれた死体の話か?」

「……下から支えるコンクリート、鉄筋、アパルトマンの部屋、扉、老いた管理人、隙間が汚れた爪のように黒くなった床板、悩める母親、怒れる父親、扉が閉まらない棚、妹たち、義妹たち……」

「シャムス・タブリーズはあんたなのか? 偽予言者(ダッジャール)はあんたなのか? 救世主(メフディ)は?」

「義妹と結婚したいとこ、油圧式エレベーター、エレベーターの鏡……」

「そうだ、そうだよ。みんなコラムに書いてあった」

「……子供が見つけて遊び場にする秘密の一画、嫁入り道具のベッドカバー、祖父の祖父がダマスカス知事だった時シナの貿易商から買った、もったいなくていまだに誰も使えない絹織物……」

「俺を釣ろうとしてるんだろう？　違うか」

「……我々の人生におけるあらゆる神秘を思え。昔の死刑執行人が、処刑後の首を身体から切り離し石の台座に並べる時に用いた鋭い剃刀を『暗号（シフレ）』と呼ぶことに潜む秘密。チェスの駒をトルコ人の大家族になぞらえて新しく命名した退役大佐が王（キング）を『母さん』、大臣（クイーン）を『父さん』、象（ビショップ）を『おじさん』、馬（ナイト）を『おばさん』、ポーンを『子供たち』でなく『ジャッカル』と名付けた叡智」

「ご存じかな、あんたが俺たち仲間を裏切ってから何十年かの間におそらく一度あんたを見かけたよ。風変わりなフルフィー信者だった征服帝スルタン・メフメットの衣装を着てた……」

「ありふれた日常の夕方、自宅の机に座り、何時間も古典詩文学の難解な謎や新聞のパズルを解く男の永遠の安らぎ。卓上ランプが照らしだす紙と文字以外、室内のあらゆるもの、灰皿、カーテン、時計、時間、記憶、苦痛、悲哀、裏切られた体験、怒り、敗北、そう、我々の敗北は闇のなかに留まるだろう。クロスワードパズルの文字が左から右、上から下に示す神秘的空欄に感じる無重力の喜びが、変装という行為の貪欲なる罠とのみ対比され得ること。これらを考えるんだ」

「なあ、あんた。」電話の向こうの声は驚くほど心得た様子で告げた。「罠や策略や文字や双子のことは忘れようじゃないか。過ぎたこと、もう乗り越えたことだ。ああ、あんたに罠を仕掛けたよ、でも引っかからなかった。お気づきだろうが念のためはっきり言っておこう。軍事クーデターも書類も存在しない。あんたの名前だって電話帳になかったのと同じさ。俺たちはあんたが好きだ。ずっとあんたのことを考えている。ふたりともファンなんだ。本気で大ファンなんだ。この人生、まるごとあんたに捧げてきて、これからも捧げるつもりなんだ。水に流すべきことはこの際、全部忘れよう。夕方、エミネと一緒にあんたのところに行く。何事もなかったように振舞おう。何事もなかったように会話しよう。今しがた話したみたいにあんたはまた何時間も話をしてくれるといい。お願いだから、いいと言ってくれ。俺たちを信じてくれ。あんたの望むことは何でもする。欲しいものは何でも持って行くから！」

熟考の末、「君が持っている私の電話や住所を教えてくれ」と声を張り上げた。

「すぐ教える。でも俺の記憶から消すのは無理だよ」

「渡してくれればいい」

男がノートをとりに行くと、妻が電話に出て「あの人を信じて」と囁いた。「今度ばかりは本当に後悔しているし、本心からのことよ。あなたのことを愛しているの。狂気の沙汰を演じようとしてたけど、とうにあきらめたわ。何かするなら、もう私に矛先が向くはず。あなたには何もしない。臆病なのよ、私が保証するわ。なにもかも丸くおさめてくれた神様に感謝するわ。夜にはあなたが好きだったブルーのチェックのスカートを穿くわね。嗚呼、求められることはなんでもするわ。彼も、私も、ふたりとも、なんでもかんでもよ！　これも言っておく。あなたのようになるためにね、彼ったらあなたみたいなフルフィーの征服帝スルタン・メフメットの衣装もあなたの家族全員の顔に彼が読んだ文字から……。」

夫の足音が近づくと黙った。

男が電話に出ると、それぞれを何度も繰り返させながら、傍らの本棚から取り出した本（ラ・ブリュイエールの『人さまざま』）の最終ページにジェラールの別の電話番号と住所を丹念に書きとめた。そして予定通り、考えが変わった、彼らに会いたくない、誰であれしつこいファンのためにこれ以上割いてやる時間がないなどと言ってやるつもりだった。だが、最後の最後に意を翻した。別の考えが湧いたのだ。その後、あの夜の出来事の是非を改めて回想するに至り「僕は好奇心に負けたんだ」と考えた。「夫婦を遠くからでいいから一度だけ見てみたいという好奇心に。この電話番号と住所を使ってジェラールとリュヤーを見つけた時、あのふたりにこの想像を絶する物語や電話での会話だけでなく、件の夫婦がどう見えたか、どう歩いていたか、何を着てきたかも教えてやりたかったのかもしれない。」

「家の住所は教えられない。でも他の場所で会おう。夜九時にニシャンタシュのアラジンの店の前はどうかな」

かくも些細な申し出すら夫婦を大喜びさせ、ガーリップは電話の向こうの感謝の波動に嫌な緊張を覚えた。ジェラール氏（ベイ）なら、今夜の訪問の手土産として彼らにアーモンドケーキでも所望しただろうか。それともケーキ屋〈オミュル〉のプティフールか。はたまた長々と座りこんで語り明かしそうだから、ピーナツとかピスタチオ、コニャックの大瓶か。消耗した様子の夫が「写真コレクションも持っていくよ。顔の写真も。女子高生の写真もな」と叫び、奇怪な哄笑（こうしょう）を放つと、開封されたコニャック瓶が夫婦の間に置かれて久しかっただろうことがガーリップにも伝わった。夫婦は張りきった様子で待ち合わせ場所と時間を復唱しつつ、電話を切った。

# 第14章　神秘の絵

「神秘は『メスネヴィー』から頂いた」
――シェイフ・ガーリップ

一九五二年初夏、正確な日を付すべきならば、六月の最初の土曜日、イスタンブール、トルコのみならずバルカン諸国と中東全域を含め最大のナイトクラブがベイオウルの赤線地帯から英国総領事館に続く路地の一画に開店した。めでたい開店日は半年越しの鳴り物入り絵画コンテストの終了日と同じである。オーナーが自らのシノギ場の玄関ホールに飾るイスタンブールの絵を発注していたからだ。彼こそは、のちにキャデラックごとボスポラス海峡の藻屑となり果て、名高い伝説となったベイオウルの帝王だった。

否、もちろん、噂に高い無法者はイスラム教の禁忌のせいで立ち遅れたこの芸術分野（絵画芸術のことを指す。娼婦の技巧のことではない）を支援するためではなく、イスタンブールやアナトリアの至るところから快楽宮に押し寄せる特権的遊客に対し、音楽や大麻、酒、女と並びイスタンブールの美景も堪能してもらうべく絵を発注したのである。ところが分度器や三角定規を手に、西洋のキュビズムの画家を模倣して我が国の村娘たちをひし形に押し込めるアカデミー会員の画家たちは銀行の注文でもないと依頼を受けないため、無法者は下級の画家や看板屋やペンキ屋に絵の発注を告知した。鄙びた屋敷の天井や夏期映画館の壁面、蛇の丸飲みを見せる博覧会の見世物小屋、馬車やトラックの箔付けペイントの仕事をこなす連中である。数カ月後現れたふたりの職人がふたりながらに芸術家よろしく己の優位を主張すると、無法者は各銀行の催事に着想を得て賞金付の「最優秀イスタンブール絵画コンテスト」を開催し、不夜城の入り口の向かいあった二面の壁を意気込み充分の両職人に提供した。

両者は初対面で互いに疑心暗鬼になり、最初からその間には厚いカーテンが張られた。百八十日後、不夜城のオープニングナイトでは、縞模様の真紅のベルベット張りの金色の椅子、ギョルデスの絨毯、銀の燭台、クリスタルの花瓶、アタテュルクの写真、陶器のセット、螺鈿細工が施された小卓などが玄関ホールに所せましと置かれたが、つぎはぎだらけのカーテンはまだそのままだった。この悪所の名称は、登記上「古典トルコ芸術保護倶楽部」だったため、大入りの客の群れに混じり知事までもが公式に出席していた。そんな選りすぐりの招待客の注視のもと、オーナーは麻布のカーテンを引いた。すると片方の壁には「壮麗」なイスタンブールの絵、もう片方の壁にはその絵を銀の蠟燭立てから放たれる光のなかで、実際よりもより輝かしく、美しく、魅力的に見せる鏡が現れた。

言うまでもなく、褒賞は鏡を設置した画家に与えられた。しかし、年季の入った悪所通いの常連客のほとんどは両壁面の信じがたい光景に余りにも魅了されてしまい、双方の作品から別々の趣を味わい、味わったこの興趣の秘密を理解しようとして壁の間を行ったり来たりし、作品を何時間も見物していた。

壁に描かれた惨めで哀れっぽい野良犬は、向かいの鏡のなかでは哀れっぽいと同時に狡賢そうな犬となる。もう一度はじめの絵に戻ると今度は、実はそこにも狡猾さが表現されており、さらには犬が疑惑の仕草をしていることに気付く。そう思いつつ鏡に戻って再度眺めてみると、その仕草の意味を暗示しつつも他の奇妙な動きや徴候の数々が見られるが、こうなると見る者は頭が混乱し、最初の壁に咄嗟に取って返して原画を参照しないためには努力を要するほどなのである。

神経症の年老いた客は一度など、哀れっぽい犬の彷徨（さまよ）う通りが行きつく広場にある涸れ噴水が鏡のほうでは滔々と水が溢れているのを見たそうである。忘れっぽい老人はそれを見て、家の水道を出しっぱなしにしていたことを思い出した。慌ててもう一度絵を見ると、噴水が涸れているのが確認できるのだが、再び鏡に戻るとさらにふんだんに水が溢れているのを目撃する。自分の発見を「喜び嬢たち」と分かち合いたいと思ったが、絵と鏡の無限の戯れにとうに麻痺したホステスは無関心をもって応じ、為すすべを失った彼は自分の引き籠り生活、誰にも理解されずに過ごしてきた人生の孤独のなかに引きこもった。

一方、不夜城で働く女たちは、そのことに完全に無関心というわけではなかったし、鬱屈を抱えて互いに同じ物語をしながら仮睡（まどろみ）に落ちるような冬の雪の夜には、絵と対峙する鏡の魔法の仕掛けを客の性格を反映する愉快な試金石として使っていた。例えば絵と鏡の映像の間の神秘的な食い違いに全く気付かないタイプはせっかちで無神経で慌てん坊である。こういう客はずっと愚痴ばかり吐く。もしくは個々の名花の区別もつかず、彼女たちに期待することはあらゆる男が求める例のことを一刻も早く遂行させてもらうことだけだった。鏡と絵の戯れによくよく気付いていながら、構わず無視するタイプも居た。あらゆる経験を重ね、もう何にも重きを置かなくなった、怖いもの知らずの要注意人物である。また已むに已まれぬ対称執着癖に囚われたかのように、鏡と絵の間の不一致の一刻も早い是正を求めて子供のようにきかず、不安のあまりホステスや給仕やチンピラたちの手を焼かせるタイプもいた。金に細かく、計算高い客である。酒を飲んだり、女を抱いたりしてもこの世の憂さを忘れるということがなく、なんでも秩序に固執するが、そのことによって彼ら自身、友人としても愛人としても失格になる男たちだった。

不夜城の住人が鏡と絵の悪戯に慣れた頃、財力というより用心棒連中のお目こぼしによりナイトクラブの常連となっていたベイオウル警察署の警部は、第一の壁の暗い通りに描かれた銃を持つ禿げ頭の男の暗い影と鏡で対面すると、長年迷宮入りしていた有名な「シシリ広場殺人事件」の実行犯にほかならぬと気付いた。警部は壁に鏡をかけた職人が何か秘密を握っていると主張し、その正体に関する尋問を企てた。

歩道を流れる汚水が隅の排水溝にも届かず蒸発するようなねっとり熱い夏の夜のこと、地主の総領息子が父親のメルセデスを「駐車禁止」の看板前に停めて入店してきたこともある。彼はイスタンブールの片隅に住む絨毯織りの箱入り娘を鏡の絵で見ると、彼女こそがずっと探し求めていたがついぞ見つからなかった秘密の恋人だと直感したが、原画に戻ってみると、そこには父方の田舎のどこかで暮らす不幸せで無個性な少女が居るに過ぎなかった。

後に、馬を駆るようにボスポラス海峡の潮流へとキャデラックを発進させ世界の内部の別世界を発見するオーナーにとっては、これらの心地よい遊び心や愉快な偶然、世界に潜む神秘はすべて、絵画や鏡が作り出す個々のまやかしなどであろうはずもなかった。彼に言わせれば、客たちは麻薬とラク酒に酩酊してしばし不満や憂悶の雲を突き抜け、脳内に沈んでいた過去の幸福な世界を発見し、失われた楽園の神秘の発見という子供っぽい悦びに浸るがゆえに、空想のなかの謎を目の前の映し絵と混同しているのだ。こういう健全な合理的思考を持つ一方で、名だたる無法者は別の姿も見せていた。日曜日の朝、疲労困憊している夜の蝶の子供たちが、母親に映画館に連れて行って欲しそうに待っていると、彼はちょうど新聞の日曜版の付録にあるパズルでも解くように、「ふたつの絵の間の七つの間違い探し」ゲームをして、ご機嫌で子供と遊んでやっていたのである。

だが、差異や意味、驚くべき変化は七つどころではなく、無尽蔵にあった。何故なら壁面のイスタンブールの絵は用いられた技巧としては馬車や縁日の見世物小屋に描かれる類の絵を彷彿とさせはしたが、本質的部分ではどす黒い影のあるおどろおどろしいエッチングの精神が垣間見え、題材の扱いの面からは豊かなフレスコ画を連想させるものだった。このフレスコ画に描かれた二羽の大きな鳥は、鏡では伝説の鳥のように悠々と翼をはばたかせ、昔の木造家屋の塗料なしのファサードは恐怖の形相に変わり、縁日や回転木馬（メリーゴーランド）は蠢（うごめ）いて彩りを増し、古い路面電車、馬車、尖塔（ミナレット）、橋、殺人者、甘味処（ムハッレビジ）、公園、海辺の茶館（カフヴェ）、市内フェリー、文字、荷箱などはすべて異世界からの啓示となった。画家が洒落た遊び心を発揮し、盲目の乞食の手に握らせた黒い本が鏡では二分され、ふたつの意味をもつふたつの物語が綴られた書物に変わるが、最初の壁画に戻ると本は徹頭徹尾一冊の本でしかなく、神秘もまたそこで消え失せてしまう。縁日用の旧作を思い出しながら画家が壁に描きこんだ、紅い唇、けだるい眼差し、長い睫毛の映画女優は、鏡では全国民が渇望する豊満な乳房の母と化し、最初の絵に朦朧と視線を戻せば、人々はそれが母ではなく長年同衾した妻であることに気付き、衝撃と喜びに包まれるのだった。

しかし不夜城の来訪者を真の恐怖に突き落としたのは、画家の手により作品の随所にうようよと配置された無尽蔵に増殖する人間、橋を埋め尽くす不気味な群衆が、鏡の表面に顕示する新しい意味、奇妙なサイン、知られざる世界だった。絵のほうでは、苦悩を抱える哀しげで素朴な庶民、もしくは人生に満足した勤勉なフェルト帽の人物に見える人の顔が、鏡に映ると実はある地図、謎、もしくは失われた物語の痕跡を秘めている。それを感じると、ベルベットの椅子の間を往復している客は、行ったり来たりするうちに自分の姿もまた鏡に収まったと知って頭に霧がかかってしまい、自分も少数の選ばれし者だけが知る秘密を握ったのだという空想を抱いた。ホステスたちが下にも置かない扱いをしたこの種の人々が、絵と鏡の間の謎を解くまでじっとしていられず、神秘や難問に対する解を導き出すまで、数多の旅や冒険、戦いも厭わないのは周知のことだった。

時が流れ、オーナーがボスポラス海峡の不可知水域に消えてから、さらに何年かした後、往年の輝きを失ったナイトクラブにベイオウル署の警部がやってきたが、老いたホステスたちは彼もまたこの不安を抱えた人物像に属することに、その哀しげな顔つきからすぐに察した。

彼は有名な大昔の「シシリ広場殺人事件」の謎を解くため、もう一度鏡を見たがっていた。だが、その一週間前、女性問題や金銭トラブルというよりも、むしろ失業と精神的鬱屈が原因で発生したチンピラ同士の喧嘩により巨大な鏡は割れてしまい、千々に砕けて本人たちに降りかかったということだった。かくて退職間近の警部は割れた鏡から何も引き出せなかった。下手人不明の殺人のことも、鏡の裏側の秘密(スル)のことも。

# 第15章　語り手じゃなくて、物語だ

「我が執筆術は、聞き手を気にするのではなく、声高に考え、己の気分に従うことに拠る処であある」
——トマス・ド・クインシー

電話の声の主がアラジンの店の前での待ち合わせを決める直前に告げた、ジェラールの七つの電話番号は書き留めてあった。このどこかにかければジェラールとリュヤーが見つかると判断し、すでにふたりと再会する路地やアパルトマンの部屋までも想像していた。とにかく会うことさえできれば、もうその瞬間、ふたりが失踪理由をどう説明しようと、完全に合理的な正論であると認める用意はあった。ジェラールとリュヤーはこう言うに決まっている。「ガーリップ、こっちだって必死で探したよ。でも家にも事務所にもいなかったじゃないか。一体どこにいたの？」

何時間も座っていた椅子から立ち上がると、ジェラールのパジャマを脱ぎ棄て、風呂に入り、髭を剃り、服を着た。鏡に映した時、顔面には文字がくっきりと浮かび上がったが、それは謎めいた陰謀やもの狂おしい悪戯（いたずら）の延長、自分が自分であることを脅かす幻影などには見えなかった。シルヴァーナ・マンガノ〔女優〕も使用中のピンクの〈ラックス〉石鹸や鏡の前の古い髭剃りナイフ同様、文字もまた現実世界の一部に過ぎなかった。

扉の下に『ミリエット』が投げ込まれると、ジェラールの欄に掲載された自分の文章を他人の作品のように読んだ。ジェラールの写真の下に載っているからには、これはジェラールの文章に違いなかった。一方でその言葉の羅列を記したことも自覚していないわけではない。この状況は矛盾ではなく、むしろ当たり前の世界に付属する延長部分のように思えた。入手した住所のいずれかに居るはずの本人が自分の担当欄に掲載された別人の文章を読むことも想像したが、ジェラールに限って攻撃とか不正だと見なすことはないだろう。そもそも自分の昔の記事ではないということに気づかない可能性すらあった。

パン、魚卵ペースト(タラマ)サラダ、牛タン、バナナで空腹を満たしてから、現実世界に地に足をつけるべく放置していた厄介ごとを片づけることにした。政治裁判を一緒に担当している弁護士の友人に電話をし、急な出張が入り何日もイスタンブールに居ないと告げると、向こうからは例によって緩慢な裁判の進捗状況と、判決が出た別の政治裁判で依頼人たちが共産党地下組織を設立した一味を匿(かくま)ったとして六年間ずつの禁固刑になったという情報を教えてもらった。このニュースはさっきの新聞で読んだ癖に、自分と関係づけずに読み飛ばしたことに気がつくと怒りがこみ上げた。誰に対する怒りなのか、どの事実に対して感じたものなのか明確に特定できない怒りだった。あたかも自然な流れのように装い、自宅に電話をした。「リュヤーが出てくれたら、こっちも悪戯をしかけよう。」声色をつかって誰かがガーリップに電話をかけてきたように振舞おうとしたが、誰も出なかった。

イスケンデルに電話をした。ジェラールが見つかりそうだと話し、イギリス人取材班の今後のイスタンブール滞在予定を尋ねるつもりだった。「今夜が最後だよ。明日の早朝、ロンドンに帰るって。」ジェラールが捕まりそうだと告げた。いくつかの重要案件について見解を述べるべく、イギリスの取材班とは会いたがっており、この面会を重視している、と。「それなら、こちらも調整して今夜イギリス人側の都合をつけるからさ。すごく会いたがっているんだよ。」ガーリップは「今ここだから」と受話器の上の電話番号を読みあげて伝えておいた。

それからハーレ伯母にかけた。声を太く変え、ジェラールの欄の一途な愛読者で、今日の記事に感銘を受けた旨を伝えたいと説明した。リュヤーや自分からの連絡がないから交番に行ったりしただろうか？ それともイズミルから戻るのを未だに待っているのだろうか？ またはリュヤーが彼らの家に寄り、全てを説明してくれただろうか？ この間、ジェラールから音信はあったのだろうか？ だがハーレ伯母は、本人不在につき新聞社に電話して欲しいと落ち着いて告げ、その口ぶりにはこれらの問いへの手がかりの要素はなかった。時刻は二時二十分。「人さまざま」の最終ページに書き留めた七つの電話番号に順次電話をかけ始めた。

七つの番号に住んでいたのは以下の人々だった。全然思いあたるところがない家族。誰もが思いあたる煩い子供たち。粗暴で耳障りな声の中年男性。ケバブ屋。電話番号の元所有者のことなど少しも気にかけない癖に訳知り顔をする不動産業者。四十年間ずっと同じ電話番号を使っておりますが、と言った上品な仕立屋。夜遅く帰宅する新婚家庭。これらを突き止めた時には七時になっていた。各通話と格闘中、楡(にれ)材の棚の下の段にあった箱を今一度確認し、その底に十枚の写真を見つけた。以前ひっかきまわしたものの、無関心だった古い絵葉書が詰まった箱だった。

ボスポラス海峡に遊びに行った時の写真。エミルギャンの有名な鈴懸（すずかけ）の木の下の茶館（カフヴェ）で、ネクタイを締め上着を着たメリヒ伯父、若いころはリュヤーに似ていた美しいスザン伯母、ジェラールについてきた不思議な友人でないならば、エミルギャン・モスクの導師（イマーム）かも知れぬ人物と一緒に、ジェラールが構えているに違いないカメラに好奇心を湛えた視線を向ける十一歳のリュヤー……。小学校二年生から三年生になった夏に着ていたキャミソールドレスの写真。煙草を咥え、目を細めてふたりに笑いかけつつ、自分も映っているかどうかわからないのに、カメラから身を守るべく頭に被ったスカーフを直すエスマさん。ヴァスフと一緒にハーレ伯母の生後二カ月の猫〈石炭（キョミュル）〉に水槽の魚を見せているリュヤー……。最初の結婚一年目の写真。母親や伯父たち、伯母たちとも半ば連絡を断ち身なりも構わぬ革命家時代、ある冬の日、一族が集まって囲む砂糖祭の昼食の席に、単身とはいえ不意にやってきて、お腹一杯食べた後、疲労に襲われ、撮影の瞬間よりずっと前に祖母のベッドに横たわり、ちょうど七日と十一時間前ガーリップが最後に見かけた状態で、両脚を腹に引きつけ頭をたてる代わりに枕に埋め、すやすや寝ているリュヤー……。シェフリカルプ・アパルトマンの扉の前の記念写真。被写体となるべく並んだ一族全員と管理人夫婦のイスマイルとカメルがカメラを見つめているなか、ジェラールに抱かれ、今やとっくに死んだに違いない歩道の野良犬を眺めている髪にリボンを結んだリュヤー……。女子校から延々とアラジンの店までテシヴィキエ通りの沿道に並んだ群衆に混じり、シャルル・ド・ゴール——写真では車の先端までで本人は映っていない——が通過するのを見ているスザン伯母、エスマさん、そしてリュヤー……。パウダーケース、〈ペルテヴ〉クリームのチューブ、薔薇水、檸檬香水、バルブ式香水瓶、爪やすり、髪飾りなどが並んだ母親の化粧台に座った写真。三面鏡を開きショートカットの頭を中に入れれば三つ、五つ、九つ、十七、三十三にも増殖するリュヤー……。撮影に気付いていない写真。小鉢一杯の煎り豆を近くに置き、更紗の袖なしワンピースを着て、開いた窓からの直射日光を受ける新聞に屈むようにし、ガーリップがいつも自分がリュヤーにとって部外者だと感じ、恐怖に突き落とされる例の表情を浮かべ、片や髪をひっぱり、片や鉛筆についている消しゴムを噛みながら、パズルを解く十五歳のリュヤー……。ガーリップが最後の誕生日に贈った「ヒッタイトの太陽」を首にかけているところから、五カ月以内に撮られた写真。ガーリップが何時間もうろついていた部屋で、先ほど話していた電話の傍の今腰かけているソファに座り幸せそうに爆笑しているリュヤー……。旅の途中、激化した両親の喧嘩に傷つき、何処なのかわからない田舎の食堂でうなだれているリュヤー……。高校を卒業した年に行ったキリオス海岸での写真。泡立つ海を背景に誰かの自転車の隣に立ち、自分の自転車であるかのように美しい腕をサドルに寄り掛からせ、虫垂炎の手術痕、この痕跡と臍の窪みの間のレンズ豆大の双子のほくろ、絹のような肌に浮かぶ肋骨の微かな陰翳とが剝き出しになるビキニを着て、写真がぼやけているせいではなく、ガーリップの涙のせいで誌名は読めない雑誌を手にしたリュヤー。明るく振舞おうとしている、だが写真を見つめる夫さえもついぞその謎が理解できなかった哀しみと嘆きに微笑んでいる。

今、ガーリップは涙にくれ、謎のただなかに居た。知っていたけれど、知っていたことを知らなかった場所にいるようだった。読んだことはあるのに内容を忘れたため興奮を覚える本のページのなかに迷いこんだようだった。目下感じている悲劇と虚無感を前からずっと感じていたことも、この苦痛は人間が人生で一度しか感じることができないほどの激しさであることも知っていた。この騙され、目くらましにあった挙句に何かを喪失するという苦痛は、余人が体験できぬほどに自分特有のものだと感じると同時に、これがチェス試合を構想するように、誰かが前もって準備した罠の結果だと気づいていた。

リュヤーの写真に滴った涙を拭くこともせず、鼻から呼吸することもままならず、身じろぎもしないでソファに座っていた。ニシャンタシュ広場の金曜の夜の喧騒が聞こえる。満員のバスの疲れたエンジン音、渋滞に嵌り出鱈目にクラクションを鳴らす車、四つ角のいきりたった警官の笛の音、横町の入り口でレコードとカセットを売る店のスピーカー、歩道を埋め尽くす人波。それらの騒音が窓だけではなく、部屋にある調度品を時にカタカタ震わせていた。室内の振動音に意識を集中すると、家具や器物は、万人が分かち合う日々や生活環境の枠外に、自分たちだけの特別な時空を有していることを思い出した。「ウラギラレルコトハウラギラレルコトデアル」と自分に呟いてみた。あまりに何度も繰り返したせいで、単語は意味や苦味をそぎ落とされ、何も指し示さない音と文字に変化した。

空想しよう。ここ、この部屋ではなく、自宅にリュヤーと一緒にいるはず、どこかで食事でもしてからコナック映画館にいくはず、帰りに夕刊を買い、家で新聞各紙や蔵書の活字に埋もれるはず。別の物語も思い浮かべた。誰かが、幽霊のような顔の誰かがこう言う。「俺はずっとお前が何者だか知っている。だがお前は俺を知るまい。」こう言い放つ亡霊じみた男が誰かわかった時、彼が長年自分を観察していたことに気付いた。男が観察していたのはガーリップではなく、リュヤーだということも。いつだったか、一度か二度、リュヤーとジェラールの様子を盗み見て思わずたじろぎ、それを意外に感じたことがあった。「まるで僕なんか死んでいて、僕が居なくなってからの人生を君がどう過ごすか、遠くから苦い思いで眺めているようだったんだ。」ジェラールの机に齧りつき、この文章で始まるコラムを書きあげ、ジェラールのサインをした。誰かに見張られていることは確かだった。「誰か」でなくても、ひとつの眼が。

ニシャンタシュ広場の騒音は、両側の建物からくぐもって響くテレビの音に徐々にとってかわられた。両側の壁の間から八時のニュースのオープニングテーマが聞こえるからには、イスタンブール中の人々が食卓を囲み、六百万人がテレビを視聴中だということだ。自慰の衝動にかられた。だが、自ら思い浮かべたあの眼の常在に居心地の悪さを感じた。自分、ただ自分自身でありたいという、強烈な欲求が燃え上がり、部屋にある物をぶち壊し、自分をこんな状況に陥れた奴らを殺したくなった。電話線を引き抜き、窓から投げ捨ててやろうかと思っていると、電話本体が鳴り始めた。

イスケンデルだった。イギリス人取材班と話をつけると彼らも大興奮で、今夜ペラ・パラス・ホテルの一室で撮影するためジェラールを待っているとのことだった。それでジェラールを見つけてくれたかい？

「大丈夫、大丈夫！」湧き上がった激情に驚きながら答えた。「ジェラールは準備万端だ。とびきりの重大発表をするよ。十時にペラ・パラスに行く。」

電話を切ると、恐怖と幸福、落ち着きと焦燥、復讐心と兄弟愛の間を揺れ動く一種の高揚感に囚われた。ノート、紙、古い原稿、新聞の切り抜きのなかに急いで何かを探したが、何を探しているのか自分でもわからなかった。顔面上の文字の存在を証明する印？　だが、文字も、意味も、他の証明など必要としないほどに明白だった。発表予定の話題選定に役立つ論理？　だが自分の怒りと興奮以外、何も信じられる状態ではなかった。神秘の美しさを示す一例？　そのためには語ること、ただひたすらその物語を信じつつ語らねばならぬということくらい承知だった。棚を漁り、住所録に急いで目を通し、「キー・センテンス」を読みあげ、地図を見、急いで何かを手放し、代わりに別のものを手に取り、顔写真に見入った。九時三分前、変装箱を漁っていたガーリップは、故意に遅刻したことに対する呪わしい後悔にかられ、家を出た。

九時二分過ぎ、アラジンの店の反対側の歩道で、アパルトマンの玄関口の暗がりに身を潜めた。だが、向かいの歩道には禿頭の語り手やその妻らしき人影はなかった。教えられた電話番号が出鱈目だったため、彼らには腹を立てていた。一体どちらがどちちを騙し、誰が誰を惑わしていたのだろう？

所狭しと商品が並ぶ展示棚越しには、煌々と照らしだされたアラジンの店の一部しか見えなかった。天井からひもで吊るされたおもちゃの銃、網に入ったゴムボール、オランウータンやフランケンシュタインの仮面、室内ゲームセット、ラク酒やリキュールの瓶、展示棚にクリップで留めた色とりどりの芸能誌やスポーツ雑誌、箱に入った人形。そのなかで時々アラジンが屈んだり立ったりし、返品用に包装済みの新聞を数えていた。店内は誰も居なかった。終日カウンターで働くアラジンの妻は、自宅の台所で夫の帰りを待っているに違いない。客が入店するとアラジンもカウンターの裏に回ったが、その直後店に入った老夫婦の姿には胸騒ぎがした。最初に入った風変わりな服装の男に続き、老夫婦も大瓶を手に出てきて腕を組んだ。彼らではないとすぐにわかった。余りにもふたりの世界に浸っていたからだ。その後、毛皮の襟つきのコートの紳士が入店し、アラジンと立ち話を始めた。ガーリップは否応なしに会話の内容を妄想せずにはいられなかった。

今やニシャンタシュ広場やモスク方面の歩道にも、ウフラムルからの路地にも気にかかる人影は消えた。心ここにあらずの人々、上着も着ないで小走りに行き過ぎる店員、夜の灰色がかった藍色と完全に同化する孤独な散歩者。ふと、道路一帯から人通りが減った。向かい側の歩道にはウィンドウにミシンを陳列している店があり、その看板のネオンがジージー言う音が耳に届いた気がした。人の姿といえば交番の前の機関銃を手にした見張りの警官だけだった。アラジンが幹に下着用のゴムとクリップで色とりどりの雑誌を吊るした栗の木はそこにあったが、黒々とした裸の枝を見上げると身の毛がよだった。見られている。ここにいることを知られている。危険が迫っている。なにかの騒音。ウフラムル方面から来た五四年型モデルのダッヂとニシャンタシュ方面に抜けたスコーダの昔の市営バスが角で衝突しそうになったのだ。急ブレーキで止まったバスの車内では乗客が集まり、身を伸ばして道の反対側を覗いているのがガーリップにも見えた。一メートルと離れていない至近距離で、誰かと目があった。バスの色褪せた照明のなかに浮かぶ、事故には無関心な様子の憔悴した顔だった。六十歳ほどのくたびれた男。奇妙なその目は苦痛と悲哀を湛えている。どこかで会ったことがあったか？　退職した弁護士か、死を待つ教師か？　両者は大方同様のことを考えながら、都市生活が自らに与えたこの偶然の瞬間に乗じ、大胆不敵に互いを観賞した。不意にバスが動き始めると、恐らくは再会不可能な形で互いを見失った。紫色の排煙のなか向かいの歩道でなにか動きがあるのに気付いた。アラジンの店の前で若い男がふたり、互いの煙草に火をつけて佇んでいる。金曜日の夜、映画館に行く前にもうひとりの友人を待つ二人の学生だろう。アラジンの店には客入りがあった。雑誌を物色している三人とひとりの門番。瞬きするほどの間に、立派な口髭を生やしたオレンジ売りがやって来て、曲がり角に台車を横づけしたようだった。いや、実はずっとそこにいたのだが、気がつかなかっただけかもしれない。坂道の下のほうから、即ちモスク方面からビニール袋をいくつも提げた夫婦が近づいてきたが、若い父親は子供を抱いていた。同時に、すぐ隣の小さなケーキ屋の店主であるギリシャ系の老婦人が店の電気を消し、古い外套に身を包んで通りに出てきた。気品溢れる微笑をこちらに送ると、フックを用い轟音を響かせ鎧戸（よろいど）を閉めた。不意に路上からもアラジンの店からも人影が消えた。女子校方面から、黄色と紺色のユニフォーム姿の男が現れ、重々しく乳母車を押して通過した。坂の上の地区に棲むこの狂人は、自分のことを有名サッカー選手と思い込んでおり、パンガルトのインジ映画館の入り口に立っては乳母車に積んだ新聞を売るのである。乳母車は車輪の回転につれ、一種の音楽を奏で、ガーリップはそれが気に入っていた。一陣の風が吹いた。さほどの烈風でもないのに、凛として寒気が身に染みた。九時二十分過ぎ。「あと三人通るのを待とう」と決めた。今や店内のアラジンの姿も、交番の前に居るはずの警官の姿もなかった。向かいのアパルトマンの狭苦しいバルコニーの扉が開いた。赤く点る煙草の光が映った。煙草の主は吸い殻を捨てると中に引っ込んだ。路面には看板やネオンの金属的な光を映す微かな湿り気があった。紙屑、ゴミ、吸殻、ビニール袋……。幼年時代を通じてその変化をつぶさに見守ってきた通りや地元一帯、殺伐とした夜の暗い藍色のなかに煙突が浮かび上がる遠くのアパルトマンが、一瞬、児童書の想像図で見た恐竜ほどにも異質で無縁の存在のように思えた。それから自分が、子供の頃になりたいと憧れていた、眼から「X」ビームを放つ男になったように感じた。世界に散りばめられた隠れた意味が見抜けるからだ。絨毯屋や食堂やケーキ屋の宣伝看板上の文字、展示ケースに入った菓子、クロワッサン、ミシン、新聞、それらのものは全て、実はこの第二の意味を暗示していたが、夢遊病者のように路上を彷徨(さまよ)う不運な者たちは、この領域の謎に昔は気付いていたにもかかわらず、記憶を失くしたがために、手の内に残った第一の意味だけに縋り困窮のなかで命からがら生きているのだ。愛や兄弟愛や男気を忘れ、映画でそれを鑑賞して間に合わせる人々のように。テシヴィキエ広場に歩き、タクシーに乗った。

タクシーがアラジンの店の前を通過する。自分同様、禿頭の男もどこか物陰に隠れ、ジェラールを待っていたのではないか。これは空想にすぎないのか、もしくはミシンを展示したショウウィンドウの傍に実際に風変わりな服装の恐ろしい影を見たのか、咄嗟には判別がつかなかった。ミシンがけの仕草で凍りつき、ネオンの光に照らし出されたマネキンたちの魔術的で薄気味悪い軀体が並ぶなかに、誰かを目撃したように錯覚したのかもしれなかった。ニシャンタシュ広場に到着するとタクシーを止め、『ミリエット』の夕刊を買った。ジェラールの記事を読むように驚きと悪戯心と好奇心を抱きながら自分の文章に目を通し、同時にジェラールが自分の担当欄で、しかも自分の写真と名前の下に他人の文章を読むことを想像した。だが反応までは予測できなかった。ジェラールに対し、そしてリュヤーに対しても激しい感情が煮えたぎった。「二人とも今にわかるはず」と言ってやりたいのだが、自分が想定しているのは報復なのか、褒美なのか区別できなかった。さらには心のどこかにペラ・パラスで二人に会えるかもしれないというとりとめもない期待があった。タルラバシュの歪んだ小径や暗いホテル街、入口まで男たちで一杯の剝き出しの壁も貧相な茶館(カフヴェ)の前をタクシーで通過中、イスタンブール全体が何かを待っているのを感じた。その後、道すがら目に入る乗用車やバスやトラックの古さに、今更ながら愕然とした。

ペラ・パラスのロビーは暖かく、眩かった。イスケンデルは右側の大広間の時代物の長椅子に座り、観光客と一緒にある一団を眺めていた。ホテルの十九世紀末的雰囲気を生かし、歴史映画をロケ中の国産映画撮影班を。煌々と照らされた広間には親睦的で陽気なお祭り気分が充満していた。

ガーリップは「ジェラールは居ない。来られなかったんだ」とイスケンデルに切りだした。「のっぴきならない仕事ができてしまってね。身を隠しているのもその機密任務のせいなんだ。機密がネックで僕に代弁を頼んできた。話す内容は詳しく把握している。僕が代理で話すよ。」

「先方が承知するだろうか」

「僕がジェラール・サーリックだって言ってやればいいよ。」自分でも面食らうような怒気を込めて言い放った。

「なんでまた？」

「だって、重要なのは話の内容だろう。誰が話すかってことじゃない。今、僕らのもとには話すべき物語があるんだ」

「向こうは君を知っているよ。だいたいあの晩ナイトクラブで話だって披露しているじゃないか」

「知っているだって？」着席しながら疑問を呈した。「言葉の誤用だな。向こうは僕のことを見ただけだ。しかも今日の僕は別人なんだ。彼らはあの日見た人物のことだって知らないし、今日会う僕のことだって知りようがない。そもそもトルコ人同士なんて皆顔の見分けがつかないほど似ていると考えているはずだ。」

「あの日に見た男が君じゃなくて別人だったと言い張ったところで、少なくともジェラール・サーリックはもっと年のいった人だと思っているんじゃ……」

「先方がジェラールの何を知っているというんだ。このコラムニストは有名人だから話してみろ、トルコ特集だったら使えるぞ、などと誰かに吹きこまれたまでだ。名前くらいはメモしたかもしれないけど、年齢とか顔がどうとか、そこまで訊かないだろう」

その時、歴史映画の撮影現場から高笑が押し寄せた。長椅子のふたりは振り返ってその一画を見やった。

「なんで笑ったのだろう」

「わかるもんか」とイスケンデルは答えたが、理由を知っているかのように含み笑いをしていた。

「誰も自分自身でなんかないんだ。」ガーリップは秘密を明かすかのように囁いた。「誰も自分になることなどできない。誰もが君を別人だと思いかねないってことを疑ったことはないのか？　自分であるということに、そんなに自信があるのか？　自信があったとしても、自分だと思い込んでいるその人物が誰なのか、ちゃんとわかってるのか？　取材班が求めているものは何だ。彼らが捜し求める人物とは、夕食後にテレビに向かったイギリス人視聴者が苦しみや悲しみに同調し、その物語に心うたれるための異邦人であるはずだ。それならうってつけの話があるんだったよ、僕には！　誰も僕の顔なんか見る必要なんてないんだ。顔が影になるように撮影したらいい。政府の弾圧や政治的殺人や軍事クーデターの脅威に晒される神秘的かつ著名なトルコ人記者――イスラム教徒だということも忘れちゃいけない、一番面白いところだ――が覆面でＢＢＣの質問に答えるんだ。このほうがずっと受けるじゃないか。」

「わかった。上に電話する。待ってるはずだ」

ガーリップは大広間の反対側の端の撮影風景を観察した。勲章や褒章、大綬章が光る真新しい礼服に身を包み、トルコ帽をかぶり、髭を蓄えたオスマン朝時代のパシャが、最愛の父親の言葉を拝聴する従順な娘と話していたが、その顔は娘のほうではなく、給仕やベルボーイが慎ましく静かに見守る撮影中のカメラを向いていた。

「我々には何もない。一切の助けも、力も、希望も。誰も彼も、全世界がトルコの敵なのだ」とパシャは叫んでいた。「政府がこの砦をも手放さざるを得なくなったかどうかは神のみぞ知らん……。」

「お父様、ご覧くださいませ。わたくしたちには、まだ……」と娘は台詞を引き継ぎ、手にしていた書物を父親というよりは視聴者に示した。それが何の本だか台詞から特定することができず、書物がコーランではないとわかるとさらに興味を惹かれたが、同じシーンが繰り返されても、書名は不明だった。

それから時代物のエレベーターで上階に上がり、イスケンデルに案内されて二一二号室に入った時には、非常によく知っているはずの名前を失念した時のような欠乏感に心を蝕まれていた。

ベイオウルのナイトクラブで見た三人のイギリス人記者も部屋にいた。男たちはラク酒のグラスを片手にカメラや照明器具を準備していた。女は読んでいた雑誌から顔をあげた。

「我が国の著名な新聞記者にしてコラムニスト、ジェラール・サーリック、まさにご登場であります！」英語でイスケンデルが紹介したが、真面目な学生でなくても元の文章を連想してしまうような、違和感を覚える直訳調だった。

「お目にかかれて光栄です。」女とふたりの男は漫画に出てくる双子のように同時に口にした。「でも以前お目にかかりませんでしたかしら？」

「でも以前会ったことがなかったか、と言ってます。」イスケンデルが伝えた。

「どこで？」とガーリップ。

イスケンデルも女にガーリップが「どこで？」と訊いたことを伝えた。

「あのナイトクラブで」と女。

「長年ナイトクラブになど行ってませんな。行きませんとも。」ガーリップは頑固に言い張った。「しかも生まれてこのかたナイトクラブになど行ったとも思われません。そうした社会的活動やそういった混雑した場所は、執筆には必要不可欠の孤独と精神衛生とは相容れぬ類のものだと考えております。恐ろしいほどに膨れ上がる私の執筆生活の過酷さ、霊的生活の途方もない濃密さ、より途方もない規模に膨れ上がる政治的殺人と弾圧、それらはそもそも私のことを常にこの種の夜遊びから遠ざけるのです。一方、全イスタンブールはおろか全国の至る所に自分のことをジェラール・サーリックだと思い、ジェラール・サーリックと名乗る人々が存在するのを知らないわけではございません。しかも彼らは非常に公正かつ適切な欲求に基づき、そのように振舞っているのです。もっと言えば、変装をして街に出た夜などには、街外れの貧困家庭の、暗澹たる、意味の見えない生活のただなかで、そう、神秘の中心で、こういう人々とおずおずとではありますが出会い、衝撃的に『私』そのものでもあり得る、この不幸な者たちと友情すら結んだのです。イスタンブールは巨大国家です。理解不能な国なのです。」

　イスケンデルが訳し始めると、開かれた窓から金角湾とイスタンブール旧市街の蒼褪めた夜景の灯を眺めた。冷酷帝（ヤヴズ）セリム・モスクも観光資源として活用すべく夜間照明を実施したものらしいが、電球の一部はありがちな盗難被害にあい、モスクはおどろおどろしい奇怪な石の集積、歯が一本しかない老人の真っ暗な口腔に変貌していた。通訳が終わると女は洒落っ気や茶目っ気を欠かさぬまま上品に誤解を詫び、サーリック氏をあの夜あの場で物語を披露した背の高い眼鏡をかけた小説家だと混同したと弁解したが、納得したようにもガーリップの言葉を信じたようにも見えなかった。恐らくこの奇妙な状況やガーリップのことを興味深いトルコ人的特質のように受容しようと決めたらしい。寛容な知識人は異文化に対面すると「理解不能だが敬意を払う」ふりをするものだが、彼女もまたそうした態度を装ったのだ。いかさまのカードを見せつけられつつも、ゲームをぶち壊しにしない、寛容で遊び心のある女には好感をもった。多少なりともリュヤーに似てはいなかっただろうか？

用意された椅子は、背後に設置された照明、脇にセットされたカメラやマイク、さらに黒いコード類に囲まれて、モダンな電気椅子のようだった。そこに座ると取材班はガーリップの緊張を見てとった。一人が手にグラスを握らせ、軽く笑いながらラク酒と水を、所望した配分通りに優雅に注いだ。女は相変わらずの茶目っ気を示し——そもそも微笑を絶やさなかった——レコーダーに素早くカセットを入れ、ちょっとした隙にポルノ映画のカセットでも滑り込ませたかのように婀娜っぽくボタンを押すと、ポータブルビデオの小さな画面には八日間に撮影されたトルコの風景が映し出された。一同はポルノ映画を鑑賞するようにうっすらと冗談ぽく、完全に無関心というわけでもなく静かに見守った。折れた腕と反対側に曲がった両脚を見せつける陽気な曲芸師のような乞食、激しい政治的会合、会合後、演説をする熱血指導者、バックギャモンに興じる二人の老人、居酒屋とナイトクラブの光景、自分の店のショウウィンドウの前で胸を張る絨毯屋、ラクダで傾斜を登る部族、ぷかぷかと煙を吐いて進む蒸気機関車、カメラに手を振るスラム街の子供、八百屋のオレンジを検分するスカーフをかぶった女たち、新聞紙で覆われた政治的殺人の犠牲者とその肉片、馬車でグランドピアノを運搬する年老いた人足。

「この人足を知ってる。」だしぬけにガーリップは叫んだ。「二十一年前、僕たちがシェフリカルプ・アパルトマンから裏通りに引っ越した時、手伝った男だ。」

一同は、遊び心と愉しさと生真面目さをもって老いた人足を見つめた。老人はピアノを載せた馬車を老朽アパルトマンの庭先に入れるとき、やはり同じ遊び心と愉しさと生真面目さをもってカメラのほうに笑いかけていた。

「皇子のピアノが戻った。」ガーリップは言った。そう言いながらも誰が自分の声を拾ってくれるのか、否、自分が誰かすらわかっていなかったが、順調にことを運ぶ確信はあった。「昔、あのアパルトマンの場所にあった御猟場の館に皇子様が住んでいたんだ。あの皇子の話をしよう。」

即座に準備が整えられた。イスケンデルは有名コラムニストが重要な、極めて重要な歴史的発表を行うべく、この場に現れたことを再度繰り返した。イギリス人の女はこの発言をオスマン朝最後の皇帝、地下組織化したトルコ共産党、アタテュルクの知られざる謎の遺産、トルコにおけるイスラム原理主義活動、政治的殺人と軍事クーデターの可能性を含む巨大な枠組みのなかに巧みに収め、興奮気味に視聴者に紹介した。

「昔、我々の居るこの街に、人生最大の問題とは人間が自分たり得るかどうかであると発見した皇子が住んでいた」とガーリップは物語を始めた。語っている最中、皇子の激情をひしひしと内に感じる余り、自分を別人のように眺めることになった。この人物は誰であろう？　皇子の幼年時代の説明をすれば、自分が装う新たな人格が、昔自分がそうであったガーリップという名の子供であると感じた。皇子がどのように書物に埋もれたかを話せば、自分がその没頭した書物の著者たちのように見えた。皇子が猟荘で過ごした孤独な日々のことを語れば、皇子の物語の主人公であるように見えた。皇子が書記に自分の思考を書きとらせた様を解説すれば、あたかもその思考のなかの人物となった。皇子の物語をジェラールの物語のように語ればジェラールが語る物語の主人公になったように感じた。皇子の最後の日々を語れば「ジェラールもこう語っただろう」と考え、それがわからぬ室内の見物人一同に苛立った。ガーリップの激した調子に押され、イギリス人はトルコ語を解するかのように耳を傾けていた。皇子の最後の日々を語り終えると、間髪を入れず同じ話を最初から始めた。「昔、我々の居るこの街に、人生最大の問題とは人間が自分たり得るかどうかであると発見した皇子が住んでいた。」さきほど同様、強硬に繰り返した。四時間後、シェフリカルプ・アパルトマンに戻ったガーリップはこの文章が発言された初回と二回目の間の違いに想いを馳せ、初回の時にはジェラールは生きていたが、二回目にはテシヴィキエ交番のすぐ向かいに、アラジンの店の少し先で死亡して倒れており、遺体の上に新聞がかけられていたと気付くことになるのだった。二回目の語りの時には初回は注意しなかった各所を強調した。三回目には物語を新しく語りだすたび、新しい人間になり得ることを明確に認識した。「皇子のように、僕も自分になりたいがために語っているんだ」という想いが胸に込み上げた。自分が自分だと自覚するのを邪魔する者たちへの瞋恚(しんい)に燃えつつ、都市と生活の内部にまで入り込んだ神秘はこうして物語を語ることによってのみ解明されると信じ、物語の最後の死の感覚、白々とした感覚が心に広がるうちに、三回目の語りを終えると沈黙が起きた。即座に、イギリス人記者一行とイスケンデルは温かい拍手を送った。過酷な芝居をこなした名優に拍手を送るように。

# 第16章 皇子の物語

「前時代の路面電車はなんと素晴らしかったことだろう！」
——アフメット・ラシム

昔、我々の居るこの街に、人生最大の問題とは人間が自分たり得るかどうかであると発見した皇子が住んでいた。その発見が彼の全人生であり、彼の全人生とはその発見だった。短い生涯についてのこの短い証言は皇子自ら書き取らせたものである。彼には晩年、真実発見の逸話を書きとめるべく書記を雇った期間があった。皇子が口述し書記はそれを記述した。

百年前の当時、街はまだ何百万人もの失業者がまごつく鶏のように通りを徘徊し、坂道からは廃棄物、橋の下からは排水が湧きだし、煙突は漆黒の煙を吐き、バス停で待つ人々がこっぴどく肘鉄を食らわしあう、そんな場所ではなかった。市電は馬が曳いており、それは悠然(ゆうぜん)たる速度だったので、走行時にも乗降が可能であり、ボスポラス海峡フェリーの運航もまた緩慢で、一旦埠頭で降り、菩提樹や栗や鈴懸(すずかけ)などの樹木の下を笑いさざめきながら次の埠頭まで散策し、埠頭の茶館(カフヴェ)で茶を飲んでから、やっと追い付いた同じフェリーに乗り込んで船旅を続ける乗客も居たほどであった。当時はまだ、胡桃や栗の木が伐採されて電柱に変貌し、割礼屋や仕立屋の手書き宣伝が張りつけられたりはしていなかった。街外れにはゴミ集積所や電波塔や電信柱におおわれた禿げ山ではなく、残酷な皇帝たちが猟をする森林や緑地帯が広がっていた。皇子の猟荘も、のちの世に街を包囲する配水管や石畳の道やアパルトマンによって消滅するこの緑の丘のひとつにあり、彼はそこで二十二年と三カ月を過ごした。

口述筆記は、皇子にとって自分になるための道だった。マホガニーの机に座った書記官に筆記させている最中のみ、自分たり得ることを信じていたのである。一日を通じて耳にした他者の声、館の部屋を移動中気に止まった他者の話、高い壁に囲まれた庭園を散策する時も一向にその影響から逃れられない他者の思考。唯一、書記に書きとらせている最中だけはそれらに打ち勝つことができた。「人が己になるためには心のなかに、唯一自分の声、自分の物語、自分の思考だけを見出さなくてはならないのだ」と皇子は口述し、書記は筆記した。

だがこれは、記述の最中、皇子は心の内でひたすら自分の声のみを聴いているということではない。その正反対に、物語を語りだした時には他者の物語を考え、まさに自分の思考を展開しようという時に他者が口にした別の思考に引きずられ、ここぞとばかりに己の激情に駆られたい時に他者の激情を心に感じており、皇子はそれを自覚してもいた。しかも人間は、心で聴いたこの声に対して声をあげ、これらの話に対して別の話を捏造し、皇子の言い方によれば「他者の雑音と格闘すること」によってのみ、自分の声を捉えられるのである。筆記という作業は、この死闘を自分に有利な結果に片付ける戦場と見なされていた。

皇子は、この戦場で、思考や物語や言葉と格闘しながら、屋敷の各部屋を行き来し、階段を上るときに呟いた言葉を、その階段が始まる所に出る別の階段を降りる最中に変更し、それからまた最初の階段を上る時や書記の机ときっちり向かい合った長椅子(ディヴァン)に座したり横臥したりする時に書記に繰り返させた。

「読んでみよ」と皇子が命じると、書記は主人が書かせた最新の文章を単調な声で読み上げた。

「オスマン・ジェラーレッティン皇子殿下は、この領土で、この呪われし領土で、人間が己自身になり得ることこそ最重要課題であり、この問題がしかるべく解決されざる場合、我々全員の崩壊と敗北と隷属が運命づけられていることを御存じだった。曰く、己と成り得る道を見いだし得ぬ全部族には隷属、全家系には零落、全国民には欠乏と絶無、絶無という末路が待つばかりである」

「絶無は二へんではなく三べん書くのだ。」階段の昇降時や書記の机を低回する時、皇子は鋭く注意したものだった。そういう時の皇子の声色と態度は、言葉を発するや否や、幼年時代と思春期にフランス語を習ったフランス人教師フランソワ先生の言動を思い出させるものであったらしい。皇子は「書き取り」授業の時の教師の態度、激越(げきえつ)な歩調、さらにはいかにも教えてかかるような声を自分が真似ていることを痛感し、瞬く間に一切の「精神的活動を停止させる」「想像力の全色彩を褪せさせる」煩悶に襲われた。この抑鬱状態に慣れた書記官は、長年培った経験で筆を置き、仮面をかぶったように凝固した無意味で空虚な表出をもって「自分になれない」病の発作と怒りの収束を待った。

オスマン・ジェラーレッティン皇子殿下の幼少期の思い出は矛盾を孕んでいた。オスマン朝の皇族がイスタンブール各地に所有する宮殿や屋敷や別荘で過ごした明るく楽しく活動的な子供時代と、思春期の幸福な場面を書記は一時期頻繁に筆記したと記憶していたが、それらは最終的に古い帳面に属している。「我が母者人、ヌルジャン御令夫人（カドゥン・エフェンディ）は、父アブドゥルメジット・ハン皇帝の最愛の妻であり寵姫であったがゆえに、皇考（こうこう）は三十名の児女のうち余のことを最も愛していた」と述懐したこともあれば、またこれも昔の話であるが、別の機会にこの幸福な情景を記述させる時、「三十人の子女のなかで父アブドゥルメジット・ハン皇帝は余を最も愛してくれたがゆえに、第二夫人であった母ヌルジャン御令夫人は後宮（ハレム）の寵姫であった」と語ったこともあった。

　ドルマバフチェ宮殿の後宮（ハレム）の広間の扉をバタンバタンと開閉しながら、階段を一段抜かしにして追いかけてくる兄レシャットから逃げた時、幼い皇子に、その鼻先を掠めるようにして扉を閉められて驚いた黒人宦官長が失神したということも書記は記述した。十四歳の姉ムニレ皇女が四十五歳の武骨な将軍に嫁す前夜、愛らしい弟を抱き締め、ただそなたと、そなたと遠く離れることだけが辛いと囁き、皇子の白い襟が姉の涙に濡れたということも。クリミア戦争中イスタンブールに来訪した英仏人のための歓迎の宴で、母親の許可を得て十一歳のイギリス人少女とダンスに興じたこと。さらには同じ少女と機関車やペンギンや海賊の挿絵がある本を広げていつまでも眺めていたこと。御祖母ベズミアーレム皇太后の名を冠した船の命名式典で、皇子がきっかり二オッカ〔二五六六グラム〕の薔薇味とピスタチオ入りのロクム菓子を食べて賭けに勝ち、その後、愚鈍な兄君が首の後ろをとんとん叩いてくれたこと。兄姉と一緒に御料車でベイオウルの商店に赴き、ハンカチ、香水瓶、扇、手袋、傘、帽子が数多売られている中で、よりによってお芝居ごっこで使用したいと、店番の丁稚の前掛けを脱がせて買い取り、その噂が宮殿で広まり罰せられたこと。皇子の幼年時代と思春期を通じ、あらゆるものを、医者を、イギリス大使を、窓の前を通る船を、大宰相を、軋む扉や宦官長の耳障りな声を、父帝を、馬車を、雨が窓に降りかかる所を、本で読んだことを、父帝の葬式後泣いていた者を、波を、ピアノ教師のイタリア人グアテリ卿(パシャ)を、真似していたこと。そして皇子はその後、毎度細部描写は同じであっても、憤激と憎悪を言葉に織り混ぜこれらを回想するのだが、この思い出は必ずケーキ、お菓子、鏡、オルゴール、夥しい玩具、浩瀚なる蔵書と七歳から七十歳まであらゆる年齢層の女たちからダース単位で受けたキス、そう、キスと抱き合わせにして思い浮かべなければならぬと発言していた。

書記に自分の過去と考えたことを綴らせるようになり、皇子はこの幸福な時代のことを「幼年時代の幸福は甚だ永く続いた」と語った。「我が幼年時代の白痴的幸福は過度に永く、余はちょうど二十九歳まで愚かで幸福な幼児として生きていた。玉座に就こうという皇子が齢二十九まで愚かで幸福な子供として生きることが可能な皇統に崩壊と離散と消滅が運命づけられているのは理の当然である。」二十九歳までの皇子は第五皇位継承者で、皇子たちの顰(ひそみ)に倣って歓を尽くした。女たちと遊び、読書に耽り、動産・不動産を買い漁り、音楽と絵画に浅薄な興味を示し、より浅薄な興味を軍事方面に向け、結婚し、男児二名を含む三人の子供を授かり、誰しもと同じく友人や敵を作った。皇子は後に書記に対し「こうしたしがらみや、物欲や、女や、友人や、愚かしい思考一切合財から解放されるためには二十九歳にならねばならなかったらしい」と語った。二十九歳の時、予期せぬ歴史的展開の結果、瞬く間に皇子の皇位継承権は五位から三位に繰り上がった。

だが、皇子によれば、ある出来事を「予期せぬ」などと言うのは愚者の所業であった。思考や意欲はおろか魂が腐った伯父アブドゥルアジズ皇帝の病死や、後を継いだ長兄が間もなく発狂して退位することと以上に自然な展開など想定しようもないではないか。そう記述させると、皇子は館の階段を上りつつ、玉座に就いた兄アブドゥルハミットも、長兄同様狂人であったと付けくわえた。別翼の階段から降りる時には、継承権が自分より上で、別の館で自分同様戴冠の時を待っていた皇子も、ふたりの兄以上に狂っていたと、恐らくは初めて発言した。書記はこの危険な発言を初めて記述し、皇子の兄たちは何故気が触れたか、何故発狂に追い込まれたか、オスマン朝の皇子たちは何故乱心する以外になにかを成し遂げられないのかという謎に関する解説を粘り強く記述し続けた。

そもそも一生を通じ皇帝の座に就くことを待機しつつ生きる人間は気が狂う運命なのだ。同じ夢を見て待っていた兄の乱心を目にした者は、狂気と正気の間の二律背反に陥るがために狂うほかはなくなるのだ。人は狂いたいからでなく、狂いたくないからこそ、思い悩むからこそ狂うのだ。祖先が、父親の父親たちが即位するや否やその他の兄弟を握りつぶすが如くに殺した様を、待機期間中ただ一度でも考えた皇子はもはや狂わずには生きていけないのだ。祖父メフメット三世が帝位に就いた直後、乳飲み子を含む十九人の兄弟を個々に死刑にしたことを何らかの書物で読み、自分が即位する帝国の歴史を学ぶ必要にかられ、兄弟を一人ずつ殺害した皇帝の話を読むことになる皇子は発狂する宿命なのだ。最終的に毒殺か絞殺か自殺に見せかけるかした殺害が待ち受ける、耐えがたい待機期間のある時点で発狂すれば「競争から降りる」ことになるわけで、死を待つが如く帝位を待つ皇子たちにとってそれは最も簡単な逃げ道かつ最も深い隠れた願望だったのだ。自分を監視する皇帝の情報提供者から、情報網をくぐり抜け皇子の耳に入る下劣な政治家の陰謀から、様々な罠から、この耐えがたい玉座の夢にまつわる一切合財から解放される好機こそ、発狂なのだ。即位を夢見た帝国の地図を一瞥した皇子なら誰でも、近々皇帝としての責任を負い、己の、そう、ただ己の命令をもって統治することになるこの帝国がいかに広大無辺にして寥郭(りょうかく)たるかを確認するたび、狂気の境界線上に佇むことを余儀なくされるのだ。この果てしなさに鈍感な皇子のほうも、将来自分が全責任を負う帝国の巨大さを実感できないということになり、すなわち狂人と見なさねばならないのだ。オスマン・ジェラーレッティン皇子殿下は発狂原因を数え上げていたが、ここまできて「余が」と言いだした。「現在、オスマン帝国を統治した白痴、狂人、愚者よりも正気の人間であるとしたら、この理由もまたこの狂おしき果てしない感覚ゆえである！ いつか双肩に圧し掛かるだろう無辺大の重責を想えども、他の哀れむべき腑抜けどものように余は狂わなかった。逆にこの感覚を抜け目なく考察することにより、正気を保ちおおせたのだ。意志の力を総動員し、この感覚を注意深く統制したからこそ、余は人生における最重要課題は、人が己自身に成り得るかどうかであると発見したのである。」

皇位継承権が五位から三位になるとすぐ、皇子は読書に没頭した。即位を夢物語などと見なさないならば、皇位継承者は誰でも自分を磨くべきだと考え、またそれは読書によって成し遂げられると無邪気にも信じていたのである。皇子は貪欲に本を読み、杯をあおるが如くにページを繰り、読了後の書物からは将来に向け「有益な発想」を必ず抜き出し、その発想を近いうちに未来の幸福なるオスマン帝国において実現するという夢に熱中した。発狂しないために縋りついたこの空想を信じ、愚かしく幼稚な過去の生活を思い出させるあらゆる雑事から一刻も早く解放されたいがために、妻子や昔の私物や習慣はボスポラス海峡沿いの邸宅（ヤル）に捨て去った。そして小さな猟荘に引っ越し、そこで二十二年と三カ月暮らした。それは百年後、石畳に覆われた市電の通路や、様々な洋風建築を模倣して建てられた陰惨なマンション群や、男女別の高校（リセ）、交番、モスク、洋服屋、花屋、絨毯屋、クリーニング屋が立ち並ぶことになる丘の上にあった。自分を愚かしい外部の生活から守ろうと――一方皇帝からすればこの危険な弟への警戒を強化するべく――石塀が作られ、塀の背後には栗と鈴懸（すずかけ）の巨木が覗いていた。百年後、その木々の枝には黒々と電線が巻きつき、幹にはヌード写真満載の雑誌が吊るされることになるのである。百年後も、この丘を離れなかったもの狂おしい鴉の群れの叫喚以外、館のなかで聞こえる音と言えば、風が海へと吹いている日に向かいの山々にある兵舎から流れてくる教練の声と音楽だけだった。皇子は猟荘で過ごした最初の六年間が人生最良の時だったと何度も記述させた。

皇子は述懐する。「何故なら、あの頃は読書三昧だったからだ。ひたすら読んだ内容を夢みていればよかった。六年間ただ自分が読んだ本の著者の思考と発言と共に生きていた。」だが、こう付けくわえた。「しかし、あの六年間を通じ、まるで己自身にはなれなかった。」皇子はこの六年間の幸せな年月を郷愁と苦い想いを込めて思い出すたびに「余は余ではなかった。おそらくはそのせいもあって幸福だったのだ。だが、皇帝の責務は幸せになることではない、己自身になることである！」と記述させ、書記が何冊もの帳面に何千回も書いた例の台詞を吐いた。「皇帝に限ったことではない。己自身になることは万人の責務である。そう、万人の。」

その六年間も終わりに近づいたある夜、皇子曰く「人生最大の発見と目的」なる真実を、彼は明確に認識した。「あの幸福なる時代、夜にはよく自分がオスマン帝国皇帝になった時のことを想定していた。その夜、余はやはり空想のなかで、国家的問題を解決するべく怒りにまかせて愚か者を叱責していた。ヴォルテールも述べたようにだな、などといって痴れ者を叱責中、突然己の状況を認識して凍りついた。空想のなかでオスマン帝国第三十五代皇帝として即位したはずの人物は、余ではなくまるでヴォルテールだった。余ではなくてヴォルテールを模倣した誰かだった。何百万、何百万もの臣民の人生を支配し、地図上では広大無辺に映る祖国を統治する皇帝が己自身ではなく、誰か別人であるということの衝撃。あの瞬間、初めてそのことに気付いたのである。」

その後も皇子は発作的に憤慨にかられ、この事実を最初に発見した瞬間に関し、いくつか別の逸話を語ったが、書記は発見の瞬間が常に同じ洞察の周辺に集中していることを知っていた。何百万人もの命を預かる皇帝が脳裏に別人の文章を浮かべることは正しいか？　将来世界最大の帝国を統治する皇子はひたすら、ただひたすら自分の意思により行動するべきではないか。他者の思考を終わりなき妖夢の如く脳裏に浮遊させる人物など皇帝と認められるのか。それでは影にすぎぬではないか。

「影ならぬ、真の皇帝は、別人ではなく己自身にならねばならぬとわかると、余は書物から解放される必要があると判断した。六年間に読んだ書物は言うまでもなく、生まれてこのかた読んだ書物から。」皇子はその後十年間のことを語り始める時、言った。「他者ではなく、ただ己になるためには、あらゆる書物、あらゆる作家、あらゆる物語、あらゆる声から解放されねばならなかった。これには十年を要した。」

こうして皇子は自分が影響を受けた本から解放された過程を逐一記述させた。館の蔵書の中のヴォルテールは全巻焼却した。その著作を読み、作家を思い出すにつれ、自分より賢く、当意即妙で、宗教に束縛されない、ユーモアのあるフランス人であることを身につまされ、しかも本人になることはできないからである。ショーペンハウワーは館から追放した。彼の著作のせいで皇子は意志について何時間も、何日も考え込む人物と自分を同化させ、最終的に同化に至った悲観的人物は将来皇帝の座に就く皇子ではなく、ドイツ人哲学者そのものだったからである。各巻大金をはたいて取り寄せたルソーも、自分を現行犯逮捕しようとする野蛮な人物に皇子を変貌させたため、裁断して館から遠ざけた。「フランス人思想家の著作は誰も彼も、デルトゥールも、デ・パセも、世界が理性によって理解可能な場所であることを述べたモレリも、その反対のことを書いたブリショも焚書に処した。何故ならそれらを読むにつれ、自分のことをかくあらねばならぬ未来の皇帝としてではなく、自分以前の思想家の馬鹿げた考察に反証を試みてばかりの皮肉屋で論争好きな学者とみなすようになったからである。」『千夜一夜物語』も焼却処分した。この本のせいで変装して歩く皇帝たちに自分を重ねたが、それはもはや皇子が理想とする皇帝の姿などではなかった。『マクベス』も焼いた。読む都度、自分も王冠を掴むため手を血に染めることもいとわぬ意気地なしの臆病者であると思えてくるし、さらに悪いことにはそういう者になることを恥じるどころか詩的な誇りすら覚えてしまうからである。メヴラーナの『メスネヴィー』も館から追放した。この複雑怪奇な書物の物語のなかにのめり込むたび、混乱した物語こそ人生の本質であることを屈託なく信じる高僧（アブダル）と自分を重ねてしまうからだ。皇子は明かした。「シェイフ・ガーリップは自分を哀しい求愛者のように思ってしまうので焼き捨てた」「ボットフォリオを読むと自分のことが東洋人になりたがっている西洋人のように見えてくるので、イブン・ゼルハニはというと西洋人になりたがっている東洋人のように見えてくるので焼却した。何故なら余は自分のことを如何なる人物であれ、書物に登場する人物として認識したくはなかったのだ。東洋人とも西洋人とも情熱家とも狂人とも冒険家とも。」こうした発言の後、書記が六年間を通じ数多の帳面に数え切れないほど繰り返し記述したあのリフレインを、皇子は熱っぽく繰り返した。「余は頓（ひたぶる）に己自身になりたかったのだ。頓に己自身になりたかった、己自身になりたかったのだ、頓に。」

　だがそれは容易なことではなかった。一連の書物から解放され、ついにはこれらの書物が長年語り続けた物語の声も聞こえなくなったはいいが、頭のなかの沈黙が皇子には耐えがたかった。不本意ながら書物を購うべく街に使いを遣り、包みを開くや否や、貪るように読んだ。最初は著者のことを鼻で笑っていたつもりなのに、悔しさに歯嚙みしながら儀容いかめしく焚書に処しても、その声は耳に残っており、否応なしに彼らを模倣してしまう。それを打ち消すためには別の本を読まねばと、毒をもって毒を制する虚しさに苛まれつつ、揉み手をしながら待っているベイオウルの洋書専門店やバーブアーリ地区の本屋に、皇子はみすみす再び使いを送った。「オスマン・ジェラーレッティン皇子殿下は、己たらんと決意してから、ちょうど十年間書物と戦った」とある日書記は書いた。皇子は『戦った』ではない、『格闘した』と書くのだ」と訂正した。オスマン・ジェラーレッティン皇子殿下は十年間書物と、書物が発する声と格闘した挙句、自分の物語と自分の声を書物の声に対して張り上げることによって、自分になり得ることを悟り、書記を召し抱えることにした。

「オスマン・ジェラーレッティン皇子殿下はかの十年間、書物や物語のみならず、己が己であることを妨害するあらゆるものと格闘した」と皇子は階段の最上段から吠えるがごとくに敷衍した。何千回も繰り返したその言葉を、千一回目となってもまるで初めてのように信念と興奮に燃えて口にし、書記も変わらぬ一本気を発揮しこの言葉とそれに続く文章を丹念に書きとった。皇子はこの十年、書物だけでなく、書物同様自分に影響を与える身の回り品とも死闘を繰り広げた。何故なら家具、机、椅子、小卓といったものは人に要らぬ緊張感と安心感を与え、皇子をして懸案の埒外に追い出したからである。また、灰皿や燭台があるとそこに視線が絡まり、己を己たらしめる思考を深化させることができなかった。あの時計、壁の油彩画や小卓の花瓶、長椅子の上の丸いクッションは皇子を不本意な精神状態に陥れた。あの時計、鉢、ペン、古い椅子などは全て己になることを邪魔する潜在的意味と追憶を背負っていた。

或る物は破壊し、或る物は焼却し、或る物は廃棄し、皇子は私物を目に届かない所に遠ざけたが、それ以外にも己を他者と為す追憶とも十年間格闘した。「瑣末で月並みでつまらぬ過去の細部が、時を経て、暗殺を企図する残酷な殺人者の如く、不可解な復讐の焔を長年絶やさぬ修羅の如く、突如思索と空想の途中に現れ、理性が吹き飛ぶほど余を驚かせたのだ。」即位後、何百万の窮民の生活を顧慮すべき人物ともあろうものが、思索のさなか、子供のころに食した小鉢一杯の苺や、取るに足らない宦官長の馬鹿げた台詞をひょっこり思い出すなど言語道断だった。皇帝たるもの己自身であるべきで、ただ自分の考え、意思、決意の結果を全身に漲らせねばならない。斯くなる皇帝は自分が自分であることを妨害し、脈絡もなく勝手な旋律を奏でる追憶には反撃するべきである。否、皇帝だけでない、万人がそうするべきなのである。書記の記述。「オスマン・ジェラーレッティン皇子殿下は思索や自らの意思の純粋性を汚す追憶と格闘すべく、屋敷内のすべての匂いの発生源を枯渇させ、自分に馴染んだ身の回り品や衣服を捨て、音楽という名の麻薬芸術や弾いたことすらない白いピアノと関係を絶ち、全部屋の壁を真っ白に塗った。」

「だが最悪のしがらみ、すなわち如何なる思い出や私物や書物などよりも振り切るのが難しいもの、それは人間である。」まだ処分されていない長椅子の上に横たわった皇子は書記に書き取った内容を朗読させた後、言い添えた。人々も色々だった。予期せぬ時、望みもしない時に、何処からでも侵入し、聞くも汚らわしい噂話や何の役にも立たない巷談を持ち込む。良かれと思って、他人の平安を乱す。その愛ときたら癒されるどころか、息が詰まる。自分にだってなにかしら考えがあると証明するために口を開き、面白い人間だと思って欲しくて逸話を披露する。愛を示せば相手を煩わせる。これらはあるいは重要なことではなかったのかもしれない。だが命がけで自分になろうとし、純粋に自分の考えと向き合いたいと考える皇子は、この愚か者たち、この無用で無気力で陳腐な口さがない輩が訪問してくるたび、長い間自分自身になることができなかった。「オスマン・ジェラーレッティン皇子殿下は人が己たらんとするにあたり、最大の障壁は周囲の人々であると考えていた。」書記は記述した。「人は他の人を自分に類似せしめた時、無上の喜びを得る」とも。皇子がまず怖れたのは、将来即位した暁に、人々と関係を持たなくてはならないことだとも。「苦境に喘ぐ哀れな人々に同情するが故に、その影響を被ってしまうのだ。凡庸かつ無個性な人々にも、ついにはその人々と一緒になって凡庸かつ無個性になろうとするあまり影響される。特定の人格を有する者にも、敬意に値する者にも、自覚の無いまま彼らを模倣してしまって影響される。実は一番危険なのは最後にあげた人々なのだ。だが余は人々を悉く、悉く周囲から遠ざけた。さあこれも書いておくれ。余は己のためだけでなく、ただ己になるためでもなく、何百万もの民を救うために闘争を貫いたのである。」

　如何なる者の影響も受けないことを目指した「壮絶なる存在と無の戦争」の十六年目のこと。依然として馴染んだ調度品や愛した匂い、影響を受けた書物とは夜毎格闘していた。ある夜、皇子は窓の「西洋化された」鎧戸の隙間から寥郭たる庭園の雪化粧と月光を眺めやった。そしてこの戦いが実は己の戦いではなく、崩壊するオスマン帝国と運命共同体であるところの、何百万人もの不運な人々の戦いであることに気付くのである。書記が皇子の人生の最後の六年に、何万回も書いたように「己となり得ぬあらゆる部族、別の文明を模倣するあらゆる文明、他国の物語に聞き入り幸福に浸るあらゆる国民は」崩壊し消滅し忘れ去られる宿命が待っているのだ。こうして皇子は自らが個人的、精神的実験として体験している闘争が、実は「歴史的死闘」、「数千年に一度の外殻変革闘争の最終段階」、「数世紀後に歴史家によって正当に評価されるべき進化史上の、最重要地点」であると悟った。それは屋敷に籠居し即位を待つ日々も十六年目に突入した頃であり、心に響いてしまう物語に対し、ただひたすら自分の物語の声を張り上げて戦えばいいと気付いた時期のことであり、書記を雇おうとしていた矢先の出来事であった。

無窮(むきゅう)の時間の広がりと底知れぬ不気味さを匂わせ、広大な庭の雪景色に孤月が冴えていた夜から少し経った頃、皇子は忠実で忍耐強い老書記を召し抱えた。毎朝長椅子の向かいのマホガニーの机に書記を座らせ、自分の物語や発見を語り始めると、皇子は自分が語ったこの「歴史上極めて重要な次元(ディメンション)」は実は遠い昔に発見したことがあると思い当った。帝都の街並みが日毎存在もしない想像上の異国を真似て変貌していくことを、屋敷に引きこもる前にこの目で見なかっただろうか？　路地を埋め尽くす不遇にして不幸せな民が西洋人旅行者を参照し、入手した外国の写真を吟味しつつ、身なりや服装を変えたことを知らないとでもいうのか？　夜毎、街外れの茶館(カフヴェ)でストーブの回りに集まった哀愁を帯びた男たちが、先祖から受け継いだ自らの物語を語る代わりに、二流コラムニストが主人公の名前をムスリム風にし、『三銃士』や『モンテ・クリスト伯爵』を改変して書いた駄文を、新聞を掲げて互いに朗読しているのを聴いたことがないのか？　更に自分も一時期、暇つぶしにいいなどと言って、こうした恥ずべき作品を製本出版していたアルメニア系書店に足繁く通わなかったか？　猟荘での隠遁生活を断固決意する前、この不幸せな者、惨めな者、不遇な者と一緒に引きずり込まれた俗塵のなかで、皇子も自分の顔の古い神秘的な意味が、ちょうど不幸な民が体験したように、少しずつ失われていったのを、鏡を見る都度感じなかったのか？「否、感じていた」とこれらの質問のあと書記は逐一記述した。皇子がそう書くことを望むと察知したからだ。「さよう、皇子は己の顔も変化したのを感じていた。」

書記との作業開始から——皇子はふたりの行為を「作業」と呼んでいた——丸二年がたたないうちに、

皇子は子供の頃真似した各種汽船の霧笛、口にしたロクム菓子、四十七年の人生で見た悪夢、読破した書物、最もお気に入りの服、最愛の者、罹患した病、知っている動物の種類に至るまで、あらゆることを筆記し尽くした。この作業は「どの文章も、どの単語も、発見した偉大な真実の光にかざして解釈しつつ」行ったと皇子はよく口にしていた。毎朝、書記はマホガニーの机に座り、皇子はこの机の向かいの長椅子か机周辺の徘徊空間か、この空間から上階に伸びる、もしくは上階から下階に伸びる階段に陣取る。二人とも心のどこかで、皇子にはもう筆記するべき新たな物語が残っていないことがわかっていた。ところが両者が求めていたのもこの沈黙だった。皇子曰く「語るべきことがなくなって初めて、人は己になるまであと一歩のところに来たと言える」からである。「全てを語り尽くし、すべての思い出、書物、物語、記憶が黙りこむことで生まれる深い静寂を心に感じてからでないと、自らの魂の深みから、自我の暗い奈落の迷宮から己を己たらしめる自分の真の声があがる瞬間に立ち会うことは不可能なのだ。」

底なしの寓話の井戸のなかから、その深淵の何処かからこの声が次第に響くのを待望していた時期のこと、皇子は今まで「最も危険な話」として能う限り避けてきた女性関係と恋愛の話をした。半年近くに渡り恋愛遍歴、恋愛未満の関係、妻のことを語り、後宮(ハレム)の女性たちへの「接近」についてはひとつふたつの例外を除き必ず哀傷を嚙みしめるように回想した。

皇子によるとこの種の接近が怖いのは、たいした特徴もない平凡な女すら、対象となる男に悟られることすらなく、その男の思考の大部分を占めてしまうことだった。思春期や結婚生活の間、または妻子をボスポラス海峡沿いの邸宅に残し猟荘に引っ越した初期の頃には、つまり延々三十五歳までは「ひたすら己になる」「如何なるものにも影響されない」といった認識や目的がなかったため、皇子はこの状況を気に病むわけでもなかった。しかも「この猿真似尽くしの惨めな社会」は、ひとりの女、ひとりの少年、もしくは神への愛により全てを忘れること、「愛に溺れて無となること」が称賛に値する、誇るべきことであると教えるのである。皇子もまた皆に倣ってそう教えられたため、当時は「恋をする」ことに下町の大衆同様誇りを覚えていた。

猟荘に籠居してから六年続いた不断の読書年間を経て、人生最大の課題は己になれるかどうかであると気付くと、皇子は女への用心をすぐに誓った。女人の不在が物足りなさを感じさせたのは事実だった。だが懇ろになる女は誰でも、思考の純粋性を汚し、ただ己という源泉から汲み出したいと望む空想の中心に段々と陣取るのもまた事実だった。一時期、極力多くの女と付き合えば、愛という毒に対する解毒剤を血液に注入できると考えたこともあった。だが、恋愛慣れや愛の酩酊への倦怠といった目的ありきで近づいたため、女たちに関心を持つこともならなかった。その後、知り合った女性のなかで「一番特徴がなく、何色にも染まっておらず、無垢で、無害な」と綴らせたところのレイラ嬢と最も頻繁に相見えるようになった。これらの属性から言って恋などしないと過信したからである。「オスマン・ジェラーレッティン皇子殿下は彼女に恋することはないと信じたため、怖れることなくレイラ嬢に気を許すことができた」と或る夜、書記は書いた。今やふたりは夜間も作業していたのだった。「ところが忌憚なく心を開くことができた唯一の女人であるということで、余は瞬く間にかのひとに恋をしてしまった」と皇子は続けた。「それは我が人生最大の危機のひとつだった。」

皇子とレイラ嬢が屋敷内で口論した日々のことも記述された。レイラ嬢はパシャである父親の邸宅から従者を連れて馬車に乗り、半日がかりで猟荘を訪れ、自らのためにしつらえられた食卓で陪食（ばいしょく）を賜った。フランス小説で読んだような食卓で、ふたりは小説のなかの繊細優美な登場人物のように詩や音楽を語っていたが、食事が終わるや否や喧嘩が勃発し、帰宅時間が迫ったために半開きの扉の陰から盗み聞きしている料理人や使用人や御者たちは肝を冷やすのだった。「我々の諍（いさか）いにはこれといった理由はなかった。」皇子は一度説明したことがある。「ただ、かのひとのせいで己になれず、思考の純粋さが失われ、自我の深奥部からわき上がるあの声が聞きとれなくなったと言ってかのひとに苛立っていたのだ。或る間違い――余に非があるのかどうか、当時も分からなかったし、未来永劫わからないだろう――によりかのひとが亡くなるまで、これは続いた。」

レイラ嬢が亡くなると皇子は悲嘆にくれ、そして自由になった。書記は六年間の筆記生活を通じ、黙って敬意を払い、皇子の言葉に耳を傾けるばかりだったが、常になくこの死と恋愛については何度か話をもっと広げようと詮索してみた。ところが皇子は自分の望んだ形で、自分の望んだ時でないとその話題に立ち返ろうとはしなかった。

例えば、死の十六カ月ほど前のある夜、皇子はもし己になることに失敗し、屋敷で十五年続いた闘争が最終的に水泡に帰したら、君府（イスタンブール）の街並みも、もう「己たりえぬ」不運な都市の街並みに変貌するだろうことを語った。どこか別の都市の広場や公園や街路を模倣しているこの広場や公園や街路を歩く不運な民も、未来永劫自分になることはない、と。また、長年に渡り、屋敷の庭から外に一度も出たことがないが、にもかかわらず愛する帝都の通りの一本一本に至るまで、如何に知り尽くしているかということを述べた。何れの歩道、街灯、商店も、まるで毎日その前を通っているかのように空想のなかで生き生きと思い浮かべている、と。そんなある日の真夜中のこと、いつもの激した口調ではなく、掠れた哀しげな調子で、皇子はレイラ嬢が毎日馬車で屋敷に通ってきた日々には、馬車が街中を進むところを夢見て時間の大半を過ごしたと語った。「オスマン・ジェラーレッティン皇子殿下は己たらんとして戦ったこの日々において、一日の半分を栗毛と青毛の二頭立ての馬車がクルチェシュメから屋敷に来る際、どの道筋を通ったか、どの坂道を登ったかを空想して過ごした。お決まりの午餐と口論のあとも、瞳に涙を浮かべたレイラ嬢をパシャの屋敷に送り届ける馬車の帰路を想った。どうせほぼ同じ通りと坂道を通ることだろうが、その経路を空想して一日のもう半分の時間を過ごしたのだ。」書記はいつものように入念かつ几帳面な筆致で記述した。

　亡くなる百日前のこと、もう一度そのことに触れた機会があった。その時期、別人の声や物語が再び内面に響くようになり、それを抑制すべく、皇子は生まれてこのかた、自覚的もしくは無自覚的に第二の魂の如く心に抱えこんだ人格を憤慨しながら逐一数えていた。夜毎お召し替えを強いられる不幸な皇帝が衣装に袖を通すように、これらの人格を装ってきたのだ。そして、そのなかでは一番、紫丁香花（レイラック）が香る髪の女に恋する人格が気に入っている、と静かに明かした。書記は皇子が書かせた文章は一行一句余すところなく、丹念に何度も読みあげていたため、六年の歳月のうちに徐々に皇子のあらゆる記憶と過去を詳細に知悉し、把握し、自分のものとしており、紫丁香花の君がレイラ嬢であることがわかった。皇子は髪が紫丁香花の香に匂う女のために己になれない男の物語を語ったことがあったのだ。事故か誤算により彼女が死ぬと、自分の非が何かはどうしても理解できないまま、このたびはその花の香が忘れられないがために、男は己になれないのである。

ふたりの最後の日々は、皇子が発病寸前の人特有の昂ぶりを見せて言ったように「旺盛な仕事ぶり、旺盛な希望、旺盛な信念」をもって過ぎた。皇子は一日中筆記を続けさせ、そして書かせるにつれ、自らの物語を語るにつれ、己を己たらしめるあの声が、心により強く響いた日々であった。作業は深夜まで続き、如何に遅くなろうと書記は敷地に待機する車で帰宅し、翌朝早くに屋敷に戻るとマホガニーの机に座った。

皇子は自分になれなかったために崩壊した王朝、別の部族を模倣したために消滅した部族、自分の人生を生きなかったために遠い知られざる国に忘れ去られた民族の話をした。イリュリア人は、強い存在感を放ちただ己であらんことを臣民に指導する王が二百年間出現しなかったせいで、歴史の舞台から姿を消した。バベルの塔の崩壊は、よく想像されるようにネムルート王が神に挑戦したからではない。塔の建設に全力を注ぐ間、自分を自分たらしめる源泉を枯渇させてしまったからだった。流浪の民ラピテース族は定住化し、これからいざ国家を建設しようという時になり、交易していたアイティパリ人に染まって魔法にかかったようになり、全力で模倣に勤しんだために滅亡した。ササン朝ペルシャの崩壊は、その最後の支配者カワード、アルダシール、ヤズディギルドの三代が、ビザンツ人とアラブ人とユダヤ人に魅了され、タバリーも『歴史』で書いたように、人生を通じて一日たりとも自分になれなかったためであった。スサの影響を受け、首都サルデスに建立された最初の寺院からわずか五十年後、広大なリディア王国は崩壊し、歴史の舞台から姿を消した。巨大なアジア〔匈奴〕帝国が創設されようという時、全員一斉に伝染病に罹ったようにサルマタイ人の衣服と装身具を身に帯び、詩を唱和するようになったセベル人は、記憶を喪失したばかりか、己を己たらしめる神秘も喪失したがために今日歴史家すら記憶せぬ一族となった。「メディア人、パフラゴニア人、ケルト人も」と皇子は記述させ、書記は「自分自身であることができなかったため滅び去った」と主人より先に書き記した。「スキンティヤ人、カルムイク人、ミュシア人も」と皇子は言い、書記は「自分自身であることができなかったため滅び去った」と続けた。深夜、血の汗を滲ませて共同作業を終え、廃滅と崩壊の物語を仕上げた時、戸外では真夏の夜の静寂のなかでコオロギのひたむきな鳴き声だけが響いていた。

秋——水連と蛙が生息する庭園内の池に、紅く色づいた栗の葉が舞い落ちる風の強い日、皇子は悪寒を感じて寝ついたが、ふたりともさほど深刻にとらえてはいなかった。その時期、皇子はもしもいつか自分になれなければ、もしもいつか自分になった時の力をもってオスマン朝皇帝となれなければ、堕落する帝都の市中に生きる迷える人々の身に何が起こるかを予測し「彼らは自分の人生を他者の眼で見、自分の物語の代わりに他者の話を聴き、自分の顔の代わりに他者の顔に魅了される」だろうと語っていた。庭の菩提樹の葉を煮出して飲み、ふたりは夜遅くまで作業した。

翌日、書記は発熱して長椅子に臥褥（がじょく）する主人にかけてさしあげようと、上階に追加の布団をとりに行った。屋敷内は机や椅子が全て破壊され、扉は外され、家具は悉く排除されて久しく、書記はそこが完全に蛻(もぬけ)の殻であることに撃たれ、奇妙な茫然自失状態に陥った。空虚な部屋、壁、階段には夢境から抜け出てきたような白さが漂う。何もない部屋には皇子の幼年時代の遺物であるスタインウェイの白いピアノがあった。帝都広しといえども同じものはふたつとない。絶えて弾かなくなり、完全に忘れ去られたために廃棄を免れたのである。屋敷の窓から射しこむ別惑星から降り注ぐような純白の光の中でも、白さは書記の眼を射た。あらゆる思い出が色褪せ、記憶が凍りつき、音や香りや家具一切が消滅し、時間が止まったような白さである。匂いのない白い布団を抱え、階段を降りた。皇子が横たわる長椅子や長年自分が仕事をしたマホガニーの机、白い紙、窓、それらは幼子が遊ぶままごとの家のように脆く繊細で現実離れしていた。布団をかける際に見れば、二日間髭を剃っていない主人の顎髭が白い。枕元には洋杯(コップ)半分ほどの水と白い丸薬があった。

「昨夜、遠い国の鬱蒼と深い森のなか、余を待つ母上様の夢を見た」と横たわった長椅子(ディヴァン)から皇子は書かせた。「大きな紅い水差しから水を注いでおいでだった。甘酒(ボザ)のようにゆるゆると」と皇子は言う。「その時、全人生をかけ、己になろうと頑張ったおかげで、余は生き延びてこられたのだということに気がついた」「オスマン・ジェラーレッティン皇子殿下は、自分の声と物語を聴き分けるため、終生内面の沈黙を待ちわびて過ごした」と書記は書いた。「沈黙を待つために」と皇子は繰り返す。「君府の時計を止めてはならぬ」と皇子は言った。「夢寐(むび)に時計を見た時には」皇子は言った。「いつも他者の物語を語っているような気がしたものだ。」書記が続けた。沈黙。「無人の砂漠の石や前人未踏の山間の岩場、誰も見たことがない渓谷の樹木が余は羨ましい。それらがただ自分になり得たがために」と皇子は力強く意気込んで書かせた。「夢のなか、記憶の園を散策していると」ふと口を開いた。「何も」と続ける。「何も」と書記は全神経を集中して書いた。永い、余りにも永い沈黙。その後、書記は机を立ち、皇子が横たわる長椅子に近づき、じっと主人を観察してから静かに机に戻った。書記はこう書いた。「オスマン・ジェラーレッティン皇子殿下はこの御言葉を最後に、一三二一年ヒジュラ暦第八月（シャーバーン）七日木曜日、午前三時十五分、テシヴィキエの丘の猟荘にて薨去（こうきょ）された。」同じ筆致で書記は二十年後こう書いた。「オスマン・ジェラーレッティン皇子殿下の寿命は皇位に届かず、七年後メフメット・レシャット殿下が即位した。御幼少のみぎり皇子のうなじを叩いた御令兄である。オスマン帝国はその御代に世界大戦に参戦し崩壊した。」

　帳面は書記の親戚がジェラール・サーリックに渡したそうである。この原稿は記者の死後、紙束の間から発見された。

# 第17章　だけど、これを書いたのは僕

「あなたがた読み手はまだ生者のなかにいる
だがこれらを書いた私は
とうに旅路に就いていることだろう
影の国のなかへ」
——エドガー・アラン・ポー

「そうだ、そうだ、僕は僕だ！」皇子の物語を語り終えて噛みしめた。「そうだ、僕なんだ僕は！」人は物語を語るからこそ自分たり得るのだという揺るぎない確信とついに自分になることへの歓びが漲る余り、一刻も早くシェフリカルプ・アパルトマンに戻り、ジェラールの机で新作を書きたくなった。

ホテルを出てタクシーに乗ると、運転手が話をはじめた。人は何かを語る時のみ自分になることができると学んだガーリップは快く運転手の話に耳を傾けた。

百年前、うだるような夏の日、ハイダルパシャ駅を建設中のドイツ人とトルコ人の技術者が計算式を広げた机の周りで作業中、その少し先で漁をしていた海士（あま）が海底で金貨を発見した。金貨の表面には女性の顔が刻まれていた。幻怪なる、魅惑の顔。海士は不可解な顔の謎を、添えられた文字を手がかりに

解読してくれるかもしれないと、黒い傘の下で働くひとりのトルコ人技師に出土品を見せた。若い技師はビザンツ帝国金貨の文字ではなく、帝国の皇后の魅惑の面差しに激しく惹きつけられた。その異様さに海士のほうは啞然とし、さらには戦慄したほどあった。そこまで彼が魅了されたのは、皇后の顔に、技師が紙に綴るアラビア文字とラテン文字に関係する何かを見出したばかりか、そこには長年妻にしたいと願っていたいとこの娘の愛しい面影もあったからだ。いとこは、まさにこの時、他の男に嫁がされようとしていた。

「ええ、テシヴィキエ交番方面は通行止めなんですよ。」運転手は答えた。「また誰か撃たれたようですね。」タクシーから降り、エムラック大通りとテシヴィキエ大通りを結ぶ幅の狭い短い小路に入った。小路が大通りとぶつかったところに警察車両が多数停車していた。明滅する青色灯が濡れたアスファルトに反射し、蒼白で無残なネオンの色を放つ。アラジンの店には電気がまだ灯り、店先の小さな空間には、生まれてこのかた経験したことがない魔の静寂が広がっていた。夢路を辿る最中でもない限り、こうした静寂にはたじろがぬわけにはいかない。

交通は停止していた。車両はどれも微動だにしない。空気も動かない。その小空間のなかに、わざとらしい色彩と音声が織り成す劇場じみた雰囲気が醸成されていた。ショウウィンドウ内のシンガーミシンの間のマネキン群さえ、警官や職員のなかに割り込んできそうな勢いである。湧き上がる叫び。「そう、僕だって僕なんだ！」野次馬と警官の隙間から、カメラマンの青白いフラッシュが光った。夢の出来事を思い出すように、二十年間紛失していた鍵を見つけたように、見たくもない顔を認識するように、ガーリップは「それ」に気付いた。シンガーミシンを展示中のショウウィンドウのすぐ先の歩道に横たわった白い汚物。唯ひとり――ジェラール。新聞に覆われている。リュヤーはどこだ？　ガーリップは近づいた。

新聞は印刷紙の布団のように全身を覆い、覆い隠されなかった頭部は、泥濘に汚れた歩道を枕にするように安置されていた。開いた眼は夢見るように虚ろで、自らの思索のなかで踏み迷ったように疲れた表情だった。星空でも眺めているように安らかでもあった。休ませてくれよな、思い出しているんだから、と言ってるようでもあった。リュヤーはどこだ？　ふと遊び心に捉われた。冗談感覚や、後悔の念にも。血痕はなかった。遺体がジェラールだと確認前にどうしてわかったのだろう？　だってほら、僕は全てを知っていることを知らなかっただけなんだ。脳裏に井戸があった。僕の頭に、僕たちの頭に。ボタンが。菫色のボタン。棚の裏から出てきた硬貨、ソーダ水の蓋、ボタン。僕らは星を眺めている。木々の枝の間の星を。しっかりと布団をかけてくれないか、凍えたくないから。遺体はそう語っているみたいだ。しっかり布団をかけておくれ、凍えたくないんだ。寒気がした。「僕は僕だ！」中心から両開きになった新聞は『ミリエット』と『テルジュマン』だった。虹色のオイルの汚れ。ジェラールの記事はあるかな、と覗きこんだ新聞の切れはし。身体を冷やしちゃいけないね。寒いから。

ドアが開けっぱなしの警察のミニバンの車内で無線の金属的音声が署長を呼んでいる。それでリュヤーはどこ？　どこなのです？　曲がり角の信号の無意味な点滅。青・赤。そしてもう一度、青・赤。ケーキ屋の老婦人のウィンドウにも。青・赤。覚えているよ、覚えているよ、覚えているよ、ジェラールは言っていた。アラジンの店の鎧戸は閉まっていたが、店内の灯りは煌々としていた。これは手がかりなのか？　訴えたくなる。ねえ署長殿、初の国産推理小説を書いているところなんです。これが最初の手がかりですよ、付けっぱなしの照明が。地面には煙草の吸殻、紙の切れはし、ゴミ屑。若い警官に白羽の矢を立て、近づいて質問することにした。

　事件は九時半から十時の間に起きた。犯人不明。被害者即死。そう、著名な新聞記者だった。いや、側には誰も居なかった。何故この場で襲われたかは彼も知らなかった。いいえ、煙草は吸わないんです。ええ、警察官なんて因果な職業ですよ。いえ、撃たれた男性の側には誰も居ませんでしたよ。警官はそう信じ込んでいた。失礼ですが、何故それを？　ご職業は？　こんな遅くにここで何を？　身分証明書を拝見できますか？

　身分証明書を提示している間、その下にジェラールの死体が横たわる新聞の布団を眺めた。遠くからだと、マネキンの居るショウウィンドウのネオンが新聞の上に淡紅色の光を投射しているのがよりはっきりする。お巡りさん、故人はこうした些細なディテールには拘ってました。その写真は私です。私の顔に張り付いた顔も私です。お返しします。いえ、どうも。もう帰ります。家内が家で待っているんでね。僕ときたらなにもかもさらっと解決してしまったみたいです。

　シェフリカルプ・アパルトマンでも立ち止まらず、ニシャンタシュ広場も足早に過ぎた後、自宅の通りに入った。と、長年ついぞなかったことだが、野良犬が、泥濘色をした賤しい動物が、襲いかかるようにして吠えたてながら、ガーリップに牙をむいた。なんの徴候だろうか？　道の反対側を歩くようにした。居間の電気はついていたっけ？　確認しなかったなんて。エレベーター内で悔やんだ。

家には誰もいなかった。リュヤーが寄った形跡も皆無だった。手をふれた身の回り品、ドアノブ、散らかされた鋏、スプーン、リュヤーが煙草を押し付けた灰皿、一緒に食事をした食卓、向かい合って座った空虚で無残なソファ、家の中のものはすべて耐えがたく痛ましく、耐えがたく哀し気だった。急いで家を飛び出した。

延々と通りを歩いた。ニシャンタシュからシシリに続く道は、子供の頃シテ映画館に行く時、リュヤーと一緒にわくわくしながら急ぎ足で辿った道筋だったが、今はゴミ箱を漁る犬以外、路上に動く影はない。あんたは何度野良犬の記事を書いたことだろう。僕は何度書くのだろう。長い散歩の後、モスクの裏通りを曲がり、テシヴィキエ広場に戻った。予想通り、その足は四十五分前ジェラールの遺体が横たわっていた一画に自分を連れ戻した。誰もいなかった。遺体と一緒に警察の車も、新聞記者も、野次馬も皆去って行ったらしい。ミシンが展示されているショウウィンドウの前には、マネキンの間からネオンの光が射していたが、ジェラールの死体が横たわっていた歩道には何の痕跡も見つけらなかった。死者を包んでいた新聞も几帳面に片づけられたようだ。交番の前ではいつものように巡査が夜間警備をしていた。

シェフリカルプ・アパルトマンに入ると、今まで経験したこともないような疲労を感じた。決然と過去を真似たジェラールの部屋は衝撃的かつ馴染み深く映り、涙が滲むほどだった。それはまるで何年も続いた遠征や戦役の後、兵士が帰還した家のようだった。過去はもう余りにも遠い。ここを出てから六時間も経っていないというのに。過去の世界は眠りのように魅力的だった。ガーリップは無垢な幼子のように、または罪深い子供のように、明かりが照らす原稿を、写真を、神秘を、リュヤーを、探しものを夢に見ることを信じ、夢では罪を犯すまいとまたは犯そうと想いつつ、ジェラールのベッドに横たわって眠った。

目覚めた時「土曜日の朝だ」と思った。実は土曜日の昼だった。事務所と裁判所に行く日だ。スリッパも履かないまま歩み寄り、ドアの下に投げ込まれた『ミリエット』を手にとった。「ジェラール・サーリック暗殺さる」記事本文は見出し上部から始まっていた。死体が新聞で覆われる前に撮影された写真が掲載されていた。全ページがこの事件に割かれていた。首相やその他の関係者、著名人からは早速追悼文が寄せられたらしかった。「帰宅せよ」という暗号を忍ばせたガーリップの記事が「遺稿」として枠内に収まっていた。感じのいいジェラールの近影もあった。文化人たちは、銃弾は民主主義や思想的自由や平和やこの類の事件が起きるたびに喚起される多くの文化的美質に撃ち込まれたものだなどと語っていた。犯人逮捕に向け対策が検討されていた。

紙片と新聞の切り抜きが重なる机に座り、煙草を吸った。長い間パジャマのまま机に座って煙草を吹かした。玄関のベルが鳴った時、一時間ほど同じ煙草を吸っていたような気がしたほどだった。管理人の妻カメルだった。鍵を持ったまま、不意に開いた扉から姿を現したガーリップを悪霊と錯覚したように眺めたあと、中に入って電話の横のソファに漸う身を投げ出し、慟哭し始めた。誰もがガーリップも死んだと思っていたのだ。誰もが何日もふたりを心配していた。朝、新聞でニュースを読むや否や、彼女はハーレ伯母のところに行こうと慌てて家から飛び出した。アラジンの店先を通ると、店内に人だかりがあった。そして、リュヤーの遺体発見を知った。アラジンは早朝の開店後初めて、人形たちのなかで眠るリュヤーの亡骸と対面したのだった。

読者よ、嗚呼、読者よ。序盤以来、この期に及んでもこの本は、語りも、登場人物も、コラムの内容も、出来事の説明も、さして秀逸でもないことでしょうが、生真面目に地の文と切り離した拙著のこの箇所で——この箇所とは既にご理解いただいたかもしれませんが、誠意を尽くし、莫大な努力を払いここまで執筆した後であり、植字工にこの文章を送る前ということです——一度だけ割り込むことをお許しください。ほら、或る種の本に特殊なページが現れることがあるでしょう。作者の文才ゆえでなく「あたかも勝手に」成り立った物語が「あたかも勝手に」流れ、我々の心に強く訴える余り、どうしてもその箇所を忘れることができなくなるような。そうした箇所は、我々の理性や心に——なんとでも呼ぶがいい——熟練の作家がペンをもって創造した驚異の世界としてではなく、我々の実人生の天にも昇る瞬間や地獄の季節のように、その両方のように、ほとんどの場合はその両方以外の思い出のように、心に残ります。ずっと忘れられない、感動的かつ残酷で落涙に耐えぬ思い出として。だから私がぽっと出のコラムニストならぬ職業技術を身につけた腕達者な作家であれば、自信を持って考えたことでしょう。我々は今「リュヤーとガーリップ」なる作品の特別な箇所に差し掛かっており、こういうページは賢明かつ鋭敏な我が読者にこれから先ずっと寄り添うことになるのだ、と。だが私は自分の才能や作品に関しては現実主義的すぎて、そんな自信は持てません。だから物語のこの箇所で、読者をそっと独りにしておきたかったのです、自身の記憶と水入らずの状態で。そのため一番いい方法は、これらのページを黒いインクで塗りつぶすよう植字工に提案することでしょう。私が適正に記し得ぬことは、想像力を用い諸君が頭のなかで組み立てよと言って。我が物語が止まった所で私が陥った黒い夢の色を示すために。その後の日々、夢遊病者のように様々な出来事のなかで彷徨（さまよ）う度、私の理知の沈黙を諸君に思い出させるために。ここから先のこの本はもはや黒いページ、ある夢遊病者の追憶として読んで欲しいのです。

　カメルはアラジンの店からハーレ伯母の家に駆けつけた。誰もが泣いていた。ガーリップも死んだものと思われていた。カメルはついにジェラールの秘密を明かした。ジェラールに至ってはもう何年も、ガーリップとリュヤーは一週間ほど、ここ、シェフリカルプ・アパルトマンの最上階に隠れている、と。すると誰もがまたリュヤーとガーリップのことを死んだと思った。それから、カメルはここに、シェフリカルプ・アパルトマンに戻ると、イスマイルに「行って、上を覗いてみろ」と促された。鍵を手に上って来て扉を開ける直前、奇妙な怖れにかられたが、それは信念に変わった。ガーリップが生きているという信念に。彼女はガーリップが昔よく見かけたピスタチオ・グリーンのスカートを着て、汚れた前掛けをしていた。

　その後、伯母の家に行くと、紫色の花咲く同じピスタチオ・グリーンの生地のワンピースをハーレ伯母も着ていた。これは偶然なのか。もしくは三十五年前から約束されていた必然で、この世も記憶の園のように驚異に満ちていることを再確認させる事象なのか。母親、父親、メリヒ伯父、スザン伯母、涙にくれながら話に耳を傾ける一同に、五日前リュヤーとイズミルから戻り、ここ連日、時に真夜中近くまで、ほぼ大半の時間をジェラールと一緒にシェフリカルプ・アパルトマンで過ごしていたと説明した。ジェラールは何年も前に最上階を購入し、そのことを誰にも隠していた。自分の脅迫者から身を隠していたのである。

　午後には国家情報機構や検察官の事情聴取に応じて同じ説明をし、電話の声に関して長い供述をした。だが「我々は全部お見通しだ」とでも言わんばかりに聴取する両者を話に引き込むことはできなかった。自分は夢から抜け出せず、夢にも誰かのことを引き込めないでいる人のような無力さを感じた。脳裏に広がる永い、深い静寂。

　夕方頃、ふと気づくとヴァスフの部屋に居た。家の中ではどの部屋でも誰かが泣いていたが、恐らくは唯一の例外がこの部屋だったようで、そこには過去のものとなった幸福な家庭生活の純粋な痕跡があった。家族内で「結婚を繰り返し」雑種化した金魚は水槽のなかで穏やかにゆらゆらしていた。ハーレ伯母の猫、〈石炭(キョミュル)〉は、絨毯の端にねそべり、眼を細めてけだるげにヴァスフを見ていた。ヴァスフはベッドの端に座り、手にした大量の紙の集積を調べていた。首相から一般読者に至るまでの、何百通もの弔電だった。ヴァスフの顔に感心したような悪戯(いたずら)っぽい表情が浮かんだ。ベッドの隅っこの同じ定位置、リュヤーとガーリップの間に座り、一緒に古新聞の切り抜きを眺めた時に浮かんだのと同じ表情だ。ハーレ伯母やその前は祖母が、皆のために夕食の準備中、ここで屯(たむろ)っていた時見た、あの色褪せた微光が部屋に満ちていた。低電圧の電気が通う裸電球と、褪色した古い家具と壁紙の揺るぎない絶対的結合によって醸成された眠たげな光に、ガーリップはリュヤーと一緒に過ごした時間に纏(まつ)わるあの憂いに満ちた、不治の病のように肌身に染み透る哀しみを想った。この憂いも哀しみも今や麗しき思い出だった。ガーリップはヴァスフに定位置をどいてもらい、電気を消した。寝る前に泣きたいと思う子供のように、空いたベッドに服のまま横たわり、十二時間眠った。

翌日テシヴィキエ・モスクで葬儀が執り行われた。編集主幹とふたりきりになった時、ジェラールには未掲載原稿が複数の箱一杯に存在し、ここ何週間か社への原稿送付を怠っていたようだが実は休みなく健筆を振っており、昔日の構想を形にし、中断していた原稿を完成させ、以前は取り上げなかった主題についても自由な精神をもって斬新な記事を執筆していたと打ち明けた。編集主幹は喜んで遺筆をジェラールの欄に掲載したいと申し入れた。こうしてジェラールの欄でこの先長寿連載となるガーリップの執筆活動が始まったのだった。人々はテシヴィキエ・モスクから出て、霊柩車が待つニシャンタシュ広場に降りていき、そこには店のドアから茫然と見送るアラジンの姿があった。人形を手にし、新聞紙片で包もうとしていた。

夢にリュヤーがこの人形と一緒に現れるようになったが、その始まりは『ミリエット』にジェラールの新原稿を届けた日の夜だった。原稿を渡し、老コラムニストのネシャティを筆頭に故人の友人や仇敵の追悼の言葉と、殺人に対する各自の見解を拝聴した後、ジェラールの部屋に引きこもり、机に置きっぱなしだった過去五日間の新聞に目を通した。各々の思想偏向に応じ、殺人の責任をアルメニア人、トルコマフィア（ガーリップはベイオウルの無法者、と緑のボールペンで訂正したくなった）。共産主義者、煙草の密売人、ギリシャ系、イスラム原理主義、愛国主義者、ロシア人、ナクシベンディ教団になすりつけた各紙の記事、過剰な称賛が込められた湿っぽい故人の思い出話、犯罪史上の類似事件を解説したコラムが掲載されるなかで、若い新聞記者による殺人の経緯の調査記事が目をひいた。葬式当日に『ジュムフリエット』紙に掲載されたその記事は短く明快だったが、格調高さと無縁というわけでもなく、登場人物は実名を避け大文字で始まる肩書で示されていた。

著名なコラムニストとその妹は、金曜日午後七時、ニシャンタシュのコラムニストの家を出て、コナックク映画館に入った。映画『帰郷（カミング・ホーム）』は九時二十五分に終わった。コラムニストと若き弁護士夫人でもある妹は（ここでガーリップは括弧に括られるような形ではあるが、新聞紙上で自分が表記されているのに生まれて初めて出くわした）、雑踏に混じり映画館から外にでた。ここ十日間イスタンブールを襲った雪は止んでいたが、気温は低かった。ヴァリコナウ通りを抜け、エムラック通りに入り、そこからテシヴィキエ通りに出た。ちょうど交番の前に差し掛かった九時三十五分、非業の死が両人を襲った。犯人は退役軍人が携帯する旧式のクルックカレ型の拳銃を使用し、コラムニストに照準を合わせたと見られるが、兄妹双方が被弾した。不発を免れ、実際発砲された弾はたった五発で、そのうち三発はコラムニストに、一発は妹に、一発はテシヴィキエ・モスクの壁に命中した。一発が心臓に達したため、コラムニストはその場に倒れて即死した。他の一発はジャケットの左のポケットの万年筆を砕き（この偶発的な象徴性に全紙が興奮して喰いついていた）、コラムニストの白いシャツは血よりもむしろ緑色のインクに染まっていた。妹は左の肺に重傷を負いつつ、歩いて煙草・新聞売店に入った。店は向かいの交番と同程度に事件現場に近く、その界隈では「アラジンの店」として知られていた。妹がにじり寄るように店に近づき、如何にして入店したか、木の陰に隠れていたアラジンが何故それを目撃しなかったか、記者は重要なシーンのフィルムを巻き戻して何度も観察する探偵のように、何度も何度も綴っていた。この重厚な見世物には藍色の照明のなかで演じられるバレエのシーンのような趣があった。妹はゆっくりと店に入り、片隅に、おもちゃの人形のなかに転げ落ちた。その後は、突然映画は早送りになり、馬鹿げた展開になった。閉店する矢先だった店先の栗の木に吊るした新聞各紙を回収した店主は、銃声に怯え、店内の妹に気付きもせずに、鎧戸を下ろし、慌てて家に逃げ帰ったのだった。

犯人の逃亡先は不明だった。翌朝、捜査関係者に通報した市民によれば、事件の少し前、アラジンの店で宝くじ（ビアンゴ）を買った後、事件現場にほど近い所で、風変わりなマントと歴史映画のような時代錯誤な服を着た（「まるで征服帝スルタン・メフメットみたいだった」そうだ）、恐ろしい風貌の暗い影を見かけた。しかも新聞各紙で事件のことを知る前にこのことを妻と義妹に興奮にまかせて伝えたらしい。若い記者は、朝、人形たちのなかで遺体が発見された若い女性に続き、この手がかりも無関心と不手際の犠牲になって抹殺されてしまわぬことを祈り、結びの言葉としていた。

その夜、アラジンの店の商品の人形に囲まれるリュヤーを夢に見た。死んでなんかいない。暗闇のなか、他の人形と一緒に、わずかな余喘（よぜん）を保ちつつガーリップを待ち、ガーリップに目配せしていた。だが店に駆けつけるのが遅れた。どうしても辿り着けなかった。ただ、遠くから、シェフリカルプ・アパルトマンの窓から、アラジンの店の照明が雪道に射しているのを眺め、涙を零していた。

二月初旬の晴れた日、ジェラールはニシャンタシュの裏通りに別の部屋を保有していたということを父親に告げられた。メリヒ伯父がシシリの地券登記局に申請した遺産処理手続きの返事により、発覚したのである。

メリヒ伯父とガーリップがせむしの錠前屋を連れて訪れたアパルトマンの部屋はニシャンタシュの裏側の、ガーリップが足を踏み入れるたび、昔裕福だった人がなぜかくも惨めったらしい場所に住んでいるのか、もしくはかくも貧相な場所に棲む人々がその当時なぜ金持ちと謳われていたのかと訝る石畳の陋巷にあった。歩道は穴だらけ、建物はどれも煤煙で正面部分（ファサード）が黒ずみ、ペンキも不治の患者の皮膚のように所々剝げていた。そんな四、五階建ての建物群のとある最上階にジェラールの部屋はあった。何も表記がない扉のくたびれた鍵を、錠前屋は難なく開けた。

奥には一台ずつベッドが置かれた寝室があった。手前には巨大な食卓が中央に配置されたこじんまりしたダイニングがあり、通りに面した窓からは日が射しこんでいた。二辺に一脚ずつ椅子が置かれた机には最新の殺人事件の新聞の切り抜き、写真、映画雑誌、スポーツ雑誌、ガーリップが子供のころから存在した『テキサス』『トミックス』といった漫画の最新刊、推理小説、書類と新聞の山が乗っていた。大きな銅製灰皿に堆く積み上げられたピスタチオの殻はリュヤーがこの机に座っていたことを、疑いの余地もなく証明していた。

ジェラールの部屋と思しき場所には記憶力改善剤〈ムネモニクス〉の箱、血管拡張剤、アスピリン、マッチの箱があった。リュヤーの部屋の椅子の上を見ると、妻の外出時の荷物が少なかったことが思い出された。化粧品の一部。スリッパ。幸運を呼ぶと信じていた鍵のないキーホルダー。裏が鏡のブラシ。がらんとした、壁紙もない部屋の、トーネット椅子に置かれた私物を穴のあくほど見つめると、一瞬、錯覚の魔術から免れ、身の回り品がこちらに示す別の意味、世界の奥底に秘められた、忘れられた神秘を摑んだような気がした。「ここに互いに物語を語るために来ていたんだ。」階段を上ったためにまだ息を切らしているメリヒ伯父の側に戻った。机の端の書類の配置は、ジェラールが語る話をリュヤーが書きとめ始めていたこと、その一週間ジェラールは常に、今メリヒ伯父が座る左の椅子に、話を聞くリュヤーは誰も座っていないほうの椅子に座っていたことを示していた。後で『ミリエット』の連載用に使えそうなジェラールの草稿を上着のポケットに入れ、メリヒ伯父に説明した。伯父はそれをさりげなく待っていたのである。

遥か昔イギリス人医師コール・リッジが発見したが、治療薬のない恐ろしい記憶障害があり、ジェラールはそれに罹った。罹患を誰からも隠すために、この部屋にこもり、いつもリュヤーとガーリップの手助けを求めていた。時にガーリップ、時にリュヤーがここに泊まり込みで、過去を掘り起こし再構築するべく、ジェラールの物語を聞き、さらには記述していた。戸外で雪が降りしきる間、ジェラールはふたりに何時間も果てしない物語をした。

メリヒ伯父は一切を納得したように長いこと沈黙した。それから泣きだした。煙草を吸った。軽い呼吸困難になった。ジェラールはいつも間違った考えに取りつかれていた、と呟いた。シェフリカルプ・アパルトマンからは追い出された、再婚した父親は母と自分に酷いことをしたなどと決めつけ、一族郎党への復讐なる怨念にとりつかれた。だが、父親は彼をリュヤーと同じくらい愛していた。今ではもう、ひとりも子供がいない。いや、唯一の子供がガーリップだった。

涙。沈黙。見知らぬ家の内奥の音。メリヒ伯父には、一刻も早く角の酒屋（バッカル）でラク酒でも買って家に帰ってくれと言いたかった。そう口に出す代わりに、二度と考えないだろう質問、問い掛けは自分でしたい読者は（一段落）飛ばすべき質問を自分に問うた。

どんな物語、どんな記憶、どんな寓話、記憶の園に咲き匂うどんな花だったのだろう、ジェラールとリュヤーがその味わい、その匂い、その悦楽に浸りきるべく、ガーリップを締め出す必要を感じたのは？　ガーリップが語り手として失格だったから？　ふたりほどに明るく活発でなかったから？　ふたりの話のいくつかを理解できなかったから？　ガーリップの度を越した崇拝がふたりの興を殺（そ）ぐから？　伝染病のようにガーリップの周囲に広がる不治の憂愁からふたりで逃げたかったから？

リュヤーは埃をかぶった古い集中暖房の水漏れしている管の下に、自宅でもやっていたように、プラスティックのヨーグルトの空容器を置いていた。

夏も終わりに差し掛かる頃、リュヤーと暮らした賃貸住宅を引き払い、シェフリカルプ・アパルトマンのジェラールの部屋に引っ越した。リュヤーの思い出が辛くて持ちこたえられそうもなく、あらゆる日用品が酷い悲傷の痛苦によりまるでその場で蠢（うごめ）いているようだったからだ。リュヤーの遺体を直視できなかったのと同様、身の回り品も目にすることが嫌で、遺品は父親が逐一形見分けしたり、売却したりするのに任せた。夢のなかで希望を捨てずに信じたように、最初の結婚生活からリュヤーが抜け出てきた時と同じく、ある日またどこからともなく現れて一緒に本を読んだりしながら、中断していた読書を続けるように生活を続ける――そんな類の空想はどれもふっつりしなくなった。暑い夏は残暑となり、余炎は永遠に続くかのようだった。

夏の終わりにクーデターが起きた。新政府は政治という汚水のヘドロで手を汚していない分別のある愛国者で構成されており、過去の政治的殺人犯の徹底的捜査を発表した。それを受け、検閲のせいで発表できる政治事件が見当たらなくて困っている各紙は、一周忌にもなるのにまだ「ジェラール・サーリック暗殺事件」すら解決されていないことを、品位ある静かな口調で喚起した。ある新聞では――何故かジェラールが書いていた『ミリエット』ではなく他紙だったが――犯人発見に役立つ情報を寄せた人にかなりの報奨金を出すと発表した。トラック一台、小型製粉機、もしくは一生涯堅実な収入を得ることが可能なよろず屋(バッカル)を購うだけの金額である。「ジェラール・サーリック暗殺事件」の背後にある謎の解明の動きや気運はこのようにして始まった。辺境の街の取締官ですら、不朽の名声を手に入れるまたとない機会を逃さぬため、手ぐすねをひき、猛然と職務にとりかかった。

また僕が出来事を語り始めたのが文体でおわかりいただけただろう。あの頃、新芽の萌える栗の木と一緒に僕も嘆きの人物から怒れる人物へと徐々に変容していた。僻地の新聞記者たちは「極秘捜査中」の条件付でニュースをイスタンブールに送信していたものの、変貌過程のその怒れる人物は特に耳を傾けることはなかった。以前、サッカー選手とサポーターで満員のバスが町の入口の谷底に転落事故を起こし、乗客が全員死亡した時名前を聞いただけの山間部の町があったが、ある週そこで殺人犯が逮捕されたかと思うと、次の週にはある浦里で、自分に仕事を依頼し、大金の袋を渡した隣国の国境を望郷と職務意識を込めて眺めているところを、また別の犯人が逮捕された。これらの初期のニュースは通報行為すら躊躇う国民を鼓舞し、同僚の栄進を妬む取締官たちの勤労意欲もかきたてたため、夏の初めには「犯人逮捕」騒ぎが始まった。夜間「情報提供」や「犯人分析」をさせるべく、警察が市内の中央警察署に僕を連行するようになったのも、まさにこの時期だった。

夜間外出禁止令と同時に、市の予算不足を理由に、十二時から朝まで発電機が停止すると、この国の生活は真ん中から刃物で切り裂いたかの如く、白と黒に真っ二つに分かれた。もぐりの肉屋が鬱憤晴らしのように老馬を屠殺することで醸成される死刑執行の緊張感と静寂と不気味な闇とに支配され、宗教と墓場に密着した寒村がそうであるように。コラムの最新号をジェラールに相応しい霊感と想像力を発揮して執筆する僕は、真夜中を少し過ぎると、仕事机に漂う思索の煙のなかから徐に立ちあがり、シェフリカルプ・アパルトマンの門辺の無人の路上に降りたち、高い塀に囲まれた城に似たベシクタシュの丘にある国家情報機構に自分を護送する警察車両を待った。都市が空虚で不活発で闇を湛えていればいるほど、城はそれだけ生き生きと活況を呈し、煌々と輝いていた。

夢見がちな目つきの、両目の下に紫の隈が色濃く、髪もくしゃくしゃで寝不足そうな男たちの写真が見せられた。はるか昔、父親と一緒に家に来て甕に水を満たす間に、室内の調度品を視線のプロジェクターですぐに記憶に刻んだ水屋の息子の黒い瞳を思わせる眼をした写真。一緒に入った映画の「五分休憩」でペンギンアイスを満喫するとき、隣にいる伯父の息子には無視を決め込み、リュヤーにだけ接近するにきびだらけの大胆不敵な「友達のお兄さんの友達」に似ている写真。家と学校の間に広がる知り尽くした地元空間の歴史的遺物である古い布地屋の半開きの扉から、眠そうな目で学校帰りの生徒の集団を見ていた同い年の店員を思い出させる写真。さらには——最も不気味なもの——誰も思い出させない、なにも連想させない写真もあった。警察署の剝き出しの、汚らしい、何の汚れの付着かわかったものではない壁の前で、撮影を強いられたこの空虚な顔、空虚であると同時に奇怪な顔を見ているうち記憶の霧に幽かな影が浮かぶ、もしくは逆に浮かばなくなる。完全なる自白でもなければ、完全なる秘匿でもないある表情が浮かぶ、もしくは逆に浮かばなくなる。そんな時、つまりどうすればいいかわからなくなった時、張り付いている老獪な刑事たちは僕を勇気づけるべく、写真では亡霊のような表情にしか見えない個々の人物について挑発的な情報を与えた。例えばある青年はシヴァスの愛国主義者が屯する茶館(カフヴェ)で通報により捕まり、四件の殺人の前科があった。髭も生えそろってないもう一人はエンヴェル・パシャ支持者の雑誌で、ジェラールを標的にした長文記事を連載していた。ジャケットのボタンがとれた人物はマラティヤからイスタンブールに派遣された教師だったが、十五年前のメヴラーナについて書いた記事がこの偉大な宗教家を侮辱しているため、ジェラールなど暗殺されてしかるべきと九歳の生徒たちに執拗に説いたことがあった。親父然とした臆病そうな中年男は酒飲みだったそうで、ベイオウルの居酒屋(メイハネ)で国内の黴菌(ばいきん)はどいつもこいつも駆逐せよと延々と持論を展開した際、隣の席には新聞社の報奨金のことを覚えていた別の市民がおり、この「黴菌」のなかにジェラールという名前も入っていたということで、ベイオウル警察署に通報された。ガーリップ君、ご存じか? このとろんとした顔の酔いどれや、夢のなかに消えていった無気力な者、怒れる者、不幸な者を知っているのか? ひとつひとつ目の前に並べられた写真のなかの、あの空想的な罪深い顔のどれでもいい、どれかを最近、あるいは近年、ジェラールの傍で見たことがあったかね、ガーリップ君？

　夏の中盤、流通するようになった五千リラ紙幣にメヴラーナの肖像画を見かけた時期、新聞で「ファーティヒ・メフメット・ウチュンジュ」という名の退役大佐の死亡記事を読んだ。また酷暑となった七月、夜間強制連行は頻度を増し、テーブルに広げられる写真の数も増えた。見せられた写真のなかには、ジェラールのささやかなコレクションで見たものより、一層憂愁と悲哀を湛え、凄味を帯び、驚異的な顔があった。自転車修理工、考古学専攻の学生、布地の縁かがり係、ガソリンスタンドの店員、よろず屋(バッカル)の小僧、国産映画(イェシルチャム)の端役俳優、茶館(カフヴェ)の店主、宗教冊子の作者、バスの切符切り、公園警備員、ナイトクラブの用心棒、若い会計士、百科事典セールスマン……皆、拷問を受け、程度の差はあるが殴られ、ボロ雑巾のような態だった。皆、「私はここにはいない」、「そもそも私は別人だ」という表情で顔に滲む憂悶と恐怖とを覆い、カメラを見つめていた。まるで、記憶の奥深くに眠っているが、そのこと自体を忘れ、忘れたがために探そうともしない、あの失われた神秘、あの秘密の情報を忘れたがっているかのように。それも底なし井戸に取り返しのつかない形で捨て去る形での忘却と喪失を求めているかのように。

　もう僕には（それに我が読者にも）ように結果がわかり切っている古いゲームにおいて、どの石が正しく置かれたかとか、無意識のうちにずっと以前に予見していた手をどこで僕が使ったかということを蒸し返したくはなかったため、写真の顔に見た文字への言及は避けようと思っていた。だが城(シャトー)（要塞と言ったほうが適切だろうか？）における長夜は例によって果てしなく続き、ある時また見せられた写真をことごとくきっぱりと否定すると、のちに参謀大佐だと判明した情報機関のエージェントは尋ねた。「文字も全然見えないのですか？」尋問の玄人らしく言い添える。「この国で自分になることがいかに難しいか我々も存じております。でも少々お力添えいただければ、幸いです。」

ある夜は、小太りの中佐の推論を拝聴した。彼は、アナトリアの教団残党内で継続中の救世主（メフディ）信仰のことを、情報収集の結果ではなく、暗くて味気ない自分の子供時代の思い出を語るかのように口にした。お忍びのアナトリア旅行で、ジェラールはこの「精鋭残党」と関係構築を試み、コンヤの町外れの自動車修理屋やあるいはシヴァスの布団屋の自宅で一定数の夢遊病者との面会を果たしたらしい。そして、最後の審判の日の啓示を記事に織り込むが、しばし待機するように言い残した。単眼巨人（テペ・ギョズ）や水がひいたボスポラス海峡、変装するパシャや皇帝の記事はまさにこの啓示と関係があった。

奮励の末、これらの啓示を解読したと喧伝する役人が、ジェラールの「接吻」というコラムの各段落の頭文字から成る折句（たてよみ）の謎を解いて見せると大真面目に宣言したりすると、「そんなの知ってますけど」と言ってやりたくなった。ホメイニがその戦いと人生を語った著作に「神秘の発見」と名付けた意味を訊かれたり、国外追放された彼のブルサ滞在時に暗い路地裏で撮影した写真を見せられたりした時も、それらが何を示しているのか明確に認識しつつ、「知ってますけど」と言ってやりたい誘惑にかられた。僕だって彼ら同様、ジェラールのメヴラーナ記事の裏の失踪した人物と喪失した神秘のことを知っているのだから。ジェラールが失われた神秘を「構築するため」（彼らの見方からすれば「ネジがゆるんだため」、あるいは記憶を失ったため）、自分を殺してくれる誰かを求めていたことを、取り調べ側が小気味よさげに口にした時や、ジェラールの楡材の棚の奥深くで発見した写真にもあったあの失われた形質を持つ、悲哀に満ちた人物のひとりに酷似した顔を目の前に並べられた写真に見出した時も、心に浮かぶ台詞は「ずっと知っていましたとも」だった。海峡の枯渇を描いた記事で呼び寄せた恋人たち、接吻願望を胸に灯して綴ったコラムで呼びかけた空想上の妻、就寝前の空想のなかで出会った登場人物たちだって誰だかわかる僕ではないか。ジェラールのコラムに登場する、白面のギリシャ人受付嬢に一目惚れして頭に血が上った映画館のダフ屋が、本当はこの機関に所属する私服警察だということを皮肉っぽく指摘してきた時も、夜遅く、こちらからは見ることができるが、向こうからこちらは見えない魔法の鏡に隔てられ、不安を募らせた容疑者の、打擲や拷問や不眠のせいで全体性や秘密、意味を失った顔を長々と見つめてから、「この男もやはり知りません」と答えた罰に、ジェラールが顔や地図について書いたことなど実は「凡庸なまやかし」であり、こんな安っぽい方法でジェラールが秘密や信頼や共闘の啓示を待つ読者を裏切り、知らぬが仏の状態を保っていたなどと明かされる時も、そんな出まかせなど信じない癖に、やはり「知っていますけど」という台詞がこみ上げた。

おそらくは僕が知っているか否かは先方も承知の上で、一刻も早く調査作業を終わらせ、僕だけでなく全新聞購買者、全国民、全知識人の一部で蠢く疑念、それが育って発芽しないうちに立ち枯れさせることが彼らの狙いだった。そのため、我々の人生の真っ黒な樹脂や灰色のヘドロに覆われた神秘、ジェラール曰く失われた暗黒の神秘を、こちらが発見する前に抹殺しようとしていたのだろう。

時々、問題が長引きすぎた自覚がある老獪な調査官が、非の打ちどころがない話を語りだすことがあった。そんな時の彼は、初対面の強面（こわもて）のパシャや、数カ月前に知り合った痩せこけた検事や、あらゆる手がかりやディテールに関する知られざる意味を、魔術師のように軽々と小説の読み手に向かって逐一解決してみせる説得力皆無の探偵のようだった。リュヤーの愛読小説の結末部分に似たこの場面が展開されるとき、他の職員はまるで学級「会議」で審判役を務める教師が、優秀な生徒の秀逸な演説を誇らしそうに忍耐強く聞き入るように、それに耳を傾け、彼らの前に置かれた「国家資料局」のレターヘッド入り便箋にメモをとっていた。件の調査官によれば、犯人は社会の「攪乱（かくらん）」を狙い海外勢力が送り込んだ手先だった。様々な極秘事項が揶揄の対象にされたのを目撃したベクタシュ・ナクシベンディ教信者、折句が仕込まれた韻律詩を綴る詩人たちや現代の吟遊詩人たち、つまり在野のフルフィーたちが、我々を混沌に、ある種の大混乱（アポカリプス）に陥れるこの陰謀に気付かないまま、海外勢力の実働部隊になっていた。また一説には、いや違う、この殺人に政治的要素は皆無である。殺された新聞記者が時代遅れな空気を醸し出しながら、誰にとっても読む気が失せる文体で、政治問題以外の自分が気になる雑事を長年縷々（るる）と執筆していたことを思えば、そう考えるほうがむしろ自然だ。殺人犯はジェラールにネタにされ、大仰な伝説化により虚仮（こけ）にされたと感じた悪名高いベイオウルの無法者本人か、本人に雇われた殺し屋だろう。有名になりたいという動機で通報してきた大学生の自首を拷問で撤回させたり、モスクから連行した無辜の人々に自白を強要したりといった変事が続くなか、ある夜などは古典詩の教授の発表を聞かされた。教授は国家情報機関の幹部と幼馴染で、昔のイスタンブールの裏庭や張出し窓がある路地で彼と一緒に過ごしたという。入れ歯の教授はフルフィー教やその古い言葉遊びと芸術について、冗談を交えて中断しつつ退屈な発表を行った。その後、僕が渋々語った話にも耳を傾け、街外れの占い師のように鼻にかけた態度で、この事件はシェイフ・ガーリップの『醇美（ヒュスン）と愛（アシュク）』にも無理なく当てはめることができるなどと述べた。報賞金につられて新聞と警察機構に送られてくる通報の書状の検分は、当時、城内の二名からなる調査班が担当していたが、二百年前の詩の問題に注目を促す教授の文学的発見が相手にされることはなかった。

ある床屋が通報され、彼こそが真犯人だという結論に達したのもその頃だった。見せられたのは年の頃六十の非常に小柄な痩せた男だったが、僕はまたもやその人物を特定できず、それを最後に、この城の正気の沙汰とは思えぬ、死と生、神秘と権力の祝祭には二度と招待されなくなった。最初犯行を否認し、その後自白し、その後また否認し、また自白した床屋の記事は、一週間後に各紙に詳細に掲載された。ジェラール・サーリックは何年も前最初に「自分にならなくてはならぬ」というタイトルのコラムでこの男のことを書いており、当該記事やその後の複数の記事で、床屋が新聞社にやってきて、東洋問題や、我々とその存在に関して、深遠なる神秘を照らし出すような質問をし、それに対して逐一冗談で答えたことを綴っていた。床屋がどれも罵言と受け止め、当事者以外にも知れ渡ってしまったこの冗談が、まずある記事で回想され、その後何度か新たに取り上げられるのを見かけては、床屋は怒りにかられた。二十三年も経ってから、最初のコラムがまた同じタイトルで再度掲載され、同じ罵言が自分に吐かれるのを目にすると、周囲の危険分子にそそのかされたせいもあり、コラムニストへの復讐を思い立った。床屋は、警察や新聞各紙から学んだ言い方に従い、自らの行為を「個人的テロ」であると位置づけ

たものの、扇動された危険分子の存在は否定したので、その正体は一切判明しなかった。意味からも、顔面上の文字からも清められた、疲労の色濃い、打ちのめされた男の顔写真が各紙に掲載されてからほどなく、見せしめの裁判は異例の速さで進行し、即座に承認された見せしめの判決通り、ある朝、イスタンブールのどんな通りにも戒厳令など気にしない哀しげな野良犬の群れしか彷徨（さまよ）う者のない時刻に、床屋は絞首刑に処された。

その時期、僕は一方でカフ山に関して記憶する限り、発見した限りの物語を書き続け、一方で「事件」解明のために弁護士事務所を訪ねた人々の高説を、寝起きの朦朧（もうろう）状態で聞き、誰のことも構う余裕などなかった。情熱的なイマーム・ハティップ高校の生徒の話を聞いたのもこの時で、彼はコラムを根拠にジェラールを悪魔の申し子（デッジャール）だと決めつけ、自分ですらこう結論づけたのであれば、このことは犯人も知っていたに違いないこと、そうであるなら犯人はジェラールを殺して自分が救世主（メフディ）、つまり「彼」になろうとしたのだという推論を延々と説明し、死刑執行人の物語に関係する新聞の切り抜きの文字を見せてくれた。ジェラールのために時代劇風の衣装を仕立てたことを明かしたニシャンタシュの仕立屋の話を聞く機会にも恵まれた。この仕立屋こそ、リュヤー失踪当日の雪の夜、店内で働いているところを見かけた仕立屋であることは、何年も前に見た映画をぼんやりと思い出すようにやっとのことで思い出した。サイムは国家情報機関の浩瀚な蔵書を誇る資料庫のことを教えてくれ、真のメフメット・ユルマズの逮捕と無実の学生の解放という喜ばしい顛末を伝えようとしたが、彼に対しても僕は同じ反応をしてしまった。サイムが殺人の原因とされるコラムのタイトルに注目を促し「自分にならなくてはならぬ」と

いう文章を考証している間、僕は自分であることから遠のくあまり、まるでこの黒い本からも、ガーリップからも離れてしまったようだった。

弁護士業と裁判に没頭した時期もあった。仕事量を減らし、旧交を温め、新しい友人たちと食事や飲みに行った時期もあった。イスタンブールを覆う雲が目を疑うほどの黄色や灰色に変貌するのに気付いた時もあれば、街の上空がいつもの馴染み深い空だと信じようと努力した時もあった。真夜中、その週のジェラールのコラム原稿を二本か三本、量産期のジェラールのように一気に易々と書きあげてから、机を離れ、電話の横のソファに座り、足を小卓(セフパ)に投げ出し、身の回り品が徐々に別の世界、別の領域の器物や啓示に変貌するのを待った。その瞬間、記憶の奥深い所である面影が影法師のように蠢く。記憶の園の、また別の園に続く扉、そこからさらに第二、第三の庭園に続く扉を抜けてその面影は進む。このお馴染みの経路を辿る間じゅう、あたかも自分の人格の扉も開閉可能になり、あの面影と出会い、あの面影と幸せになれる別人に変化する。それらの変身過程を感じ、その別人の声で話そうとしている矢先、我に返る。

リュヤーの思い出に不意打ちされることがないよう、緩やかながら生活を律するよう心掛け、予想外の時間や場所で襲いかかってくる哀傷(いたみ)を恐れる余り、気をつけて回避するようにしていた。仕事帰り、週に二、三度はハーレ伯母を訪問し、食後はヴァスフと一緒に金魚の餌やりをしたが、一緒にベッドの端に座って、ヴァスフが見せる新聞の切り抜きを眺めたりは絶対しなかった。(それでもジェラールの写真ならぬエドワード・G・ロビンソンが掲載された新聞の切り抜きを偶然見かけてしまい、こうして

ふたりが遠い親戚のように多少なりともよく似ていることを発見した。）夜更けになると、まるで病床に臥せるリュヤーが待っているかのように、これ以上遅くならないうちに帰るよう、父やスザン伯母が促す。「わかったよ。外出禁止令が始まらないうちにすぐ帰ったほうがいいね。」

だが、あのリュヤーといつも歩いたアラジンの店の前の道は通らず、昔の家、シェフリカルプ・アパルトマンも盛大に遠回りして帰る。ジェラールとリュヤーがコナック映画館を出て歩いた通りにも入らないため別の道に変える。そうするうちに、イスタンブールの真っ暗な怪しい細径（ほそみち）、街灯、文字、見知らぬ外壁、どす黒い目をした身の毛もよだつ表情のアパルトマン、閉められた暗いカーテン、モスクの中庭のなかに迷い込み、この暗黒と死の啓示まみれのあらゆる徘徊により、僕は別人になる。外出禁止時刻の開始直後に漂着するのはシェフリカルプ・アパルトマンの玄関口で、最上階のバルコニーの鉄柵にまだ垂れさがる布きれを見ると、他愛もなくそれをリュヤーが家で僕を待っている印として読み取ってしまう。

無人の夜道を彷徨（さまよ）った後、リュヤーが僕のために吊るした合図をバルコニーの柵に見つけると、結婚三年目の雪の夜のことを思い出した。僕たちは長年の付き合いでなんでも理解している親友同士のように、互いを傷つけたりせず、リュヤーが抱く無関心の底なし井戸に会話が吸い込まれることをも許さず、突然ふたりの間に霊のように出現する深い沈黙の気配も感じず、長い語らいに興じたことがあった。将来のことに話を振ると、リュヤーも自分の想像力が逬るのを楽しみながら、七十三歳になった我々が一緒に過ごすある日のことを空想した。

七十三歳の僕たちがある冬の日、一緒にベイオウルに出る。貯金をはたきお互いに何かプレゼントを買う。セーターや手袋など。愛用して馴染んで自分たちの匂いになった古くて重いコートを着ている。買い物の前におしゃべりしながら、なんとなくウィンドウを覗く。忌々しげに悪態をついて、何もかも変わってしまったことを悔しがる。昔の服、昔のウィンドウ、昔の人々のほうがずっと好ましく、美しくもあったなどととりとめなく話す。そうしながらも、将来に何も期待できないくらい自分たちが年寄りだから、そんな態度をとっているに過ぎないと気付いている。だけど、それでもそういう態度をとる。どう測ったか、どう袋詰めにしたか、しっかり検分しながらマロングラッセを一キロ買う。その後、ベイオウルの裏通りのどこかで、今まで知らなかった古本屋を発見し、驚きと喜びにかられて互いを讃える。店内には、リュヤーが読んだことのない、もしくは読んだことを忘れた安い推理小説がある。我々があれこれと小説を漁る間、書物の山の間をうろうろする老猫がのどを鳴らし、寛容な本屋の女店主が我々に微笑む。リュヤーが読む少なくとも二カ月分の推理小説を安く贖って嬉しくなり、本の包みを手にいい気分で本屋を後にする。喫茶店に入りチャイを飲み、そこでちょっとした喧嘩をする。僕らのような人間なら誰もが経験するように、七十三歳にもなって一生涯を無駄に過ごしたことがわかったせいで、喧嘩する。家に戻って包を開け、躊躇(ちゅうちょ)なく服を脱ぎ、筋肉が殺(そ)げた白い老体を晒し、大量のマロングラッセとシロップを使いながら、長いセックスに没頭する。老いて、くたびれた肉体の褪めた肌色は、六十七年前、最初に知り合った頃の子供の柔肌の半透明な乳白色に戻っている。常に僕より想像力旺盛なリュヤーは狂おしい性交の最中、僕たちは動きをとめ煙草を吸いながら泣きだしてしまうだろう

とも言った。この話を振ったのは僕だった。なぜなら七十三歳になれば、リュヤーはもう別の人生に思い焦がれたりなんかせず、僕を愛するようになるとわかっていたからだ。イスタンブールは読者諸君がお気づきのとおり、同様の惨めさを引きずって生き永らえるだろう。

時々ジェラールの古い箱のなかや事務所の日用品のあいだ、あるいはハーレ伯母の家の一室で、彼女の昔の私物を見つけることが未だにある。奇妙にも僕の目を逃れ、捨てられずに残ったのだ。最初に出会った時に着ていた花柄のワンピースの菫(すみれ)色のボタン。一九六〇年代にヨーロッパの雑誌に掲載された健康的な才女たちの顔を彩り、同じ時期、リュヤーも半年だけかけて捨てた、縁が吊り上がった「モダン」眼鏡。ひとつを髪に両手で刺しこんでいるときに、もうひとつを唇の端に咥えていた小さな黒いヘアピン。失くしたと言って何年も落ち込んでいた、中に縫い針と糸を入れていた木のアヒルの箱のしっぽの形をした蓋。メリヒ伯父の弁護士時代の書類に挟まれた、百科事典を元にカフ山に住む伝説の霊鳥シムルグとそれを探す者たちの武勇伝のテーマを調べた国語の宿題。スザン伯母のブラシに絡まった髪の毛。僕に書いてよこした注文リスト（しめ鯖(ラケルダ)、雑誌『銀幕』、ライターのガス、ナッツ入りチョコ）、祖父と一緒に描いた樹木の絵。文字の馬。十九年前、貸し自転車に乗る時穿いていた緑の靴下の片方。

こうした私物をニシャンタシュのアパルトマンの前の路上ゴミ箱に静かにうやうやしく、几帳面に置いて立ち去る前、僕はそれらを何日か、時に何週間か、もっと言えば――はいはい、わかった――一カ月か、二カ月か汚いポケットに入れて持ち歩いていた。胸をえぐられるような思いでそれらから離れた後さえ、ちょうどアパルトマンの暗闇から戻った器物のように、いつか思い出とともにこの哀しみの遺物も、ひとつひとつ僕のところに戻ってくることを想像していた。

今、リュヤーから遺されたものは文章だけだ。この黒い、漆黒の、闇のページ。時々このなかの物語のひとつを――例えば死刑執行人の話やリュヤーとガーリップという名の物語を――ジェラールの口から初めて聞いた雪の降る冬の夜を偲ぶと、人が自分になる唯一の方法は、他者になること、あるいは他者の物語に埋没することだと述べる、別の物語のことを思い出す。黒い本のなかで陳列しようとしたこれらの話も、ちょうど互いに連関する我々の愛の物語や記憶のように、第三、第四の寓話を喚起する。イスタンブールの街並みに消えると別人となる求愛者の物語、顔面の幻の意味、神秘を求める男の物語などがときめきと共に心に蘇り、こうして僕は、古い、非常に古い、非常に非常に古い物語の書き直しという新しい自分の仕事に、一層の情熱をもって取りかかり、黒い本は終わるのだ。その最後で、ガーリップは新聞社に提出予定の、実は誰ももう関心などないジェラールの欄の最終回を書いている。それから夜明け前、胸を疼かせてリュヤーを慕(しの)び、机を離れて、眠る大都会の暗闇を見る。僕はリュヤーを慕び、机から離れて、都市の暗闇を見ている。僕たちはリュヤーを慕び、イスタンブールの暗闇を見ている。真夜中、眠りと覚醒の狭間で、ブルーのチェックの布団にリュヤーの痕跡を見つけたと錯覚する時に起こる哀しみと胸の高鳴りに、僕たちは襲われている。なぜなら、何物も人生以上に驚異的でありえない。文章を除いて。文章を除いて。そう、もちろん唯一の慰めである文章を除いて。

1985–1989

エピグラフ出典一覧

7頁　「ムフイッディン・アラビー」の項（アフメット・アテシ『イスラム大百科』）

**第I部**

1章　M・バラミル『若き新聞記者への助言』
2章　ボットフォリオ『暗い本（Obscuri Libri）』（アラビア語翻訳：イブン・ゼルハニ）
3章　R・M・リルケ『マルテの手記』（バフチェット・ネジャティギル訳）
4章　バイロン卿『ドン・ジュアン』
5章　プルースト『消え去ったアルベルチーヌ』（『黒い本』のための翻訳、ヒュル・ユメル）
6章　ダンテ『神曲』
7章　ルイス・キャロル『鏡の国のアリス』
8章　セルメット・サミ・ウイサル『ヤフヤ・ケマルとの対話』
9章　シェイフ・ガーリップ『醇美と愛（ヒュスン　アシュク）』
10章　「アフメット・ミトハット師」の項（ヴァカヌヴィス・アブドゥラフマン・シェレフ『イスタンブール百科事典』）
11章　『ミリエット』紙　一九五二年六月七日、R・C・ウルナイ
12章　S・T・コールリッジ『文学評伝』
13章　リュトフィ・アカド『情人は鑑札付き』
14章　ドストエフスキー『書簡集』
15章　メヴラーナ『メスネヴィー』
16章　パトリシア・ハイスミス『リプリー』
17章　アフメット・ラシム『作家・詩人・文学』
18章　ナサニエル・ホーソーン『七破風の屋敷』
19章　ルイス・キャロル『不思議の国のアリス』

## 第Ⅱ部

1章　フローベール『ボヴァリー夫人』
2章　ジェラール・ド・ネルヴァル『アウレリア』
3章　メヴラーナ『シャムス・タブリーズ詩集』
4章　S・T・コールリッジ『同時代随筆集』
5章　ルイス・キャロル『鏡の国のアリス』（エピグラフにある該当部分の英語原典からの訳「ふつうは、顔で見分けるものですけれど」）
6章　ハリット・ズィヤー・ウシャックルギル『ネミデ』
7章　フェリドゥッディン・アッタール『鳥の会議』
9章　ニヤズィ・イ・ムスリー『ディヴァン』
10章　「様式」の章（タヒリュル・メヴレヴィー『文学辞典』）
11章　イサク・ディネーセン『ノルデルナイの大洪水』
12章　シェイフ・ガーリップ『醇美と愛』
13章　スレイマン・チェレビー『解放の機会』
14章　シェイフ・ガーリップ『醇美と愛』
15章　ド・クインシー『英吉利阿片服用者の告白』
16章　アフメット・ラシム『最悪の時代』
17章　E・A・ポー『影』

# 訳者あとがき

『黒い本』（Orhan Pamuk, *Kara Kitap*, 1990, Can/1994, İletişim）はオルハン・パムクの四作目の長編小説である。失踪した妻を探す男の絶望的な愛の彷徨を、イスラム神秘主義的説話を織り混ぜつつ描いた美しい作品で、本書をもってオルハン・パムクの最高傑作であるとする熱狂的なファンは多い。昨年はその出版二十五周年を記念し、トルコでは「二十五周年バージョン」が発売された。本書自体は言うまでもないが、難解な謎に満ちた本書が世に出た数年後に出版された「論説集」もいまだに版を重ねているほか、出版後二十余年を経て、満を持した形であらゆる情報を網羅した『黒い本の秘密』なる完全読本まで登場している。最初に出た「論説集」では、イギリス人評論家が「この小説はフランス人が愛し、スウェーデン人が賞を与えるだろう」と書いているが、パムク本人によるとこの予言は十二年後、どちらも的中した。「四十以上の外国語に訳されたこの小説はトルコ人を除いては最もフランス人に愛され（フランス・キュルチュール賞受賞）、ノーベル文学賞受賞時の審査員長は最も強くこの小説の影響を受けたことを明かした」そうである。確かにパムクの授賞理由「生まれ育った街に漂う憂愁の魂を追求し、文化の衝突と融合を表現する新境地を見いだした」との賞賛はこの作品にこそ相応しい。国際的評価もさることながら、この愚直な純文学小説が四半世紀後もなお、トルコ国内でかくも愛され、新たな読者を獲得し、真摯に読解が試みられていること自体が驚くべきことである。「読まずに死ねるか」「無人島に持っていきたい唯一の生活用品」「母国語でこの本を読めたことが人生最大の幸福」などと口々に絶賛する愛読者たちのなかには、パムクの大ベストセラー作品『新しい人生』に登場する「一読で全人生が変わる書」とはこの『黒い本』を指すと信じている者すら居る。

本書は日本でも「現代トルコ文壇に次々と話題作を発表している新進作家」の最新作として、トルコ文学に造詣が深い外交官・山中啓介氏による端正な抄訳により紹介された。トルコでの『黒い本』出版から四年後のことである。これはおそらく日本におけるオルハン・パムク紹介の嚆矢であったことだろう。私自身が「オルハン・パムック（当時はパムクではなかった）」という作家を知ったのも、その著作の片鱗を垣間見たのも、この書評によるものであったと記憶している。

題して、「迷路を徘徊する『目』」。

――海峡の蒼黒い深み、折り重なる丘陵、そしてモスクの円屋根と尖塔にかたちどられたイスタンブル。文明と文化が幾重にも層をなす、くすんだ町並みのなかを縦横に交差する街路を抜けて、無数の記憶を秘めた時間と空間を徘徊する「目」が探し求めるものは？

物語の核となる人物はガーリップ、若い弁護士である。ガーリップの従姉妹、そして妻であるリュヤー（「夢」）が突然に姿を消す。ガーリップの従兄、リュヤーの異母兄弟、そして著名な新聞コラムニストであるジェラールも、しばらく行方不明のまま、しかもコラムは掲載され続けている。ジェラールの文章が織りなす異形の世界に魅き込まれていくガーリップは、ジェラールがリュヤーとともにいることを予感しながら、ジェラールの足跡を、リュヤーの記憶に重なる数多の街角を、イスタンブルを歩き回る。ガーリップの「目」はジェラールが生き、そして創造した世界に交錯する――

(『イスタンブル・海峡はコスモポリタン』PARCO出版、一九九四年、所収)

『黒い本』では、ガーリップを主人公とした主軸ストーリーと、それを補完する新聞紙上の「ジェラールのコラム」とが巧妙に絡み合いながら交互に展開する手法がとられているが、やはり圧巻なのはそれぞれ独立した珠玉の短編として読むことが可能な「ジェラールのコラム」である。家族小説のように穏やかに始まる第一章の後、突如その奇想天外なコラム連載が始まり、驚異の世界観が隔章ごとに花開く。トルコ全土に狂信的崇拝者を持つ天才コラムニスト「ジェラール・サーリック」なる架空人物の文章を構築し、その異常なカリスマ性を裏打ちするのは、やはりとてつもない力量を必要とするはずだが、ストーリーテラーとしてのパムクはジェラールの「超絶の個性」を見事に体現している。蜂蜜漬けの生首、実母との接吻未遂、汚物だらけのエアシャフト、骸骨たちの狂宴、アンチ・クライスト、高僧の愛人(おとこ)、頓挫した軍事クーデター、発狂する皇太子たち、キャデラックに乗るムハンマド、魔性の王女の淫らな罠、毒舌三銃士、ドッペルゲンガー的偽総統、単眼巨人、帝都の救世主、カフカの城、雑貨屋の千夜一夜物語(アラビアンナイト)、眼球譚、密室に妹を誘う兄……。中世から近過去までの、怪しい、妖しいイスタンブールの豊饒なる闇と夢想が華麗な筆致で描かれ、読む者を異世界の迷宮に惹き込んでいく。

それでありながら、この物語は、例えばロレンス・ダレルの『黒い本』のような、遠い異国の謎めいた奇書というだけではなく、「ろくでもない思い出ばかりの人生を生きる」我々の物語でもある。執拗に繰りかえされる「ありのままの自分になりたい」「別人になりたい」という矛盾した主題は誰しもが抱える身近な悲願であるし、トルコに限らず、あらゆる非欧米国家は多少なりとも惨めな「猿真似」による相応の文化喪失を経て成立しているし、最愛の恋人に理由もなく捨てられるとか、完全に信頼しずっと慕っていた人物に事もあろうに裏切られるという苦い体験も、極めて私的かつ普遍的なものである。装飾的な文章技巧や馴染みの薄いスーフィズムを貫き、こうした卑近にして強靭な主旋律が魂に響くがゆえに、読者は自分自身のリアルな物語として、「まるで自分が書いたかのように錯覚しながら」この本を愛することができるのだろう。

もちろん、その魂の震えはこの本に描かれる愛の形に感応するがゆえでもある。揺ぎ無い、不変の恋。現世の人間が誰も到達できない至高の盲愛が中流家庭の夫婦間に成立しており、なおかつ彼らが幼い頃から一つ屋根の下に住むいとこ同士であるという二重の設定は、共に危うい。昨今、正常と認定されつつある同性愛と違い、依然として近親相姦や小児愛が「禁断の愛」であるなか（例えばインセストタブーの強いアメリカでは二十五の州でいとこ婚自体が違法）、ガーリップ、リュヤー、ジェラールの近親相姦的な三角関係は否応なしに異彩を放っている。作中で語られる通り、血族結婚は中東ではごく普通のことであるのに、我々の眼には、この要素が加わることで、彼らの関係性は平凡な夫婦愛や不倫の枠を超え、一種の神話性を獲得しているように映るのだ。ナボコフの『ロリータ』

や三島由紀夫の『熱帯樹』、倉橋由美子の『蠍たち』で描かれた神々のユートピアに通じる業深き結界がそこにある。そして我々が本能的に察知、または期待するように、最終的にその不可能な愛は究極の悲劇に帰結し、永遠の愛は真に永遠となるのである。

なお、献辞にあるアイリンがパムクの当時の妻、リュヤーが娘の名前であることに始まり、本書はパムクの個人的な記憶やメッセージの宝庫である。英語版でも試みられたということなので、日本語版もジェラールが得意とするという「縦読み」やメッセージを忍ばせてみたが、いつの日か気づいてもらえるだろうか。

最後に、諸事情により長らく放棄していたこの翻訳がやっと出版されるにあたり、イスタンブールで私を見出しそれから最後までずっと見捨てずにいてくださった藤原書店社長藤原良雄様、寛容なる編集者刈屋琢様、ほとんどが低迷状態だったこの長丁場を陰で支えてくれた家族、心身の不調を癒していただいた整体師石田由希子様、励ましやご理解を賜った横井裕駐トルコ共和国特命全権大使・御令夫人英子様、そしてこの間日本やアメリカやトルコで私に関わり暫し救いと慰めをくれた全ての方々に感謝を捧げる。

二〇一六年一月

鈴木麻矢

## 著者紹介

オルハン・パムク（Orhan Pamuk）

1952年イスタンブール生。3年間のニューヨーク滞在（その直後に書かれたのが本書）を除いてイスタンブールに住む。処女作『ジェヴデット氏と息子たち』（1982）でトルコで最も権威のあるオルハン・ケマル小説賞を受賞。以後，『静かな家』（1983）『白い城』（1985，邦訳藤原書店）『黒い本』（1990，本書）『新しい人生』（1994，邦訳藤原書店）等の話題作を発表し，国内外で高い評価を獲得する。1998年刊の『わたしの名は紅（あか）』は，国際IMPACダブリン文学賞，フランスの最優秀海外文学賞，イタリアのグリンザーネ・カヴール市外国語文学賞等を受賞。2002年刊の『雪』は「9.11」事件後のイスラムをめぐる状況を予見した作品として世界的ベストセラーとなっている。また，自身の記憶と歴史とを織り合わせて描いた2003年刊『イスタンブール』（邦訳藤原書店）は都市論としても文学作品としても高い評価を得ている。2006年度ノーベル文学賞受賞。ノーベル文学賞としては何十年ぶりかという感動を呼んだ受賞講演は『父のトランク』（邦訳藤原書店）として刊行されている。その後も『無垢の博物館』（2008，邦訳早川書房）『吾輩は木である』（短篇集，2013）『僕の違和感』（2014，邦訳早川書房）『赤毛の女』（2016）など精力的に作品を発表している。

**訳者紹介**


鈴木麻矢（すずき・あや）

東京生まれ。女子学院高等学校を経て早稲田大学第一文学部中国文学専修卒業。2005年イスタンブール大学大学院文学部トルコ語学科修士課程修了。著書に『ウズベキ語・日本語フレーズブック』（ヤズヴチュ出版，2001年），訳書にトゥルグット・オザクマン『トルコ狂乱――オスマン帝国滅亡とアタテュルクの戦争』（三一書房，2008年）。

ayaxsuzuki@gmail.com



**黒い本**

2016年4月10日　初版第1刷発行©
2019年2月10日　初版第2刷発行

訳　者　鈴木麻矢
発行者　藤原良雄
発行所　株式会社　藤原書店

〒162-0041　東京都新宿区早稲田鶴巻町523
電　話　03（5272）0301
FAX　03（5272）0450
振　替　00160‐4‐17013
info@fujiwara-shoten.co.jp

印刷・製本　中央精版印刷

落丁本・乱丁本はお取替えいたします
定価はカバーに表示してあります

Printed in Japan
ISBN978-4-86578-062-8

**「世界文学」の旗手による必読の一冊！**

# 吾輩は日本作家である

**D・ラフェリエール**
**立花英裕訳**

編集者に督促され、訪れたこともない国名を掲げた新作の構想を口走った「私」のもとに、次々と引き寄せられる「日本」との関わり——国籍や文学ジャンルを越境し、しなやかでユーモアあふれる箴言に満ちた作品で読者を魅了する著者の話題作。

四六上製　二八八頁　**二四〇〇円**
（二〇一四年八月刊）
◇978-4-89434-982-7

*JE SUIS UN ÉCRIVAIN JAPONAIS*　Dany LAFERRIÈRE

---

**新しい町に到着したばかりの人へ**

# 甘い漂流

**D・ラフェリエール**
**小倉和子訳**

一九七六年、夏。オリンピックに沸くカナダ・モントリオールに、母国ハイチの秘密警察から逃れて到着した、二十三歳の黒人青年。熱帯で育まれた亡命ジャーナリストの目に映る〝新しい町〟の光と闇——芭蕉をこよなく愛する作家が、一瞬の鮮烈なイメージを俳句のように切り取る。

四六上製　三二八頁　**二八〇〇円**
（二〇一四年八月刊）
◇978-4-89434-985-8

*CHRONIQUE DE LA DÉRIVE DOUCE*　Dany LAFERRIÈRE

---

**〝女〟のアルジェリア戦争**

# 墓のない女

**A・ジェバール**
**持田明子訳**

植民地アルジェリアがフランスからの独立を求めて闘った一九五〇年代後半。「ゲリラの母」と呼ばれた女闘士〝ズリハ〟の生涯を、その娘や友人のさまざまな証言をかさねてポリフォニックに浮かびあがらせる。マグレブを代表する女性作家（アカデミー・フランセーズ会員）が描く、〝女〟のアルジェリア戦争。

四六上製　二五六頁　**二六〇〇円**
（二〇一一年一一月刊）
◇978-4-89434-832-5

*LA FEMME SANS SÉPULTURE*　Assia DJEBAR

---

**歩くことは、自分を見つめること**

# ロング・マルシュ　長く歩く
## （アナトリア横断）

**B・オリヴィエ**
**内藤伸夫・渡辺純訳**

シルクロード一万二千キロを、一人で踏破。妻を亡くし、仕事を辞した初老の男。歩く——この最も根源的な行為から得るものの豊饒！　本書ではイスタンブールからイランとの国境付近まで。

四六上製　四三二頁　**三二〇〇円**
（二〇一三年六月刊）
◇978-4-89434-919-3

*LONGUE MARCHE I*　Bernard OLLIVIER